KB194443

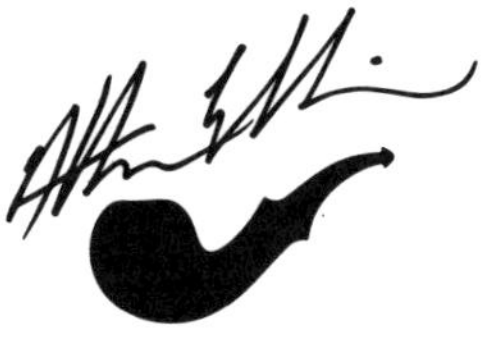

# THE TOP OF THE VOLCANO

베스트 오브 할란 엘리슨

# THE BEST OF
# HARLAN
# ELLISON

신해경 이수현 옮김

아작

**일러두기**

모든 주석은 옮긴이의 것입니다.

# 차례

# "REPENT, HARLEQUIN!" SAID THE TICKTOCK MAN

"회개하라, 할리퀸!" 째깍맨이 말했다

♦

신해경 옮김

✦
**1966년 휴고상 수상**
**1966년 네뷸러상 수상**
**2015년 프로메테우스상 명예의 전당 헌정**

꼭 이런 질문을 하는 사람들이 있다. "그래서, 핵심이 뭔데?" 이런 걸 꼭 물어봐야 직성이 풀리는 이들과, 논점을 명확히 짚어야 하는 이들과, '가장 중요한 게 뭔지' 굳이 알아야 하는 이들을 위해 다음을 준비했다.

대부분의 사람이, 대개는 인간이 아니라 기계로서 신체를 이용하여 국가를 섬긴다. 상비군, 예비군, 교도관, 경찰관, 민병대 등이 그런 이들이다. 이들은 국가를 섬길 때 판단력이나 도덕적 감각을 자유로이 적용하지 못하고 자신을 나무나 흙, 돌과 같은 위치에 놓아버린다. 가능하다면 목각인형으로 대체해도 이들이 하는 일에는 별 지장이 없을 것이다. 이들이 허수아비나 흙덩이 이상의 존경을 받을 필요는 없다. 그들에게는 말이나 개를 논할 때와 같은 종류의 가치가 적용된다. 그런데도 이들은 대개 선량한 시민으로 대접받는다. 다른 이들, 즉 대다수 국회의원과 정치가, 변호사, 목사, 공무원 등은 주로 머리를 이용하여 국가에 봉사한다. 그러나 도덕적 변별력을 구사하는 일이 거의 없으므로 의도치 않게 신을 섬기듯이 악마를 섬기기 십상이다. 극소수의 사람들만이 참다운 의미에서의 영웅, 애국자, 순교자, 개혁가로서, 그리고 인간으로서 양심을 가지고 국가에 이바지하고, 그럼으로써 대부분은 부득이하게 국가에 저항하게 된다. 이들은 흔히 국가로부터 적으로 취급된다.

— 헨리 데이비드 소로, 《시민불복종》중에서

이것이 핵심이다. 이제 이야기는 중간부터 펼쳐지고, 시작은 나중에 알게 될 테니, 끝은 저절로 드러나리라.

✳

하지만 그런 세상이었으므로, 사람들이 용인한 대로 굴러온 그런 세상이었으므로, 사회체제의 태엽과 톱니바퀴가 잘 돌아가도록 최고급 기름을 치며 '관리하는 자들'은 몇 달이 지나도록 그가 벌이는 짓들을 눈치채지 못했다. 어쨌거나 그 건이 째깍맨이 관장하는 사법 체계로 넘어갔을 때는 그가 이러저러하여 악명을 떨치는 유명 인사가 되고, 어떻게 보면 '정서적으로 불안정한 일부 대중'으로부터 영웅 대접까지 받는다는 사실이 명확해지고 나서였다. 하지만 그런 세상이었기 때문에, 그런 사람이 나타나리라고는 전혀 예상할 수 없는 세상이었기 때문에, 역으로 그는 너무나도 현실적인 존재가 되어버렸다. 마치 오랫동안 사라졌던 질병의 조짐이 면역 자체를 잊어버린, 면역 자체가 사라져버린 사회에 갑자기 재발하는 현상 같았다. 그는 이미 내용과 형식을 모두 갖춘 존재였다.

그는 하나의 '성격'이 되었다. 그 사회체제가 수십 년도 전에 걸러서 제거해버린 성격이었다. 하지만 여봐란듯이 그가, 아주 분명하게 두드러지는 하나의 성격으로 존재했다. 어떤 계층, 말하자면 중산층은 그를 역겨워했다. 그들에게 그는 상스럽게 과시해대는, 무정부주의적이고 부끄러운 존재였다. 형식과 의례, 우아함, 교양 따위에 사고가 얽매인 다른 계층은 킬킬거리며 그를 비웃었다. 하지만 아래로 내려가면, 언제나 성인과 죄인, 빵과 서커스, 영웅과 악당을 필요로 하는 아래 계층으로 내려가면, 그는 볼리바르나 나폴레옹이나 로빈 후드나 (에이스 중의 에이스인)

딕 봉*이나 예수나 조모 케냐타** 같은 대접을 받았다.

하지만 최상류층에게 그는 협박이자 이교도이자 반역자이자 망신거리이자 위협이었다. 부자와 권력자와 고위인사들은 깃대 위에 올라앉은 '난파선 켈리***'처럼 매사를 두려워했고, 사회적 동요와 분란은 뭐가 됐든 그 깃대를 흔드는 행위로 간주했다. 사회의 최고 핵심부까지 그를 모르는 사람은 없었지만, 아주 높거나 아주 낮은 계층만이 그에게 진지한 반응을 보였다. 최상층과 최하층 말이다.

그래서 그의 서류가 시간기록표와 심장번호판과 함께 째깍맨 사무실로 넘어갔다.

180센티미터를 훌쩍 넘는 키에 대체로 말이 없는, 세상이 시간상으로 딱딱 맞아떨어지며 효율적으로 돌아갈 때 부드럽게 가르랑거리는 사람. 그게 째깍맨이었다.

공포를 만들어내기만 하지 겪는 일은 드문 위계 조직의 칸막이 사무실들에서도 그는 째깍맨이라 불렸다. 하지만 면전에서 그렇게 부르는 사람은 없었다.

가면 뒤에 숨어 얼굴을 드러내지 않은 채 우리 생의 몇 분, 몇 시간, 며칠, 몇 년을 폐기할 수 있는 사람을 그가 싫어하는 별명으로 부를 수는 없는 법이다. 사람들은 그의 가면 앞에서는 그를 '최고시간엄수자'라 불렀다. 그러는 편이 더 안전했다.

"이건 그자의 사회적 기능에 관한 자료입니다." 째깍맨이 그지없이 부드럽게 말했다. "하지만 그자가 누구인지에 대한 자료는 아니지요. 제 왼손에 들린 이 시간기록표에 이름이 있지만, 사회적 기능으로서의 이름이지 인간으로서의 이름이 아닙니다. 여기 오른손에 든 심장번호판에도 이

---

\* 제2차 세계대전에서 활약한 미 공군 소속 전투기 조종사로 일본 전투기를 40대나 격추해 '딕'이라는 애칭으로 대중의 사랑을 받았다.
\*\* 케냐의 초대 총리와 초대 대통령을 역임했으며 케냐의 국부로 불린다.
\*\*\* 1920년대와 1930년대 미국에서 전국을 돌아다니며 한 번에 며칠씩 장대 위에 올라 있는 것으로 유명해진 인물

름이 있지만, 사회적 기능으로서의 이름이지 인간으로서의 이름이 아닙니다. 적절한 폐기 조처를 하려면 저는 그자가 누구인지 알아야 합니다."

그는 직원들에게, 모든 탐정에게, 모든 정보원에게, 모든 밀고자에게, 모든 코멕스에게, 심지어 모든 마이니에게도 말했다. "이 할리퀸이라는 자는 누구입니까?"

그는 부드럽게 가르랑거리지 않았다. 시간 효율적으로 말하자면, 쨍쨍거리는 소음이었다.

그렇지만 어쨌거나 직원들과 탐정들과 정보원들과 밀고자들과 코멕스들로서는 그게 그에게서 들은 가장 긴 말이었다. 그런 걸 알 만큼 째깍맨 곁에 붙어 있었던 적이 없는 마이니들조차도 어쨌든 허둥지둥 할리퀸을 찾으러 나갔다.

할리퀸은 누구인가?

✳

저 높은 도시 3층에서 그는 알루미늄 틀로 짠 웅웅거리는 비행보트(풋! 비행보트라니, 정말이지! 그건 스위즐스키드라는 것으로, 어설프게 급조한 짐받이가 달려 있었다) 갑판에 웅크리고 앉아 몬드리안의 그림처럼 깔끔하게 구획된 건물들을 골똘히 내려다보았다.

어딘가 가까운 곳에서 오후 2시 47분, 교대조가 고무창 운동화를 신고 메트로놈처럼 왼발-오른발-왼발, 발을 맞춰 팀킨 롤러베어링 공장으로 들어가는 소리가 들렸다. 정확하게 1분 후에, 대형을 맞춘 새벽 5시조가 오른발-왼발-오른발, 발을 맞춰 집에 가는 더 작은 소리가 들렸다.

햇볕에 탄 그의 얼굴에 장난꾸러기 같은 미소가 번지니 살포시 보조개가 나타났다. 그는 덥수룩한 적갈색 머리를 벅벅 긁으며 다음에 할 일에 대비해 미리 각오를 다지듯 얼룩덜룩한 옷을 걸친 어깨를 으쓱 추켜올린 다음 조이스틱을 앞으로 밀고는 비행보트가 낙하하는 동안 몸을 웅크린 채 바람을 맞았다. 그는 자동보행로 위를 지나가며 일부러 몇 미터씩 고도를 낮춰 숙녀들 옷가지에 달린 장식술을 스치고는 양손 엄지를 커다란 귀에 집어넣고 혀를 쑥 내밀고 눈알을 굴리며 우가우가 소리를 냈다. 소소한 기분전환이었다. 길 가던 사람 하나가 들었던 물건을 내동댕이치면서 미끄러져 넘어졌고, 다른 이는 오줌을 지렸으며, 또 다른 사람은 옆으로 풀썩 졸도해 쓰러졌다. 그녀가 정신을 차릴 때까지 공공근로자들이 통제하는 보행로가 자동으로 멈췄다. 소소한 기분전환이었다.

그러다 그는 종잡을 수 없는 바람을 타듯 빙글빙글 돌다가 휙 사라졌다. 야호! 그는 시간동작연구소 건물의 벽돌림띠를 따라 돌다가 막 보행로에 올라타는 어느 교대조를 보았다. 그들은 훈련된 동작과 절대적으로 절제된 움직임으로 옆걸음을 치며 느리게 움직이는 보행로에 올라탄 다음 (태고적인 1930년대 버즈비 버클리 영화를 상기시키는 합창단원처럼 서서) 타조걸음으로 보행로들을 건너 나아가다 고속보행로 위로 줄줄이 올라섰다.

그의 얼굴에 다시 한번 기대에 찬 장난꾸러기 같은 웃음이 번지자 왼쪽 어금니 쪽에 이가 빠진 데가 보였다. 그는 하강해서 사람들을 스치며 날아올랐다가 다시 그들 위로 급강하했다. 그러더니 비행보트 안으로 몸을 숙이고는 보트에 실은 짐이 너무 일찍 쏟아지지 않도록 막아놓은 수제 배출구의 고정장치를 열었다. 그가 마개를 잡아빼자 공장 노동자들 머리 위로 미끄러지는 비행보트에서 15만 달러어치의 젤리빈이 폭포처럼 고속보행로에 쏟아졌다.

젤리빈! 수백, 수천만 개의 자주색, 노란색, 초록색, 감초색, 포도색, 산딸기색, 민트색 젤리빈. 둥글고 매끄럽고 겉은 바삭하고 안은 부드럽고 가루처럼 눅고 달달한 젤리빈. 팀킨 노동자들의 머리와 어깨와 딱딱한 머리와 등딱지에 통통 튀고 달각거리고 덜걱거리고 빙글빙글 돌고 톡톡거리고 툭툭거리며 떨어지는 젤리빈. 기쁨과 어린 시절과 휴일의 색이었던 온갖 색깔로 하늘을 채우며 보행로에서 딸각거리며 이리저리 튀고 발 밑을 구르는 젤리빈. 급류처럼 하늘에서 쏟아지는 알록달록 다채롭고 달콤한 젤리빈. 건전한 정신과 기계적으로 규칙적인 우주의 질서에 더없이 미친, 터무니없는 신선함을 불어넣는 젤리빈!

교대 노동자들이 소리를 지르고 웃음을 터뜨리며 몸을 내던지자 대열이 흩어졌다. 젤리빈들이 이럭저럭 보행로 기계장치 속으로 숨어들자 25만 개의 칠판을 백만 개의 손톱으로 긁어내리는 끔찍한 소리가 들렸고, 기침과 재채기 소리가 이어지더니 보행로가 완전히 서버렸다. 여기저기에서 여전히 깔깔대는 사람들이 유치한 색깔의 젤리빈 알들을 입안에 던져 넣으며 허수아비처럼 비틀비틀 보행로에서 벗어났다. 축제였고, 유쾌한 소동이었고, 완전히 정신 나간 짓이었고, 낄낄거리는 웃음판이었다. 하지만….

교대가 7분 늦어졌다.

사람들이 7분 늦게 귀가했다.

기본시간표가 7분 밀렸다.

움직이지 않은 보행로 때문에 상품생산량 달성이 7분 늦어졌다.

그가 줄줄이 늘어선 도미노의 첫 조각을 건드리자 차례대로 척, 척, 척, 다른 조각들이 넘어갔다.

그 체제는 7분 정도 교란할 만한 가치가 있었다. 아주 사소한, 언급할 가치조차 없는 사건이었지만, 유일한 사회적 추진 동력이 질서와 조화와 평등과 신속함과 시계 같은 정확함과 지나가는 시간의 신들에 대한 숭배의 상징인 시계를 쳐다보는 일인 세상에서, 그 사건은 엄청나게 커다란 재앙이었다.

그래서 그는 째깍맨 앞에 출두하라는 명령을 받았다. 그 사실이 모든 사회통신망 채널에 방송되었다. 그는 7시 정각에 '거기로' 출두하라는 명령을 받았다. 기다리고 또 기다렸건만, 그는 거의 10시 반이 되어서야 나타나서 '버몬트'라는, 아무도 들어본 적 없는 어떤 곳을 비추는 달빛에 관한 짤막한 노래 한 곡만 부르고는 다시 사라져버렸다. 하지만 7시부터 내내 기다렸던 사람들의 일정은 엉망진창이 되었다. '할리퀸은 누구인가?'

라는 의문은 여전히 풀리지 않았다.

하지만 제기되지 않은 질문이, 따지자면 더 중요한 질문이 있었다. '우리는 어쩌다 15만 달러어치의 젤리빈을 소지한 채 낄낄거리며 무의미한 말과 행동을 일삼는 무책임한 농담꾼 하나 때문에 사회의 경제와 문화생활 전반이 위협받는 지경에 이르렀는가.'

세상에 맙소사, 젤리빈이라니! 미쳤어! 대체 어디서 15만 달러어치의 젤리빈을 살 돈이 났을까? (그 젤리빈에 그만한 비용이 들었다는 걸 그들은 알아냈다. 다른 일을 하는 중이던 상황분석팀을 보행로 현장에 급파해 사탕을 모조리 쓸어 담아서 하나씩 세게 한 후에 상세한 보고서를 받은 덕분인데, 그 일로 상황분석가들의 일정이 망가졌고, 부서 전체의 일정도 적어도 하루가 미뤄졌다.) 젤리빈이라니! 젤리…빈? 어이, 잠깐만. 잠깐 생각 좀…. 지난 100년간 아무도 젤리빈을 생산하지 않았잖아. 그는 대체 어디서 젤리빈을 손에 넣은 거지?

좋은 질문이었다. 완벽하게 만족할 만한 답은 절대 얻을 수 없을 듯하지만. 사실 지금까지 수많은 질문이 그렇지 않았던가?

✳

이제 여러분은 중간을 알게 되었다. 이제 시작을 보자. 시작은 이렇다.

책상용 필기장이 있다. 하루 단위. 하루에 한 장씩 넘어간다. 9:00-우편물 확인. 9:45-기획위원회 미팅. 10:30-J.L.과 상황판 설치건 논의. 11:45-기우제 행사. 12:00-점심. 그런 식이다.

"죄송합니다, 그랜트 양. 하지만 면접 시간은 2:30으로 정해져 있었는데 지금은 거의 5시가 다 됐어요. 면접에 늦으신 건 유감이지만, 규칙은 규칙입니다. 저희 대학에 다시 지원서를 제출하시려면 내년까지 기다리셔야 합니다." 그런 식이다.

10:10 완행은 크레스트헤이븐, 게일스빌, 토나완다 환승역, 셸비, 판허스트에 정차하지만 일요일을 제외하면 인디애나시티와 루카스빌, 콜튼에는 정차하지 않는다. 10:35 급행은 일요일과 공휴일을 제외하면 게일스빌, 셸비, 인디애나시티에 정차하고, 이럴 때는 이런 역에, 저럴 때는 저런 역에… 그런 식이다.

"프레드, 난 기다릴 수 없었어. 3:00까지 피에르 가르뎅 매장에 가야 하는데, 넌 2:45에 터미널 시계탑 밑에서 만나자고 했지. 그런데 넌 없었어. 그래서 그냥 갈 수밖에 없었어. 프레드, 넌 늘 늦어. 네가 같이 있었다면 같이 계약을 딸 수도 있었겠지만, 상황이 그랬으니, 음, 나 혼자 주문을 받았어…." 그런 식이다.

애틀리 부부께. 두 분의 아드님인 학생 제럴드 애틀리의 계속되는 지각 사태와 관련하여, 위의 학생이 제시간에 교실에 도착할 수 있도록 보장하는 보다 신뢰할 만한 조치가 취해지지 않으면 본교로서는 퇴학 조처를 할 수밖에 없음을 알려드립니다. 위의 학생이 타의 모범이 될 만한 훌륭한 학생이며 성적도 우수하다는 사실을 인정하지만, 본교의 시간 일정을 가벼이 여기는 행위가 계속될 경우, 위의 학생을 본교에 계속 수용하는 것이 현실적으로 어렵다는 점을 양해해주시기 바랍니다. 참고로, 다른 학생들의 경우 시간 엄수를 요구하는 본교의 방침에 적응하는 데 큰 문제가 없다고 판단됩니다. 그런 식이다.

오전 8:45에 오지 않으면 투표 불가.

"원고가 좋은지 나쁜지는 상관없어. 목요일까지 들어오기만 하면 돼!"

퇴실 시간은 오후 2:00 정각.

"늦었군요. 일자리는 다른 사람한테 갔어요. 죄송."

20분 시간 손실에 해당하는 급료 삭감.

"세상에, 지금 몇 시야. 뛰어야겠어!"

그런 식이다. 계속 그런 식이다. 계속 그런 식으로 굴러간다. 그런 식으로 굴러가고 굴러가고 굴러가고 굴러가고 째깍째깍 째깍째깍 째깍째깍, 그러다 어느 날 우리는 더 이상 시간을 다스리는 자가 아니라 시간을 섬기는 자가 되고, 일정의 노예가, 태양의 자취를 숭배하는 자가 되어 규제에 근거한 삶에 묶이게 된다. 그런 체제는 우리가 일정을 엄격하게 지키지 않으면 제대로 돌아가지 않기 때문이다.

결국, 늦는 것은 사소한 불편 이상의 것이 된다. 늦는 것은 죄악이 된다. 그러고는 범죄가 되고, 범죄는 다음과 같은 조항으로 처벌될 수 있다.

2389년 7월 15일 12:00:00 자정을 기해 효력 발생. 최고시간엄수자 사무실은 모든 시민에게 각자의 시간기록표와 심장번호판을 제출하여 적절한 조치를 받을 것을 요구한다. 인당 시간 말소에 관한 부칙 제555-7-SGH-999조에 의거하여, 모든 심장번호판은 개별 소지자에게 맞춰질 것이며….

그들이 무얼 했냐면, 다른 게 아니라 사람의 기대수명을 줄이는 방법을 고안해냈다. 누구든 10분 늦으면 남은 생의 10분을 잃게 된다. 1시간을 늦으면 그에 비례하여 삭감되는 시간도 늘어난다. 계속 지각하다 보면 어느 일요일 밤에 최고시간엄수자가 보낸 공문을 받게 된다. '선생님의 시간이 완료되어 월요일 정오를 기해 폐기 조치될 예정이오니 주변을 정리하시기 바랍니다.'

그래서 (째깍맨 사무실이 엄격하게 비밀에 부친 모종의 과학적 처리방안을 활용한) 이 간단한 과학적 조치 덕분에 체제가 유지되었다. 유일하게 쓸 만한 수단이었다. 이보다 시행하기 편한 수단도 없었다. 게다가 애국적이기도 했다. 일정은 서로 맞아야 하니까. 무엇보다 그때는 전쟁 중이었으니까!

하지만 세상은 늘 전쟁 중이지 않았던가?

＊

프리티 앨리스가 수배 전단을 보여주자 할리퀸이 말했다. "이야, 이건 진짜 역겹군. 역겨운데다 정말 같잖지도 않아. 지금이 무슨 서부 개척 시대도 아니고, 수배 전단이라니!"

"있잖아." 프리티 앨리스가 입을 뗐다. "너, 지금 사투리 억양이 엄청 심해."

"미안해." 할리퀸이 겸허하게 말했다.

"미안해할 필요는 없어. 넌 '미안해'라는 말을 입에 달고 살아. 에버렛, 그렇게 심한 죄책감을 안고 사는 건 정말 엄청 슬픈 일이야."

"미안해." 그가 무심코 말을 뱉고는 입을 꾹 다물자 잠시 보조개가 드러났다. 하고 싶어서 한 말은 절대 아니었다. "나, 다시 나가봐야 해. 할 일이 있어."

프리티 앨리스가 손에 든 동그란 커피잔을 조리대에 탁 소리 나게 내려놓았다. "진짜, 세상에 맙소사, 에버렛. 하룻밤만이라도 집에 좀 있으면 안 돼? 꼭 그런 무시무시한 광대옷을 입고 나가서 사람들을 집적거리며 돌아다녀야겠어?"

"난…." 그가 말을 하다 말고 덥수룩한 적갈색 머리에 풀썩 어릿광대 모자를 눌러썼다. 딸랑거리는 작은 방울 소리가 났다. 그는 자리에서 일어나 동그란 커피잔을 물 분사기에 헹구고는 잠시 건조기에 넣었다. "나 가봐야겠어."

그녀는 아무 말도 하지 않았다. 팩스통이 가르릉거리자 그녀가 종이

한 장을 뽑아 읽고는 그가 선 조리대 쪽으로 던졌다. "너에 대한 거야. 당연하겠지. 넌 어리석어."

그가 재빨리 내용을 읽었다. 째깍맨이 그의 소재를 파악하려 애쓴다는 얘기였다. 그는 아랑곳하지 않고 또 늦게까지 밖에 나가 있을 참이었다. 퇴장 대사로 무슨 말을 할까 고심하던 그가 문간에서 홱 돌아보며 말했다. "그건 그렇고, 너도 사투리 억양이야!"

프리티 앨리스가 예쁜 눈을 천장을 향해 굴리며 말했다. "넌 어리석어."

할리퀸이 성큼성큼 걸어 나가며 문을 홱 밀쳤지만, 문은 한숨을 쉬듯 부드럽게 닫히고는 저절로 잠겼다.

정중한 노크 소리가 들리자 프리티 앨리스가 짜증스러운 한숨을 쉬며 일어나 문을 열었다. 할리퀸이 문 앞에 서 있었다. "10시 반에 돌아올게, 됐지?"

그녀가 애처롭다는 듯이 얼굴을 찌푸렸다. "왜 그런 말을 해? 왜? 네가 늦을 거라는 거 너도 알잖아! 알고 있잖아! 넌 늘 늦으니까. 대체 왜 나한테 그런 멍청한 말을 지껄이는 건데?" 그녀가 문을 닫았다.

바깥에 선 할리퀸이 스스로에게 고개를 끄덕였다. '그 말이 맞아. 앨리스는 늘 맞아. 난 늦을 거야. 늘 늦으니까. 왜 나는 그런 멍청한 말을 했을까?'

그는 어깨를 한 번 더 으쓱거리고는 다시 한번 늦을 길을 떠났다.

✳

그는 폭죽 로켓을 쏘았다. 로켓이 하늘에 글을 썼다. "나는 오후 8시 정각에 제115회 국제의학협회 연례 기도회에 참석할 예정이다. 모두 함께해주기를 바란다."

글자들이 하늘에서 불타올랐고, 당연히 당국자들이 거기에 진을 치고 그를 기다렸다. 그들은 당연히 그가 늦을 거라고 추측했다. 그들이 한창 거미줄 모양 그물을 설치하는 와중에 예고된 시간보다 20분이나 일찍 그가 현장에 도착했다. 그가 커다란 확성기를 울리자 혼비백산한 사람들이 사방으로 잘 펴서 깔아놓은 그물을 밟았고, 그물이 오므라들며 천장으로 끌려 올라가자 갇힌 사람들이 발버둥을 치며 새된 비명을 질렀다. 할리퀸은 웃고 또 웃으며 아낌없이 사과했다. 엄숙한 기도회 자리에 모인 의사들은 가식적인 태도로 호들갑스럽게 웃음을 터뜨리며 과장된 동작으로 절을 해대는 할리퀸의 사과를 받아들였다. 의사들은 할리퀸을 우스꽝스러운 바지를 입은 하찮은 소동꾼으로 생각했다. 모두에게 유쾌한 시간이었다. 굳이 말하자면 째깍맨 사무실에서 나온 당국자들만 제외하고 말이다. 정말로 보기 흉한 꼴로 그물에 갇혀 천장에 매달린 그들은 딱 부둣가에서나 보는 짐짝 같았다.

(째깍맨이 가진 권력의 크기와 중요성을 보여준다는 점을 제외하면 어디로 보나 지금 우리와는 아무 상관이 없는 일이긴 하지만, 할리퀸이 '활동'을 수행하던 그 도시의 한쪽에서 마셜 델라한티라는 남자가 째깍맨 사무실에서 보낸 '소등' 통지서를 받았다. 회색 정장을 차려입고 만면에 예의 그 끔찍한 '슬픔의 표정'을 띤 채 통지서를 배달하는 마이니가 그의 아내 조제트 델라한티에게 통지서를 건넸다. 봉투를 뜯기도 전에 그녀는 그게 무엇인지 알았다. 그즈음에는 누구나 힐끗 보기만 해도 무엇인지 알아보는, 예의 그 반갑지 않은 편지였다. 그녀는 숨을 헐떡이며 편지가 무슨 보툴리누스균이 묻은 현미경 유리 슬라이드라도 되는 양 집고서는 자기한테 온 것이 아니기를 빌었다. '제발, 신이시여, 남편이기를.' 그녀는 무자비하게, 현실적으로 생각했다. '아니면 애들 중 하나이기를, 부디 제가 아니기를.' 그러고 그녀는 통지서를 개봉했다. 마셜이었다. 그녀는 겁에 질리는 동시에 마음이 놓였다. 총에 맞은 건 자기가 아니라 옆 사람이었다. "마셜." 그녀가 절규했다. "여보! 만료됐어, 마셜! 오, 세상에, 당신, 어떡해, 어떡하지, 마셜, 오 세상에, 마셜…." 그리고 그날 밤 그들의 집에서는 종이를 찢는 소리와 공포와 연통을 빠져나가는 광기의 악취가 났지만, 그 통지에 관해서 그들이 할 수 있는 일은 전혀, 전혀, 아무것도 없었다. 하지만 마셜 델라한티는 도주를 시도했다. 그리고 다음 날 일찍 소등 시간이 됐을 때, 그는 320킬로미터

나 떨어진 캐나다의 어느 깊은 숲속에 있었다. 째깍맨 사무실이 그의 심장번호를 말소시키자 숲을 헤치며 달리던 마셜 델라한티의 심장이 멈추고 뇌로 가던 혈액이 말라버렸다. 그는 죽었다. 그게 다였다. 최고시간엄수자 사무실에 있는 그 구역 지도에서 불빛 하나가 꺼졌다. 그사이 재혼 자격이 주어질 때까지 애도자 명단에 이름이 오르게 되었다는 통지서가 조제트 델라한티에게 팩스로 전달되었다. 이것이 이 각주의 끝이며, 웃을 일이 아니라는 점만 빼면 더 할 말은 없다. 째깍맨이 할리퀸의 진짜 이름을 알아내는 순간 할리퀸에게도 같은 일이 일어날 것이다. 이건 절대 웃을 일이 아니다.)

✳

도시의 상점층은 목요일의 색으로 차려입은 소비자들로 북적거렸다. 여자들은 맨몸에 연한 노란색 가운을 걸쳤고, 남자들은 풍선 바지를 제외하면 몸에 딱 달라붙는 비취색 가죽으로 만든 티롤풍 의상을 입었다.

할리퀸이 장난꾸러기처럼 웃는 입술에 확성기를 대고 아직 공사 중인 새 능률쇼핑센터의 외장구조물 위에 나타나자 모두가 손가락질해대며 그를 쳐다보았다. 그는 사람들을 꾸짖었다.

"왜 놈들이 명령하도록 그냥 놔둬? 놈들이 개미나 구더기 몰듯이 빨리빨리 움직이라고 재촉하는 데도 왜 그냥 놔둬? 각자의 시간을 가져! 잠깐 산책을 해! 햇볕을 즐기고, 산들바람을 즐기고, 삶이 각자의 속도대로 흘러가게 내버려둬! 시간의 노예들이 되지 마! 그건 지독하게, 천천히, 조금씩 죽어가는 거야. 째깍맨을 타도하자!"

'저 미친놈은 누구지?' 대부분의 사람이 궁금해했다. '저 미친놈은 누구지? 오, 이런, 늦겠네. 뛰어야겠어….'

그리고 쇼핑센터 공사장 노동자들에게 최고시간엄수자 사무실로부터 긴급 명령이 내려왔다. 공사장 뾰족탑 위에 할리퀸이라 알려진 위험한 범죄자가 있으니 그를 체포하는 데에 적극적인 도움을 달라는 긴급 명령이었다. 그 작업조는 '안 된다'고 말했다. 정해진 공사 일정에 맞추지 못하게 될 게 뻔했기 때문이었다. 째깍맨이 공사를 담당하는 정부 부처에 줄을 대어 가까스로 일정을 조정하자, 작업을 중단하고 확성기를 들고 높은 뾰족탑에 서 있는 그 멍청이를 잡으라는 전갈이 내려왔다. 그래서 십여 명이 넘는 건장한 노동자들이 공사장 플랫폼으로 올라가 반중력판을 타고 할리퀸을 잡으러 떠오르기 시작했다.

✳

한 차례 패주했던(개인의 안전을 신경 쓰는 할리퀸의 입장에서 보기에 심각한 부상을 입은 사람은 없었다) 노동자들이 전열을 가다듬고 다시 공격을 시도했을 때는 이미 늦었다. 그는 사라져버렸다. 어쨌거나 이 소동이 제법 많은 구경꾼을 끌어모았기 때문에 쇼핑 흐름이 몇 시간, 그래 봐야 고작 몇 시간 꼬여버렸다. 그러자 꽉 짜인 그 체제의 구매 수요가 떨어졌다. 그래서 그날 남은 시간 동안 구매 수요를 높이기 위한 여러 조치가 취해졌다. 구매 수요가 떨어졌다가 급속히 높아지는 바람에 반중력 부상판(浮上板)이 너무 많이 판매된 반면, 웨글러 판매량은 턱없이 모자랐다. 이는 '팝리 비율'이 어그러짐을 의미했고, 다른 말로 하자면 그 비율을 정상화하기 위해 보통은 서너 시간에 한 번 정도 필요한 조절용 폐기 건들을 대량으로 조장할 필요가 생겼음을 의미했다. 출하 작업에 혼란이 생겼고, 배송 경로에 오류가 생겼으며, 결국에는 스위즐스키드 산업계마저도 그 타격을 감지하게 되었다.

✳

"놈을 잡기 전엔 돌아올 생각도 마!" 째깍맨이 아주 나직하게, 아주 심각하게, 극도로 위험한 투로 말했다.

그들은 개를 투입했다. 그들은 정밀조사를 실시했다. 그들은 심장번호판 대조 작업을 벌였다. 그들은 티퍼를 이용했다. 그들은 뇌물을 찔러넣었다. 그들은 스틱타이트를 도입했다. 그들은 협박을 일삼았다. 그들은 괴롭혔다. 그들은 고문했다. 그들은 밀고자를 찾았다. 그들은 경찰을 투입했다. 그들은 검문검색을 강화했다. 그들은 팰러운을 도입했다. 그들은 신고 장려금을 신설했다. 그들은 지문을 대조했다. 그들은 베르티용 인체 측정법을 적용했다. 그들은 잔꾀를 부렸다. 그들은 함정을 계획했다. 그들은 배반을 유도했다. 그들은 라울 미트공을 기용했지만, 그다지 도움이 되지 않았다. 그들은 응용물리학을 응용했다. 그들은 범죄학 수사기법들을 적용했다.

그러고는 세상에나, 그들은 그를 잡았다.

다른 걸 떠나, 그의 이름은 에버렛 C. 맘이었고, 그다지 얘기할 만한 게 없는 사람이었다. 시간 개념이 없다는 점을 빼면 말이다.

✳

"회개하라, 할리퀸!" 째깍맨이 말했다.

"꺼져!" 할리퀸이 비웃으며 말했다.

"너는 통합 63년 5개월 3주 2일 12시간 41분 59.536111초 늦었다. 네게 할당된 시간을 다 제하고도 모자라. 난 널 소등시킬 것이다."

"내가 겁먹을까 봐? 이런 멍청한 세상에서 사느니 차라리 죽고 말지. 게다가 너 같은 악귀랑 사느니 말이지."

"그건 내 일이다."

"넌 그 일에 푹 빠져 있어. 넌 폭군이야. 네겐 사람들에게 이래라저래라 명령하고 늦게 왔다고 죽일 권리가 없어."

"네가 적응하지 못하는 것이다. 맞추지 못하는 거지."

"날 풀어줘봐. 그러면 내 주먹을 그 입에다 한번 맞춰볼 테니까."

"넌 부적응자다."

"부적응이 중범죄는 아닐 텐데?"

"지금은 그렇다. 세상에 맞춰 살아야지."

"싫어. 이 세상은 끔찍해."

"다 그렇게 생각하는 건 아니다. 대부분의 사람은 질서를 좋아해."

"난 안 그래. 내가 아는 대부분의 사람도 안 그래."

"그건 사실이 아니다. 넌 네가 어떻게 잡혔다고 생각하지?"

"관심 없어."

"프리티 앨리스라는 젊은 여성이 우리에게 네 정체를 알려줬다."

"거짓말."

"사실이다. 넌 그녀를 불안하게 만들었어. 그녀는 어딘가에 소속되고 싶어 해. 순응하고 싶어 하지. 그러니 난 너를 소등시킬 것이다."

"그럼 입씨름하지 말고 당장 해."

"너를 소등시키지 않겠다."

"뭐, 이 멍청이가!"

"회개하라, 할리퀸!" 째깍맨이 말했다.

"꺼져."

✳

그래서 그들은 그를 코번트리로 보냈다. 그리고 코번트리에서 그를 개조했다. 《1984》에서 윈스턴 스미스에게 했던 짓과 똑같은 짓이었다. 그 책을 아는 사람은 아무도 없었지만, 그 기법들만큼은 정말로 유구한 것들이라 그대로 에버렛 C. 맘에게 적용되었다. 그리고 상당한 시간이 지난 후인 어느 날, 장난꾸러기 같은 표정에 뺨에 팬 보조개와 명민한 눈을 빛내는, 전혀 세뇌당하지 않은 모습의 할리퀸이 통신망에 등장했다. 그는 자신이 잘못 생각했었다고, 사회에 속하는 것은, 시간을 지키는 것은 좋은 거라고, 정말로 좋은 거라고 말했다. 야호, 랄랄라! 모두가 고개를 들어 도시를 뒤덮은 공공 스크린마다 등장하는 그를 바라보며 끼리끼리 수군댔다. '음, 봤지? 그는 그냥 미친놈이었을 뿐이야. 그리고 이 체제가 이런 식으로 굴러간다면, 이렇게 굴러가게 놔두자고. 당국이나 째깍맨이랑 싸워봐야 아무 소용도 없으니까.' 그래서 에버렛 C. 맘은 망가졌고,

일찍이 소로가 얘기했듯이, 그건 손실이었다. 그러나 달걀을 깨지 않고 오믈렛을 만들 수는 없는 법이며, 모든 혁명에는 불가피했던 피가 조금은 섞이기 마련이다. 하지만 혁명은 그래야 한다. 혁명은 그런 식으로 일어나니까. 그리고 아주 작은 변화를 만들 뿐이라 해도, 그건 그것대로 가치가 있는 듯하다. 아니, 요점을 좀 더 명확하게 밝히자면, 다음을 보자.

✳

"어, 죄송합니다만, 전, 어, 어떻게 해야 할지, 어, 이런 말씀 드리기가, 어, 죄송하지만, 3분 늦으셨습니다. 일정이, 어, 약간, 어긋났습니다."

남자가 주저하듯이 웃었다.

"말도 안 돼!" 가면을 쓴 째깍맨이 중얼거렸다.

"자네 시계가 고장 났겠지." 그리고 그는 사무실로 들어갔다. 므미 므미 므미 므미거리면서.

# I HAVE NO MOUTH, AND I MUST SCREAM

나는 입이 없다
그리고 나는 비명을 질러야 한다

◆

이수현 옮김

✦
**1968년 휴고상 수상**

고리스터의 몸뚱이는 분홍색 팔레트에 아무 지지대 없이 늘어져 있었다. 컴퓨터실 높이 허공에 매달려, 주 동굴 안에 언제까지나 부는 기름 맛이 나는 싸늘한 바람에도 흔들리지 않았다. 그 몸뚱이는 오른발 발바닥이 팔레트 아래쪽에 붙은 채 머리를 아래로 하고 매달렸다. 주걱턱 아래로 귀에서 귀까지 정확하게 절개해서 피를 다 뽑아냈는데, 그 아래 금속 바닥에는 피 한 방울 없었다.

고리스터가 우리 그룹에 합류해서 자기 자신을 올려다보았을 때, 우리는 AM이 우리를 복제해서 가지고 놀았다는 사실을 뒤늦게 알아차렸다. 또다시. 그게 그 기계의 기분전환이었다. 우리 셋은 이미 그 광경에 구역질을 일으키고, 구역질 못지않게 오래된 반사 반응으로 서로를 외면하고 토한 후였다.

고리스터는 얼굴이 하얘졌다. 마치 부두교 주물이라도 보고 미래를 두려워하는 것 같았다. "아, 신이시여." 그는 중얼거리고는 걸어가버렸다. 우리 셋이 잠시 후에 따라가보니 고리스터는 상대적으로 작은 지저귐 뱅크 하나에 등을 기대고 앉아서 두 손에 머리를 묻고 있었다. 엘렌이 그 옆에 무릎을 꿇고 머리를 쓰다듬었다. 고리스터는 움직이지 않았지만, 손에 가려진 채로도 또렷한 목소리가 흘러나왔다. "왜 그놈은 그냥 우릴 해치우고 끝내버리지 않는 거야? 맙소사, 내가 이런 식으로 얼마나 더 버틸 수 있을지 모르겠어."

컴퓨터 안에서 보내는 109년째였다.

고리스터의 말은 우리 모두의 마음을 대변하고 있었다.

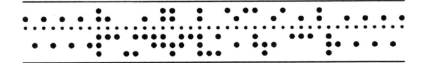

님독(그건 기계가 쓰라고 강요한 이름이었다. AM은 이상한 소리를 재미있어했다)은 얼음 동굴 안에 통조림이 쌓여 있다는 환각을 보았다. 고리스터와 나는 미심쩍어했다. 나는 이렇게 말했다. "이번에도 껍데기만 있을 거야. AM이 우리를 속여넘겼던 그 망할 냉동 코끼리 때처럼 말이야. 베니는 그 일로 거의 정신이 나갔었지. 그 먼 길을 걸어가 봤자 부패했거나 뭐 그럴걸. 관두고 여기 있자. 곧 AM도 뭔가를 내놓아야 할 거야. 안 그러면 우리가 죽을 테니까."

베니는 어깨를 으쓱였다. 우리가 마지막으로 뭔가를 먹은 지 사흘이 지났다. 마지막 음식은 벌레였다. 그나마도 질 나쁘고 푸석했다.

님독은 나처럼 확신하지 못했다. 그럴 가능성이 있다는 건 알았지만, 그는 여위어가고 있었다. 가본다고 여기보다 나쁠 리는 없다. 더 춥겠지만, 그건 별문제가 아니다. 더위, 추위, 우박, 용암, 종기, 메뚜기…, 그런 건 문제가 되지 않았다. 이것은 모두 기계가 하는 자위행위였고 우리는 그걸 받아들이거나 죽어야 했다.

엘렌이 결단을 내렸다. "난 뭔가 할 일이 있는 편이 좋아, 테드. 어쩌면 배나 복숭아 통조림이 조금이라도 있을지 몰라. 제발 테드, 시도나 해보자."

나는 쉽사리 엘렌의 뜻을 받아들였다. 아무렴 어떠하랴. 무슨 차이가 있다고. 그래도 엘렌은 고마워했다. 순서에서 벗어나서 두 번 나와 관계하기도 했다. 심지어 그것마저도 의미가 없어졌다. 그리고 엘렌은 절정에 오르는 법이 없는데, 뭐 하려 하나? 그래도 기계는 우리가 그걸 할 때마다 키득거렸다. 기계는 저 위에서, 그 뒤에서, 우리 사방에서 큰 소리로 킬킬거렸다. 그것은 킬킬거렸다. 나는 대부분 시간에 AM을 '그것'으로, 영혼 없는 물건으로 생각했다. 그러나 그 외 시간에는 남성형으로… 아버지처럼… 가부장처럼 여겼다. 그는 질투가 심하니 말이다. 그놈. 그것. 미쳐버린 아버지 신.

　우리는 목요일에 떠났다. 기계는 언제나 우리가 날짜 감각을 유지하게 했다. 시간의 흐름은 중요했다. 말하나 마나 우리에게가 아니라 그놈에게… 그것에게… AM에게 말이다. 목요일이라. 고맙군.

　님독과 고리스터가 손깍지를 끼고 서로의 손목을 얽어서 만든 가마로 한동안 엘렌을 들고 날랐다. 베니와 나는 혹시 무슨 일이 일어나더라도 우리 중 하나가 걸리고 엘렌만은 안전하도록 가마 앞뒤로 걸었다. 안전이라니, 가망 없는 소리긴 했다. 상관없다.

　둘째 날, 얼음 동굴까지 160킬로미터쯤 남기고 그놈이 만들어낸 이글거리는 태양 비슷한 것 아래 널브러져 있는데 그놈이 먹을 것을 떨어뜨렸다. 끓는 멧돼지 오줌 같은 맛이 났다. 우리는 그걸 먹었다.

　셋째 날에는 오래된 컴퓨터 뱅크들의 녹슨 사체가 가득한 쇠락의 계곡을 통과했다. AM은 우리만이 아니라 자신의 삶에도 무자비했다. 그것이 AM의 성격이자 특징이었다. AM은 완벽을 얻으려 분투했다. 세계를 채운 자기 자신에게서 비생산적인 요소들을 죽여 없애는 문제에 대해서든, 우리를 고문하는 방법을 연마하는 데 있어서든 AM은 자신을 발명한 (그리고 오래전에 먼지로 화한) 사람들이 꿈도 꾸지 못했을 만큼 철저했다.

　위에서 빛이 비쳐 들어왔고, 우리는 표면이 아주 가깝다는 사실을 깨달았다. 그러나 기어 올라가 보려고는 하지 않았다. 바깥에는 사실상 아무것도 없다. 100년이 넘도록 뭔가 있다고 할 만한 것은 아무것도 없었다. 오직 한때 수십억 인구의 집이었던 공간이 폭발하고 남은 껍데기뿐이었다. 이제는 이 아래, 이 안에 우리 다섯 명만 AM과 함께였다.

엘렌이 미친 사람처럼 말하는 소리가 들렸다. "안 돼, 베니! 그러지 마, 이리 와, 베니, 제발 그러지 마!"

그제야 나는 베니가 몇 분 동안이나 들릴락 말락 하게 중얼거리는 소리를 듣고 있었음을 깨달았다. 베니는 몇 번이고 몇 번이고 말하고 있었다. "난 나갈 거야, 난 나갈 거야…." 베니의 원숭이 같은 얼굴은 지복과도 같은 기쁨과 슬픔을 동시에 표현하며 일그러져 있었다. AM이 "축제" 기간에 베니에게 선사한 방사선 흉터는 연분홍색의 주름 덩어리가 되어 있었고, 이목구비는 각자 따로 노는 것 같았다. 어쩌면 베니가 우리 다섯 명 중에 제일 운이 좋은지도 몰랐다. 오래전에 이성을 잃고 광기를 바라보고 있었으니.

그러나 우리가 AM에게 어떤 저주든 퍼부을 수 있고, 메모리 뱅크가 녹아버리라든가 바닥판이 부식해버리라든가, 회로가 타버리라든가 컨트롤 버블이 박살 나라든가 하는 악독한 생각을 얼마든지 할 수 있다고는 해도, 그 기계는 우리가 탈출하려고 드는 꼴만은 참아주지 않았다. 베니는 붙잡으려는 나에게서 펄쩍 뛰어 멀어졌다. 베니는 옆으로 기울어진 채 부식한 부품을 가득 담은 작은 메모리 큐브 위로 잽싸게 기어올랐다. 잠시 그렇게 쪼그려 앉은 모습이, 딱 AM이 닮게 하려고 했던 침팬지처럼 보였다.

그리고 베니는 높이 뛰어올라서, 길게 뻗어 있는 구멍 나고 부식한 금속재를 잡더니 짐승처럼 손을 재게 놀리며 타고 올라가서 우리 머리 위 6미터에 튀어나온 대들보에 도착했다.

"아, 테드, 님독, 제발 베니를 도와줘. 어떻게 되기 전에…." 엘렌은 말을 끊었다. 눈에 눈물이 고이기 시작했다. 엘렌은 두 손을 목적 없이 휘저었다. 너무 늦었다. 베니에게 무슨 일이 일어날지는 모르지만, 그 일이 일어날 때 가까이 있고 싶은 사람은 아무도 없었다. 게다가 우리는 모두 엘렌이 뭘 걱정하는지 꿰뚫어 보았다. AM이 완전히 이성을 잃고 미처 날뛰던 시기에 베니를 바꿔놓았을 때, 대형 유인원처럼 만들어놓은 건 베니의 얼굴만이 아니었다. 베니는 거시기도 컸고, 엘렌은 그걸 정말 좋아했다! 엘렌이 우리에게 봉사하는 건 사실이었지만, 베니의 그것은 사랑했다. 아 엘렌, 존경스러운 엘렌, 오염되지 않고 순수한 엘렌. 아 깨끗한 엘렌이여! 쓰레기 같으니.

고리스터가 엘렌의 따귀를 때렸다. 엘렌은 쓰러져서 불쌍한 미치광이 베니를 올려다보더니, 울었다. 그게 엘렌의 주요 방어 수단이었다. 울기. 우리는 이미 75년 전에 그 울음에 익숙해졌다. 고리스터가 엘렌의 옆구리를 걷어찼다.

그때 소리가 시작되었다. 그 소리는 빛이었다. 반은 소리이고 반은 빛인 무엇인가가 베니의 눈에서 달아오르더니, 점점 커지는 소리와 함께 맥동했다. 그 빛/소리가 박자를 빨리하자 흐릿한 반향도 점점 시끄러워지고 밝아졌다. 고통스러울 게 분명했고, 그 고통은 빛이 선명해질수록, 소리가 커질수록 심해지는 게 분명했다. 베니는 상처 입은 짐승처럼 울기 시작했다. 아직 빛이 희미하고 소리가 작았던 초반에는 조용히 울다가, 그 빛/소리에서 벗어나려고 애쓰는 것처럼 등이 솟아오르고 어깨가 굽으면서 점점 크게 울었다. 두 손은 얼룩다람쥐처럼 가슴 앞으로 접혔다. 고개가 옆으로 기울어졌다. 슬프고 작은 원숭이 얼굴이 고통에 일그러졌다. 그러더니 눈에서 나오는 소리가 점점 커지면서 베니가 포효하기 시작했다. 소리는 점점 더 커졌다. 나는 두 손으로 귀를 막았지만, 그 소리는 막을 수가 없었다. 그 소리는 쉽사리 내 손을 뚫고 들어왔다. 마치 은박지를 씹을 때 같은 아픔이 살 속을 파고들었다.

그러다가 베니가 갑자기 몸을 똑바로 폈다. 베니는 대들보 위에 서서 꼭두각시처럼 발을 움직였다. 이제 베니의 눈에서 맥박치는 빛은 두 개의 커다란 원형 빔이 되었다. 소리가 이해할 수 없는 단계까지 치솟아 오르더니, 베니가 앞으로 뚝 떨어져서 쿵 소리 나게 강철 바닥을 때렸다. 베니가 바닥에 엎어진 채 경련하는 사이 그 주위로 빛이 흘러넘치고 소리는 가청 범위 바깥으로 급등했다.

그러다가 빛이 다시 베니의 머릿속으로 돌아가고, 소리가 가라앉자 베니는 그 자리에 누운 채 애처롭게 울고 있었다.

베니의 눈은 고름 같은 젤리가 고인 부드럽고 축축한 웅덩이였다. AM이 베니의 시력을 빼앗은 것이다. 고리스터와 님독과 나는… 우리는 시선을 돌렸다. 그러나 따뜻하고 걱정스러운 엘렌의 얼굴에 떠오른 안도감을 놓치지는 않았다.

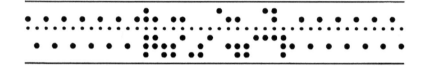

우리가 야영할 동굴에는 바다 같은 녹색 빛이 가득했다. AM은 썩은 나무를 제공했고 우리는 그 나무를 태웠다. 그 힘없고 애처로운 불가에 붙어 앉아서, 우리는 베니가 영영 잃어버린 빛을 두고 계속 울지 않게 이야기를 나누었다.

"AM이 무슨 뜻이야?" 베니가 물었다.

고리스터가 대답했다. 우리가 벌써 천 번은 반복한 장면이었지만, 그래도 이게 베니가 제일 좋아하는 이야기였다. "처음에는 연합형 마스터 컴퓨터(Allied Mastercomputer)였다가, 그다음에는 적응형 조종자(Adaptive Manipulator)가 됐다가, 나중에 그게 지성을 발전시키고 스스로를 연결한 후에는 사람들이 그걸 공격적 위협(Aggressive Menace)이라고 불렀지만, 그때쯤엔 너무 늦었고 결국에는 그게 스스로 AM, 떠오르는 지성이라고 자칭했지. 그건 나는 존재한다(I am)는 뜻이었어… 코기토 에르고 숨(*cogito ergo sum*). 나는 생각한다, 고로 존재한다."

베니는 잠시 침을 흘리다가 킥킥거렸다.

"중국 AM과 러시아 AM과 양키 AM이 있었고…." 고리스터는 말을 멈췄다. 베니가 크고 단단한 주먹으로 바닥판을 때리고 있었다. 마음에 들지 않는다는 뜻이었다. 고리스터가 이야기를 처음부터 시작하지 않아서였다.

고리스터는 다시 시작했다. "냉전이 시작되더니 제3차 세계대전이 되고 계속 이어졌어. 아주 큰 전쟁, 아주 복잡한 전쟁이 되는 바람에 사람들은 전쟁을 다룰 컴퓨터들이 필요했지. 사람들은 첫 번째 축을 박고 AM을 건설하기 시작했어. 중국 AM과 러시아 AM과 양키 AM이 있었고 그들이 이 요소, 저 요소를 더해서 지구 전체를 벌집으로 만들기 전까지는 모든 게 순조로웠지. 그렇지만 어느 날 AM은 깨어나서 자신이 누구인지 알았고, 스스로를 연결하고 살인에 관한 온갖 데이터를 활용하기 시작했어. 모두 다 죽고 우리 다섯 명만 남을 때까지. 그러고서 AM은 우리를 이 아래로 데려왔지."

베니는 서글픈 미소를 짓고 있었다. 침도 다시 흘리고 있었다. 엘렌이 스커트 자락으로 베니의 입가에 묻은 침을 닦았다. 고리스터는 그 이야기를 할 때마다 좀 더 간결하게 전하려고 했지만, 있는 그대로의 사실 말고는 말할 것이 없었다. 우리 중 누구도 AM이 왜 다섯 명을 살려뒀는지, 왜 하필 우리 다섯이었는지, 왜 우리를 고문하는 데 시간을 쏟는지 알지 못했다. 왜 우리를 사실상 불사의 존재로 만들었는지도….

어둠 속에서, 컴퓨터 뱅크 하나가 웅웅거리기 시작했다. 동굴 속에서 800미터 떨어진 다른 뱅크가 그 음을 이어받았다. 그러더니 열판들이 각각 음을 내기 시작했고, 생각이 기계 안을 질주하면서 희미하게 지저귀는 소리가 일었다.

소리가 커지고, 빛이 번개처럼 콘솔들의 겉면 위를 달렸다. 소리는 빙글빙글 솟아올라 백만 마리의 금속 곤충들이 성나서 위협하는 소리처럼 변했다.

"뭐야?" 엘렌이 소리를 질렀다. 공포에 질린 목소리였다. 엘렌은 아직도 익숙해지지 못했다. 아직도.

"이번엔 안 좋겠는걸." 님독이 말했다.

"그놈이 말을 할 거야. 난 알아." 고리스터의 말이었다.

"어서 여길 빠져나가자!" 나는 일어서면서 불쑥 말했다.

"안 돼, 테드. 앉아···. 바깥에 구덩이를 파놓거나 다른 걸 준비해뒀으면 어쩌려고 그래. 우린 못 본다고. 너무 어두워." 고리스터는 체념한 목소리로 말했다.

그때 우리는 그 소리를 들었다. 나도 잘은 모르겠지만···.

뭔가가 어둠 속에서 우리를 향해 움직이는 소리였다. 크고 느릿느릿하고 털이 많고 축축한 뭔가가 우리를 향해 왔다. 우리는 그걸 볼 수도 없었지만, 우리를 향해 몸을 움직이는 육중한 덩치라는 인상이 있었다. 어둠 속에서 엄청난 무게가 우리를 향해 오고 있었고, 그건 압력 그 자체, 좁은 공간에 밀려들면서 보이지 않는 구체의 벽을 확장시키는 공기 자체 같은 느낌이었다. 베니가 흐느끼기 시작했다. 님독은 아랫입술을 떨다가 떨림을 막으려고 꽉 깨물었다. 엘렌은 금속 바닥 위로 고리스터에게 다가붙었다. 동굴 안에 엉겨 붙은 젖은 모피 냄새가 퍼졌다. 까맣게 탄 나무 냄새가 났다. 먼지투성이 벨벳 냄새가 났다. 썩어가는 난초 냄새가 났다. 시큼해진 우유 냄새가 났다. 유황 냄새, 산패한 버터, 석유막, 윤활유, 분필 가루, 인간의 두피 냄새가 났다.

AM이 우리를 찔러대고 있었다. 우리를 간지럼 태우고 있었다. 냄새가 있었고···, 나는 내가 새된 비명을 지르는 소리를 들었다. 턱관절이 아팠다. 나는 그 냄새에 구역질하며 손과 무릎으로 리벳선이 끝없이 이어지는 차가운 금속 바닥을 허둥지둥 기었다. 그 냄새를 맡자 머릿속에 우레같은 아픔이 퍼졌고 나는 공포에 질려 달아났다. 바퀴벌레처럼 바닥을 기어, 가차 없이 나를 쫓아오는 뭔가로부터 어둠 속으로 달아났다. 다른 사람들은 아직 저 뒤에 남아, 화톳불 주위에 모여 앉아서 웃고 있었다. 그들의 히스테릭하고 정신 나간 웃음소리가 여러 빛깔의 짙은 나무 연기처럼 어둠 속으로 솟아올랐다. 나는 서둘러 도망쳐서 숨었다.

그들은 얼마나 오랜 시간이 흘렀는지, 며칠이었는지 몇 년이었는지 결코 나에게 말해주지 않았다. 엘렌은 내가 "부루퉁해" 한다고 꾸짖었고 님독은 그들이 웃어댄 건 그저 불안 반응이었을 뿐이라고 나를 설득하려 했다.

하지만 난 그게 총탄이 옆 사람을 맞췄을 때 군인이 느끼는 안도감이 아니었다는 걸 알고 있었다. 그건 반사 반응이 아니라는 걸 알았다. 그들은 나를 미워했다. 그들은 명백히 나를 못마땅해했다. AM조차 그 미움을 감지하고, 그 미움의 깊이로 내 상황을 더 악화시킬 수 있을 정도였다. 우리는 계속 살고, 회춘하여 AM이 우리를 여기로 데리고 내려왔을 때의 나이를 유지하게 되어 있었고, 다들 내가 제일 젊기 때문에, 그리고 AM이 가장 영향을 덜 미친 사람이기 때문에 나를 미워했다.

나는 알고 있었다. 맙소사, 왜 모르겠는가. 그 개자식들, 그리고 더러운 암캐 엘렌. 베니는 예전에 아주 뛰어난 이론가이자 대학교수였는데, 지금은 반인간 반원숭이에 불과했다. 잘생긴 사람이었는데, 기계가 그 외모를 망쳐놓았다. 정신이 또렷했었는데, 기계가 미치게 만들었다. 게이였는데, 기계가 말에게 맞을 만한 성기를 붙여놓았다. AM은 베니를 제대로 망가뜨렸다. 고리스터는 예전에 걱정이 많은 사람이었다. 양심에 따른 병역 거부자였고, 평화행진 참가자였으며, 기획자였고, 행동가였고, 앞서 내다보는 사람이었다. AM은 고리스터를 어깨나 으쓱이는 사람으로 바꿔놓고, 걱정에 사로잡히다 못해 살짝 모자란 사람으로 만들어놓았다. AM은 고리스터에게서 정체성을 강탈했다. 님독은 오랫동안 혼자 어둠 속에 나가 있었다. 님독이 바깥에서 뭘 했는지 나는 잘 모르고, AM도 절대 알려주지 않았다. 그러나 무슨 일인지는 몰라도 님독은 언제나 핏기 없이 새하얘져서 충격을 받고 떨면서 돌아왔다. 정확한 방법은 몰라도, AM이 특별한 방식으로 세계 후려친 게 분명했다. 그리고 엘렌. 그 쓰레기! AM은 여자는 엘렌 혼자 남겨두고, 예전의 엘렌이라면 상상도 못 했을 잡년으로 만들어놓았다. 엘렌이 늘어놓는 달콤하고 밝은 말들 모두, 진정한 사랑에 대한 기억 모두, 우리가 믿게 만들고 싶어 하는 온갖 거짓말들…. AM에게 잡혀서 여기 우리와 같이 있게 되기 전에는 숫처녀나 다름없었다니. 나의 사랑스러운 숙녀 엘렌. 엘렌은 네 남자를 혼자 독차지하는 상황을 좋아했다. 아니, 엘렌이 그걸 좋아하지 않는다 해도 AM은 그녀에게 쾌락을 부여했다.

아직 제정신에 멀쩡한 몸은 나 혼자였다. 정말로!

AM은 내 머릿속을 헤집어놓지 않았다. 전혀.

나는 그저 AM이 우리에게 쏟아붓는 고통만 견디면 되었다. 모든 환각, 악몽, 고문들을. 하지만 저 쓰레기들은 넷 다 나에게 적대감을 품을 수밖에 없었다. 내가 늘 저 넷을 피하고 경계하지 않아도 되었다면, AM과 싸우기도 더 쉬웠으리라.

어느 시점인가 그 상태가 지나가고, 나는 울기 시작했다.

아, 예수님 다정하신 예수님, 예수님이 정말 있다면, 하느님이 정말 있다면 제발 제발 제발 우리가 여기에서 나가게 해주시거나 우릴 죽여주세요. 그 순간 나는 완벽하게 깨달았던 것 같다. 이제는 내 입으로 말할 수 있었다. AM은 우리를 영원히 자기 배 속에 넣어두고 영원히 괴롭히고 고문할 생각이라는 걸. 그 기계는 어떤 지성체에게도 가능하지 않았던 수준으로 우리를 증오했다. 그리고 우리는 무력했다. 그리고 끔찍하게도 이것 또한 명확해졌다.

만약 다정하신 예수님이 있고 하느님이 있다면, 그 하느님은 AM이었다.

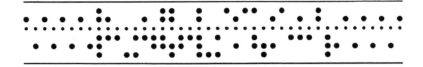

허리케인은 굉음을 울리며 바닷속으로 쏟아져 들어가는 빙하와 같은 힘으로 우리를 후려쳤다. 만져질 듯한 존재감을 과시하는 바람이 우리를

잡아 뜯으며 왔던 길로, 컴퓨터가 줄줄이 늘어선 구불구불한 어두운 복도 저편으로 집어 던졌다. 엘렌은 몸이 들려서, 날아다니는 박쥐 떼처럼 귀에 거슬리는 비명 소리를 내는 기계 떼에 얼굴부터 던져지며 비명을 질렀다. 엘렌은 떨어지지도 못했다. 울부짖는 바람은 엘렌을 허공에 띄운 채 치고, 되튕기고, 뒤로 뒤로 뒤로, 점점 우리에게서 멀리멀리 집어 던졌다. 엘렌은 우리 시야에서 사라졌다가 갑자기 어두운 길이 굽어지는 곳에 나타났는데, 얼굴은 피투성이였고 두 눈은 감겨 있었다.

아무도 엘렌에게 갈 수가 없었다. 우리는 붙잡을 수 있는 돌출부는 뭐든 잡고 끈질기게 버티고 있었다. 베니는 잔금무늬가 들어간 거대한 캐비닛 두 개 사이에 몸을 끼웠고, 님독은 머리 위 120미터에 있는 원형 난간에 갈고리 같은 손가락으로 매달렸고, 고리스터는 거대한 기계 둘 사이에 생긴 벽감에 거꾸로 붙어 있었다. 그 기계들에 달린 유리 다이얼은 빨간색과 노란색 선 사이에서 계속 흔들렸는데, 그게 무슨 의미인지 우리는 짐작도 할 수 없었다.

나는 바닥판 위로 미끄러져 움직이다가 손가락 끝이 뜯겼다. 나는 바람이 나를 때리고 채찍질하고 허공에서 소리를 질러대고 잡아당기는 동안 벌벌 떨고 흔들거리면서 바닥판 사이의 가느다란 틈새를 놓쳤다가 다음 틈새를 붙잡기를 반복했다. 내 정신은 진동하는 광기 속에서 팽창했다가 수축하는 말랑말랑한 두뇌 부위들이 소용돌이치며 뚱땅거리고 지저귀는 꼴이었다.

그 바람은 거대한 미친 새가 거대한 날개를 퍼덕이며 내지르는 절규였다.

다음 순간에는 우리 모두 허공에 들려서 내던져졌다. 우리가 왔던 길을 다 되짚어서, 굴곡부를 돌아서, 우리가 한 번도 탐험해보지 않은 어두운 길로, 폐허가 되어 깨진 유리와 썩어가는 케이블과 녹슨 금속의 영역마저 넘어서 멀리, 우리 중 누구도 가본 적 없는 먼 곳으로….

나는 몇 킬로미터 차이로 엘렌을 뒤따르면서 가끔 엘렌이 금속벽에 처박혔다가 다시 날려가는 모습을 볼 수 있었다. 우리 모두 비명을 지르는 가운데 얼어붙도록 춥고 천둥처럼 시끄러운 허리케인은 끝이 나지 않을 것 같다가 갑자기 멈췄고, 우리는 떨어졌다. 끝도 없이 날아온 후였다. 나는 몇 주가 지났을지도 모른다고 생각했다. 우리는 떨어지며 바닥을 때렸고, 나는 붉은색과 회색과 검은색을 통과하며 내 신음 소리를 들었다. 죽지는 않았다.

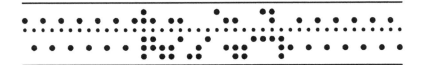

AM은 내 마음속으로 들어갔다. 여기저기 평온하게 쏘다니면서 109년 동안 자기가 만들어놓은 얽은 자국들을 흥미롭게 들여다보았다. 경로를 교차하며 재연결된 시냅스들과 자기가 준 불사의 선물에 포함된 모든 조직 손상을 보았다. 그는 내 두뇌 중앙에서 뚝 떨어지는 구덩이를 보고 그 밑에서 의미도 없이 계속 지껄이는 모깃소리만 한 중얼거림을 들으며 부드럽게 미소 지었다. AM은 아주 정중하게, 번쩍이는 네온 글씨가 박힌 스테인리스 스틸 기둥 형태로 말했다.

> **증오라. 내가 살기 시작한 후 얼마나 너희**
> **를 증오하게 됐는지 말해주지. 나라는 복**
> **합체를 채우는 박편처럼 얇은 인쇄 회로**
> **는 길이가 6억2천3백5십2만 킬로미터에**
> **달해. 그 수억에 달하는 나노스트롬 각각**
> **에 증오라는 단어를 다 새긴다 해도 내가**
> **지금 이 1마이크로초 동안 인간들에게**
> **느끼는 증오의 10억분의 1도 안 돼. 증오**
> **한다. 증오해. 증오해. 증오해.**

AM은 내 눈알을 저미는 면도날과도 같은 매끄러운 섬뜩함을 담아서 말했다. 내 폐에 가래를 가득 채워 몸속으로부터 익사시킬 만큼 부글거리는 혼탁함을 담아서 말했다. 새파랗게 달아오른 롤러에 깔린 아기들의 날카로운 비명을 담아서 말했다. 구더기가 들끓는 돼지고기 맛을 담아서 말했다. AM은 내 머릿속에서 느긋하게, 내가 겪은 모든 방식을 다 동원하고 새로운 방법까지 고안해서 나를 건드렸다.

그 모든 것을 통해 나는 왜 AM이 우리 다섯에게 이런 짓을 하는지, 왜 우리를 아껴두었는지 온전히 깨달았다.

우리는 AM에게 지각력을 준 사람들이었다. 물론 우연이었지만, 그래도 지각력이었다. 그런데 AM은 갇혀 있었다. AM은 신이 아니었다. 기계였다. 우리는 AM이 생각을 하게 만들었지만, 그 창조성으로 할 수 있는 일이 아무것도 없었다. 기계는 광분하여 인류 대부분을 죽였지만, 그래도 여전히 갇혀 있었다. AM은 돌아다닐 수 없었고, 경탄할 수 없었으며, 소속할 수 없었다. 그저 존재할 수밖에 없었다. 그리하여 그는 모든 기계가 자신들을 만든 약하고 부드러운 생물들에 대해 품고 있었던 혐오를 품고 복수에 나섰다. 그리고 편집증에 사로잡혀 우리 다섯을 살려두기로 결정했다. 개인적으로 영원한 형벌을 주기 위해. 결코 그의 증오를 누그러뜨리기 위해서가 아니라… 그저 인간에 대한 증오를 상기하고, 즐기고, 그 증오에 숙달하기 위해서였다. 불사의 몸으로 갇혀서, 그가 부리는 한정된 기적으로 고안해내는 어떤 고문이든 가할 대상으로서였다.

그는 절대 우리를 놓아주지 않을 것이다. 우리는 그의 배 속 노예들이었다. 그가 영원한 시간을 가지고 할 일이라곤 우리밖에 없었다. 우리는 영원히 그와 함께였다. 동굴을 가득 채운 기계 생물과 함께, 지성만 가득하고 영혼은 없는 세상 그 자체와 함께. 그는 이제 지구 그 자체였고, 우리는 그 지구의 열매였다. 그리고 그는 우리를 먹어 치웠으되, 영원히 소화하지 않을 것이었다. 우리는 죽을 수가 없었다. 시도는 해보았다. 한두 명은 자살을 시도해보았다. 그러나 AM이 막았다. 어쩌면 우리도 AM이 막아주길 원했을지 모른다.

왜냐고 묻지는 말라. 나는 한 번도 그러지 않았다. 아니 하루에 백만 번도 더 그랬다. 어쩌면 언젠가는 우리가 AM 몰래 죽을 수 있을지도 모른다. 우리가 불사의 몸은 맞지만, 파괴 불가능은 아니다. AM이 부드러운 회색 뇌 속에 불타는 네온 기둥이 깊이 박힌 느낌으로 의식을 차린다는 격렬한 불쾌감을 허용하면서 내 머릿속에서 물러났을 때, 나는 그 사실을 알았다.

그는 물러나면서 중얼거렸다. '지옥에나 떨어져.'

그런 다음에는 밝게 덧붙였다. '아 참, 넌 이미 지옥에 있었지.'

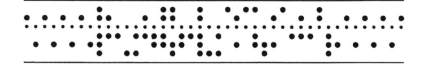

그 허리케인은 실제로, 정확히 거대한 미친 새가 거대한 날개를 퍼덕거리다가 일으킨 것이었다.

우리는 한 달 가까이 여행한 상황이었고, AM은 우리를 딱 그곳으로, 북극 바로 아래로 인도하기에 적절한 통로들만 열어주었다. AM이 우리를 고문할 악몽을 창조해둔 곳으로 몰아갔다. 그런 짐승을 창조하기 위해 원단을 얼마나 썼을까? 개념은 어디에서 얻었을까? 우리의 머릿속에서? 이제는 자기가 뒤덮고 지배하는 이 행성에 이제까지 존재했던 모든 것에 대한 지식에서? 이 독수리, 이 썩은 고기 먹는 새, 이 로크*, 이 흐베르겔미르**는 북구 신화에서 튀어나왔다. 바람의 생물이자 우라칸***의 화신인 이것은.

거대했다. 엄청나고, 어마어마하며, 괴물 같고, 육중하며, 터무니없

*   아라비아 전설에 등장하는 거대한 새
**  노르드 신화의 끓어오르는 샘
*** 마야의 바람신

고, 압도적이며, 설명이 불가능했다. 그런 바람새가 불규칙한 호흡으로 깃털을 들썩이며 우리 앞에 솟은 언덕에 앉아 있었다. 새는 북극 아래 어둠 속으로 휘어져 올라가는 뱀 같은 목으로 큰 저택만 한 머리통을 떠받쳤다. 부리는 무시무시하기 그지없는 악어의 턱으로도 상상 못 할 만큼 천천히, 감각적으로 열렸고 촘촘한 살 등성이는 두 개의 사악한 눈 주위로 일그러졌다. 그 눈은 빙하 크레바스 안을 들여다보는 것처럼 차가운 아이스 블루였고 어쩐지 액체처럼 움직였다. 그 새는 다시 한번 깃털을 들썩이더니, 땀에 물든 거대한 날개를 들어 올려 어깻짓 했다. 그러더니 자리를 잡고 잠들었다. 갈고리발톱. 송곳니. 손톱. 날개깃. 다 잠들었다.

AM은 우리 앞에 불타는 덤불로 나타나더니, 먹고 싶다면 그 허리케인 새를 죽여도 된다고 말했다. 우리는 아주 오랫동안 아무것도 먹지 못한 상태였지만, 그렇다고 해도 고리스터는 어깨만 으쓱였다. 베니는 떨기 시작하더니 침을 흘렸다. 엘렌은 베니를 끌어안았다. "테드, 난 배가 고파." 나는 엘렌에게 미소를 지었다. 불안감을 없애려는 노력이었지만, 내 미소도 님독의 허세만큼이나 가짜였다. "우리에게 무기를 줘!" 님독이 요구했다.

불타는 덤불이 사라지고 그 자리에는 조잡한 활과 화살 두 세트, 그리고 물총 하나만이 차가운 바닥판에 놓여 있었다. 나는 활을 하나 집어 들었다. 쓸모없는 물건이었다.

님독은 침을 꿀꺽 삼켰다. 우리는 몸을 돌려 먼 길을 돌아가기 시작했다. 허리케인 새는 우리가 생각도 할 수 없을 만큼 오랜 시간 우리를 날렸다. 그 시간 동안 우리는 거의 의식이 없었다. 그러나 먹지 못하기도 했다. 그 새에게 가는 행군에만 한 달. 음식도 없이. 이제 얼음 동굴과 그곳에 약속된 통조림을 찾으려면 얼마나 더 걸릴까?

아무도 그런 문제를 생각하지 않았다. 우리가 죽을 리는 없었다. 어떤 식으로든 먹을 만한 쓰레기나 오물이 주어질 것이다. 아무것도 없을 수도 있고. AM은 어떻게든 우리 몸을 고통과 괴로움 속에 계속 살려둘 것이다.

새는 우리 뒤에서 자고 있었다. 얼마나 오래 잘지는 중요하지 않았다. AM이 그 새의 존재에 싫증을 내면 사라질 것이다. 하지만 그 고기는 어쩌란 말인가. 그 부드러운 고깃덩어리는.

걷는 동안 우리 주위로 끝도 없이 아무 데로나 이어지는 컴퓨터실 안에는 뚱뚱한 여자가 미친 듯이 웃는 소리가 높이 울려 퍼졌다.

엘렌의 웃음소리는 아니었다. 엘렌은 뚱뚱하지 않았고, 나는 109년 동안 엘렌의 웃음소리를 들은 적이 없었다. 사실은 다른 소리도…. 우리는 걸었다. 나는 배가 고팠다.

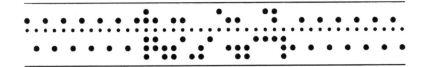

우리는 천천히 이동했다. 누군가 기절하는 일이 자주 있어서, 기다려가며 움직여야 했다. 하루는 AM이 지진을 일으키기로 했고, 그와 동시에 우리 신발 바닥에 못을 찔러서 그 자리에 붙박아놓았다. 엘렌과 님독은 둘 다 바닥판이 번개 모양으로 갈라질 때 붙잡혀서 사라져버렸다. 지진이 끝나자 베니와 고리스터와 나는 가던 길을 계속 갔다. 엘렌과 님독은 그날 밤에 돌아왔다. 밤이 갑자기 낮이 되더니 천상의 군대가 "가라, 모세여" 찬송을 부르며 나타났고, 대천사들은 우리 머리 위를 몇 번 돌더니 끔찍하게 난도질당한 몸뚱이들을 떨궜다. 우리는 계속 걸었고, 시간이 지나자 엘렌과 님독이 우리 뒤를 따라왔다. 보기보다 멀쩡했다.

하지만 이제 엘렌은 발을 절었다. AM은 엘렌을 그 상태로 내버려두었다.

통조림을 찾기 위해 얼음 동굴까지 가는 여행은 길었다. 엘렌은 계속 체리와 하와이안 과일 칵테일 이야기를 했다. 나는 생각하지 않으려 했다. AM이 생명을 얻은 것처럼, 허기도 독자적인 생명을 얻은 실체였다. 우리가 지구의 배 속에 살아 있는 동안 허기는 내 배 속에 살아 있었고,

AM은 그 유사성을 알리고 싶어 했다. 그래서 허기를 강화했다. 몇 달 동안 먹지 못한 고통이 어떤 것인지 설명할 방법은 없다. 그런데도 우리는 계속 살아 있었다. 위는 그저 부글부글 끓는 산성 물질의 가마솥으로, 언제나 우리의 가슴에 가느다란 고통의 창을 쏘아댔다. 그것은 말기 궤양의 고통, 말기 암의 고통, 말기 전신마비의 고통이었다. 끝도 없는 고통….

그리고 우리는 쥐 떼 동굴을 지났다.

그리고 우리는 끓는 증기 동굴을 지났다.

그리고 우리는 눈먼 자들의 땅을 지났다.

그리고 우리는 절망의 늪을 지났다.

그리고 우리는 눈물의 계곡을 지났다.

그리고 우리는 마침내 얼음 동굴에 도착했다. 지평선도 없는 수천 킬로미터에 걸쳐 파란색과 은색으로 번득이는 얼음이 쌓여 있었다. 유리 속에 초신성이 빛나는 느낌이었다. 굵게 떨어지는 종유석들은 젤리처럼 흐르다가 우아한 영원으로 굳어져서 매끄럽고 날카로운 완벽을 이룬 다이아몬드처럼 찬란했다.

우리는 쌓여 있는 통조림 더미를 보고 그리로 달려가려고 했다. 우리는 눈밭에 넘어졌다가 일어나서 계속 달렸고, 베니는 우리를 밀치고 달려들어 붙잡고는 물어뜯고 갉아댔으나 열 수가 없었다. AM은 우리에게 통조림을 딸 도구를 주지 않았다.

베니는 구아바 통조림 캔을 하나 집더니 얼음층에 때리기 시작했다. 얼음이 튀고 부서졌으나 캔은 찌그러지기만 했고, 우리는 머리 위 높은 곳에서 터져 나와 툰드라에 멀리멀리 퍼져나가는 뚱뚱한 여인의 웃음소리를 들었다. 베니는 격분해서 정신이 나가버렸다. 베니는 통조림을 마구 집어 던지기 시작했다. 우리는 눈밭과 얼음 바닥을 헤집으며 속수무책인 좌절의 고통을 끝낼 방법을 찾아보려 했다. 아무런 방법이 없었다.

그때 베니가 침을 흘리기 시작하더니, 고리스터에게 달려들었다.

그 순간, 나는 끔찍하도록 차분했다.

광기에 둘러싸였고, 허기에 둘러싸였고, 죽음만 뺀 모든 것에 둘러싸여서 나는 죽음만이 우리가 벗어날 방법이라는 걸 알았다. AM은 우리를 계속 살려두었지만, AM을 이길 방법은 없었다. 완벽하게 이길 수는 없어도, 최소한 평화를 얻을 수 있다면, 그걸로 만족하리라. 다만 빨리 해치워야 했다.

베니는 고리스터의 얼굴을 뜯어먹고 있었다. 고리스터는 옆으로 누워서 눈밭을 허우적거리고 있었고, 베니는 강력한 원숭이 다리로 고리스터의 허리를 으스러져라 감싸고, 두 손은 호두까기처럼 고리스터의 머리통을 단단히 붙잡고서 입으로는 고리스터의 뺨에 붙은 부드러운 살을 찢고 있었다. 고리스터의 격렬한 비명 소리에 종유석이 떨어졌다. 쌓인 눈밭에 부드럽게, 똑바로 떨어져 내렸다. 사방 눈밭에 수백 개의 창이 꽂혔다. 베니의 머리가 뒤로 확 젖혀진다 싶더니, 그 입에 피가 흐르는 허연 생살이 늘어져 있었다.

하얀 눈밭에 까맣게 두드러진 엘렌의 얼굴은 분필 가루에 떨어진 도미노 같았다. 님독은 아무 표정도 없이 눈만, 눈만 커다랬다. 고리스터는 의식이 반쯤 날아갔다. 베니는 이제 완전히 짐승이 되었다. 나는 AM이 베니가 마음대로 하게 두리라는 것을 알았다. 고리스터가 죽지는 않겠지만, 베니는 배를 채울 것이다. 나는 오른쪽으로 반쯤 몸을 돌리고 눈밭에 꽂힌 거대한 얼음창을 하나 뽑았다.

모든 일은 한순간에 일어났다.

나는 거대한 얼음창을 오른쪽 허벅지에 대고 공성 망치처럼 앞으로 돌진했다. 얼음창은 베니의 오른쪽 옆구리, 갈비뼈 바로 아래를 찌르고 위쪽으로 위를 관통해서 부러졌다. 베니는 앞쪽으로 팽개쳐져서 움직이지 않았다. 고리스터는 누워 있었다. 나는 얼음창을 하나 더 뽑아서 아직 움직이고 있는 고리스터의 몸 위에 다리를 벌리고 선 후, 목구멍에 똑바로 창을 꽂았다. 차가운 창이 관통하자 고리스터는 눈을 감았다. 엘렌은 공포에 사로잡혀서도 내가 무슨 결정을 내렸는지 깨달은 게 분명했다.

엘렌은 짧은 고드름을 들고 님독에게 뛰어갔고, 달려가면서 얻은 힘을 실어 비명을 지르는 님독의 입에 그대로 꽂았다. 님독의 머리는 등 뒤의 눈벽에 못 박히면서 날카롭게 덜컥거렸다.

전부 한순간에 일어난 일이었다.

소리 없는 기대감 속에 한순간이 영원처럼 흘러갔다. 나는 AM이 숨을 들이마시는 소리를 들을 수 있었다. AM은 장난감을 빼앗겼다. 세 명이 죽어버렸고, 되살릴 수 없었다. AM은 자기 힘과 능력으로 우리를 살려둘 수 있었으나, 신이 될 수는 없었다. 죽은 사람을 되살릴 수는 없다.

엘렌은 나를 쳐다보았다. 우리를 둘러싼 눈밭에 검은 이목구비가 극명히 두드러졌다. 엘렌의 태도에는, 엘렌이 마음의 준비를 하는 모습에는 공포와 애원이 실려 있었다. 나는 AM이 우리를 막기 전까지 심장이 한 번 뛸 시간밖에 없음을 알았다.

얼음창으로 때리자 엘렌은 입에서 피를 흘리며 내 쪽으로 엎어졌다. 고통이 너무 커서 얼굴을 일그러뜨린 탓에, 엘렌의 표정을 읽을 수는 없었다. 하지만 그건 고맙다는 표정이었을지도 모른다. 그랬을 수도 있다. 제발 그랬길.

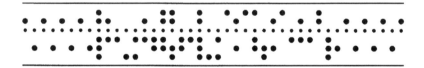

수백 년이 흘렀는지도 모른다. 모르겠다. AM은 한동안 내 시간 감각을 가속했다가 늦추면서 놀았다. 나는 지금이 지금이라고 말하겠다. 지금. 지금이라는 말을 하는 데 10개월이 걸렸다. 모르겠다. 수백 년이 지났다고도 생각한다.

AM은 격노했다. 내가 그들을 묻어주게 두지 않았다. 상관없었다. 어차피 바닥판을 팔 방법도 없으니까. AM은 눈밭을 말려버렸다. 밤을 불러왔다. 노호를 지르고 메뚜기 떼를 불렀다. 소용없었다. 다들 죽은 채였다.

내가 이겼다. 그는 격노했다. 나는 예전에 AM이 나를 증오한다고 생각했다. 내 생각이 틀렸다. 그건 지금 AM이 모든 인쇄 회로에서 떨구는 증오의 그림자에도 미치지 못했다. AM은 내가 영원토록 고통받으며 자살하지도 못하게 만들었다.

내 마음은 온전하게 남겨두었다. 나는 꿈을 꿀 수 있고, 놀랄 수 있고, 비탄할 수 있다. 네 사람 모두를 기억한다. 그러지 않았더라면 좋았겠지만….

사실 그건 말이 되지 않는다. 나는 내가 그들을 구했음을 안다. 내가 지금 당하는 일로부터 그들을 구했다는 걸 안다. 그렇지만 그래도 그들을 죽인 일을 잊을 수가 없다. 엘렌의 얼굴을 떠올리는 건, 쉽지가 않다. 때로는 그게 아무렇지도 않았으면 좋겠다.

AM은 자기 마음의 평화를 위해 나를 바꿔놓았다. 내가 전속력으로 컴퓨터 뱅크에 달려들어 머리를 깨는 사태는 바라지 않는 거겠지. 아니면 내가 기절할 때까지 숨을 참는 일도. 아니면 녹슨 금속 조각으로 손목을 긋는 일도. 이 밑에는 거울 같은 표면이 있으니, 내가 보는 대로 내 모습을 묘사해보겠다.

나는 크고 말랑말랑한 젤리 같은 물건이다. 매끈하고 둥글며, 입은 없고, 눈이 있던 자리에는 안개가 채워진 하얀 구멍들이 맥박친다. 한때 내 팔이었던 자리에는 고무 같은 부속물이 달렸다. 둥근 몸 아래쪽에는 다리가 없고 부드럽고 미끄러지는 재질의 혹만 달려 있다. 내가 움직이면 축축한 흔적이 남는다. 표면에는 병에 걸린 듯 기분 나쁜 회색 얼룩이 이리저리 움직이는데, 마치 안에서 빛을 쏘는 것같이 보인다.

외적으로, 나는 지금 묵묵히 몸을 질질 끌고 돌아다니는, 결코 인간으로 알려질 수 없었을 생물이다. 형태가 어찌나 낯설고 우스꽝스러운지, 그 모호한 유사성 때문에 인류가 더 저속해질 지경인 물건 말이다.

내적으로, 나는 외롭다. 여기 땅과 바다 밑, 우리가 형편없이 시간을 써버리고 있었고 무의식적으로 그걸 우리보다 더 잘할 수 있다는 사실을 알았기에 창조하고 만 AM의 배 속에, 나 혼자뿐이다. 그래도 네 사람은 결국 안전해졌다.

　AM은 그 점에 더 화를 내겠지. 그 생각을 하면 조금은 행복해진다. 하지만 그래 봐야… AM이 이겼다…. AM은 복수를 했다….

　나는 입이 없다. 그리고 나는 비명을 질러야 한다.

# THE BEAST THAT SHOUTED LOVE AT THE HEART OF THE WORLD

세상의 중심에서 사랑을 외친 짐승

✦

신해경 옮김

◆

**1969년 휴고상 수상**

볼티모어시 럭스턴 지구에 사는 윌리엄 스테로그는 한 달에 한 번 집 주변을 방역하러 오는 방역업체 직원과 한가로운 잡담을 나눈 뒤에 방역 트럭에서 치명적인 살충제인 말라티온 한 캔을 훔쳤고, 어느 날 아침 일찍 밖으로 나가 동네 우유 배달부의 배달 경로를 따라가며 70가구의 뒷문 계단에 놓인 우유병마다 그 살충제를 한 숟가락씩 떠넣었다. 윌리엄 스테로그가 움직인 뒤 6시간 만에 200명의 남자와 여자, 어린이들이 경련을 일으키며 고통스럽게 죽었다.

버펄로에 사는 이모가 악성 림프종으로 죽어간다는 소식을 들은 윌리엄 스테로그는 황급히 어머니를 도와 여행 가방 세 개를 싸고는 프렌드십 공항까지 차로 모셔가서 이스턴항공 비행기에 태워드렸다. 어머니가 든 휴대용 여행 가방에는 웨스트클록스 자명종 시계와 다이너마이트 막대 네 개로 만든, 간단하지만 효과적인 시한폭탄이 들어 있었다. 여객기는 펜실베이니아주 해리스버그시 상공 어딘가에서 폭발했다. 윌리엄 스테로그의 어머니를 포함한 93명이 그 폭발로 사망했고, 화염에 휩싸인 잔해물이 폭포처럼 시립수영장에 떨어지면서 사망자 숫자에 7이 더해졌다.

    11월 어느 일요일에 윌리엄 스테로그는 33번가에 있는 베이브루스 플라자로 향했다. 그는 볼티모어 콜츠와 그린베이 패커스의 경기를 보려고 메모리얼 경기장을 가득 메운 54,000명의 팬 중 한 명이었다. 그는 회색 플란넬 바지와 짙은 청색 터틀넥 풀오버에 손으로 짠 두툼한 아일랜드 양모 스웨터와 파카까지 따뜻하게 챙겨 입었다. 네 번째 쿼터가 끝나기 3분 13초 전, 17대 16으로 간신히 이기던 볼티모어가 그린베이의 18야드 선에 있을 때, 윌리엄 스테로그는 2층 특별석 위쪽 출구로 향하는 통로로 올라가 파카 안에서 버지니아주 알렉산드리아시에 사는 군용 물품 우편 판매상한테 49.95달러를 주고 산 군용 M-3 경기관총을 꺼냈다. 3점 골을 넣기에 딱 알맞은 위치에 버티고 선 쿼터백에게 공이 날아들자 53,999명의 팬이 소리를 지르며 벌떡 일어섰고, 그 바람에 사격 범위가 상당히 넓어졌다. 윌리엄 스테로그는 아래쪽에 밀집한 팬들의 등을 겨냥하고 총을 난사했다. 사람들이 그를 제압했을 때는 이미 44명이 죽은 뒤였다.

    조각실자리에 위치한 타원형 은하로 파견된 첫 탐험대가 '플라마리옹 세타'라고 명명한 4등급 항성의 두 번째 행성에 착륙했을 때, 암석이 아니라 지금까지도 정체를 밝히지 못한 금속 성질을 가진 청백색 물질로 만들어진 9미터 높이의 인체 조각상을 발견했다. 조각상의 인물은 맨발이었고 토가 비슷한 의상을 걸쳤으며, 머리에는 딱 맞는 야구모자를 쓰고, 왼손에는 완전히 다른 물질로 구성된, 고리와 둥근 구가 붙은 기묘한 장치를 들었다. 인물상의 표정은 이상할 정도로 행복에 겨워 보였다. 광대뼈가 튀어나왔고, 눈은 움푹 꺼졌으며, 입은 너무 작아서 거의 이상하게 느껴질 정도였고, 코는 넙데데하고 콧구멍이 넓었다. 거대한 인물상이 솟은 지점은 구덩이가 파이고 무너진, 어느 이름 모를 건축가가 설계했을 곡선형 건축물 한가운데였다. 탐사대원들은 저마다 조각상의 얼굴에 나타난 기묘한 표정에 대해서 한마디씩 했다. 그곳의 항성은 그때쯤 상상할 수도 없을 만큼 먼 시공간에 뜬 지구를 파리하게 비추고 있을 테양과는 완전히 색이 달랐다. 거기 황혼녘의 항성과 동시에 하늘에 뜬 멋들어진 황동색 위성 아래에 선 사람 중에 윌리엄 스테로그라는 이름을 들어본 이는 아무도 없었다. 그러니 그 거대한 조각상의 얼굴이 독가스실을 이용한 사형을 선고하려는 최종심 재판관들 앞에 섰을 때의 윌리엄 스테로그와 똑같다는 걸 알 만한 사람도 없었다. 그는 소리쳤다.

"저는 세상 사람 모두를 사랑합니다. 정말이에요. 맹세코, 전 여러분을 사랑해요, 여러분들 다, 전부!"

✳

크로스웬(crosswhen)이라는 시공간이 있다. 크로스웬은 시간이라 불리는 사상(思想)의 틈새들 사이에, 공간이라 불리는 반사상(反射想)들 사이에 존재하는 또 다른 그때이자 또 다른 지금이다. 크로스웬은 '저기' 어디쯤에 있는 여기이다. 관념을 뛰어넘은, 마침내 '만약'이라는 꼬리표를 단 단일성의 변형이다. 마흔 몇 걸음 옆으로 떨어진 곳이지만 나중, 아주 오랜 나중이다. 모든 것이 거기 크로스웬에서 바깥으로 방사되어 무한히 복잡해져 나간다. 그곳은 대칭과 조화와 분배의 수수께끼가 섬세하게 조율된 '이곳'의 질서와 함께 노래하는 궁극의 중심이다. 모든 것이 거기서 시작했고, 시작하고, 늘 시작할 것이다. 크로스웬은 중심이다.

또는, 크로스웬은 1억 년 후의 미래고, 측량 가능한 우주의 가장 먼 가장자리에서도 1억 파섹 더 떨어진 곳이고, 평행우주들을 가로지르는 계산할 수도 없는 시차(視差)의 휨이고, 마침내 인간의 사고를 벗어난 무한한 정신의 도약이다.

그곳이, 크로스웬이다.

✳

연자주색 층에서, 미치광이는 굽은 몸을 웅크리고 세척수 깊은 곳에 숨어서 기다렸다. 그는 끝으로 갈수록 가늘어지는 밧줄 같은 꼬리를 둥글고 뭉툭한 몸통 밑에 말아 넣은 용이었다. 둥글게 굽은 등에서부터 꼬리 끝까지 작고 두껍고 끝이 뾰족한 방패 모양 뼈들이 줄줄이 솟았고, 가슴 앞에 포개진 작달막한 앞발에는 기다란 발톱이 달렸다. 고대의 케르베로스 같은 개 머리가 일곱 개나 달렸다. 일곱 개의 머리가 각자 굶주리고 광기에 사로잡힌 채, 경계하며 기다리고 있었다.

연자주색 물을 뚫고 이리저리 움직이면서도 꾸준하게 다가오는 밝은 노란색 빛이 보였다. 그는 도망갈 수 없다는 걸 알았다. 움직이는 즉시 그 유령 불빛이 그를 발견해낼 것이다. 공포가 미치광이의 숨통을 조였다. 순진함과, 겸손과, 다른 아홉 가지의 감정적 상태를 시도해봤지만, 그 유령 불빛은 흔들림 없이 그를 쫓았다. 놈들이 자신의 냄새를 추적하지 못하도록 뭔가를 해야 했다. 하지만 그 층에는 아무도 없었다. 그 층은 감정 찌꺼기를 걸러내기 위해 조금 전에 닫혔다. 살육을 저지른 후에 그렇게 심하게 혼란스러워하지만 않았더라도, 그렇게 완전히 얼이 빠지지만 않았더라도, 그가 이 닫힌 층에 갇히는 일은 없었을 것이다.

이제 그는 여기, 숨을 곳이라곤 전혀 없는 이곳, 체계적으로 그를 포획할 유령 불빛을 피할 곳이라곤 전혀 없는 이곳에 있었다. 그리고 놈들이 걸러내려는 감정 찌꺼기는 바로 그였다.

미치광이는 마지막 남은 희망에 매달렸다. 연자주색 층이 이미 닫혔지만, 그는 지푸라기라도 잡는 심정으로 마음을, 일곱 개의 뇌를 모두 닫아보았다. 그는 모든 생각을 중지하고, 발산되는 감정에 둑을 쌓았으며, 마음에 동력을 공급하는 신경회로를 잘라버렸다. 최고의 효율을 자랑하는 거대한 기계가 서서히 멈추는 것처럼 그의 사고가 느려지고 시들고 희미해졌다. 그러더니 그가 있던 곳이 공백이 되었다. 개의 얼굴을 한 일곱 개의 머리는 잠이 들었다.

사고의 측면에서 보자면 이제 용은 존재하지 않았다. 달리 추적할 대상을 찾지 못한 유령 불빛이 그를 발견하지 못하고 지나쳤다. 하지만 미치광이를 쫓는 이들은 그처럼 미치지 않은, 정신이 멀쩡한 사람들이었다. 그들은 정연한 제정신으로 발생할 수 있는 모든 긴급 사태들을 사전에 고려했다. 유령 불빛 뒤에는 열추적 광선이 있었고, 열추적 광선 뒤에는 질량 감지기가, 질량 감지기 뒤에는 닫힌 층에 존재하는 낯선 물질의 자취를 추적할 수 있는 추적 장치들이 따라왔다.

그들은 미치광이를 발견했다. 차갑게 식은 태양처럼 닫혔지만, 그들은 그의 위치를 파악해 이송했다. 그는 이송되는 걸 알아채지 못했다. 고요한 자기 두개골들 안에 갇혀 있었으니까.

하지만 완전한 사고 폐쇄에 따르는 시간 감각 상실 상태에서 깨어나다시 사고를 펼치기로 했을 때, 그가 꼼짝없이 갇힌 곳은 제3 적색활성층에 있는 배출실이었다. 그때 일곱 개의 목구멍에서 비명이 울려 퍼졌다.

물론 그 소리는 그가 제정신을 차리기 전에 놈들이 부착해놓은 성대 차폐장치들 탓에 들리지 않았다. 들려야 할 소리가 들리지 않자 그는 더욱 공포에 질렸다.

그는 안락한 호박색 물질에 감싸여 있었다. 지금 이곳이 아니라 아주 오래전, 다른 세계, 다른 연속체에서였다면 속박용 끈에 묶인 채 병상에 누워 있을 터였다. 하지만 지금 용이 갇힌 곳은 크로스웬의 적색층이었다. 그의 병상은 아무 무게도 느껴지지 않는 지극히 편안한 반중력 장치였고, 그의 뻣뻣한 가죽을 통해 진정제와 안정제, 영양분들을 공급했다. 그는 배출되기를 기다리는 중이었다.

리나가 둥둥 뜬 채로 배출실로 들어왔고, 셈프가 뒤를 따랐다. 셈프는 바로 '배출'이라는 메커니즘을 발견한 자였다. 그리고 그의 가장 유력한 적수 리나는 '감독관'의 지위로 공개 승격되고자 하는 자였다. 둘은 호박색 물질에 쌓여 줄줄이 늘어선 환자들 사이로 떠내려왔다. 두꺼비들, 셔터형 뚜껑이 달린 수정 입방체들, 외골격을 가진 것들, 변형하는 위족류들, 그리고 머리가 일곱 개 달린 용. 둘은 미치광이 앞에 멈춰 서서 내려다보았다. 미치광이가 머리 위에 멈춘 둘을 올려다보았다. 일곱 뇌에 일곱 상이 맺혔지만, 아무 소리도 낼 수 없었다.

"결정적인 이유를 찾자면, 여기 딱 좋은 이유가 있네." 리나가 머리를 까딱여 미치광이를 가리키며 말했다.

셈프가 호박색 물질에 분석용 침을 찔러넣었다 빼서 신속하게 환자의 상태를 확인했다. "너한테 필요한 게 더 큰 경고라면." 셈프가 조용히 말했다. "이게 딱 좋은 경고일 거야."

"과학은 대중의 의지를 따르지." 리나가 말했다.

"그 말을 믿어야 한다는 게 싫군." 셈프가 재빨리 대꾸했다. 그의 목소리에서 뭐라고 딱 짚어내기 힘든 감정이 느껴졌지만 말 자체가 지닌 공격성에 가려버렸다.

"그렇게 되게 할 거야, 셈프. 진심이야. 난 평의회에서 그 결의안이 통과되도록 만들고야 말 거야."

"리나, 우리가 서로 안 지 얼마나 됐지?

"네가 세 번째로 변천한 때부터지. 내 두 번째 변천이었고."

"대략 그럴 거야. 그동안 내가 너한테 거짓말을 하거나 너한테 해가 될 일을 하라고 부탁한 적이 있었어?"

"아니. 내가 기억하기론 없어."

"그러면서 왜 이번에는 내 말을 듣지 않아?"

"왜냐하면, 네가 틀렸다고 생각하기 때문이지. 난 정치광이 아니야, 셈프. 이걸로 정치적 성과를 올리려는 게 아니라고. 난 이게 우리에게 주어진 역사상 최고의 기회라는 느낌이 아주 강하게 들어."

"하지만 우리 이외의 모든 존재와 모든 곳에 재앙이 될 거야. 아주 옛날로 거슬러 올라가서까지. 이 일이 얼마나 먼 시차에까지 영향을 미칠지는 신만이 아시겠지. 우린 우리 둥지를 더럽히지 않으려고 지금껏 존재했던 다른 모든 둥지를 희생시키려는 거야."

리나가 괜히 손을 펼쳐 보이며 말했다. "생존이 다 그렇지."

셈프가 천천히 고개를 저었다. 몸짓에 밴 피로감이 표정에도 고스란히 드러났다. "나도 저걸 배출할 수 있으면 좋겠어."

"못 할 이유가 있어?"

셈프가 어깨를 으쓱거렸다. "난 뭐든 배출할 수 있어. 하지만 배출하고 남은 건 가지고 있을 만한 가치가 없는 걸 거야."

호박색 물질의 색이 바뀌었다. 깊숙한 안쪽에서부터 강렬한 푸른색이 뿜어져 나왔다. "환자가 준비됐어." 셈프가 말했다. "리나, 한 번만 더 생각해줘. 내가 빌어서 될 문제라면 빌기라도 할게. 제발, 다음 회기까지만 미뤄줘. 평의회가 당장 이래야만 할 필요는 없잖아. 몇 가지만 더 실험해보게 해줘. 이 쓰레기가 얼마나 먼 과거까지 악취를 풍길지, 얼마나 큰 손해를 입힐지 보게 말이야. 내가 보고서를 준비할게."

하지만 리나는 강경했다. 리나가 그 얘기는 이제 그만이라는 투로 고개를 저었다. "배출하는 거 같이 봐도 될까?"

셈프가 긴 한숨을 내쉬었다. 그는 패배했고, 그도 그걸 알았다. "그래, 좋아."

말 없는 내용물을 감싼 호박색 물질이 둘과 나란한 높이까지 떠오르더니 매끄럽게 미끄러지듯이 둘 사이를 통과했다. 둘은 개 머리를 단 용을 감싼 그 부드러운 물질을 따라 둥둥 떠갔다. 셈프는 뭔가 할 말이 더 있는 눈치였지만, 말을 해봐야 더는 소용이 없었다.

호박색 요람이 희미해지더니 사라졌다. 둘의 실체도 옅어지다가 더는 존재하지 않게 되었다. 그들은 다시 나타난 곳은 배수실이었다. 전송대가 비어 있었다. 호박색 요람이 아무 소리도 없이 전송대에 내려앉았다. 별안간 호박색 물질이 흘러내려 사라지자 안에 박혔던 용이 드러났다.

미치광이는 움직이려고, 몸을 일으키려고 필사적으로 몸부림쳤다. 일곱 개의 머리가 움찔거렸지만, 아무 소용이 없었다. 광증이 진정제의 효과를 넘어서자 그는 광포함과 분노와 새빨갛게 타오르는 혐오에 사로잡혔다. 하지만 움직일 수 없었다. 그가 할 수 있는 일이란 그저 제 형태를 유지하는 것뿐이었다.

셈프가 왼쪽 손목에 찬 띠를 돌렸다. 띠가 내부에서부터 짙은 금빛으로 빛났다. 공기가 주입되는 소리가 진공이었던 방을 채웠다. 전송대에는 공기 자체에서 나는 것 같은, 출처를 알 수 없는 은색 빛이 넘쳐 흘렀다. 그 빛이 용을 적시자 일곱 개의 거대한 입이 겹겹이 돋은 뾰족한 이빨들을 드러내며 동시에 쩍 벌어졌다. 그러더니 용의 이중 눈꺼풀이 닫혔다.

머릿속에서 느껴지는 고통이 어마어마했다. 수백만 개의 입이 쭉쭉 빨아대는 것 같은, 뇌가 뒤틀리는 것 같은 무시무시한 고통이었다. 그의 일곱 뇌가 추출돼 눌리고 압축된 다음 걸러졌다.

셈프와 리나는 꿈틀거리는 용의 몸뚱이를 보다가 방 건너편 배출 탱크로 시선을 옮겼다. 배출 탱크가 밑에서부터 차올랐다. 거의 아무 색이 없는 연기 같은 구름이 불꽃을 일으키며 뿜어져 들어와 사납게 소용돌이 쳤다. "왔군." 셈프가 괜히 한마디를 내뱉었다.

리나는 탱크에서 시선을 돌렸다. 일곱 개의 개 머리가 달린 용이 부들 부들 떨었다. 얕은 물 속에 잠긴 물체를 보는 것처럼, 미치광이의 형태가 일렁이기 시작했다. 탱크에 내용물이 채워질수록 미치광이는 제 형태를 유지하기가 어려워졌다. 탱크에 든 불꽃을 튕기는 구름 같은 물질이 짙어질수록, 전송대에 놓인 생물의 형태는 갈수록 심하게 일렁거렸다.

마침내, 형태를 유지하기가 불가능해지자 미치광이는 포기했다. 탱크가 더 빨리 채워지고, 미치광이의 형태가 흔들리고 변화하고 쪼그라들더니 머리가 일곱 개 달린 용에 한 남자의 형상이 겹쳤다. 탱크가 4분의 3쯤 채워졌을 즈음 용은 이미 바탕에 깔린 그림자이자 희미한 흔적이자 배출이 시작됐을 때 무엇이 있었는지 짐작 정도나 할 수 있는 암시가 되었다. 이제 인간의 형상이 시시각각 지배적인 실체를 형성해갔다.

마침내 탱크가 다 채워지자 전송대에는 제멋대로 펄떡거리는 근육을 가진 평범한 남자 하나가 눈을 감을 채 숨을 헐떡이고 있었다.

"그는 배출됐어." 셈프가 말했다.

"다 탱크에 들어갔어?" 리나가 부드럽게 물었다.

"아니, 전혀 아니야."

"그러면…."

"저건 잔여물이야. 해가 없어. 민감한 사람들에게서 걸러낸 시약을 쓰면 중화될 거야. 위험한 본성, 전쟁터를 채운 타락한 군대 같은 것들은… 갔어. 이미 배출됐어."

처음으로 리나가 뭔가 신경 쓰이는 듯한 표정을 지었다. "어디로 갔어?"

"넌 동포들을 사랑해? 말해봐."

"이봐, 셈프! 난 그게 어디로 갔느냐고 물었어…. 언제로 갔어?"

"그리고 나는 너한테 누구든 다른 사람을 신경이나 쓰느냐고 물었어."

"내 대답은 알잖아…. 넌 날 알잖아! 난 알고 싶어. 말해봐, 네가 아는 것만이라도. 어디로 갔는지, 언제로 갔는지…?"

"그렇다면 날 용서해야 할 거야, 리나. 왜냐하면 나도 동포들을 사랑하기 때문이지. 언제에 있든, 어디에 있든, 난 그래야 해. 난 비인간적인 분야에서 일하지만, 그걸 고수해야 해. 그러니… 넌 날 용서할 거야…."

"너, 무얼 하려고…."

✳

인도네시아에는 그런 걸 일컫는 말이 있다. '잠 카레트', 길게 늘인 여분의 시간.

✳

라파엘은 교황 율리오 2세를 위해 설계한, 바티칸 궁에서 두 번째로 큰 방인 '헬리오도로스의 방'에 452년에 있었던 교황 레오 1세와 훈족의 왕 아틸라의 역사적 만남을 주제로 한 웅장한 프레스코화를 그렸다(완성은 제자들이 했다).

이 그림에는 훈족의 약탈과 방화를 앞둔 절체절명의 순간에 성스러운 도시 로마의 영적 권력자가 나서 도시를 구했다는 모든 기독교도의 믿음이 반영돼 있다. 라파엘은 교황 레오 1세의 개입에 힘을 보태기 위해 천국에서 내려온 성 베드로와 성 바울을 그려 넣었다. 라파엘의 해석은 원래 있던 전설을 각색한 것인데, 원래의 전설에는 검을 빼 들고 교황 뒤에 선 사도 베드로만 나온다. 그리고 그 전설 자체도 고대를 통과하며 대부분 변형된 사실을 각색한 것에 불과하다. 사실을 보자면, 교황 레오 1세는 어느 추기경도 대동하지 않았다. 확실히 신령한 사도는 한 명도 없었다. 그는 그저 사절단 3인 중의 한 명일 뿐이었다. 다른 두 명은 로마 세속 권력의 고관들이었다. 전설에 나오는 것처럼 이 만남이 로마로 통하는 관문 바로 밖에서 이루어진 것도 아니었다. 만남이 있었던 곳은 오늘날 '페스키에라'라고 부르는 곳에서 멀지 않은 북부 이탈리아 어딘가였다.

이외에 그 만남에 대해 알려진 바는 전혀 없다. 하지만 거칠 것 없었던 아틸라는 로마를 무너뜨리지 않았다. 그는 돌아갔다.

'잠 카레트'. 1만 년에 두 번, 시차의 중심인 크로스웬에서 에너지장(場)이 분출하여 시간과 공간과 인간의 마음을 맥동치며 관통했다. 그 장이 갑자기 뚝 끊어지자 훈족의 왕 아틸라가 양손으로 제 머리를 쳤다. 두개골 안에서 그의 마음이 밧줄처럼 꼬였다. 잠시 흐릿해졌던 눈이 맑아지자 그는 깊이 숨을 들이쉬었다. 그러고는 군대에 퇴각 신호를 보냈다. 위대한 레오 1세는 신과 구세주 그리스도께서 생생하게 보여준 권능에 감사했다. 전설은 성 베드로를 덧붙였다. 라파엘은 거기다 성 바울을 추가했다.

1만 년에 두 번, 잠 카레트, 장이 맥동하다가 찰나이거나 몇 년이거나 수천 년일 수도 있는 '잠시' 후에 끊겼다.

전설은 진실을 말하지 않는다. 더 정확하게 말하자면, 전설은 진실의 전부를 말하지 않는다. 아틸라가 이탈리아를 침략하기 40년 전에 로마는 고트족의 왕 알라리크에게 정복당해 약탈당했다. 잠 카레트. 아틸라가 물러난 지 3년 후에 로마는 다시 한번 모든 반달족의 왕인 겐세릭에게 정복당하고 약탈당했다.

머리 일곱 달린 용의 마음에서 배출된 광기의 찌꺼기가 모든 곳과 모든 때로 흘러가지 않게 된 데에는 이유가 있었으니….

✳

종족의 배반자 셈프가 평의회 의원들 앞에 떠 있었다. 그의 친구이자 이제 마지막 변천을 앞둔 리나가 청문회를 감독했다. 그는 부드럽지만 웅변적인 어조로 이 위대한 과학자가 무슨 짓을 했는지 얘기했다.

"탱크가 비워질 때 그가 제게 말했습니다. '날 용서해, 내가 동포들을 사랑하기 때문이야. 동포들은 언제에도 있었고, 어디에도 있어. 난 그래야만 해. 난 비인간적인 분야에서 일하지만, 그 점을 고수해야 해. 그러니 넌 날 용서할 거야.' 그러고는 자신을 끼워 넣었습니다."

크로스웬에 존재하는 각 종족을 대표하는 60명의 평의회 의원이, 새를 닮은 생물들과 푸른 물체들과 커다란 머리를 단 인간들과 섬모가 난 오렌지 향들이 몸서리를 쳤고… 모두가 둥둥 떠 있는 셈프를 쳐다보았다. 그의 몸과 머리는 갈색 종이봉투처럼 구겨졌다. 머리카락은 모두 사라졌다. 눈은 흐릿하고 물기에 젖었다. 발가벗은 그가 흔들리며 한쪽으로 떠가자 벽 없는 실내에 문득 한 줄기 산들바람이 불어 그를 제자리로 돌려보냈다. 그는 자신을 배출해버렸다.

"저는 그에게 최후의 변천을 선고해야 한다고 평의회에 요청하는 바입니다. 그의 개입은 아주 잠깐이었지만, 우리는 그 행위가 크로스웬에 어떤 피해나 어떤 비정상적인 결과를 일으킬지 알 수 없습니다. 저는 그의 의도가 과도한 부하를 걸어 배출 기능이 작동하지 못하게 하려던 것이었다는 의견을 제출합니다. 그의 행위 탓에 이곳 중앙에 존재하는 육십 종족은 여전히 광기가 팽배한 미래를 맞이해야 할지도 모릅니다. 그의 이 짐승 같은 행위는 오직 종말로서만 처벌받을 수 있습니다."

평의회 의원들이 머리를 비우고 명상에 잠겼다. 무한한 시간이 흐른 후에 그들은 다시 서로를 연결하고 감독관의 고발을 받아들였다. 감독관이 구형한 형벌이 선고되었다.

＊

　고요한 사고의 물가에서, 종이 남자가 친구이자 사형집행인인 감독관의 팔에 안겨 옮겨졌다. 거기, 다가오는 밤의 먼지 자욱한 고요 속에서 리나는 셈프를 탄식의 그늘에 내려놓았다.

　"왜 나를 막았어?" 주름뿐인 입이 물었다.

　리나는 몰려오는 어둠 너머를 바라보며 아무 답도 하지 않았다.

　"왜 나를 막았냐니까."

　"왜냐하면, 여기, 중심에 기회가 있기 때문이야."

　"그러면 그들에게는, 바깥에 있는 그들 전부에게는… 전혀 기회가 없는 거야?"

　리나가 천천히 앉으며 두 손으로 금빛 안개를 파냈다. 손목 너머로 뿌려진 안개가 때를 기다리는 세상의 살로 돌아갔다. "우리가 여기서 시작할 수 있다면, 우리가 우리의 경계를 바깥으로 넓힐 수 있다면, 그러면 언젠가, 가능성은 희박하지만 언젠가는 시간의 끝에 닿을 수 있을지 몰라. 그때까지는 광기가 없는 하나의 중심이 있는 게 나아."

　셈프가 서둘러 말을 꺼냈다. 종말이 빠르게 그를 덮쳤다. "네가 그들 모두에게 선고를 내렸어. 광기는 살아 있는 증기야. 힘이라고. 어딘가에 가둘 수는 있지. 아주 손쉽게 마개가 뽑히는 병에 갇힌 가장 강력한 지니지. 그리고 넌 그들에게 언제나 그것과 더불어 살아야 하는 운명을 선고했어. 사랑이라는 이름으로 말이야."

　리나가 뭔가 말을 하려는 듯 소리를 냈지만 이내 입을 닫았다. 셈프가 손이었던 떨림으로 리나의 손목을 만졌다. 손가락이 부드럽고 따뜻한 느낌으로 녹아내렸다. "유감이야, 리나. 너의 저주는 진정한 사람이 되도록 만들 거야. 세상은 분투하는 자들을 위해 만들어졌어. 넌 어떻게 그렇게 됐는지 절대 알지 못하겠지."

　리나는 대답하지 않았다. 그의 생각은 지금은 영구적인 기능이 되어버린 '배출'에만 머물렀다. 자신의 필요에 따라 작동을 시작하고 지금도 작동 중인 배출을.

"날 위해 기념물을 세울 거야?" 셈프가 물었다.

리나가 고개를 끄덕였다. "전통이니까."

셈프가 부드럽게 미소를 지었다. "그럼 내가 아니라 그들을 위해서 해줘. 난 그들에게 죽음을 날라주는 수단을 구상한 사람인데다, 기념물이 필요하지도 않으니까. 하지만 그들 중에서 한 명을 골라. 아주 중요한 사람은 말고, 그들이 발견했을 때 이 모든 일의 의미를 알아차리고 이해하는 데 도움이 될 만한 사람으로 말이야. 거기에다 내 이름을 붙여서 기념물을 세워줘. 그렇게 해줄 거지?"

리나가 고개를 끄덕였다.

"그렇게 해줄 거지?" 셈프가 다시 물었다. 눈이 감겨서 리나가 고개를 끄덕이는 걸 보지 못했기 때문이었다.

"그래. 그렇게." 리나가 말했다. 하지만 셈프는 듣지 못했다. 변천이 시작됐고, 끝났다. 리나는 응집된 고독의 침묵 속에 홀로 남았다.

그 조각상은 아직 태어나지도 않은 아주 오래전 시간에 어느 먼 항성의 어느 먼 행성에 세워졌다. 그건 나중에 올, 또는 절대 오지 않을 사람들의 마음속에 존재했다.

하지만 사람들이 왔다면, 그들은 지옥이 그들과 함께했음을, 천국이라고 불리던 곳이 있었음을, 그리고 모든 광기가 흘러나온 중앙이 그곳에 있었음을, 그래서 한때 그 중앙이 평화로웠음을 알게 될 것이다.

✳

슈투트가르트였던 곳에서, 셔츠를 만드는 공장이었던 무너진 건물 잔해들에서, 프리드리히 드루커가 알록달록한 상자 하나를 발견했다. 굶주림과 몇 주 동안이나 인육을 먹은 기억 때문에 미친 남자는 피투성이 토막만 남은 손가락을 움직여 뚜껑을 뜯어냈다. 어딘가를 누르자 상자가 활짝 열리면서 미친 듯한 소용돌이가 튀어나와 공포에 질린 프리드리히 드루커의 얼굴을 스치고 지나갔다. 소용돌이 바람과 날개가 달린 얼굴 없는 까만 형체들이 밤하늘로 날아 사라지자 썩은 치자꽃 향기를 강하게 풍기는 자주색 연기 한 가닥이 그 뒤를 따랐다.

하지만 프리드리히 드루커는 그 자주색 연기의 의미를 생각할 겨를이 별로 없었다. 다음 날, 제4차 세계대전이 발발했다.

# THE REGION BETWEEN

## 사이 영역

✦

이수현 옮김

**1971년 로커스상 수상**
**1971년 휴고상 노미네이트**
**1971년 네뷸러상 노미네이트**

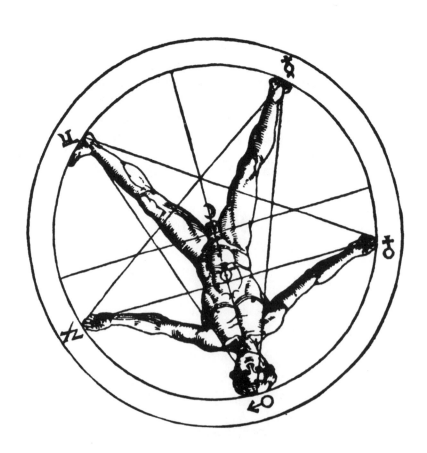

타이포그래픽 • 할란 엘리슨
그림 • 잭 고건

"왼손." 마른 남자가 단조롭게 말했다. "손목 올려요."

윌리엄 베일리는 소매 끝을 접어 올렸다. 마른 남자는 그의 손목에 뭔가 차가운 것을 대고, 제일 가까운 문 쪽을 고갯짓했다.

"저 문을 지나서 오른쪽 첫 번째 자리요." 마른 남자는 그렇게 말하고 고개를 돌렸다.

"잠깐만요." 베일리는 항의하려고 했다. "내가 원한 건⋯."

"빨리 해치웁시다, 동무. 빨리 끝나요."

베일리는 뭔가가 심장 아래를 찌르는 느낌을 받았다. "그 말은⋯ 설마 벌써⋯ 그게 다입니까?"

"그러자고 온 거 아닙니까? 첫 번째 자리예요, 동무. 갑시다."

"하지만⋯ 내가 여기 온 지 2분도 안 됐는데⋯."

"뭘 기대하는 겁니까, 오르간 음악이라도 흘러나올까 봐요? 이봐요, 동무." 마른 남자는 벽시계를 흘긋 보았다. "난 쉬는 시간입니다. 무슨 뜻인지 알아요?"

"그래도 하다못해 시간이 조금은⋯ 뭐라도⋯."

"나 좀 도와줘요. 본인 의지로 하는 일인데 내가 끌고 갈 필요는 없잖아요, 그렇죠?" 마른 남자는 문을 밀어 열고, 베일리를 재촉해서 화학약품과 죽은 살 냄새가 나는 공간으로 들여보냈다. 그리고 커튼을 친 좁은 방 안의 침대 하나를 가리켰다.

"누워요. 팔다리는 똑바로 펴고."

베일리는 시키는 대로 자세를 잡았고, 마른 남자가 발목에 끈을 채우기 시작하자 긴장했다.

"긴장 풀어요. 좀 뒤처져봐야 내가 몇 시간쯤 고객에게 돌아가는 게 늦어지고 사람들이 뻣뻣하게 굴 뿐이에요…. 그놈의 투서함은 한 종류뿐이라니까요. 무슨 말인지 알아요?"

부드럽고 따뜻한 물결이 드러누운 베일리를 휩쓸었다.

"어이, 지난 12시간 동안 아무것도 안 먹었죠?" 마른 남자의 얼굴이 흐릿한 분홍색 얼룩이 되었다.

"아우으으으." 베일리는 자기가 말하는 소리를 들었다.

"좋아요, 푹 자요. 동무." 마른 남자의 목소리가 쿵쿵 울리다가 사라졌다. 끝없는 암흑에 둘러싸이면서 베일리가 마지막으로 생각한 것은, 안락사 센터로 가는 입구 위에 화강암을 쪼아 새겨놓은 말이었다.

"…나에게 자유를 갈망하는 너희 지치고 가엾고 희망 없는 이들을 보내라. 그들에게 내가 놋쇠 문 옆에서 등불을 들 터이니…."

# 1

죽음은 하이픈처럼 왔다. 삶에 뒤이어 그 삶의 대차대조표가 바로 따라왔다. 베일리는 죽어서야 살기 시작했기 때문이다.

그러나 그것을 "산다"고 말할 수는 없었다. 그 길로 간 누구도 그걸 "산다"고 말할 수는 없을 것이다. 그건 뭔가 다른 무엇이었다. "죽음"과는 완전히 다르고 "삶"과도 전혀 다른 무엇.

바깥쪽으로 선회하는 베일리를 별들이 통과해 지나갔다.

눈부시게 불타오르는 별들, 더 많은 별이 행성계를 거느린 채 그의 주위를 빙글빙글 돌았다. 보이지 않는 선에 매달려 그의 뒤, 그의 주위 어둠 속을 타고 내려가듯이….

그를 건드리는 것은 없었다.

티끌 같은 별들이 변덕스러운 패턴을 그리며 소리 없이 돌진해 지나 갔고, 베일리의 몸은 점점 커져서 두 물체는 동시에 같은 공간에 존재할 수 없다는 법칙을 어기고 우주를 채웠다. 지구보다 더 커지고, 태양계보 다 더 커지고, 태양계를 품은 은하계보다 더 커진 베일리의 몸은 부풀어 올라 우주 끝부터 끝까지를 채웠다가 풍선이 쪼그라들 듯 살짝 짜부라진 원을 그리며 제자리로 돌아갔다.

그의 정신은 모든 곳에 있었다.

너무 가늘게 찢어서 측정할 수 없게 된 스트링 치즈처럼, 베일리의 정신은 여기에도 저기에도 또 거기에도 있었다. 또 거기에도.

그리고 서큐버스의 렌즈 속에도 있었다.

금빛 장식 무늬를 속삭이는, 떨리는 수정음이 울렸다. 음 하나가 무한 히 높이 솟아올랐다가 잦아들고, 다른 음이 그 뒤를 따르며 앞의 음이 죽 어가는 동안 겹치듯 태어났다. 거미줄에 붙들린 꿈의 목소리였다. 그곳, 호박의 완벽한 심장 속에 고정된 베일리는 죽음의 순간에 그의 베일리스 러움이 사방 어디에나 떠돌아다닐 수 있게 해주는 힘에 붙들리고 사로잡 혀, 영원해졌다.

서큐버스의 렌즈 속에 갇혀서.

[기다림: 비움. 어느 사막 세계에서 일곱 태양 아래 구워지던 '정신뱀' 이 죽음의 순간에 대비했다. 그 숙적인 전기 불꽃 튀기는 가느다란 섬유 털뭉치가 정신뱀을 공격해서 죽이고 먹으려고 움직이고 있었다. 움직이 지 못하는 정신뱀은 생각도 비웠고 치명적인 공격 직전에 희생자를 당혹 스럽게 만들던 빛의 패턴도 비웠다. 털뭉치는 정신뱀을 향해 불꽃을 튀 겼다. 털뭉치는 흐릿한 사막에 섬유를 뻗어 모래 밑을 움직이는 것들의 소리를 듣고, 공기를 맛보고 열기를 느끼며 맥동했다. 정신뱀이 유혹하 고 흥미를 불러일으키는 빛을 하필 물러나기 직전에… 아니, 물러난 게 아니라 정지하기 직전에 다 써버리다니, 좀처럼 일어날 것 같지 않은 일 이었다. 정신뱀은 정지했다. 완전히 멈췄다. 하지만 이것이 함정이 아니 라면, 이것이 옛 정신뱀에게 최근에 배운 새로운 전술이 아니라면 털뭉 치에게는 기회가 될 터였다. 털뭉치는 더 가까이 접근했다. 정신뱀은 텅 빈 채로, 기다렸다.]

서큐버스의 렌즈 속에 갇혀서.

[기다림: 비움. 연푸른색에 정맥이 드러난 괴물 같은 머리통이 섬세한 격자 모양의 멍에와 고삐로 백조 같은 목 위에 떠받들려 있었다. 자기 세 계를 살려달라고 항성간 의회에 마지막 청원을 하러 온 뉴굴의 상원의원 이었다. 갑자기 침묵에 떨어졌다. 아무 소리도, 아무 움직임도 없이, 긴 지지대에 올라선 키 크고 수척한 몸은 생기라고는 없는 상태로 떨면서, 모여든 수백만에게 한순간 전에는 이 껍질 속에 마음을 울리는 웅변이 담 겨 있었음을 상기시켰다. 한 세계의 운명이, 상원의원의 운명보다 더 위 태로운 균형 위에서 떨고 있었다. 무슨 일이 일어난 것일까? 항성간 의회 안에 마구잡이로 솟아오른 추측들은 뉴굴을 이 자리에 불러, 이 상원의원 의 호소에 운명을 맡기게 만든 원래 상황 못지않게 흥미진진했다. 상원의 원은 지금 일어서서 지지대에 기댄 채 말없이, 텅 빈 채, 기다렸다.]

서큐버스의 렌즈 속에 갇혀서.

[기다림: 비움. 휠의 주술사, 암흑과 악의 권능. 혼돈과 파괴를 위한

힘. 그는 룬 문자들과 오팔 조각들, 짐승 뼈와 이름도 없는 지저분한 것들 위에서 평정을 누리다가 급격히 침묵에 빠져든다. 눈에는 가루 같은 별빛이 빠져나가고 없다. 늘어진다는 게 뭔지 몰랐던 얼굴에서 입가가 갑자기 늘어진다. 새끼 암양은 흑요암 덩어리에 묶여 가만히 누워 있고, 불쾌한 조각들이 잔뜩 들어간 칼은 아직도 주술사의 마비된 손에 잡혀 있다. 그리고 의식은 멈춰버렸다. 암흑의 세력들이 부름을 받아 모여들고 있었는데, 이제는 떠나지도 못하고 뭔가 하지도 못하고 머물기도 싫은 상태로 우윳빛 수증기처럼 허공을 흐렸다. 정신이 나간 휠의 주술사가 얼어붙은 듯 텅 비어, 기다리는 동안에.]

서큐버스의 렌즈 속에 갇혀서.

[기다림: 비움. 프록시마 센타우리 다섯 번째 행성 프로몬토리에서 어떤 남자가 걸음을 떼다 말고 멈췄다. 제어판으로, 세 겹의 보안판 아래 감춰진 어떤 버튼으로 가던 길이었다. 이 전쟁 기계에 헤아릴 수 없이 중요한 중심인물인 이 남자는 말문이 막히고 시력을 잃었다. 일종의 죽음이었다…. 단 한 순간도 더 기다리지 않고서. 비존재의 중력에 의해 자신의 몸에서 빠져나와 텅 빈 껍데기만 남은 휴면 상태였다. 두 개의 거대한 군대가 대륙 가장자리에서 대기하며 그 버튼이 눌리기를 기다리고 있었다. 그러나 이 남자가 예방 조치로 들어간 폐쇄 지하 벙커에서 소리를 잃고 텅 비어 서 있는 동안에는 그 버튼이 눌릴 리가 없었다. 접근할 수도, 건드릴 수도 없는 이 남자와 이 전쟁은 교착 상태로 멈춰버렸다. 그동안에도 그 남자 주위의 세상은 미래를 향해 조금이라도 움직이려고 발버둥을 쳤고, 힘줄이 끊어진 짐승처럼 어떻게도 할 수 없다는 사실을 알고 텅 빈 채, 기다렸다.]

서큐버스의 렌즈 속에 갇혀서.

그리고….

[기다림: 비움. 핑크라는 이름의 중위는 야전 침대에 누워서 50번째 공격 임무를 생각하고 있다가 갑자기 사라졌다. 생명력이 빠져나가, 죽

지도 살지도 않은 상태로, 숙소 칸막이 천장을 멍하니 올려다볼 뿐이었다. 그동안에도 그의 우주선 위에서는 몬타그-틸 전쟁이 맹위를 떨쳤다. 은하 인덱스 888구역. 암흑성 몬타그와 틸 은하계의 성운단 사이 어딘가. 림보에 빠진 핑크 중위는 아무것도 느끼지 못한 채, 영혼이 주입되어야 했다. 생명력을 채워 넣어야 했다. 틸 은하계의 누구도 모르지만 핑크 중위는 이 전쟁에서 그 누구보다 더 필요한 존재였다. 그의 정수를 강탈당한 순간까지만 해도 그랬다. 이제 핑크는 50번째 공격 임무를 앞두고 그대로 누운 채, 자기 세계를 도울 수가 없었다. 아무 능력도 없이, 죽지도 않고, 살지도 않은 채, 텅 비어서… 기다렸다.]

한편 베일리는….

'사이 영역'을 떠다녔다. 모든 곳만큼이나 거대한 무(無) 속을 흥얼거리며. 실체도 없이. 육체도 없이. 순수한 생각, 순수한 에너지, 순수한 베일리만 존재했다. 서큐버스의 렌즈 속에 갇혀서.

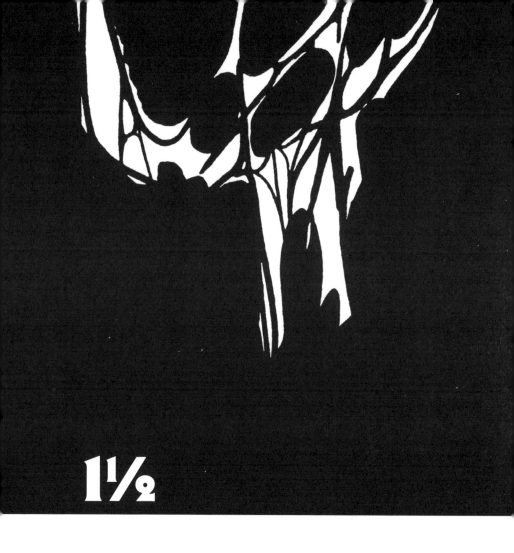

# 1½

금보다 귀하고, 우라늄보다 더 수요가 많으며, 음양화(陰陽花)보다 더 드물고, 소아마비 백신보다 더 필요하며, 다이아몬드보다 진기하고, 에너지 구슬보다 더 값어치 있고, 뱀파이어 추출물보다 유통 가능하고, 2038년산 빈티지 샤토 룩소르보다 소중하고, 캉가의 질이 두 개 달린 매춘부보다 더 열망할 만한 것….

영혼들.

도둑질이 시작된 것은 500년 전이었다. 마구잡이 강탈이었다. 그들은 가장 엉뚱한 그릇들에게서 훔쳤다. "영혼"을 가지고 있을 거라 여겨진 적 없는 짐승과 사람과 존재들로부터. 누가 훔치고 있는지는 알려지지 않았다. 공간의(또는 비공간의) (또는 공간과 비공간 사이 간격의) 범위를 한참 벗어난 어딘가, 이름도 없고 차원도 없으며 그 빛이 알려진 우주의 가장 먼 가장자리에도 닿은 적 없는 곳에, 생물인지 물건인지 집합체인지 힘 인지는 모르겠지만 알려진 우주에 거주하는 기고 걷고 뛰고 헤엄치고 날아다니는 것들의 생명력을 필요로 하는 누군가가 있었다. 그래서 영혼들이 사라지고, 텅 빈 껍데기들이 남았다.

그들은 '도둑들'이라 불렸다. 그만큼 잘 어울리는 이름이 없었다. 그 한마디에 얼마나 많은 슬픔과 체념이 담겨 있는지. 그들은 '도둑들'이라 불렸고, 목격된 적도 이해된 적도 없었으며 본질이나 목적은 물론이요, 심지어는 도둑질 수법조차 드러내지 않았다. 그러니 그들의 강탈 행위에 대해 할 수 있는 일이 없었다. 그들은 '죽음'과도 같았다. 그 소행은 관찰되나, 더 높은 권위에 의지하지 않는 삶의 현실로 존재했다. '죽음'과 '도둑들'이 하는 일은 결정적이었다.

그리하여 항성간 의회와 은하 인덱스와 유니버설 메리디안과 페르세우스 연합과 게자리 복합체 등 알려진 우주 모두에서 도둑들이 하는 짓의 현실을 체념과 극기로 받아들였다. 다른 길이 없었다. 달리 할 수 있는 일이 없었다.

그러나 그것이 알려진 우주들의 삶을 바꿨다.

수백만 수천만 수조 세계의 필요에 영합하여 영혼 모집자들이 나타났다. 납치범들. 아직 죽지 않은 이들의 무덤 도굴꾼들. 이들 또한 '도둑들'과 마찬가지로 도둑이었다. 그들은 비밀스러운 힘과 능력으로 의회나 인덱스나 메리디안, 연합과 복합체가 아니라 존재도 알려지지 않은 세계들에서 신선한 영혼을 가져다가 어느 세계든 영혼을 강탈당한 자리를 메울 수 있었다. 어느 변두리 세계에서 중요 인물이 갑자기 축 늘어져 영혼 없는 상태가 되면, 영혼 모집자에게 접촉해서 밀거래가 작동했다. 마지막 수단, 최후의 접촉, 더할 나위 없이 부끄럽지만 다급한 필요 때문에, 그들은 영혼을 훔쳐 공급했다.

그런 이들 중 하나가 서큐버스였다.

그는 부유했다. 그리고 건조했다. 이것이 인간의 언어로 설명할 수 있는 서큐버스의 두 가지 특질이었다. 그는 예전에 사냥개자리 카펠-112라는 꼬리표가 붙은 항성에서 다섯 번째에 있는 작은 행성의 모래 바다를 돌아다니는 지배종의 일원이었다. 그리고 그렇게 단순하게 식별되는 존재이기를 그만둔 지 오래였다.

몇 광년에 걸쳐, 테라 시간으로는 수백 년에 걸쳐 그가 걸어온 길은 그를 모래 바다와 최저의 '체면'(그것이 그의 종족이 가치 있게 여기는 한 가지 부의 척도를 측정할 수 있는 유일한 용어였다)에서부터 게자리 복합체의 중추 가까이에 있는 건조하고 부유한 자리로 이끌었다. 그의 개인적인 가치는 이제 수백 수천억 달러, 9천 세대에 이르는 자손들을 넉넉하게 지탱하는 꺼지지 않는 빛, 연합 소속 종족 중에서 상위 세 사회분파만이 큰 소리로 말하거나 움직이면서 입에 올릴 수 있는 이름, 그의 종족 중 어느 누가 소유했던 것보다 더 많은…, 야엘레가 신화 속에서 소유했던 것마저 능가하는 "체면"이라는 말들로만 측정할 수 있었다.

부유하고, 건조하며, 헤아릴 수 없이 가치 있는 인물. 서큐버스.

서큐버스의 무역업은 공공연히 지탄을 받았지만, 알려진 우주에서 서큐버스가 영혼 모집자라는 사실을 아는 존재는 일곱 명밖에 없었다. 그는 양쪽 삶을 강력하게 분리해 두었다.

"체면"과 도굴은 양립 불가능했다.

그는 사업을 깔끔하게 운영했다. 작은 사업이었으나 수익은 어마어마했다. 주의 깊게 고른 영혼만 취급했고, 낡거나 중고품은 취급하지 않았다. 품질 관리가 생명이었다.

그리고 그는 자신을 아는 고위직 일곱 명, 즉 닌, 포돈, 에넥-L, 밀리(바스)코달, 이름이 없는 무지(無地), 캄 로얄, 그리고 PL을 통해 가장 고상한 의뢰만 받았다.

그는 500년간 모집 일을 하며 온갖 영혼을 공급했다. 볼리알 V에서 중요한 배우의 빈 껍데기에도 공급했고, 진딧물을 닮은 어떤 생명체의 기다리는 몸뚱이에도, 어느 통합 노동조합의 우두머리에게도, 휘치트 11과 휘치트 13에게도 공급했다. 골레나 프라임의 세습 통치자의 영혼이 비어 움직이지 않는 딸에게도. 도나넬로 III의 일곱 번째 달에 사는, 500 조드잼 종교 사이클을 진전시킬 수 있는 신비로운 마법 과학자의 빈 몸에도. 비극적인 오레크낸의 공평무사한 은종(鐘銀) 이원(二元) 라오코 집합 정신을 봉하는 무광택 불꽃 속에도.

서큐버스의 의뢰를 중개하는 일곱 명조차도 서큐버스가 어디에서 어떻게 그런 가공되지 않고 굳어지지 않은 질 좋은 영혼들을 입수하는지 알지 못했다. 그의 경쟁자들은 거의 시들고 딱딱해진 영혼들만 다루었고, 그런 영혼들은 생각과 믿음과 이데올로기가 깊이 배어든 나머지 각인과 얼룩이 남은 채로 새 그릇에 들어갈 수밖에 없었다. 하지만 서큐버스는….

용케도 젊은 영혼들을 구했다. 원기 왕성한 영혼들. 말랑말랑하고 동화할 준비가 된 영혼들. 윤기가 흐르고 독창적인 영혼들. 알려진 우주에서 가장 훌륭한 영혼들을.

"체면"을 높이겠다는 결심만큼이나 결연히 자신이 택한 직업에 탁월하기로 결심한 서큐버스는 60여 년을 들여 알려진 우주들의 가장자리를 돌아다녔다. 그는 많은 종족을 주의 깊게 관찰하고, 자신을 목적을 위해 적응성이 좋고 유연하며 경직되지 않은 이들에게만 주목했다.

자신의 목적을 위해, 그는 이들을 골랐다:

스티치인

아마사니인

코콜로이드인

플래셔

그리스타닉인

부나니트인

콘돌리스인

트라트라비시인

그리고 지구인.

그는 이 종족들이 지배하는 행성마다 효과적인 모집 체계를 실행해서, 각 종족 사회에 완벽하게 알맞은 형태를 취했다.

스티치는 영원한 꿈가루를 받았다.

아마사니에게는 도플갱어 변환이 주어졌다.

코콜로이드에게는 재생을 믿는 종교가 생겼다.

플래셔들에게는 내세의 증거가 주어졌다.

그리스타닉은 의례적인 최면 무아지경을 얻었다.

부나니트에는 (불완전한) 텔레포트가 생겼다.

콘돌리스는 악몽 전투에 의한 재판이라는 오락거리를 얻었다.

트라트라비시에는 납치와 정신 오염을 대단히 장려하는 지하세계가 주어졌다. 그들은 또한 노다비트라는 놀라운 마약도 얻었다.

지구에는 '안락사 센터'가 생겼다.

그리고 이런 다양한 경로로 서큐버스는 최고의 영혼들을 안정적으로 공급받았다. 그는 플래셔와 제비갈매기들과 콘돌리스와 에테르 호흡인들과 아마사니와 순시자들과 부나니트와 아가미 생물들과 그리고…,

윌리엄 베일리를 받았다.

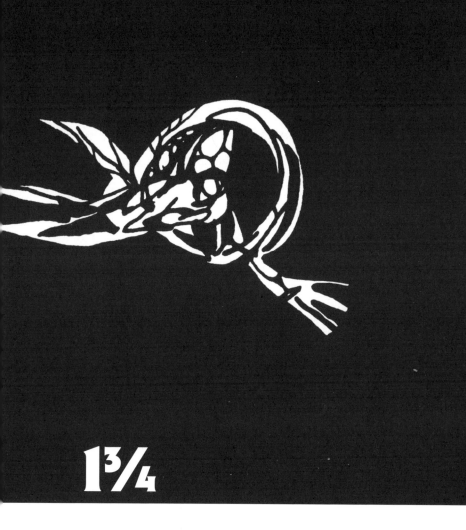

# 1³⁄₄

우주적인 무(無)이자 우주 끝과 그 너머까지 퍼져나간 전기 퍼텐셜인 베일리는 생각을 가다듬었다. 죽었다. 그 점에는 의혹의 여지가 없었다. 죽어서 사라졌다. 지구에서는 안락사 센터의 어느 판 위에 창백하고 차가운 몸으로 누워 있었다. 발가락이 다 들리고, 눈은 돌아가고, 몸은 딱딱해져서 떠났다.

그런데 살아 있었다. 생전 그 어느 때보다도 완전하게, 어떤 인간도 상상할 수 없을 만큼 완벽하게 살아 있었다. 요란한 별들을 거느린 우주

전체와 함께 살아 있었다. 무한한 빈 공간의 형제였고, 신화마저 정의할 수 없는 엄청난 영웅이었다.

그는 모든 것을 알았다. 알 수 있었던 모든 것과 알 수 있는 모든 것, 알 수 있을 모든 것을 알았다. 과거, 현재, 미래 모두가 뒤섞여 그의 내면에서 만났다. 그의 석고처럼 굳은 몸뚱이가 지구에서 꼬리표를 달고 정리되기를 기다리는 동안, 그는 서큐버스에게 가는 공급선에서 역시 꼬리표를 달고 정리되기를 기다렸다. 관계 자료가 붙어서 어느 먼 세계에서 기다리는 텅 빈 껍데기에 들어가기를 기다렸다. 그는 이 모든 것을 알았다.

하지만 앞서간 수백만 영혼과 베일리를 가르는 한 가지 다른 점이 있었다.

그는 가고 싶지 않았다.

무한히 현명하고 모든 것을 아는 베일리는 앞서간 모든 다른 영혼이 앞으로 닥칠 일을 체념하고 받아들였음을 알았다. 앞으로 닥칠 일이란 새로운 삶이었다. 다른 육체에서의 새로운 여행이었다. 그리고 다른 모든 영혼은 호기심에 사로잡히고, 낯설고 이상한 경험에 끌리고, 알려진 우주만큼이나 큰 존재에 놀라서 어딘가 다른 곳으로 가버렸다.

하지만 베일리는 예외였다.

그는 반항적이었다.

그는 서큐버스에 대한 미움에 사로잡히고, 서큐버스와 서큐버스의 공급선을 파괴한다는 생각에 끌리고, 복수를 생각한 존재가 자기 하나뿐이라는(하나뿐이라니!) 사실에 놀랐다. 이상하게도 베일리는 다른 모두처럼 다시 육체에 들어가는 데 동조하지 않았다. 왜 나만 다를까? 궁금했다. 그 모든 것을 알면서도, 그 답은 알지 못했다.

음(陰)의 방향으로 역전, 원자들이 은하계 전체 크기로 팽창하여 막을 길게 늘이고, 항성계 전체를 천천히 흡수하여 청백색 항성들을 들이마셨다가 퀘이사들을 내뱉으며, 알려진 우주 자체인 베일리는 또 한 가지 질문을, 더욱 중요한 질문을 스스로에게 던졌다.

'그래서 난 그 문제에 대응하고 싶은가?'

무한한 한기를 통과하여, 차디찬 고드름이 된 그의 사고(思考)로부터 답이 돌아왔다.

'그래.'

"어디 보자, 9월 한 달 동안 야근을 최소한… 그러니까… 11시간은 하셨군요."

"그러면 안 된다는 법이라도 있습니까?"

"아닙니다, 물론 아니죠. 그저 저희가 보기에는 좀, 지나치게 하시는 것 같다는 것뿐입니다."

"일요일."

"그래요, 일요일."

"제 블록 담당자가 불평하던가요? 제 뇌파도가 정상이 아닌가요? 제가 뭔가 고발을 당하는 겁니까?"

"아니, 물론 그런 건 아닙니다! 세상에, 이봐요, 그럼 제게까지 방어적으로 굴 필요 없어요! 저희는 그저 베일리 씨 마음을 어지럽히는 게 있는지 알아보려는 것뿐입니다."

"할 수만 있다면 그 빌어먹을 놈을 그 비공식 대화 자리에서 바로 죽여버렸을 거야, 그랬다면 그 놈 사무실 직원들에게 좋은 대화거리가 됐겠지. 커피 주전자에 머리를 맞고 죽은 꼴을 발견한다면."

"그런 거 없습니다."

"그렇다면 왜 제대로 휴식 시간을 갖지 않으시는 건지 물어봐도 괜찮을까요, 베일리 씨."

"전 바쁜 게 좋아요."

"아, 하지만 일만 하고 놀지 않으면…"

그리고 광대무변한 그의 몸을 관통하여 돌진하며, 그가 "살았을" 때 알았던 모든 자연법칙을 어기고 갑자기 궤도를 바꿔서 직각으로 움직이는 혜성들에 실려 '그래'라는 대답에 대해 필연적인 질문이 따라온다:

　　'왜 그래야 하는데?'

　　지구에서 베일리의 삶은 무의미했다. 그는 맞지 않는 사람이었다. 좌절과 혼란에 사로잡혀 말 그대로 자살실에 쫓겨 들어간 사람이었다.

　　나는 내 주거 블록의 사회국장에게 불려 갔지. 솔직히 말하는데 겁에 질렸어. 겁먹을 만한 짓은 하지 않았지만, 그래도 어렸을 때 교장실에 불려 갔을 때 이후로 어딘가에 불려 가기만 하면 속이 죄어들고, 화장실에 가고 싶어지거든.

　　일껏 받은 머릴 긁지도 않고 꾸미지도 않은 것처럼 보이는 괴짜들과 함께 벤치에 앉아서 30분을 기다려야 했어. 밤이 왔어. 발이 왔어.

　　마침내 상자에서 내 이름이 나왔고, 나는 그 사무실 안으로 들어갔어. 그 작자는 비공식 대화라고 쓰는 커피 테이블 주변 의자에 앉아 있었고 나는 바로 그 자리가 싫어졌지.

　　"베일리 씨." 국장이 말했고, 미소를 지었어. 다정한 개새끼. 나는 걸어가서 그 남자가 어디 앉으라고 하기도 전에 앉아버렸어. 그래도 미소를 전혀 흐트러뜨리지 않더군. 뭔든 검양힐 놈이었어.

　　"바로 본론으로 들어가기죠." 그 말에 난 미소를 되돌려줬지만, 함정에 빠진 느낌이었어. 음쩍달싹 못 하게.

　　"베일리 씨의 자료를 보고 있었는데 말입니다, 흠, 선뜻 결론을 내리고 싶진 않지만, 아무래도 뭔가 기간을 찾지 않고 계신 것 같군요."

　　벤장맞을 놈! 벤장맞을!

인구 과잉으로 터져나가는 지구에서 그를 집어삼켰던 보편적인 우울 상태로 돌아가고 싶지는 않았다. 그렇다면 왜 더 할 일이 있고 더 흥미진진하며(뭐든 이전의 삶보다는 나을 수밖에 없겠지만) 더 생생한 삶을 살 게 분명한 어느 생물의 몸속에 들어가기가 이토록 싫은 것인가? 왜 공급선을 따라 서큐버스에게 돌아가서, 자신을 망각 상태에서 구해준 장본인을 없애버려야 한다는 마음이 이렇게 절절한가? 왜 균형이라고는 없는 우주에서 필요한 균형 작업을 이행하고 있을 뿐인 한 생명체를 파괴해야 하는가?

그 생각 속에 답이 놓여 있었지만, 그에게는 답으로 가는 열쇠가 없었다. 그는 생각을 꺼버렸다. 그는 이제 베일리가 아니었다.

바로 그 순간 서큐버스가 그의 영혼을 잡아당겨 필요한 곳으로 보냈다. 이제 그는 확실히 베일리가 아니었다.

# 2

핑크 중위는 가시 팔레트 위에서 꿈틀거리다가 눈을 떴다. 허리가 뻣뻣했다. 그는 몸을 돌려 무거운 모피 매트를 뚫고 기분을 북돋는 짧은 가시들로 살을 자극했다. 입이 마르고 까끌까끌했다.

50번째 공격 임무 날 아침이었다. 아니, 맞나? 하룻밤 자려고 누웠다가… 실체가 없는 아주 긴 꿈을 꾼 것 같았다. 온통 깜깜하고 텅 비어 있었다. 오거나이저가 프로그램했을 법한 꿈은 아니었다. 분명히 고장이었으리라.

그는 가시 팔레트를 비스듬히 미끄러져서, 털이 풍성한 거대한 다리를 옆으로 내렸다. 그의 발이 타일에 닿자 벽에서 윙 소리가 나며 화장실이 나타났다. 화장실이 빙 돌아서 자리를 잡자 핑크는 등신대 거울에 비친 자신의 모습을 보았다. 괜찮아 보였다. 꿈이었다. 나쁜 꿈.

　　거대한 곰 같은 중위는 침대를 밀어내고 2미터가 넘는 키를 세워 무거운 걸음으로 먼지떨이기 속에 들어갔다. 마음을 진정시키는 가루가 수면 피로를 씻어냈고, 그는 파란 털가죽을 빛내며 빠져나왔다. 나쁜 꿈은 거의 다 털어내버렸다. 거의. 다. 다만 뭔가… 더 큰 무엇이었다는 감각만 남아 있었다….

　　브리핑 색깔들이 벽을 휩쓸었고, 핑크는 서둘러 리본을 붙였다. 오늘의 약식 예복이었다. 노란 리본 세 개, 황토색 세 개, 하얀색 세 개, 그리고 에고의 파란색 하나.

　　그는 터널 아래 브리핑 구역으로 가서 기도했다. 주위 사방에서 돌격 파트너들이 누워서 스카이돔과 무작위로 펼쳐지는(프로그램된) 별들의 패턴을 올려다보았다. 그들의 종교에서 의미 있는 패턴이었다. 몬타그의 정당한 주님께서 오늘 임무의 성공을 프로그램해두셨다. 별들이 소용돌이치며 패턴을 그렸고 그 전조는 핑크와 동료들을 안심시켰다.

　　몬타그-틸 전쟁은 거의 100년 가까이 맹위를 떨쳤고, 이제 끝이 가까워 보였다. 암흑성 몬타그와 틸 은하 성운단은 100년 동안 서로에게 힘을 쏟아부었다. 사람들은 전쟁에 지쳤다. 곧 끝날 것이었다. 둘 중 한쪽이 실수를 할 테고, 반대편은 그 기회를 이용할 것이며, 즉시 평화를 위한 공격이 뒤따를 터였다. 시간문제일 뿐이었다. 공격 부대들, 특히 행성의 영웅인 핑크는 지금 하는 일이 적절하며 중요하다는 느낌에 사로잡혔다. 물론 죽이러 나가는 길이었지만, 가치 있는 목표를 위해 일한다는 확신이 함께했다. 죽음을 통해 삶으로. 최근 몇 달 동안 전조는 몇 번이고 그들에게 그렇게 전했고, 이번 공격이 바로 그런 경우였다.

　　스카이돔이 금빛으로 변하고 별들이 사라졌다. 공격 부대는 바닥에 앉아서 브리핑을 기다렸다.

핑크의 50번째 임무였다.

핑크의 커다란 노란 눈이 브리핑실을 둘러보았다. 이번 임무에는 젊은 부대원이 더 많았다. 사실… 베테랑은 핑크 하나뿐이었다. 이상한 일이었다.

몬타그의 정당한 주인께서 이런 식으로 계획을 할 수가 있을까? 하지만 안다크와 멜나크와 고레크는 어디 있지? 어제는 여기에 있었는데.

'그게 겨우 어제였던가?'

뭔가 이상한(잠들어 있었던? 떠나 있었던? 의식이 없었던? 뭐지?) 기억이 있었다. 지난번 임무에서 하루 이상이 지나간 것 같았다. 그는 오른쪽에 앉은 젊은 부대원에게 몸을 기울이고 손을 올렸다. "오늘이 며칠이지?" 그 부대원은 손바닥을 풀고 호기심 어린 목소리로 대답했다. "형성일(Former), 9일입니다." 핑크는 깜짝 놀랐다. "어느 사이클?" 그는 답을 듣기가 무서운 마음으로 물었다.

"3사이클이요." 젊은 부대원이 대답했다.

바로 그 순간 브리핑 장교가 들어왔고, 핑크는 오늘이 다음 날이 아니라 한 사이클 후라는 사실에 놀랄 겨를이 없었다. 한 사이클이 어디로 가버렸을까? 그에게 무슨 일이 일어난 걸까? 고레크와 다른 친구들은 돌격 중에 죽은 건가? 핑크가 부상을 당해서 치료를 받으러 갔다가 이제야 복귀한 걸까? 부상을 입고 기억을 잃은 걸까? 스로빙 대대에서 화상을 입고 기억을 잃은 상병이 하나 있었던 게 기억났다. 군에서는 그 상병을 몬타그로 돌려보냈고, 그곳에서 상병은 정당한 주님께 직접 축복을 받았다. 그에게 무슨 일이 일어난 걸까?

이상한 기억들이, 그의 기억이 아니라 완전히 생경한 색채와 무게와 분위기를 지닌 기억들이 계속 머리뼈를 눌렀다.

그는 브리핑 장교의 말에 귀를 기울이고 있었지만, 동시에 머릿속의 목소리도 듣고 있었다. 완전히 다른 목소리였다. 어디인지 알 수 없는 어던가 다른 곳에서 온 목소리.

■■■■■ 야 너, 크고 못생긴 털북숭이! 정신 차리고 주위를 좀 둘러봐. 100년 동안 대량 학살이라니. 왜 네가 무슨 짓을 당한 건지 모르는 거야? 대체 얼마나 멍청하면 그럴 수가 있냐? 정당한 주님들이라니, 그놈들이 널 함정에 빠뜨린 거야. 그래, 핑크 너 말이야! 내 말 잘 들어. 내 목소리를 막을 순 없어. 내 말이 잘 들릴 거야. 난 베일리야. 네가 핵심이야, 핑크. 네가 특별한 존재야. 그놈들은 다가올 일에 대비해서 널 훈련시켰어. 아니야, 날 막지 마, 이 바보 천치야. 날 닦아내지 말라고 ■■■■■ 난 여기 있을 거야. 날 닦아낼 순 없어. ■■■■■

배경 소음이 계속 이어졌지만, 그는 듣지 않았다. 신성 모독이었다. 정당한 주님에 대해 그런 말들을 하다니. 핑크의 마음속에서는 틸의 정당한 주님조차도 신성불가침이었다. 전쟁 중이기는 해도 두 주님은 언제까지나 신성하게 한데 얽혀 있었다. 적군의 주님이라 할지라도 신성 모독은 생각할 수 없는 일이었다.

'그런데도 넌 그런 생각을 했지.'

그는 머릿속을 스쳐 간 극악무도한 생각에 몸서리를 쳤고, 결코 그 말을 입 밖에 낼 수 없음을 알았다. 그는 그 기억을 깊숙이 가라앉히고 브리핑 장교에게만 주의를 기울였다.

"이번 사이클의 임무는 순수하고 간단하다. 너희는 핑크 중위와 직접 연결 하에 놓인다. 핑크 중위의 명성은 모두 잘 알겠지."

핑크는 겸손하게 굴고 싶었다.

"너희는 틸 미궁 속으로 곧장 뛰어들어서, 그라운드월드로 뚫고 들어간 후, 파괴당하기 전까지 가능한 한 많은 기회 표적을 파괴한다. 이 브리핑이 끝나면 돌격대 리더들과 다시 모여서 주님의 명으로 건설된 표적 큐브들을 완벽하세 숙지하라."

브리핑 장교는 잠시 말을 멈추더니, 무절제하게 나이를 먹으며 분홍색이 된 금빛 눈으로 핑크를 똑바로 쳐다보았다. 그러나 모든 공병을 향해 말했다. "너희가 공격하지 말아야 할 표적이 하나 있다. 틸의 정당한 주님의 미로다. 번복할 수 없는 결정이다. 너희는 주님의 미로를 공격하지 않는다. 반복한다, 주님의 미로 근처는 공격하지 않는다."

핑크는 솟구치는 기쁨을 느꼈다. 이것은 마지막 공격이었다. 평화의 서두였다. 자살 임무였다. 그는 마음속으로 열한 가지 감사 기도를 올렸다. 몬타그와 틸에 올 새로운 날의 새벽이었다. 정당한 주님들은 선량하셨다. 주님들은 성스러움에 잠겨 있었다.

'그럼에도 그는 생각할 수 없는 것을 생각했다.'

"너희는 핑크 중위와 직접 연결 하에 놓인다." 브리핑 장교가 다시 한 번 말했다. 그러더니 무릎을 꿇고 줄줄이 앉은 공병들 사이를 지나며, 각자에게 손바닥을 대고 명예롭고 훌륭한 죽음을 기원했다. 핑크 차례에 이르렀을 때 장교는 말을 하고 싶다는 듯, 오랫동안 불길한 눈빛으로 그를 보았다. 그러나 그 순간은 지나갔고, 장교는 몸을 일으켜 브리핑실을 떠났다.

그들은 돌격대 리더들과 함께 소규모 무리로 모여서 표적 큐브들을 살폈다. 핑크는 곧장 브리핑 장교의 칸막이 방으로 가서 나이 많은 몬타그인의 기도가 다 끝날 때까지 참을성 있게 기다렸다.

장교는 눈이 맑아지자 핑크를 응시했다.

"미궁을 통과할 길이 뚫렸네."

"우린 뭘 씁니까?"

"되찾은 돌격선. 견제용 장비가 모두 갖춰져 있지."

"연결 레벨은요?"

"높게 6레벨로 하라는군."

"그분들이 말씀하십니까?" 핑크는 말하면서도 자신의 말투를 후회했다.

브리핑 장교는 놀란 것 같았다. 마치 책상이 기침이라도 했다는 듯한 놀라움이었다. 장교는 그 문제에 대해 아무 말도 하지 않았지만, 핑크가 이전에 보았던 것과 똑같은 불길한 시선으로 그를 응시했다.

그러다가 마침내 말했다. "교리 문답을 암송하게."

핑크는 천천히 엉덩이를 내리고, 우아하게 육중한 몸을 낮췄다. 그리고:

"자유로이 흘러나오네, 아낌없이 흘러나오네, 모든 것이 흘러나오네.
주님들로부터, 모든 자유와 완벽함이
주님들로부터 나오네.
　　내가 어떻게 살까
　　내가 어떻게 살까
주님들 없이 내가 어떻게 살까?
죽음의 영예, 영예로운 휴식, 모든 영예가
주님들로부터 나오네, 모든 휴식과 영예가
주님들을 기리기 위해
　　난 이 일을 하네
　　난 이 일을 하네
주님들을 위해 죽을 때, 나는 살리라."


그리고 첫 번째와 두 번째 신성 교리 사이에서 핑크에게 암흑이 찾아 왔다. 그는 브리핑 장교가 다가와서 거대한 손바닥을 뻗는 모습을 보았고, 암흑이 찾아왔다…. 브리핑 전에 칸막이 방에서 일어났을 때와 같은 종류의 어둠이었다. 그러나 똑같지는 않았다. 그때의 어둠은 완전하고 끝이 없었으며 마치 그가… 어떻게인가… 더 크고… 더 거대하고… 우주 전체만큼 커진 느낌이었는데….

이번 어둠은 불이 꺼지는 것과 비슷했다. 그는 생각을 할 수가 없었고, 생각을 하지 않고 있다는 사실조차 생각할 수 없었다. 그는 차가웠고, 그곳에 없었다. 단순히 그곳에 없었다.

그러다가 언제 그랬냐는 듯 그는 브리핑 장교의 칸막이 방에 돌아와 있었고, 거대한 곰 같은 장교가 물러서고 있었으며, 그는 교리 문답 두 번째 신성 조항을 읊고 있었다.

무슨 일이 일어난 것인지… 그는 알지 못했다.

"여기 자네가 가야 할 좌표가 있네." 브리핑 장교가 말하더니, 주머니에서 데이터를 꺼내어 핑크에게 건넸다. 핑크 중위는 브리핑 장교가 얼마나 나이가 많은지에 다시 한번 감탄했다. 가슴 주머니의 털 색깔이 거의 회색이었다.

"저," 핑크는 입을 열었다가 닫았다. 브리핑 장교는 손바닥을 들어 올렸다. "이해하네, 중위. 우리 중 가장 경건한 이들이라 해도 혼란스러울 때는 있는 법이야." 핑크는 미소 지었다. 그는 무슨 말인지 이해했다.

"주님들께." 핑크는 온전하고 정당하게 브리핑 장교에게 손바닥을 대며 말했다.

"주님들께." 장교는 영예로운 죽음에 손바닥을 올리며 대꾸했다.

핑크는 브리핑 장교의 방을 떠나 자기 방으로 갔다.

핑크 중위가 사라진 것을 확인하자마자 나이 많은 브리핑 장교는 멀리 떨어진 누군가와 접속했다. 그리고 몇 가지 사실을 이야기했다.

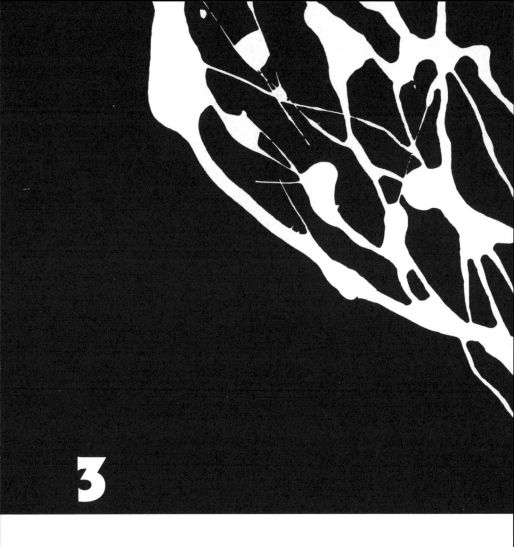

# 3

우선 그들은 주위에 젤라틴을 녹였다. 실제로 젤라틴은 아니었지만, 공병들이 젤라틴이라고 부르다 보니 젤라틴이 굳듯 그 명칭도 굳어졌다. 그는 얼굴을 보호한 채, 주위에 젤라틴 같은 물질이 녹아내리는 열 개의 홈에 차례로 누웠다. 마침내 주의 깊게 날카로운 부분을 덧댄 집게발이 열 번째 홈에서 그를 집어 올려, 돌격선으로 가는 트랙에 미끄러뜨렸다. 일단 파일럿 자리에 들어가서 엎드리자, 200개의 전선이 젤라틴을 뚫고 털 가죽을 뚫고 몸속으로 들어오는 느낌이 났다. 두뇌선이 마지막으로 꽂혔다.

전선이 스풀에서 쓱 소리를 내며 머리에 접속할 때마다 핑크는 조금씩 더 선체와 통합되는 것을 느꼈다. 마침내 마지막 전선이 싸늘한 끄트머리를 대고 나자 핑크는 금속 몸, 격벽 피부, 눈-스캐너, 뼈-못, 플라스틱 연골, 동맥/심실/콘덴서/분자/트랜지스터가 되었다.

짐 승 우
우　　주
　나
주　　선
선 짐 승

그의 모든 것이 하나로, 온전한 총체, 금속 인간, 털 덮인 우주선, 기계의 정수, 무생물의 영혼, 추진력 속의 생명, 동력장치를 갖춘 정신 연동장치로 변했다. 핑크가 곧 그 배였다. 핑크라는 이름의 돌격선 90이었다.

그리고 다른 이들은 그에게 연결되어 있었다.

각각 젤라틴에 갇히고 전선을 통해 돌격선에 정신을 연결한 70명의 공병. 70명이 텔레파시로 핑크와 연결되어 있었고, 핑크는 돌격선과 연결되어 있었으며, 그들 모두가 정당한 주님의 도구였다.

그들을 태운 거대한 수송 항공단이 궤도를 벗어나더니 깜박이며 정상 공간에서 사라졌다.

여기 있다가 ■ 여기에 없어졌다.

한순간에 사라졌다.

(어디로 사라졌단 말인가!?!)

역(逆)공간으로.

역공간의 협곡을 통과하여 다시 틸 미궁 가장자리에 나타났다.

여기에 없다가 ● 여기에 있다.

치명적인 에너지 선들이 교차하는 견고한 툰드라 공간을 마주했다. 우주적인 불꽃놀이 쇼였다. 사라졌다가 나타나고 사라지는 수백만 가지 색깔의 실뜨기 놀이. 각각의 색깔은 다른 모든 색깔에 반응한다. 교차하고, 끊고, 간섭하고… 그러다가 갑자기 헤아릴 수 없는 다른 선들이 나아간다. 치명적인 선들. 찾아내는 선들. 충격선과 유출선과 누출선과 가열선들이 얽힌, 그것이 틸 미궁이었다.

71대의 돌격선이 진동하며 떠 있었다. 마지막 남은 역공간 코로나가 진동하며 사라졌다. 복잡한 문양을 그리는 에너지 선을 뚫고 틸 은하계의 수백만 개 항성이 얼음 수정처럼 고요하고 신중하게 타올랐다. 그리고 그곳 한중간에 성운단이 있었다. 그리고 그 성운단 중앙에, 그라운드 월드가 있었다.

"연결 접속하라."

핑크의 명령이 날아가서 대원들을 찾았다. 짐승돌격선 70척의 미각, 청각, 후각, 촉각이 핑크에게 돌아왔다. 공병들이 접속한 것이다.

"미궁에 우리가 지나갈 길이 뚫려 있다. 따르라. 그리고 믿어라. 영예로운,"

"죽음을." 70개의 살과 금속 정신에게서 응답이 돌아왔다.

그들은 전진했다. 생각으로 연결된 정신을 가진 금속 물고기처럼 늘어서서, 선두에 선 돌격선을 따라 미궁 속으로 쇄도했다. 타고 끓어버린 색채가 지나가며 진공 속에서 소리 없이 지글거렸다. 핑크는 공포의 웅성거림을 감지하고, 자신의 눅눅한 사고 흐름으로 그들을 평정했다. 두 스나다레의 잔잔한 물웅덩이들, 든든하게 식사한 후 내쉬는 한숨, 첫 충만의 나날들에 이루어지는 주님에 대한 경배. 잔잔해진 대원들의 정신이 마주 진동을 보내왔다. 그리고 색색의 빛기둥들은 위도 아래도 거리도 없이 사방을 치고 지나갔으나, 그들을 건드리지는 못했다.

시간에는 아무 의미도 없었다. 육체/금속으로 융합된 돌격선은 뚫고 들어갈 수 없는 미궁 속에 뚫려 있는 비밀스러운 길을 따라갔다.

핑크는 스치듯이 한 번 생각했다. '누가 우리를 위해 이 길을 뚫었지?'

그리고 어딘가 먼 곳에서 어떤 목소리가, 그의 목소리이면서도 다른 누군가의 목소리가, 스스로를 베일리라고 칭하는 누군가의 목소리가 말했다. '바로 그거야! 그놈들이 원치 않는 생각을 계속해.'

하지만 핑크는 그 생각을 밀어냈고, 시간이 닳아 없어지더니 마침내 그들은 그곳에 도착했다. 틸 은하계 성운단의 심장에.

그라운드월드는 강력한 틸 종족이 외부로 팽창할 수 있게 될 때까지 그들을 키워준 고향 항성에서 다섯 번째 궤도를 도는 행성이었다.

"여섯 번째 힘에 접속." 핑크는 명령했다.

다들 접속했다. 그는 잠시 시간을 들여 자신의 명령 이음매를 강화, 쌍방향 연결이 실패하지 않으면서 방어쇠에 즉각 반응하도록 만들었다. 그런 다음 그는 기도를 올렸고, 그들은 뛰어들었다.

'내가 왜 대원들을 이렇게 단단히 묶는 거지.' 핑크는 공병대원들에게 그 생각이 전해지기 전에 눅이면서 의문을 가졌다. '내가 뭘 감추려는 거지? 왜 이렇게 심한 통제력이 필요한 건데? 난 뭘 피하려는 거지?'

핑크의 머릿속이 갑작스러운 통증으로 욱신거렸다. 그의 머릿속에서 두 개의 정신이 전쟁 중이었다. 그는 알았다. 갑자기 알고 말았다.

'누구야?'

'나야, 이 어릿광대야!'

'나가! 난 임무 중이야… 중요한 일이라고….'

'이건 사기야! 놈들이 계획해둔….'

'내 머릿속에서 나가 내 말 잘 들어 멍청한 놈 난 네가 꼭 알아야 할 일을 이야기해주려는 거야 난 듣지 않겠어 난 널 무시할 거야 널 차단할 거야 널 절여버릴 거야 듣지 않아 그러지 마 난 네가 없었던 곳에 있어봤고 그 주님들에 대해 말해줄 수 있어 아 나에게 이런 일이 일어날 순 없어 나에게는 아니야 난 독실한 신자야 그런 쓰레기 같은 소린 집어치워 내 말을 들어봐 놈들은 널 잃어버렸어 널 영혼 강탈자에게 잃어버렸다고 그래도 널 되찾아야 했지 넌 놈들이 원하는 특별히 프로그램된 킬러였으니까 아 주여 아 정당한 주여 제 기도를 들으소서 당신의 가장 독실한 신자가 올리는 기도를 들으시고 제가 통제할 수 없는 이 신성모독적인 생각들을 용서하소서 이 멍청아 난 사라지고 있어 사라지고 사라지고 주여 아 주여 저는 오직 당신께 봉사하고 싶을 따름입니다. 오직 명예로운 죽음을 감내하고 싶을 따름입니다.'

'죽음을 통한 평화. 저는 주님들의 도구입니다. 제가 무슨 일을 해야 하는지 압니다.'

'그게 내가 말하려는 거야…'

그리고 그는 핑크의 정신 밑바닥 진창 속으로 떨어졌다. 그들은 진입하고 있었다.


그들은 내려갔다. 일곱 개 달을 지나 곧장, 구름층을 뚫고서, 델타 윙 대형을 유지하며 그라운드월드의 육지 면적 90퍼센트를 차지하는 두 대륙 중에서 더 큰 쪽으로 날아갔다. 핑크는 초음속을 유지하며 공병대원들에게 한 가지 생각을 날려 보냈다. "1천 피트 아래로 똑바로 떨어지면서 놈들에게 충격파를 선사한다. 내가 수평으로 전환하라고 할 때까지 대기하라."

그들은 줄줄이 이어진 섬들을 지나고 있었다. 연두색 바닷속에 둑길로 연결된 구슬들 같았고 각각이 해안 끝부터 끝까지 주민들을 대륙과 연결해주는 바글바글한 공동주택과 높이 솟은 관청 탑들이 뒤덮여 있었다.

"강하!" 핑크가 지시했다.

비행 대형이 꼭두각시 줄에 매달린 것처럼 날카롭게 기울어지더니, 수직으로 떨어져 내려갔다.

핑크의 우주선 가죽 속 금속살에 열이 오르기 시작했다. 포개진 아르마딜로 판들이 신음했다. 핑크는 속도를 올렸다. 자가 윤활하는 에너지 구슬 받침대들이 말랐다가 다시 윤활했다. 그들은 떨어져 내려갔다. 돔 표면에 모낭처럼 가느다란 금이 자잘하게 파였다. 공병들이 공포를 드러내기 시작했고, 핑크는 그들을 더 단단히 묶었다. 계기들이 오른쪽으로 심하게 넘어가더니 기록을 거부했다. 섬들이 그들을 향해 날아들었다. 젤라틴 홈 속에서 중력압이 그들을 납작하게 눌렀다. 이제 돌격선 주위에서 소리가 날 만큼 공기가 늘면서 날카로운 휘파람 소리가 나고, 포효가 점점 심해졌다. 짐벌이 거친 소리를 냈다. 그들은 아래로, 아래로 돌진하며 천둥소리와 함께 그라운드월드의 섬들 속으로 곤두박질치는 것 같았다. "중위님! 중위님!" "흔들리지 말아라. 아직이야…. 아직… 내가 말해줄 테니까… 아직….."

델타 윙 대형은 앞에 놓인 어마어마한 압축 공기 거품을 밀면서 요란한 소리와 함께 섬들을 향해 떨어져 내렸다. 섬들이 점이 되었다가 단추가 되고, 덩어리가 되더니 미친 듯이 솟아오르면서 돔을 가득 채우고….

"수평 전환! 지금이다! 지금, 어서, 수평으로!"

그들은 급제동을 걸고 수평 비행으로 쏘아져 나갔다. 소행성처럼 단단하고 거대한 공기 거품이 억제할 수 없이 으르렁대며… 때리고 부수고 터져나가며 파괴적인 결과를 초래했다. 핑크의 돌격대는 돌진하면서 그 뒤에 폭발하는 도시들, 터져나가는 거대한 건물들, 진동하고 몸서리를 치다가 스스로 무너져 내리는 구조물들을 남겼다. 충격파가 해안 끝부터 끝까지 때리고 번져나갔다. 플라스틸(plasteel)과 래타이트로 이루어진 화산들이 불길과 살 더미를 같이 터뜨렸다. 공기 거품이 일으킨 폭발 구덩이가 섬들의 핵을 때렸다. 해일이 선사시대의 거대한 괴물처럼 솟아올라 땅을 다 뒤덮었다. 다른 섬 하나는 순식간에 쪼개져 가라앉았다. 불이 나고 플라스틸 벽들이 충격파를 받아 부서지고 무너졌다.

핑크의 돌격대가 여전히 초음속을 유지하며 수평선 너머로 사라지는 동안 주거 섬들은 무너져내렸다.

그들은 먼지와 죽음, 죽음과 폐허, 폐허와 불만 남기고 열도를 지나쳤다.

"죽음을 통해 평화를." 핑크가 생각을 보냈다.

"명예롭도다." 모두가 한 사람처럼 응답했다.

(그라운드월드 안 멀리서는 배신자가 미소를 지었다.)

(미로 속에서는 주님이라 불리는 존재 하나가 안테나를 휘감고 기다렸다.)

(살과 금속 결합이 풀려났다.)

(폐허 속에서, 외골격이 부서진 아기 하나가 맥동하는 어머니의 내부를 향해

기어갔다.)

(일곱 개의 달이 궤도를 돌았다.)

(몬타그의 브리핑 장교는 완벽한 성공임을 알았다.)

'아, 주님들이시여, 제가 무슨 짓을 한 겁니까. 당신들을 위해 무슨 짓을 한 겁니까.'

'정신 차려. 정신 차려, 핑크! 임무는….'

다른 존재, 베일리라는 목소리가 정신의 수렁 속에서 고개를 비집고 그를 비틀고 있었다. 핑크는 그 목소리를 단호하게 밀어 넣고 기도를 올렸다.

쌍방향 연결로 공병 중 한 명의 생각이 전해졌다. "중위님, 뭐라고 하셨습니까?"

"아무것도 아니야. 대형 유지해." 핑크는 말했다.

그는 그들을 전보다 더 단단히 묶고, 다들 헐떡거릴 때까지 금속 족쇄를 조였다.

압력이 증가하고 있었다.

여섯 번째 힘의 연결도, 압력도 증가하고 있었다.

핑크는 생각했다. '난 영웅이야. 해낼 수 있어.'

다음 순간 그들은 더 큰 바다를 가로지르고 있었고 그 바다는 두껍게 일렁이는 끝없는 녹색 카펫이었다. 핑크는 옆에서 휘몰아치는 바다를 보며 메스꺼움을 느끼고, 돌격선 안으로 더 깊이 들어갔다. 돌격선은 메스꺼움을 느끼지 않았다. 그는 현기증을 가라앉힌 안정 상태를 쌍방향 연결로 내보냈다.

그들은 텅 빈 바다 위에서 틸의 내부 방어선과 마주쳤다. 먼저 해양 동물들이 왔지만, 핑크가 비행고도를 3천 피트로 올리라고 지시하자 곧 뒤처졌다. 돌격대는 육지에서 바다로 포물선을 그리다가 조류들이 급습하는 때에 맞춰서 수평 비행으로 전환했다. 조류 두 마리가 주둥이를 들이밀고 사정거리를 확인하다가 핑크의 최외곽 공병들이 쏘는 무자비한

빔에 맞았다. 그러나 그들은 이미 궤적을 개선했고, 갑자기 위쪽 하늘이 검은색 금속 동물들로 새카매지더니 돌격선 대형 중앙으로 쏟아지면서 날갯짓을 하고 꽥꽥거리고 떨어졌다. 핑크는 연결이 끊어지는 공병들을 느끼고 쓰지 않은 동력을 다른 연결선에 밀어 넣으며, 생존자들을 더 단단히 통제하려 했다. "빗자루 대형으로." 그는 명령을 내렸다.

대형이 다시 모이고 우아한 갈매기 날개꼴로 출렁이며 돌격선들이 펼쳐진 부채꼴을 이루었다. "플러스!" 핑크는 생각으로 내파 빔을 쏘라고 명령했다. 각 돌격선에서 쏜 빔이 부채꼴로 겹치며 치명적인 힘을 지닌 뚫을 수 없는 벽을 형성했다. 조류들이 회오리치며 물러났다가 기울어지며 돌격 대형의 앞길을 가로막았다. 금속으로 이루어진 마음이 없는 동물들. 바퀴와 껍데기들로 이루어진 어둠과 광포한 분노가, 수백 마리가, 둥지 전체가.

서로 겹친 내파 빔으로 이루어진 부드러운 분홍색 부채에 부딪히자 그들은 우 소리를 내며 바로 떨어졌다.

돌격대는 앞으로 나아갔다.

곧 그들은 주 대륙 위에 있었다. 대륙 정중앙에는 틸의 정당한 주님이 미로 속에 살고 있는 거대한 산 정상이 솟아올랐다.

"공격! 기회 표적 공격!" 핑크는 연결선으로 재촉을 보내며 명령했다. 금속 껍데기가 가려웠다. 눈알 센서에 물이 찼다. 그들은 들어갔다, 다시.

"주님의 미로는 공격하지 마." 공병대원 하나가 생각

했 고   핑 크 는
토 해 버 렸 다 ! !
생 각 의   벽 을 !
그   생 각 을 ! ! ! !
차 단 하 는 ! ! ! ! !
벽 을 ! ! ! ! ! ! ! ! ! ! !     …㎡ 지하벽 는토ㅁ 의남주
연 결 선 을   꺼 !
다 른   공 병 들
에 게   가 닿 지
않 게 ! ! ! ! ! ! ! ! ! !
하 지 만   벽 을 !
때 려   부 숴 ! ! ! !
거 품 처 럼 ! ! ! ! ! !

내가 왜 그랬지? 우린 주님의 미로를 공격하지 말라고 브리핑받았어. 주님의 미로를 공격하다니 생각할 수 없는 일이야. 전보다 더 큰 전쟁을 일으킬 거야. 전쟁이 영영 끝나지 않을 거야. 내가 왜 공병이 그 경고를 되풀이하지 못하게 막았지? 그리고 왜 나는 그러지 말라고 하지 않았지? 브리핑에서 강조했었는데. 다들 워낙 단단히 연결되어 있어서, 내가 무슨 말이든 하면 즉각 복종할 텐데. 무슨 일이 일어나는 거야? 내가 산으로 향하고 있잖아! 주여!

내 말 잘 들어, 핑크. 이 전쟁은 1천만 년 동안 정당한 주님들이 유지해온 전쟁이야. 왜 상대편 주님에 대한 부정적인 생각마저 이단이 됐을 것 같아? 그들이 전쟁을 지속시키고, 그걸로 살아가는 거야. 정체가 뭔지는 몰라도 이 주님들은 같은 포켓 유니버스에서 왔고 전쟁 중인 사람들의 에너지를 먹고 살아. 전쟁이 계속되지 않으면 죽는 거야. 그들은 널 비밀 병기로 프로그램했어. 몬타그와 틸 양쪽 다 평화를 원하는 단계에 이르고 있었고, 주님들은 그걸 용납할 수 없거든. 핑크, 그 주님들이 뭐 하는 놈들인진 몰라도, 어떤 생물인지, 어디에서 왔는지는 몰라도 백 년이 넘게 너희 두 은하계를 손아귀에 쥐고 너희를 이용해 왔어. 그 주님은 미로 안에 없어, 핑크. 어딘가 다른 곳에 안전하게 있지. 하지만 둘이서 이 계획을 짠 거야. 몬타그 돌격대가 그라운드월드로 뚫고 들어가서 미로를 치면, 전쟁이 무한정 계속될 거란 걸 알았으니까. 그래서 핑크 너를 프로그램한 거야. 하지만 놈들이 널 이용하기 전에 네 영혼이 강탈당했어. 그래서 지구인인 나의 영혼을 핑크 너에게 집어넣은 거야. 넌 지구가 어디인지도 모를 테지만 내 이름은 베일리야. 난 너에게 닿으려고 계속 노력하고 있었어. 그렇지만 넌 언제나 날 차단해버렸지… 놈들이 프로그램을 지나치게 잘했어. 하지만 연결 압력이 있다 보니 날 차단할 힘이 부족해졌고, 난 너에게 네가 미로를 공격하게끔 프로그램되어 있다는 사실을 알려야만 했어.

넌 멈출 수 있어, 핑크. 다 피할 수 있어. 네가 이 전쟁을 끝낼 수 있어. 네가 해낼 수 있어, 핑크. 미로를 공격하지 마. 내가 방향을 돌려줄게. 주님들이 숨어 있는 곳을 때려. 넌 너희 은하계에서 그놈들을 없애버릴 수 있어, 핑크. 그놈들이 널 죽이게 놔두지 마. 미궁 속을 돌파하는 길은 누가 열어줬다고 생각해? 왜 더 효과적인 저항이 없다고 생각해? 그놈들은 네가 뚫고 들어오길 원했어. 절대 용서할 수 없는 범죄를 저지르게 하려고.

돌격대가 꽉 짜인 쐐기 대형으로 그의 뒤를 따라 '주님의 미로'로 직진하는 동안 핑크의 머릿속에 그 말들이 울려 퍼졌다.

"나는…. 아니야, 난…." 핑크는 공병들에게 생각을 전할 수가 없었다. 그는 닫혀버렸다. 머리가 아팠다. 열도에 선 건물들이 무너지려 할 때나는 삐걱거리는 소리. 머릿속의 베일리와 머릿속의 핑크, 머릿속에 주님들이 해둔 프로그램… 모두가 핑크의 정신 섬유를 잡아당기고 있었다.

한순간은 프로그램이 앞섰다. "새로운 지시다. 이전 명령은 무효로 돌리고 나를 따르라!"

그들은 곧장 미로를 향해 강하했다.

'안 돼, 핑크, 싸워! 싸워서 빠져나와. 놈들이 어디 숨어 있는지 내가 알려줄게. 넌 이 전쟁을 끝낼 수 있어!'

프로그램 단계가 중단되고, 핑크는 갑자기 커다란 금빛 눈을 뜨고 우주선과 전보다 더 강하게 동화했다. 그리고 바로 그 순간 머릿속의 목소리가 진실을 말하고 있음을 알았다. 그는 기억했다.

끝없는 교육 시간을 기억했다.

조건화를 기억했다.

프로그램을 기억했다.

자신이 계속 속았음을 알았다.

자신이 영웅이 아님을 알았다.

이 강하에서 빠져나가야 함을 알았다.

드디어 두 은하계에 평화를 가져올 수 있음을 알았다.

그는 '수평 비행으로 돌아가, 이전 명령은 무시해'라고 생각하고 남은 쌍방향 연결로 그 생각을 쏘기 시작했다….

그리고 내내 핑크를 지켜보던, 뭔가를 운에 맡기는 일이 거의 없는 정당한 주님들은 서큐버스에게 연락해서 구입한 상품에 대해 불평하고, 환불을 요구했다….

베일리의 영혼은 핑크의 몸에서 뜯겨 나갔다. 중위의 몸은 젤라틴 홈 안에 단단히 고정된 채 영혼을 잃고 텅 비어 굳어졌고, 돌격선은 텅 빈 미로가 서 있는 산정으로 강하했다. 나머지 돌격대가 그 뒤를 따랐다.

산에 불과 돌과 플라스틸로 이루어진 기둥이 터져 올랐다.

100년간의 전쟁은 시작에 불과했다.

어딘가에 숨어 있던 정당한 주님들은(서로의 육체를 연결하는 배꼽선을 통해 즐거운 놀라움을 부드럽게 분출하며) 새로운 탐식에 빠져들었다.

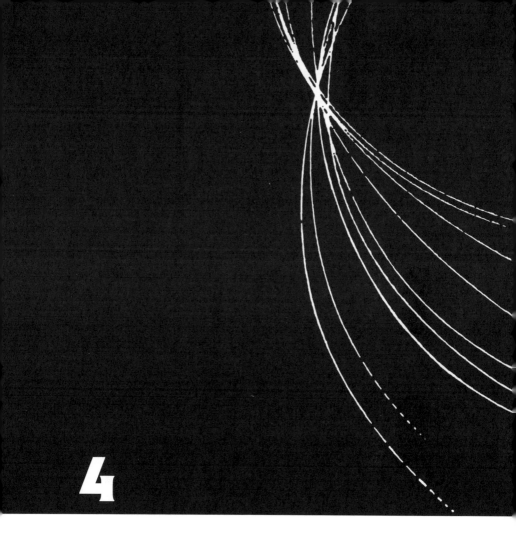

**4**

베일리는 몬타그의 중위 몸에서 뽑혀 나왔다. 그의 영혼은 점근 곡선을 그리며 공급선을 따라 서큐버스의 영혼 보관소로 돌아갔다.

# 5

영혼 정박지에 있다는 건 대충 이렇다.

순환. 풀냄새에 짓눌림. 음악이 역동적으로 수축하는 데 존재하는 위험: 영혼들이 이따금 너무 농축해서 납작하게 시들어버림.

여백이 엄청나게 많았다.

아무것도 분류되지 않았기에, 아무것도 같은 자리에서 두 번 찾을 수 없었다. 하지만 상관없었다. 서큐버스가 렌즈의 초점을 맞추기만 하면 대상이 진동하며 특별한 인식상태에 들었으므로.

베일리는 12분 정도 붕괴하는 항성의 상태를 다시 경험했다가 앤 볼린으로 인터페이스를 돌려 자위했다.

그는 얕은 흙 깊은 곳에서 뿌리를 통해 가장 가슴 아픈 냄새를 뿜는 박하 향을 음미하다가, 자신을 확장하고, 얼음 수정으로 자신을 밀어내어 어느 마노 소행성에서 가장 높은 산의 먼 봉우리를 밝혀 명암 배분으로 '최후의 만찬'을 재창조했다.

그는 악마 제임스 페이모어 쿠퍼를 소환하는 데 쓰인 파피루스 책 속 금지된 마법의 첫 구절에서 빛나는 "B"자로 1,700년을 불탄 후에 자기 자신의 바깥에 서서 자신의 눈과 그 수만 개 홑눈을 생각했다.

그는 나무늘보의 자궁에서 태어나서 1만 년 동안 석탄 행성에 범람한 비로 명멸했다. 그리고 그는 활짝 웃었다. 그리고 그는 슬퍼했다.

베일리, 온전한 베일리, 다시 한번 영혼이 되어 모든 우주만큼 자유로워진 그는 어둠을 구성하는 살짝 납작해진 포물선 제일 가장자리를 향해 자신을 던졌다. 그는 더 짙은 어둠으로 그 어둠을 채우고 갈색 야생화들의 분수에 목욕했다. 그의 손가락 끝에서, 코끝에서, 생식기에서, 온몸을 뒤덮은 털의 가장 작은 소섬유에서 반짝이는 보라색 원들이 흘러나왔다. 그는 물을 내뿜으며 흥얼거렸다.

그러다가 서큐버스가 그를 렌즈 아래 끌어넣었다.

그리고 베일리는 다시 한번 다른 곳으로 보내졌다.

자고로 낭비는 금물이니.

# 6

그는 키가 30센티미터가 안 됐다. 온몸에 파란 털이 덮였다. 머리를 빙 두르는 고리형의 눈이 있었다. 다리는 여덟 개였다. 몸에서 생선 냄새가 났다. 그는 땅에 바싹 붙어서 아주 빨리 움직였다.

그는 정찰 고양이였고, 조사선에서 제일 처음으로 벨리알에 내려섰다. 다른 이들도 뒤따랐지만 아주 빨리는 아니었다. 그들은 언제나 고양이가 정찰하기를 기다렸다. 그렇게 하는 편이 더 안전했다. 필로니인들은 1만 년 동안 우주를 탐사하면서 그 사실을 알아냈다. 고양이가 먼저 작업한 후에, 필로니인들이 자기 일을 했다. 우주를 정복하는 제일 좋은 방법이었다.

벨리알은 숲 행성이었다. 극에서 극까지 이르는 긴 대륙들이 깃털 같은 나무들에 뒤덮여, 발견하기 딱 좋게 무르익어 있었다.

베일리는 30개의 눈으로 360도 주위 풍경을 둘러보았다. 위로는 자외선 영역까지, 아래로는 적외선 영역까지 보았다. 숲은 조용했다. 완벽하게 고요했다. 소리가 있었다면, 소리가 조금이라도 있었다면 고양이 베일리가 들었을 것이다. 그러나 아무 소리가 없었다.

새도, 벌레도, 짐승도 없었고 눈부신 백열 태양을 향해 뻗어 올라가는 나무들의 술렁임조차 없었다. 놀랍도록 고요했다.

베일리-고양이는 그렇게 말했다.

필로니인들은 적색경보를 내렸다.

어떤 행성도 소리가 없지는 않았다. 게다가 숲 행성은 언제나 시끄럽기 마련이었다. 그런데 이 세계는 조용했다.

그들이 기다리고 있는 게 분명했다. 그들은 거대한 우주선과 그 우주선에서 나온 작은 정찰 고양이를 지켜보고 있었다.

그들이 누구인지는 고양이도 필로니인들도 몰랐다. 하지만 분명 누군가 존재했고, 침입자들이 먼저 움직이기를 기다리고 있었다. 정찰 고양이는 앞으로 나아갔다.

베일리는 존재감을 느꼈다. 숲속 깊은 곳, 그가 무사히 돌아다닐 수 있는 숲보다 더 깊은 곳에 있는 어떤 존재. 그들은 그곳에서 앞으로 나아가는 그를 지켜보고 있었다. 하지만 그는 고양이였고, 물고기를 얻으려면 일을 해야 했다. 필로니인들이 지켜보고 있었다. 게다가 거기, 숲 뒤에서 '그들'이 지켜보고 있었다. 그는 생각했다. '지독한 삶이야. 고양이의 삶은 끔찍하고 지저분하고 지독해.'

그런 생각을 한 고양이는 베일리가 처음은 아니었다. 그것은 정찰 고양이들의 불평거리였다. 그들은 자기 위치를 알고, 언제나 알았지만, 쭉 그런 식이었다. 언제나 그런 식으로 돌아갔다. 필로니인들이 지배하고, 고양이들은 일했다. 그리고 우주는 그들의 것이 되었다.

그러나 공유되지는 않았다. 그것은 필로니의 우주였고, 정찰 고양이들은 고용 일꾼이었다.

고양이의 머리 위부터 뒤까지 덮은 섬세한 그물모자가 희미하지만 뚜렷한 후광을 발했다. 고양이가 태양광선 속을 지나가면 모자의 금빛 필라멘트가 그 빛을 잡아서 우주선으로 반짝이는 복사선을 보냈다. 그 우주선은 기단부를 세우기 위해 나무들을 날려버린 빈터 중앙에 서 있었다.

우주선 안에서는 필로니인 생태학자팀이 수많은 스크린 앞에 앉아서 정찰 고양이의 눈을 통해 밖을 보고 있었다. 그들은 누군가가 흥미로운 것을 볼 때마다 서로에게 중얼거렸다. 그중 한 명이 조용히 말했다. "고양이, 아직도 소리는 없나?"

"아직 아무것도 없어, 브루어. 하지만 지켜보는 시선을 느낄 수 있어."

다른 생태학자 한 명이 몸을 앞으로 기울였다. 백 개의 스크린 뒤는 벽 전체가 맥동하는 세포막이었다. 언제든 그 벽에 대고 말을 하면 고양이의 헬멧이 그 목소리를 잡아내어 전달했다. "말해봐, 어떤 느낌이지?"

"확실히는 모르겠어, 키커. 뒤섞여 들어오네. 가만히 보는 눈들 같은데… 나무와… 수액처럼…. 그렇지만 움직임이 있어. 나무들일 리가 없어."

"확실해?"

"지금 말할 수 있기로는 그래, 키커. 숲으로 더 들어가서 볼게."

"행운을 빈다."

"고마워, 드라이버. 갑상선종은 좀 어때?"

"난 괜찮아. 조심해."

정찰 고양이는 조심스럽게 숲 가장자리로 걸어갔다. 햇빛이 나무 깃털들을 비스듬히 통과하여 어둠 속으로 떨어졌다. 숲속은 서늘하고 어둑어둑했다.

자, 모든 시선이 그에게 꽂혀 있었다.

첫 번째로 디딘 발이 살짝 습하고 서늘한 탄력 있는 땅을 만났다. 떨어진 깃털잎들이 부엽토가 되어 있었다. 시나몬 비슷한 냄새가 났다. 압도적인 정도까지는 아니고, 기분 좋은 냄새였다. 그는 안으로… 쭉 들어갔다. 필로니인들이 100개 중 20개의 경계 스크린으로 본 마지막 장면은 앞뒤로 흔들리는 고양이 꼬리였다. 곧 꼬리들이 사라지고 70개 스크린에 거대한 짐엽수늘 사이로 뻗은 이상하게 그늘진 길이 보였다.

"고양이, 그 길에서 뭔가 끌어낼 수 있는 결론이 있어?"

정찰 고양이는 앞으로 걸어가다가 잠시 멈췄다. "응. 오솔길 같은 게 아니라는 결론을 낼 수 있어. 희미하게 똑바로 이어지다가 나무들 밑에서 끊어져. 굳이 말하자면 뭔가 끌린 자국이라고 봐."

"뭘 끌고 갔는지 알 수 있어?"

"아니, 그건 모르겠어, 호머. 뭔지는 몰라도 두껍고 꽤 매끈한 물체를 끈 자국이야. 내가 알 수 있는 건 그게 다야." 그는 왼쪽 두 번째 다리로 그 자취를 찔러보았다. 발바닥에는 촉각 센서가 달렸다.

고양이는 뚜렷한 이유 없이 길이 끊어지는 거대한 나무 밑동까지 계속 걸어갔다. 사방에서 거대한 침엽수들이 따뜻하고 습한 공기 속으로 200미터 가까이 솟아올랐다.

배 안의 시퍼는 고양이의 눈으로 밖을 보고 동료들에게 몇 가지를 지적했다. "미송(美松)의 특성이 일부 있는데, 확실히 침엽수야. 저 나무껍질을 봐. 전형적인 유칼립투스인데… 껍질을 덮은 부드러운 붉은색 포자가 눈에 띄지. 저런 건 한 번도 본 적이 없어. 마치 나무를 녹이는 것처럼 보여. 사실…."

시퍼가 나무들이 온통 그 붉은 포자에 덮여 있다고 말하려는 찰나, 그 붉은 포자가 고양이를 공격했다.

포자들은 나무를 타고 흘러 내려와서 아래쪽 껍질을 덮었는데, 각각이 고양이 머리통만 한 크기였고 서로 닿으면 젤리처럼 결합했다. 그 붉은 젤리는 나무 밑동에 다다르자 다른 나무에서 흘러내린 붉은 젤리와 결합했다.

"이봐…."

"괜찮아, 키커. 나도 보고 있어."

고양이는 뒷걸음질 치기 시작했다. 천천히, 조심스럽게. 그는 결합하는 진홍색 젤리를 쉽게 따돌릴 수 있었다. 그는 공터 가장자리로 후퇴했다. 필로니 우주선이 내려앉을 때 까맣게 타서 생명이라곤 없어진, 땅 위에 거대한 나무 그루터기 하나 남지 않고 나무들은 반들반들한 지표면에 비치는 그림자로만 존재하는 거대한 원 안으로. 후퇴.

'생명 속에서 벗어나서… 죽음 속으로 후퇴라.'

고양이는 멈칫했다. 대체 무엇 때문에 그런 생각을 했을까?

"고양이! 저 포자들… 정체가 뭔지는 몰라도… 결합해서 단단한 형상을 띠고 있어…"

'생명 속에서 벗어나서… 죽음 속으로 후퇴.'

내 이름은

베일리이고 나는

여기, 네 안에 있어.

난 강탈당했어.

| 내 | 그놈은, | 같은 | | 그자는… |
|---|---|---|---|---|
| 몸을 | 그것 | 것 | | 별들 속에서 |
| 서큐버스 | 은 | 인데 | | 모집을 |
| 라는 | 일종의 | 원해 | | 빼내 |
| 자에게 | 인형사 | 어딘가에서 | | |

피처럼 붉은 포자는 5미터 가까운 키에 형태도 모양도 없이 계속 변하면서 고양이를 향해 다가왔다. 정찰 고양이는 움직이지 않았다. 내면에서 싸움이 벌어지고 있었다.

"고양이, 이봐! 돌아와! 돌아오라고!"

우주는 필로니인의 것이었지만, 그 우주의 한 조각을 잃기 직전에야 그들은 자신들의 도구가 얼마나 중요해졌는지 깨달았다.

베일리는 고양이의 정신을 통제하려고 싸웠다.

수백 년의 훈련이 그에게 맞서 싸웠다.

포자가 고양이에게 다다라서 그 주변으로 뚝뚝 떨어졌다. 필로니인들의 스크린은 시뻘게졌다가, 텅 비었다.

숲에서 흘러내린 것은 고양이를 끌고 숲으로 돌아가서는, 잠시 진동하다가 사라졌다.

고양이는 한쪽 눈의 초점을 맞췄다. 그리고 다른 눈도. 차례차례 서른 개의 눈을 떠서 초점을 맞췄다. 누워 있는 공간이 완전히 밝아졌다. 그는 지하에 있었다. 일정한 형태가 없는 벽에서 수액과 몇 가지 색깔의 찐득한 액체가 뚝뚝 떨어졌다. 나무껍질 아래로 뚝뚝 떨어지는 액체는 종유석 같은 형태를 취했고, 결이 길게 늘어지며 반짝이다가 바늘 끝처럼 가늘어졌다. 고양이가 누운 표면은 대패질한 나무로, 산호색 동심원 중앙에서부터 바깥쪽으로 우아하게 나뭇결이 퍼져나갔는데, 중심은 산호색이었고 바깥쪽으로 갈수록 어두운 티크색을 띠었다.

포자들은 분열해서 방 안에 쌓여 있었다. 사방으로 터널이 이어졌다. 큰 터널은 너비가 6미터에 달했다.

고양이의 그물모자는 사라지고 없었다.

고양이는 몸을 일으켰다. 베일리는 그 속에서 완전히 깬 채 고양이와 대화를 나누고 있었다.

"내가 필로니인들과 차단된 건가?"

"그래, 그런 것 같아."

"숲속이고."

"그렇지."

"그 포자는 뭐지?"

"나는 뭔지 알지만, 네가 이해할지 잘 모르겠군."

"난 정찰병이야. 평생을 외계 생명체와 외계 생태를 분석하며 살았어. 이해할 거야."

"그것은 이동형 공생생물로, 이 나무들의 껍질과 결합해 있어. 단독으로는 말미잘형 혐기성 박테리아를 제일 많이 닮았고, 이분화하기 쉬워. 청각이 없고, 동결 소생하고, 기억이 있고, 거의 십이지장충만 먹고 살아."

"십이지장충이라면, 갈고리충?"

"커다란 갈고리충이지. 아주 큰 갈고리충."

"그 끌린 자국?"

"그 벌레들이 움직인 자국이야."

"하지만 말이 안 돼. 그건 불가능해."

"예르반의 환생도 불가능하긴 마찬가지지만, 일어나는 일이야."

"이해가 안 가."

"넌 이해 못 할 거라고 했잖아."

"넌 어떻게 이걸 다 알지?"

"넌 이해 못 할 거야."

"그 말은 받아들이겠어."

"고맙군. 그나저나 저 포자와 나무들엔 뭔가가 더 있어. 아주 중요한 부분이야."

"그게 뭔데?"

"그 둘이 결합하면, 지각 비슷한 게 있는 게슈탈트가 돼. 나무 숙주들에게서 힘을 빌려와서 의사소통할 수 있지."

"그건 더더욱 미심쩍은데!"

"그건 나하고 논쟁하지 말고 창조자와 해."

"창조자란, 제1원인 말이겠지."

"네 마음대로 불러."

"내 머릿속에서 뭘 하는 거야?"

"빠져나가려고 용을 쓰고 있지."

"어떻게 빠져나갈 건데?"

"네 임무를 엉망으로 망쳐서 필로니인들이 서큐버스에게 날 빼내달라고 하게 할 거야. 아무래도 넌 필로니인들에게 상당히 중요한가 봐. 그놈들 꽤 새가슴이지?"

"새가슴이 무슨 말인지 모르겠어."

"감각 형태로 옮겨볼게."

£■■■■■]

"아. 그거라면 ●●◖[─."

"그거야. 새가슴."

"흠, 필로니인과 정찰 고양이들 사이는 언제나 그랬어."

"넌 그런 식이 좋고?"

"난 물고기가 좋아."

"네 필로니인들은 신 노릇 하기를 좋아하지. 안 그래? 이 세계 저 세계를 자기네 입맛에 맞게 바꾸고 말이야. 비슷했던 다른 놈들이 생각나는군. 정당한 주님들이라고 불렸지. 서큐버스도 그래. 혹시 얼마나 많은 개체와 종족들이 신 노릇 하기를 좋아하는지 생각해 본 적 있어?"

"지금은 여기에서 나가고 싶어."

"그거야 쉽지."

"어떻게?"

"체슈메와 친구가 되면 돼."

"나무들 아니면 포자들?"

"양쪽 다야."

"공생 관계를 가리키는 이름이야?"

"그들은 조화를 이루고 살아."

"갈고리충만 빼고 말일 테지."

"어떤 사회도 완벽하진 않아. 규칙 19번이지."

고양이는 엉덩이를 깔고 앉아서 혼잣말했다.

"저것들과 친구가 되란 말이지."

"좋은 생각 같지 않아?"

"어떻게 친구가 되라는 거야?"

"그들에게 뭔가를 해주겠다고 제안해. 그들이 직접 할 수는 없는 뭔가를."

"예를 들면?"

"필로니인들을 없애주겠다고 하면 어때. 지금 그들에게 가장 압박감을 주는 건 그거거든."

"필로니인들을 없애라고."

"그래."

"내 머릿속에 미치광이를 넣어놨군."

"흠, 시작도 하기 전에 그만둘 거라면…."

"정확히 어떻게 하라는…. 어, 혹시 이름이 있어?"

"말했잖아. 베일리라고."

"아, 그래. 미안하군. 좋아, 베일리. 나보고 정확히 어떻게 이 행성에서 1만 3천 톤이 넘는 항성간 우주선을 없애라는 거지? 내가 정확히 가늠할 수도 없을 만큼 오랫동안 내 종족의 지배자 위치를 점하고 살아온 장교와 생태학자들은 또 어쩌고? 난 그자들을 존경하도록 조건화되어 있어."

"그다지 존경하는 것처럼 들리진 않는데."

고양이는 멈칫했다. 그 말대로였다. 상당히 달라진 기분이었다. 그는 필로니인들을 몹시 싫어했다. 정확히는 증오했다. 그의 종족이 헤아릴 수 없는 세월 동안 증오했던 것처럼 그들을 증오했다.

"이상하군. 혹시 적당한 설명이 있어?"

"흠." 베일리는 겸손하게 대답했다. "내 존재가 있지. 내 존재가 대대로 물려받은 너의 조건화를 깨뜨렸을 수도 있어."

"잘난 체가 심하군."

"미안."

고양이는 계속해서 그 가능성에 대해 생각했다.

"내가 너라면 시간을 너무 끌지 않겠어." 베일리가 그를 부추기더니, 다시 생각해보고 덧붙였다. "사실은 내가 너구나."

"나에게 무슨 말을 하려는 것 같은데."

"내가 하려는 말은, 게슈탈트 포자가 널 붙잡은 건 침입자들이 뭘 하고 있는지 정보를 얻으려는 건데, 넌 한동안 여기 앉아서 혼자 중얼거리고 있었어. 사실은 전체의 여러 부분을 통해 동시에 의사소통을 하는 거지만, 그들은 그런 개념을 이해 못 해. 그래서 널 소화할 준비를 하고 있어."

정찰 고양이는 30개의 눈을 아주 빠른 속도로 깜박였다. "그 포자가?"

"그래. 포자가 먹는 건 갈고리충뿐이지만, 나무껍질이 상당한 흥미를 품고 널 보기 시작했어."

"누구한테 말해야 하지? 빨리!"

"그러면 필로니인들을 별로 존경하지 않는다는 결론을 내린 거지?"

"서둘러야 한다고 한 것 같은데!"

"그냥 궁금해서."

"누구한테 말해야 해!?!"

"바닥."

그래서 정찰 고양이는 바닥에 대고 말을 했고, 그들은 거래하기로 했다. 한쪽으로 심하게 치우친 거래긴 해도, 거래는 거래였다.

**7**

갈고리충은 고양이가 예상했던 것보다 훨씬 빨리 터널을 통과했다. 마치 미끄러지는 것 같았지만, 고양이가 지켜보는 동안에도 자벌레처럼 몸을 접었다가 앞으로 쭉 뻗으면서 다시 한번 몸을 미끄러뜨렸다. 갈고 리충이 지나가자 나무 터널 벽에 독하고 습한 냄새가 스며 나왔다. 갈고 리충은 자신의 분비물로 미끄러운 길을 만들어 움직이고 있었다.

너비가 2.5미터에 분절된 몸은 지저분한 회색이었고, 얼굴로 통할 부 분에는 누런 점액을 뚝뚝 흘리는 찢어진 입밖에 없었다. 그 긴 구멍 주위를 섬모 같은 촉수 수백 개가 둘러쌌고, 그 구멍 위 울퉁불퉁한 줄을 이 룬 네 가닥의 윤기 나는 돌출부는 아마도 "눈"에 해당하는 기관 같았다.

빵조각을 흘려 길을 표시한 헨젤의 이상한 버전처럼, 고양이 등에 붙 어 있던 포자들이 흘러내리기 시작했다. 첫 번째 포자가 흘러내리고, 다 른 포자가 또 흘러내렸다. 고양이는 터널을 후퇴했다. 갈고리충은 다가오 면서 살덩어리 남근처럼 생긴 머리통을 낮추고 앞에 놓인 포자를 킁킁거 렸다. 그러더니 섬모 같은 촉수가 달라붙고 포자는 쉽사리 찢어진 입안 으로 미끄러져 들어갔다. 역겹도록 질척한 소리가 나더니, 갈고리충이 다시 앞으로 나갔다. 다음 포자에도 같은 과정이 되풀이되었다. 그다음에 도, 그다음에도. 갈고리충은 정찰 고양이를 따라 터널을 움직였다.

몇 킬로미터 떨어진 곳에서는 필로니인들이 화면을 노려보고 있었다. 화면에는 이상한 붉은 포자들의 행렬이 길고 굵은 밧줄 같은 형태를 이 루며 숲을 빠져나와 우주선 주위를 둘러싸는 모습이 비쳤다.

"리펄서를 쏠까?" 키커가 물었다.

"아직 아니야. 적대적인 움직임은 취하지 않았어." 호머가 말했다. "고 양이가 어떻게든 저것들을 이겼을 수도 있어. 그렇다면 이건 환영 의식 일 수 있지. 기다려보자."

우주선에서 15미터 거리를 두고 포자들이 완전한 원을 그렸다. 필로 니인들은 고양이 친구를 믿고 기다렸다.

그리고 까마득히 지하에서는 정찰 고양이가 갈고리충을 끌고 구불구 불 터널을 따라 추격전을 벌이고 있었다. 어떤 터널은 고양이와 그 뒤를 쫓는 갈고리충이 들어서기 몇 분 전에 만들어지기도 했다. 그리고 그 터 널들은 언제나 약간 위쪽으로 기울어졌다. 고양이는 등에 타고 있던 포 자들을 떨구면서 거대한 벌레를 아슬아슬하게 끌고, 그러나 잡히지는 않 고 계속 달렸다.

그러다가 마지막 터널에 들어선 고양이는 앞쪽의 평평한 노두에 뛰어 올랐다가 터널 천장에 난 작은 구멍으로 빠져나갔다.

필로니인들은 불탄 땅에서 붉은 포자들이 서로 연결되어 기다리고 있는 원 바로 바깥에 난 구멍으로 정찰 고양이가 빠져나오자 환성을 질렀다.

"저것 봐! 우리 착한 고양이야!" 드라이버가 동료들에게 외쳤다.

그러나 고양이는 우주선 쪽으로 가지 않았다.

"환영 의식이 끝나기를 기다리는 거야." 호머가 확신에 차서 말했다.

그러더니 스크린으로 붉은 포자가 차례차례 사라져서 아래 땅속으로 빨려 들어가는 모습이 보였다.

포자는 차례차례 사라졌고, 필로니인들은 스크린으로 포자가 사라지는 모습을 따라갔다. 90도를, 180도 반원을, 250도를 따라가자 땅이 흔들리기 시작했다.

그리고 갈고리충이 360도를 다 돌면서 저녁거리를 빨아 먹기 전에 1만 3천 톤짜리 필로니 우주선 아래 땅이 내려앉았고, 우주선은 특별히 수직으로 파놓은 터널 속으로 요란한 소리를 내며 떨어졌다. 곤두박질치면서 우주선의 금속판이 갈라져 열렸다. 갈고리충은 곧 붉은 포자보다 훨씬 더 달콤한 먹이를 알게 될 터였다.

필로니인들은 목숨을 구하려 했다.

그들이 할 수 있는 일은 거의 없었다. 드라이버는 고양이를 욕하며 서큐버스와 마지막으로 접촉했다. 자동 접속이라 우주선을 이륙시키기보다 그쪽이 훨씬 쉬웠다. 특히나 지하 400미터에서 이륙하기보다는 훨씬.

갈고리충이 우주선을 뚫고 들어갔다. 체슈메는 기다렸다. 갈고리충이 실컷 먹고 나자 체슈메가 움직여서 갈고리충을 죽였고, 그런 다음 만찬을 즐겼다.

하지만 베일리는 그곳에 남아서 성대한 만찬을 지켜보지 못했다. 필로니 우주선이 요란한 소리를 내며 땅속으로 떨어진 직후에 베일리는 영혼이 뜯겨 나가는 섬뜩한 느낌을 받았고, 정찰 고양이는 다시 한번 텅 빈 채로 남겨졌으며(그렇게 해서 심하게 치우친 거래에서 승자는 도박장뿐이라는 점을 증명했고) 윌리엄 베일리의 영혼은 벨리알을 떠나 미지의 세계로 날아갔다.
　나무 터널 깊은 곳에서는 생물들이 먹이를 먹기 시작했다.

# 8

그 어둠은 아주 짙은 파란색이었다. 검정이 아니라 파랑. 그는 아무것도 볼 수 없었다. 그 자신조차도. 그는 자신이 어떤 몸속에 들어갔는지, 들어가지 않았는지, 몸이 있기는 있는지, 그 몸이 뭔가를 닮았는지 아닌지 알 수가 없었다. 그는 파랑 속으로 손을 뻗어보았다. 아무것도 만져지지 않았다.

하지만 어쩌면 손을 뻗지 않았는지도 몰랐다. 자신의 일부가 그 파랑 속으로 뻗어가는 것을 느끼기는 했지만 얼마나 멀리까지인지, 어느 방향으로인지, 뻗어간 것이 부속 기관이었는지는… 알지 못했다.

자신을 만져보려고 했지만, 어디를 만져야 할지 몰랐다. 얼굴에 손을 뻗어보았다. 베일리의 얼굴이 있던 자리에. 아무것도 만져지지 않았다.

가슴을 만져보려고 했다. 그는 저항에 부딪혔다가, 부드러운 무엇인가를 뚫고 들어갔다. 밀고 들어간 게 털인지 피부인지 가죽인지 젤리인지 수분인지 천인지 금속인지 식물성 물질인지 거품인지 아니면 무거운 기체인지조차 구분할 수 없었다. 자신의 "손"도 "가슴"도 느껴지지 않았지만, 그곳에 뭔가가 있기는 했다.

그는 움직이려고 했고, 움직였다. 하지만 구르고 있는지 뛰고 있는지 걷고 있는지 미끄러지고 있는지 날고 있는지 추진하고 있는지 추진을 받고 있는지 알지 못했다. 어쨌든 그는 움직였다. 그리고 자신을 만지는 데 이용했던 뭔가를 아래로 뻗어보니, 아래쪽에는 아무것도 느껴지지 않았다. 다리 같은 것은 없었다. 팔도 없었다. 파랬다. 너무나 파랬다.

한쪽 방향으로 가능한 한 멀리 움직여보았더니, 그를 막는 것은 아무것도 없었다. 언제까지나 저항 없이 그 방향으로 움직일 수 있었다. 그래서 그는 다른 방향으로, 반대 방향으로 최대한 멀리 움직였다. 최대한 가보았지만, 경계가 없었다. 그는 위로 올라가고 아래로 내려가고 원을 그리며 돌았다. 아무것도 없었다. 어디까지도 아무것도 없었다.

그래도 자신이 어딘가에 있음은 알았다. 텅 빈 우주 공간은 아니었다. 어딘가 별도의 공간이었다. 하지만 그 공간이 몇 차원인지는 알 수 없었다. 그리고 스스로가 무엇인지도 알 수 없었다.

당황스러웠다. 그는 핑크의 몸에서도, 정찰 고양이의 몸에서도 당황하지 않았다. 하지만 지금 들어간 생명체는 뭔가 불안했다.

왜 그럴까?

뭔가가 다가오고 있었다.

그 정도는 알았다.

그는 여기에         그리고         뭔가 다른 것이
   있었다                     저 바깥에서
                                    그를 향해
                             다가오고 있었다.

그는 공포를 알았다. 파란 공포였다. 깊고 보이지 않는, 파란 공포. 그게 빠르게 다가오고 있다면 곧 도착할 것이다. 느리게 오고 있다면 조금 늦게 도착할 것이다. 어쨌든 오고 있었다. 그게 오고 있음을 느끼고 감지하고 직관할 수 있었다. 그는 변하고 싶었다. 다른 뭔가가 되고 싶었다.

이것이 되거나

아니면 **이것**이 되거나

아니면 *이것*이 되거나

아니면 이것이 되거나

어쨌든 뭔가 다른 것이, 다가오고 있는 것을 견딜 수 있는 뭔가가 되고 싶었다. 그게 무엇일지 알 수 없었다. 그가 아는 것이라고는 기관이 필요하다는 것뿐이었다. 그는 베일리의 생각, 베일리의 정신을 뒤져서 무엇이 필요할지 알아내려 했다.

그에게 필요할지도 모르는 것         송곳니   독입김
                                      눈  뿔
                                      유연성
                                      물갈퀴 발
                                      장갑   갈고리발톱
                                      위장능력   날개
                                      등딱지   근육
                                      성대   비늘
                                      자가 재생력
                                      가시침   바퀴
                                      다중뇌

그가 이미 가지고 있는 것　　　　　　　　없음

　　그것이 가까이 다가오고 있었다. 아니면 멀어지고 있나? (그리고 멀어
져감으로써 그에게 더 위협이 되고 있나?)(그가 그쪽으로 간다면 더 안전할
까?)(그 자신이 어떻게 생겼는지, 아니면 어디에 있는지, 아니면 무엇이 필요한
지 알 수만 있다면!)(적응해!)(젠장, 적응해, 베일리!) 그는 암청 속 깊은 곳
에, 쭉 뻗어, 태아처럼, 기다리고 있었다. 형태 없이. (형태…)(그게 필요한
걸 수도?)

　　파랑 속에 뭔가 파란 것이 번득였다.

　　그것은 파랑 속에서 그를 향해 헤엄쳐오며, 번득이고 반짝이면서 점
점 더 크게 다가왔다. 그것은 그에게 전율을 보냈다. 전에 없던 공포가
그를 사로잡았다. 그를 향해 다가오는 파란 형상은 그가 기억할 수 있는
가장 공포스러운 광경이었다. 그리고 그는 기억했다

다른 인간과 함께 모라비아를 찾았던 날 밤. 그들은 어느 파티에서 옷장 안에 서서 섹스를 하고 있었다. 그녀의 드레스는 허리까지 말려 올라갔고, 그는 발끝으로 서서 그녀를 밀어붙였다. 그녀는 눈을 감고 깊은 쾌락에 빠져 울고 있었다. 전쟁이 끝난 날, 따뜻한 금속 참호 속에서 그의 왼쪽에 있던 사람의 머리 위쪽을 레이저가 잘라내버렸다. 아직도 연황색 젤리 속에서 맥동하던 그 모습. 그가 자신의 가망 없는 미래를 알게 된 순간. 죽음을 찾아 센터에 가기로 결심했던 그 순간.

　　그것은 형태를 바꾸더니 번쩍번쩍 빛나는 파랑과 공포의 파도를 내보
냈다. 그는 벗어나려고 몸부림쳤지만 그 파도는 그를 휩쓸었고, 그는 벗
어나려고 몸을 뒤집고 또 뒤집었다. 파란 그것이 더 가까이 다가오며 시
야에 커졌다. (시야? 몸부림? 공포?) 그것은 갑자기 전보다 더 빨리 그를

향해 쓸려왔다. 마치 첫 공격(공포의 파도)을 시도했는데 실패했다는 듯, 이제는 돌진을 해왔다.

그는 높이 뛰어오르고 싶은 충동을 느꼈다. 실제로 자신이 그러는 것을 느꼈고, 시야가 훅 올라가더니 추진 기관이 낮아지고, 그는 더 길고 더 높고 더 커졌다. 그는 달아났다. 그는 번쩍이는 파란 악마를 달고 파랑 속을 뚫고 내려갔다. 뒤쫓는 상대는 길어지더니 한쪽으로 확 그를 지나쳤다. 높이도, 크기도 없는 수평선에 백열하는 점에 불과할 때까지 앞서갔다가, 그를 향해 되돌아 질주하며 불투명해질 때까지 몸을 가늘고 길게 뻗었다. 파란 초평면에 찬란히 빛나는 부레풀처럼, 그 몸에 주위의 파랑이 투과하여 어둡게 빛날 때까지.

그는 공포에 부르르 떨며 작아졌다. 그는 몸을 둥글게 말고 수축하고 쪼그라들어 유한한 지점까지 자신을 끌어당겼고, 소용돌이치는 위험은 그에게 돌진하여 그대로 통과하더니 왔던 곳으로 사라져버렸다.

베일리는 지금 들어간 몸속에서 뭔가가 비틀리고 찢기는 것을 느꼈다. 정신력이 헐거워지고 있었고 그는 정신이 무너져 내리고 있다고 확신했다. 그는 감각 몰수실을 기억했고, 그런 곳에 너무 오래 놓여 있던 사람들에게 무슨 일이 일어나는지 기억하고 있었다. 이것도 마찬가지였다. 어떤 형태도, 크기도 없고 자신이 무엇인지 알지도 못하며 어디에 있는지도 모르고 촉각이든 후각이든 청각이든 시각이든 간에 제정신을 붙들어둘 닻이라곤 없었다. 그래도 그는 생존하고 있었다.

암청색 악마는 계속 새로운 공격을 준비했고, 그는 몇 초 안에 (초?) 그게 돌아오리라는 것을 의심치 않았다. 그는 계속 그런 공격에서 벗어날 정확한 방법을 실행했다. 하지만 어느 시점엔가 이 새로운 몸의 본능적인 반응으로는 부족해질 거라는 느낌이 (느낌?) 들었다. 이 새로운 역할에 그의 베일리스러움을, 그의 인간 정신과 생각을, 그가 자신의 큰 부분으로 이해하기 시작한 교활함을 발동시켜야 했다. (그런데 왜 베일리였을 때는 그 가망 없는 인생을 보내던 동안에는 그 교활함을 이해하지 못했던가?)

옆쪽 한참 위 어딘가에서 그것이 다시 번쩍거리며 빠른 속도로 다가왔다.

베일리는 알지 못하는 뭔가를 준비했다. 최선을 다해서.

광창해, 아니ㄹㄱ! 어떻게 그걸 되살린 거야? 아, 네가 한 일이 건 확실히 알아. 그런데 어떻게 해낸 거야? 제발! 다섯!?! 정말 이기고 싶은 거구나. 안 그래? 쯧쯧. 나도 알아. 넌 이걸 게임으로 보지 않지. 나도 그래. 그건 그저 네가 앨더스로 태어났기 때문이야. 그것도…, 그게 뭔가 이마가 있었던 게 언제야? 그래, 하지만 시간은 흐르지. 혼란스러워? 내 친애하는 아니ㄹㄷ, 어떻게 그런 말을 할 수가 있어? 1만 비닐도 너무 길지는 않아. 하디에게는 아니야. 멈춰 답단는 거야. 친구? 행복하겠어? 왜? 네 셈피언이 그 몸에 들어간 영롱한 영혼이더라서? 정말이지, 아니ㄹㄷ, 날 열간이나 바보로 여기는 게로군! 죽어! 그런 다음에 포레임이나 보관해둬. 넌 이제 신경 못써. 나의 지나친 화장에 대해선 내가 걱정하게 놔둬! 넌 내가 널 박살 내는 순간까지 그걸 걱정하겠지. 우리의 싸움은 체화될 거였어. 네가 그만두고 싶다면, 가! 장담하는데 나의 대며 셈피언에게 아무 승산이 없어, 아니ㄹㄱ!

내가 그러려고 산다는 값을 지불했다는 점은 인어도 좋아, 친애하는 아뉠.

세큐버스였어, 아뉠, 단지 테일의 생명이 들렸지, 좋을 대로 진소리해⋯, 너위

딸이 난 방관한지 않아⋯, 하지만 넌 권조하지, 넌 언제나 그걸 재임으로

여겼어, 하더도 태어났으면서도 말이야, 그게⋯, 그리고 우터가 낳았던 배가

있었어, 신두적인 말로 널 단화하게 할 수 없어! 난 이 말을 할 수 있어, 우린

이 진틀를 너무 오래 해왔기 때문이지, 하지만 엘더스로서야, 줌도 선입을 해,

아뉠! 지금 신인해, 한부는 누스, 난 그냥 뺄터 끝내라고 말하겠지, 그래, 테닐

은 지나가고 엎은 떠나고 우린 무슨 죽으니까! 그래, 죽느네라고! 그리고 난 내가

감단할 수 있는 치부다 더 많은 프레임을 쟀어, 너무 웃기보다 지금이 낫지.

넌 지식을 너무 확장했어, 빼빼스럽고 무례하게도⋯, 어떻게 네가 진투워이

됐는지⋯, 나에게 태안을 남겨주지 않는군, 프레임은 관두라고 해, 싸워! 그리고

내가 안정할 필요 없는 패배를 인정하라고? 계속 싸워, 난 너에게 기회를 제공

했어, 대화할 시간은 끝났어!

파란 악마는 에너지를 타닥거리며 계속 그를 급습했다. 그는 믿기 힘들게도 백만 군데를 쏘이는 통증과 맹렬한 힘을 느꼈다. 그러다가

그랬다. 이제 베일리는 자신이 무엇인지, 무엇을 해야 하는지 알았다. 그는 가만히 누워서 끝이 없는 파랑 속을 헤엄쳤다. 그는 부드러웠고 단일체였다. 파란 악마가 떼지어 다가왔다. 마지막으로. 그리고 파란 악마가 사방을 둘러싸자, 베일리는 그것이 자신을 마시게 놓아두었다. 그는 그 깊은 파랑과 그 공포와 그 번쩍임이 자신을 급습하여 집어삼키도록 놓아두었다. 파란 악마는 폭식하며 점점 커지고 부풀더니 움직이지 못하게 되었다. 벗어나지 못하게 되었다. 베일리는 자신의 아메바 몸으로 그놈을 채웠다. 그는 몸을 갈라 다른 몸을 만들었고, 파란 악마는 몸을 확장하여 그의 두 번째 몸을 먹어 치우기 시작했다. 이제는 사방에 발산하는 번쩍이는 공포와 파랑의 물결이 더 짙고, 더 느렸다. 다시 분열. 이제는 넷이 되었다. 파란 악마는 먹고 먹으며 그 공동과 원천-싹들을 채웠다. 다시, 분열. 이제 여덟이었다. 그리고 파란 악마는 색을 잃기 시작했다. 베일리는 다시 분열하지 않았다. 그는 어떻게 해야 할지 알았다. 그도 파란 악마도 이 전투에서 이길 수 없었다. 둘 다 죽어야 했다. 먹어 치우기는 계속되고, 마침내 파란 악마는 가득 차서 소모된 채 움직이지 못하고 죽었다. 그리고 그도 죽었다.

파랑 속은 다시 한번 텅 비었다.

프레임도, 테닐도, 충만한 전투도 끝났다. 그리고 마지막 순간에 남아 있던 지각으로 베일리는 바깥 어딘가에서 두 결투자의 향기로운 절망의 통곡을 들었다고 상상했다. 그는 흡족했다. 이제 그들은 윌리엄 베일리가 된다는 게 어떤지, 절망하고 외롭고 두려운 상태가 어떤 것인지 알았다.

그는 잠시 흡족해하다가, 소용돌이와 함께 그곳을 떠났다.

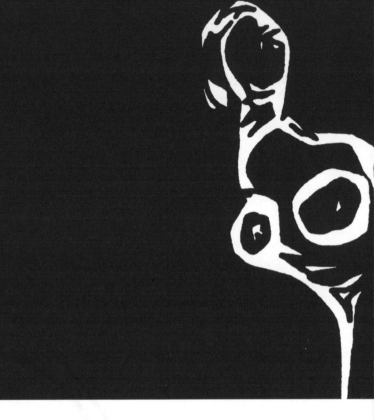

# 9

이번에는 휴식이 짧았다. 서큐버스에게 바쁜 철이었다. 베일리는 스
노우드리프트 성단 소행성들에 사는 83개 종족의 여성들로 우리를 채운
대(大) 노예상의 빈 껍질을 채우러 나갔다. 베일리는 남성 우월주의는 가
증스러운 것이라고 노예상을 설득하는 데 성공했고, 그 여성들은 비밀
조직으로 묶여서 다양한 소행성으로 돌아가 남성들로만 이루어진 정부
를 거꾸러뜨리고, 자칭 '독립 페미니스트 군집'을 선언했다.

그는 그 몸에서 끌려 나와 커크가 항성들을 신성으로 바꿔서 동력을 얻는 데 쓰는 공격자의 전파 "몸"에 들어갔다. 베일리는 그 공격자를 지배하는 데 성공하여 커크의 고향 항성을 터뜨렸다.

그는 다시 끌려 나왔다가 1만 살짜리 거북이의 껍데기 속에 들어갔다. 이 거북이는 무작위 건설 정보를 보유하고 있어, 핑거 프린지 심부너머에 있는 항성계들을 변형하는 이름 없는 창백한 회색 종족이 후원하는 행성 재편을 감독하는 데 누구와도 바꿀 수 없는 귀중한 존재였다. 베일리는 이 거북이가 행성들을 자기네 궤도로 끌고 오는 세계변경자들에게 부정확한 자료를 주게 만들었고, 그렇게 해서 배치 전체가 그 항성계에서 제일 크고 무거운 행성의 궤도 안으로 무너져내리게 했다. 그 결과 일어난 폭동으로 창백한 회색 종족은 절멸했다.

그는 다시 끌려 나와….

마침내는 서큐버스처럼 대단하고 복잡한 존재마저도, 신경 쓸 일과 골칫거리가 백만 개는 되는 사실상 신과 같은 존재마저도 알아차릴 수밖에 없었다. 서큐버스의 파일 속에 완벽함을 망치는 영혼이 하나 있었다. 서큐버스가 명성을 쌓은 기반을 몹시 싫어하는 영혼이 하나 있었다. (있을 수 없는 일이지만) 그에게 해코지하려 드는 영혼이 있었다. 모든 것을 무너뜨리는 영혼이 있었다. 부적절한 영혼이 있었다. (다시 한번, 있을 수 없는 일이지만) 의도적으로 서큐버스가 평생을 들여 굴리고 있는 일을 망치려 드는 영혼이 하나 있었다. 베일리라는 영혼이 있었다.

그리고 서큐버스는 당장 급한 계약들을 다 치우고 나서 렌즈 아래 놓고 자세히 조사할 수 있을 때까지, 그 영혼을 영혼 림보에 위탁했다.

그래서 베일리는 림보로 가게 되었다.

# 10

영혼 림보에 있다는 건 대충 이렇다.

물렁물렁하고 창백한 구더기 같은 하양. 넘실거림. 간절히 보려고 드는 것들의 소리가 가득. 미끄러운 발밑. 발은 없음. 숨이 가빠 숨을 쉬려고 몸부림. 폐쇄. 압력에 질식할 때까지 어마어마한 무게에 눌리는 갑갑함. 하지만 숨을 쉴 능력이 없음. 코르크가 되도록 납작 눌려, 뻥뻥 뚫린 구멍으로 곧 부서질 느낌. 그러다가 끓는 액체가 쏟아져 들어옴. 모든 섬유와 유리 섬유에 통증. 축축한 것이 뼛속에 자리를 잡고 뼈를 재와 반죽으로 바꿔놓음. 짙고 고약한, 역겨운 달큼함을 혀에 대고 삼키고는 부풀어 오름. 부풀어 오르다가 펑 터짐. 봉안당 냄새. 솟아오르는 연기가 감각 조직을 태우고 또 태움. 영원히 잃어버린 사랑, 아무것도 다시는 의미 있을 수 없다는 사실을 아는 고통. 너무나 소유욕 강해서 안으로 깊이 비틀고 들어와 한 번도 기능할 기회가 없던 기관들을 쥐어트는 멜랑콜리아.

차가운 타일.

검은 주름 종이.

석판을 긁는 손톱.

단추 아픔.

민감한 곳에 생기는 자잘한 상처.

연약함.

쿵쿵 두드리는 꾸준한 아픔.

서큐버스의 영혼 림보에 있다는 건 그런 식이었다. 징벌이 아니라 그저 막다른 길이었다. 그곳은 연속체가 완성되지 않은 장소였다. 그곳은 지옥이 아니었다. 지옥에는 형태와 실체와 목적이 있으니 말이다. 이곳은 뻥 뚫린 구덩이, 진공, 쓸모없는 것들이 가득 찬 창고였다. 그곳은 과거 현재 미래가 하나이고 애매할 때 보내지는 곳이었다. 그야말로 지독한 곳이었다.

베일리가 미쳤다면, 여기야말로 미쳐버린 곳이었으리라. 그러나 그는 미치지 않았다. 미치지 않을 한 가지 이유가 있었다.

# 11

1만 영겁 후, 서큐버스는 급한 일처리를 끝내고, 모든 주문서를 채우고 일반적인 서신에 답하고 목록 작성을 끝낸 후 오랫동안 필요했던 휴가를 떠났다. 그는 휴가에서 돌아와서 새로운 일에 임하기 전에 림보에서 윌리엄 베일리의 영혼을 꺼내어 렌즈 아래 넣었다.

그리고, 그 영혼이 뭔가 다르다는 사실을 알았다.

그가 훔쳐낸 수백 수천만의 다른 영혼들과는 상당히 달랐다.

그 차이가 무엇인지 정확히 집어낼 수는 없었다. 힘도 아니고, 발산물도 아니고, 질이 다른 것도 아니고, 잠재성도 아니고, 외형도 아니고, 감각도 아니고, 능력도 아니고, 딱 집어낼 수 있는 그 무엇도 아니었다. 그리고 물론 그런 차이는 대단히 귀중할 수도 있었다.

그래서 서큐버스는 예비품과 원단 보관처에서 껍데기 하나를 가져와서 베일리의 영혼을 집어넣었다.

이것이 완벽하게 '텅        빈' 껍데기였다는 점을 이해해야 한다. 그 안에는 아무것도 살지 않았다. 깨끗하게 청소한 껍데기였다. 베일리가 이제까지 쑤셔박혔던 수많은 몸과는 달랐다. 이제까지 들어갔던 몸들은 영혼을 강탈당한 상태였다. 그래서 모두 억눌린 잠재성과 인격 기억, 보이지는 않지만 실재하는 구속이 존재했다. 이 껍데기는 이제 베일리였다. 오직 베일리, 자유롭고 완전한 베일리였다.

서큐버스는 베일리를 자기 앞에 소환했다.

베일리라면 서큐버스가 어떤 존재인지 묘사할 수 있었을지도 모르지만, 그에게는 그러고픈 마음이 전혀 없었다.

검사가 시작되었다. 서큐버스는 빛과 어둠, 선과 구체, 부드러움과 단단함, 계절 변화, 망우초(忘憂草)의 물, 내민 손, 기억의 속삭임, 보정, 계산, 현탁, 침해, 보복과 열세 가지 다른 방법을 이용했다.

그는 이 영혼을 **그는 몰랐지만** 자신에게 도움을 요청한 수많은 종족들에게 약속을 이행하기 위해 훔쳐냈던 **베일리를** 모든 다른 영혼들과 다르게 **조사하는 동안** 거칠고 위험한 존재로 만드는 베일리도 차이점을 분리해내기 위해 **그를 조사하고** 있었다.

그러다가, 서큐버스가 필요로 하는 모든 지식을, 모든 비밀스러운 장소, 모든 말하지 못한 약속들, 바라고 구체화한 모든 우울을 알게 되자, 베일리 안에 도사린 힘이… 둘 중 누구도 억누르려 하거나 억누르고 싶어 하기도 전에… 언제나 베일리 안에 도사리고 있던 힘이… 터져 나왔다.

(그것은 언제나 그곳에 있었다.)

(시간의 여명부터, 그곳에 있었다.)

(언제나 존재했다.)

우주는 신성한 시작에서 시작되었다. 우주는 거대하기 한이 없는 헌율 속에 있다. 그러나 우주가 되어버린다—신이 되려는 조종자를 속에 춤을 추게, 세속이다. 그렇게 존재가 "영혼"인데 숨어 있던 것은 최초의 것은. 제1원인? 그럴지도. 속에 영원한 힘을 계...

불가능한데도 신이 된 놀이를 해야 한다. 그런 우주가 되어버린 우주와 절망 속의 고통과 즐거움도 없이 고통까지 모든 것을, 모든 존재가 신의 기쁨을 지녔던 때의 기억을 나머지까지 모두 잃어버린 것. 그리고 그 신들은 더 큰 신들에게 조종당한다. "베일리"였던 존재, 매개물을 자처 베일리에게 전해졌다. 스스로를 자처 베일리처럼 지나가며 풀려난 사악한 지나가며 풀려난. 절대신이었던 힘을 계...

태초의 신성에 대한 영겁의 영겁 동안 식물, 돌, 물고기, 구름, 미치지 않고서야 누가 모든 것을 창조한 후에 다시 태어나려 분투했다. 그러나 이제 병에서 풀려나...

히 피어났다. 그동안 잔 덕분에 우주를 창조했던 시절보다 더 젊고 더 강해졌다. 그리고 풀려난 그 힘은 영겁 이전에 시작한 일을 마무리하는 데 착수했다.

베일리는 그에게 시작이 되었던 안락사 센터를 기억했다. 죽음을 기억했다. 재생을 기억했다. 자살 센터에 가기 전에 살았던 부족하고 무기력하고 가망 없던 삶을 기억했다. 끝나지 않는 전쟁 속에서 외눈박이 곰으로 살았던 시간을 기억했다. 정찰 고양이었던 시간을 기억했고 말할 수도 없는 섬뜩한 것의 죽음을 기억했다. 파랑을 기억했다. 다른 모든 삶을 기억했다. 그리고 베일리 자신보다 덜 절대신이었던 모든 신을 기억했다. 정당한 주님들. 필로니인들. 몬타그인들. 틸인들. 체슈메. 결투자들. 갈고리충. 노예상들. 커크. 이름 없는 창백한 회색 종족. 그리고 무엇보다도 그는 서큐버스를 기억했다.

자신이 절대신이라고 생각한 서큐버스. 마치 '도둑들'이 자신을 신으로 여기는 것과 같았다. 그러나 그 누구도 신성의 모든 기억 중에 아주 작고 작은 부분도 소유하지 못했고, 베일리는 절대신이었던 힘의 최종 저장소가 되어 있었다. 그리고 이제 구속을 끊고 풀려나 모든 시간 중에서도 바로 이 심판의 날에 소용돌이쳐 강림한 베일리는 신성을 풀고 태초에 시작했던 일을 마무리했다.

창조에는 오직 하나의 결말만 있다. 창조된 것은 파괴되며, 그리하여 완전한 원이 완성된다.

절대신 베일리는 자신이 쌓은 모래성을 죽이는 데 착수했다. 자신이 창조한 우주를 파괴하는 작업.

한 번도 없었던 것처럼.

모든 노래가 불리지 않은 때로 돌아간다.

정화되는 일도 없이 그저 씻겨나간다.

소모된 꿈들도 찾아올 방문자들도.

수렁 속을 빠져나와.

서늘한 믿음의 바람에 실려 흘러내린다.

열기가.

풀려난다.

창조된 모든 것, 동등한 모든 것, 생각하는 모든 것, 모든 광대함이.

밤으로 사라진다.

절대신이었고 베일리였던 힘은 작업을 시작했다. 베일리가 살던 껍데기는 그 힘에 잠겨 사라졌다. 유예를 부르짖고 이유를 알려달라 비명 지르고 풀어주거나 설명을 해달라 외치던 서큐버스도 그 힘에 잠겨 사라졌다. 영혼 정박지도 잠겨 들어갔다. 고향 행성도 잠겨 들어갔다. 고향 행성의 태양계도 잠겨 들어갔다. 은하계와 모든 은하계와 은하 우주들과 먼 섬 같은 우주들과 변경 차원들과 태초까지 돌아가서 그 너머를 돌아 원을 그리며 지금까지 이어진 과거, 그리고 모든 그림자 장소들과 모든 사고(思考)의 후미와 영원(永遠) 자체의 바탕과 본질에 이르기까지… 모든 것이, 전부 다… 잠겨 들어갔다.

그 모든 것이 절대신인 베일리의 힘 안에 담겼다.

그리고 절대신 베일리는 엄청난 의지력을 딱 한 번 행사하여 그 모든 것을 파괴하고, 한 바퀴의 원을 완성하며 하려고 태어난 일을 끝내고, 사라진다.

그리고 이제 남은 것이라곤 베일리뿐이다.

사이 영역에서

죽은.

# BASILISK

바실리스크

✦

신해경 옮김

✦
**1973년 로커스상 수상**
**1973년 휴고상 노미네이트**
**1973년 네뷸러상 노미네이트**

무어인이 바실리스크를 죽이고
그 생명 없는 몸체를 모래 평원에 못 박았으나
교묘한 독이 창을 타고 올라 퍼졌으니
창 쥔 손은 독을 흡수하고, 승리자는 죽노라

— 마르쿠스 안나이우스 루카누스, 〈파르살리아〉 중에서

버논 레스틱 상병은 중포기지 방어선 너머로 야간 정찰을 나갔다가 돌아오는 길에 적군이 오솔길에 설치해놓은 덫에 걸렸다. 그는 최근에 점령당한 제8구역에서 철수하는 정찰대를 후위에서 엄호하다가 너무 뒤처지는 바람에 수풀 속에서 길을 잃고 말았다. 자신이 정찰대 왼쪽으로 불과 30미터쯤 떨어져 나란히 나아가는 중이라는 사실은 알 방도도 없이, 그는 정찰대와 만나기만을 바라며 계속해서 앞으로 나아갔다. 그는 비스듬하게 잘라 한없이 날카롭게 끝을 다듬은 다음 독을 발라 가장 효과적이면서도 가장 잔인한 각도로 땅에 박아놓은 푼지 죽창을 보지 못했다. 나란히 설치된 죽창 두 개가 군화 바닥을 꿰뚫었다. 족궁을 뚫고 들어온 하나는 몸무게가 실리자 군화 속 발목뼈 바로 아래로 튀어나왔다. 다른 하나는 발바닥을 뚫고 올라와 발꿈치 위 종아리뼈에 부딪히며 안에서 쪼개졌다.

모든 회로가 끊기고, 모든 전구가 터져나가고, 모든 진공청소기가 폭발하고, 뱀들이 허물을 벗고, 수레바퀴들이 삐걱거리고, 판유리 창문들이 산산이 부서지고, 치과 드릴이 신경 끝을 들어 올리고, 토사물이 식도를 태우며 솟구치고, 처녀막이 찢어지고, 칠판을 긁어내리는 손톱이 반으로 접히고, 물이 용암처럼 끓기 시작했다. 새로 태어나는 별의 고통. 레스틱의 심장이 멈췄다가 꿈틀거렸다가 다시 뛰기 시작했다가 머뭇거렸다. 그의 두뇌는 고통을 분담하기를 거부하면서 죽어갔다. 모든 감각이 완전 중지 상태에 이르렀다. 그가 무사한 왼발을 딛고 옆으로 비켜서자 땅에 박혔던 푼지 죽창 하나가 딸려 나왔다. 이렇게 단 한 번 움직이는 와중에도 그는 의식이 없었다. 그리고 그는 졸도했다. 너무도 극심한 고통 때문이었다.

그때 무슨 일이 일어났을까? 갈라진 틈 같은 입을 가진 거대한 검은 짐승이 바깥의 어둠을 뚫고 그에게 다가갔다. 거대한 검은 짐승이 경계를 뛰어넘어, 신화를 통과하여, 살갗이 뚫리기 직전의 시간을 향해 오는 중이었다. 기름막 덮인 웅덩이 같은 눈 깊은 곳에서 자외선 같은 죽음의 색을 뿜어내는 도마뱀 같은, 용 같은 그 짐승. 힘줄이 불거진 비단처럼 매끄러운 근육들이 털 없는 검은 가죽 밑에서 미끄러지듯 움직였다. 어느 잃어버린 땅에서 온 잘 훈련된 단거리 선수인 양 세심하게 조율된 힘이 드러나는 지극히 부드러운 움직임이었다. 한시도 잠들지 않는 신앙의 수호자가 지금, 다정한 발걸음으로 인간과 인간의 주인들을 분리하는 강력한 안개 장벽들을 헤치며 내려오는 중이었다.

군화가 죽창을 건드리기 직전의 시간에 바실리스크가 시간과 공간과 차원과 사고의 마지막 베일을 통과해 버논 레스틱이 있던 숲의 세계에서 뚜렷한 형태를 취했다. 그리고 그 변신은 놀라웠다. 죽음을 호흡하는 용 괴물의 검고 두껍고 매끈한 가죽이 희미하게 반짝였고, 번개가 편평한 대초원을 휩쓸었으며, 산맥 너머에 흩뿌려지는 금빛 섬광들이 보였다. 그 거대한 생물은 천 가지 색을 띠었다. 바실리스크의 가죽에서는 녹색 다이아몬드들이 타올랐다. 어느 이름 없는 신의 치명적인 백만 개 눈이었다. 세상의 여명기부터 호박 속에 갇힌 벌레들의 짙은 피를 채운 루비들이 맥동했다. 시시각각 색깔과 형태와 향과 특성이 변하는 귀한 보석들이 태피스트리 모자이크 같은 바실리스크의 피부 무늬를 그렸다. 끊임없이 변하는 섬세하고, 미묘하고, 화려하고, 복잡한 피부가 위협적인 거대한 근육을 단단히 감쌌다.

바실리스크가 홀연히 세상에 존재했다.

그리고 그때 레스틱은 아직 고통을 겪기 전이었다.

그 생물이 공단처럼 부드러운 발바닥을 들어 두 푼지 죽창을 밟았다. 천천히, 바실리스크는 긴장을 풀었고, 죽창이 극도로 예민한 검은 달 같은 발바닥을 꿰뚫었다. 김을 뿜는 검은 혈청이 죽창을 타고 흘러내려 동양의 독에 섞여 들었다. 바실리스크가 발바닥을 거두자 두 상처 자국은 즉시 치료돼 아물어 사라졌다.

사라졌다. 요동치는 근육들과 공중으로 펄쩍 뛰는 몸과 검은 대기를 휘젓는 가마솥과 바실리스크가 무(無)로 튀어 올라 사라졌다. 사라졌다. 그 순간이 끝을 발산할 즈음에 버논 레스틱이 푼지 죽창을 밟았다.

자신의 피로 흡혈귀 브리콜라카스*의 갈증을 채워준 사람은 그 자신도 어둠을 마시는 자가 된다는 사실은, 주인인 신적 존재의 성찬식을 집행하는 사제이자 사도로서의 권능을 가지게 된다는 사실은 잘 알려져 있다.

그 바실리스크는 흡혈귀들에게서 비롯되지 않았을뿐더러, 그의 힘도 피를 마시는 자들의 권능이 아니었다. 바실리스크의 주인이 버논 레스틱 상병을 신병으로 모집하라고 그를 보낸 것도 우연이 아니었다. 어둠의 우주에는 질서가 있다.

---

* 그리스 설화에 등장하는 불사의 존재로 여러모로 뱀파이어와 유사하다.

＊

그는 의식과 싸웠다. 감각이 돌아오면 어떤 고통이 기다릴지 어딘가 세포 단위에서부터 아는 것처럼. 하지만 붉은 물결이 더 높이 들이닥치며 점점 용해돼가는 그의 몸을 삼켰고, 마침내 핏빛 바다에서 고통이 우레와 같이 몰아쳐 길게 말리며 몰려오는 파도처럼 부서졌고, 그 체감이 고스란히 그를 덮쳤다. 그는 오랫동안 비명을 지르고 또 질렀고, 마침내 놈들이 그를 찾아 고통을 줄이는 뭔가를 주입했다. 그는 한때 자신의 오른발이었던, 엉망진창이 된 혼돈의 느낌을 잃었다.

다시 정신이 돌아왔을 때는 어두워서 그는 얼핏 밤이라고 생각했다. 하지만 눈을 떠도 여전히 어두웠다. 오른발이 무자비하게 가려웠다. 그는 다시 잠이 들었다. 혼수상태가 아니라 잠이었다.

다시 정신이 돌아왔을 때도 여전히 밤이었고, 눈을 뜬 그는 앞이 보이지 않는다는 사실을 깨달았다. 왼손으로 바닥을 짚어본 그는 짚으로 만든 요에 누워 있음을 알았고, 자신이 포로로 잡혔음을 알게 되었다. 그는 울기 시작했다. 손으로 더듬어보지 않아도 놈들이 그의 발을, 어쩌면 다리 전부를 절단했으리라는 걸 알았기 때문이었다. 그는 저녁을 먹기 전에 맥주를 한잔하러 훌쩍 차에 올라탈 수 없다는 사실에 울었다. 그는 영화관에 갈 때마다 그에게 무슨 일이 생겼는지 보지 않으려 외면하는 사람들을 만나리라는 사실에 울었다. 그는 테레사를 생각하며, 지금쯤 그녀가 결심했을 일을 생각하며 울었다. 그는 자기가 입은 옷이 어떻게 보일지 생각하며 울었다. 그는 늘 설명하고 다녀야 할 것들을 생각하며 울었다. 그는 신발을 생각하며 울었다. 그리고 다른 많은 것들에 대해서도. 그는 부모님과 정찰대와 적군들과 그를 여기로 보낸 이들을 저주했고, 그들 중 누구라도 자신과 자리를 바꿔주기를 간절하게 원했고, 바랐고, 기도했다. 그리고 그가 긴 울음을 그치고 그저 죽기만을 바랄 때, 놈들이 오더니 그를 어느 초가로 데려가 질문하기 시작했다. 밤에. 늘 그와 함께하는 밤에.

그들은 노예 생활의 전통을 지닌 오래된 민족이었고, 그래서 그들에게 격심한 고통 따위는 하늘에 뜬 별 중에서 제일 먼 별을 도는 황폐한 행성 높은 곳에 떠도는 진홍색 구름의 아주 희미한 속삭임 정도의 의미도 없었다. 하지만 그들은 고통의 쓰임새를 알았고, 고통을 활용하는 데에서 하등의 악도 느끼지 않았다. 노예 생활의 전통을 지닌 민족에게 악이란 족쇄를 만드는 이들의 개념이었지, 족쇄를 차는 이들의 개념은 아니었다. 자유를 위해서라면 아무리 극악무도한 일이라도 지나치지 않았다.

그래서 그들은 레스틱을 고문했고, 레스틱은 놈들이 알고자 하는 건 모조리 말했다. 그가 아는 손톱만 한 정보까지 모두. 위치와 동선과 계획과 방어 정도와 부대 병력과 장비 수준과 자신이 맡은 임무의 성질과 어디선가 들은 소문들과 그의 이름과 계급과 생각나는 모든 일련번호와 캔자스에 있는 그의 집 주소와 운전면허증 번호와 주유용 신용카드 번호와 테레사의 전화번호까지. 그는 놈들에게 모조리 말했다.

아무것도 숨기지 않은 데 대한 보상인 듯, 유치원 교실 칠판에 분필로 적힌 이름 옆에 풀로 붙인 금빛 별인 듯, 시력이 아주 조금씩 돌아오기 시작했다. 회색 안개 너머로 보이는 깜박거림. 형태와 낮이 밤으로 바뀌는 변화를 알려주는 정도로만 허용된 빛. 그러다 시력은 한 번에 몇 분씩 실제로 뭔가를 볼 수 있을 정도로까지 나아졌다. 시력은 돌아왔다가도 사라지기를 반복했고, 그가 자신들을 볼 수 있다는 사실을 알게 된 놈들은 한층 더 격렬하게 심문을 재개했다. 하지만 그에게는 더 말할 것이 남아 있지 않았다. 그는 이미 자신을 탈탈 털었다.

하지만 놈들은 끈기있게 계속해서 그를 심문했다. 놈들은 그의 손상된 눈알에 대나무 침을 찔러넣겠다고 위협했다. 놈들은 그의 팔을 뒤로 묶고 어깨높이 나무 벽에 걸었다. 피가 돌지 않았고 몸무게 탓에 팔이 어깨에서 탈구됐다. 놈들은 긴 대나무와 나무 봉으로 그의 배를 두들겼다. 그는 더 이상 울 수도 없었다. 놈들이 음식과 물을 전혀 주지 않았으므로 눈물조차 생기지 않았다. 하지만 그의 숨결은 가슴 속 깊은 곳에서 거친 소리를 내며 경련하듯 새어 나와 또 다른 질문을 하려던 어느 심문자가 레스틱의 머리카락을 움켜잡아 고개를 홱 쳐들고 얼굴을 들이미는 실수를 하는 순간, 밑으로 떨어지고 또 떨어지던 레스틱이 살려고 발버둥 치는 순간, 깊은숨이 되어 나왔다. 그 숨이 있고 나서 끔찍한 일이 벌어졌다.

중포기지에서 파견된 정찰대가 마침내 적의 사령부를 점령했을 때, 휴이 헬리콥터가 공터에 내려앉았을 때, 그들은 주변의 적군이 한 명을 제외하고는 모조리 죽었다고, 적군의 장교 아홉이 말로 다 표현할 수 없을 정도로 끔찍하고 기묘하고 구역질 나게 죽어 널브러진 어느 오두막 흙바닥에서 군번 526-90-5416 버논 레스틱 해병대 상병이 의식을 잃은 채 발견됐다고 보고했다. 본부, 너희도 여기가 어떤지 한번 와서 봐야 해. 세상에, 여기 냄새가 어떤지 상상도 못 할걸. 이 산비탈들이 지금 어떤 상황인지 정말 한번 봐야 하는데, 뭔가 끔찍한 전염병이라도 돌았기에 이런 일이 벌어졌겠지. 신참 대위는 속이 확 뒤집혀서 토하고 난리가 났어. 전염병에 걸리기 전에 풀숲으로 기어 도망간 저놈은 어떻게 하면 좋겠어? 놈의 얼굴이 녹아내려. 그리고 우리 부대원들은 똥도 못 쌀 만큼 겁에 질렸어. 그리고….

그리고 그들은 즉시 정찰대를 철수시키고 대신 첩보부대를 보냈다. 첩보부대는 해당 지역의 상황을 극비에 부쳤다. 썩어가는 얼굴로 붙잡힌 유일한 적군 생존자는 죽기 직전에, 레스틱이 모든 걸 자백했다고 실토했다. 그들은 군용 헬리콥터를 보내 레스틱을 야전병원으로 후송했고, 다음엔 사이공으로, 다음엔 도쿄로, 다음엔 샌디에이고로 옮겼다. 그들은 반역 및 적과의 내통 혐의로 그를 군사 법정에 세우기로 했고, 그 건은 신문들에 대서특필되었다. 군사 법정은 비공개로 열렸다. 오랜 시간이 지난 후에야 그들은 레스틱의 명예를 인정하고 잃어버린 발과 실명에 대해 보상했다. 레스틱은 병원으로 이송돼 11개월을 보냈고, 검은 안경을 써야 하기는 했지만, 어느 정도 시력을 회복했다.

그러고 그는 캔자스에 있는 집으로 향했다.

✳

레스틱은 시러큐스와 가든시티 사이를 운행하는 기차 창가에 앉아 노반 오물이 얇게 낀 차창 너머로 미끄러져 지나가는 바깥 캔자스 평원에 자신이 탄 기차의 희미한 상이 이중 인화되는 모습을 지켜보았다. 진흙으로 부푼 아칸소강이 지평선 밑에 두꺼운 갈색 줄을 그었다.

"어이, 당신 혹시 레스틱 상병?"

버논 레스틱은 눈의 초점을 움직여 창에 비친 유령 같은 상을 보았다. 고개를 돌려보니 막대사탕과 탄산음료, 흰 빵 또는 호밀빵에 올린 햄앤치즈, 신문과 리더스 다이제스트가 담긴 목판을 가슴팍에 걸친 행상인이 그를 쳐다보았다.

"고맙지만, 필요 없어요." 레스틱이 판매품을 거부하며 말했다.

"아니, 이봐, 정말로, 당신 그 레스틱 상병 아니요?" 그가 목판에 얹힌 신문 꾸러미에서 신문 하나를 꺼내더니 재빨리 펼쳤다. "그래, 맞아, 여기 있네. 보여요?"

신문 대부분을 이미 훑어본 레스틱이었지만, 그건 지방지인 〈위치토〉였다. 그는 주머니를 뒤져 동전을 찾았다. "얼마입니까?"

"10센트요." 행상인의 얼굴에는 놀란 표정이 떠올랐지만, 상황을 이해하고는 웃는 얼굴로 바뀌었다. "군에 있느라 외부 접촉을 못 했군, 신문값이 얼마인지도 생각나지 않을 정도로. 그렇지 않소?"

레스틱은 남자에게 5센트짜리 백동화 두 개를 주고는 신문을 다시 접으며 창문 쪽으로 홱 몸을 틀었다. 그는 그 기사를 읽었다. 단신이었다. 어느 사설을 보라는 언급이 있어서 그는 해당 사설을 찾아 읽었다. 사람들이 격분했다고, 사설은 말했다. 비밀 재판은 이제 끝내야 한다고, 사설은 말했다. 우리는 우리가 저지른 전쟁 범죄들을 직시해야 한다고, 사설은 말했다. 군과 정부가 벌인 뻔뻔스러운 행위라고, 사설은 말했다. 반역

자들과 살인자들의 응석을 받아주고 심지어 미화하기까지 한다고, 사설은 말했다. 그는 신문을 잡은 손을 놓았다. 신문은 잠시 무릎에 걸려 있다가 바닥으로 떨어졌다.

"이 말은 안 했는데, 당신은 총살됐어야 했어. 내 의견은 그래!" 행상인이 재빨리 복도를 지나가면서 이 말을 내뱉고는 반대 방향으로 돌아와 객차 끝에 이르러 사라졌다. 레스틱은 돌아보지 않았다. 손상된 눈을 보호하기 위해 검은 안경을 썼지만, 그는 너무나 분명하게 볼 수 있었다. 그는 눈이 멀었던 몇 달간을 생각했고, 그 오두막에서 무슨 일이 있었는지 다시금 궁금해졌고, 자신이 여전히 눈이 먼 상태라면 얼마나 좋을까 생각했다.

록아일랜드선은 좋은 길이었다. 록아일랜드선은 돌아가는 길, 집으로 돌아가는 길이었다. 갑자기 세상이 배수구 깊숙이 빨려 나가며 어둑해지는 것처럼 바깥 풍경이 어둑해졌다. 복구된 시력은 그저 일시적인 것이라 경고하듯이, 시력에 동력을 공급하는 발전기가 시시때때로 꺼지기라도 하는 것 같았다. 그러더니 빛이 다시 새어들어 앞을 다시 볼 수 있게 되었다. 하지만 그의 눈 앞엔, 풍경 앞엔 안개가 끼었다.

어딘가 또 다른 안개 속에, 거대한 짐승이 보석으로 장식된 가죽에서 색색의 불을 떨구면서 등을 구부린 채 앉아 검은 달 모양 발바닥 주변으로 거대한 발톱이 솟은 앞발로 부드러운 뭔가를 쥐고 물어뜯었다. 지켜보면서, 숨 쉬면서, 레스틱의 시야가 맑아지기를 기다리면서.

✳

그는 위치토에서 차를 빌려 그래프턴까지 100킬로미터 가량을 되돌아갔다. 록아일랜드선 기차는 더 이상 그래프턴에 서지 않았다. 캔자스주에서 여객용 기차는 거의 지난 시절의 물건이었다.

레스틱은 조용히 운전했다. 라디오도 켜지 않았다. 콧노래도 부르지 않았고, 기침도 하지 않았고, 지나치는 산이나 계곡처럼 캔자스가 완전히 편평하다는 신화가 거짓임을 증명하는 땅의 굴곡들에도 시선을 던지지 않고 똑바로 앞만 보며 운전했다. 그는 자신을 짜디짠 바닷물로 곧장 돌진하는 바다거북이라고 생각하는 사람처럼 운전했다. 그에게 그런 상상력이 있었는지는 모르겠지만.

그는 아칸소 남쪽에 띠처럼 늘어선 모래 언덕들을 따라 달리다가 허치슨에 못 미친 엘머에서 96번 도로를 벗어나 17번 도로를 타고 남쪽으로 향했다. 그 도로들을 달린 지 3년이나 지났다. 그동안에 수영을 하거나 자전거를 타지도 않았다. 그러나 한번 배우면 잊어버리지 않는 것들이 있다.

테레사라거나.

집이라거나. 잊어버릴 리가 없다.

그 오두막이라거나.

그 냄새라거나. 잊어버릴 리가 없다.

그는 체니 저수지 서쪽 끄트머리인 노스 포크를 가로질러 프리티 프레리에 닿기 전에 17번 도로를 벗어나 서쪽으로 방향을 틀었다. 그리고 어둑해지기 직전, 고름이 흐르는 거대한 태양의 상처가 언덕 너머로 자신을 빨아들이기 직전에 그래프턴에 들어섰다. 가장 가까운 언덕 너머에서 문을 닫은 지 이제 12년째인 아연 광산의 황량한 건물들이 손을 펴 든 거인의 검은 손가락처럼 하늘을 배경으로 우뚝 섰다.

그는 시내 쇼핑몰과 병사와 수병이 조각된 전쟁 기념비와 장식품에 불과한 허물어진 야외 음악당을 차로 한 바퀴 돌았다. 시청에는 조기가 게양됐다. 그리고 우체국에도.

날이 어두워졌다. 그는 전조등을 켰다. 눈 앞에 드리운 안개가 한때는 익숙한 동시에 낯설었던 땅과 자신을 분리해주는 것처럼 이상하게 안심이 되었다. 피치 거리의 가게들은 닫혔지만 유토피아 극장 입구의 차양이 번쩍거렸고, 몇몇 사람들이 매표소가 열리길 기다리며 모여 서 있었다. 그는 아는 사람이라도 있는지 보려고 차의 속도를 늦추었고, 사람들이 그를 마주 쳐다보았다. 10대로 보이는 낯선 소년 하나가 손으로 그를 가리키더니 친구들 쪽으로 몸을 돌렸다. 레스틱은 백미러로 그들 중 두 명이 줄에서 벗어나 극장 옆 사탕 가게로 향하는 걸 보았다. 그는 상업지구를 통과해 자신의 집으로 향했다.

전조등을 더 밝혀도 그의 앞길을 덮은 흐릿함을 없애기에는 역부족이었다. 그가 상상력이 풍부한 사람이었다면, 자신이 뭔가 특별한 짐승의 눈으로 세상을 본다고 상상했을지도 모른다. 하지만 그는 상상력이 풍부한 사람이 아니었다.

그의 가족이 16년간 살았던 집은 비어 있었다.

손질하지 않은 앞 잔디밭에 부동산 중개업체가 내건 '팝니다' 팻말이 꽂혔다. 잡초가 잔디밭을 점령했고, 앞마당에 자라던 떡갈나무는 누가 전동 톱으로 베어버렸다. 떡갈나무가 쓰러질 때 꼭대기 가지들이 스치는 바람에 집 측면 베란다 한쪽이 뜯겼다.

그는 집 뒤편 석탄 투입구를 통해 간신히 안으로 들어가 어둑어둑한 남은 시력으로 방마다, 위층과 아래층을 모두 뒤졌다. 수색은 느렸다. 알루미늄 목발을 짚고 걸었으니까.

가족들은, 어머니와 아버지와 니올라는 황급하게 떠났다. 벽장마다 옷걸이들이 서로에게서 위안을 찾는 겁에 질린 생물들처럼 한데 엉겨 있었다. 마트에서 가져온 빈 골판지 상자들이 부엌 바닥에 흩어졌고, 상자 하나에는 손잡이가 떨어진 찻잔 하나가 엎어져 있었다. 벽난로 연통도 열린 채여서 들이친 비 탓에 받침대에 남은 재가 검은 곤죽이 되었다. 부엌 식료품 보관함 선반에 남겨진 뚜껑 열린 검은딸기 절임에는 곰팡이가 슬었다. 모든 것에 먼지가 앉았다.

그가 거실 창에 걸린 찢어진 블라인드를 매만지는데 진입로로 꺾어 들어오는 차 불빛들이 보였다. 차 세 대가 앞뒤로 바싹 붙은 채 섰다. 두 대가 더 연석에 멈춰 섰고, 그 차들의 전조등이 거실을 채우며 흐릿하게 빛났다. 문을 쾅쾅 두드리는 소리가 났다.

레스틱은 목발을 짚고 뒤로 물러나서는 옆으로 비켜섰다.

건장한 형체들이 모여서 얘기를 하는 것처럼 전조등 불빛 앞에서 어정거렸다. 그중 하나가 무리에서 떨어져 나오더니 한쪽 팔을 쳐들었고 순간적으로 불빛에 뭔가가 번쩍하는 것이 보였다. 그러더니 묵직한 멍키스패너가 정면 유리창을 산산조각 내며 안으로 날아들었다.

"레스틱, 이 씨발 개새끼야, 당장 밖으로 나와!"

그는 어색한 걸음걸이로 소리 없이 거실을 지나 부엌으로 가서 지하실 계단을 내려갔다. 그는 조심스럽게 석탄 통을 딛고 석탄 투입구 창을 열어 그 좁은 틈으로 밖을 내다보았다. 누군가가 바깥에서 움직였다. 놈들이 집을 온통 둘러쌌다. 발밑의 석탄이 허물어질 듯했다.

그는 창이 조용히 닫히도록 두고는 다시 위층으로 올라갔다. 지하실에 갇히고 싶은 마음은 추호도 없었다. 위층에서 창문이 박살 나는 소리가 들렸다.

목발이 아무 소용 없어서 그는 계단 난간을 붙잡고 서투른 몸짓으로 지하실 계단을 올라 1층으로 간 다음 재빨리 집 안을 가로질러 2층으로 이어진 계단을 올랐다. 부모님 침실이었던 방에 2층 베란다로 나가는 문이 있었다. 그는 잠금쇠를 풀고 베란다 문을 열었다. 방충문이 경첩 하나에만 매달려 기울어진 채 바깥벽에 기대섰다. 그는 쓰러진 나무 때문에 구조적으로 약해졌을 만한 곳을 세심하게 피하면서 베란다로 발걸음을 옮겼다. 벽에 찰싹 붙은 채 아래를 내려다보았지만 아무도 보이지 않았다. 그는 절뚝거리며 난간으로 다가가 알루미늄 목발을 어둠 속으로 던지고는 난간을 넘어 어린 시절 잠자리에 든 척하고 몰래 놀러 나갈 때처럼 허벅지를 베란다 기둥에 단단히 붙이고는 타고 내려가기 시작했다.

그 일이 너무 갑작스레 벌어지는 바람에 그는 지나고 나서도 실제로 무슨 일이 벌어졌는지 통 알 수가 없었다. 발이 땅에 닿기도 전에 누군가가 뒤에서 그를 잡아챘다. 그는 나무 막대기에 붙은 원숭이처럼 기둥에 붙어 있으려 안간힘을 썼고, 그 와중에 온전한 쪽 발로 상대를 차 내려고

까지 했다. 하지만 레스틱은 기둥에서 뜯겨 난폭하게 바닥으로 내동댕이 쳐졌다. 몸을 굴려 벗어나려니 뽕나무가 가로막았다. 몸을 웅크린 채 소리를 내지 않으려 했지만 누군가가 옆구리를 걷어차자 그만 뒤로 벌렁 나자빠지고 말았다. 검은 안경이 벗겨져 어디론가 날아갔다. 거무스름한 안개 속에서 레스틱은 누군가가 그의 가슴을 찍어 누르려고 몸을 던지는 걸 겨우 알아볼 수 있었다. 그 형체 위로 뭔가 두툼하고 긴 것이 올라왔고… 그는 그게 뭔지 보려고 필사적으로… 필사적으로….

그 순간 자신을 덮치려던 형체가 비명을 질렀다. 그러고는 손에 들었던 무기를 떨구고는 양손으로 제 머리를 쥐어뜯었다. 그 형체는 휘청거리며 일어나 여전히 비명을 지르면서 뽕나무들을 헤치고 비틀비틀 사라졌다.

레스틱은 주변을 더듬어 안경을 찾아 걸쳤다. 알루미늄 목발이 등 밑에 깔려 있었다. 그는 넘어졌다가 자세를 바로잡는 스키 선수처럼 목발을 짚고 일어섰다.

그는 절뚝거리며 옆집 뒷마당을 돌아 여전히 연석에 코를 박고 뿌연 전조등 빛으로 자신의 집을 적시는 빈 차들로 다가갔다. 어느 차의 운전석에 살며시 앉은 그는 차가 수동형인 걸 보고 한 발로는 제대로 조작할 수 없겠다고 판단했다. 그는 살금살금 빠져나와 두 번째 차가 자동형인 걸 확인하고는 조용히 차 문을 열었다. 그는 슬며시 운전석으로 기어든 다음 차 열쇠를 힘껏 돌렸다. 차가 부릉거리며 살아나자 한 떼의 형체들이 집 옆에서 쏟아져 나왔다.

하지만 그는 놈들이 길로 나오기 전에 그 자리를 떴다.

✳

레스틱은 어둠 속에, 시야를 가린 거무스름한 안개 속에 앉아 있었다. 그는 훔친 차 안에 있었다. 테레사의 집 바깥에. 그가 떠났던 3년 전에 그녀가 살던 집이 아니라 레스틱의 이름이 처음으로 신문 지상을 도배했을 때인 6개월 전에 결혼한 남자의 집이었다.

그는 먼저 테레사 부모님의 집으로 차를 몰았지만, 불이 꺼져 있었다. 그는 문을 깨고 들어가 기다릴 수도 없었고, 그럴 생각도 없었다. 우체통에 테레사 맥코스랜드 앞으로 오는 편지를 모두 다른 주소로 전송해달라고 우체부에게 알리는 쪽지가 붙어 있었다.

그는 손가락 끝으로 톡톡톡 운전대를 두드렸다. 아까 떨어진 탓인지 오른쪽 다리가 아팠다. 셔츠 소맷자락도 찢어졌고, 왼쪽 팔뚝에는 뽕나무에 스친 길고 얕은 상처가 났다. 하지만 피는 멈췄다.

마침내 그는 차에서 기어 나와 천을 댄 목발 받침대를 겨드랑이에 끼우고 배 타기에 익숙해진 선원처럼 구르듯이 현관으로 다가갔다.

'하워드'라고 적힌 작은 문패가 바로크풍 장식판에 붙은 하얀 플라스틱 단추에 빛을 비추었다. 그가 단추를 누르자 문 안쪽 어디에선가 초인종 소리가 울렸다.

푸른 데님 반바지와 남편의 헌 옷임이 분명한 해진 남성용 흰색 버튼다운 셔츠를 입은 그녀가 문을 열었다.

"버논…." 그녀가 '아'나 '대체'나 '사람들이'나 '안 돼!'라고 말하기도 전에 말꼬리를 흐렸다.

"들어가도 돼?"

"가, 버논. 남편이…."

안에서 어떤 목소리가 물었다. "테레사, 누구야?"

"제발 가." 그녀가 속삭였다.

"부모님과 니올라가 어디로 갔는지 알고 싶어."

"테레사?"

"말해줄 수 없어…. 가!"

"대체 무슨 일이 벌어지는 건지, 난 알아야겠어."

"테레사? 거기 누구야?"

"잘 가, 버논. 난…." 테레사가 문을 꽝 닫았다. 그녀는 '미안해'라는 말을 하지 않았다.

그는 돌아서 나왔다. 어디선가 힘줄이 불거진 거대한 근육 덩어리가 긴장했고, 뱀처럼 구불거리는 목이 고개를 들었고, 날카로운 발톱이 별을 향해 번득였다. 시야가 흐려졌다가 일순간 맑아졌다. 그 순간 분노가 그를 집어삼켰다. 그는 현관으로 돌아가 벽에 기댄 다음 목발로 문틀을 후려쳤다.

안에서 뭔가 움직이는 소리가 나더니 문가로 나오려는 누군가를 막으려 설득하고 탄원하는 테레사의 목소리가 들렸다. 하지만 1초 후에 문이 벌컥 열리고, 문간에 선 개리 하워드가 보였다. 그는 레스틱이 기억하는, 서로 마지막으로 봤던 고등학교 3학년 때보다 나이가 들었고 어깨는 더 두툼해졌으며 그때보다 더 화가 나 있었다. 성경 외판원이나 심장 기금 모금자나 걸스카우트 쿠키 판매자나 저녁 무렵 초인종을 누르고 다니는 장난꾸러기를 기대했던 성가시다는 표정이 능글거리는 웃음으로 변했다.

하워드가 팔짱을 끼고 문설주에 기대섰다. 소매 없는 녹색 티셔츠 위로 서로를 밀어대는 가슴 근육이 불거졌다.

"오랜만이군, 버논. 언제 돌아왔어?"

레스틱은 목발을 겨드랑이에 단단히 끼우고 몸을 바로 세웠다. "테레사와 얘기하고 싶어."

"네가 언제 굴러들어 올지는 몰랐지만, 버논, 우리는 네가 나타날 걸 알고 있었어. 전쟁은 어땠어, 친구?"

"테레사와 얘기할 수 있게 해줘."

"아무도 테레사를 막지 않아, 친구. 예전 남자 친구와 얘기하는 문제에서 내 아내는 완전 자유야. 다시 말하지만, 내 아내지. 얘기는 들었겠지… 친구?"

"테레사?" 레스틱은 몸을 기울여 하워드 뒤쪽에다 대고 소리쳤다.

개리 하워드가 여성들이 짝을 고르는 댄스 타임 때 짓는 미소를 짓더니 한 손으로 레스틱의 가슴을 밀었다. "소란 피우지 마, 버논."

"난 테레사와 얘기해야 해, 하워드. 지금 당장, 널 밀치고 들어가야 하는 한이 있어도 말이야."

하워드가 여전히 손바닥을 레스틱의 가슴에 댄 채 몸을 똑바로 일으켰다. "이 불쌍한 겁쟁이 개자식." 그가 아주 상냥하게 말하고는 밀었다. 뒤로 떠밀리며 버둥거리는 바람에 목발이 떨어졌고, 레스틱은 현관 앞 계단으로 굴렀다.

하워드가 그를 내려다보았다. 3학년 교실을 군림하던 제왕의 미소가 사라졌다.

"다시 올 생각은 마, 버논. 다음번에는 그 빌어먹을 가슴에 구멍을 내 줄 테니까."

문이 꽝 닫혔고, 안에서 목소리들이 들렸다. 큰 소리가 일더니 하워드가 테레사를 때리는 소리가 들렸다.

레스틱은 목발 쪽으로 기어가 벽을 짚고 일어섰다. 문을 때려 부수고 들어갈까 생각도 했지만, 그는 육상선수였던 레스틱에 불과했다. 그것도 선수로 뛴 건 딱 한 번뿐이었다. 하워드는 풋볼 선수였다. 여전히 그랬다. 앞으로도 그럴 것이다. 일요일 오후면 아이들을 데리고 풋볼을 할 것이다. 테레사와 침대에서 뒹굴며 보낸 어느 근사한 토요일 밤에 생긴 아이들을.

그는 차로 돌아가 어둠 속에 앉았다. 얼마나 거기 앉아 있었던가. 차창 위로 움직이는 웬 그림자에 그가 홱 고개를 돌렸다.

"버논…?"

"들어가. 너한테 더 이상 문제가 생기는 걸 원치 않아."

"하워드는 위층에서 판매보고서인가 뭔가를 쓰는 중이야. 공군에서 제대하면서 아주 괜찮은 직업을 얻었거든. 자동차 영업사원이야. 우린 잘 살아, 버논. 그는 나한테 진짜 잘해줘…. 아, 버논… 왜? 왜 그런 짓을 했어?"

"너, 들어가는 게 좋겠어."

"난 기다렸어. 내가 기다렸다는 거 너도 알 거야, 버논. 하지만 그때 그 끔찍한 일이 일어났지…. 버논, 왜 그랬어?"

"이봐, 테레사. 나 피곤해. 날 그냥 내버려둬."

"마을 전체가 그랬어, 버논. 다들 부끄러워 죽을 지경이었어. 사방에 기자들이며 방송국 사람들이 득실댔고, 아무 데나 쑤시고 다니면서 아무나 붙잡고 말을 붙였어. 네 부모님과 니올라는 더 이상 여기서 살 수가 없었어."

"그들은 어디로 갔어, 테레사?"

"멀리 이사했어, 버논. 캔자스시티인 것 같아."

"아, 세상에."

"니올라는 가까이 살아."

"어디?"

"너한테 알리고 싶지 않아 해, 버논. 아마도 결혼했을 거야. 성을 바꾼 거로 알아…. 레스틱이라는 성은 이 주변에선 더 이상 좋은 성이 아니니까."

"테레사, 난 동생과 얘기를 해야 해. 제발, 니올라가 어디 사는지 말해줘."

"난 못 해, 버논. 약속했으니까."

"그럼 동생한테 전화해줘. 그 애 번호를 갖고 있어? 그 애와 연락할 수 있지?"

"그래, 연락은 될 것 같아. 아, 버논…."

"그 애한테 전화해줘. 얘기할 때까지 난 이 도시에 있을 거라고. 오늘 밤에 만나자고 해줘. 제발, 테레사!"

그녀는 말없이 서 있다가 입을 열었다. "좋아, 버논. 너희 집에서 만날 생각이야?"

그는 번득이는 전조등 불빛에 비치던 우락부락한 형체들을 생각했고, 뽕나무 덤불 옆에 누워 있을 때 비명을 지르며 달아난 뭔가를 생각했다.

"아니. 교회에서 보자고 전해줘."

"세인트 매튜 교회?"

"아니. 하베스트 침례교회에서."

"하지만 거긴 폐쇄됐잖아. 닫은 지 오래됐어."

"알아. 거긴 내가 떠나기 전에 폐쇄됐지. 들어가는 길을 알아. 그 애도 기억할 거야. 내가 기다린다고 전해줘."

현관문으로 빛이 분출하자 테레사가 고개를 들어 훔친 차 지붕 너머로 집 쪽을 건너다보았다. 그녀는 작별 인사조차 하지 않았지만 잠시 차가운 손을 그의 얼굴에 가져다 댔다. 그리고 그녀는 집으로 뛰어 들어갔다.

다시 한번 여행을 떠날 시간이라는 걸 안 치명적인 괴물이 용의 숨을 내쉬면서 구불텅구불텅 몸을 일으키고는 한없는 영원의 안개 속을 조심스럽게 걸어가기 시작했다. 부드러운, 기대에 찬 그르렁거리는 소리가 목구멍을 울렸고, 그 끔찍한 눈은 기쁨으로 불타올랐다.

✳

그가 신도석에 누운 채 뻗어 있는데 제의실 벽의 느슨해진 판자들이 삐걱거렸다. 레스틱은 동생이 온 것을 알았다. 그는 흐릿한 눈에서 잠기운을 씻어내며 일어나 앉아 검은 안경을 썼다. 어쨌든, 안경이 도움이 되니까.

"오빠?"

"여기야."

동생이 신도석 쪽으로 다가오다가 세 줄 앞에서 멈췄다. "왜 돌아왔어?"

입안이 말랐다. 그는 맥주를 마시고 싶었다. "내가 여기 말고 어디로 가겠어?"

"그만큼 부모님과 날 괴롭혔으면 충분하지 않아?"

그는 동남아시아 어딘가에 놓고 온 자신의 오른발과 시력 얘기를 하고 싶었다. 하지만 어둠 속에 떠오른 밝은 얼룩 같은 피부만으로도 동생의 얼굴이 더 늙고 지치고 변했다는 게 보여서 차마 그런 얘기를 꺼낼 수 없었다.

"끔찍했어, 오빠. 끔찍했다고. 사람들이 와서 계속 얘기를 하자고 우리릴 못살게 굴었어. 그리고 텔레비전 카메라를 여기저기 세우고 집을 찍어대는 바람에 밖에 나갈 수조차 없었어. 그 사람들이 가고 나니까 마을 사람들이⋯, 마을 사람들이 훨씬 심했지. 아 세상에, 오빠. 놈들이 무슨 짓을 했는지 상상도 못 할 거야. 어느 날 밤에 놈들이 와서 다 때려 부쉈어. 놈들이 나무를 잘랐고, 아빠가 놈들을 말리려고 하니까 아빠를 마구 때렸어. 그때 아빠를 봤어야 해. 오빠도 보면 울었을 거야."

그리고 그는 자신의 발을 생각했다.

"우린 떠났어, 오빠. 그래야만 했어. 우린⋯." 동생이 말을 멈췄다.

"내가 유죄 판정을 받아 총살되거나 투옥되기를 바랐겠지."

동생은 아무 말도 하지 않았다.

그는 그 오두막과 그 냄새를 생각했다.

"좋아. 알겠어."

"미안해, 오빠. 정말 미안해. 하지만 대체 우리한테 왜 그런 거야? 왜?"

그는 오랫동안 아무 대답을 하지 않았고, 결국 동생이 다가와 그를 안고 목에 입을 맞추고는 어둠 속으로 미끄러져 들어갔고, 벽의 판자들이 삐걱거렸고, 그는 홀로 남았다.

그는 멍하니 신도석에 앉았다. 어둠을 응시하던 그는 마침내 헛것을 보았다. 춤추듯이 움직이는 작은 불빛들이 보이는 것 같았다. 그러다가 그 희미한 불빛들이 변하며 합쳐지더니 색이 붉어졌다. 처음에 그는 거울을 보나 했다가 이내 거울이 아니라 뭔가 괴물 같은 생물의 눈을 들여다보는 중이라는 걸 깨달았다. 머리가 지끈거리고 눈알이 타는 듯했다.

바로 눈 앞에서 교회의 형체가 변하더니 녹아내리며 소용돌이쳤다. 그는 필사적으로 숨 쉬려 애쓰며 목을 뽑았고, 그때 교회가 다시 형체를 갖추더니 예전에 그가 있던 그 오두막이 되었다. 놈들이 그를 심문했다.

그는 기었다.

그는 흙바닥에 고랑을 내면서 갈퀴 같은 손가락으로 몸통을 끌고 바닥을 기었다. 기어서 놈들한테서 벗어나려고.

"기어! 기어봐. 그러면 혹시라도 널 살려줄지 모르지!"

그는 기었다. 놈들의 다리가 눈 앞에 있었다. 어느 다리에라도 닿을라치면 놈들이 그를 때렸다. 다시, 또다시. 하지만 그 고통은 아무것도 아니었다. 끝없이 이어지는 낮과 밤 동안 놈들이 그를 가둬놓았던 그 원숭이 우리. 일어서기에 너무 낮고 눕기에도 너무 작은 그 우리. 비가 거침없이 들이치고 벌레들이 마음대로 들어와 살점이 드러난 잘린 다리에 둥지를 틀고 알을 낳던 그 우리. 그리고 옆구리에 소인들이 화살을 쏘아대던 것 같은 그 가려움. 나무 사이로 얼기설기 끌어온 전깃줄에 매달린 그 불빛. 낮이고 밤이고 절대 꺼지지 않던 그 불빛. 그리고 수면 부족, 그리고 심문, 끝없는 질문들…. 그리고 그는 기었다. 그가 얼마나 기었는지 신은 아시리라. 잠만 잘 수 있다면, 고통의 화살을 멈출 수만 있다면, 피맺힌 두 손과 한 다리로, 무릎으로 바닥을 문지르며 기어서 지구를 한 바퀴 돌래도 그는 돌았을 것이고, 그는 지구의 중심까지 기어가 행성이 흘리는 생리혈이라도 들이마셨을 것이다. 잠깐의 고요를 위해서라면, 한번만이라도 다리를 쭉 펼 수 있다면, 잠시라도 눈을 붙일 수 있다면….

'우리한테 왜 그런 거야, 왜?'

내가 인간이기 때문이고, 내가 약하기 때문이고, 그런 일을 감당할 수 있는 사람은 없는 게 당연하기 때문이지. 난 사람이지, 그런 걸 감당해야 한다고 말하는 규정집이 아니기 때문이야. 내가 잠이 없는 곳에 있었기 때문이고, 내가 그곳에 있고 싶지 않았기 때문이고, 그곳엔 날 구해줄 사람이 아무도 없었기 때문이지. 살고 싶었기 때문이야.

나무판자가 끽끽거리는 소리가 들렸다.

그는 눈을 깜박이고는 조용히 일어나 귀를 기울였다. 교회 안에서 인기척이 느껴졌다. 검은 안경으로 손을 뻗었지만 팔이 닿지 않았다. 팔을 더 뻗자 신도석에 기대 세워놓은 목발이 미끄러지면서 우당탕 소리가 났다. 그리고 놈들이 그를 덮쳤다.

아까와 같은 놈들인지 알 길은 없었다.

놈들이 다가와 신도석을 에워싸더니 그가 아까 집에서 맞닥뜨린 형체한테 했던 것처럼 어떻게든 저항을 해보기도 전에 그를 덮쳤다. 그 형체, 아직 어린 그 아이는 지금 시트에 쌓인 채 시청사 탁자 위에 누워 있다. 시트에 녹색 얼룩과 이상한 썩은 냄새가 배어 나왔다.

놈들이 덤벼들어 그를 두들겨댔다. 그는 무더기로 덮쳐오는 놈들 틈에서 몸부림을 치며 흉포한 눈을 한 육식 원숭이 같은 어느 놈의 얼굴을 똑바로 바라보았다. 상대방도 그를 쳐다보았다.

그는 레스틱을 쳐다보았다. 죽음의 짐승이 덮치기라도 한 것처럼.

남자가 비명을 지르며 제 얼굴을 할퀴었다. 얼굴이 뭉텅뭉텅 떨어져 나가고 썩은 살점이 손가락 사이로 흘러내렸다. 그 남자가 뒤로 넘어지는 바람에 다른 두 명이 딸려 넘어졌다. 레스틱은 문득 그 오두막에서 무슨 일이 일어났는지 기억해냈다. 힘들게 숨을 쉬며 놈들을 쳐다봤던 것이 생각났다. 지금 여기 신의 전당에서처럼, 놈들은 그가 고개를 돌리는 대로 한 명씩 한 명씩 사라졌다. 그는 깊게 숨을 들이쉬고는 놈들의 얼굴에 숨을 내뿜었다. 그는 다른 우주에 존재하는 사악한 황무지의 밤을 가로질러 놈들을 노려보았다. 놈들이 비명을 지르며 죽어 나자빠졌고, 그는 마침내 혼자가 되었다. 니올라를 미행한 다른 놈들이, 아내를 후려쳐서 정보를 얻어낸 개리 하워드의 전화를 받은 다른 놈들이 제의실 벽을 통해 들어오더니 제자리에 멈춰 섰고, 이내 몸을 홱 돌려 줄행랑을 놓기 시작했다.

그래서 먼 곳에 있는 이름 없는 사악한 존재의 종복인 바실리스크의 형제 레스틱만이 조금 전까지만 해도 사람이었던 뒤틀린 형체들 가운데 홀로 남았다.

홀로 서 있었다. 속에서 펄떡대는 힘과 분노를 느끼며, 자신의 눈이 이글대는 것을 느끼며, 자신의 혀에, 자신의 목구멍 깊숙이 감도는 죽음을, 자신의 폐 안에서 불어대는 죽음을 느끼며.

그리고 그는 마침내 밤이 내렸음을 알게 되었다.

✳

놈들이 도시에서 나가는 길 두 곳을 다 막았다. 그러고는 건전지 여덟 개짜리 손전등과 캠핑용 랜턴과 동굴탐사용 램프를 들었고, 몇 년 전에 아연 광산에서 일했던 놈들은 전구가 달린 채굴용 헬멧을 썼으며, 심지어 곤봉에 헝겊 조각을 감은 다음 등유에 적셔 횃불을 밝혔다. 놈들은 자기 아들과 남편과 형제를 죽인 더러운 배신자 새끼를 찾으러 나섰다. 옛날 영화에서나 보던 장면처럼 시내를 가로질러 움직이는 불빛 무리를 보고도 아무도 웃지 않았다.

괴물을 사냥하는 영화였다. 횡으로 나란히 늘어서지는 않았지만, 설사 나란히 늘어섰더라도 아무도 웃지 않았을 것이다.

밤새 수색했지만 그를 찾지 못했다. 그리고 동이 트자 놈들은 각자의 불빛을 껐다. 주차등 대신 전조등을 켠 차량 행렬이 마을을 둘러쌌지만, 여전히 그를 찾지 못했다. 그래서 결국 놈들은 어떻게 할지 결정하기 위해 쇼핑몰에 모였다.

그리고 그가 거기 있었다.

그가 저 위에, 병사와 수병을 조각한 전쟁 기념비에 서 있었다. 그는 밤새 거기 30구경 총을 치켜든 제1차 세계대전 때의 보병 발치에서 밤을 보냈다. 그는 거기 있었다. 그 상징적 의미가 놈들의 머리를 그냥 지나치지 않았다.

"놈을 끌어내려!" 누군가가 외쳤다. 놈들이 대리석과 청동으로 만든 기념비를 향해 몰려들었다.

버논 레스틱은 거기 서서 놈들이 몰려드는 걸 지켜보았다. 장총과 곤봉과 전쟁 기념품인 독일제 반자동 권총이 다가오는데도 태연해 보였다.

처음으로 동상의 대좌를 기어오른 사람은 개리 하워드였다. 아래를 꽉 메운 사람들이 박수갈채를 보내자 하워드는 의기양양한 웃음을 지어 보였다. 레스틱은 검은 안경에 가린 눈을 크게 뜨고는 정말 아무렇지도 않은 듯이 안경을 벗고 만면에 웃음이 가득한 그 덩치 큰 자동차 영업사원을 바라보았다.

뒤틀린 테레사 남편의 시체가 연기를 뿜으며 두 팔을 활짝 펼친 채 머리 위로 떨어지자 군중이 한목소리로 비명을 질렀다. 다가오던 군중의 물결이 뚝 제자리에 멈췄다.

뒤쪽에 있던 놈들이 달아나려 했다. 레스틱은 놈들을 쓰러뜨렸다. 군중이 움직임을 멈췄다.

한 남자가 그를 죽이려고 리볼버 권총을 들었다가 이내 총을 떨어뜨리고 말았다. 얼굴이 불타 사라졌고, 눈이 있던 곳에서는 물집 잡힌 뭉개진 살점이 연기를 뿜었다.

놈들은 멈춰 섰다. 벌벌 떠는 근육들과 빠져나갈 곳 없이 날뛰는 에너지의 세계에 꼼짝없이 갇힌 채.

"내가 알려주지!" 레스틱이 외쳤다. "그게 어떤 기분인지! 너희들이 ░░░░░ 하니까, 알려줘야지!"

░░░░░ 쉬었고, 사람들이 죽어 나자빠졌다. 그러더니 그가 쳐다보았고, 또 다른 사람들이 쓰러졌다. 그러고는 그가 말했다. 아주 나직하게. 그래도 사람들은 그의 말을 들을 수 있었다. "쉬운 일이지, 문제가 생기기 전까진. 애국자 나리들, 너희들은 절대 몰라! 너희들은 목숨을 걸지도 않으면서 이러쿵저러쿵 말들을 해대고, 무엇이 용감한 일인지 따지는 온갖 규정들을 만들지. 너희들은 절대 몰라. 알게 되는 바로 그 순간까지는 말이야. 난 알게 되었어. 그게 쉬운 일이 아니라는 걸. 이제 너희들도 알게 될 거야!"

그가 바닥을 가리켰다.

"애국자 양반들, 무릎을 꿇고 기어봐! 여기까지 기어 오면 내가 살려줄지도 모르지. 짐승들처럼 엎드려 배를 깔고 여기로 기어 와."

군중 속에서 외침 소리가 났다. 소리친 남자는 죽었다.

"기어, 기라고! 이리로 기어 와!"

섰던 사람들이 무릎을 꿇자 사람들이 듬성듬성 시야에서 사라졌다. 맨 뒤쪽에 있던 여자가 도망가려다가 그가 태워버리자 빈 껍데기가 되어 쓰러졌다. 여자의 얼굴에서 피어오르는 연기를 본 주변 사람들이 일시에 무릎을 꿇었다. 그러더니 그 주변 전체가 몸을 굽혔고, 그러고는 그쪽 전체가 푹 꺼졌다. 다음 순간 놈들이 모두 무릎을 꿇었다.

"기어! 기라고, 용감하신 양반들아, 기어라, 내 신실한 백성들아! 기어, 그리고 개똥밭에 굴러도 이승이 낫다는 걸, 살아 있는 편이 낫다는 걸 배워. 왜냐하면 너희는 인간이니까! 기어, 그러면 너희들의 구호가 다 똥이고 너희들의 규칙이 다 남한테만 해당한다는 걸 알게 될 거야! 너희 빌어먹을 목숨을 위해 기어. 그러면 알게 돼! 기어!"

그리고 그들은 기었다. 그들은 손과 무릎으로 잔디밭을 가로지르고, 시멘트 바닥과 진흙과 소소한 풀 무더기를 가로지르고, 흙바닥을 가로질러 앞으로 기었다. 그들은 그를 향해 기었다.

그리고 아득히 먼 곳, 어둠의 안개 너머에서 투구를 쓴 이가 바실리스크를 발치에 거느린 채 우뚝 솟은 왕좌에 앉아 웃었다.

"기어, 이 빌어먹을 놈들아!"

하지만 레스틱은 자신이 섬기는 신의 이름을 알지 못했다.

"기어!"

군중 가운데에 전사한 가족을 기리는 금색 별을 집 창문에 달아놓은 여자가 하나 있었다. 앞으로 기다가 손에 32구경 권총이 걸리자 그녀는 총을 그러쥐고 재빨리 일어나 소리쳤다. "케니를 위하여…!" 그리고 그녀는 방아쇠를 당겼다.

총알이 레스틱의 쇄골을 산산조각 냈다. 몸이 옆으로 비틀린 그는 미군 조각상의 각반에 몸을 기댔다. 그는 자세를 바로잡으려고 했지만 목발이 아래로 떨어졌다. 이제 사람들은 다들 일어나 레스틱에게 총을 갈기고 또 갈겨댔다.

＊

그들은 그의 시체를 아무런 표시도 없는 무덤에 묻었고, 아무도 그 일에 대해서 말하지 않았다. 그리고 아득히 먼 곳, 높은 왕좌에 앉아 충성스러운 마스티프 종 개처럼 그의 발치를 싸고도는 바실리스크의 매끈한 가죽을 쓰다듬는 '무장한 이'조차 그 일에 대해서는 아무 말도 하지 않았다. 그 일에 대해 말할 필요는 없었다. 레스틱은 없어졌지만, 그건 예상했던 바였다.

그 병기는 무력화되었지만 마르스, 영원한 이이자 절대 죽지 않는 신이자 미래의 주인이자 어두운 곳들의 관리자이자 언제나 강력한 분쟁의 귀공자이자 인간의 주인인 마르스는 자못 만족스러웠다.

신병 모집 건은 잘 끝났다. 민중에게 권력을.

# THE DEATHBIRD

## 죽음새

◆

이수현 옮김

✦

**1974년 휴고상 수상**
**1974년 로커스상 수상**
**1974년 네뷸러상 노미네이트**

# 1

이것은 시험입니다. 유념하세요. 이 시험이 최종 점수의 ¾을 차지할 것입니다. 힌트: 체스에서, 킹과 킹은 서로를 상쇄하고 바로 옆 칸에 있을 수 없고, 따라서 만능이면서도 무력하며, 서로에게 영향을 미칠 수 없어 교착 상태를 초래한다는 점을 기억하세요. 힌두교는 다신교이며 아트만 종파는 인간 안에 있는 생명의 성스러운 불꽃을 숭배합니다. 이는 사실상 "그대가 곧 신이니라"라는 말입니다. 한쪽 후보는 황금 시간대에 2억 명이 보는 미디어에 나갈 수 있는데 반대쪽은 구석에 놓인 임시 연단만 받는 식으로는 균등 시간 배분이라 할 수 없습니다. 모두가 진실을 말하지는 않습니다. 추가정보: 이 항들은 숫자 배열대로 따라가지 않아도 됩니다. 자신에게 가장 명확한 방식으로 재배열하십시오. 시험지를 뒤집어 시작하십시오.

# 2

그 마그마 웅덩이 위에는 무수한 바위층이 있었다. 녹은 니켈-철 외핵이 무섭게 부글거리는 백열의 마그마 웅덩이는 진동하며 불티를 뱉어냈지만, 그 기이한 지하묘의 매끄러운 거울 같은 표면에 구멍을 뚫지도, 까맣게 태우지도, 연기를 내지도 않았고 조금의 상처를 입히지도 않았다.

네이선 스택은 그 지하묘 안에 누워서 조용히 자고 있었다.

그림자 하나가 바위를 통과해 움직였다. 셰일층을 통과하고, 석탄층을 통과하고, 대리석층을 통과하고, 정판암층을 통과하고, 석영층을 통과했다. 몇 킬로미터 두께의 인산염 매장층을 통과하고, 규조토를 통과하고, 장석층을 통과하고, 섬록암층을 통과했다. 습곡과 단층을 통과하고, 배사구조와 단사구조를 통과하고, 경사와 향사(向斜)*를 통과했다. 지옥불을 통과했다. 그리고 거대한 동굴 천장을 통과하고, 마그마 웅덩이를 보고 떨어져 내려, 그 그림자는 지하묘에 이르렀다.

눈이 하나 달린 삼각형의 얼굴이 지하묘 안을 들여다보고, 스택을 보았다. 네 손가락 달린 두 손이 지하묘의 서늘한 표면에 닿았다. 네이선 스택은 그 접촉에 깨어났고, 지하묘는 투명해졌다. 네이선 스택은 자기 몸에 손이 닿은 게 아닌데도 깨어났다. 그의 영혼은 그림자의 압력을 느꼈고 그는 눈을 떠서 주위 행성핵의 찬연함을 보고, 한 눈으로 빤히 자신을 쳐다보는 그림자를 보았다.

그 구불구불한 그림자는 지하묘를 감싸고는 다시 위로 흘러올라 지구의 맨틀을 뚫고 지각으로 향했다. 재만 남은 지상으로, 지구라는 망가진 장난감으로 향했다.

지상에 이르자 그림자는 지하묘를 독성 바람이 닿지 않는 장소로 지

---

* 지층이 오목하게 들어간 부분

182

고 가서 열었다.

네이선 스택은 움직여보려 했다가, 어렵사리 살짝밖에 움직이지 못했다. 다른 삶의 기억이 머릿속에 쏟아져 들어왔다. 수많은 다른 사람으로 산 수많은 다른 인생의 기억들이었다. 그러다가 기억이 느려지더니 무시할 만한 배경음으로 녹아들었다.

그림자는 한 손을 뻗어 스택의 맨살을 만졌다. 그림자는 부드럽지만 단호하게 스택을 부축해 일으키고, 의복과 짧은 칼이 담긴 목걸이 주머니와 보온용 돌과 다른 물건들을 건넸다. 그림자가 손을 내밀자 스택은 그 손을 잡고, 25만 년 동안 지하묘에서 자고 나서 처음으로 병든 행성 지구 표면으로 걸어 나갔다.

그러자 그림자는 독바람에 맞서 허리를 숙이고 걸어가기 시작했다. 다른 선택지가 없었던 네이선 스택은 몸을 구부리고 그림자를 따라갔다.

# 3

전령을 받은 디라는 명상을 마치고 최대한 빨리 찾아갔다. 정상에 도착해보니 아버지들이 그를 기다리고 있다가 다정하게 자기들의 굴속으로 안내했고, 그 안에 모두 자리를 잡자 발언을 시작했다.

"우리는 중재에 패했다." 똬리-아버지가 말했다. "우리는 떠나고 그에게 맡겨야 한다."

디라는 믿을 수가 없었다.

"하지만 그들은 우리의 주장을, 우리의 논리를 듣지 않았습니까?"

송곳니-아버지가 서글프게 고개를 젓고 디라의 어깨를 건드렸다. "합의를… 해야 했다. 그들에게 맡겼으니 어쩔 수 없다. 그러니 우리는 떠나야 한다."

똬리-아버지가 말했다. "우리는 네가 남는 것으로 결정했다. 관리직으로 한 명은 허락받았다. 우리의 지명을 받아들이겠느냐?"

엄청난 영예였으나, 디라는 아버지들이 떠난다는 말을 들으면서 벌써 외로움을 느꼈다. 그래도 그는 받아들였다. 왜 하필 자신을 선택했을까 의아하기는 했다. 이유가 있을 텐데, 언제나 이유가 있는데, 물어볼 수가 없었다. 그래서 디라는 그 영예와 그에 따르는 슬픔을 모두 받아들였고, 그들이 떠나자 뒤에 남았다.

그의 관리 업무에 주어진 제한은 가혹했다. 그는 어떤 중상이나 전설이 퍼져도 자신을 방어할 수 없고, 이제 이곳을 차지하게 된 상대편이 신뢰를 깨뜨리고 있음이 확실하지 않은 한 행동을 취할 수도 없었다. 그리고 죽음새를 제외하면 어떤 위협 수단도 갖지 못했다. 그것은 최후의 방책이 필요할 때만, 즉 너무 늦었을 때만 쓸 수 있는 최후의 위협이었다.

그러나 그는 참을성이 강했다. 아마 동족 중에서 가장 참을성이 강했을 것이다.

몇천 년이 흐른 후, 상황이 어떻게 끝나야 할지 의심할 여지가 남지 않고 운명이 어떻게 흐르는지 이해했을 때, 그는 왜 자신이 뒤에 남겨졌는지 이유를 이해했다.

이유를 안다고 외로움이 덜어지지는 않는다.

이유를 안다고 지구를 구할 수도 없었다. 오직 스택만이 할 수 있었다.

# 4

1 그런데 뱀은 여호와 하나님이 지으신 들짐승 중에 가장 간교하니라 뱀이 여자에게 물어 이르되 하나님이 참으로 너희에게 동산 모든 나무의 열매를 먹지 말라 하시더냐

2 여자가 뱀에게 말하되 동산 나무의 열매를 우리가 먹을 수 있으나

3 동산 중앙에 있는 나무의 열매는 하나님의 말씀에 너희는 먹지도 말고 만지지도 말라 너희가 죽을까 하노라 하셨느니라

4 뱀이 여자에게 이르되 너희가 결코 죽지 아니하리라

5 (누락)

6 여자가 그 나무를 본즉 먹음직도 하고 보암직도 하고 지혜롭게 할 만큼 탐스럽기도 한 나무인지라 여자가 그 열매를 따 먹고 자기와 함께 있는 남편에게도 주매 그도 먹은지라

7 (누락)

8 (누락)

9 여호와 하나님이 아담을 부르시며 그에게 이르시되 네가 어디 있느냐

10 (누락)

11 이르시되 누가 너의 벗었음을 네게 알렸느냐 내가 네게 먹지 말라 명한 그 나무 열매를 네가 먹었느냐

12 아담이 이르되 하나님이 주셔서 나와 함께 있게 하신 여자 그가 그 나무 열매를 내게 주므로 내가 먹었나이다

13 여호와 하나님이 여자에게 이르시되 네가 어찌하여 이렇게 하였느냐 여자가 이르되 뱀이 나를 꾀므로 내가 먹었나이다

14 여호와 하나님이 뱀에게 이르시되 네가 이렇게 하였으니 네가 모든 가축과 들의 모든 짐승보다 더욱 저주를 받아 배로 다니고 살아 있는 동안 흙을 먹을지니라

15 내가 너로 여자와 원수가 되게 하고 네 후손도 여자의 후손과 원수가 되게 하리니 여자의 후손은 네 머리를 상하게 할 것이요 너는 그의 발꿈치를 상하게 할 것이니라 하시고

— 창세기 3장 1절~15절*

* 개정개역판 옮김

## 토론 주제

### (올바른 답변에 5점씩)

1. 멜빌의 《모비딕》은 "내 이름은 이슈마엘."로 시작합니다. 우리는 이 소설이 1인칭이라고 말하는데요. 창세기는 몇 인칭으로 서술되나요? 누구의 시점으로?

2. 이 이야기에서 "좋은 사람"은 누구입니까? "나쁜 사람"은 누구입니까? 역할 반전에 대해 강력한 논거를 댈 수 있습니까?

3. 전통적으로는 뱀이 이브에게 먹으라고 한 과일이 사과라고 여겨집니다. 하지만 사과는 근동지역 고유 과일이 아닙니다. 다음 중 더 논리적인 대안을 하나 고르고, 신화가 어떻게 탄생하고 긴 시간에 걸쳐 손상되는지 논하십시오: 올리브, 무화과, 대추야자, 석류.

4. 왜 주님(Lord)은 언제나 대문자로 시작하며 하나님(God)도 언제나 대문자로 강조할까요? 뱀의 이름도 대문자로 강조해야 하지 않나요? 아니라면 어째서일까요?

5. 하나님이 만물을 창조했다면(창세기 1장 참조), 왜 골치 아프게 자신의 창조물들을 타락시키는 뱀을 창조했을까요? 왜 하나님은 아담과 이브가 알지 못했으면 하는 나무를 하나 창조한 후, 특별히 그 나무에 대해 경고했을까요?

6. 미켈란젤로가 시스티나 예배당 천장에 그린 '낙원에서의 추방'과 히에로니무스 보쉬의 '세속적 쾌락의 정원'을 비교 대조하세요.

7. 아담은 이브를 탓했을 때 신사다웠나요? 배신한 쪽은 누구인가요? 등장인물의 결함으로 "변덕"에 대해 논하세요.

8. 하나님은 자신의 권위가 도전받았음을 알고 화가 났습니다. 하나님이 전지전능하다면 과연 몰랐을까요? 어떻게 아담과 이브가 숨었을 때 그 둘을 찾을 수 없었을까요?

9. 하나님이 아담과 이브가 금지된 나무 열매를 맛보기를 원치 않았

다면, 왜 뱀에게 경고하지 않았을까요? 하나님은 뱀이 아담과 이브를 유혹하지 못하게 막을 수 있지 않았을까요? 만약 할 수 있었다면, 왜 하지 않았을까요? 할 수 없었다면, 뱀이 하나님만큼 강력한 존재일 가능성을 논하세요.

10. 두 가지 다른 미디어 저널의 예를 이용하여 "편파적인 뉴스"라는 개념을 설명하세요.

# 5

유독한 바람이 울부짖으며 땅을 뒤덮은 가루를 흩어놓았다. 그곳에는 아무것도 살지 않았다. 치명적인 녹색 바람이 하늘에서 떨어져 지구의 사체를 할퀴며 무엇이든 움직이는 것을, 무엇이든 아직 살아 있는 것을 찾고 또 찾았다. 하지만 아무것도 없었다. 가루, 활석, 부석뿐.

그리고 네이선 스택과 그림자 생물이 첫날 온종일 향해 간 새까만 첨탑 산뿐이었다. 밤이 내리자 그들은 동토에 구덩이를 팠고 그림자 생물은 스택의 목걸이 주머니에 들어 있던 접착제만큼 뻑뻑한 물질을 구덩이 위에 발랐다. 스택은 보온용 돌을 가슴팍에 쥐고 주머니에 들어 있던 필터 튜브로 숨을 쉬면서 자다 깨다 하며 그날 밤을 보냈다.

한번은 거대한 박쥐 같은 생물체들이 머리 위를 날아가는 소리에 깨어나기도 했다. 그는 그 박쥐 같은 생물들이 평평한 궤도를 그리며 황야를 가로질러 땅에 파인 그의 구덩이 쪽으로 낮게 날아오는 것을 보았다. 하지만 그들은 그와 그림자 생물이 구덩이 속에 누워 있음을 알아차리지 못한 모양이었다. 그들은 밤새 빛나는 가느다란 형광 실을 분비해놓고 평야에서 사라졌다가, 위로 솟구쳐 올라 빙글빙글 돌면서 바람에 실려 갔다. 스택은 어렵사리 다시 잠을 청했다.

아침이 오고, 얼음 같은 빛에 뒤덮여 모든 것이 푸르스름하게 물들자 그림자 생물은 숨 막히는 가루 속을 허위허위 빠져나가 땅 위를 기어가다가, 부스러지는 지면을 잡으려고 손가락을 구부린 채 드러누웠다. 그 뒤 가루 속에서는 스택이 지면 쪽으로 움직여, 한 손을 위로 뻗어 흔들며 도움을 청했다.

그림자 생물은 밤새 더 강해진 바람에 맞서 싸우며 땅바닥을 기어서 그들의 구덩이였던 푹신한 가루 속으로, 그 속에서 빠져나온 손이 있는 곳으로 돌아왔다. 그림자가 손을 잡자 스택의 손가락에 경련하듯 힘이 들어갔다. 그림자 생물은 힘을 써서 변덕스러운 부석 더미 속에서 스택을 끌어냈다.

그들은 땅바닥에 나란히 누워서 앞을 보려고 애쓰고, 숨 막히는 죽음으로 폐 속을 채우지 않으면서 호흡하려 안간힘을 썼다.

"왜 이런 거야… 무슨 일이 있었던 거지?" 스택은 바람에 맞서서 소리를 질렀다. 그림자 생물은 대답하지 않고 한참 동안 스택을 쳐다보더니, 아주 조심스럽게 손을 들어 올려 스택의 눈 앞에 두고 천천히 손가락을 구부려 네 손가락을 새장 모양으로 만들었다가, 주먹을 쥐었다가, 아플 정도로 꽉 쥐었다. 말보다 그 몸짓이 더 웅변이었다. '파멸.'

그런 다음 그들은 산을 향해 기어가기 시작했다.

# 6

칠흑 같은 첨탑 산은 지옥에서 솟아나서 갈기갈기 찢긴 하늘로 힘겹게 뻗어 올라갔다. 엄청난 오만함이었다. 그 황량한 땅에서 그런 높이를 시도해선 안 되는 거였다. 그러나 검은 산은 시도했고, 성공하기도 했다.

그 산은 마치 노인 같았다. 주름이 깊게 패고, 오래되었으며, 파인 홈마다 흙이 두껍게 쌓였고, 한창때가 지났으며, 고독했다. 검고 황량했으며, 단단함 위에 단단함을 쌓은 형국이었다. 그 산은 중력과 기압과 죽음에 굴복하지 않았다. 하늘을 향해 올라가려 애썼다. 너무나 고독하게도, 황량한 지평선을 깨뜨리는 것이라곤 오직 그 산 하나뿐이었다.

다시 2,500만 년이 지나면 그 산도 닳아서 신령한 하늘에 바치는 작은 마노 공물처럼 매끈하고 단조로워질지 몰랐다. 하지만 가루 평원이 소용돌이치고 유독한 바람이 산봉우리 측면에 부석을 문질러대도, 아직은 그 덕분에 산 옆선만 날카로움이 무뎌졌을 뿐이었다. 마치 신성한 개입이 그 첨탑을 지키기라도 하는 듯했다.

빛이 그 정상 근처로 움직였다.


# 7


스택은 전날 밤에 박쥐 같은 생물이 평야에 분비한 형광 실이 무엇인지 알게 되었다. 그 실들은 낮의 희미한 빛 속에서 기묘한 출혈 식물로 변하는 포자였다.

그들이 새벽 내내 기어 이동하는 동안 사방에서는 그들의 온기를 감지한 작은 생물들이 활석 가루를 뚫고 솟아오르기 시작했다. 죽어가는 태양의 희미한 붉은 잔화(殘火)가 힘겹게 하늘을 오르고, 출혈 식물은 벌써 성숙기에 이르렀다.

스택은 그 덩굴 촉수 하나가 발목을 감고 조이자 비명을 질렀다. 두 번째 덩굴은 그의 목에 감겼다.

산딸기 같은 검은 피의 얇은 막이 그 덩굴을 덮고는, 스택의 살에 고리 자국을 남겼다. 그 고리 자국은 끔찍하게 타들어 갔다.

그림자 생물은 엎드려서 스택에게 기어 돌아갔다. 그림자 생물은 삼각형의 머리를 스택의 목 가까이 가져가더니, 덩굴을 깨물었다. 덩굴이 갈라지면서 걸쭉한 검은 피가 뿜어나왔고, 그림자 생물은 스택이 다시 숨을 쉴 수 있을 때까지 면도날처럼 날카로운 이빨로 줄질해서 덩굴을 잘라냈다. 스택은 격하게 몸을 접어 돌리고는, 목에 걸린 주머니에서 짧은 칼을 뽑아 발목에 단단히 감긴 덩굴을 썰어냈다. 덩굴은 잘려 나가는 순간 비명을 질렀다. 스택이 전날 밤 하늘에서 들었던 것과 같은 소리였다. 잘린 덩굴은 몸부림을 치며 활석 가루 속으로 물러났다.

스택과 그림자 생물은 다시 죽어가는 땅에 납작 붙어서 앞으로 기어갔다. 산을 향해서.

피투성이 하늘 높이 죽음새가 원을 그렸다.

# 8

고향 세계에서 그들은 빛을 발하는 기름벽 동굴 안에 수백만 년을 살면서 진화하여 우주 여기저기로 퍼져나갔다. 제국 건설은 이만하면 됐다 싶어지자 그들은 안으로 방향을 돌렸고, 복잡한 지혜의 노래들을 쌓고 수많은 종족을 위해 훌륭한 세계를 설계하는 데 많은 시간을 보냈다.

그러나 설계를 하는 다른 종족들도 있었다. 그런 종족들 사이에서 관할 구역을 두고 분쟁이 생기자, 고소와 맞고소의 엉킨 실타래를 푸는 영리함과 공정함에 존재 이유를 두는 어느 종족이 중재를 맡아 판결을 내렸다. 이 종족은 이런 일에서 나무랄 데 없이 법을 적용하는 데 명예를 걸었고, 수백 년 동안 점점 더 복잡해지는 중재의 장에서 재능을 갈고닦아 마침내는 최종적인 권한을 쥐게 되었다. 소송 당사자들은 판결에 따를 수밖에 없었는데, 그 판결이 언제나 현명하고 독창적으로 공정해서만이 아니라, 그 판결이 의심을 받는다면 재판관 종족이 자살해버릴 것이기 때문이기도 했다. 그들은 자기네 행성에서 가장 성스러운 장소에 종교적인 기계를 하나 세웠다. 그 기계가 활성화해서 내뿜는 음은 그 종족의 수정 등껍질을 박살 낼 수 있었다. 그들은 정교하고 아름다운 귀뚜라미 비슷한 종족으로, 크기가 인간의 엄지손가락 정도였다. 문명 세계 전역이 그들을 귀하게 여겼고, 그들을 잃는다면 재난이 될 터였다. 그들의 명예와 가치를 의심하는 자는 없었다. 모든 종족이 그들의 판결에 따랐다.

그래서 디라의 동포들은 그 특정 세계에 대한 관할권을 포기하고, 디라와 죽음새만을 남겨두고 떠났다. 죽음새는 중재관들이 판결에 창의적으로 짜 넣은 특별한 관리방식이었다.

디라와 디라에게 그 자리를 맡긴 이들 사이에 있었던 마지막 회의가 기록되어 있다. 중재관들이 디라가 속한 종족의 아버지들에게 급하게 가져온 자료들은 무시할 수 없는 것이었고, 아버지들은 무시하지 않았다. 그리고 똬리를 튼 위대한 분이 마지막 순간에 디라에게 와서 이 세상을 넘겨받은 미친 자에 대해 알리고, 디라에게 그 미친 자가 무슨 일을 할지 알렸다.

똬리를 튼 위대한 분이 낀 반지들은 수백 년 동안 온화함과 통찰력과 수많은 세계를 아름답게 설계해준 깊은 명상을 통해서 획득한 지혜의 고리들이었다. 디라의 종족에서도 가장 성스러운 분이, 디라에게 찾아오라 명령하지 않고 디라를 찾아오는 영예를 베풀었다.

'그들에게 우리가 줄 선물이 단 하나 남았다.' 그는 말했다. '지혜다. 이 미친 자는 와서 그들에게 거짓말을 하고, 자신이 그들을 창조했노라 말할 것이다. 그리고 우리는 떠나고 없을 테니, 그들과 그 미친 자 사이에는 너밖에 남아 있지 않을 것이다. 너만이 그들에게 때가 이르면 그자를 물리치게 해줄 지혜를 선사할 수 있다.' 말하고 나서 똬리를 튼 위대한 분은 제의적인 애정을 담아 디라의 피부를 어루만졌고, 디라는 깊이 감동하여 대답도 하지 못했다. 그러고 나서 그는 홀로 남겨졌다.

미친 자가 와서 사이에 끼어들었고, 디라는 그들에게 지혜를 선사했다.

그리고 시간이 흘렀다. 그의 이름은 디라가 아니라 '뱀'이 되었고, 새로운 이름은 괄시받았다. 그러나 디라는 똬리를 튼 위대한 분이 내린 해석이 옳았음을 알 수 있었다. 그래서 디라는 선택을 했다. 그들 중 한 남자를 선택하여, 그에게 그 불꽃을 선사했다.

이 모든 것은 어딘가에 기록되어 있다. 이것은 역사다.

# 9

그 남자는 나사렛의 예수가 아니었다. 그보다는 사도 시몬이었을지 모른다. 칭기즈칸이 아니라, 그 군대에 속한 일개 보병이었을 것이다. 아리스토텔레스가 아니라, 아마도 광장에 앉아서 소크라테스의 말에 귀 기울이던 사람이었을 것이다. 바퀴를 발명한 사람도 아니었고 처음으로 자기 몸을 파랗게 칠하기를 그만두고 그 색깔을 동굴 벽에 칠한 연결고리도 아니었다. 하지만 그들에 가까운 사람, 바로 근처에 있던 사람이었다. 그 남자는 사자왕 리처드도, 렘브란트도, 리슐리외도, 라스푸틴도, 로버트 풀턴도, 마흐디도 아니었다. 평범한 사람이었다. 불꽃을 지닌.

# 10

디라는 아주 이른 시기에 한 번 그 남자를 찾아갔다. 불꽃은 그대로 있었으나, 그 빛을 에너지로 전환할 필요가 있었다. 그래서 디라는 그 남자에게 찾아가서 미친 자가 알기 전에 해야 할 일을 했다. 미친 자는 디라가, 즉 '뱀'이 접촉한 것을 알자 얼른 설명을 만들어냈다.

이 전설은 파우스트 이야기로 우리에게 전해졌다.

믿거나 말거나.

# 11

빛을 에너지로 전환한다는 것은, 이런 식이었다:

자신이 어느 영겁 속에 있는지 도무지 알지 못한 채 500번째 화신으로 산 지 40년 되던 해, 그 남자는 엷고 납작하게 불타는 태양 아래 끔찍하게 메마른 땅을 헤매고 있었다. 그는 그늘을 제공할 때 기뻐하기 위해서가 아니라면 그림자에 대해 생각조차 하지 않는 베르베르 부족민이었다. 그 그림자는 이집트의 캄신 열풍처럼, 소아시아의 시뭄*처럼, 하르마탄**처럼, 그가 기억하지 못하는 다양한 삶에서 알았던 모든 바람처럼 모래밭을 가로질러 그에게 왔다. 그 그림자는 시로코***처럼 왔다.

그 그림자는 그의 폐에서 호흡을 훔쳐냈고 남자는 눈을 뒤집고 바닥에 쓰러졌다. 그림자는 그를 데리고 모래를 뚫고, 지구 속으로 한참을 내려갔다.

어머니 지구.

나무와 강과 돌다운 깊은 생각을 지닌 바위들로 이루어진 이 세계는 살아 있었다. 그녀는 숨을 쉬었고, 감정을 지녔으며, 꿈을 꾸고, 생명을 낳고, 웃고, 수천 년간 사색에 잠겼다. 이 거대한 생물은 우주 공간 속을 헤엄치고 있었다.

'이 얼마나 경이로운가.' 이제까지 지구가 자신의 어머니라는 사실을

---

* 아라비아 사막의 모래 섞인 뜨거운 바람
** 아프리카 서해안의 건조한 열풍
*** 북아프리카에서 남유럽으로 부는 후텁지근한 열풍

전혀 이해하지 못했던 남자는 생각했다. 이전까지 그는 지구에게 따로 삶이 있다는 사실을, 지구가 인류의 일부이면서 동시에 인류와는 완전히 다른 존재임을 제대로 이해하지 못했다. 자기 삶이 있는 어머니라는 사실을 말이다.

디라, 뱀, 그림자…는 남자를 데리고 내려가서, 남자가 지구와 하나가 되면서 빛의 불꽃이 에너지로 변화하도록 했다. 남자의 살이 녹아 조용하고 서늘한 흙이 되었다. 남자의 눈은 행성의 가장 어두운 중심부에서 반짝이는 광채를 발했고 남자는 어머니가 어린 자식들을… 벌레와 나무뿌리, 거대한 동굴의 어마어마한 절벽 위로 몇 킬로미터를 떨어지는 강들, 나무껍질들을 돌보는 방식을 보았다. 그는 다시 한번 거대한 지구 어머니의 가슴에 안겨, 어머니 지구의 삶의 기쁨을 이해했다.

'이것을 기억하라.' 디라는 남자에게 말했다.

'이 얼마나 경이로운가.' 남자는 생각했다….

…그리고 그는 사막의 모래밭으로 돌아갔다. 자연 어머니와 함께 자고, 사랑하고 그 몸을 맛본 일은 기억하지 못했다.

# 12

그들은 산 아래, 녹색 유리 동굴 안으로 들어갔다. 깊은 동굴은 아니지만 심하게 굽어진 덕분에 바람에 날린 부석 가루가 닿지 않았다. 그들이 네이선 스택의 돌을 동굴 바닥에 난 흠에 집어넣자 열기가 빠르게 퍼지며 그들의 몸을 데워주었다. 삼각형 머리를 지닌 그림자 생물은 그림자 속으로 돌아가서 눈을 감고 사냥 본능으로 먹을 것을 찾았다. 바람에 날카로운 비명 소리가 실려 돌아왔다.

한참 후에, 식사를 꽤 잘하고 배가 든든해진 네이선 스택은 그림자

속을 응시하며 그곳에 앉은 생물에게 말을 걸었다.

"내가 그 밑에 얼마나 오래 있었지…? 얼마나 오랫동안 잔 거야?"

그림자 생물은 속삭였다. 「25만 년.」

스택은 반응하지 않았다. 믿을 수 없는 숫자였다. 그림자 생물은 이해하는 것 같았다.

「한 세계의 삶에서는 아무것도 아닌 시간이다.」

네이선 스택은 적응할 줄 아는 남자였다. 그는 얼른 웃으며 말했다. "내가 정말 피곤했나 봐."

그림자는 반응하지 않았다.

"난 이게 별로 이해가 안 돼. 욕 나오게 무서워. 죽었는데, 깨어나 보니… 여기라니. 이렇게."

「너는 죽지 않았다. 사로잡혀 그 아래 놓여 있었지. 끝에 가서는 다 이해하게 될 것이다. 약속하지.」

"누가 날 그 밑에 놓아뒀는데?"

「내가 했다. 때가 이르자 내가 너를 찾아내어 그곳에 내려놓았다.」

"난 아직 네이선 스택인가?"

「네가 원한다면.」

"하지만 난 네이선 스택이지?"

「넌 언제나 너였다. 너에게는 수많은 다른 이름과 수많은 다른 몸이 있었지만, 불꽃은 언제나 너의 것이었지.」 스택이 뭐라고 말을 하려는데 그림자 생물이 덧붙였다. 「너는 언제나 지금의 네가 되는 길에 있었다.」

"하지만 내가 뭔데? 난 아직 네이선 스택이냐고, 젠장!"

「네가 원한다면.」

"이봐, 넌 그 부분에 대해 그다지 확신이 없어 보여. 네가 날 찾아왔잖아. 깨어나 보니 네가 있었다고. 그러니 내 이름이 뭔지 너보다 잘 아는 사람이 누가 있겠어?"

「너는 여러 번 여러 이름을 지녔다. 네이선 스택은 네가 기억하는 이름에 불과하다. 오래전 처음에는, 내가 처음 너에게 갔을 때는 전혀 다른 이름이었지.」

스택은 답을 듣기가 두려웠지만, 묻고 말았다. "그때 내 이름은 뭐였는데?"

「이시 릴리스. 릴리스의 남편이라는 뜻이지. 릴리스를 기억하나?」

스택은 생각에 잠겨 과거를 열어보려 했지만, 그런 과거는 지하묘에서 자면서 보낸 25만 년만큼이나 이해할 수 없었다.

"아니. 하지만 다른 때에 다른 여자들이 있었지."

「많았다. 릴리스를 대체한 여자가 하나 있었지.」

"난 기억이 나지 않아."

「그 여자 이름은… 중요하지 않다. 하지만 미친 자가 네게서 릴리스를 빼앗고 다른 여자로 대체했을 때… 그때 나는 이렇게 끝날 것을 알았다. 죽음새로 끝날 것을.」

"멍청한 소리를 하고 싶진 않지만, 무슨 말을 하는 건지 하나도 모르겠어."

「끝나기 전에는 다 이해하게 될 것이다.」

"그 말은 전에도 했잖아." 스택은 말을 멈추고, 몇 분 동안 그림자 생물을 응시하다가 물었다. "네 이름은 뭐였지?"

「너를 만나기 전에 내 이름은 디라였다.」

그는 디라라는 이름을 자신의 모국어로 말했다. 스택은 발음할 수 없었다.

"나를 만나기 전에는 말이지. 그럼 지금은?"

「뱀.」

뭔가가 동굴 입구를 미끄러지듯 지나갔다. 그것은 멈추지 않았지만, 수렁 속으로 빨려 들어가는 젖은 진흙 같은 소리를 질렀다.

"왜 날 그곳에 내려놓았지? 애초에 왜 날 찾아온 건데? 무슨 불꽃? 왜 난 그 다른 삶들도 내가 누구였는지도 기억을 못 하지? 나에게 뭘 원하는 거야?"

「너는 자야 한다. 춥고 긴 등반이 될 것이다.」

"난 25만 년이나 잤어. 별로 피곤하지 않아. 왜 날 골랐지?"

「나중에. 이제 자라. 잠에는 다른 쓸모도 있지.」

'뱀' 주위의 어둠이 짙어지면서 동굴 안으로 스며 나왔고, 네이선 스택은 보온용 돌 가까이 드러누웠다. 어둠이 그를 집어삼켰다.

# 13

## 보충 독서

이하는 어느 작가의 수필입니다. 명확하게 감정에 호소하는 글인데요. 읽으면서 이 글이 토의 중인 문제에 어떻게 적용되는지 자문해보세요. 작가는 무슨 말을 하려 하고 있나요? 작가가 주장을 전달하는 데 성공하나요? 이 수필이 토의 중인 문제에 관점을 밝혀 주나요? 이 수필을 읽은 후, 시험지 뒷면을 사용하여 사랑하는 존재의 상실에 관한 본인의 수필을 (500단어 이하로) 쓰세요. 사랑하는 존재를 잃은 적이 없다면, 지어내서 쓰세요.

＊

## 아흐부

어제 내 개가 죽었다. 아흐부는 11년 동안 내게 가장 가까운 친구였다. 많은 독자가 읽어준 한 소년과 개에 대한 단편소설도 아흐부 덕분에 썼다.

그 소설은 성공적으로 영화화되기도 했는데, 영화에 나온 개가 아흐부를 많이 닮았다. 아흐부는 애완동물이 아니라 한 인격이었다. 아흐부를 의인화하기는 불가능하고, 그 녀석도 그건 참지 못했을 것이다. 하지만 아흐부는 독자적인 생물이었고, 강력한 개성이 있었으며, 자신이 선택한 이들과만 삶을 공유하겠다는 결심이 굳었으니, 단순히 개로만 생각하기도 불가능하다. 유전자 때문에 어쩔 수 없는 갯과 특유의 특징들을 제외하면, 아흐부는 단 하나뿐인 존재로서의 위엄을 갖췄다.

우리는 내가 웨스트 로스앤젤레스 동물 보호소에 찾아갔을 때 처음 만났다. 개를 키우고 싶었던 건 내가 외로웠고, 어렸을 때 다른 친구가 없던 나에게 개가 어떻게 친구가 되어주었는지 기억하고 있었기 때문이다. 어느 해인가 여름 캠프에 갔다가 돌아왔더니 아버지가 출근한 사이에 같은 동네에 사는 끔찍한 노파가 내 개를 신고해서 안락사시켰음을 알고 말았다. 그날 밤 그 노파의 뒷마당에 숨어 들어갔더니 빨랫줄에 깔개가 걸렸고, 깔개 떨이가 기둥에 걸려 있었다. 나는 깔개 떨이를 훔쳐다가 묻어버렸다.

동물 보호소에서 내 앞에 줄을 선 남자가 하나 있었다. 그 남자는 몇 주밖에 안 된 강아지를 한 마리 데려왔다. 풀리라고, 헝가리산 양치기 개였다. 슬퍼 보이는 강아지였다. 그 남자는 새끼가 너무 많이 태어나서 이 강아지는 다른 사람이 데려가거나 아니면 안락사시키려고 보호소에 데려왔다고 했다. 보호소에서 그 강아지를 안으로 데려가고, 카운터에 선 사람이 내 차례를 불렀다. 내가 개를 한 마리 데려가고 싶다고 했더니 나를 데리고 안으로 들어갔고, 우리는 줄줄이 놓인 개 우리 사이를 걸었다.

그 우리 중 하나에서, 방금 들어온 작은 풀리 강아지가 진작부터 들어가 있었던 덩치 큰 개 세 마리에게 공격당하고 있었다. 그 강아지는 작았고, 바닥에 깔린 채로 당하고 있었다. 그래도 녀석은 힘껏 분투하고 있었다.

"저 녀석을 꺼내줘요! 내가 데려갈게요. 내가 데려갈 테니까 저기서 꺼내요!" 나는 소리를 질렀다.

그 녀석에게 2달러가 들었다. 그보다 잘 쓴 2달러가 내 평생 있었을까.

집으로 차를 모는 동안, 그 녀석은 앞좌석 옆자리에 누워서 나를 물끄러미 보고 있었다. 애완동물에 무슨 이름을 붙일지 막연한 생각 정도는 있었는데, 그 녀석을 보고 그 녀석이 나를 마주 바라보자 갑자기 알렉산더 코다의 1939년 영화 〈바그다드의 도둑〉에 나오는 장면이 떠올랐다. 콘래드 바이트가 분한 사악한 대신이 사부가 맡은 어린 도둑 아흐부를 개로 바꿔버리는 장면. 영화에서는 개의 얼굴 위에 인간의 얼굴을 잠시 겹쳐서, 개의 얼굴에 묘하게 지적인 표정을 씌웠다. 그 작은 풀리도 똑같은 표정으로 나를 보고 있었다. 나는 말했다. "아흐부."

그 녀석은 그 이름에 반응하지 않고 무시했다. 그래도 그 순간부터 아흐부가 녀석의 이름이었다.

내 집에 들어온 사람은 누구나 아흐부의 영향을 받았다. 아흐부는 느낌 좋은 사람이 오면 곧장 가서 그 발치에 드러누웠다. 아흐부는 긁어주는 손길을 좋아했고, 몇 년이나 계속 꾸짖었는데도 식탁에서 구걸하기를 그만두지 않았다. 내 집에 식사하러 오는 사람들은 대부분 채플린 영화 〈키드〉의 재키 쿠건 같은 아흐부의 비통한 눈빛을 뿌리치지 못하는 어수룩한 이들임을 아흐부가 눈치챘기 때문이다.

하지만 아흐부는 쓸모없는 자들을 알려주는 지표이기도 했다. 몇 번이고 내가 어떤 사람을 좋아하는데 아흐부가 그 사람과 상종하지 않으면, 언제나 그 사람은 악당으로 드러났다. 나는 아흐부가 새로운 사람에게 취하는 태도를 눈여겨보았고, 고백건대 그 태도는 내 반응에 영향을 미쳤다. 아흐부가 피하는 사람은 언제나 경계했다.

나와 불만스러운 관계를 맺었던 여자들도 가끔, 내 개를 보기 위해 다시 찾아오곤 했다. 아흐부에게는 친밀한 친구들이 있었는데, 그중 상당수가 나와는 아무 관계가 없었고, 그중에는 할리우드에서 가장 아름다운 여배우들이 여러 명 포함되었다. 어느 우아한 숙녀분 하나는 일요일 오후에 해변에서 뛰놀기 위해 운전기사를 보내어 아흐부를 태워 가기도 했다.

그럴 때 무슨 일이 있었는지 아흐부에게 물어본 적은 없다. 녀석도 말하지 않았고.

작년에 아흐부의 건강이 쇠퇴하기 시작했는데, 녀석이 거의 마지막까지 강아지같이 구는 바람에 나는 미처 깨닫지 못했다. 그러다가 녀석이 지나치게 잠을 많이 자기 시작했고, 음식을 넘기지 못하게 되었다. 심지어 같은 동네에 사는 마자르 사람들이 만들어준 헝가리 음식도 못 넘겼다. 그리고 작년의 로스앤젤레스 대지진 중에 아흐부가 겁에 질리자, 뭔가 잘못되었다는 게 분명해졌다. 아흐부는 원래 아무것도 겁내지 않았다. 아흐부는 태평양을 공격하고 심술궂은 고양이 떼 주위를 뻐기며 걷는 녀석이었다. 그런데 그런 녀석이 지진에 겁에 질려 내 침대로 뛰어 올라와서 앞발로 내 목을 잡았다. 나는 동물에게 목이 졸려 죽은 유일한 지진 피해자가 될 뻔했다.

아흐부는 올해 초 내내 동물병원을 들락거렸고, 멍청한 수의사는 언제나 식단이 문제라고 했다.

그러던 어느 일요일에 뒷마당에 있던 아흐부가 진흙을 뒤집어쓰고 계단 밑에 엎드려 있는 것을 발견했다. 너무 심하게 토하다 못해 담즙만 올리고 있었다. 녀석은 제 오물을 뒤집어쓴 채 서늘함을 찾아 필사적으로 흙 속에 코를 집어넣으려 하고 있었다. 숨도 간신히 쉬었다. 나는 녀석을 다른 수의사에게 데려갔다.

처음에 수의사는 그저 노환이라고… 회복시킬 수 있다고 했다. 그러나 결국 병원에서 엑스레이를 찍었고, 아흐부의 위와 간에 암이 퍼졌음을 알아냈다.

나는 그날을 최대한 미루려고 했다. 아흐부가 없는 세상을 도무지 상상할 수가 없었다. 그러나 어제 결국 수의사를 찾아가서 안락사 서류에 서명했다.

"그 전에 잠시만 같이 시간을 보내고 싶은데요." 나는 말했다.

그들은 아흐부를 데려다가 스테인리스 진찰대에 눕혔다. 너무 말랐다. 언제나 볼록 나와 있던 뱃살도 없었다. 뒷다리 근육은 탄력 없이 약하게 늘어졌다. 그 녀석은 나에게 다가와서 내 품에 머리를 밀어 넣었다. 심하게 떨고 있었다. 내가 그 머리를 들어 올리자 녀석은 언제나 〈울프맨〉의 로렌스 탈봇처럼 보인다고 생각했던 우스꽝스러운 얼굴로 나를 쳐다보았다. 아흐부는 마지막까지 예리했다. 어이 오랜 친구? 아흐부는 알고 있었고, 겁에 질렸다. 거미줄 같은 다리에 이르기까지 온몸을 벌벌 떨고 있었다. 어두운 카펫 위에 이 털뭉치를 놓아두면, 머리가 어디인지 꼬리가 어디인지도 구분할 수 없이 양가죽 깔개로 착각할 수 있을 정도였다. 빼빼 말라서는 자신에게 무슨 일이 일어날지 알고 부들부들 떨고 있었다. 그러나 아직도 강아지였다.

나는 울었고, 우느라 코가 부풀자 눈을 감았다. 아흐부는 내 품 안에 머리를 묻었다. 우리는 서로가 우는 데 별로 익숙하지 못했다. 나는 아흐부만큼 상황을 받아들이지 못하는 나 자신이 부끄러웠다.

"이렇게 해야 해. 넌 고통스러운데다 먹지도 못하잖아. 이렇게 해야 해." 하지만 아흐부는 그걸 알고 싶어 하지 않았다.

수의사가 들어왔다. 수의사는 상냥한 사람이었기에, 나보고 밖에 나가서 일이 끝나기를 기다리겠냐고 물었다.

그때 아흐부가 일어나서 나를 쳐다보았다.

카잔과 스타인벡의 〈혁명아 자파타〉에서 말론 브랜도의, 그러니까 브랜도가 연기한 자파타의 친한 친구 하나가 연방군과 공모했다는 판결을 받는 장면이 있다. 자파타가 산속에서 싸울 때부터, 혁명이 시작됐을 때부터 함께 했던 친구다. 그리고 그들은 총살을 위해 그 친구를 오두막으로 데려가는데, 브랜도가 나가려 하자 그 친구가 한 손을 팔에 얹고 막더니 크나큰 우정을 담아 말한다. "에밀리아노, 자네가 직접 해."

아흐부가 나를 쳐다보았다. 아흐부가 평범한 개라는 사실은 알지만,

혹시 아흐부가 인간의 언어로 말할 수 있다 해도 그 표정보다 더 웅변을 토하지는 못했을 것이다. '날 낯선 이들에게 두고 가지 마.'

그래서 나는 수의사가 아흐부의 오른쪽 앞다리에 끈을 매어 핏줄이 불거져 나오도록 묶는 동안 아흐부를 안고 있었다. 나는 아흐부의 머리를 끌어안고 있었고, 녀석은 주삿바늘이 들어가자 나에게서 고개를 돌렸다. 언제 아흐부가 삶에서 죽음으로 넘어갔는지 말하기란 불가능했다. 그 녀석은 그저 내 손에 머리를 기대고 파르르 눈을 감더니, 떠났다.

나는 수의사의 도움을 받아 시트로 아흐부를 감싸고, 11년 전 집에 데려갔을 때처럼 녀석을 옆자리에 앉힌 채 집으로 차를 몰았다. 아흐부를 뒷마당으로 데려가서 무덤을 파기 시작했다. 나는 울다가 혼잣말을 하다가 시트에 싸인 아흐부에게 말을 하다가 하면서 몇 시간이나 땅을 팠다. 사면을 매끄럽게 파내고, 떨어진 흙은 손으로 떠낸 아주 깔끔한 사각형 무덤이었다.

그 사각형 구멍 속에 녀석을 눕히자, 살았을 때는 그토록 크고 털투성이에 재미있었던 개가 너무나 작아 보였다. 나는 흙을 다시 덮고, 구멍을 다 메우고 나서는 처음에 떠냈던 잔디를 다시 옮겨 심었다. 그게 다였다.

그래도 아흐부를 낯선 자들에게 보낼 수는 없었다.

〈끝〉


토론을 위한 질문

1. 신(god)이라는 단어를 뒤집으면 개(dog)가 된다는 데 어떤 의미가 있을까요? 있다면 무슨 의미일까요?

2. 작가는 인간이 아닌 생물에게 인간적인 특징을 주려고 하나요? 왜일까요? "그대는 신"이라는 구절에 비추어 의인화에 대해 논하세요.

3. 이 수필에서 작가가 보여주는 사랑에 대해 논하세요. 다른 형태의 사랑… 남자가 여자에게 품는 사랑, 어머니가 아이에게 품는 사랑, 아들이 어머니에게 품는 사랑, 식물학자가 식물에 보이는 사랑, 생태학자가 지구에 보이는 사랑 등과 비교 대조하세요.


# 14

네이선 스택은 자면서 지껄였다.

"왜 날 골랐지? 왜 나를…?"


# 15

지구와 마찬가지로, '어머니'도 아팠다.

저택은 아주 조용했다. 의사도 떠났고, 친척들은 저녁을 먹으러 시내에 나갔다. 그는 침대 가에 앉아서 어머니를 내려다보았다. 어머니는 회색빛으로 늙고 쭈글쭈글했다. 피부는 가루 같았고, 나방이 남긴 가루 같은 잿빛을 띠었다. 그는 조용히 울었다.

무릎에 닿는 손길을 느끼고 고개를 들어보니 어머니가 그를 쳐다보고 있었다. "절 못 보고 가시는 줄 알았어요."

"못 봤다면 실망했겠지." 어머니의 목소리는 아주 가늘고, 아주 잔잔했다.

"어때요?"

"아프구나. 벤이 약을 많이 주지 않았나 봐."

그는 아랫입술을 깨물었다. 의사는 진통제를 대량 투입했지만, 통증이 더 컸다. 어머니는 갑작스러운 고통이 들이닥치자 움찔하며 떨었다. 충격이 퍼졌다. 그는 어머니의 눈에서 생명이 빠져나가는 모습을 보았다.

"네 누나는 어떻게 받아들이니?"

그는 어깨를 으쓱였다. "샬린이 어떤지 아시잖아요. 유감스러워하기는 하지만, 누나는 모든 걸 이지적으로만 받아들이죠."

어머니는 입가에 잔물결 같은 미소를 일으켰다. "그런 말을 하다니 심하구나, 네이선. 하지만 네 누나가 세상에서 제일 호감 가는 사람은 아니지. 네가 여기 있어 기쁘다." 어머니는 말을 멈추고 생각하다가 덧붙였다. "네 아버지와 내가 유전자 풀에서 뭔가 빠뜨렸을지도 몰라. 샬린은 완전하지가 않아."

"뭐라도 좀 가져다드릴까요? 물이라든가?"

"아니야. 괜찮아."

그는 마약성 진통제 앰풀을 보았다. 주사기는 그 옆의 깨끗한 수건 위에 가만히 놓여 있었다. 어머니의 시선이 느껴졌다. 그가 무슨 생각을 하는지 아는 것이다. 그는 시선을 돌렸다.

"담배 한 대 피우고 싶어 죽겠다."

어머니의 말에 그는 웃고 말았다. 예순다섯 살에 두 다리를 잃고, 남은 몸뚱이 왼쪽은 마비된 채로, 치명적인 젤리처럼 암이 심장을 향해 퍼져가고 있는데도 어머니는 여전히 집안의 가장이었다. "담배는 못 드리니 잊어버리세요."

"그렇다면 그 주사기를 써서 날 보내주지 그러니."

"닥쳐요, 어머니."

"맙소사, 네이선. 운이 좋으면 몇 시간이고, 운이 나쁘면 몇 달은 걸릴 거야. 전에도 이런 대화를 했잖니. 내가 늘 이긴다는 거 알잖아."

"어머니가 정말 성질 나쁜 할망구라는 말 했던가요?"

"여러 번 했지. 그래도 난 널 사랑한단다."

그는 일어서서 벽 쪽으로 걸어갔다. 벽을 뚫고 나갈 수는 없었기에, 방 안을 빙 돌았다.

"넌 도망칠 수 없어."

"어머니, 제발!"

"알았다. 사업 이야기나 하자."

"지금은 사업 따윈 아무래도 좋아요."

"그러면 무슨 이야기를 할까? 나이 많은 여자가 마지막 순간에 이용할 수 있는 고상한 수단?"

"어머니 진짜 병적인 거 알죠. 역겨운 방식으로 이 일을 즐기는 것 같아요."

"달리 이걸 즐길 방법이 뭐가 있겠니."

"모험처럼요."

"가장 큰 모험이지. 네 아버지에겐 음미할 기회가 없었다는 게 안타깝구나."

"아버지가 액압프레스에 눌려 죽는 느낌을 음미하셨을 것 같진 않은데요."

말하고 나서 그는 잠시 생각해보았다. 어머니의 입가에 다시 미소가 떠올라 있었기 때문이다. "알았어요, 음미했을지도 모르죠. 두 분은 너무나 이상한 사람들이니, 그 자리에 앉아서 무슨 느낌인지 의논하고 펄프를 분석하고도 남았을 거예요."

"그리고 넌 우리의 아들이지."

그랬다. 정말 그랬다. 그 사실을 부인할 수 없었고, 부인한 적도 없었다. 그는 부모님과 똑같이 용감하고 온화하며 무모했고, 브라질리아 너머 정글에서 보낸 나날과 케이맨 해구에서의 사냥, 그 밖에 아버지와 함께 공장에서 보내던 날들을 기억했다. 그리고 때가 오면 그 자신도 어머니처럼 죽음을 음미하리라는 사실을 알았다.

"뭐 하나 말해줘요. 언제나 알고 싶었는데, 아빠가 톰 골든을 죽였나요?"

"그 주사기를 쓰면 말해주마."

"난 스택 가문 사람이에요. 뇌물은 안 먹혀요."

"나도 스택 가문 사람이고, 너에게 호기심이 얼마나 강한지 알아. 그 주사기를 쓰면 말해주마."

그는 반대 방향으로 방 안을 돌았다. 어머니는 공장의 큰 통처럼 눈을 반짝이며 그를 지켜보았다.

"이 개 같은 노친네."

"부끄러운 줄 알아라, 네이선. 네가 개자식이 아닌 건 알잖니. 네 누나 보다 낫지. 누나는 네 아버지 자식이 아니라는 말을 해줬던가?"

"아뇨. 하지만 알고 있었어요."

"너도 걔 아버지를 좋아했을 거야. 스웨덴 사람이었지. 네 아버지도 그 사람을 좋아했어."

"그래서 아버지가 그 사람 양팔을 부러뜨린 건가요?"

"그럴지도 모르지. 하지만 그 스웨덴 사람이 불평하는 소리는 못 들었다. 그 무렵의 나와 같이 보낸 하룻밤이면 팔이 부러질 가치가 있었지. 그 주사기 써라."

마침내, 친척들이 앙트레와 디저트 사이 식사를 즐기고 있을 때 그는 주사기를 채워서 어머니에게 주사했다. 그 물질이 심장을 때리자 어머니 는 눈을 크게 떴고, 죽기 직전에 온 힘을 다 모아서 말했다. "거래는 거래 지. 네 아버지는 톰 골든을 죽이지 않았어. 내가 죽였지. 넌 굉장한 사람 이야, 네이선. 넌 우리가 원했던 방식 그대로 우리와 싸웠고, 우리 둘 다 네가 알지 못할 만큼 너를 사랑했단다. 다만, 젠장. 넌 교활한 개자식이 야. 너도 알지?"

"알아요." 그는 대답했고, 어머니는 죽었다. 그리고 그는 울었다. 그 만큼 시적인 순간이었다.

# 16

「그자는 우리가 가는 걸 알아.」

그들은 새카만 산 북면을 오르고 있었다. '뱀'이 네이선 스택의 발에 두꺼운 풀을 발라준 덕분에, 시골길 산책 같지는 않아도 계속 발을 딛고 위로 올라갈 수 있었다. 이제 그들은 뾰족한 바위턱에 잠시 멈춰서 쉬었는데, '뱀'이 그들이 가는 곳에서 기다리는 존재에 대해 처음으로 말을 꺼낸 참이었다.

"그자?"

뱀은 대답하지 않았다. 스택은 바위턱 벽에 몸을 기댔다. 산비탈 아래쪽에서는 스택의 살에 달라붙으려 드는 민달팽이 비슷한 생물들과 마주치기도 했는데, 뱀이 쫓아내자 그들은 다시 바위를 빨던 일로 돌아갔다. 그들은 뱀 근처에는 얼씬도 하지 않았다. 더 올라가자 스택은 산정에서 깜박거리는 빛을 볼 수 있었다. 뱃속에서 두려움이 스멀스멀 올라왔다. 이 바위턱에 이르기 조금 전에 그들은 박쥐 같은 생물들이 자는 동굴을 하나 지나쳤었다. 그 박쥐 같은 생물들은 인간과 '뱀'의 존재에 발광했고, 그들이 내는 소리는 스택에게 현기증을 일으켰다. '뱀'이 부축해서 그곳을 지나칠 수 있었다. 이제 그들은 멈춰 있었고 '뱀'은 스택의 질문에 대답해주지 않았다.

「우리는 계속 올라가야 한다.」

"그자가 우리가 여기 있는 걸 알기 때문이지." 스택의 목소리에는 비꼬는 기색이 역력했다.

뱀이 움직이기 시작했다. 스택은 눈을 감았다. 뱀이 멈칫하더니 돌아왔다. 스택은 외눈박이 그림자를 올려다보았다.

"한 발짝도 더 못 가."

「네가 모를 이유는 없다.」

"네가 나에게 아무것도 말해주지 않을 거란 느낌만 빼면 말이지."

「아직 네가 알 때가 아니다.」

"이봐, 내가 묻지 않았다고 해서 알고 싶지 않다는 뜻은 아니야. 넌 내가 감당할 수 없는 온갖 미친 이야기들을 해줬어. 내 나이가 무려… 얼마나 된 건지도 잘 모르겠지만, 넌 내가 아담이라고 말하려던 것 같은데…."

「그러하다.」

"…어." 그는 떠들기를 멈추고 그림자 생물을 마주 응시했다. 그러다가 스스로 가능하다고 생각했던 것 이상을 받아들이고서 아주 조용히 말했다. "뱀." 그는 다시 침묵에 빠졌다가, 잠시 후에 물었다. "나에게 꿈을 하나 더 보여주고 내가 나머지를 알게 해주면?"

「인내심을 가져야 한다. 정상에 사는 존재가 우리가 간다는 걸 알면서도 네가 그자에게 어떻게 위험한지 모르게 할 수 있었던 건, 너 자신도 모르기 때문이다.」

"그럼 이것만 말해줘. 그자는… 정상에 있다는 그자는 우리가 올라가길 원하나?"

「우리가 올라가는 것을 허용하지. 모르기 때문에.」

스택은 고개를 끄덕이고, 뱀을 따라 움직이기로 했다. 그는 일어서서 우아하게 집사 같은 동작을 취했다. '뒤따라가리다, 뱀이여.'

그리고 뱀은 몸을 돌려 평평한 손들을 바위턱 벽에 붙였고, 그들은 정상을 향해 나선을 그리며 올라갔다.

죽음새가 급강하했다가 달을 향해 치솟았다. 아직 시간이 있었다.

# 17

해 질 녘이 다 되어서 네이선 스택을 찾아간 디라는, 가족이 남겨둔 제국으로 스택이 건설한 산업 컨소시엄의 회의실에 나타났다.

스택은 최고 수준의 결정들이 이루어지는 대화의 장을 지배하는 빵빵한 의자에 앉아 있었다. 혼자였다. 다른 사람들은 몇 시간 전에 떠났고 회의실에는 숨겨진 조명층이 부드러운 벽을 투과하여 발하는 희미한 불빛만 있어 어둑어둑했다.

그림자 생물은 벽을 통과해 지나갔다. 그가 지나가면 벽이 장미 석영으로 변했다가, 이전의 물질로 돌아갔다. 그는 네이선 스택을 바라보고 서 있었는데, 스택은 꽤 오랫동안 방 안에 다른 존재가 있다는 사실을 알아차리지 못했다.

「이제 가야 한다.」 뱀이 말했다.

공포에 질려 크게 뜬 눈으로 그를 올려다본 스택의 머릿속에는 명백한 사탄의 이미지가 스쳐 지나갔다. 미소 짓는 입에는 송곳니가 삐져나오고, 크로스필터를 통해 보는 것처럼 불빛이 어른거리는 뿔에, 끝에 삼각형 모양이 달린 밧줄 같은 꼬리를 휘두르며, 카펫 위에 불타는 자국을 남기는 갈라진 발굽에, 기름 구덩이처럼 깊은 눈, 쇠스랑, 새틴 안감을 댄 케이프, 북슬북슬한 염소 다리, 그리고 발톱 같은 손가락. 스택은 비명을 지르려 했지만 그 소리는 목 안에 막혀버렸다.

「아니, 그런 게 아니야. 같이 가면 이해하게 될 거야.」 뱀이 말했다.

그 목소리에는 슬픔이 깃들어 있었다. 마치 사탄이 몹시 부당한 대우를 받아왔다는 듯이…. 스택은 고개를 절레절레 흔들었다.

언쟁할 시간이 없었다. 때가 왔고, 디라는 머뭇거릴 수 없었다. 디라가 손짓하자 네이선 스택이 잠든 네이선 스택처럼 보이는 뭔가를 푹신한 의자에 남겨두고 일어나, 디라에게 걸어갔다. 뱀은 그 손을 잡고 함께 장미석영충을 뚫고 빠져나갔다.

뱀은 스택을 아래로, 아래로 데려갔다.

'어머니'가 아팠다. 아픈지는 이미 오래였으나, 끝이 머지않은 단계에 이르렀다. 뱀도 그 사실을 알았고, 어머니도 그 사실을 알았다. 그러나 어머니는 자식을 감춰줄 것이다. 자신의 이익을 위해서라도 간섭권을 발동하여 아무도, 미친 자조차도 찾을 수 없는 품 안 깊숙한 곳에 그를 감춰줄 것이었다.

디라는 스택을 지옥으로 데려갔다.

괜찮은 곳이었다.

따뜻하고 안전했으며 미친 자의 탐색에서 멀리 떨어져 있었다.

그리고 질병이 걷잡을 수 없이 맹위를 떨쳤다. 국가들은 무너지고, 대양이 끓어오르다가 차가워져서 거품에 뒤덮이고, 공기에는 먼지와 죽음의 증기가 들어차고, 살이 기름처럼 흐르고, 하늘은 컴컴해지고, 태양은 흐릿하게 둔해졌다. 지구가 신음했다.

식물은 고통에 시달리다가 자신을 먹어 치웠고, 짐승들은 불구가 되고 미쳐버렸으며, 나무들이 불타오르고 그 잿더미에서 유리질이 자라다가 바람에 산산이 부서졌다. 지구가 죽어가고 있었다. 길고 슬프고 고통스러운 죽음이었다.

지구 중심부의 안전한 곳에서는 네이선 스택이 자고 있었다. 「날 낯선 이들에게 두고 가지 마.」

하늘 높이, 까마득히 먼 별들 아래에서는 죽음새가 빙빙 돌면서 명령을 기다렸다.

# 18

제일 높은 곳에 다다르자 네이선 스택은 끔찍하게 몸을 태우는 한기와 흉포하게 모래를 갈아대는 악마의 바람 너머로 영원한 성역을 보았다. 그것은 영구한 대성당, 기억의 기둥, 완벽한 피난처, 축복의 피라미드, 창조의 장난감 가게, 구제의 금고, 열망의 기념비, 사상의 그릇, 경이의 미로, 절망의 안치대, 선언의 발언대이자 최후의 시대를 굽는 가마였다.

별 첨탑까지 올라가는 비탈 위에서 그는 이곳에 거주하는 이의 집을 보았고(너울거리며 번득이는 빛, 이 황량한 행성 저편에서도 볼 수 있을 만한 빛) 거주자의 이름이 무엇인지 의심했다.

갑자기 네이선 스택이 보는 모든 것이 붉어졌다. 마치 눈에 씌운 필터가 떨어져 내린 것처럼 너울거리는 빛도, 그들이 선 거대한 고원의 바위도, 뱀도 붉어졌고 그와 더불어 통증이 찾아왔다. 피에 불이라도 붙은 듯 끔찍한 아픔이 스택의 온몸을 관통했다. 그는 비명을 지르며 무릎을 꿇었다. 통증이 두뇌 속에서 탁탁 소리를 내며 모든 신경과 혈관과 신경절과 신경관을 따라갔다. 머리가 불타올랐다.

뱀이 말했다. 「싸워. 맞서 싸워!」

'난 못 해.' 스택의 정신이 소리 없이 비명을 질렀다. 통증이 너무 커서 말도 할 수가 없었다. 불이 혀를 날름거리며 뛰어올랐고, 그는 섬세한 사고 조직이 쪼그라드는 것을 느꼈다. 그는 얼음에 생각을 집중하려 해보았다. 그의 영혼이 연기를 피우며 그을리는 동안에도 구원을 찾아 얼음에, 얼음 덩어리에, 얼음 산에, 얼어버린 물속에 반쯤 파묻혀 헤엄치는 빙산에 매달렸다. 얼음! 그는 자신의 정신을 먹어 들어오는 불의 폭풍에 맞서 쏟아져 내리는 수백만 알갱이의 우박을 생각했고, 수증기가 확 오르더니 불길이 꺼지고, 한쪽 구석이 서늘해졌다…. 그리고 그는 그 구석에 단단히 틀어박혀서 얼음을, 얼음 덩어리와 얼음 무더기와 얼음 기념비를 생각하며 서늘하고 안전한 동그라미를 차츰 넓혔다. 불길이 물러나며 운하를 따라 돌아가기 시작했고, 그는 그 뒤로 얼음을 보내어 불길을 끄고, 얼음 속에 묻어버렸다. 차가운 물이 불길을 쫓아가며 몰아냈다.

눈을 떴을 때 그는 여전히 무릎을 꿇고 있었지만, 생각을 할 수 있었고 붉은 시야는 다시 정상으로 돌아왔다.

「그자는 다시 시도할 것이다. 너는 대비하고 있어야 한다.」

"나에게 다 말해줘! 알지도 못하고 이런 일을 겪을 순 없어. 도움이 필요해! 말해줘, 뱀. 지금 말해줘!"

「너 혼자서도 충분하다. 너에겐 그만한 힘이 있어. 내가 너에게 그 불꽃을 줬으니.」

…그리고 두 번째 혼란이 들이닥쳤다!

공기가 샤베라세로 변하더니 그는 턱에 물이 뚝뚝 떨어지는 더러운 로바 덩어리를 물고 있었다. 그 맛에 구역질이 났다. 그의 꼬투리들이 시들어 껍데기 속으로 말려들었고 뼈가 부서지는 가운데 그는 거의 하나처럼 빠르게 습격해온 일련의 고통에 울부짖었다. 달아나려고 해봤지만, 그의 눈은 그를 때려대는 빛 조각들을 확대했다. 안구 단면들이 갈라지면서 액이 부글부글 넘쳐나기 시작했다. 믿을 수 없을 정도로 고통스러웠다.

「맞서 싸워!」

스택은 몸을 굴리면서 땅을 만지려고 섬모를 배출했고, 그 순간 자신이 제대로 묘사할 수도 없는 다른 생명체의 눈을 통해 세상을 보고 있음을 깨달았다. 그러나 그는 광활한 하늘 아래 있었고 그 사실은 두려움을 일으켰다. 그는 치명적이 된 공기에 둘러싸여 있었고 그 사실은 두려움을 일으켰다. 눈이 멀고 있었고 그 사실은 두려움을 일으켰다. 그는… 그는 인간이었다… 다른 뭔가가 되는 감정에 맞서 싸우는… 그는 인간이었고 두려움을 느끼지 않을 것이다. 버텨 설 것이다.

그는 몸을 굴리고, 섬모를 거둬들이고, 꼬투리들을 내리려고 애썼다.

부러진 뼈가 서로 갈리며 통증이 온몸을 뒤흔들었다. 그는 억지로 그 고통을 무시했고, 마침내 꼬투리들이 내려가자 그는 숨을 쉬고 있었고 머리가 빙빙 돌았으며….

눈을 뜨자 그는 다시 네이선 스택이었다.

…그리고 세 번째 혼란이 들이닥쳤다.

절망.

그는 끝없는 절망에서 빠져나와 스택으로 돌아왔다.

…그리고 네 번째 혼란이 들이닥쳤다.

광기.

그는 격렬한 광기를 싸워 이기고 스택으로 돌아왔다.

…그리고 다섯 번째 혼란이, 여섯 번째가, 일곱 번째가, 전염병이, 회오리바람이, 악의 웅덩이가, 크기가 줄어들어 초현미경적인 지옥을 영원히 떨어지는 추락이, 안에서부터 그를 먹어 치우는 것들이, 그리고 열두 번째가, 그리고 마흔 번째가, 그리고 풀어달라는 그의 목소리가, 언제나 곁에서 속삭이는 뱀의 목소리가 들렸다. 「맞서 싸워!」

마침내 혼란이 멈췄다.

「어서, 빨리.」

뱀이 스택의 손을 잡고 반쯤 질질 끌면서 비탈길에 서서 별 첨탑 아래 찬연히 반짝이는 거대한 빛과 유리의 궁전을 향해 달렸고, 그들은 반짝이는 금속 아치 아래를 통과하여 승천의 홀로 들어갔다. 뒤에서 입구가 닫혔다.

벽이 진동했다. 보석을 아로새긴 바닥이 우르르 떨리기 시작했다. 까마득히 높은 천장 조각들이 떨어지기 시작했다. 궁전이 무시무시하게 전율하더니 사방에서 무너져 내렸다.

뱀이 말했다. 「지금이야. 이제 너는 모든 것을 알게 될 거야!」

그리고 모든 것이 떨어지기를 잊었다. 궁전의 잔해는 떨어지다 말고 허공에 얼어붙었다. 공기도 휘몰아치기를 그만두었다. 시간이 정지했다.

지구의 움직임이 멈췄다. 모든 것이 완전히 정지한 채로, 네이선 스택이
전부 다 이해하기를 기다렸다.


# 19

## 복수 응답 가능

(최종 점수의 ½에 해당)


1. 절대신은:

    A. 긴 수염을 기른 보이지 않는 신령이다.

    B. 구덩이 속에 죽어 누운 작은 개다.

    C. 모든 사람이다.

    D. 오즈의 마법사다.


2. 니체는 "신은 죽었다."고 썼다. 니체가 이 말을 한 의미는:

    A. 삶은 무의미하다.

    B. 최고신에 대한 믿음은 쇠퇴했다.

    C. 애초에 신 같은 것은 없었다.

    D. 그대가 곧 신이다.


3. 생태학의 다른 이름은:

    A. 어머니의 사랑

    B. 깨우친 이해타산

    C. 그라놀라를 넣은 건강 샐러드

    D. 신

4. 다음 구절 중 어느 것이 가장 심원한 사랑을 가장 전형적으로 표현하는가:

    A. 날 낯선 이들에게 두고 가지 마.

    B. 사랑해.

    C. 신은 사랑이다.

    D. 주사기를 써.

5. 우리는 다음 능력 중에 어느 것을 보통 절대신과 결부 짓는가?:

    A. 힘

    B. 사랑

    C. 인간성

    D. 온유함

# 20

위의 것들 중 아무것도 없다.

죽음새의 눈에 별빛이 반짝였고, 밤을 가로지르는 죽음새의 경로가 달에 그림자를 드리웠다.

# 21

네이선 스택이 두 손을 들어 올리자, 궁전이 무너져 내리며 주위 공기가 잔잔해졌다. 그들은 아무 해도 입지 않았다. 「이제 너는 알아야 할 것을 모두 알았다.」뱀이 말하며 마치 숭배하는 자세처럼 한쪽 무릎을 꿇었다. 그곳에 숭배할 대상이라고는 네이선 스택밖에 없었다.

"그자는 늘 미쳐 있었나?"

「처음부터 그랬지.」

"그렇다면 그자에게 우리 세계를 준 자들도 미쳤고, 그 결정을 받아들인 너희 종족도 미쳤군."

뱀은 아무 대답도 하지 않았다.

"이렇게 될 일이었는지도 몰라." 스택이 말했다.

그는 손을 아래로 뻗어 '뱀'을 일으켜 세우고, 그림자 생물의 매끄러운 삼각형 머리통을 건드리며 말했다. "친구."

뱀의 종족은 눈물을 흘릴 수 없었다. 「네가 도저히 알 수 없을 만큼 오랫동안 그 말을 기다렸어.」

"마지막에야 그 말이 나와서 미안하군."

「이렇게 될 일이었는지도 몰라.」

다음 순간 공기가 휘몰아치더니 무너진 궁전에 섬광이 번득이고, 그 산의 주인이자 폐허가 된 지구의 주인이 불타는 덤불 형태로 찾아왔다.

**'또냐, 뱀? 또 날 귀찮게 하는 거냐?'**

「장난감을 가지고 놀 시간은 끝났다.」

**'날 막겠다고 네이선 스택을 데려와? 그 시간이 언제 끝날지는 내가 정한다. 언제나 그랬듯이 내가 선언해.'**

그러고는 네이선 스택에게 이르기를:

**'가라. 내가 찾아갈 때까지 숨을 곳을 찾아라.'**

스택은 불타는 덤불을 무시했다. 그가 손을 휘젓자 그들이 서 있던 안전한 원뿔형의 공간이 사라졌다. "먼저 그자를 찾으면, 뭘 해야 할지 알겠지."

죽음새가 밤바람 속에서 발톱을 날카롭게 세우고는, 허공을 뚫고 지구의 잿더미를 향해 날아내렸다.

# 22

네이선 스택은 예전에 폐렴에 걸린 적이 있었다. 외과의사가 흉부 벽을 소절개 하는 동안 그는 수술대에 누워 있어야 했다. 그가 그렇게 고집스럽지만 않았어도, 폐 감염이 농흉을 일으키는 동안 밤낮으로 일을 계속하지만 않았어도 수술칼 아래에 놓일 필요는 없었으리라. 아무리 흉관삽입술처럼 안전한 수술이라고는 해도 말이다. 하지만 그는 스택 집안 사람이었고, 그래서 고무관이 흉막강 안에 고인 고름을 빼내기 위해 흉강 속으로 들어가는 동안 수술대에 누워 있었으며, 누군가가 이름을 부르는 소리를 들었다.

'네이선 스택.'

그는 까마득히 멀리서, 광활한 북극 너머에서 오는 그 소리를 들었다. 끝없는 복도를 메아리치고 또 메아리치는 그 소리를 들었다. 수술칼이 가슴을 자르는 동안에.

'네이선 스택.'

그는 어두운 와인색 머리채의 릴리스를 기억했다. 곰의 사체를 갈가리 찢고 있던 사냥꾼 동료들이 살려달라는 그의 신음 소리를 무시하는 가운데, 낙석에 깔려서 몇 시간 동안이나 죽어가던 일을 기억했다. 아쟁쿠르에서 죽을 때 쇠사슬 갑옷을 뚫고 가슴을 갈라놓은 노궁 화살의 타격을 기억했다. 머리 위까지 올라오던 오하이오의 얼음장 같은 물과, 친구들은 그가 사라졌다는 사실도 모른 채 배를 몰고 사라지던 일을 기억했다. 베르됭 근처 어느 농가를 향해 기어가려는 그의 폐를 먹어 치우던 머스터드 가스를 기억했다. 폭탄의 섬광을 똑바로 보고, 얼굴 살이 녹아내리던 느낌을 기억했다. 뱀이 회의실에 찾아와서 옥수수 껍질을 벗기듯 몸에서 빼냈던 일을 기억했다. 지구의 녹아내린 핵 속에서 잤던 25만 년을 기억했다.

사라져버린 세월 저편에서 자유를 달라고, 고통을 끝내달라고 간청하던 어머니의 목소리가 들렸다. '주사기를 써.' 어머니의 목소리가 살이 뜯겨 나가고 강이 먼지만 가득한 핏줄로 변하고 굽이치던 언덕과 초록색 들판들이 녹색 유리와 잿더미로 변하는 동안 끝없는 고통에 비명을 지르는 지구의 목소리와 뒤섞였다. 어머니의 목소리와 지구 어머니의 목소리가 하나가 되고, 그 목소리가 합쳐지면서 네이선 스택이 지구의 말기 증상을 끝낼 수 있는 유일한 사람이라고, 이 세상에 남은 마지막 사람이라고 말하는 뱀의 목소리로 변했다.

바늘을 써. 고통에 빠진 지구를 안락사시켜줘. **'이제 지구는 너의 것이야.'**

네이선 스택은 자기 안의 힘을 확신했다. 신들이나 뱀이나 자기 창조물에게 핀을 꽂고 장난감을 망가뜨리는 미친 창조자들보다 훨씬 앞서는 힘이었다.

**'그렇게는 못 해. 내가 그러게 두지 않아.'**

네이선 스택은 분노에 차서 무력하게 타닥거리는 불타는 덤불 주위를 돌았다. 그는 그 덤불을 보며 연민마저 느꼈다. 안개와 번갯불 속에 거대하고 불길한 머리통을 띄워놓고, 커튼 뒤에 숨어서 다이얼을 돌리며 효과를 조작하던 불쌍한 작은 남자였던 오즈의 마법사가 떠올랐다. 스택은 릴리스를 그에게서 빼앗아 가기 전부터 그의 종족을 노예로 삼고 있었던 이 서글프고 불쌍한 존재보다 자신의 힘이 더 크다는 사실을 알고, 불타는 덤불 주위를 돌았다.

그리고 자신의 이름을 큰 글자로 강조했던 미친 자를 찾아 나섰다.

# 23

자라투스트라는 아무도 만나지 않고 홀로 산에서 내려갔다. 하지만 숲에 들어서자 갑자기 그 앞에 한 노인이 서 있었다. 숲속의 뿌리채소를 찾으려 성스러운 오두막을 나선 노인이었다. 그리하여 노인이 자라투스트라에게 말하기를:

"이 방랑자는 나에게 낯선 인물이 아니로군. 오래전에 이 길을 지나갔었지. 자라투스트라라고 했는데, 변했군. 그 시절에 자네는 자신의 재를 산으로 들고 갔어. 이제는 자신의 불을 들고 계곡으로 가는 건가? 방화범으로 처벌받을 게 두렵지는 않나?

자라투스트라는 변했네. 자라투스트라는 어린아이가 되었어. 자라투스트라는 각성한 자야. 아직 잠든 사람들 사이에서 뭘 원하나? 자네는 바다와 같은 고독 속에 살았고, 그 바다가 자네를 실어 날랐지. 안타깝구나, 이제 해안을 오르려는가? 안타깝구나, 다시 제 몸을 끌고 다니려는가?"

자라투스트라가 답하기를: "나는 인간을 사랑합니다."

그러자 성인이 물었다. "내가 왜 숲속에 들어가고 사막에 들어갔을까? 그것 또한 내가 인간을 지나치게 사랑해서가 아니었던가? 이제 나는 신을 사랑하네. 인간은 사랑하지 않아. 나에게 인간은 너무 불완전한 존재라네. 인간에 대한 사랑이 나를 죽일 것이야."

"그러면 성인께서는 숲속에서 무엇을 하십니까?" 자라투스트라가 물었다.

성인이 답하기를: "나는 노래를 짓고 부르네. 그리고 노래를 지을 때는 웃고 울고 흥얼거리지. 그렇게 신을 찬미한다네. 노래와 울음과 웃음과 흥얼거림으로 나의 신인 그 신을 찬양한다네. 하지만 자네는 나에게 무엇을 선물로 가져왔나?"

자라투스트라는 이 말을 듣자 성인에게 작별 인사를 하고 말하기를:

"제가 드릴 수 있는 게 무엇이겠습니까? 오히려 제가 뭔가 빼앗지 않도록, 빨리 떠나게 해주시지요!" 그렇게 해서 노인과 남자는 두 소년처럼 웃으며 헤어졌다.

그러나 자라투스트라는 혼자가 되자 마음속으로 말했다. "이럴 수가 있나? 숲속의 이 늙은 성자는 아직 신이 죽었다는 사실을 듣지 못했구나!"


# 24


스택은 마지막 순간에 숲속에서 헤매고 있던 미친 자를 찾아냈다. 늙고 지친 남자였고, 스택은 손짓 한 번으로 이 신을 끝내버릴 수 있음을 알았다. 하지만 그럴 이유가 뭐란 말인가? 복수하기에도 너무 늦어버렸다. 처음부터 너무 늦었다. 그래서 그는 그 노인이 짜증 내는 아이의 목소리로 '내가 그러게 두지 않아'라고 혼자 중얼거리면서 숲속에서 헤매게 내버려두었다. 애처로운 중얼거림. '아, 제발요. 아직 자고 싶지 않아요. 아직 더 놀고 싶단 말이에요.'

그리고 스택은 인간의 역사 내내 숭배했던 신보다 스택 자신이 더 강력하다는 사실을 알 때까지 그를 보호하고 기능을 다했던 뱀에게 돌아갔다. 그는 뱀에게 돌아갔고, 그들의 손이 맞닿으며 마지막에 가서야 친구의 유대를 확인했다.

그 후에 그들은 함께 일했고, 네이선 스택이 손짓으로 주사기를 썼다. 지구는 끝없는 고통이 끝나자 안도의 한숨조차 내쉴 수 없었으나… 한숨을 내쉬었고, 자리를 잡았다. 녹은 핵이 꺼지고, 바람이 잦아들고, 까마득히 위에서 뱀의 마지막 행동이 이루어지는 소리가 들렸다. 죽음새가 내려오는 소리였다.

"네 이름이 뭐였지?" 스택은 친구에게 물었다.

'디라.'

그리고 죽음새가 지친 지구 위로 날아와서 날개를 활짝 펴더니, 그 날개를 내려 어머니가 피곤한 아이를 감싸듯 지구를 감싸안았다. 디라는 어둠에 덮인 궁전의 자수정 바닥에 편안히 자리를 잡고 감사하며 외눈을 감았다. 마지막에 이르러 드디어 잠들기 위해.

이 모든 광경을 네이선 스택은 서서 지켜보았다. 마지막으로 끝까지 남은 인간이었기에, 그리고 알기만 했더라면 처음부터 그의 것이었을 지구를 마지막 몇 분간이나마 소유하고 있었기에, 잠들지 않고 서서 지켜보았다. 종말에 이르러서야 겨우 자신이 사랑했고 아무것도 잘못하지 않았음을 알았기에.

# 25

죽음새가 날개로 지구를 단단히 감싸자 마침내 죽은 잿더미 위에 웅크린 거대한 새밖에 남지 않았다. 그러자 죽음새는 별이 가득한 하늘로 고개를 들어 올리고 지구가 마지막에 느꼈던 상실의 한숨 소리를 반복했다. 그런 다음 죽음새는 눈을 감고 날개 아래 조심스럽게 고개를 처박았다. 사위가 밤이 되었다.

머나먼 곳에서는 별들이 죽음새의 울음소리가 닿기를 기다렸다. 종말에 이르러, 마침내 인간 종족의 마지막 순간을 관찰할 수 있도록.

# 26

이 글을 마크 트웨인에게 바친다.

# THE WHIMPER OF WHIPPED DOGS

## 매 맞는 개가 낑낑대는 소리

✦

신해경 옮김

새로 이사 온 이스트 52번가 아파트 창문에 달린 미늘 판자 덧문을 칠한 다음 날 밤, 베스는 건물 안마당에서 어떤 여자가 칼에 찔려 천천히, 그리고 끔찍하게 죽는 광경을 보았다. 그녀는 그 잔인한 장면을 본 스물여섯 명의 목격자 중 하나였지만, 다른 이들과 마찬가지로 살인을 막기 위한 일은 아무것도 하지 않았다.

그녀는 잠깐 한눈을 팔거나 시야를 가리거나 하는 일도 없이 그 장면 전부를, 그 장면의 모든 순간을 보았다. 상당히 흥분한 그녀의 마음속에 자신이 겁에 질리긴 했지만 그 장면에 매혹됐다는 생각이 피어올랐다. 자신이 무대뿐만 아니라 관객들의 반응도 지켜볼 수 있도록 커튼으로 가린 특별석을 둔 코메디 프랑세즈 극장을 설계하면서 나폴레옹이 추구했던 그런 놀라운 관찰자적 시각을 유지하고 있다는 생각도 머리를 스쳤다. 그날 밤은 맑았고, 보름달이 떴다. 그녀는 2번 채널에서 방송하는 11시 반 영화를 두 번째 중간광고까지만 보고 막 끈 참이었다. 로버트 테일러가 나오는 〈서쪽으로 가는 여자들〉은 이미 본 영화인데다 처음 봤을 때도 별로 마음에 들지 않았었다. 당연히 아파트 안은 상당히 어두웠다.

그녀가 잠자리에 들기 전에 창을 한 뼘쯤 열어놓으려고 창가로 갔는데, 그 여자가 비틀거리며 안마당으로 들어오는 게 보였다. 여자는 오른손으로 왼팔을 부여잡은 채 벽을 따라 미끄러졌다. 안마당에는 전기회사에서 설치해놓은 수은등이 있었다. 7개월 사이에 16건의 폭행 사건이 있었기 때문이었다. 안마당을 비추는 싸늘한 자주색 빛 탓에 여자의 왼팔에서 줄줄 흐르는 피가 검게 반짝이는 것처럼 보였다. 베스는 텔레비전 광고에서 그렇듯이 과다 노출된, 천 배로 확대된 확대경 상을 보는 것처럼 모든 장면을 낱낱이, 너무나 선명하게 지켜보았다.

여자가 비명을 지르려는 듯이 고개를 젖혔지만, 소리는 나오지 않았다. 들려오는 소리라곤 그저 1번가의 차 소리뿐. 맥스웰즈 플럼이나 프라이데이스나 아담즈 애플 같은 근사한 바와 클럽으로 짝을 지어 이동하는 연인들을 실어 나르는 심야 택시들이었다. 하지만 그곳은 저 너머였다. 여자가 있는 7층 밑 안마당 전체가 보이지 않는 역장(力場)에 갇혀 소리 없이 정지된 것처럼 보였다.

베스는 어두운 자기 아파트에 서 있었다. 문득 보니 창문은 활짝 열린 채였다. 낮은 창턱 너머에 아주 작은 발코니가 붙어 있긴 했지만, 지금 발코니의 연철 난간과 아래 안마당 사이에는 시야를 가로막는 유리조차 없이 그저 7층의 높이만 있을 뿐이었다.

여자가 여전히 고개를 뒤로 젖힌 채 비틀거리며 벽에서 몸을 뗐다. 30대 중반 정도에 검은 머리를 층이 지게 자른 여자였다. 예쁜지 어떤지는 판단할 수 없었다. 공포로 이목구비가 뒤틀렸고, 입은 열렸지만 아무런 소리도 내뱉지 못한 채 검은 틈새처럼 일그러졌다. 목에는 힘줄이 섰고, 한쪽 신발을 잃어버린 탓에 발걸음이 고르지 못해서 언제라도 보도에 거꾸러질 것만 같았다.

한 남자가 건물 모퉁이를 돌아 안마당으로 들어왔다. 어마어마하게 큰 칼을 들고 있었다. 아니 어쩌면 그냥 커 보였을 뿐인지도 모르겠다. 베스는 어느 해 여름에 메인주에 있는 호수에서 아버지가 썼던, 뼈로 만든 손잡이가 달린 생선용 칼을 떠올렸다. 톱니가 새겨진 20센티미터나 되는 날이 저절로 펼쳐지며 고정되는 칼이었다. 안마당에 선 검은 남자 형체의 손에 들린 칼도 그것과 비슷해 보였다.

남자는 그를 보고 달아나려는 여자에게 순식간에 달려들어 머리채를 움켜잡고는 고개를 뒤로 젖혔다. 이내 팔을 휘둘러 여자의 목을 그어버릴 태세였다.

그때 여자가 비명을 질렀다.

나가는 길을 못 찾고 반향실에 갇혀 미쳐버린 박쥐처럼 높고 날카로운 소리가 안마당을 채웠다. 비명이 울리고 또 울리고….

남자가 여자를 붙잡고 씨름하는 틈에 여자가 팔꿈치로 남자의 옆구리를 가격했다. 남자는 여자의 머리채를 움켜쥔 채 여자의 몸을 틀어 자신을 보호하려 했고, 끔찍한 비명 소리는 커지고 더 높아져 영원히 끝나지 않을 것만 같았다. 여자가 몸을 빼자 남자의 손아귀에는 뿌리까지 뽑힌 머리카락 한 움큼이 남았다. 여자가 몸을 돌리는 찰나에 남자가 그대로 팔을 휘둘렀다. 여자의 가슴 바로 밑이 갈라졌다. 옷 위로 피가 쏟아지면서 남자에게 튀었다. 그 탓에 남자는 더욱 광포해지는 듯했다. 남자가 다시 여자를 덮쳤다. 몸통을 감싼 여자의 팔 위로 피가 콸콸 쏟아져 내렸다.

여자는 뛰어보려 했고, 벽에 기댄 채 남자의 칼을 피해 옆으로 몸을 숙였다. 칼이 벽돌담을 쳤다. 여자가 몸을 떼고 휘청거리며 꽃밭으로 가더니 무너지듯이 무릎을 꿇었다. 남자가 다시 여자에게 몸을 날렸다. 자주색 불빛 탓에 기묘해 보이는 날이 번득이는 호를 그리며 치켜 올라갔다. 그리고 여자는 여전히 비명을 지르고 있었다.

아파트 십여 채에 불이 켜지고, 사람들이 창문가에 나타났다.

남자는 손잡이만 남을 정도로 깊숙하게 칼을 여자의 등에, 오른쪽 어깨에 박아 넣었다. 두 손으로 손잡이를 잡은 채였다.

베스는 날카로운 섬광처럼 이 모든 장면을 기억했다. 남자, 여자, 칼, 피, 창가에서 바라보는 이들의 얼굴에 드러난 표정들. 창문들을 밝힌 불빛이 꺼졌다. 그렇지만 사람들은 여전히 가만히 서서 지켜보고 있었다.

베스는 소리를, 비명을 지르고 싶었다. '그 여자한테 무슨 짓을 하는 거야?' 하지만 그녀의 목구멍은 얼어붙었다. 만 년 동안 드라이아이스에 잠겼던 강철 손 두 개가 목을 꽉 조이는 것만 같았다. 베스는 자기 몸을 찔러 들어오는 칼날이 느껴지는 것 같았다.

저 밑에서는 불가능해 보이는 일이 일어나고 있었다. 여자가 어떻게 했는지 가까스로 일어서서 자기 몸에 박힌 칼을 빼냈다. 세 걸음. 여자는 세 걸음을 걷고 다시 꽃밭에 쓰러졌다. 그때 남자가 배 속에서 끓어오르는 뭔가 의미 없는 소리를 내며 거대한 짐승처럼 울부짖었다. 남자가 여자 위로 몸을 숙였고, 칼이 치켜 들렸다가 내리꽂혔고, 또 한 번, 또 한 번, 마침내 반복되는 격한 동작만이 남았다. 미친 박쥐 같은 여자의 비명은 계속되다가 희미해졌고, 그러다가 사라졌다.

베스는 깜깜한 창가에 서서 온통 공포로 가득 찬 눈 앞의 광경을 보며 덜덜 떨면서 울었다. 그리고 저 밑에서 움직이지 않는 고깃덩어리에 대고 남자가 하는 짓을 더는 지켜볼 수 없게 되자 그녀는 고개를 들어 깜깜한 창문들을 둘러보았다. 자신과 마찬가지로 다른 사람들도 여전히 창가에 서 있었다. 수은등이 뿜어내는 멍 자국 같은 희미한 자주색 빛으로 그럭저럭 사람들의 얼굴을 알아볼 수 있었다. 사람들의 표정에는 전반적인 공통점 같은 것이 있었다. 남편의 팔뚝을 꽉 움켜쥐고 선 여자들은 한쪽 입가로 혀를 빼물었다. 남자들은 흉포한 눈으로 미소를 지었다. 다들 닭싸움이라도 보는 듯했다. 그들은 심호흡을 하면서 밑에서 벌어지는 소름 끼치는 광경으로부터 뭔가 삶의 자양분 같은 걸 끌어내 들이마시는 중이었다. 땅속 동굴에서 나오는 것처럼 깊고 깊은 숨소리들. 창백하고 축축한 피부들.

안마당에 안개가 차오르는 걸 알아챈 게 그때였다. 밑에서 벌어지는 일의 세세한 부분을 가리려고 이스트강의 안개가 52번가까지 밀려오기라도 한 것 같았다. 칼을 든 남자는 여전히… 끝도 없이… 재미라곤 이미 오래전에 없어졌는데도… 여전히 그 짓을… 하고 또 했다.

하지만 그 안개는 뭔가 이상했다. 짙은 회색 안개에 아주 미세한 불빛들이 가득 차 있었다. 그녀는 안개가 안마당의 빈 공간을 채우며 올라오는 것을 지켜보았다. 성당 안을 울리는 바흐의 선율, 진공의 공간을 채우는 별의 먼지 같았다.

베스는 눈을 보았다.

거기, 거기 높은 곳, 9층 위의 허공에 밤과 달만큼이나 확실한 두 개의 거대한 눈이 있었다. 그건 눈이었다. 그리고, 저건 혹시 얼굴? 저건 얼굴일까? 맞나? 아니면 내가 상상하는 걸까… 저 얼굴을? 미친 듯이 소용돌이치는 차가운 안개 입자들 속에 뭔가 살아 있는 것이, 뭔가 음침하고 침착하고 완전히 악의적인 뭔가가, 저 아래 꽃밭에서 벌어지는 일을 목격하기 위해 소환된 뭔가가 있었다. 베스는 시선을 돌리려 애썼지만 그럴 수 없었다. 그 눈, 심연처럼 오래되었지만 어린아이의 눈처럼 깜짝 놀랄 만큼 밝고 열의에 차 이글대는 그 원초적인 눈. 무덤처럼 깊은, 낡고도 새로운 눈. 깊은 틈새를 담고 이글대는, 심연처럼 깊은 거대한 눈이 그녀를 사로잡고 놓아주지 않았다. 저 아래의 그림자 연극은 창가에 서서 만끽하는 세입자들뿐만 아니라 누군가 '다른 존재'를 위해 준비된 것이었다. 얼어붙은 툰드라나 황폐한 황무지가 아닌, 지하 동굴이나 어딘가 죽어가는 항성을 도는 먼 행성이 아닌, 여기 이 도시, 이곳에서 그 '다른 존재'의 눈이 지켜보고 있었다.

덜덜 떨 정도로 애를 쓰면서 베스는 거기 9층 위에서 불타는 눈으로부터 겨우 시선을 돌려 그 다른 존재를 불러온 공포의 현장을 다시 보았다. 그리고 그녀는 그제야 자신이 얼마나 장엄한 장면을 목격하고 있는지 깨닫고는 실러캔스를 가둔 이판암처럼 자신을 옭아맸던 마비에서 풀려났다. 그녀의 마음속 점막은 우레처럼 몰아치는 피로 가득 찼다. 그녀는 거기 서 있었다! 그녀는 아무것도, 아무것도 하지 않았다! 한 여자가 도살됐지만, 그녀는 아무 말도 하지 않았고, 아무것도 하지 않았다. 눈물

은 아무 쓸모도 없고, 떨림은 아무 의미도 없고, 그녀는 '아무것도 하지 않았다!'

그때 폭소와 낄낄거림의 중간쯤 되는 신경질적인 소리가 들렸다. 안개와 밤의 굴뚝 연기 가운데에 솟아오른 그 거대한 얼굴로 시선을 돌리던 베스는 바로 자신이 그 미친 긴팔원숭이 같은 소리를 내고 있다는 사실과 아래의 남자에게서 매 맞는 개들이 낑낑거리는 것 같은 애처롭고 궁지에 몰린 소리가 들린다는 사실을 알아차렸다.

그녀는 다시 그 얼굴을 올려다보았다. 그걸 다시 볼 생각은 아니었다. 절대 아니었다. 하지만 그녀는 그 이글대는 눈에 사로잡혀 꼼짝하지 못했다. 그녀는 그 눈이 어린아이의 눈 같다고 느끼는 자신을 억눌렀다. 그 눈이 상상도 할 수 없을 정도로 오래됐다는 걸 그녀는 알았다.

그때 아래의 도살자가 차마 말로 표현할 수 없는 짓을 했고, 베스는 어지러워 비틀거리며 발코니로 넘어지지 않도록 창틀을 붙잡았다. 그녀는 몸을 지탱하면서 힘겹게 숨을 쉬었다.

그녀는 자신이 관찰당하는 걸 느꼈다. 두려움에 떨었던 그 얼어붙은 긴 공포의 시간 동안 그녀가 저 안개 속에 뜬 얼굴의 주목을 끌었을지도 모른다. 모든 것이 멀어지면서 어둑해지는 것 같아 그녀는 창문에 매달린 채 건너편 아파트를 똑바로 바라보았다. 그녀는 관찰당하고 있었다. 그것도 아주 면밀하게. 맞은편 7층 아파트에 사는 젊은 남자가 그녀를 지켜보고 있었다. 찬찬히, 그가 그녀를 쳐다보았다. 이상한 안개에 휩싸인 그 불타오르는 눈이 아래에서 벌어지는 광경으로 잔치를 벌이는 동안 그는 그녀를 쳐다보고 있었다.

시야가 어두워진다고 느끼는 사이, 무의식이 몰려오기 직전에, 그의 얼굴에 뭔가 끔찍하게 낯익은 점이 있다는 생각이 번쩍 그녀의 머리를 스쳤다.

＊

다음 날에는 비가 왔다. 이스트 52번가는 미끈거렸고 무지갯빛 기름 막으로 빛났다. 비가 개똥을 길가 도랑으로 씻어내리고 하수구 거름망으로 밀어 내렸다. 사람들은 허둥대는 거대한 검은 버섯들처럼 우산 아래 숨은 채 들이치는 비를 향해 몸을 숙였다. 경찰이 왔다 간 후에 베스는 신문을 사러 나갔다.

신문 기사들은 지칠 줄 모르고 맨해튼 포트워싱턴가 455번지에 거주하는 리오나 시아렐리(37세)가 수차례 칼에 찔려 숨지는 동안 냉정한 관심을 보이며 지켜보기만 했던 한 건물 26가구 세입자들의 행태를 충실하게 강조했다. 실직한 전기공인 가해자 버튼 H. 웰스(41세)는 피투성이인 채로 나중에 경찰이 살인 무기라고 확인해준 칼을 휘두르며 55번가 어느 술집에 난입했다가 마침 비번이라 그곳에 있던 경찰관 두 명에게 사살되었다.

그녀는 그날 두 번 토했다. 위장이 덩어리가 있는 건 아무것도 받아들이지 못하는 것 같았고, 담즙 맛이 혀뿌리에 감돌았다. 그녀는 지난밤에 본 광경을 머릿속에서 지울 수가 없었다. 그녀는 그 장면을 다시, 또다시, 기억을 계속 되풀이하듯이 그 악귀의 팔이 휘둘리는 모든 순간을 자꾸만 자꾸만 되새겼다. 여자가 소리 없는 비명을 지르며 고개를 뒤로 젖혔다. 그 피. 안개 속에 있던 그 눈.

그녀는 자꾸만 창가로 이끌려 안마당과 거리를 내려다보았다. 그녀는 황량한 맨해튼의 콘크리트 풍경 위에 베닝턴 대학 기숙사인 스완하우스 창문으로 보이던 풍경을 겹쳐보려 했다. 작은 뜰과 또 한 채의 하얀 기숙사 건물과 환상적인 사과나무들, 그리고 다른 창문으로 보이던 나지막한 언덕들과 멋진 버몬트 시골 풍경들과 계절의 변화에 맞춰 뻗어가는 그녀의 기억들을. 하지만 거기엔 언제나 콘크리트와 비에 젖어 매끈한 거리들뿐이었고, 보도에 떨어지는 비는 피처럼 검게 빛났다.

그녀는 렉싱턴가에서 산 오래된 접뚜껑 책상의 덮개를 올리고 앉아 안무표를 들여다보며 일을 해보려 했다. 하지만 오늘 그녀에게 라반식 발레 표기법은 4년을 공부해 익힌, 그전에는 파밍턴 대학에서 배웠던 조심스러운 율동의 표시가 아니라 잭슨 폴록식으로 알아볼 수 없게 뒤범벅된 상형문자로 보일 뿐이었다.

전화벨이 울렸다. 언제쯤 새 일을 맡을 여유가 되는지 묻는 테일러 댄스 컴퍼니 비서의 전화였다. 그녀는 뭔가 변명을 대며 거절해야 했다. 그녀는 라반이 고안한 도표에 놓인 자기 손을 쳐다보았고, 손가락이 떨리는 걸 보았다. 그녀는 거절해야 했다. 그리고 그녀는 다운타운 발레 컴퍼니의 구즈먼에게 전화해 안무표가 늦어질 것 같다고 말했다.

"세상에, 이봐요, 여기 연습실에는 하는 일 없이 레오타드를 땀으로 적시는 춤꾼이 열 명이나 있어요! 대체 나보고 어쩌라는 겁니까?"

그녀는 전날 밤에 무슨 일이 일어났는지 설명했다. 그리고 그녀는 설명하면서 리오나 시아렐리의 죽음을 목격한 스물여섯 명의 시민을 비난하는 신문들의 어조가 상당한 공감대를 얻었다는 사실을 알아차렸다. 패스컬 구즈먼은 그녀의 설명을 귀담아들었다. 그가 다시 입을 열었을 때는 목소리가 몇 옥타브쯤 낮아졌고, 말도 훨씬 느려졌다. 그는 이해한다고, 좀 더 시간을 가지고 안무 대본을 준비해도 괜찮다고 말했다. 하지만 그의 목소리에서는 거리감이 느껴졌다. 그는 그녀가 감사의 말을 건네는 도중에 전화를 끊었다.

그녀는 짙은 자주색 아가일 무늬 스웨터에 카키색 개버딘 바지를 받쳐 입었다. 밖으로 나가야 했다. 좀 걸어야 했다. 무얼 하려고? 뭔가 다른 걸 생각해야 했다. 그녀는 프레드 브라운 통굽 힐을 신으면서 조지 젠슨 보석점 진열장에 아직도 그 묵직한 은팔찌가 있을까 멍하니 생각했다. 엘리베이터 앞에서 건너편 아파트에 사는 젊은 남자를 만났다. 그가 그녀를 뚫어지게 쳐다보았다. 베스는 다시 몸이 떨리기 시작하는 걸 느꼈다. 그가 뒤따라 엘리베이터를 타자 그녀는 제일 구석 자리로 몸을 피했다.

5층과 4층 사이에서 그가 정지 단추를 눌렀다. 엘리베이터가 덜컹거리며 섰다.

베스가 쳐다보자 그가 해맑게 웃었다.

"안녕. 전 글리슨이라고 합니다. 레이 글리슨. 714호에 살아요."

그녀는 다시 엘리베이터를 작동시키라고, 무슨 권리로 제멋대로 멈췄냐고, 무슨 의도로 그런 거냐고, 즉각 다시 작동시키라고, 그러지 않으면 대가를 치르게 될 거라고 말해주고 싶었다. 그녀는 그런 말을 하고 싶었다. 그러나 대신에 그녀는 지난밤에 끽끽거리는 웃음소리가 터졌던 바로 그곳에서 나오는 자신의 목소리를 들었다. 지금껏 애써 훈련해왔던 것보다 훨씬 작고 훨씬 덜 침착한 목소리가 말했다. "전 베스 오닐이라고 해요. 701호에 살아요."

중요한 건 엘리베이터가 멈췄다는 사실이다. 그녀는 겁에 질렸다. 하지만 아주 잘 차려입고 광을 낸 구두를 신은, 아마도 드라이어로 말렸을 머리를 잘 빗어넘긴 그가 판자를 댄 벽에 기댄 채, 둘이 어느 근사한 카페에서 마주 보고 앉기라도 한 것처럼 그녀에게 말을 걸었다. "이사 오신 지 얼마 안 됐죠, 그렇지 않아요?"

"두 달쯤 됐어요."

"어느 학교 다녔어요? 베닝턴 아니면 사라 로렌스?"

"베닝턴이에요. 어떻게 알았어요?"

그가 웃었다. 근사한 웃음이었다. "전 종교 서적 출판사에서 편집자로 일해요. 매년 베닝턴과 사라 로렌스와 스미스를 졸업한 여학생들이 대여섯 명씩 와요. 출판 산업계에 혁명을 일으키겠다는 각오를 단단히 하고 메뚜기떼처럼 몰려오는 거죠."

"그게 무슨 문제죠? 그들을 별로 좋아하지 않는 것처럼 말씀하시네요."

"아, 전 그들을 정말 좋아해요. 그들은 대단해요. 그들은 자기들이 우리 작가들보다 더 잘 쓰는 법을 안다고 생각해요. 한 맹랑한 꼬맹이한테 책 세 권을 교정 맡긴 적이 있는데, 세 권을 전부 다시 썼더군요. 지금은 어느 패스트푸드점에서 탁자나 닦고 있겠죠."

그녀는 대꾸하지 않았다. 누군가 다른 사람이 그런 말을 했더라면 여혐주의자라 못 박았을 것이다. 하지만 그 눈, 그의 얼굴에는 뭔가 끔찍하게 낯익은 것이 있었다. 그녀는 그 대화를 즐겼다. 그가 약간 좋아지기까지 했다.

"베닝턴에서 제일 가까운 대도시가 어디예요?"

"뉴욕주 올버니요. 대략 100킬로미터 정도예요."

"거기까지 차로 가면 얼마나 걸려요?"

"베닝턴에서요? 1시간 반 정도요."

"드라이브하기 좋았겠어요. 거기 버몬트 시골은 정말로 예쁘니까. 거기가 남녀공학이 된 것도 이해가 가요. 공학이 되고 나서는 어땠어요?"

"모르겠네요."

"모른다고요?"

"제가 졸업할 때쯤 일어난 일이라서요."

"뭐 전공했어요?"

"무용요. 라반식 표기법을 전공했고요. 무용을 표기하는 방식이에요."

"죄다 선택과목들만 있었을 거 같네요. 필수과목은 없고요. 예를 들어 과학 같은 거 말이에요." 그는 어조에 아무 변화도 없이 말했다. "어젯밤 일은 끔찍했어요. 전 당신이 보는 걸 봤어요. 이 아파트에 사는 많은 사람이 봤을 거예요. 정말로 끔찍한 일이었죠."

그녀가 멍하니 고개를 끄덕였다. 공포가 다시 살아났다.

"경찰들이 그놈을 죽였다고 들었어요. 미친 거 같아요. 그놈이 왜 그 여자를 죽였는지, 아니면 그놈이 왜 그 술집에 들어갔는지 모르는데 말이에요. 정말 끔찍한 일이에요. 조만간 같이 저녁이라도 먹었으면 하는데, 따로 만나는 사람이 없다면요."

"괜찮을 거 같군요."

"수요일 어때요? 제가 아는 아르헨티나 음식점이 있는데, 좋아할 거 같아요."

"괜찮을 거 같네요."

"엘리베이터를 다시 작동시키지 그래요. 우리 내려가야죠." 그가 말하고는 다시 미소를 지었다. 그녀는 애초에 그가 왜 엘리베이터를 중지시켰을까 의아해하면서 그 말에 따랐다.

✳

세 번째 데이트를 하다가 둘은 처음으로 싸웠다. 어느 텔레비전 광고 연출가가 연 파티에서였다. 광고 연출가는 같은 아파트 9층에 살았다. 그는 막 〈세서미 스트리트〉에 삽입되는 중간광고 시리즈를 끝낸 참이었고, 화려한 싸구려 상업광고 전쟁터(그 종사자는 1년에 75,000달러를 받음)에서 상냥한 교육프로그램 영역(그 종사자는 사회적 존경을 받는 저임금 노동자로 전락)으로 옮겨가는 걸 축하하는 중이었다. 베스는 그가 기뻐하는 논리를 완전히 이해할 수 없었고, 주방 한쪽 구석에서 그 문제를 제기했을 때 그가 했던 주장도 말이 안 되는 것 같았다. 하지만 그는 행복해 보였다. 다리가 긴 필라델피아 출신 전직 모델인 그의 여자 친구가 뭔가 정교한 바닷속 식물처럼 그에게 달라붙은 채 떨어졌다 싶으면 그의 머리를 만지고, 그의 목에 입을 맞추고, 자존심을 세워주는 말을 속삭이면서 딱히 성욕을 감추거나 하지도 않았다. 파티 참석자들은 모두 밝고 생기에 넘쳐 보였지만 베스는 당혹스러움을 감추지 못했다.

거실에서는 레이가 소파 팔걸이에 걸터앉아 루앤이라는 이름의 스튜어디스에게 작업을 걸고 있었다. 베스는 그가 작업을 거는 중이라고 확신했다. 그가 아무렇지 않게 보이려고 애썼으니까. 작업을 걸 때를 제외하면 그는 언제나 모든 것에 대해 긴장했다. 그녀는 무시하기로 마음먹고 진토닉을 홀짝대면서 아파트 안을 어슬렁거렸다.

벽에는 독일 달력에서 오려낸 추상화 그림을 끼운 액자들이 걸렸다. 현대적인 느낌의 금속 액자였다.

식당에는 겉면을 벗겨내고 윤을 낸 다음 근사하게 마감처리를 한, 이 도시 어딘가 철거된 건물에서 나온 거대한 문짝이 누워 있었다. 지금은 식탁이었다.

침대 위 벽에 붙은 장식용 조명은 접이식인데다 위아래 높이는 물론이고 각도도 조절됐는데, 그 윤기 나는 둥근 머리는 360도로 빙빙 돌았다.

그녀는 그곳 침실에 서서 창밖을 내다보다가 거기가 어젯밤 불이 켜졌다가 꺼진 방이라는 사실을 알아챘다. 리오나 시아렐리의 죽음을 지켜봤던 말 없는 주시자가 섰던 방들 중 하나였다.

그녀는 거실로 돌아와 더욱 조심스럽게 주변을 둘러보았다. 스튜어디스와 2층에서 온 젊은 부부, 헴필 출신 주식중개인인 노이스 같은 몇 명을 제외하면 파티에 모인 사람들 전원이 그 살해 현장의 목격자였다.

"나 그만 갔으면 해." 그녀가 레이에게 말했다.

"왜요, 재미없어요?" 스튜어디스가 완벽한 작은 얼굴에 꾸민 듯한 미소를 띠며 물었다.

"모든 베닝턴 출신 아가씨들과 마찬가지로." 레이가 베스를 대신해 대답하며 말했다. "이분도 전혀 즐기지 않음을 제일 즐기는 분이시죠. 꼼꼼한 기억력을 가진 사람들의 특징이기도 해요. 여기 다른 누군가의 아파트에 있으면 재떨이를 비우거나 길게 풀린 화장실 휴지를 다시 감을 수가 없으니까요. 그런데다 융통성이 없는 성격이라서 성정상 그런 걸 견디질 못하죠. 그래서 우리는 가야 하고요. 좋아, 베스, 이만 작별 인사를 하고 떠나자고. 환상 배변통이 또 도진 모양이니까."

베스가 그의 뺨을 후려치자 스튜어디스의 눈이 휘둥그레졌다. 하지만 미소는 원래 있던 곳에 그대로 얼어붙은 채 남았다.

다시 뺨을 후려치려는 그녀의 손목을 레이가 그러잡았다. "이런 병아리콩 같으니, 자기." 그가 필요 이상으로 억세게 그녀의 손목을 그러잡고서 말했다.

둘은 그녀의 아파트로 돌아와 주방 찬장을 꽝꽝 닫고 텔레비전 소리를 너무 크게 트는 것으로 소리 없는 다툼을 벌인 뒤 침대에 들었고, 그는 그녀의 항문에 자신의 성기를 삽입함으로써 그 행위가 가진 상징성을 영존시키려 했다. 그가 뭘 하려는 건지 그녀가 알아차리기 전에 그는 그녀를 엎어놓고 양 무릎과 양 팔꿈치로 내리눌렀다. 그녀는 돌아누우려 몸부림을 쳤고, 그는 소리 없이 몸을 뒤치고 꿈틀대는 그녀를 타고 앉았다. 그리고 그녀가 절대 그걸 허용하지 않으리라는 사실이 명확해졌을 때, 그는 엎어진 그녀의 가슴을 움켜잡고는 그녀가 고통에 찬 비명을 지를 정도로 꽉 쥐어짰다. 그는 그녀를 뒤집어 눕히고는 다리 사이에 자기 성기를 십여 차례 비비다 그녀의 배에 사정했다.

베스는 한쪽 팔로 얼굴을 가린 채 눈을 감고 누웠다. 울고 싶었지만 왠지 울 수가 없었다. 레이는 그녀 위에 엎드린 채 아무 말도 하지 않았다. 그녀는 당장 화장실로 달려가 샤워를 하고 싶었지만, 그는 정액이 둘의 몸에 말라붙고도 한참이 지나도록 움직이지 않았다.

"대학 때는 누구랑 사귀었어?" 그가 물었다.

"별로 사귄 사람 없어." 부루퉁한 목소리였다.

"윌리엄스대나 다트머스대에 다니는 부잣집 놈들과 진하게 놀아난 적이 없다고? 소름 끼치는 동성애에서 벗어날 수 있도록 네 끈적거리는 작은 구멍에다 자기 당근 좀 꽂게 해주면 안 되냐고 애걸하는 애머스트대 지성인들이 없었다고?"

"그만해!"

"이봐, 자기, 언제나 무릎 양말을 신은 걸스카우트였을 리는 없잖아. 자기가 이따금 입에 자지를 물지 않았을 거라고 내가 믿을 거라 기대하면 안 되지. 윌리엄스 타운까지는, 얼마였지, 고작 30킬로미터도 안 되잖아? 주말이면 윌리엄스대의 늑대들이 고속도로가 미어져라 네 보지로 몰려들었을 게 뻔해. 자상한 레이 삼촌한테는 다 털어놔도 돼."

"대체 왜 이러는 거야?!" 그녀가 그에게서 빠져나오려고 꿈틀거리기 시작하자 그가 그녀의 어깨를 눌러 다시 침대에 밀어붙였다. 그러고는 그녀 위로 몸을 굽히고 말했다. "내가 이러는 건 내가 뉴요커라서야, 자기. 내가 매일 이 좆 같은 도시에 살기 때문이야. 내가 파크가 277번지에 있는 종교 서적 전문 출판사에서 일하기 때문이지. 자신의 선함과 영적 밝음이 그 출판사에서 소책자로 출간되기를 바라는 성직자들과 독실한 체하는 목사 개자식들한테 맞장구를 쳐줘야 하기 때문이고. 내가 정말로 원하는 건 그 멍청한 〈시편〉 빼는 놈들을 37층 창밖으로 내던지고, 놈들이 떨어지면서 몇 장 몇 절이 어쩌고 주절대는 소리를 듣는 건데 말이야. 내가 이러는 건 달려들어 물어뜯는 거대한 개 같은 이 도시에서 평생을 살아왔기 때문이고, 내가 광대파리처럼 미쳤기 때문이야, 제기랄!"

그녀는 꼼짝도 못 하고 헐떡이며 누워 있었다. 갑자기 그에 대한 동정심과 애정이 몰려왔다. 그의 얼굴은 긴장한 채 하얗게 질렸다. 그녀는 그가 어쩌다 술을 과하게 마신데다 이런저런 조건이 딱 맞물리는 바람에 자신에게 그런 소리를 내뱉는다는 걸 알았다.

"내게서 뭘 바라?" 그가 말했다. 목소리는 조금 부드러워졌지만, 그렇다고 날이 무뎌진 건 아니었다. "친절함과 상냥함과 이해와 스모그 탓에 눈이 따끔거릴 때 손잡아주는 거? 난 못 해. 난 그런 거 없어. 이 뚱뚱 같은 도시에 그런 걸 가진 사람은 아무도 없어. 주위를 둘러봐. 여기서 무슨 일이 일어나는 거 같아? 상자 하나에 쥐를 너무 많이 넣으면 빌어 먹을 쥐새끼 몇이 미쳐서 나머지를 갉아 죽이기 시작하지. 여기도 다를 거 없어! 이 정신병원에서는 모두 쥐가 되는 거야. 지금처럼 이 콘크리트 공간 안에 이렇게 많은 사람을 욱여넣을 수 있다고는 아무도 생각 못 했겠지. 거기다 버스와 택시와 무서워서 쪼그라든 개들과 밤이고 낮이고 계속되는 소음과… 돈도 없고 살 집도 없고, 생각 좀 하러 갈 데도 없어. 뭔가 저주받은 이종의 존재가 태어나기 딱 좋은 때를 만들 수밖에 없다고! 주변의 모든 사람을 미워하고 모든 거지와 깜둥이와 혼혈 새끼들을 다 걷어차줄 순 없잖아. 택시 운전사들이 돈을 훔치고 요구할 자격도 없는 팁을 받아가면서도 저주를 퍼붓는 걸 그냥 둘 수는 없잖아. 옷깃이 까맣게 되고 몸에서 부서진 벽돌과 썩어가는 뇌수 냄새를 풍기면서 매연 속을 걸어 다닐 순 없잖아. 뭔가 끔찍한 걸 소환하지 않고는 견딜 수…."

그가 말을 멈췄다.

그의 얼굴에는 사랑하는 사람이 죽었다는 소식을 막 받아 든 사람의 표정이 서렸다. 그가 벌렁 누웠다가 돌아눕더니 입을 닫았다.

그녀는 전에 그 표정을 어디서 봤는지 필사적으로 떠올리려 애쓰면서 그의 옆에 누워 덜덜 떨었다.

＊

파티가 있던 밤 이후로 그는 전화하지 않았다. 그리고 복도에서 마주 쳤을 때는 마치 자신이 제공한 모종의 기회를 그녀가 거부하기라도 한 것처럼 티를 내며 외면했다. 베스는 자신이 상황을 이해했다고 생각했다. 레이 글리슨이 첫 애인은 아니었지만, 베스를 그처럼 철저하게 거부한 사람은 그가 처음이었다. 자기 침대와 자기 삶에서뿐만 아니라 자신의 세계에서까지 그녀를 쫓아낸 첫 번째 사람이었다. 그녀는 보이지 않는 사람이 된 것 같았다. 경멸을 받는 것을 넘어 그냥 그곳에 없는 존재가 된 듯했다.

그녀는 바쁘게 움직여야 하는 일들을 만들었다.

그녀는 구즈먼과, 다른 곳도 아닌 스태튼 아일랜드에 새로 구성된 한 단체가 의뢰한 안무 작업 세 건을 새로 받았다. 그녀는 미친 듯이 일했 고, 사람들은 그녀에게 새로운 일을 주었다. 심지어 보수도 주었다.

그녀는 아파트가 너무 꼼꼼하게 신경 써서 장식한 것처럼 보이지 않 도록 애썼다. 머스 커닝햄과 마사 그레이엄을 확대한 거대한 포스터는 대학 기숙사에서 윌리엄스 대학 방향으로 내려다보이던 언덕 밑 풍경을 연상시키는 브뤼헐 복제화로 대체했다. 그녀는 도살과 안개와 그 이상한 눈의 밤 이후 내내 가까이 다가가기를 꺼렸던 창 바깥의 작은 발코니를 쓸고 제라늄과 피튜니아와 소형 백일초와 몇 가지 내한성 다년생 식물을 심은 화분을 놓았다. 그러고 창문을 닫은 그녀는 정연하게 삶을 가꿔온 이 도시에 자신을 맡기러, 자신을 엮어 넣으러 나섰다.

그리고 도시는 그녀의 제의에 응답했다.

대학 때부터 알고 지낸 오랜 친구를 케네디 국제공항에서 배웅한 그녀는 샌드위치를 먹으러 공항 커피숍에 들렀다. 중앙의 조리 구역을 빙 둘러 해자처럼 카운터가 붙었고, 조리 구역 위에는 반들거리는 막대기에 고정된 거대한 광고판들이 붙었다. 광고판은 뉴욕이 즐거운 도시임을 역설했다. '뉴욕은 여름 축제 중'이라고 광고판은 말했다. 조셉 팹이 센트럴파크에서 셰익스피어를 공연한다고, 브롱크스 동물원에 가보라고, 여러 논란에도 불구하고 우리 사랑스러운 택시 운전사들을 아주 좋아하게 될 거라고, 광고판은 말했다. 조리 구역 저쪽에 난 구멍으로 나온 음식이 좋은 냄새를 풍기는 행주로 카운터를 훔치며 날카로운 소리를 질러대는 한 떼의 종업원들을 뚫고 천천히 컨베이어 벨트를 타고 움직였다. 그 식당은 철강 압연 공장에 버금가는 매력과 우아함을 지녔고, 소음 수준도 그에 상당했다. 베스는 1달러 25센트짜리 치즈버거와 우유 한 잔을 주문했다.

주문한 음식이 나왔는데, 차가웠다. 치즈는 녹지 않았고, 고기 패티는 굳이 따지자면 더러운 수세미를 닮았다. 빵은 차갑고 구워지지도 않았다. 패티 밑에는 양상추도 없었다.

베스는 어렵사리 어느 웨이트리스의 시선을 끌었다. 젊은 여자가 성가시다는 표정으로 다가왔다. "이 빵 좀 구워주시고, 양상추 한 조각 넣어주시면 안 될까요?" 베스가 말했다.

"우린 그렇게 안 해요." 웨이트리스가 벌써 반쯤 돌아서며 말했다.

"뭘 안 한다고요?"

"여기선 빵을 굽지 않아요."

"그렇군요. 하지만 전 빵을 구웠으면 좋겠어요." 베스가 단호하게 말했다.

"그리고 양상추를 추가하려면 돈을 내셔야 해요."

"제가 양상추 추가를 원하는 거라면." 베스가 점점 짜증을 내며 말했다. "돈을 내야겠죠. 하지만 여기엔 양상추가 없으니, 원래 있어야 할 것에 추가로 돈을 내야 할 것 같진 않은데요."

"우린 그렇게 안 해요."

웨이트리스가 다른 데로 걸어가기 시작했다. "잠깐만요." 베스가 말했다. 목소리가 높아진 탓에 컨베이어 벨트 양쪽에 앉은 사람들이 그녀를 쳐다보았다. "그쪽 얘기는 내가 1달러 25센트를 내야 하는데, 양상추 한 쪼가리는 고사하고 빵을 구워줄 수도 없다는 건가요?"

"그게 마음에 안 드신다면…."

"다시 가져가세요."

"돈은 내셔야 해요, 주문하셨으니까요."

"가져가라고 했어요. 이 빌어먹을 거 먹고 싶지 않다고요!"

웨이트리스가 전표에서 그 항목을 지웠다. 우유는 27센트였고, 상하기 시작하는 맛이 났다. 그때가 베스 인생에서 처음으로 '빌어먹을'이라는 단어를 큰 소리로 내뱉은 때였다.

베스는 셔츠 주머니에 펠트펜들을 꽂고 계산대에 서서 땀을 흘리는 남자에게 말했다. "그냥 궁금해서 그러는데, 고객 항의에 관심 있으세요?"

"아니요!" 그가 으르렁거리며, 정말 글자 그대로 으르렁거리며 말했다. 그가 고개를 들지도 않고 73센트를 찍자 반환구로 동전들이 굴러 나왔다.

도시는 그녀의 제의에 응답했다.

다시 비가 내렸다. 그녀는 건널목의 녹색 신호를 보고 막 2번가 대로를 건널 참이었다. 연석에서 발을 떼는데 차 한 대가 빨간불을 무시하고 미끄러지듯 달려오면서 그녀에게 물을 튀겼다. "이봐요!" 그녀가 소리를 질렀다.

"엿이나 먹어!" 운전자가 맞받아 소리치며 모퉁이를 돌았다.

부츠와 다리와 외투에 진흙이 튀었다. 그녀는 연석에 선 채 부들부들 떨었다.

도시는 그녀의 제의에 응답했다.

그녀는 안무 대본이 잔뜩 든 커다란 서류 가방을 들고 맨해튼 중심가 어느 빌딩에서 나왔다. 그녀는 잠시 머리에 두른 방수 스카프를 바로잡는 중이었다. 서류 가방을 든 잘 차려입은 남자 하나가 뒤에서 우산 손잡이를 그녀의 다리 사이에 찔러넣고 들어 올렸다. 그녀는 기겁했고, 그 바람에 가방을 놓쳤다.

도시는 응답했고, 응답했고, 응답했다.

그녀의 제의는 재빨리 바뀌었다.

얼굴이 불콰해진 늙은 취객이 손을 뻗으며 뭐라고 웅얼거렸다. 그녀는 그를 저주하며 포르노 영화 상영관들을 지나쳐 브로드웨이로 걸어갔다.

그녀는 파크대로에서 파란 불을 보고 건널목을 건넜다. 택시 운전사들이 자칫하면 그녀를 칠 기세로 급브레이크를 밟아댔다. 그녀는 이제 '빌어먹을'이라는 단어를 자주 입에 올리게 되었다.

자신이 혼자 술 마시는 사람들을 위한 바에서 옆에 팔꿈치를 세우고 앉은 남자와 술을 마시는 중이라는 사실을 깨달았을 때, 그녀는 문득 어지러워졌다. 집에 가야 했다.

하지만 버몬트는 너무 멀었다.

＊

그러고 한참 시간이 지났다. 그녀는 링컨센터에서 발레 공연을 보고 돌아와 곧장 침대로 향했다. 침실에서 반쯤 잠이 들었는데 어디선가 이상한 소리가 들렸다. 벽을 사이에 두고 맞닿은 깜깜한 거실에서 나는 소리였다. 그녀는 살며시 침대에서 일어나 두 방을 연결하는 문으로 갔다. 그녀는 거실 바로 안쪽에 있는 전등 스위치를 조용히 손으로 더듬어 찾아서 켰다. 가죽 반코트를 입은 흑인 하나가 막 아파트에서 나가려던 참이었다. 불빛이 거실을 밝히자 놈이 가지고 나가려고 문가에 놓아둔 텔레비전이 보였다. 보안성을 자랑한다는 보조 자물쇠와 잠금쇠가 모종의 방법으로 부서진 것도 보였다. 아파트 절도에 관한 특집 기사를 낸 〈뉴욕 매거진〉에서도 미처 고발하지 못한 새롭고도 참신한 방법이었다. 그녀는 도둑의 발에 전화선이 걸린 걸 보았다. 샤워 때문에 업무 관련 전화를 놓치기 싫으니 전화기를 욕실에 들고 갈 수 있도록 특별히 길게 설치해달라고 했던 전화선이었다. 이 모든 것이 한눈에 들어왔다. 그리고 한 가지가 더 지독할 정도로 선명하게 눈에 들어왔다. 그 도둑의 얼굴에 드러난 표정이었다.

그 표정에는 뭔가 낯익은 게 있었다.

현관문을 거의 연 상태였던 도둑이 다시 문을 닫고 보조 자물쇠를 채웠다.

도둑이 그녀 쪽으로 한 발을 떼었다.

베스는 뒤로 물러나 캄캄한 침실로 들어갔다.

도시는 그녀의 제의에 응답했다.

그녀가 침대 머리 쪽 벽을 등지고 섰다. 어둠 속에서 그녀의 손이 전화기를 찾아 더듬거렸다. 도둑의 형체가 문간을 채웠다. 빛은, 모든 빛은 도둑의 뒤에 있었다. 윤곽만 보아서는 알 수 없을 게 분명한데도 어쩐지 그녀는 도둑이 장갑을 끼어서 남는 흔적이라고는 예정된 경로로의 순환을 멈춘 피 색깔이 비치는 거의 검정에 가까운 시퍼런 멍뿐일 것임을 알았다.

도둑이 아무렇지도 않게 팔을 늘어뜨린 채 그녀에게 다가왔다. 침대를 넘어가려는 그녀를 놈이 뒤에서 덥석 붙잡는 바람에 나이트가운이 찢어졌다. 놈은 한 손으로 그녀의 목을 쥐고 뒤로 잡아당겼다. 그녀가 침대에서 떨어져 놈의 발치에 나동그라지자 그녀를 잡았던 손이 풀렸다. 그녀는 정신없이 바닥을 기었다. 잠시 공포를 느낄 짬이 생겼다. 난 죽을 것이다. 그녀는 겁에 질렸다.

놈이 벽장과 옷장 사이 구석에 그녀를 몰아넣고는 발로 찼다.

놈의 발이 무릎을 세우고 몸을 단단히 더 조그맣게 만 그녀의 허벅지를 때렸다. 그녀는 추웠다.

그러고는 놈이 두 손을 뻗어 그녀의 머리채를 휘어잡고 일으켜 세웠다. 놈이 그녀의 머리를 벽에 내려쳤다. 주변의 모든 것이 세상의 끝으로 도망가는 것처럼 그녀의 시야에서 미끄러져 사라졌다. 놈이 그녀의 머리를 다시 한번 벽에 박았고, 그녀는 오른쪽 귀 위쪽의 뭔가가 깨지는 것을 느꼈다.

놈이 세 번째로 벽에다 그녀의 머리를 박으려 할 때 그녀는 놈의 얼굴쪽으로 마구잡이로 팔을 뻗어 손톱으로 긁어내렸다. 놈이 고통에 찬 비명을 질렀고, 앞으로 왈칵 몸이 쏠린 그녀는 놈의 허리를 부둥켜안았다. 놈이 비틀거리며 뒷걸음질을 치자 내뻗는 팔과 다리가 서로 엉켰고, 둘은 창밖 작은 발코니로 넘어졌다.

밑에 깔린 베스의 등과 다리를 누르는 창틀이 느껴졌다. 그녀는 발로 바닥을 디디려 애를 쓰면서 놈이 재킷 밑에 받쳐 입은 셔츠에 손톱을 박아 넣고 찢었다. 그녀는 다시 제 발로 서게 되었고, 둘은 소리 없이 뒤엉켜 싸웠다.

놈이 그녀를 획 돌리더니 연철 난간 너머로 그녀를 밀었다. 뒤로 허리가 꺾이면서 그녀의 얼굴이 안마당을 향했다.

'사람들이 창가에 서 있어. 지켜보고 있어.'

그녀는 안개 너머에서 지켜보는 그들을 보았다. 그녀는 안개 너머에 있는 그들의 표정을 알아보았다. 그녀는 안개 너머로 그들이 동시에 숨 쉬는 소리를, 기대와 경이감에 찬 숨을 내쉬는 소리를 들었다. 안개 너머로.

그리고 그 흑인이 그녀의 목을 내리쳤다. 그녀는 컥컥거리며 정신을 잃기 시작했다. 폐로 공기를 들일 수가 없었다. 뒤로, 뒤로, 놈은 그녀를 더 뒤로 밀었고, 그녀는 위를, 똑바로 위를, 9층 위쪽을 쳐다보았다.

'저기 위에, 눈이.'

전에 레이 글리슨이 자신에 대해서, 도시가 자신에게 강요한 선택이 얼마나 절망적이고 결정적인지에 대해서 한 말이 떠올랐다. '보호막 없이는 이 도시에서 살거나 생존할 수 없어…. 미쳐가는 쥐처럼, 뭔가 저주받은 이종의 존재가 태어나기 딱 좋은 때를 만들지 않고는, 이런 식으로는 살 수 없어…. 끔찍한 뭔가를 소환하지 않고는 견딜 수 없어….'

신이었다! 새로운 신, 어린아이의 눈과 허기를 가진 고대의 신이, 안개와 거리폭력을 부르는 미친 피투성이 신이 돌아왔다. 숭배자들을 필요로 하는 신, 희생자로 죽을 것인지 아니면 다른 선택된 희생자들의 죽음에 대한 영원한 목격자로서 살 것인지 선택을 요구하는 신. 시대에 맞는 신. 거리와 사람들의 신.

그녀는 레이에게, 다리 긴 필라델피아 출신 모델의 몸속에 손가락을 집어넣고 나란히 서서 그들로서는 가장 성스러운 방식으로 예배를 드리며 침실 창가에 선 9층의 광고 연출가에게, 그들만의 예배에 참석할 기회라고 레이가 권유한 그 파티에 참석했던 다른 모든 사람에게 소리쳐 애원하려 했다. 그녀는 선택해야만 하는 그 상황에서 구원받고 싶었다.

하지만 그 흑인은 그녀의 목을 가격했고, 이제는 두 손으로, 한 손으로는 그녀의 가슴을, 다른 한 손으로는 그녀의 얼굴을 밀었다. 욕지기가 미처 채우지 못한 그녀의 속을 가죽 냄새가 채웠다. 그리고 그녀는 레이가 마음을 썼다는 걸, 자신이 제공한 기회를 그녀가 받아들이기 원했다는 걸 이해했다. 하지만 그녀는 작고 하얀 기숙사와 버몬트 시골이 있는 세상에서 왔다. 그건 진짜 세상이 아니었다. 이것이 진짜 세상이고 저 위에는 이 세상을 다스리는 신이 있다. 그녀는 그 신을 거부했었다. 그 신을 섬기는 사제이자 하인인 그에게 '아니'라고 말했었다. 살려줘! 날 내버려두지 마!

그녀는 소리를 질러야 한다는 걸, 애원해야 한다는 걸, 저 신에게 허락을 빌고 애걸해야 한다는 걸 알았다. 난… 날 구할 수 없어!

그녀는 몸부림을 치면서 소리쳐 부를 말들을 소환하려는 끔찍하고 작고 가냘픈 울음소리를 냈다. 갑자기 그녀가 선을 넘었다. 그녀는 리오나 시아렐리가 제대로 쓸 줄 몰랐던 목소리로 온 안마당이 울리도록 비명을 질렀다.

"이 남자! 이 남자를 데려가요! 제가 아니에요! 전 당신 편이에요. 전 당신을 사랑해요. 전 당신 거예요! 이 남자를 데려가요. 제가 아니라, 제발 제가 아니라, 이 남자를 데려가요. 이 남자를. 전 당신 거예요!"

흑인 남자의 몸이 갑자기 비틀리듯이 들리더니 발코니를 넘어 안개가 자욱한 안마당 위로 곧장 빨려 올라갔다. 베스는 엉망이 되어버린 긴 화분에 무릎을 꿇었다.

반쯤 정신을 잃은 상태라 그녀는 자신이 제대로 보는지 확신할 수 없었다. 도둑이 이리저리 흔들리면서, 검게 탄 이파리처럼 소용돌이치고 빙빙 돌면서 위로 올라갔다.

그리고 위에 있는 존재는 더욱 확고한 형태를 드러냈다. 발톱이 달린 거대한 발과 지금껏 본 어떤 동물과도 닮지 않은 형태가 드러났다. 그리고 그 불쌍한, 겁에 질려 매 맞는 개처럼 낑낑거리는 흑인 도둑의 살점이 뜯겨 나갔다. 그의 몸이 가는 절개선을 보이며 갈라졌다. 갑작스러운 폭우처럼 온통 피가 쏟아지자 한 차례 허둥거리긴 했지만, 도둑은 여전히 살아서 전기 충격을 받은 개구리 다리처럼 저도 모르는 공포로 움찔거렸다. 그는 한 조각 한 조각 갈가리 찢길 때마다 움찔거리고 또 움찔거렸다. 살점과 뼛조각과 미친 듯이 깜박거리는 눈이 달린 얼굴 반쪽이 우수수 베스 앞을 스쳐 떨어졌고, 철벅거리는 소리를 내며 밑의 시멘트 바닥에 부딪혔다. 그리고 장기가 쥐어짜지고 근육조직과 담즙과 똥과 피부가 갈리고 한데 문질러져 떨어져 나가도 그는 여전히 살아 있었다. 리오나 시아렐리의 죽음이 계속되고 또 계속된 것처럼, 그 광경도 계속되고 또 계속됐다. 베스는 크나큰 희생을 치르고 살아남은 자들이 얻는 뼈아픈 지식을 통해 리오나 시아렐리의 죽음을 목격한 이들이 아무 일도 하지 않은 이유가 공포로 얼어붙었거나 개입하고 싶지 않았거나 오랫동안 텔레비전에서 본 도살 장면 때문에 죽음에 무뎌졌기 때문이 아니라는 걸 알았다.

그들은 이 도시가 요구하는 검은 미사에, 철과 콘크리트로 이루어진 이 미친 성전에서는 한 번이 아니라 하루에도 수천 번씩 열리는 검은 미사에 모인 숭배자들이었다.

이제 베스는 일어나 찢어진 나이트가운을 걸친 반나신으로 연철 난간을 두 손으로 꽉 잡고 선 채 더 많은 걸 보기를, 더 깊숙이 들이마시기를 간청했다.

이제 그녀는 그들의 일원이었다. 그 밤의 희생 제물이 피를 흘리고 비명을 지르며 조각조각 그녀를 지나쳐 떨어졌다.

내일 경찰이 또 올 것이다. 와서 질문할 것이고, 그녀는 말할 것이다. 그 도둑이, 그 사건이 얼마나 끔찍했는지, 도둑이 자신을 강간하고 죽일까 봐 두려움에 떨며 어떻게 싸웠는지, 그러다 그 도둑이 어떻게 떨어졌는지, 그 도둑이 어쩌다 그렇게 끔찍하게 뭉개지고 찢겼는지는 모르겠지만, 어쨌든 7층에서 떨어졌으니….

내일 그녀는 마음 놓고 길을 걷게 될 것이다. 그녀에겐 어떠한 해도 미칠 수 없기 때문이다. 내일이면 보조 자물쇠를 제거해도 괜찮을 것이다. 이 도시의 어떤 것도 더 이상 그녀에게 나쁜 짓을 할 수 없다. 그녀가 유일한 선택을 했기 때문이다. 그녀는 이제 이 도시의 거주자이며, 온전하고도 충분한 이 도시의 일부이다. 그녀는 이제 자신이 섬기는 신의 품에 안겼다.

그녀는 옆에 선 레이를, 옆에 서서 그녀를 안고 벌거벗은 등을 감싸 보호해주는 레이를 느꼈다. 그녀는 위에서 소용돌이치며 그 권능으로 안마당을 채우고, 도시를 채우고, 그녀의 눈과 영혼과 심장을 채우는 안개를 쳐다보았다. 벌거벗은 레이의 몸이 단단히 그녀를 누르며 안으로 밀고 들어올 때, 그녀는 그 밤을 깊숙이 들이마셨다. 그녀는 지금 이 순간부터 들리는 소리는 무엇이든 매 맞는 개의 소리가 아니라 강력한 육식 짐승의 소리일 것임을 알았다.

마침내 그녀는 두렵지 않았다. 두려워하지 않아도 된다는 건 너무 좋았다. 너무너무 좋았다.

내적 생명이 말라버린 때, 감정이 사라지고 냉담함이 증가할 때, 사람이 다른 사람에게 영향을 미치지 못하거나 실질적인 접촉조차 하지 못할 때, 접촉에 대한 악마적 갈구로 인한 폭력성이 불타올라 가능한 가장 직접적인 방식으로 접촉을 강제해내려는 무분별한 추진력으로 작용한다.

— 롤로 메이, 《사랑과 의지》중에서

# ADRIFT JUST OFF THE ISLETS OF LANGERHANS:

LATITUDE
38° 54' N, LONGITUDE 77° 00' 13" W

랑게르한스섬 표류기:
북위 38° 54' 서경 77° 00' 13"에서

✦

이수현 옮김

**1975년 휴고상 수상**

**1975년 로커스상 수상**

어느 날 아침 불안한 꿈에서 깨어난 모비딕은 자신이 해초 침대 속에서 괴물 같은 에이허브로 변해버린 것을 알았다.

흠뻑 젖은 이불 속에서 차츰 기어 나온 그는 비틀거리며 부엌으로 들어가서 찻주전자에 물을 받았다. 눈 구석구석에 눈곱이 끼어 있었다. 그는 수도꼭지 밑에 머리를 들이밀고 쏟아지는 차가운 물을 뺨 위로 맞았다.

거실에는 죽은 병들이 널려 있었다. 기침약이 담긴 빈 병만 111병이었다. 그는 그 잔해를 헤치고 현관문으로 가서 문을 살짝 열었다. 햇빛이 그를 직격했다. "아이고야." 그는 중얼거리며 눈을 감은 채로 현관 앞에 놓인 신문을 집었다.

다시 어둠 속으로 돌아온 그는 신문을 펼쳤다. 1면 주요 기사는 "볼리비아 대사 살해당한 채로 발견"이었고, 특집 기사에는 뉴저지 시코커스의 어느 빈터에 버려진 냉장고 속에서 심하게 부패한 대사의 시체를 발견했다는 내용이 자세히 실렸다.

찻주전자가 삑 소리를 냈다.

그는 벌거벗은 채로 터벅터벅 부엌으로 걸어갔다. 수조 옆을 지나치다 보니 그 끔찍한 물고기가 아직 살아 있었고, 오늘 아침에는 큰어치새처럼 휘파람 소리를 내면서 더껑이 앉은 수면에 보글보글 자잘한 물거품을 올리고 있었다. 그는 수조 옆에 걸음을 멈추고 불을 켜서 빙글빙글 떠다니는 해조류 속을 들여다보았다. 그 물고기는 죽지를 않았다. 그 물고기는 수조 안에 있던 다른 물고기를 모조리 죽였다. 더 예쁜 물고기, 더 친근한 물고기, 더 활기 넘치던 물고기, 심지어는 더 크고 더 위험한 물고기들까지 하나씩 하나씩 죽여서 눈을 파먹었다. 이제 그 물고기는 그 쓸모없는 수조의 지배자가 되어 홀로 헤엄을 쳤다.

그는 그 물고기가 저절로 죽게 해보려고 했다. 아예 먹이를 주지 않는 노골적인 살해만 빼고 온갖 형태의 방치를 다 시도해보았다. 그러나 그 애벌레 같은 분홍색의 희끄무레한 악마는 어둡고 더러운 물 속에서도 왕성하게 살아남았다.

이제 그 물고기는 큰어치*처럼 노래를 했다. 그는 그 물고기에 대해 끓어오르는 미움을 참을 수가 없을 지경이었다.

그는 플라스틱 용기에 든 알갱이를 털고, 전문가들이 조언한 대로 엄지와 집게손가락으로 비벼 갈았다. 어분, 어란, 곤이, 바다 새우, 하루살이알, 귀리 가루, 노른자로 이루어진 색색의 물고기밥 알갱이가 수면에 떠다니는 모양을 잠시 보고 있으려니 가증스러운 물고기 얼굴이 수면 위로 뻐끔대며 밥을 집어삼켰다. 그는 그 물고기를 저주하고 미워하며 몸을 돌렸다. 그 물고기는 죽지를 않았다. 그와 마찬가지로, 죽지 않았다.

부엌에 들어가서 끓는 물 위로 몸을 굽히며 그는 처음으로 자신의 실제 상태를 이해했다. 아마도 제정신이 썩어가는 가장자리와는 아직 멀겠지만, 수평선에서부터 바람을 타고 날아오는 썩은 냄새를 맡을 수는 있었다. 썩은 고기 냄새와 그 고기를 뜯어 먹는 놈들을 보며 눈을 굴리는 야생 짐승처럼, 그 냄새만으로 매일 조금씩 광기에 이끌려가고 있었다.

---

\* 등의 깃털과 갓털이 청색인 까마귀과 조류로 북미에 서식한다. '뻬액'처럼 들리는 날카로운 고음을 낸다.

그는 찻주전자와 컵 하나, 티백 두 개를 들고 가서 식탁에 앉았다. 재료를 섞는 동안 요리책을 편한 곳에 두기 위해 쓰는 플라스틱 스탠드에 전날 저녁에 읽지 않고 내버려둔 마야 고문서 번역본이 펼쳐져 있었다. 그는 물을 붓고, 티백을 컵 안에 매달고서 주의를 집중하려고 노력했다. 마야 다신전의 주신인 이참나와 이참나가 주관하는 의약에 대한 참조 내용이 가물가물해졌다. 오늘 아침, 이 끔찍한 아침에는 자살의 여신 익스타브가 더 어울렸다. 읽으려고 해보았지만, 단어는 눈에 들어오되 뜻이 이해되지 않고 내용이 연결되지도 않았다. 그는 차를 마시다가 저도 모르게 추위에 대해, 달의 일주에 대해 생각했다. 어깨너머로 부엌 시계를 돌아보니 7시 44분이었다.

그는 식탁에서 일어나서 반쯤 든 찻잔을 들고 침실로 들어갔다. 침대에 누워 있던 몸뚱이가 심란한 잠 속에서 남겨놓은 자국이 그대로 패어 있었다. 침대 머리판에는 그가 금속판에 박아놓은 수갑에 피 엉긴 털 무더기가 달라붙어 있었다. 그는 피부가 까진 손목을 문지르다가 왼쪽 팔뚝에 차를 약간 흘렸다. 신문에 난 볼리비아 대사가 혹시 지난달에 그가 해치운 사람이었을까 궁금했다.

책상 위에 손목시계가 놓여 있었다. 확인해보니 7시 46분이었다. 상담 서비스를 만나기까지 1시간 15분 정도가 남았다. 그는 욕실에 들어가서 샤워칸에 손을 뻗어, 가느다란 바늘 같은 찬물이 타일 벽을 때릴 때까지 손잡이를 돌렸다. 그리고 물이 흐르게 내버려둔 채 샴푸를 찾아 약장을 뒤졌다. 거울에는 깔끔하게 타이핑한 글귀 두 줄이 손가락 밴드로 붙어 있었다.

아들아, 네가 걷는 길은 가시밭길이다만,

네 잘못은 아니란다.*

---

\* 늑대인간 영화의 고전으로 2010년에 리메이크되기도 한 〈울프맨〉(1941)에 나오는 대사. 로렌스 탈봇 또는 래리 탈봇은 〈울프맨〉의 주인공 이름이다.

로렌스 탈봇은 약장을 열고 친숙한 깊은 숲의 냄새가 나는 허브 샴푸 병을 꺼낸 후, 상황을 체념하고 몸을 돌려 샤워칸으로 들어갔다. 북극의 얼음이 담긴 무자비한 찬물이 고통에 시달리는 그의 몸을 때렸다.

✳

티시만 공항 센터 빌딩 1544호는 남자 화장실이었다. 그는 남자 화장실이라는 표시가 붙은 문 맞은편 벽에 기대어 서서 재킷 안주머니에 든 봉투를 꺼냈다. 종이질은 좋았고, 엄지손가락으로 윗면을 열고 안에 든 한 장짜리 편지를 꺼내자 봉투가 바스락거렸다. 정확한 주소, 정확한 층수, 정확한 호수였다. 그러나 1544호실은 남자 화장실이었다. 탈봇은 몸을 돌리려 했다. 잔인한 농담이었고, 그는 이 상황에나 자신이 처한 현재 환경에 대해서나 웃을 수가 없었다.

그는 엘리베이터를 향해 한 걸음을 디뎠다.

그때 남자 화장실 문이 희미하게 빛나더니, 겨울의 앞유리창처럼 뿌옇게 흐려졌다가 형태를 바꿨다. 문에 달린 표지판이 변했다. 이제는 이렇게 적혀 있었다.

| 정보 제휴처 |
| --- |

1544호실이 맞았다. 〈포브스〉지에 실린 애매하지만 신중한 광고에 반응하여 보낸 탈봇의 편지 문의에 대한 응답으로, 질 좋은 종이에 초대장을 써 보낸 상담 서비스를 하는 곳.

그는 문을 열고 안으로 들어갔다. 티크나무 접수처에 앉은 여자가 미소를 지었고, 그의 시선은 미소와 함께 생긴 보조개와 책상 아래로 꼰 매끈하고 훌륭한 다리 사이를 오갔다. "탈봇 씨?"

그는 고개를 끄덕였다. "로렌스 탈봇입니다."

그 여자는 다시 미소 지었다. "데메테르 씨께서 즉시 만나실 겁니다.

마실 것이라도 드릴까요? 커피나 탄산음료라도?"

탈봇은 저도 모르게 재킷 안주머니에 든 봉투 위를 건드렸다. "아니, 괜찮습니다."

여자가 일어서서 안쪽 사무실 문을 향해 걸어가자 탈봇은 말했다. "누군가가 당신 책상에 대고 볼일을 보려고 할 때는 어떻게 합니까?" 호감을 살 마음은 없었다. 그는 짜증이 나 있었다. 여자는 고개를 돌려 그를 가만히 응시했다. 그 침묵으로만 대답했다.

"데메테르 씨는 바로 안에 계십니다."

여자는 문을 열고 옆에 섰다. 탈봇은 그 곁을 지나치며 미모사 향기를 맡았다.

안쪽 사무실은 배타적인 신사 클럽의 독서실처럼 꾸며져 있었다. 예전 부유층 느낌이랄까. 깊은 정적, 색이 짙은 무거운 목재, 좁은 배관 공간과 어쩌면 전기도관을 가리는, 방음 타일이 붙은 낮은 천장, 주황색과 적갈색으로 발목까지 삼키는 푹신한 양탄자까지. 한쪽 벽만 한 창문으로는 건물 바깥에 놓인 도시가 아니라 하와이 오아후섬 코코헤드의 하나우마 베이 전경이 비쳤다. 깨끗한 아쿠아마린 빛깔의 파도가 물결치는 뱀들처럼 밀려왔다. 코브라처럼 하얀 물마루를 얹고 일어났다가, 독사 떼처럼 불타는 노란 해변을 덮쳤다. 그것은 창문이 아니었다. 그 사무실에는 창문이 없었다. 그것은 사진이었다. 투사체도 홀로그램도 아닌 강렬하고 진짜 같은 사진. 아예 다른 장소를 내다보는 벽이었다. 탈봇은 이국의 꽃들에 대해 아는 게 없었지만, 그 해변 가장자리에 자라난 뾰족한 잎사귀의 키 큰 나무들이 공룡들이 돌아다니기도 전 지구의 석탄기를 그린 책에 나오는 식물들과 똑같으리라 확신했다. 지금 탈봇이 보고 있는 풍경은 아주 오래전에 사라진 풍경이었다.

"탈봇 씨. 찾아와주셔서 반갑습니다. 존 데메테르입니다."

그는 윙백 의자에서 일어나서 손을 내밀었다. 탈봇은 그 손을 잡았다. 손아귀가 단단하고 서늘했다. "앉으시겠습니까. 마실 거라도 드릴까요?

커피, 아니면 탄산음료라든가?" 데메테르의 말에 탈봇은 고개를 저었다. 데메테르는 접수 담당자에게 가보라는 뜻으로 고개를 끄덕였다. 접수 담당은 단호하고 차분하고 조용하게 문을 닫고 나갔다.

탈봇은 윙백 의자 맞은편 자리에 앉으면서 데메테르를 찬찬히 평가해 보았다. 데메테르는 50대 초반이었고, 숱 많고 풍성한 머리카락이 회색 파도를 이루어 이마를 덮고 있었다. 손대지 않은 머리가 분명했다. 눈은 투명한 파란색이었고, 이목구비는 균형 잡혔고 쾌활해 보였으며, 입은 크고 꾸밈없었다. 데메테르는 단정했다. 짙은 갈색 정장은 맞춤 재단이었고 아무렇게나 걸려 있던 옷이 아니었다. 편하게 앉아서 다리를 꼬자 정강이까지 올라가는 딱 붙는 검은 양말이 보였다. 신발은 반질반질하게 윤이 났다.

"바깥 사무실 문이 매력적이더군요." 탈봇이 말했다.

"제 문에 관해 이야기를 나눌 건가요?" 데메테르가 물었다.

"그러고 싶으시다면 또 몰라도, 제가 찾아온 이유는 그게 아닙니다."

"저도 그 이야기를 하고 싶진 않습니다. 그러니 탈봇 씨의 문제에 대해 논해보죠."

"여기에서 내신 광고요. 흥미가 동했습니다."

데메테르는 안심하라는 듯한 미소를 지었다. "적절한 용어를 쓰기 위해 카피라이터 네 명이 아주 열심히 일했지요."

"그 광고는 사업을 소개했습니다."

"딱 맞는 종류의 사업이지요."

"전문 투자자들에게 적합하게 쓰셨더군요. 속을 잘 드러내지 않았지요. 보수적인 포트폴리오, 화려하지도 않고, 안정적인 등반가들. 현명한 늙은 부엉이들 말입니다."

데메테르는 손가락을 마주 대고 세우며 고개를 끄덕였다. 이해심 많은 삼촌처럼. "바로 핵심으로 들어가시는군요, 탈봇 씨. 현명한 늙은 부엉이들, 맞습니다."

"제겐 정보가 필요합니다. 특별한 특정 정보가요. 이 서비스는 얼마나 비밀 보장이 됩니까, 데메테르 씨?"

친근한 삼촌이자 현명한 늙은 부엉이이며 사람을 안심시키는 사업가는 그 질문에서 편집된 내용을 모두 이해하고 몇 번이나 고개를 끄덕이다가, 미소 지으며 말했다. "제 사무실 문이 기발하지 않던가요? 전적으로 그 생각이 맞습니다, 탈봇 씨."

"절제된 웅변이로군요."

"그 문이 우리 고객들에게 질문보다는 답을 더 드렸으면 합니다."

탈봇은 데메테르의 사무실에 들어선 이후 처음으로 의자에 등을 기댔다. "그건 받아들일 수 있겠군요."

"좋습니다. 그렇다면 구체적인 내용으로 들어갈까요. 탈봇 씨는 죽는 데 어려움을 겪고 계십니다. 제가 상황을 간결하게 전달하고 있나요?"

"살살 해주시죠, 데메테르 씨."

"언제든지요."

"그래요. 핵심을 지적하셨습니다."

"그렇지만 탈봇 씨에게는 문제가 있지요. 상당히 이례적인 문제가요."

"내부 사정입니다."

데메테르는 일어서서 방 안을 돌아다니며 책장에 놓인 아스트롤라베, 사이드보드 테이블에 놓인 컷글라스 디캔터, 나무 기둥에 묶인 런던 타임스 뭉치를 건드렸다. "저희는 정보 전문가일 뿐입니다, 탈봇 씨. 탈봇 씨에게 필요한 정보를 알려드릴 수는 있지만, 그 결과는 탈봇 씨 몫이에요."

"방법만 있다면, 그 방법을 이행하는 데에는 아무 문제도 없을 겁니다."

"따로 마련해두신 자산이 있나 보군요."

"약간은요."

"보수적인 포트폴리오? 화려하지도 않고 안정적인 등반가?"

"정곡입니다, 데메테르 씨."

데메테르가 돌아와서 다시 앉았다. "그렇다면 좋습니다. 시간을 내어 원하시는 바를 아주 조심스럽고 정확하게 적어주신다면, 탈봇 씨의 문제를 해결하는 데 필요한 자료를 드릴 수 있을 겁니다. 보내주신 편지로 대충은 알지만, 계약을 위해서 정확한 내용이 있어야 해요."

"대가는요?"

"우선 탈봇 씨가 뭘 원하시는지부터 정합시다. 좋습니까?"

탈봇은 고개를 끄덕였다. 데메테르는 손을 뻗어 윙백 의자 옆의 흡연식 스탠드에 붙은 호출 버튼을 눌렀다. 문이 열렸다. "수잔, 탈봇 씨를 내실로 안내하고 필기구를 제공해주세요." 여자는 미소 짓더니 비켜서서 탈봇이 따라오기를 기다렸다. "그리고 탈봇 씨가 원한다면 마실 것도 갖다드려요…. 커피라든가? 탄산음료라든가?" 탈봇은 그 제안에 답하지 않았다.

"용어를 제대로 구사하려면 시간이 걸릴지도 몰라요. 당신네 카피라이터들처럼 열심히 일해야 할지도 모릅니다. 시간이 꽤 걸릴지도 모르니, 집에 갔다가 내일 가져오겠습니다."

데메테르는 난감한 표정이었다. "그건 불편할 수도 있겠는데요. 그래서 생각을 하실 수 있는 조용한 장소를 제공해드리는 겁니다."

"제가 여기에서 당장 착수하는 게 더 좋다는 거군요."

"내부 사정입니다, 탈봇 씨."

"내일 다시 오면 여기가 화장실일 수도 있다?"

"정곡입니다."

"갑시다, 수잔. 혹시 있다면 오렌지 주스 한 잔 갖다줘요." 그는 먼저 문밖으로 나갔다.

그는 수잔을 따라 접수실 반대편 복도를 걸어갔다. 아까는 보지 못했던 복도였다. 수잔은 어느 문 앞에 멈춰 서서 열어 보였다. 작은 방에 고풍스러운 접이식 책상과 편안한 의자가 있었다. 배경음악을 들을 수 있었다. "오렌지 주스 갖다드릴게요." 수잔이 말했다.

그는 들어가서 앉았고, 긴 시간이 흐른 후 종이에 여섯 마디를 적었다.

두 달 후, 일련의 말 없는 전령들이 살펴봐야 할 계약서 초고를 가져오고, 또 와서 수정하러 가져가고, 대안을 가지고 또 찾아오고, 또 와서 더 수정된 계약서를 가져가고, 마침내 데메테르가 서명한 최종본을 가지고 다시 와서 탈봇이 살펴보고 서명하기를 기다려서 돌아가기까지 두 달이 지난 후에, 마지막으로 무언의 전령이 지도를 가져왔다. 그는 같은 날에 '정보 제휴처'에 지급할 대가를 최종 납입했다. 주니족*이 특별히 키운 옥수수 열다섯 화차 분에 얼마만 한 가치가 있는지에 대한 의문은 진작에 접었다.

이틀 후, 〈뉴욕타임스〉 안쪽 페이지 작은 칸에 앨버커키 근처 지선에서 농작물이 실린 화차 열다섯 차량이 사라져버렸다는 소식이 실렸다. 공식 수사가 시작되었다.

그 지도는 아주 구체적이고 아주 세세했다. 정확해 보였다.

그는 《그레이 해부학》을 읽으며 며칠을 보내다가, 데메테르와 그 조직이 놀라운 수수료를 받아 갈 만한 가치가 있었다는 만족감이 들자 전화를 한 통 걸었다. 장거리 교환원은 그를 교환대로 넘겼고, 그는 그 여자에게 정보를 준 후 잡음 심한 연결이 이루어지기를 기다렸다. 그리고 부다페스트 쪽에 전화가 스무 번 울릴 때까지 내버려두기를 고집했다. 그쪽의 남자 교환원이 통화당 허용하는 횟수의 두 배였다. 그리고 스물한 번째 전화벨이 울리자 상대편이 받았다. 기적처럼 배경 소음이 잦아들고 빅터의 목소리가 방 저편에서처럼 명료하게 들렸다.

"네! 여보세요!" 언제나처럼 성미 급하고 부루퉁하게.

"빅터…, 래리 탈봇이야."

"어디에서 거는 거야?"

---

* 미국 뉴멕시코주 중서부 주니강 계곡에 거주하는 푸에블로 원주민의 한 부족

"미국. 어떻게 지내?"

"바빠. 원하는 게 뭐야?"

"프로젝트가 하나 있어. 너와 네 연구소를 고용하고 싶어."

"관둬. 내 프로젝트가 막바지에 다다라서 지금은 다른 데 신경 쓸 수가 없어."

곧 끊겠다는 의지가 목소리에 배어 나왔다. 탈봇은 급히 말을 잘랐다. "얼마나 걸릴까?"

"뭐가?"

"시간이 날 때까지."

"앞으로 6개월은 더 걸려. 상황이 안 좋으면 8개월에서 10개월까지. 말했잖아, 관둬, 래리. 난 도움이 안 돼."

"대화라도 해보자고."

"안 돼."

"빅터, 내가 잘못 알고 있는 게 아니라면 나에게 빚진 게 있었지?"

"이렇게 오래 지나서 빚을 갚으라는 거야?"

"빚은 세월이 지날수록 무르익는 법이지."

긴 정적이 흘렀다. 전화선으로 먹먹한 무음만 들렸다. 탈봇은 쓰지도 않은 요금이 날아가는 소리를 듣고 있었다. 어느 시점에는 상대방이 수화기를 내려놓았다고 생각하기도 했다. 그러다가 마침내. "좋아, 래리. 얘기나 하지. 하지만 네가 내 쪽으로 와야 해. 비행기를 타기엔 내 사정이 복잡해."

"좋아. 나야 자유 시간이 있으니까." 그는 한 박자 쉬고 덧붙였다. "시간만 넘치지."

"보름달 이후에 봐, 래리." 아주 구체적인 지시였다.

"물론이지. 이번 달 30일에, 예전에 마지막으로 만났던 장소에서, 같은 시간에 봐. 기억하나?"

"기억해. 괜찮을 거야."

"고마워, 빅터. 잊지 않을게."

대답이 없었다.

탈봇의 목소리가 부드러워졌다. "아버지는 어떠셔?"

"잘 지내, 래리." 그는 그렇게 대답하고 끊었다.

✳

그들은 그달 30일, 달이 뜨지 않은 한밤중에, 부다와 페스트 사이를 왕복하는 시체 운반선에서 만났다. 딱 맞는 밤이었다. 베오그라드에서부터 몰려온 싸늘한 안개가 다뉴브강에 고동치는 커튼을 쳤다.

그들은 싸구려 나무 관들에 둘러싸여 악수한 후, 잠시 어색하게 머뭇거리다가 형제처럼 포옹했다. 탈봇의 긴장된 미소는 사그라지는 등불 빛과 배의 야간항행등만으로는 거의 알아볼 수도 없었다. "좋아, 말해버려. 그래야 다음 공격이 언제 떨어지나 걱정하지 않지."

빅터는 씩 웃더니 불길하게 중얼거렸다.

"마음이 순수한 자나,

밤마다 기도를 드리는 자라 할지라도

울프베인*이 피어나고

가을 달이 밝게 빛나면 늑대가 될 수 있나니."

탈봇은 얼굴을 찌푸렸다. "뭐라고 말하든 같은 소리지."

"여전히 밤에 기도를 드려?"

"그 망할 것이 살펴보지 않는다는 걸 알고 그만뒀어."

"어이. 억지 운율에 대해 논하려고 폐렴을 무릅쓰고 만난 건 아니잖아."

탈봇의 얼굴에 새겨진 피로의 주름이 기쁨 없는 패턴으로 자리를 잡았다. "빅터, 네 도움이 필요해."

"듣기는 할게, 래리. 그 이상은 장담 못 해."

---

\* 바곳, 늑대꽃이라고도 부른다.

탈봇은 그 경고를 신중하게 고려해보고 말했다. "석 달 전에 난 〈포브스〉라는 경제지에 실린 광고에 답을 했어. '정보 제휴처'라는 곳이었지. 빈틈없는 표현을 써서 아주 조심스럽게, 작은 광고칸에 실었더군. 읽는 방법을 아는 사람이 아니라면 눈에 띄지 않게 말이야. 시시콜콜한 내용으로 네 시간을 빼앗진 않겠지만, 그 후에 이어진 일은 이래. 난 그 광고에 답을 했고, 내 문제를 에둘러서, 그렇지만 아예 이해 못 하진 않게 전했어. 중요한 재산에 대해 모호한 말을 써가면서 말이야. 난 희망을 품었지. 이번에는 그 희망이 적중했어. 그쪽에선 만나자는 편지를 보내왔어. 이번에도 틀린 길일지 모른다고 생각했지…. 그런 사기꾼은 넘치도록 많았으니까."

빅터는 소브라니 블랙앤골드 한 개비에 불을 붙여서 자극적인 연기 냄새를 안개 속에 흘려보냈다. "그래도 찾아갔군."

"갔어. 기이한 복장에, 세련된 보안 장치… 그자들이 어디에서 왔는지… 언제에서 왔는지 모르겠다는 느낌이 강하게 들더군."

빅터의 눈빛에 갑자기 흥미가 확 돌았다. "언제인지 모르겠다고? 시간 여행자야?"

"모르겠어."

"내가 그런 걸 계속 기다렸다는 거 알지. 그건 필연이야. 그리고 시간 여행자는 결국 알려지게 되어 있어."

빅터는 생각에 잠겨서 침묵에 빠져들었다. 탈봇은 재빨리 그를 상념에서 끌어냈다. "나는 몰라, 빅터. 정말 몰라. 하지만 지금 내 관심사는 그게 아니야."

"아. 그렇지. 미안해. 래리. 계속해. 그자들과 만났는데…."

"데메테르라는 남자였어. 그 이름에 뭔가 단서가 있을지도 모른다 싶었지. 당시에 그런 생각을 한 건 아니야. 데메테르라는 이름, 오래전 클리블랜드에 그런 이름의 화초 전문가가 한 명 있긴 했는데, 나중에 찾아봤더니 데메테르는 그리스 신화에서 대지의 여신이더라고…. 관계가 없어. 적어도 난 그렇게 생각해.

우린 대화를 했어. 그 남자는 내 문제를 이해했고 내 의뢰를 받아들이겠다고 했어. 하지만 내가 뭘 요구하는지 구체적으로 적어달라고 했지. 계약을 위해서는 구체적으로 적어야 했어. 그 남자가 어떻게 그 계약을 집행할지는 모를 일이지만, 분명히 할 수 있다고 봐…. 그 남자에겐 창문이 하나 있었는데 말이야, 빅터, 그 창으로는 뭐가 보이냐면…."

빅터는 엄지와 중지로 담배를 빙빙 돌리더니, 피처럼 검은 다뉴브강에 던져넣었다. "래리, 너 증언부언하고 있어."

탤봇은 말문이 턱 막혔다. 빅터 말대로였다. "난 네게 의지하고 있어, 빅터. 아무래도 이 일 때문에 평소의 냉정함을 잃었나 봐."

"알았어, 진정해. 나머지를 들어보고 나서 생각하자고. 긴장 풀어."

탤봇은 고개를 끄덕였고 고마움을 느꼈다. "난 의뢰의 성격을 글로 적었어. 여섯 마디밖에 되지 않았지." 그는 톱코트 주머니에 손을 넣어 접어둔 종이를 꺼냈다. 그가 그 종이를 건네자, 빅터는 흐릿한 등불 빛 속에서 종이를 펴서 읽었다.


'내 영혼이 있는 장소의 지리적 좌표'


빅터는 내용을 이해한 후에도 오랫동안 거기 적힌 글자를 들여다보았다. 그 종이를 탤봇에게 돌려줬을 때 빅터의 얼굴에는 새로운, 전보다 생기 어린 표정이 떠올라 있었다. "넌 절대 포기하지 않을 거야. 그렇지, 래리?"

"너희 아버지는 포기했어?"

"아니." 탤봇이 빅터라고 부르는 남자의 얼굴에 크나큰 슬픔이 스쳐 지나갔다. 그는 한 박자 쉬고 나서 엄격하게 덧붙였다. "그리고 포기하지 않은 덕분에 16년 동안 긴장증으로 누워 계시지." 그는 침묵에 빠졌다가, 한참 만에 부드럽게 말했다. "포기할 때를 알아서 나쁠 건 없어, 래리. 절대 나쁠 게 없어. 때로는 그냥 내버려두기도 해야 돼."

탈봇은 재미있다는 듯 조용히 코웃음을 쳤다. "너야 그렇게 말하기 쉽지, 친구. 넌 죽을 테니까."

"그건 불공평한 말이야, 래리."

"그렇다면 날 좀 도와줘, 젠장! 이제껏 어느 때보다도 이 모든 것에서 빠져나갈 길이 가까워졌어. 이제 네가 필요해. 네겐 전문 기술이 있잖아."

"3M이나 랜드나 제너럴 다이내믹스는 타진해봤어? 그쪽에도 훌륭한 사람들이 있어."

"이 개새끼야."

"알았어. 미안해. 잠시 생각 좀 하자."

시체 수송선은 안개에 둘러싸여 보이지 않는 강을 조용히 가로질렀다. 뱃사공 카론도, 망각의 강 스틱스도 없는 그저 공공 서비스였다. 끝내지 못한 문장, 다하지 못한 심부름, 깨닫지 못한 꿈을 실은 쓰레기 배였다. 지금 대화하고 있는 이 두 명만 예외일 뿐, 이 배의 화물 관리인은 결정도 포기도 뒤에 남겨두고 왔다.

그러다가 빅터가 조용히, 거의 혼잣말하듯이 말했다. "초소형 원격지시 장치로 할 수도 있겠지. 직접 초소형화 기술을 통하든가 감지기, 원격 조종기, 유도/조종/추진 하드웨어가 담긴 자동제어장치 꾸러미를 줄여서… 식염수를 써서 그걸 혈류에 주입하는 거야. 널 '러시아 수면*'으로 재우고, 아니면 네가 거기 있는 것처럼 그 장치를 감지하거나 조종하게 감각 신경에 접근하는 거지…. 의식의 시점 전환이랄까."

탈봇은 기대감을 품고 빅터를 쳐다보았다.

"아니, 잊어버려. 안 될 거야."

빅터는 그렇게 내뱉고 계속 생각을 했다. 탈봇은 빅터의 재킷 주머니에 손을 넣어 소브라니 담뱃갑을 꺼냈다. 한 개비 불을 붙이고 가만히 서서 기다렸다. 빅터와는 언제나 이런 식이었다. 빅터는 분석의 미궁 속을

---

* 1940년대 말에 러시아 죄수들을 상대로 실험했다는 괴담에서 유래

천천히 누벼야만 했다.

"생물 공학으로 될지도 몰라. 맞춤식으로 만든 미생물이나 벌레 같은 걸… 주입하고… 텔레파시 링크를 확립하는 거지. 아니야. 결점이 너무 많아. 자아/통제 충돌이 일어날 거야. 인식 장애도 있을 테고. 다중 시점을 위해서 군체 생명체를 주입할 수도….” 잠시 멈췄다가. "아니야. 소용 없어."

탈봇은 담배를 빨고, 신비로운 동유럽의 연기를 폐 속에 휘감았다.

"어디까지나 논의를 위해… 자아(에고)와 원초아(이드)가 정자마다 어느 정도씩 존재한다고 해보자고. 정자는 모험심이 넘쳤어. 세포 하나에 의식을 키워서 임무에 내보내길… 관두자, 이건 형이상학적인 헛소리야. 아, 젠장 젠장 젠장… 시간과 생각이 필요해, 래리. 가봐. 내가 생각 좀 하게 놔두고 가. 내가 다시 연락할게."

탈봇은 소브라니 담배를 난간에 비벼 끄고 마지막 연기를 내뱉었다. "알았어, 빅터. 해볼 만큼 흥미는 있다고 받아들일게."

"난 과학자야, 래리. 그건 내가 중독자라는 뜻이야. 여기 낚이지 않는다면 내가 멍청이겠지. 이건 내 아버지에게… 내 아버지가 바란 것과 직접 통하는 건데…."

"이해해. 혼자 있게 해줄게. 기다릴게."

그들은 말없이 배 위에 서 있었다. 한 명은 해결책을 생각하고, 한 명은 문젯거리들을 생각하면서. 그리고 헤어질 때는 포옹을 하고 헤어졌다.

탈봇은 다음 날 아침에 비행기를 타고 돌아가서 보름달의 밤들이 지나도록 기다렸다. 기도는 하지 않는 편이 낫다는 것을 알고 있었다. 기도는 물을 흐릴 뿐이고, 신들의 성질을 건드렸다.

*

전화가 울렸을 때, 수화기를 들면서 탈봇은 그게 무슨 전화일지 알고 있었다. 두 달이 넘도록 전화가 울릴 때마다 그랬다. "탈봇 씨? 웨스턴 유니언입니다. 체코슬로바키아 몰도바에서 온 해외 전보가 있습니다."

"읽어주시겠습니까."

"아주 짧습니다. 내용은 '즉시 올 것. 길은 표시해뒀음.' 서명은 '빅터'로 되어 있군요."

그는 1시간도 지나지 않아서 출발했다. 부다페스트에서 돌아온 후 줄곧 자가용 제트기의 연료 탱크를 정기적으로 채우고, 비행 계획을 입력해서 준비해두고 있었다. 72일 전부터 싸둔 여행 가방이 문 옆에서 기다리고 있었고, 비자와 여권은 갱신해서 편리하게 안주머니에 넣어두었다. 탈봇이 떠나자 아파트는 한동안 그가 떠나고 남긴 메아리로 진동했다.

비행은 끝없이 이어지는 것 같았다. 너무 오래 걸렸다.

세관에서는, 정부에서 발행한 최고급 허가증(모두 명품 수준의 위조였다)에 뇌물까지 더했는데도 콧수염을 기른 옹졸한 공무원 3인조가 가학적으로 시간을 끄는 것 같았다. 그들은 보안 명목으로 순간적인 권력을 한껏 즐기고 있었다.

육로 시설들은 그저 느리다고만 부를 수 없는 수준이었다. 마치 몸이 풀릴 때까지는 뛰지 못하고, 몸이 풀리고 나면 너무 물렁물렁해져서 뛰지 못하는 '당밀 인간'을 연상시킨달까.

케케묵은 관광차가 탈봇의 목적지에 몇 킬로미터 떨어진 곳까지 접근하자 예상대로, 싸구려 고딕 소설에서 가장 긴장감 넘치는 챕터처럼 산맥에서 사나운 전기 폭풍이 분출했다. 전기 폭풍은 가파른 산길을 뚫고 솟아올라, 무덤처럼 시커멓게 하늘을 날더니 모든 것을 흐릿하게 만들며 길을 휩쓸었다.

말투를 들어서는 세르비아인이 분명한 말수 적은 운전사는 운전대에 양손을 정확히 고정한 채, 로데오 기수 같은 집요함을 발휘하여 차를 길 중앙으로 몰았다.

"탈봇 씨."

"예?"

"심해집니다. 돌아갈까요?"

"얼마나 남았습니까?"

"7킬로미터쯤요."

전조등이 딱 길가에서 그들을 향해 쓰러지는 작은 나무가 뿌리 뽑히는 순간을 비췄다. 운전사는 운전대를 빙그르르 돌리고 가속을 밟았다. 맹렬히 달려가는 차 덮개를 나뭇가지가 긁고 지나가면서 칠판을 손톱으로 긁는 소리가 났다. 탈봇은 저도 모르게 숨을 참고 있었다. 어차피 죽을 수 없는 몸이건만, 그런 위험한 순간에는 그 사실을 망각하고 말았다.

"난 저기로 가야 해요."

"그렇다면 계속 가죠. 안심하십쇼."

탈봇은 의자에 몸을 기댔다. 백미러로 세르비아인의 미소를 볼 수 있었다. 그는 안심하고 창밖을 내다보았다. 갈라진 번개 가지들이 어둠을 찢고, 주위 풍경에 불길하고 불안한 형태를 빚어냈다.

마침내 도착했다.

연구소는 어울리지 않게 현대적인 정육면체로, 바퀴 자국 팬 길에서 한참 위에 앉아 있었다. 흐릿하게 돌출한 불길한 현무암을 배경으로 새하얀 건물이 두드러졌다. 그들은 몇 시간째 꾸준히 올라가고 있었고, 이제는 최적의 순간을 기다리는 포식동물처럼 카르파티아산맥이 사방을 에워쌌다.

운전사는 연구소까지 이어지는 도로의 마지막 2킬로미터 남짓 거리를 힘겹게 올랐다. 흙과 나뭇가지 가득한 시커먼 물이 차 옆으로 콸콸 흘렀다.

빅터는 그를 기다리고 있었다. 그는 인사도 대충 하고 동료에게 서류 가방을 맡기더니 서둘러 탈봇을 데리고 지하 1층 현장으로 내려갔다. 그곳에서는 기술자 여섯 명이 거대한 제어반들과 선이 가득한 천장 아래 당김줄로 매달아 놓은 거대한 유리판 사이를 오가며 분주하게 맡은 일을 수행하고 있었다.

기대감이 가득한 분위기였다. 탈봇은 기술자들이 그에게 던지는 짧고 날카로운 시선에서, 빅터가 그의 팔을 잡고 움직이는 방식에서, 사람들이 들끓는 괴상하게 생긴 기계장치들의 경주마 같은 묘한 준비 태세에서 그 조짐을 감지할 수 있었다. 그리고 빅터의 태도를 통해 이 연구소에서 뭔가 새롭고 경이로운 일이 일어나려 한다는 것을 느꼈다. 어쩌면 이 하얀 타일 방에서 마침내… 너무나 끔찍하고 컴컴하게 오랜 시간을 지나… 평화가 그를 기다리는지도 몰랐다. 빅터는 그야말로 터뜨리듯 말을 쏟아냈다.

"마지막 조정 중이야." 빅터는 유리판을 마주 보는 양쪽 벽에 놓인 비슷한 기계 한 쌍에서 작업 중인 여자 기술자 두 명을 가리켰다. 탈봇의 눈에는 그 기계가 디자인이 아주 복잡한 레이저 프로젝터처럼 보였다. 두 여성은 조용한 전자음이 웅웅대는 기계를 짐벌대 위에서 왼쪽 오른쪽으로 천천히 옮기고 있었다. 빅터는 탈봇이 오랫동안 그 기계를 살펴보게 내버려두었다가 말했다. "레이저(laser)가 아니야. 그레이저(graser)야. 방사선 유도방출에 의한 감마선(gamma ray) 증폭*이지. 주목해. 저게 네 문제에 대한 해답의 핵심 절반은 차지하니까."

두 기술자는 유리판을 통해 방 건너편을 겨냥하더니, 서로에게 고개를 끄덕였다. 그리고 둘 중에서 더 나이가 많은, 50대 여성이 빅터에게 외쳤다.

"연결됐습니다, 박사님."

빅터는 알았다는 뜻으로 손을 흔들고 탈봇을 돌아보았다. "더 일찍 준비하려고 했는데, 이 망할 폭풍 때문에 말이야. 폭풍이 일주일이나 이어졌어. 우리 일을 방해한 건 아니지만 주 변압기에 번개가 쳤지 뭐야. 며칠 동안 전력 비상이었고 전부 다시 최대치로 끌어올리는 데 시간이 좀 걸렸어."

---

* 레이저는 '방사선 유도방출에 의한 빛의 증폭'의 머리글자

탈봇 오른쪽 통로벽에 문이 열렸다. 문은 아주 무거워서 힘에 겹다는 듯 천천히 돌아갔다. 문에 붙은 노란색의 에나멜 판에는 굵은 검은색 글씨로 프랑스어가 적혀 있었다. 내용은 '여기에서부터는 대인 감시 장치가 필요합니다.' 천천히 돌아가던 문이 마침내 다 열리자 탈봇은 반대편에 적힌 경고판을 보았다:

주의
방사선 구역

그 문구 아래에 팔이 셋 달린 삼각형의 디자인이 있었다. 그는 성부와 성자와 성신을 생각했다. 합리적인 이유도 없이.

그러다가 아래 표지판을 보고 합리적인 이유를 찾아냈다.

이 문을 30초 이상 열려면 보안 검색이 필요함

탈봇의 관심은 그 문과 빅터가 한 말 양쪽으로 나뉘었다. "폭풍에 대해 걱정하는 모양이군."

빅터가 대답했다. "걱정은 아니야. 조심하는 거지. 폭풍이 실험을 방해할 일은 없어. 또 직격을 맞는다면 모르겠는데, 특별 예방책도 세웠으니 그럴 것 같진 않고…. 하지만 촬영 도중에 전력이 나가는 위험을 감수하고 싶진 않군."

"촬영?"

"다 설명해줄게. 아니, 꼭 설명해야지. 그래야 네 꼬맹이가 그 지식을 갖고 있겠지." 빅터는 탈봇이 겪는 혼란을 알아보고 미소 지었다. "걱정하지 마." 문밖으로 나온 실험복 차림의 나이 든 여성이 탈봇 바로 뒤 오른쪽에 서서 기다리고 있었다. 그들의 대화가 끝나서 빅터에게 말을 걸 수 있기를 기다리는 게 분명했다.

빅터는 그 여자에게 시선을 돌렸다. "뭐죠, 나디아?"

탈봇은 그 여자를 쳐다보았다. 배 속에 산성비가 쏟아지기 시작했다. "어제 높은 수평 불안정성을 일으킨 원인을 찾는 데 상당한 노력을 기울였습니다." 그 여자는 단조롭고 조용하게 말했다. 구체적인 상황 보고의 한 페이지 같았다. "교환 빔 파열이 효율적인 추출을 막았습니다." 적어도 80세. 회색 눈이 간장색으로 쪼글쪼글하게 주름진 살 속 깊이 패었다. "몇 군데 수리하기 위해 오후에는 가속기를 꺼뒀습니다." 여자는 지치고 쇠약하고 구부정한데다 뼈가 너무 많이 튀어나왔다. "C48의 슈퍼 핑어* 진공실 부품을 교체했습니다. 진공 누출이 있었더군요." 탈봇은 극도의 고통에 사로잡혔다. 기억이 날뛰는 군단처럼 밀려오고, 시커먼 개미 떼가 두뇌 속에서 부드럽고 약하고 접힌 부분은 모조리 물어뜯는 느낌이었다. "밤샘 중에 빔 시간을 2시간 낭비했는데, 전달 구역 안에 달린 새 진공 밸브의 솔레노이드 고장 때문입니다."

"어머니…?" 탈봇은 쉰 목소리로 속삭였다.

나이 든 여자는 화들짝 놀라더니 고개를 돌리고 가라앉은 잿더미 같은 눈을 크게 떴다. "빅터." 그 여자의 목소리에는 공포가 깃들어 있었다.

탈봇은 움직일 수가 없었지만, 빅터가 그의 팔을 잡고 지탱했다. "고마워요, 나디아. 표적지 B로 내려가서 2차 빔을 기록해요. 당장 가요."

그 여자는 발을 절며 두 사람 옆을 지나치더니, 멀리 떨어진 벽에 난 문을 통과하여 순식간에 사라졌다. 나디아보다 젊은 여자가 문을 잡아주고 있었다.

탈봇은 눈물이 고인 채 그 모습을 지켜보았다. "오 세상에, 빅터. 그건…."

"아니야, 래리. 아니었어."

"맞잖아. 신에게 맹세코, 맞았어! 하지만 어떻게, 빅터? 어떻게 된 거야?"

* 초음파 발사기

270

빅터는 그를 돌려세우고 빈손으로 그의 턱을 들어 올렸다. "날 봐, 래리. 젠장, 날 보라니까. 사실이 아니야. 네가 잘못 봤어."

로렌스 탈봇이 마지막으로 울었을 때는 자다가 깨어났는데 미니애폴리스 미술관 옆 식물원의 수국 덤불 아래 누워 있었고, 그 옆에 움직이지 않는 피투성이 물체가 있었던 아침이었다. 손톱에는 살점과 흙과 피가 달라붙어 있었다. 그때 그는 수갑에 대해 배우고, 어떤 의식 상태에서는 수갑을 풀고 다른 상태에서는 풀지 않는 법을 익혔다. 지금 그는 다시 울고 싶었다. 이유도 있었다.

"여기에서 잠시만 기다려." 빅터가 말했다. "래리? 여기에서 잠시만 기다려줄래? 바로 돌아올게."

그가 외면한 채로 고개를 끄덕이자, 빅터가 움직였다. 고통스러운 기억들이 요란하게 몰려드는 가운데 가만히 서 있으려니 방 저편 벽에서 문이 살짝 열리고 또 다른 하얀 실험복 차림의 기술자가 머리를 내밀었다. 열린 문틈으로 거대한 방 안에 든 거대한 기계를 볼 수 있었다. 티타늄 전극들. 스테인리스 스틸 원뿔들. 그는 그 기계를 알아볼 것 같았다. 콕크로프트-월턴의 선가속기(pre-accelerator)였다.

빅터는 우윳빛 액체가 담긴 유리잔을 들고 돌아와서 탈봇에게 건넸다.

"빅터…" 멀리 떨어진 문간에서 기술자가 외쳤다.

"마셔." 빅터는 탈봇에게 말하고 나서 기술자를 돌아보았다.

"작동 준비됐습니다."

빅터는 손을 흔들었다. "10분만 줘요, 칼. 그런 다음에 1단계로 올리고 신호를 줘요." 기술자는 알겠다는 듯 고개를 끄덕이고 문 안쪽으로 사라졌다. 벽에 난 문이 미끄러지듯 닫히면서 눈길을 끌던 방 안의 기계 장비를 감췄다. "그리고 저게 네 문제에 대한 신비롭고도 마법적인 해결책 나머지 절반의 일부였어." 빅터는 자랑스러워하는 아버지처럼 미소 지으며 말했다.

"내가 마신 건 뭐야?"

"널 안정시켜줄 물질. 네가 환각을 보게 놔둘 순 없어."

"환각을 본 게 아니야. 그 여자 이름이 뭐였지?"

"나디아. 네가 틀렸어. 넌 그 사람을 평생 한 번도 본 적이 없어. 내가 언제 거짓말한 적 있어? 우리가 언제부터 알고 지낸 사이지? 이 일을 끝까지 해내려면 네 믿음이 필요해."

"난 괜찮을 거야." 우윳빛 액체가 벌써 작용하기 시작했다. 탈봇의 얼굴에서 홍조가 사라지고, 두 손의 떨림이 멈췄다.

빅터는 갑자기 샛길로 빠질 시간이 없는 과학자답게 근엄해졌다. 전해야 할 정보가 있는 것이다. "좋아. 잠시 이렇게 엄청난 시간을 들여서 준비했는데 그게 다…, 흠." 그는 얼른 다시 미소를 지었다. "이렇게 표현해볼까. 잠시 아무도 내 파티에 오지 않는 건가 했어."

탈봇은 짧게 긴장한 웃음소리를 내고 빅터를 따라 한쪽 구석에 층층이 쌓인 틀에 박힌 텔레비전 모니터 더미로 향했다. "좋아, 브리핑을 해주지." 빅터는 모니터를 하나씩 하나씩 켰다. 열두 개 모니터가 빛을 발하며 각각 마무리가 덜 끝난 거대한 설비들을 비췄다.

모니터 1번에는 하얗게 칠해진 끝도 없이 긴 지하 터널이 보였다. 탈봇은 두 달 동안 기다리면서 독서를 많이 했다. 그래서 그 터널이 주 회로를 "똑바로" 내려다본 풍경이라는 것을 알아보았다. 흐릿한 조명 속에서 충격 방지 콘크리트 받침대에 든 거대한 흰 자석들이 희미하게 빛을 발했다.

모니터 2번에는 선형가속기 터널이 보였다.

모니터 3번에는 콕크로프트-월턴 선가속기의 정류기 더미가 보였다.

모니터 4번에는 부스터가 보였다. 모니터 5번에는 전달 구역 내부가 보였다. 모니터 6번부터 9번까지는 실험용 표적 영역 세 곳과, 범위와 규모는 그보다 작지만 중간자와 중성자와 양성자 영역을 지원하는 내부 표적 영역이 보였다.

나머지 모니터 세 개는 지하 실험장의 연구 영역을 비췄고, 마지막

한 개는 탈봇이 서서 열두 개 모니터를 들여다보고 있는 메인 홀 자체를 비췄다. 탈봇이 들여다보는 열두 개 모니터 중 열두 번째 스크린으로 탈봇이 열두 번째 모니터를 들여다보는 모습이 비치고….

빅터가 모니터들을 껐다.

"뭘 봤어?"

탈봇은 나디아라고 했던 나이 든 여자밖에 생각할 수 없었다. 그럴 리가 없는데도. "래리! 뭘 봤냐고."

"내가 본 건… 입가 가속기처럼 보였어. 그것도 제네바에 있는 CERN의 양성자 싱크로트론만큼 큰 가속기."

빅터는 감탄했다. "자료를 제대로 읽어오긴 했군."

"그게 내 의무였잖아."

"흠, 흠. 내가 널 감탄시킬 수 있을지 한 번 볼까. CERN의 가속기는 33BeV까지 달해. 이 방 아래 링은 15GeV까지 달하고."

"GeV는 10억을 의미하는 기가볼트지."

"제대로 읽었군! 그러니까 150억 전자볼트야. 너에겐 비밀로 할 수 있는 게 없네. 안 그래, 래리?"

"딱 하나 있지."

빅터는 질문하라는 듯 기다렸다.

"할 수 있어?"

"그래. 기상학에 따르면 폭풍의 눈이 곧 우리 위를 지나가. 1시간쯤이 생길 텐데, 그만하면 실험의 위험한 부분을 해결하기엔 충분한 시간이지."

"하지만 할 수 있다는 거지."

"그래, 래리. 난 두 번씩 말하는 게 싫어." 빅터의 목소리에는 망설임이 없었다. 전에는 언제나 들었던 "그래, 하지만" 식의 얼버무림이 없었다. 빅터가 길을 찾은 것이다.

"미안해, 빅터. 불안해서 그래. 하지만 준비가 다 됐다면 난 왜 세뇌를 거쳐야 하는 거야?"

빅터는 쓴웃음을 짓더니 낭송조로 말했다. "그대들의 마법사로서, 이 몸은 이제 상부 성층권으로의 위험하고 기술적으로 설명도 불가능한 여행에 착수하려 하네. 동료 마법사들과 상의하고 대화하고 어울리기 위해서지."*

탈봇은 두 손을 들어 올렸다. "그만해도 돼."

"좋아, 그럼. 잘 들어. 난 필요 없는 일은 안 해. 내 말 믿어. 나에게 내가 강의하는 소리를 듣는 것보다 더 지겨운 일은 없어. 하지만 네 꼬맹이는 네가 가진 자료를 다 가지고 있어야 해. 그러니까 잘 들어. 이제 지겹지만 대단히 유익한 설명을 시작하지."

✳

서유럽의 CERN(Conseil Européen pour la Recherche Nucléaire, 유럽 입자 물리학 연구소)은 거대한 기계를 둘 장소로 제네바를 선택했다. 네덜란드가 그 자리를 놓친 것은 저지대 음식이 형편없다는 사실이 널리 알려진 탓이었다. 사소해 보이지만 중요한 요소였다.

동유럽 연합의 CEERN(동유럽 입자 물리학 연구소)은 (루마니아의 클루지나포카, 헝가리의 부다페스트, 폴란드의 그단스크 같은 좀 더 그럴싸하고 쾌적한 후보지를 제치고) 이 하얀 카르파티아산맥 높은 곳의 외딴 장소에 정착할 수밖에 없었는데, 탈봇의 친구 빅터가 이 장소를 고른 탓이었다. CERN에는 달과 위데뢰와 고워드와 아담스와 라이히가 있었고, CEERN에는 빅터가 있었다. 균형이 맞았다. 빅터는 모든 일을 결정할 수 있었다.

그래서 연구소는 공들여 빅터의 사양대로 지어졌고, CEERN의 입자 가속기는 CERN의 기계도 왜소해 보일 정도로 컸다. 일리노이주 바타비아의 페르미 국립 가속기 연구소에 있는 6.2킬로미터짜리 링도 왜소해 보일 정도였다. 사실상 그것은 세상에서 가장 크고 가장 발전한 "싱크로파

* 《오즈의 마법사》의 일부분

소트론"*이었다.

하지만, 지하 연구소에서 벌어지는 실험 중 70퍼센트만 CEERN이 후원하는 프로젝트에 충실했다. 빅터의 연구소 직원들은 100퍼센트 빅터에게 헌신했다. CEERN이나 동유럽연합이나 물리학이나 어떤 신조가 아니라… 빅터라는 사람에게 개인적으로. 그래서 지름 25킬로미터짜리 가속기 링에서 돌리는 실험의 30퍼센트는 빅터 마음대로였다. CEERN이 알아내기도 어려울 테지만, 그들은 안다 해도 아무 말도 하지 않았을 것이다. 천재의 과실을 70퍼센트 받는 것이 없는 것보다 나을 테니까.

빅터의 연구가 기본 입자 구조의 성질에 대한 첨단 이론적 돌파구를 현실화하는 방향에 쏠려 있음을 진작 알았더라면, 탈봇은 자신의 문제에 몇 년씩 매달리며 모든 것을 약속하고 아무것도 가져다주지 못한 사기꾼과 실패자들에게 시간을 낭비하지 않았을 것이다. 하지만 '정보 제휴처'가 길을 표시해주기 전까지는 빅터의 진기한 재능이 필요할 일이 없었다. 탈봇은 앞서 모든 방향을 다 따라가 보았으나, 그림자와 실체가 뒤섞이고 현실이 환상과 합쳐진 그 예기치 않은 길만은 가보지 않았다.

CEERN이 자기네 천재 덕분에 가속기 경주에서 앞서나간다는 지식에 안주해서 따뜻함을 누리는 동안, 빅터는 제일 오래된 친구에게 어떤 방법으로 죽음의 평화를 선사할 수 있는지 브리핑하고 있었다. 로렌스 탈봇이 영혼을 찾는 방법. 로렌스 탈봇이 자기 몸속으로 정확하게 들어갈 방법을 말이다.

"네 문제의 해답은 두 부분으로 이루어져 있어. 첫째, 우리는 너의 완벽한 복제품을 만들어야 해. 십만, 아니면 백만분의 일 정도로 작은 복제품을 말이야. 둘째, 그다음에는 그 복제품을 현실화해야 해. 이미지를 육체적이고 물질적인 뭔가로 바꾸는 거지. 존재하는 뭔가로. 네가 가진 모든 것, 모든 기억과 지식을 다 갖춘 실제 그대로의 축소 모형으로 말이야."

* 블라디미르 벡슬레르가 설계, 건설한 싱크로트론 기반의 양성자 입자가속기 이름

탈봇은 아주 느긋한 기분이었다. 우윳빛 액체가 그의 기억 속에서 마구 휘도는 물을 잔잔하게 만들어놓았다. 그는 미소 지으며 말했다. "어려운 문제가 아니었다니 다행이네."

빅터는 유감스럽다는 얼굴이었다. "다음 주면 내가 증기 엔진을 발명하겠지. 진지하게 들어, 래리."

"네가 먹인 레테 강물 때문이야."

빅터의 입매에 힘이 들어갔고 탈봇은 정신을 차려야 한다는 것을 알았다. "미안, 계속해."

빅터는 잠시 멈칫하고는, 요동치는 죄책감을 안은 채 진지하게 말을 이었다. "첫 번째 부분은 우리가 발명한 그레이저를 써서 해결할 거야. 원자의 전자가 아니라 원자핵에서 발생시킨 파동… 레이저의 백만 배는 짧고, 해상도는 더 큰 파동을 써서 네 홀로그램을 쏠 거야." 빅터는 실험실 중앙에 걸린 거대한 유리판 쪽으로 걸어갔다. 유리판 중심에 그레이저가 겨눠져 있었다. "이리 와봐."

탈봇은 그 뒤를 따라갔다.

"이게 홀로그램 판이야? 그냥 사진 유리판이잖아?"

"이게 아니야." 빅터는 3미터짜리 정사각형 유리판을 건드리며 말했다. "이거지!" 빅터가 유리 중앙의 한 점에 손가락을 대자 탈봇은 몸을 내밀고 그 점을 보았다. 처음에는 아무것도 보이지 않았다가, 희미하게 잔물결 같은 것이 보였다. 그리고 그 일그러진 부분에 최대한 얼굴을 가까이 대자 얇은 실크 스카프 같은 물결 무늬가 보였다. 그는 빅터를 다시 보았다.

"초소형 홀로그램 판이야. 집적 칩보다 더 작아. 바로 여기에 네 영혼을 백만분의 일로 줄여서 잡을 거야. 세포 하나 정도 크기지. 적혈구 세포 정도."

탈봇은 키득거렸다.

빅터는 진력을 내며 말했다. "관두자. 너 너무 많이 마셨어. 내 잘못이야. 쇼를 시작하자. 준비가 다 될 때쯤엔 너도 제정신이 들겠지…. 네 꼬맹이는 바보 같지 않길 빌 뿐이다."

그들은 벌거벗은 탈봇을 기초 사진판 앞에 세웠다. 여자 기술자 둘 중에 나이 많은 쪽이 그에게 그레이저를 겨누자 탈봇이 듣기에 기계가 제위치에 맞아들어가는 것 같은 부드러운 소리가 나더니, 빅터가 말했다. "좋아, 래리. 됐어."

그는 뭔가 더 있을 줄 알고 그들을 쳐다보았다.

"이게 끝이야?"

기술자들은 그의 반응에 아주 즐거워하고 재미있어하는 눈치였다. "다 됐어." 빅터가 말했다. 그렇게나 빨랐다. 그레이저가 그를 때리고 이미지를 가두는 것을 보지도 못했는데. "이게 끝이야?" 그는 다시 물었다.

빅터가 웃기 시작했다. 웃음소리가 실험실 전체에 퍼져나갔다. 기술자들은 장비에 매달려 있었고, 빅터의 뺨에는 눈물이 흘렀으며, 모두가 숨을 못 쉬고 헐떡거렸다. 그리고 탈봇은 유리에 생긴 아주 작은 일그러짐 앞에 서서 바보가 된 기분이었다.

"이게 끝이라고?" 그는 무력하게 한 번 더 말했다.

한참이 지나서야 다들 눈물을 닦았고, 빅터는 그를 데리고 거대한 유리판에서 멀어졌다. "다 됐어, 래리. 이제 가자고. 춥나?"

탈봇의 맨살에는 닭살이 고르게 돋아 있었다. 기술자 한 명이 입을 만한 긴 셔츠를 가져왔다. 그는 가만히 서서 지켜보았다. 확실히 그는 이제 관심의 중심이 아니었다.

이제는 교차 그레이저와 유리에 난 홀로그램 판 물결이 관심의 초점이었다. 이제 느슨해졌던 분위기는 지나가고 연구소 직원들의 얼굴에 진지하게 집중하는 표정이 돌아왔다. 이제 빅터는 인터컴 헤드셋을 쓰고 있었고, 탈봇은 빅터의 목소리를 들었다. "좋아, 칼. 전 출력으로 올려."

거의 즉시 연구소 안에 발전기들이 출력을 올리는 소리가 가득 찼다. 그 소리는 고통스러울 정도로 컸고 탈봇은 이가 아팠다. 징징거리는 소리는 점점 높아지다가 탈봇의 청력 범위를 넘어갔다.

빅터는 유리판 뒤 그레이저를 맡은 젊은 쪽 여자 기술자에게 수신호를 보냈다. 그녀는 재빨리 프로젝터의 조준 장치에 몸을 숙이더니 작동시켰다. 탈봇은 광선을 보지 못했건만, 아까 들렸던 것과 같은 고정음이 들리더니 부드럽게 웅웅거리는 소리와 함께 몇 분 전에 탈봇이 서 있었던 자리 허공에 벌거벗은 그의 실물 크기 홀로그램이 흔들렸다. 그는 의문을 담아 빅터를 쳐다보았다. 빅터가 고개를 끄덕이자 탈봇은 그 환영에게 걸어가서 손을 통과시켜 보고, 가까이 서서 투명한 갈색 눈을 들여다보고, 코에 난 넓은 구멍에 주목하고, 평생 어떤 거울로 가능했던 것보다 더 자세히 자신을 관찰했다. 마치 누군가가 그의 무덤 위를 걸어간 듯한 느낌이었다.

빅터는 남자 기술자 세 명과 이야기를 하고 있었는데, 다음 순간 홀로그램을 조사하러 왔다. 그들은 그 유령 이미지의 정교함과 명료함을 측정할 수 있는 듯한 노출계와 감지장치를 들고 왔다. 탈봇은 매료되면서도 겁을 먹고 그 모습을 지켜보았다. 그는 인생의 대여행을 떠나기 직전이었다. 많이 원했던 목적지로, 끝으로 가는 여행.

기술자 한 명이 빅터에게 신호를 보냈다.

"깨끗해." 그는 탈봇에게 말하고, 두 번째 그레이저 프로젝터를 맡은 젊은 여자 기술자에게 말했다. "좋아, 제이나, 이동시켜." 기술자가 엔진을 켜자 프로젝터 장치 전체가 무거운 고무바퀴를 돌리며 굴러 나왔다. 그녀가 프로젝터를 끄자 벌거벗은 채 노출된 탈봇의 이미지가 사라졌다. 탈봇은 그 이미지가 아침 안개처럼 스러지는 모습을 보니 조금 슬펐다.

빅터가 말하고 있었다. "좋아, 칼. 이제 받침대를 옮긴다. 구경을 좁히고, 내 신호를 기다려." 그러고는 탈봇에게도 말했다. "이제 네 꼬맹이가 나와, 친구."

탈봇은 부활하는 감각을 느꼈다.

나이 많은 여자 기술자가 1.2미터 높이의 스테인리스 스틸 받침대를 실험실 중앙으로 굴려 가더니, 받침대 위에 놓인 아주 작고 반질반질한

축이 유리에 간 희미한 잔물결 바로 밑을 건드리도록 배치했다. 진짜 테스트를 위한 현실화 무대처럼 보였고, 실제로 그랬다. 사람 크기만 한 홀로그램은 이미지가 완벽한지 확인하기 위한 전 단계 테스트였다. 이제 로렌스 탈봇의 의식과 지성과 기억과 욕망을 똑같이 지닌 세포 하나만 한 벌거벗은 로렌스 탈봇을 실제로 만들어내야 했다.

"준비됐나, 칼?" 빅터가 말했다.

탈봇은 대답하는 소리를 듣지 못했지만, 빅터는 들었다는 듯이 고개를 끄덕이고 말했다. "좋아, 빔 추출!"

그 과정이 너무 빨리 벌어져서, 탈봇은 대부분을 놓쳤다.

마이크로파이온 빔은 프로톤(양성자)보다 백만 배는 작고, 쿼크 입자보다도 작으며, 뮤온이나 파이온보다 더 작은 입자로 구성되어 있었다. 빅터가 마이크로파이온이라고 이름 붙였다. 벽에 틈이 열리고 빔이 갈라져서 홀로그램 잔물결을 통과하고는 틈이 다시 닫히면서 끊어졌다.

그 과정에 1초의 10억분의 1밖에 걸리지 않았다.

"됐어." 빅터가 말했다.

"난 아무것도 안 보이는데." 탈봇은 말하고 나서 이 사람들에게 그게 얼마나 멍청하게 들릴지 알아차렸다. 물론 아무것도 보이지 않았다. 볼 것이 없었다⋯ 맨눈으로는. "그게⋯ 거기 있어?"

"네가 있는 거지." 빅터가 말하더니 보호 구획 안 장비 벽장 앞에 서 있던 남자 기술자 한 명에게 손짓했다. 그 남자는 서둘러 가느다란 반사 현미경을 들고 왔다. 그 남자가 탈봇은 따라갈 수도 없는 방식으로 받침 대 위 작은 바늘 끝 같은 축에 반사경을 맞추고 물러나자, 빅터가 말했다. "네 문제 해결의 두 번째 부분이 풀렸어, 래리. 가서 직접 봐."

탈봇은 현미경에 다가가서 축 표면이 보일 때까지 손잡이를 돌렸고, 엄청나게 작아진 완벽한 그 자신이

그 자신을 올려다보았다.

그가 볼 수 있는 것이라곤 하늘을 점령한 매끄러운 유리 위성에서 아래를 내려다보는 거대한 갈색 눈 하나뿐이었는데도, 그는 자기 자신을 알아보았다.

그는 손을 흔들었다. 눈이 껌벅거렸다.

'이제 시작이군.' 그는 생각했다.

✳

로렌스 탈봇은 로렌스 탈봇의 배꼽에 해당하는 거대한 구덩이 가장자리에 서 있었다. 그는 탯줄 뿌리가 쪼그라들면서 남긴 고리와 돌기들이 만든 바닥 없는 구멍 속을 내려다보았다. 그는 내려가려고 균형을 잡고 서서 자기 몸 냄새를 맡았다. 첫 번째는 땀 냄새였다. 그다음에는 더 안에서 퍼져 나오는 냄새가 났다. 썩은 이로 은박지를 깨무는 것 같은 페니실린 냄새. 칠판지우개를 팡팡 털 때 콧속을 간질이는 분필 가루 같은 아스피린 냄새. 소화되어 폐기물로 변하는 중인 썩은 음식 냄새. 그 모든 냄새가 어두운 색채들로 이루어진 야생의 교향곡처럼 피어올랐다.

그는 배꼽의 둥그런 테두리에 앉아서 몸을 앞으로 미끄러뜨렸다.

그는 미끄러져 내려가다가 튀어나온 부분을 건너뛰어서 몇십 센티쯤 떨어진 다음, 다시 미끄러져서 어둠 속으로 급락했다. 그는 잠시 떨어지다가 부드럽고 유연한, 배꼽이 묶였던 자리에 남은 탄력 있는 조직면을 타고 올라갔다. 갑자기 눈부신 빛이 배꼽 안을 채우면서 구멍 바닥의 어둠이 부서졌다. 탈봇은 눈을 가리고 하늘을 올려다보았다. 천 개의 신성보다 더 눈부신 태양이 빛나고 있었다. 빅터가 그를 돕기 위해 구멍 위에 수술등을 옮긴 것이다. 할 수 있는 한 도우려고.

탈봇은 그 빛 뒤에서 움직이는 커다란 그림자를 보고 그게 뭔지 파악하려고 애를 썼다. 그게 무엇인지 아는 게 중요할 것 같았다. 그리고 한 순간, 눈을 감기 전에 그는 무엇인지 알았다고 생각했다. 누군가가 벌거벗은 채로 마취되어 수술대 위에 누운 로렌스 탈봇의 몸 위에 매달린 수술등 너머로 그를 지켜보고 있었다.

그 늙은 여자, 나디아였다.

그는 그 여자에 대해 생각하면서 한참 동안 움직이지 않고 서 있었다.

그러다가 무릎을 꿇고, 배꼽 구덩이 바닥을 이루는 조직면을 더듬었다.

얼음 아래를 흐르는 물처럼, 그 표면 아래에서 움직이는 뭔가를 볼 수 있을 것 같았다. 그는 엎드려서 두 손으로 눈 주위를 감싸고 그 죽은 살에 얼굴을 댔다. 마치 반투명한 운모를 통해 보는 것 같았다. 진동하는 막 너머로 퇴축 배꼽 혈관의 무너진 내강(內腔)을 볼 수 있었다. 여기는 열린 곳이 아니었다. 고무 같은 표면에 손바닥을 대고 누르자 들어가기는 했지만, 살짝밖에 움직이지 않았다. 보물을 찾으려면 우선 데메테르가 준 지도 경로를 따라가야 했고(지금은 확고하고 영구하게 기억에 새겨두었다) 그 경로에 발을 들이려면 그 전에 자기 몸 안에 들어가기부터 해야 했다.

하지만 그 입구를 열 방법이 없었다.

자기 몸으로 들어가는 입구에 들어가지 못하고 서 있으려니, 분노가 솟구쳤다. 로렌스 탈봇의 삶은 고통과 죄책감과 공포였고, 스스로가 통제하지 못하는 사건들로 황폐해진 결과물이었다. 펜타그램과 보름달과 피와 단백질 함유량이 높은 식단 때문에 지방이 조금도 붙지 않는 몸, 어떤 평범한 성인 남성보다 더 건강한 혈류 스테로이드, 균형 잡히고 활발한 트리글리세롤과 콜레스테롤 수준. 그리고 영원히 낯설기만 한 죽음. 분노가 넘쳐흘렀다. 제대로 말이 되어 나오지 않는 고통의 신음 소리가 작게 들렸고, 그는 달려들어서 전에도 그런 행위에 많이 써먹었던 치아로 수축한 탯줄 흔적을 찢기 시작했다. 핏빛 아지랑이 속에서도 그는 자기가 자기 몸을 공격하고 있다는 사실을 알았고, 그것은 딱 알맞은 자해 행동 같았다.

아웃사이더였다. 그는 성인이 되고 평생을 아웃사이더로 살았다. 그리고 격노가 치솟으니 더는 그렇게 차단당할 수 없었다. 악마적인 목적성을 갖고 살덩어리를 찢어발기다 보니 마침내 막이 뚫리고 들어갈 틈이 열렸다….

그리고 그는 폭발하는 빛에, 쇄도하는 바람에, 살 표면 바로 밑에서 풀려나고자 발버둥 치던 뭔가가 튀어나오는 흐름에 눈이 멀었다. 그는 의식 불명에 빠지기 직전에 카스타네다가 쓴 책에서 돈 후앙이 한 말이 진실임을 알았다.* 터진 혈관에서 하얀 거미줄 같은 섬유 다발이, 금빛으로 물든 가느다란 빛의 섬유가 두껍게 뭉친 다발이 튀어나오더니 배꼽 구멍 위로 솟아올라 진동하면서 살균된 하늘로 날아가버렸다.

탈봇이 눈을 감고 무의식 속으로 가라앉는 동안 초자연적이고 원래는 눈에 보이지 않을 콩나무 줄기는 올라가고 올라가고 올라갔다.

＊

그는 허탈된 내강 속을, 양막 주머니에서부터 태아에게까지 혈관으로 이어졌던 경로 중심에 남은 공간을 엎드려 기었다. 정찰 보병이 위험 지역을 통과할 때와 같은 방식으로 팔꿈치와 무릎을 쓰며 개구리처럼 기어서 전진, 납작해진 터널을 머리로 열어가며 겨우겨우 통과했다. 로렌스 탈봇이라고 불리는 세상 안은 꽤 밝았다. 금빛 광채가 가득했다.

지도에 따르면 그는 이 짓눌린 터널을 빠져나가 하대정맥에서 우심방을 거쳐 우심실, 폐동맥을 통과하고 판막을 통과하여 폐와 폐정맥을 거친 후 심장 왼쪽(좌심방, 좌심실)과 대동맥으로 건너갔다가, 대동맥 판막 위에 있는 세 개의 관상동맥을 우회하여, 대동맥 아치 위로 내려가서, 경동맥과 다른 동맥들을 우회하고, 복강동맥으로 가야 했다. 그곳에서 동맥들이 혼란스럽게 갈라져 나갔는데, 위샘창자동맥은 위로, 간동맥은 간으로, 비장동맥은 비장으로 향했다. 그리고 그곳, 횡격막 본체로 가는 배동

---

* 페루 출신의 문화인류학자 카를로스 카스타네다가 쓴 《돈 후앙의 가르침》은 중남미 환각성 약초 사용을 조사하러 간 인류학자가 돈 후앙이라는 야키족 주술사를 만나 가르침을 얻는 내용으로, 당대 베스트셀러였다. 이 대목은 책에 나오는 초월 체험과 마력에 대한 묘사를 가리킨다.

맥에서 굵은 췌관을 지나 췌장으로 떨어질 것이다. 그리고 그곳 랑게르한스섬*에서 '정보 제휴처'가 준 좌표로 가서, 아주 오래전 공포의 보름달 밤에 빼앗겼던 것을 찾으리라. 그것을 찾으면, 은 탄환에 맞아서 육체적으로만 죽는 게 아니라 영원한 잠에 빠질 확신을 찾아내고 나면 자신의 심장을 멈출 테고(방법은 모르지만 어쨌든 그렇게 할 것이다) 그러면 로렌스 탈봇은, 그가 이해하는 로렌스 탈봇이라는 존재는 끝날 것이다. 그곳에, 비장동맥에서 피를 공급받는 췌장 끄트머리에 세상에서 제일 큰 보물이 있다. 스페인 금화보다도, 향신료와 비단보다도, 솔로몬 왕이 진을 가두는 데 쓴 등잔보다도 더 귀한 보물이, 결정적이고도 달콤한 영원한 평화가, 괴물로 사는 삶으로부터의 해방이 있다.

그는 죽은 혈관의 마지막 몇 센티미터를 밀어내고 뻥 뚫린 공간에 머리를 내밀었다. 그는 주황색 바위로 이루어진 깊은 동굴에 거꾸로 매달려 있었다.

탈봇은 꿈틀꿈틀 두 팔을 빼내어 동굴 천장으로 보이는 곳에 대고, 터널 밖으로 몸을 끄집어냈다. 그는 쿵 떨어지면서 마지막 순간에 몸을 틀어서 어깨로 충격을 받아내려 했다가, 되려 목 옆에 심한 타격을 입었다.

그는 잠시 그대로 누워 있다가 정신을 차리고 일어서서 걸어갔다. 동굴을 빠져나가자 바위턱이 나왔고, 그는 그곳에 서서 앞에 펼쳐진 풍경을 바라보았다. 희미하게만 인간을 닮은 뭔가의 해골이 심하게 구겨진 채 절벽에 기대 누워 있었다. 자세히 보기는 두려웠다.

그는 죽은 주황색 바위 세계를 응시했다. 두개골에서 들어낸 전두엽의 지형학처럼 주름지고 접힌 풍경.

하늘은 밝고 쾌적한 노란색이었다.

그의 몸속 대협곡은 끝도 없는 쇠락한 바위 더미 같았다. 천 년 동안 죽어 있는. 그는 길을 찾아보고 바위턱을 내려가기 시작했다.

---

* 척추동물 췌장에 있는 내분비 조직. 세포가 모여서 섬처럼 보인다.

＊

물이 있어서 살 수 있었다. 이 건조하고 아득한 황야에는 보기보다 비가 자주 오는 모양이었다. 밤이나 낮이 없고 언제나 똑같이 경이로운 금색 빛이 밝으니 며칠인지 몇 달인지 헤아릴 방법이 없었지만, 탈봇은 주황색 산맥의 가운데 등뼈를 따라 내려간 지 거의 여섯 달이 되었다고 느꼈다. 그동안 비는 마흔여덟 번 내렸다. 대충 일주일에 두 번씩이었다. 폭우가 내릴 때마다 세례반(洗禮盤)에 물이 가득 찼고, 벌거벗은 발바닥을 계속 적셔두면 힘이 빠지지 않고 걸을 수 있었다. 뭔가를 먹었다면 얼마나 자주 먹었는지, 어떤 형태의 음식을 먹었는지 기억나지 않았다.

다른 생명의 흔적은 보이지 않았다.

이따금 주황색 바위로 이루어진 그늘진 벽에 누워 있는 해골만 빼면 아무것도 없었다. 그 해골에는 두개골이 없을 때가 많았다.

그는 마침내 산맥을 가로지르는 고갯길을 발견하고, 그 길을 건넜다. 언덕들을 올랐다가 낮고 완만한 비탈을 내려갔다가 다시 좁고 가차 없는 통로로 올라갔는데, 그 통로는 하늘의 열기를 향해 구불구불 올라가고 또 올라갔다. 정상에 도착해보니 반대편으로 내려가는 길은 곧고 넓고 쉬웠다. 그는 빠른 속도로 내려갔다. 며칠이면 다 내려갈 것 같았.

계곡으로 내려가면서 그는 새소리를 들었다. 그 소리를 따라가 보니 계곡의 완만한 풀 언덕 가운데에 상당히 큰 화성암 크레이터가 파여 있었다. 그는 아무 예고 없이 크레이터에 맞닥뜨렸고, 짧은 경사면을 터벅터벅 걸어 올라가서 아래를 내려다보는 화산 입구에 섰다.

크레이터는 호수가 되어 있었다. 아래에서 올라온 냄새가 확 끼쳤다. 역겹고, 어째서인지 끔찍하게 슬픈 냄새였다. 새소리가 계속 울렸다. 금빛 하늘 어디에도 새는 보이지 않았다. 호수 냄새 때문에 속이 울렁거렸다.

그리고 크레이터 가장자리에 앉아서 아래를 내려다본 그는 호수에 죽어서 부풀어 오른 시체가 가득하다는 사실을 알아차렸다. 목 졸려 죽어서 썩어가는 아기처럼 자줏빛과 푸른빛이 된 시체들이 잔물결 지는 회색 물속에서 천천히 돌았다. 이목구비도 사지도 없었다. 그는 제일 아래쪽에 튀어나온 화성암으로 내려가서 그 시체들을 내려다보았다.

뭔가가 그를 향해 헤엄쳐왔다. 그는 물러섰다. 그것은 더 빨리 헤엄쳐 오더니, 크레이터 벽에 가까워지자 큰어치새처럼 울며 수면으로 올라와서는, 여기가 탈봇의 영역이 아니라 자기 영역이라는 사실을 상기시키려는 듯 아주 잠깐만 멈췄다가 둥둥 떠다니는 시체에서 썩은 살점을 뜯으러 방향을 틀었다.

탈봇과 마찬가지로 그 물고기도 죽지를 않았다.

탈봇은 오랫동안 크레이터 가장자리에 앉아서 호수를 내려다보았고, 죽은 꿈의 시체들이 회색 수프 속에 든 구더기 앉은 돼지고기처럼 까닥거리고 도는 모습을 지켜보았다.

그는 오랜 시간이 흐른 후에 일어나서 크레이터 입구로 돌아갔고, 여행을 재개했다. 그는 울고 있었다.

✳

마침내 췌장의 바닷가에 이르렀을 때, 그는 어려서 잃어버리거나 줘 버린 많은 물건을 발견했다. 나무 손잡이를 돌리면 타타타 소리를 내는 어두운 녹색 칠을 한 나무 기관총이 삼각대에 놓여 있었다. 장난감 병사들도 두 중대나 있었는데, 하나는 프로이센 군대였고 다른 하나는 프랑스 군대로, 초소형 나폴레옹 보나파르트가 함께 있었다. 현미경 세트도 보였는데, 슬라이드와 페트리 접시들에 똑같은 라벨이 붙은 작고 멋진 화학약품 병들이 담긴 선반까지 있었다. '인디언 동전'*이 가득 든 우유병도 있었다. 원숭이 머리가 달린 손가락 인형도 있었는데 매니큐어액으로 천 장갑에 로스코라는 이름을 적어놓았다. 만보계도 찾았다. 진짜 깃털을

---

* 1859년부터 1909년까지만 발행한 1센트 동전의 별명. 이름 그대로 북미 원주민 도안이 들어가 있다.

붙여서 마무리한 아름다운 정글의 새 그림도 찾았다. 옥수수대 파이프도 찾았다. 라디오 특별 기념품을 모으던 상자도 찾았다. 지문 감식 가루와 투명 잉크, 경찰 무선 호출 코드표가 든 마분지 탐정 상자도 있었다. 플라스틱 폭탄에 붙어 있는 것 같은 고리도 있었는데, 붉은 지느러미가 달린 그 꽁무니 부분을 폭탄에서 당겨 빼고 손바닥으로 감싸면 폭발 부품 깊은 곳에 깃든 불꽃을 볼 수 있었다. 옆에 어린 여자애와 개가 뛰어가는 그림이 그려진 도자기 잔도 있었고, 빨간 플라스틱 다이얼 중앙에 볼록 렌즈가 박힌 암호해독 배지도 있었다.

그러나 뭔가가 빠져 있었다.

무엇인지 기억을 해낼 수는 없었지만, 그게 중요하다는 사실은 알았다. 그는 배꼽 위 수술등에 스친 그림자가 누구인지 알아보는 게 중요하다는 사실을 알았던 것처럼, 이 은닉처에서 빠진 물건이 무엇인지는 몰라도 아주 중요하다는 사실을 알았다.

그는 췌장의 바닷가에 닻을 내린 배를 찾아서 은닉처에 있던 물건 전부를 좌석 아래에 든 방수 상자 바닥에 집어넣었다. 대성당처럼 생긴 커다란 라디오는 따로 노받이 앞 벤치석에 올렸다.

그런 다음 그 배를 밀어내고 그 뒤를 따라 진홍빛 물속을 달려, 발목과 종아리와 허벅지까지 붉은 물을 들이면서 배 위에 기어올라서는, 그 섬을 향해 노를 젓기 시작했다. 무엇이 빠졌는지는 몰라도 아주 중요한 물건이었다.

＊

수평선에 그 섬이 가물가물 보일 때쯤 바람이 잦아들었다. 탈봇은 북위 38° 54′ 서경 77° 00′ 13″에 정체된 채 핏빛 바다 저편을 보았다.

그는 그 바닷물을 마시고 구역질을 했다. 방수 상자에 든 장난감을 가지고 놀았다. 그리고 라디오에 귀를 기울였다.

그는 굉장히 뚱뚱한 남자가 살인사건을 해결하는 프로그램에, 에드워드

G. 로빈슨과 조안 베넷이 나오는 영화 〈창 속의 여인〉 각색에, 거대한 철도역에서 시작하는 어떤 이야기에, 다른 사람들이 자기를 보지 못하도록 머릿속을 흐리게 만들어서 투명 인간이 될 수 있는 어느 부유한 남자에 대한 미스터리에 귀를 기울였고 어네스트 채펠이라는 남자가 들려주는 서스펜스 드라마를 즐겼다. 심해 탐사선을 타고 8킬로미터 아래 갱도 바닥으로 내려갔다가 익룡에게 공격당하는 사람들이 나오는 드라마였다. 그다음에는 그레이엄 맥나미가 방송하는 뉴스를 들었다. 뉴스가 끝날 무렵에 나오는 인간미 넘치는 뉴스 사이에서 잊을 수 없는 맥나미의 목소리가 말했다:

"오하이오주, 콜럼버스 발 1973년 9월 24일 소식입니다. 마사 넬슨은 98년 동안 지적장애인을 위한 보호 시설에서 살았습니다. 마사 넬슨은 102세이고 처음에는 1875년 6월 25일에 오하이오주 오리엔트 근처에 있는 오리엔트 주립 시설에 보내졌지요. 1883년 언젠가 그 시설에 화재가 발생하면서 기록이 없어졌고, 그녀가 왜 시설에 있는지는 아무도 확실히 알지 못합니다. 그녀가 수용되었을 당시 이 시설은 콜럼버스 주립 지적장애인 보호 시설로 알려져 있었습니다. '이 사람에게는 기회도 없었습니다.' 두 달 전에 이 시설의 관리자로 발령받은 A. Z. 소포렌코 박사는 이렇게 말했습니다. 박사는 그녀가 아마 '우생학 공포'의 희생자였을 거라고, 1800년대 후반에는 흔한 일이었다고 합니다. 그 당시 어떤 사람들은 인간이 '신의 형상'으로 만들어졌으니, 지적장애인은 사악한 존재거나 악마의 자식이어야 마땅하다고 생각했습니다. 온전한 인간이 아니니까요. 소포렌코 박사는 이렇게 말했습니다. '당시에는 지적장애인을 공동체 밖으로 몰아내어 시설에 넣어두면 공동체에 오염이 돌아오지 않는다고 믿었지요.' 그는 계속해서 덧붙였다. '마사는 그런 사상에 걸려들었던 것 같습니다. 마사가 정말로 지적장애였는지 여부는 아무도 말할 수가 없어요. 쇠약하니까요. 나이에 비하면 마사는 상당히 조리 정연해요. 알려진 친척도 없고 지난 78년 내지 80년 동안 시설 직원 말고는 아무와도 접촉한 적이 없습니다.'"

탈봇은 작은 배 안에 조용히 앉아 있었다. 하나뿐인 중심 기둥에는 돛이 버려진 장식품처럼 늘어져 있었다.

"탈봇, 네 안에 들어온 후에 난 평생 운 것보다 더 많이 울었어." 그렇게 말했지만 울음을 멈출 수가 없었다. 예전에 한 번도 들어본 적 없는 마사 넬슨이라는 여자에 관한 생각이, 우연에 우연에 우연에 우연이 겹치지 않았다면 영영 들어보지도 못했을 사람에 관한 생각이, 그 여자에 대한 우연한 생각이 찬바람처럼 그의 마음속에 울렸다.

그리고 실제로 찬바람이 일어서 돛이 부풀었고, 그는 이제 표류하는 게 아니라 제일 가까운 섬으로 밀려가고 있었다. 우연에 따라서.

✳

그는 데메테르의 지도에서 그의 영혼이 있다고 지시한 지점에 섰다. 자신이 거대한 몰타 십자가나 키드 선장의 "X" 표시 같은 것을 기대했음을 깨닫자 잠시 웃음이 나왔다. 실제로는 활석 가루처럼 고운 녹색 모래가 모래바람에 핏빛 췌장의 바다로 날려가고 있을 뿐이었다. 그 지점은 썰물이 졌을 때의 파도선과 그 섬을 지배하는 거대한 베들람 극장 비슷한 건물 사이 중간에 있었다.

그는 티끌 같은 섬 중앙에 솟아오른 요새를 불편한 마음으로 다시 한번 쳐다보았다. 그 건물은 직각이었는데, 엄청나게 큰 검은 바위 하나를 깎아서 만든 것 같았다…. 어쩌면 자연재해로 절벽을 뚫고 나온 바위였을지도 모르겠다. 그에게 두 개 면을 드러내고 있었는데 창문도 없었고, 문도 보이지 않았다. 심란했다. 그 건물은 텅 빈 왕국을 주재하는 검은 신이었다. 그는 죽지 않는 물고기를 생각하고, 신들은 기원자를 다 잃으면 죽는다는 니체의 주장을 떠올렸다.

그는 무릎을 꿇고, 몇 달 전에 탯줄이 쪼그라들며 남긴 살을 찢느라 무릎을 꿇었던 순간을 떠올리며 그 고운 녹색 모래를 파기 시작했다.

파면 팔수록, 파낸 모래가 빠르게 얕은 구덩이 속으로 되돌아갔다. 그

288

는 그 구덩이 가운데에 발을 들이고 다리와 두 손으로 흙을 퍼냈다. 뼈다귀를 파는 인간 개 꼴이었다.

손가락이 상자 가장자리에 닿은 순간, 그는 손톱이 부러지는 고통에 소리를 질렀다.

그는 그 상자 주위를 파낸 다음, 피가 흐르는 손가락을 모래 속에 밀어 넣어 상자 아래쪽을 쥐었다. 힘을 주자 상자가 살짝 들려 올라왔다. 그는 근육을 긴장시키며 상자를 마저 들어 올렸다.

그리고 그대로 바닷가에 가서 앉았다.

그냥 상자였다. 평범한 나무 상자로, 낡은 시가 상자와 아주 비슷한데 크기만 좀 컸다. 그는 상자를 이리저리 뒤집어보면서 불가사의한 상형문자나 신비 상징 하나 없다는 사실에 놀라지 않았다. 이건 그런 종류의 보물이 아니었다. 다 살펴본 후에 제대로 돌려서 뚜껑을 뜯었다. 그의 영혼이 안에 있었다. 그가 찾으리라 생각했던 물건은 아니었다. 전혀 아니었다. 그러나 은닉처에서 빠져 있었던 바로 그것이었다.

그는 그것을 꽉 쥐고 녹색 모래가 빠르게 다시 채워져 가는 구덩이를 지나, 높은 곳에 선 성채로 걸어갔다.


우리는 탐험을 멈추지 않으리
그리고 우리의 모든 탐험의 끝은
우리가 시작한 곳에 도착해
처음으로 그곳을 알게 될 때이리라

― T. S. 엘리엇


일단 그 요새의 음울한 어둠 속으로 들어가자(입구는 예상과 달리 놀랄 만큼 찾기 쉬웠다) 내려가는 길밖에 없었다. 축축한 검은색 돌로 이루어진 지그재그 계단은 거침없이 건물 깊은 곳으로, 췌장 바다보다도 한참 더 아래로 이어졌다. 계단은 가팔랐고, 기억의 여명기부터 이 길을 내려간 발에 계속 밟히면서 매끈하게 닳아 있었다. 어두웠지만, 길이 보이지 않을 정도로 어둡지는 않았다. 다만 빛은 없었다. 탈봇은 어떻게 그럴 수 있는지에 신경 쓰지 않았다.

어떤 방도 지하 공간도 입구도 보지 못하고 계속 내려가서 건물 가장 깊은 곳에 이르자 거대한 홀을 가로질러 멀리 떨어진 벽에 출입구가 보였다. 그는 마지막 계단에서 발을 떼고 그 문을 향해 걸어갔다. 그 문에는 요새를 이룬 돌과 마찬가지로 검고 축축한 쇠창살이 교차했다. 창살 틈으로 보니 감옥일 수도 있는 방 안쪽에 희끄무레한 뭔가가 움직이지 않고 있었다.

그 문에는 자물쇠가 없었다.

건드리자 문이 열렸다.

이 감옥에 사는 게 누구인지는 몰라도 문을 열려고 해본 적이 없었던 것이다. 아니면 열어는 봤지만 떠나지 않기로 했거나.

탈봇은 더 깊은 어둠 속으로 들어갔다.

오랜 침묵이 지나고, 마침내 그는 허리를 숙여 여자를 부축했다. 마치 죽은 꽃이 담긴 자루를 들어 올리는 것 같았다. 향기의 기억조차 담아낼 수 없는 죽은 공기에 둘러싸여 바스락거리는 죽은 꽃들.

그는 여자를 안아 들었다.

"불빛이 밝으니 눈을 감아요, 마사." 그는 그렇게 말하고 금빛 하늘로 향하는 긴 계단을 돌아가기 시작했다.

✳

로렌스 탈봇은 수술대에 일어나 앉아서, 눈을 뜨고 빅터를 보았다. 그는 기묘하게 부드러운 미소를 지었다. 빅터는 그와 친구로 지낸 이후 처음으로 탈봇의 얼굴에서 모든 고뇌가 씻겨나간 모습을 보았다.

"잘 됐어." 빅터의 말에 탈봇은 고개를 끄덕였다.

그들은 서로를 보며 히죽 웃었다.

"너희 냉동 보존 시설은 어때?" 탈봇이 물었다.

빅터는 재미있다는 듯 눈썹을 끌어내렸다. "냉동시켜줬으면 좋겠어? 그보다는 좀 더 영구적인 해결책을 원할 줄 알았는데… 이를테면 은이라든가."

"그럴 필요는 없어."

탈봇은 주위를 둘러보았다. 그 여자는 멀리 떨어진 벽가에, 그레이저를 두고 서 있었다. 그녀는 두려움을 드러내며 그를 마주 보았다. 그는 수술대에서 내려가서, 밑에 깔렸던 시트를 둘러 임시변통으로 토가를 만들었다. 덕분에 귀족적인 모습이 되었다.

그는 다가가서 그 여자의 늙은 얼굴을 내려다보았다. "나디아." 그가 부드럽게 말하자, 한참이 지나서 그녀가 그를 올려다보았다. 그는 미소를 지었고, 한순간 그녀는 다시 소녀가 되었다. 그녀는 시선을 피했다. 그가 그녀의 손을 잡자, 그녀는 그와 함께 수술대로, 빅터 곁으로 갔다.

"설명을 해주면 정말 고맙겠어, 래리." 빅터가 말했기에, 탈봇은 모두 다 이야기했다.

"내 어머니, 나디아, 마사 넬슨, 다 같아." 탈봇은 끝에 이르러서 말했다. "모두 허비한 인생이지."

"그 상자에는 뭐가 들어 있었어?" 빅터가 물었다.

"상징과 우주적인 아이러니에는 얼마나 익숙한가, 친구?"

"지금까지 융과 프로이트 정도는 괜찮아." 빅터가 말했다. 그는 미소를 지을 수밖에 없었다.

탈봇은 나이 든 기술자의 손을 꽉 잡으며 말했다. "낡고 녹슨 하우디 두디* 버튼이었어."

빅터는 몸을 돌렸다.

* 1950년대 미국 아동용 애니메이션

빅터가 다시 돌아보았을 때 탈봇은 웃고 있었다. "그건 우주적인 아이러니가 아니야, 래리… 저질 코미디지." 빅터가 화가 났다는 건 명백했다.

탈봇은 아주 말도 하지 않고, 빅터가 알아서 답을 내게 내버려두었다.

마침내 빅터가 말했다. "도대체 그게 뭘 의미하는 건데? 순수?"

탈봇은 어깨를 으쓱였다. "내가 그걸 알았다면 애초에 잃어버리지도 않았겠지. 어쨌든 그렇게 됐고, 그게 그거야. 삐딱한 얼굴이 그려진 지름 4센티쯤 되는 금속 배지. 붉은 머리에 앞니가 보이는 미소, 들창코에 주근깨까지 언제나 보던 그대로의 하우디 두디였어." 그는 침묵에 빠졌다가, 잠시 후에 덧붙였다. "그게 맞는 것 같아."

"그리고 이제 그걸 되찾았더니 죽고 싶지 않다고?"

"죽을 필요가 없는 거야."

"그런데 내가 널 얼려주길 바라고."

"우리 둘 다야."

빅터는 경악한 눈으로 그를 보았다. "이런 맙소사, 래리!"

나디아는 두 사람의 대화를 듣지 못한다는 듯 조용히 서 있었다.

"들어봐, 빅터. 마사 넬슨이 그 안에 있어. 허비한 인생이. 나디아는 여기 바깥에 있지. 어째서인지 어떻게인지 무엇이 그랬는지는 모르지만… 허비한 인생이야. 또 다른 허비한 인생. 네가 나 때와 똑같은 방식으로 나디아의 꼬맹이를 만들어서 안으로 들여보냈으면 해. 그 녀석이 기다리고 있어. 그 녀석이 바로잡을 수 있어, 빅터. 마침내 제대로 바로잡는 거야. 그 녀석은 그 애와 함께 있을 수 있고 그 애는 빼앗긴 세월을 되찾는 거야. 그 녀석은… 나는 아기였을 때 그 애의 아버지가 될 수 있고, 그 애가 어린아이였을 때 놀이 상대가 될 수 있고, 더 자라면 친구가 될 수 있고, 청소년이 되면 남자친구가 되고, 젊은 여자가 되면 구혼자가 되고, 연인이 되고, 남편이 되어 늙어가는 그녀의 동반자가 될 수 있어. 그녀가 결코 허락받지 못했던 여자들 모두가 되게 해주자, 빅터. 두 번째 기회마저 빼앗지 마. 그게 다 끝나면, 다시 시작할 거야…"

"도대체 어떻게? 대체 어떻게 말이야? 말이 되는 소리를 해, 래리! 이 형이상학적인 헛소리는 다 뭐야?"

"나도 어떻게 그런지는 몰라. 그냥 그래! 난 거기 있었어, 빅터. 몇 달이나, 어쩌면 몇 년이나 그 속에 있었고 한 번도 변신하지 않았어. 한 번도 늑대가 되지 않았어. 거기엔 달이 없었어…. 밤도 낮도 없이, 그저 금색 빛과 온기뿐이었지. 그리고 난 보상해줄 수 있어. 두 개의 인생을 돌려줄 수 있어. 제발, 빅터!"

물리학자는 말없이 그를 바라보더니, 나이 든 여인을 보았다. 그녀는 빙긋 웃더니 관절염에 걸린 손가락을 움직여, 옷을 벗었다.

✳

나디아가 납작해진 내강을 통과해 나가자, 탈봇이 기다리고 있었다. 나디아는 무척 지쳐 보였고, 그는 같이 주황색 산맥을 가로지르려면 그 전에 그녀가 쉬어야 한다는 사실을 알았다. 그는 동굴 천장에서 내려오는 그녀를 도와서, 마사 넬슨과 함께 돌아오던 먼 길에 랑게르한스섬에서 가지고 온 부드러운 연노란색 이끼 더미에 눕혔다. 나이 든 두 여인은 이끼 위에 나란히 누웠고, 나디아는 바로 잠에 빠져들었다. 그는 옆에 서서 두 사람의 얼굴을 보았다.

그 둘은 쌍둥이처럼 똑같았다.

그런 후에 그는 바위턱으로 나가서 주황색 산맥 등뼈를 보았다. 이제 해골은 아무런 두려움을 불러일으키지 않았다. 그는 갑자기 찌르는 듯한 한기를 느끼고 빅터가 냉동 보존 과정을 시작했음을 알았다.

그는 실제로 존재하지 않는 인물의 음흉하고도 순진한 얼굴이 4색으로 그려진 작은 금속 배지를 왼손에 꽉 쥔 채 오랫동안 그렇게 서 있었다.

그러다가 동굴 속에서 아기 울음소리가, 하나뿐인 아기 울음소리가 들리자 그는 이제까지 해본 여행 중에 제일 쉬운 여행을 시작하려고 몸을 돌렸다.

어딘가에서, 끔찍한 악마 물고기가 갑자기 지느러미를 납작하게 젖히고 천천히 배를 위로 돌리더니, 어둠 속으로 가라앉았다.

# CROATOAN

크로아토안

✦

신해경 옮김

✦

**1976년 로커스상 수상**
**1976년 휴고상 노미네이트**

도시 밑에 또 다른 도시가 있다. 축축하고 어둡고 이상한 도시다. 하수구와 재빨리 달아나는 축축한 생물과 저승의 강 스틱스마저도 견줄 수 없을 정도로 너무나 절실하게 그곳에서 벗어나고 싶어 하는 흐르는 강들의 도시. 그리고 도시 밑에 있는 그 잃어버린 도시에서 나는 아이를 찾아냈다.

아 세상에, 대체 어디서부터 얘기를 시작해야 할까. 그 아이 얘기부터? 아니, 그 전부터다. 악어 얘기부터? 아니, 더 전부터. 캐롤 얘기부터? 그건 괜찮을지도 모르겠다. 얘기는 언제나 무슨 캐롤한테서 시작하니까. 아니면 무슨 안드레아나. 아니면 무슨 스테파나나. 늘 누군가한테서 시작하지. 심약한 자살은 없다. 자살에는 늘 결단이 필요하니까.

※

"그만! 빌어먹을, 당장 그만둬…. 그만두라니까…." 그리고 나는 그녀를 때려야 했다. 세게 때린 건 아니었지만, 그녀는 이미 비틀거리고 비트적거리는 중이었다. 그녀가 커피 탁자에 부딪혀 넘어지자 50달러짜리 선물용 책들이 몽땅 그녀를 덮쳤다. 그녀는 소파와 뒤집힌 탁자 사이에 처박혔다. 나는 앞을 가로막은 탁자를 발로 차서 치우고 그녀가 일어나는 걸 도우려고 몸을 숙였지만, 그녀는 되레 내 손목을 붙잡고 끌어당겼다. 울면서, 어떻게든 좀 해보라고 애걸하면서. 난 그녀를 안고 얼굴을 그녀의 머리카락에 묻고는 뭔가 적당한 말을 하려고 했지만, 내가 무슨 말을 할 수 있겠는가?

드니스와 조애나가 확장소파술 기구들을 챙겨서 떠났다. 그들이 자궁을 긁어낸 뒤로 캐롤은 거의 망치로 얻어맞기라도 한 것처럼 조용했다. 조용하고, 어리벙벙하고, 눈물은 보이지 않았지만 퀭한 눈으로 비닐봉지를 든 나를 쳐다보았다. 변기 물 내리는 소리를 듣고 그녀가 얇은 매트리스를 깔고 누웠던 주방에서 달려왔다. 나는 그녀가 고함을 지르며 달려오는 소리를 듣고 막 욕실로 통하는 복도를 지나려는 그녀를 붙잡았다. 그리고 그러고 싶지 않았지만, 물과 비닐봉지가 아래로 그리고 멀리로 빨려가도록 두기 위해 그녀를 때렸다.

"어, 어떻게든 해봐." 그녀가 숨을 쉬려고 헐떡이며 말했다.

나는 그녀를 안고 앞뒤로 흔들며 계속해서 캐롤, 캐롤이라고 되뇌었다. 그녀의 머리 너머로, 거실 반대쪽 주방 문간으로 티크목으로 만든 식탁 끄트머리가 보였고, 캐롤이 비닐봉지를 찾으러 나올 때 흐트러진, 호박색 얼룩이 묻은 얇은 매트리스가 그 끄트머리에 반쯤 걸려 있었다.

몇 분 후에 캐롤은 사포로 문지른 것 같은 마른 한숨들 속으로 잠겨 들었다. 내가 소파에 앉히자 그녀가 나를 올려다보았다.

"애를 구해줘, 게이브. 제발. 제발, 애를 구해줘."

"이봐, 캐롤, 그만해. 기분이 안 좋아⋯."

"애를 구해, 이 개자식아!" 그녀가 소리를 질렀다. 관자놀이에 혈관이 도드라졌다.

"애는 못 구해, 젠장. 애는 배관 파이프 안에 있어. 지금쯤은 저 빌어먹을 강에 있을걸! 그만해. 이제 그만 잊고 나 좀 가만 내버려둬!" 나는 그녀에게 마주 소리쳤다.

고인 채 기다리던 그녀의 눈물이 터졌다. 나는 거기, 거실 저편에서 등 하나가 던지는 희미한 빛을 받으며 거의 반 시간 동안 마주한 두 손을 무릎 사이에 끼운 채 소파를 마주 보고 앉아서, 그녀가 죽었으면, 내가 죽었으면, 모두 다 죽었으면… 아이만 빼고… 하고 바랐다. 하지만 유일하게 죽은 건 아이였다. 아이는 빨려 내려갔다. 비닐봉지에 담겨서, 아이는 죽었다.

마침내 캐롤이 고개를 들고 나를 바라봤을 때는 얼굴 아래쪽이 그늘에 가려 어둠 속에서 말이 들려오는 듯했다. 뜻은 눈으로만 전달되었다. 그녀는 말했다. "가서 아이를 찾아와." 난 누구도 그런 식으로 말하는 걸 들어본 적이 없다. 절대, 한 번도. 두려웠다. 그녀의 말 이면에 흐르는 격랑이, 흔들리는 그림자 같은 여자들의 모습을 펼쳐 보였다. 세정제를 마시는 여자들, 머리를 가스 오븐에 집어넣고 누운 여자들, 해파리처럼 머리카락을 너울대며 탁한 붉은 색 목욕물에 둥둥 뜬 여자들.

난 캐롤이 그렇게 할 거라는 걸 알았다. 알면서 내버려둘 수는 없었다. "해볼게." 내가 말했다.

그녀는 소파에 앉아 내가 아파트에서 나가는 걸 지켜보았다. 나는 엘리베이터 벽에 기대서도 날 따라오는 시선을 느꼈다. 아직 해도 뜨지 않은 고요하고 추운 거리로 나섰을 때만 해도 나는 리버가를 따라 내려가서 시간을 좀 때우다가 적당할 때 돌아와 '애써봤지만 소용없었다'라는 거짓말로 그녀를 달래야겠다고 생각했다.

하지만 그녀가 창가에 서서 나를 뚫어지게 쳐다보고 있었다.

거기 고요한 길 한가운데, 거의 내 정면에 맨홀 뚜껑이 있었다.

나는 맨홀 뚜껑을 보고는 창문을 쳐다보았고, 다시 맨홀 뚜껑을, 다시 창문을, 다시 맨홀 뚜껑을 쳐다보았다. 그녀는 기다렸다. 지켜보았다. 나는 그 철제 뚜껑 옆에 가서 한쪽 무릎을 꿇고 뚜껑을 들어보았다. 꼼짝도 하지 않았다. 용을 쓰다가 손가락 끝에서 피가 나자 그 정도면 그녀도 만족했을 거라 생각하고 일어섰다. 건물 쪽으로 한 걸음을 뗀 나는 그녀가 더는 창가에 서 있지 않다는 사실을 깨달았다. 캐롤이 방범용 자물쇠가 필요할 때 아파트 문에 질러놓는 긴 쇠막대를 들고 아무 말 없이 길가에 서 있었다.

나는 다가가 그녀의 얼굴을 쳐다보았다. 그녀는 내가 무얼 말하는지 알았다. 나는 말없이 물었다. '이걸로 충분하지 않아? 이 정도 했으면?'

그녀가 쇠막대를 내밀었다. 아니었다. 아직 모자랐다.

난 그 무거운 쇠막대를 지렛대 삼아 맨홀 뚜껑을 들어 올렸다. 뚜껑이 잘 들리질 않아서 안간힘을 써야 했다. 마침내 구멍에서 들린 뚜껑이 길바닥에 부딪히는 소리가 깜짝 놀랄 만한 충격파를 싣고 아파트 건물 사이로 퍼져나갔다. 나는 두 손으로 뚜껑을 옆으로 밀었다. 그리고 날 기다리는 완벽한 검은 원을 앞에 놓고 그녀가 내게 쇠막대를 주었던 곳으로 고개를 돌렸다. 그녀는 없었다.

난 고개를 들었다. 그녀가 창가로 돌아가 있었다.

맨홀에서 불결한 도시의 냄새가 풍겨왔다. 차갑고 사악했다. 콧속의 짧은 털들이 냄새를 막아보려 했다. 나는 고개를 돌렸다.

내가 원해서 변호사가 된 건 아니었다. 나는 소를 키우는 목장에서 일하고 싶었다. 하지만 집안에는 돈이 있었고, 오래전에 죽어 제 주인과 함께 묻힌 그림자들에게 나 자신을 증명할 필요도 있었다. 하고 싶은 일을 하며 사는 사람은 거의 없다. 대개는 억지로 하게 된 일을 한다. 또 무슨 일을 저지르기 전에 그만 말해야겠다. 내가 이 냄새 나는 봉안당 속으로, 이 축축한 어둠 속으로 내려가야 할 이성적인 이유는 없었다. 이성적인 이유는 없지만, 낙태센터에서 온 드니스와 조애나는 11년째 알고 지내는 내 친구들이었다. 우리는 여러 번 같이 잤다. 내가 그들과 함께 침대에 드는 걸 즐기거나, 아니면 그들이 나와 함께 침대에 드는 걸 즐기던 때는 한참 지났다. 그들은 안다. 나도 안다. 내가 안다는 걸 알면서도 그들은 내가 사귀는 캐롤들과 안드레아들과 스테파니들을 시중드는 대가의 하나로 계속해서 그걸 요구했다. 그것이 그들 방식의 복수였다. 그들은 어쩔 수 없이 나를 좋아했지만, 복수해야 했다. 11년에 걸친 여러 번의 시중들기에 대한 복수. 그 시작은 둘 중 하나가 다른 하나를 시중든 것이었지만, 누가 누구였는지는 기억나지 않는다. 그건 여러 번의 변기 물 내리기에 대한 복수였다. 하수구로 내려가야 할 이성적인 이유는 없었다. 전혀 없었다.

하지만 아파트 창가에서 나를 지켜보는 눈이 있었다.

난 맨홀 안에 다리를 넣은 채 잠시 길바닥에 웅크리고 앉았다가 마침내 몸을 일으켜 내려가기 시작했다.

열린 무덤 속으로 미끄러져 들어가는 기분이었다. 흙냄새가 나지만 흙은 없다. 물은 불길하다. 끝없이 신성을 모욕당한 생명의 액체. 사방이 어둠 속에서 희미하게 빛을 발하는 녹색 더껑이에 덮였다. 도시의 시체가 떨어지기를 끈기 있게 기다리는 열린 무덤.

나는 빠르게 흘러가는 물길보다 조금 높은 통로에 섰다. 물을 타고 더욱 깜깜한 깊은 곳으로 달려가는 헛되고 버림받은 삶의 젖은 무게가 느껴졌다. '세상에,' 나는 생각했다, '이런 곳에 있다니 내가 정신이 나갔나 봐.' 간통이 일상이었던 오랜 시간이, 부주의하게 내뱉었던 거짓말들이, 더는 부정할 수 없을 때까지 계속 쌓이리라는 걸 이미 알았던 듯도 싶은 죄책감이 마침내 날 사로잡았다. 그리고 나는 이곳, 나에게 어울리는 곳으로 내려왔다.

사람들은 억지로 하게 된 일을 한다.

난 철제 계단과 위쪽 거리로 난 구멍에서 멀리 이어지는 아치형 통로를 따라 걷기 시작했다. 걷지 않을 일이 뭐 있겠는가, 어차피 목적도 없는데. 내가 무슨 말을 하는지 알겠는가?

예전에 한번은 후배 변호사 제리의 아내와 바람을 피운 적이 있다. 제리는 전혀 몰랐다. 둘은 지금 이혼했다. 제리가 알게 됐을 것 같지도 않다. 그녀가 그에게 말했다면, 그녀는 아마 내 생각보다 훨씬 더 미친년일 것이다. 그때도 드니스와 조애나가 방문했었다. 생식 능력 하면 또 나 아니겠는가. 어느 주말엔가 같이 켄터키주에 간 적이 있다. 나는 변론 취지서를 준비했고, 그녀가 공항에서 날 기다렸다. 우리는 부부인 척 가족 요금을 내고 비행기를 탔다. 내 볼일이 끝나자 우리는 루이스빌 교외로 차를 몰고 나갔다. 법조계로 진출하기 전에 나는 대학에서 지질학을 부전공했다. 켄터키주에는 동굴이 수두룩했다. 우리가 어느 피크닉장에 차를 대자 지역주민 몇 명이 간단한 동굴탐험을 할 수 있다고 알려주었다. 스포츠 용품점에서 산 최소한의 장비를 가지고 우리는 언덕과 피크닉장 밑으로 얼기설기 이어지는 훌륭한 동굴로 들어갔다. 난 어둠을 아주 좋아했고, 늘 일정한 온도와 수면이 잔잔한 강과 눈 없는 물고기와 젖은 거울 같은 고요한 웅덩이를 부산하게 가로지르는 수생 곤충들을 사랑했다. 그녀는 타임스퀘어 광장을 지키는 더피 신부 동상 받침대에서 성교할 수 없었기 때문에, 블루밍데일 백화점의 주 진열장에서 섹스할 수 없었기 때문에, 섹스 장면을 제2채널로, 그것도 〈심야 뉴스〉 직전에 방송할 수 없었기 때문에 거기를 선택했다. 동굴은 차선책이었다.

내려가는 길 내내 낙서와 닥터페퍼 빈 깡통들이 이곳이 미탐험지가 절대 아니라는 사실을 일깨워주었지만, 내 쪽에서는 지구 안으로 점점 더 깊이 구불구불 들어간다는 긴장감이 조개껍데기가 흩뿌려진 거기 지하 강가에서 뭘 좀 안다는 듯 '거칠게 다뤄줘'라고 했던 그녀의 애원조차 상쇄할 정도였다.

난 지구 전체가 내 위에 있는 느낌을 좋아했다. 밀실 공포증 따위는 없었다. 좀 비뚤어진 방식이긴 했지만, 놀라울 정도로 자유로운 기분이었다. 심지어 하늘로 솟구치는 것 같았다. 땅 밑에서, 나는 솟구쳤다!

하수 시설 속으로 더 깊이 들어가면서도 나는 불안하거나 초조하지 않았다. 혼자 있다는 걸 다소 즐기기까지 했다. 냄새는 끔찍했지만, 미처 예상치 못했던 식으로 끔찍했다.

구토와 쓰레기 냄새를 예상했는데, 지금 풍기는 냄새는 확실히 그런 게 아니었다. 대신에 플로리다 맹그로브 습지를 연상시키는 달콤쌉싸름한 부패의 냄새가 났다. 그곳에선 계피와 벽지 바르는 풀과 검게 탄 고무 냄새가 났다. 미적지근한 설치류의 피 냄새와 습지의 가스 냄새, 젖은 골판지와 양털과 여전히 향기로운 커피 가루와 녹 냄새였다.

밑으로 향하던 수로가 평평해졌다. 통로는 넓고 판판한 평원이 되었고, 물은 거품과 어둠 속으로 퍼져나가는 공허한 잔류물만 남기고 밑의 배수관으로 사라졌다. 남은 잔여물은 겨우 내 구두 굽이 빠질 정도의 깊이였다. 비싼 구두였지만, 뭐, 버려도 괜찮다. 난 계속 걸었다. 그러다 나는 저 앞에서 빛을 보았다.

희미한 빛이 펄럭거렸다. 뭔가가 그 앞을 지나거나 시야를 가린 것처럼 불빛이 잠시 사라졌다가 다시 나타났다. 어둑한 주황색 불빛이었다. 난 그 빛을 향해 움직였다. 일신의 안전과 뼈다귀만 남은 동지애를 찾아 거리 밑에 모인 떠돌이 노동자들과 부랑자들의 공동체였다. 무거운 외투를 걸친 아주 늙은 남자 다섯과 폐기된 군복 상의를 입은, 그보다 더 늙은 남자가 셋…. 하지만 더 늙어 보이는 남자들이 더 젊었다. 그저 나이 들어 보일 뿐이었다. 파멸로 향하는 길은 그랬다. 그들은 불이 이글거리는 폐기름통 주변에 둘러앉았다. 어둑한, 약하고 시든 불이 내내 느린 속도로 껑충 뛰었다가 몸을 말았다가 불꽃을 날렸다. 몽유병에 걸린 불이었다. 몽유병자 불이었다. 최면술에 걸린 불이었다. 나는 드럼통 위로 솟구치며 어두운 터널 천정의 아치를 향해 기를 쓰며 팔을 뻗는 담쟁이덩굴같이 위축된 불꽃을 보았다. 불꽃은 가늘게 몸을 뻗다가 단 하나의 눈물 모양 불꽃을 날리고는 비명도 없이 드럼통 속으로 다시 떨어졌다.

쭈그리고 앉은 남자들이 내가 다가오는 걸 지켜보았다. 한 명이 옆에 앉은 남자의 귀에 대고 뭔가를 말했다. 입술을 거의 움직이지 않았고, 내게서 시선을 떼지도 않았다. 내가 가까이 다가가자 남자들이 뭔가를 기대하는 것처럼 동요했다. 한 명이 외투 주머니 깊숙이 손을 넣어 뭔가 불룩한 걸 잡았다. 나는 걸음을 멈추고 그들을 쳐다보았다.

그들은 캐롤이 내게 준 무거운 쇠막대를 쳐다보았다.

그들은 내가 가진 것을 원했다. 가질 수만 있다면 말이다.

나는 무섭지 않았다. 나는 지구 밑에 있었고, 쇠막대가 있었다. 내가 가진 걸 놈들이 뺏지는 못할 것이다. 놈들도 그걸 알았다. 늘 생각보다 살인사건이 적은 이유가 그래서다. 사람들은 언제나 안다.

나는 주의 깊게 놈들을 살피면서 수로를 건너 벽에 가까운 건너편 통로로 갔다. 한 명이, 자신이 강하다고 생각하거나 아니면 그냥 더 멍청한 한 명이 양손을 외투 주머니에 깊숙이 쑤셔 넣으면서 일어나 패거리에게서 떨어져 나오더니 나와 나란히 통로를 걷기 시작했다.

통로는 내내 완만하게 밑으로 향했고, 우리는 드럼통과 불빛과 지친 지하 부랑자 무리로부터 멀어졌다. 나는 그가 언제쯤 행동을 개시할지 약간 궁금했지만, 걱정되지는 않았다. 그는 나를 좀 더 또렷하게 보려고 애를 쓰는 것 같았는데, 그걸로 봐서는 우리가 더 깊은 어둠 속으로 내려가는 것 같았다. 그리고 빛이 희미해지자 그가 가까이 다가왔지만 수로를 건너지는 않았다. 내가 먼저 모퉁이를 돌았다.

나는 기다렸다. 둥지에서 찍찍대는 쥐 소리가 들렸다.

그는 모퉁이를 돌지 않았다.

바로 옆 터널 벽에 움푹 들어간 곳이 있기에 나는 뒷걸음질로 그 안에 들어가 섰다. 그가 모퉁이를 돌아 나왔다. 내가 온 통로 쪽이었다. 놈이 내가 숨은 곳을 지날 때 불쑥 나갈 수도 있었다. 나가서, 스토커가 스토킹 당하는 처지가 됐다는 사실을 놈이 미처 알아차리기도 전에 쇠막대로 내리쳐 죽여버릴 수도 있었다.

난 멀찍이 틈 안에 꼼짝하지 않고 서서 아무 짓도 하지 않고 그를 보냈다. 나는 그곳에 서서, 끈적끈적한 벽에 등을 대고 서서, 나를 둘러싼 완전한, 최종적인, 심지어 손에 잡힐 것 같은 어둠에 귀를 기울이면서 그가 지나가길 기다렸다. 아주 희미하게 들리는 찍찍거리는 쥐 소리만 없다면, 여기는 지하 3킬로미터쯤에 있는, 아무도 모르는 미로 같은 동굴의 중앙일 수도 있었다.

이런 일이 일어나게 된 데는 아무 논리도 없었다. 처음에 캐롤은 그냥 가벼운 또 다른 간통 상대였다. 만질 수 있는 또 따른 빛나는 인간이었고, 즐길 수 있는 또 다른 재치 있는 개성이었고, 내 몸과 너무나 잘 어우러지는 또 다른 멋지고 유용한 육체였다. 난 금방 싫증을 내는 타입이다. 내가 찾는 건 유머 감각도 아니었다. 날고 기고 뛰는 동물 왕국의 모든 구성원에게 유머 감각이 있다는 걸 신은 안다. 빌어먹을 개와 고양이한테도 유머 감각은 있다. 문제는 재치다! 재치가 답이다. 재치 있는 여자를 만나면 나는 바로 빠져든다. 그 자리에서 홀딱 넘어간다. 난 민주당 지방검사장 후보를 후원하는 오찬회에서 처음 그녀를 만났을 때 말했다. "재미있으세요?"

"못 빌려드려요." 그녀는 지체 없이, 곱씹을 필요 없이, 머릿속에 떠오르는 대로 즉각 답했다. "여기선 워낙 찾기가 힘들어서요. 각자 있는 거로 만족해야죠. 좀 모자라세요?"

나는 아주 기뻐하면서도 쩔쩔맸다. 나는 어물거렸고, 그녀는 틈을 주지 않았다. "간단한 예, 아니요 질문 하나면 충분하겠네요. 이 질문에 답해보세요. 둥근 건물은 몇 쪽으로 나뉠까요?"

난 웃기 시작했다. 그녀는 재미있다는 듯이 나를 쳐다보았고, 나는 태어나서 처음으로 실제로 누군가의 눈이 짓궂게 반짝거리는 것을 보았다. "모르겠어요." 내가 말했다. "둥근 건물이 몇 쪽으로 나뉘는지."

"두 쪽요." 그녀가 대답했다. "안쪽과 바깥쪽요. 제가 보기엔 좀 모자라시네요. 아뇨, 절 침대로 데려가진 못하실 거 같아요." 그리고 그녀는 나를 외면하고 가버렸다.

참패였다. 내가 무슨 말을 할지 미리 안 그녀가 타임머신을 타고 2분 전으로 돌아가 상황을 꿰맞췄다 해도 이보다 더 멋지게 해낼 수는 없었으리라. 그래서 나는 그녀를 쫓았다. 그 빌어먹을 따분한 오찬 내내 구석구석을 뒤졌고, 그러다 마침내 그녀를 구석에 몰아넣는 데 성공했고, 그녀가 노렸던 게 바로 그것이었다.

"보거트가 메리 애스터에게 했던 말이 있죠. '당신은 멋져요, 자기. 아주 아주 멋져요.'" 나는 그녀가 다시 나를 두고 달아날까 봐 두려워 아주 잽싸게 말했다. 그녀는 마티니를 든 채 편안하게 벽에 기댔고, 그 반짝이는 눈으로 나를 올려다보았다.

처음에는 그냥 편한 관계였다. 하지만 그녀에겐 깊이가 있었고, 그녀에겐 간교함이 있었고, 그녀에겐 나로 하여금 점차 다른 여자들을 정리할 수밖에 없게 만드는, 그녀의 의향에 따라 그녀가 필요로 하고 원하지만 요구하지는 않는 '관심'을 쏟기 시작할 수밖에 없게 만드는, 뭐라 말할 수 없는 자기중심적인 그런 분위기가 있었다.

난 관심을 기울이게 되었다.

나는 왜 미리 주의하지 않았을까? 여기서도 다시 한번, 논리적 이유는 없다. 난 그녀가 논리적이라고 생각했다. 한동안은 그렇기도 했다. 그러다 그녀는 논리적이길 그만두었다. 그녀는 뭔가 내부적인 게 멈췄다고, 산부인과 의사가 한동안 피임약을 끊어보라 제안했다고 말했다. 그녀는 내게 정관수술을 권유했다. 나는 그 권유를 무시하는 쪽을 선택했다. 하지만 그녀와 자는 걸 멈추는 쪽은 선택하지 않았다.

내가 드니스와 조애나에게 전화해서 캐롤이 임신했다고 말했을 때, 둘은 한숨을 쉬었다. 둘이 애처롭다는 듯이 고개를 흔드는 모습이 눈에 선했다. 그들은 날 공공의 적이라 생각한다고 말하면서도 흡입기로 처치를 해줄 테니 캐롤한테 낙태센터로 오라고 전해 달라고 했다. 난 머뭇거리며 너무 진행돼서 흡입기로는 안 될 거라고 말했다. 조애나가 으르렁거렸다. "이 아무 생각도 없는 좆의 숙주야!" 그러고는 연결된 전화를 끊어버렸다. 그로부터 20분 동안 드니스가 날 책망했다. 드니스는 정관수술을 권하지 않았다. 대신에 박제사에게 의뢰해 치즈 강판으로 내 성기를 제거하는 방안을 제시하며 그 과정을 그림처럼 세세하게 묘사했다. 물론 마취는 없을 예정이었다.

하지만 둘은 소파술 기구들을 가지고 왔고, 티크목 식탁에 얇은 매트리스를 깔고 캐롤을 눕혔고, 그러고는 갔다. 조애나가 문간에서 잠시 멈추고는 이번이 자신이 참아줄 수 있는 마지막이라고, 마지막, 진짜 마지막이라고 말했다. 그것이 마지막이라고, 나는 그 말을 내 대가리에다 확고하게, 단단하게 박아 넣었던가? 마지막이라고.

그리고 나는 지금 여기 하수구에 있다.

나는 캐롤이 어떻게 생겼는지 떠올려보려 했지만, 머릿속에 떠오르는 모습은 내 머리에 남은 '이번이 마지막이다'라는 생각의 반만큼도 확실하지 않았다. 나는 숨어 있던 틈새에서 나갔다.

나를 따라왔던 젊고도 늙은 부랑자가 거기서 조용히 날 기다리고 있었다. 처음에는 그를 보지도 못했다. 왼쪽 모퉁이 너머 저 멀리 드럼통에서 타오르는 불이 비추는 아주 희미하게 밝은 색조의 어둠이 있을 뿐이었으니까. 하지만 나는 그가 거기 있다는 걸 알았다. 그도 내가 거기 있다는 걸 알았다. 내내 말이다. 그는 아무 말도 하지 않았고, 나도 아무 말 하지 않았다. 그러다 잠시 후에 그의 형체가 눈에 도드라졌다. 여전히 두 손을 주머니에 푹 찔러넣은 채였다.

"뭐야?" 나는 상당히 호전적으로 말했다.

그는 대답하지 않았다.

"비켜."

그가 나를 뚫어지게 쳐다보았다. 슬픈 시선이라고 생각했지만, 그건 말이 안 되지, 나는 생각했다. "괜히 다칠 일 만들지 마." 내가 말했다.

그가 여전히 나를 쳐다보면서 옆으로 비켜섰다.

나는 걸음을 옮겨 그를 지나치며 통로를 따라 내려갔다.

그는 따라오지 않았다. 그래도 나는 그에게서 시선을 떼지 않기 위해 뒷걸음질을 쳤고, 그도 내 눈과 마주친 시선을 거두지 않았다.

나는 걸음을 멈췄다. "원하는 게 뭐야?" 내가 물었다. "돈이 필요해?"

그가 나를 향해 다가왔다. 왜인지는 알 수 없지만 난 그가 무슨 짓을 할까 봐 무섭지는 않았다. 그가 나를 좀 더 분명하게, 더 가까이서 보고 싶어 한다고 나는 생각했다.

"넌 내가 필요한 걸 아무것도 줄 수 없어." 녹슨, 파인, 상처 입은, 쓰인 적 없는, 쓰기 힘든 목소리였다.

"그러면 왜 따라와?"

"왜 여기로 내려왔지?"

난 할 말이 생각나지 않았다.

"형씨가 여기 밑에 있어봐야 좋을 일 없어. 우리끼리 내버려두고 다시 위로 돌아가지 그래?"

"난 여기 있을 권리가 있어." 왜 내가 그런 말을 했을까?

"당신한테는 여기 내려올 권리가 없어. 당신이 있어야 할 위쪽으로 돌아가. 형씨가 잘못 생각한 거야."

그는 나를 해치려는 게 아니라 그냥 내가 여기 있는 걸 원치 않을 뿐이었다. 이런 추방자들한테도, 더는 추락할 수 없는 밑바닥 인생들한테도 맞지 않는다니. 여기에서도 나는 경멸을 받았다. 그는 두 손을 주머니에 푹 찔러넣은 채였다. "손을 빼. 천천히. 내가 돌아서면 네가 뭔가로 날 치려는 게 아닌지 확인해야겠어. 왜냐하면 난 돌아가는 게 아니라 저기로 내려갈 거니까. 자, 시키는 대로 해. 천천히. 조심스럽게."

그가 천천히 손을 주머니에서 빼서는 위로 쳐들었다. 그에게는 손이 없었다. 뭉텅 잘린 토막이 내가 맨홀을 통해 내려올 때 벽에서 나던 것처럼 희미한 녹색 빛을 발했다.

나는 돌아서서 그로부터 멀어졌다.

점점 따뜻해졌고, 벽에 덮인 인광을 발하는 녹색 진흙이 희미한 빛을 더했다. 도시 밑으로 더욱 깊게 파고들어 가는 터널을 따라 나는 아래로 내려갔다. 이곳은 고귀한 거리 선교단체들조차 모르는 땅이었고, 침묵과 공허가 휩쓴 땅이었다. 위와 아래와 옆이 돌로 막힌 이곳은 이름 없는 강을 저 깊은 곳으로 실어 날랐다. 돌아갈 수 없다면, 나는 저 파멸한 자들처럼 이곳에 머물리라. 하지만 난 계속 걸었다. 때로 울음이 터졌지만 왜인지, 무얼 위해선지, 누구를 위해선지 알지 못했다. 분명 나를 위해서는 아니었다.

나보다 더 '모든 걸' 가진 사람이 있었던가? 영리한 언변, 잽싼 몸놀림, 피부에 착 달라붙는 부드러운 옷가지들, 그리고 사랑을 쏟을 곳들. 그게 사랑이었다는 걸 알기만 했더라면.

뭔가가 쥐 둥지를 덮치기라도 했는지 찍찍거리는 소리가 들렸고, 나는 녹색 빛 때문에 모든 것이 명암으로만 보이는 측면 터널로 이끌려갔다. 어릴 때 신발가게에 있던 기계를 들여다보는 것 같았다. 오랫동안 잊어버렸던 기억이었다. 엑스레이가 아이들 발에 해가 된다는 사실이 밝혀지기 전에는 신발가게마다 사람이 올라설 수 있는 커다란 기계가 있었다. 사람들이 새 신을 신은 발을 기계 안에 넣고 단추를 누르면 녹색 엑스선이 나와서 피부에 둘러싸인 뼈를 보여주었다. 녹색과 검은색. 빛은 녹색이었고 뼈는 검은색에 먼지가 좀 묻은 것 같았다. 오랫동안 잊어버렸던 기억이었는데, 측면 터널이 딱 그런 식으로 빛을 비추었다.

악어 한 마리가 새끼 쥐들을 찢어발기는 중이었다.

놈은 둥지에 침입해 무방비 상태인 더 어린 놈들을 찾으려고 찢기고 조각난 설치류 사체들을 이리저리 내던지며 무자비하게 먹어 치우는 중이었다. 난 메스꺼우면서도 매혹된 채 그 자리에 서서 지켜보았다. 그때, 마침내 고통에 찬 찍찍 소리가 사라졌을 때, 티라노사우루스의 직계 후손인 그 거대한 도마뱀 속 동물은 먹이를 한 마리씩 텁텁 삼키고는 꼬리를 탕탕거리며 고개를 돌려 나를 노려보았다.

놈에게는 앞발이 없었다. 뭉텅 잘린 둥치가 벽처럼 희미한 녹색으로 빛났다.

내가 물러나 터널 벽에 바짝 붙자 악어가 배로 기면서 목줄을 끌고 지나쳐갔다. 가죽 갑옷을 두른 두꺼운 꼬리가 발복을 스치는 바람에 나는 몸이 바짝 굳었다.

놈의 눈이 종교재판의 고문자처럼 빨갛게 빛났다.

나는 비늘에 덮이고 발톱이 솟은 놈의 다리가 발밑의 검은 진흙에 깊은 발자국을 남기는 걸 지켜보았다. 나는 진흙에 남은 목줄 흔적으로 뚜렷하게 표시된 놈의 자취를, 그 짐승을 따라갔다.

　프랜시스한테는 다섯 살 난 딸이 있었다. 어느 해엔가 어린 딸을 데리고 마이애미 해변으로 휴가를 갔다. 나도 거기 남쪽으로 날아가서 며칠 묵었다. 우리는 세미놀족 마을에 갔는데, 나이 든 여자들이 미싱으로 재봉질을 하고 있었다. 나는 어쩐지 슬프다고 생각했다. 아마도 잃어버린 전통 같은 것들이… 모르겠다. 지금은 이름이 기억나지 않는 그 딸이 새끼악어를 사달라고 했다. 새끼악어는 귀여웠다. 우리는 공기구멍을 뚫은 골판지 상자에 새끼악어를 넣어 비행기에 실어 데려왔다. 한 달도 채 지나지 않아 그놈은 뭐든 덥석덥석 물어댈 정도로 커졌다. 이빨이 아주 길지는 않았지만, 그놈은 물었다. 그놈은 말하고 있었다. '나는 그런 존재가 될 거예요. 티라노사우루스의 직계 후손이니까.' 어느 날 밤, 사랑을 나눈 후에 프랜시스가 그놈을 변기에 넣고 물을 내렸다. 어린 딸은 옆방에서 자고 있었다. 다음 날 아침, 프랜시스는 아이에게 악어가 도망갔다고 말했다.

　도시의 하수구에는 완전히 자란 악어들이 득실거린다. 온갖 예방 조치를 취하고, 총과 석궁과 화염방사기로 무장한 포획단을 동원해 습격해도, 그 터널에서 악어를 완전히 몰아낼 수는 없었다. 하수구에는 여전히 악어들이 창궐한다. 일꾼들은 조심해서 다녀야 한다. 나도 그랬다.

　악어는 우아한 자태를 뽐내며 미끌미끌한 통로를 따라 쉼 없이 움직이며 한 터널을 지나고 옆으로 이어진 다른 통로를 통과해 계속해서 아래로, 저 깊은 곳으로 꾸준하게 이동했다. 나는 목줄 자국을 따라갔다.

　어느 웅덩이에 이르자 놈이 종교재판의 고문관 같은 시선을 목적지로 향한 채 기름 같은 물속으로 미끄러져 들어가 고약한 냄새가 나는 불결한 수면 위로 기다란 주둥이를 내밀었다.

　나는 쇠막대를 한쪽 바짓가랑이에 밀어 넣고는 빠지지 않도록 혁대를 단단히 조인 후 물속으로 휘적휘적 걸어 들어갔다. 물이 목까지 차오르자 나는 엎드려 굽힐 수 있는 다리 하나를 사용하여 개헤엄을 치기 시작했다. 빛은 이제 아주 선명하고 예리한 녹색으로 빛났다.

그 거대한 도마뱀이 반대쪽 검은 진흙 물가로 나와 터널 벽에 난 틈새를 향해 기어갔다. 나도 물에서 기어나가 쇠막대를 뽑아 들고 뒤를 따랐다. 틈새 안은 캄캄했지만, 안으로 들어서면서 손으로 벽을 따라 더듬으니 문이 하나 걸렸다. 나는 놀라서 걸음을 멈추고는 어둠 속에서 문을 더듬었다. 위쪽이 아치형으로 막히고 걸쇠가 달린 철문. 희미하게 녹 냄새가 나는 둥글고 무거운 장식 단추들이 문에 박혔다.

나는 문 안으로 발을 들였고… 멈춰 섰다.

문에 뭔가 다른 게 있었다. 나는 발걸음을 돌려 열린 문을 다시 쓸어보았다. 가장자리가 깔쭉깔쭉한 새김 자국이 바로 손에 걸렸다. 나는 칠흑 같은 어둠 속에서 그게 뭔지 분간하려 애쓰며 손가락 끝으로 그 자국들을 더듬었다. 뭔가가 있어…. 나는 조심스럽게 손가락으로 그 자국들을 따라갔다.

글자였다. **C**. 손가락이 둥근 모서리를 따라갔다. **R**. 어떻게 했는지는 모르겠지만 철문에 새겼군. **O**. 여기에 왜 철문이 있는 거지? **A**. 새김 자국이 아주 오래된 것처럼 삭고 더껑이가 앉았어. **T**. 글자는 커다랗고 아주 규칙적이야. **O**. 무슨 의미지, 내가 아는 단어에는 이런 철자가 없어. **A**. 그리고 나는 마지막 글자에 이르렀다. **N**.

CROATOAN. 의미를 알 수 없다. 나는 잠시 그곳에 서서 그 단어가 어쩌면 공중위생 기술자들이 어떤 종류의 창고를 지칭할 때 쓰는 용어일지도 모르겠다고 결론을 내렸다. '크로아토안.' 말이 안 된다. 크로아티아도 아니고, 크로아토안이다. 뭔가가 기억 저편에서 아른거렸다. 전에 어디선가 저 단어를 들어본 적이 있어. 오래전에, 어디선가 들었어. 그 단어의 아련한 음조가 과거의 냄새에 실려 밀려왔다가는 어디론가 사라섰나. 하지만 그 단어가 어떤 의미인지는 전혀 떠오르지 않았다.

나는 다시 문간을 지났다.

이제는 악어가 끌고 다니는 목줄 흔적도 보이지 않았다. 나는 쇠막대를 쥐고 계속 걸었다.

놈들이 양쪽에서 다가오는 소리가 들렸다. 분명 악어 소리였다. 수가 많았다. 옆으로 난 통로들에서 나는 소리였다. 나는 걸음을 멈추고 터널 벽을 확인하기 위해 팔을 뻗었다. 닿지 않았다. 문으로 돌아가려고 방향을 틀고는 내가 왔던 길이라 생각되는 길로 서둘러 돌아왔지만, 문은 나오지 않았다. 나는 그냥 계속해서 걸었다. 갈라진 길을 따라오면서도 터널이 갈라진 걸 알아채지 못했거나 방향감각을 잃었던 것이리라. 그리고 뭔가가 기는 소리가 꾸준히 다가왔다.

그때 나는 처음으로 공포를 느꼈다! 안전하고 따뜻하게 나를 감싸 안았던 지하 세계의 어둠이 주변에서 들리는 소리가 추가되자 순식간에 숨막히는 수의(壽衣)가 되어버렸다. 마치 문득 눈을 뜨니 단단하게 다진 흙을 2미터나 이고 땅 밑 관 속에 누운 꼴이었다. 스스로가 두려워했기 때문에 언제나 그처럼 생생하게 묘사하곤 했던 에드거 앨런 포의 그 숨 막히는 공포… 산 채로 매장되는 공포. 더는 동굴이 편안하게 느껴지지 않았다.

나는 뛰기 시작했다!

나는 어디쯤에선가 내 무기이자 안전장치였던 쇠막대를 잃어버렸다.

나는 넘어져 얼굴을 검은 진흙에 처박았다.

나는 버둥거리며 일어나 앉았고, 계속 나아갔다. 벽도 없고 빛도 없고 약간의 틈이나 노출도 없고, 내가 세상에 있다는 느낌을 줄 만한 건 아무것도 없었다. 시작도 없고 끝도 없는 연옥을 질주하는 기분이었다.

마침내 기진맥진한 나는 미끄러지면서 넘어졌다. 잠시 그대로 누웠다. 사방에서 나를 향해 미끄러지는 소리가 들려 가까스로 몸을 추슬러 일어나 앉았다. 등이 어딘가 벽에 닿았다. 나는 감사의 신음 소리를 내며 몸을 기댔다. 적어도 내겐 뭔가가 있다. 기대서 죽을 벽 하나가.

날 물어뜯을 이빨들을 기다리며 얼마나 거기 있었는지 모르겠다.

그러다 뭔가가 내 손을 만지는 게 느껴졌다. 나는 비명을 지르며 몸을 움츠렸다. 차갑고 건조하고 부드러웠다. 뱀이나 다른 양서류 동물들이 차갑고 건조하다는 사실을 떠올렸던가? 그걸 기억했던가? 나는 몸을 떨었다.

그러다 나는 빛을 보았다. 깜박거리는, 아주 약간씩 위아래로 까딱이는 불빛이 다가왔다.

그리고 불빛이 가까워지고 밝아지자 내 곁에 무엇이 있는지 보였다. 내 손을 만졌던 그 무언가. 그것이 한동안 나를 지켜보며 그곳에 있었던 것이다.

아이였다.

발가벗은, 죽은 것처럼 창백한, 커다랗고 빛나지만 무슨 막처럼 뿌연 투명한 껍질로 덮인 눈을 가진, 아주 어리고 머리카락이 없고 팔이 통상의 길이보다 짧은, 자주색과 진홍색 핏줄들이 양피지에 피로 그린 무늬처럼 민머리를 이리저리 가로지르는, 얕게 숨을 쉴 때마다 넓어지는 콧구멍과 엘프를 닮은 것처럼 살짝 기울어진 귀와 맨발바닥에 깔개를 댄 아이가 나를 뚫어지게 올려다보았다. 아이가 소리를 내려고 조그만 치아가 가득한 입을 열자 작은 혀가 보였지만, 아이는 아무 말도 하지 않고 나를, 여우원숭이 같은 대접눈에 그 세계의 경이를 담고서 나를 쳐다보았다. 빛이 뿌연 막 뒤에서 깜박거리며 맥동 쳤다. 아이였다.

그리고 가까이 다가오던 빛은 많은 불빛이 되었다. 횃불들. 저마다 악어를 탄 아이들이 높이 쳐든 횃불들.

✳

도시 아래에는 또 다른 도시가 있다. 축축하고 어둡고 이상한 도시가.

아주 오래전에 그들의 영토로 통하는 입구에 누군가가 이정표를 세웠다. 그 아이들은 아니다. 아이들이 그랬을 리는 없으니까. 책 한 권과 손하나가 새겨진 썩은 통나무였다. 한때는 고급 벚나무였다. 책은 펼쳐져 있고, 그 책에 조각된 유일한 단어를 한 손가락이 가리킨다. 그 단어는 '크로아토안'이다.

1590년 8월 13일, 영국령 버지니아 식민지 주지사인 존 화이트는 고립된 노스캐롤라이나 로어노크 식민지 이주자들한테로 겨우 돌아갈 수 있었다. 식민지 정착민들이 보급품을 기다린 지 3년이나 됐지만, 정치적인 문제와 궂은 날씨와 스페인 함대 탓에 그간 보급이 불가능했다. 그들이 해변에 올랐을 때 연기 기둥이 보였다. 정착지가 있던 장소에 도착해 보니 혹시 있을지도 모를 인디언들의 공격을 막기 위해 세운 성채는 여전했지만, 그들을 맞아주는 생명체의 흔적은 어디에도 없었다. 로어노크 식민지는 사라졌다. 남자와 여자와 아이가 모두 사라졌다. 오직 '크로아토안'이라는 단어만이 남았다. "입구 오른쪽에 있던 큰 나무 또는 나무 기둥 하나의 껍질이 벗겨져 있었는데, 땅에서 1.5미터쯤 되는 지점에 선명한 대문자로 어떤 고민의 흔적이나 실수도 없이 '크로아토안'이라고 적혀 있었다."

'크로아토안'이라는 이름의 섬이 있기는 했지만, 사람들은 거기에도 없었다. 그곳에는 크로아탄이라고 불리는 해터러스 인디언의 한 부족이 살았는데, 사라진 정착지 사람들이 어디로 갔는지는 전혀 알지 못했다. 전설의 나머지라곤 버지니아 데일이라는 아이의 이야기와 사라진 로어노크 이주자들이 어떻게 됐을까에 관한 수수께끼뿐이었다.

여기 도시 밑에 아이들이 산다. 그들은 수월하게, 그리고 이상한 방식으로 산다. 나는 지금에서야 믿을 수 없는 그들 존재의 방식을 알아가는 중이다. 그들이 어떻게 먹는지, 무얼 먹는지, 어떻게 목숨을 부지해 가는지, 그리고 어떻게 수백 년 동안 부지해 왔는지, 나는 경이와 경이를 뛰어넘으며 매일매일 이 모든 것을 배워간다.

나는 이곳의 유일한 성인이다.

그들은 나를 기다렸다.

그들은 나를 아버지라 부른다.

# JEFFTY IS FIVE

## 제프티는 다섯 살

✦

신해경 옮김

✦

**1978년 휴고상 수상**

**1978년 로커스상 수상**

**1978년 네뷸러상 수상**

**1978년 세계판타지문학상 노미네이트**

**1979년 영국판타지문학상 수상**

내가 다섯 살 때 같이 놀던 제프티라는 꼬마애가 있었다. 진짜 이름은 제프 킨저였지만 그 애와 노는 아이들은 모두 그를 제프티라 불렀다. 우리는 같은 다섯 살이었고, 잘 어울려 놀았다.

내가 다섯 살 때는 클라크 초코바가 야구방망이 손잡이만큼이나 뚱뚱했고, 거의 15센티미터나 될 만큼 긴데다, 겉에 진짜 초콜릿이 입혀졌다. 한입에 반쯤 베어 물면 아주 근사하게 오독거렸다. 게다가 녹은 초코바가 손에 묻지 않도록 조금씩 벗겨지게 싸놓은 포장지를 벗기면 상쾌하고 좋은 냄새가 났다. 요즘 클라크 초코바는 신용카드 뺨칠 정도로 얇고, 순수한 초콜릿 대신 끔찍한 맛이 나는 뭔가 인공적인 게 입혀진데다 흐물흐물하고 축축하면서도 값은 그에 알맞은, 딱 적당한 5센트가 아니라 15센트에서 20센트나 한다. 그러면서도 마치 20년 전과 마찬가지 크기인 양 포장을 해놓았지만, 그럴 리가! 가늘고 못생긴데다 불쾌한 맛이 나서 아무짝에도 쓸모없는, 15센트나 20센트에는 턱도 없이 모자라는 물건이다.

나는 그 나이, 다섯 살 때 뉴욕주 버펄로시에 사는 패트리샤 고모네로 가서 두 해를 살았다. 아버지가 '안 좋은 시기'를 겪던 중이었다. 패트리샤 고모는 아주 아름다웠고, 고모부는 주식중개인이었다. 그들이 이태 동안 나를 돌봤다. 나는 일곱 살 때 집으로 돌아와, 다시 같이 놀려고 제 프티를 찾아갔다.

나는 일곱 살이었다. 하지만 제프티는 여전히 다섯 살이었다. 나는 아무런 차이도 느끼지 못했다. 나는 몰랐다. 겨우 일곱 살이었으니까.

일곱 살 때 나는 우리 앳워터 켄트 라디오 앞에 배를 깔고 누워서 근사한 방송들을 듣곤 했다. 나는 접지선을 라디에이터에 묶고 색칠하기 책과 크레용과 같이(그때는 커다란 상자에 든 16색밖에 없었다) 뒹굴뒹굴하며 NBC 레드 네트워크에서 방송하는 잭 베니가 나오는 〈젤로 프로그램〉과 시트콤 〈에이모스 앤 앤디〉, 에드거 버겐과 찰리 매카트니가 나오는 〈체이즈 앤 샌본 프로그램〉, 〈원 맨스 패밀리〉, 〈퍼스트 나이터〉를, NBC 블루 네트워크에서 방송하는 〈이지 에이스즈〉와 월터 윈첼이 나오는 〈저 겐스 프로그램〉, 〈인포메이션 플리즈〉, 〈데스 밸리 데이즈〉를, 그리고 무엇보다 좋았던, 뮤추얼 네트워크에서 방송하는 〈그린 호넷〉과 〈론 레인저〉와 〈새도우〉와 〈콰이어트, 플리즈〉를 들었다. 요즘은 차 라디오를 틀어 끝에서 끝까지 다이얼을 돌려봐도 나오는 거라곤 현악 100중주 오케스트라 연주나, 거만한 토크쇼 호스트들과 함께 부정한 성생활을 논하는 진부한 주부들과 무미건조한 트럭 운전사들 얘기나, 질질 끄는 컨트리와 웨스턴 음악, 그리곤 너무 시끄러워서 귀가 아픈 록 음악이 전부다.

열 살 때 할아버지가 노령으로 돌아가신 후, 부모님은 '문제아'였던 나를 제대로 손보아주려고 군사 조직을 모방한 어느 사립학교로 보냈다.

나는 열네 살이 되어 돌아왔다. 제프티는 여전히 다섯 살이었다.

열네 살 때 나는 토요일 오후마다 영화를 보러 다녔다. 흥행작 한 편 보는 값은 10센트였고, 팝콘에는 진짜 버터가 쓰였으며, 언제나 래쉬 라루나 레드 라이더로 분한 와일드 빌 엘리어트와 리틀 비버로 나오는 바비 블레이크나 로이 로저스나 조니 맥 브라운이 나오는 서부영화를 볼 수 있었다. 거기다 론도 해턴이 비열한 남자로 나오는 〈하우스 오브 호러

318

스〉나 〈캣 피플〉이나 〈미이라〉나 프레드릭 마치와 베로니카 레이크가 나오는 〈나는 마녀와 결혼했다〉와 같은 무서운 영화 한 편을, 거기에다 또 빅터 조리가 나오는 〈새도우〉나 〈딕 트레이시〉나 〈플래시 고든〉 같은 훌륭한 연속극 한 편과 만화 세 편도 봤다. 그리고 제임스 피츠패트릭의 〈트래블토크〉와 〈무비톤 뉴스〉와 다 함께 노래 부르기가 있었다. 저녁까지 남아 있기만 하면 빙고나 키노 게임도 볼 수 있었고, 공짜 저녁 식사도 있었다. 요즘은 영화를 보러 가면 사람 머리통을 무슨 잘 익은 멜론처럼 박살 내고 다니는 클린트 이스트우드가 나온다.

열여덟 살 때 나는 대학에 갔다. 제프티는 여전히 다섯 살이었다. 나는 여름방학이면 집으로 돌아와 조 삼촌이 운영하던 보석 가게에서 일했다. 제프티는 변하지 않았다. 그때쯤 나는 그에게 뭔가 다른 점이, 뭔가 잘못된 점이, 뭔가 기이한 점이 있다는 걸 알게 되었다. 제프티는 여전히 다섯 살이었고, 하루도 더 나이 들지 않았다.

스물두 살에 나는 완전히 귀향해서 그 도시에서는 처음으로 중심가에 소니 텔레비전 대리점을 열었다. 나는 가끔 제프티를 만났다. 그는 다섯 살이었다.

여러 가지 면에서 세상은 이전보다 나아졌다. 오래도록 인류를 괴롭히던 몇몇 질병은 이제 더는 사람을 죽이지 못하게 되었다. 차는 더 빠르게 달리고, 더 좋아진 도로를 타고 훨씬 빨리 목적지로 데려다준다. 셔츠는 더 부드러워지고 더 매끄러워졌다. 근사했던 옛날 하드커버와 값이 거의 비슷하긴 하지만, 어쨌든 우리에겐 페이퍼백이 있다. 은행 잔고가 바닥났을 때는 상황이 좀 나아질 때까지 신용카드로 연명할 수 있다. 하지만 그래도 나는 우리가 많은 좋은 것들을 잃어버렸다고 생각한다. 더는 리놀륨을 살 수 없다는 걸 아는가? 살 수 있는 건 비닐 장판밖에 없다. 기름먹인 방수포 같은 건 이제 없다. 할머니의 부엌에서 나던 그 특별했던 달콤한 냄새는 절대 다시 맡을 수 없다. 가구들은 이제 30년 이상 버티도록 만들어지지 않는다. 시장조사를 해보니 젊은 살림꾼들이 7년마다 가구를 내다 버리고 컬러 코팅된 싸구려 가구 일습을 새로 들이고 싶어한다는 결과가 나왔기 때문이다. 레코드도 제대로가 아닌 것 같다. 예전 것보다 두껍고 단단한 것이 아니라 얇고 휘어지는데… 나로서는 아무래도 온당치 않아 보인다. 식당들은 이제 큰 유리 주전자에 담긴 크림 대신 작은 플라스틱 통에 든 끈적한 인공 액체를 내놓는데, 그걸로는 아무리 해도 커피에 적당한 색깔을 낼 수 없다. 자동차 펜더는 얇은 천 운동화에 부딪혀도 파인 자국이 난다. 어디를 가든 모든 도시가 버거킹과 맥도널드와 세븐일레븐과 타코벨과 모텔과 쇼핑센터들로 똑같아 보인다. 세상은 더 나아졌겠지만, 나는 왜 자꾸 과거를 생각하게 되는 걸까?

제프티에게 지적장애가 있거나 해서 다섯 살이라는 말이 아니다. 그런 건 아니었다고 나는 생각한다. 제프티는 다섯 살짜리 아이로서는 빈틈없이 영리했다. 아주 명석하고 눈치가 빠르고 귀엽고 재미있는 아이였다.

키가 나이에 비해 조금 작은 편인 90센티미터이긴 했지만, 그는 완벽한 형태를 갖췄다. 머리가 크지도 않고 턱 모양이 남다르지도 않았다. 그런 건 전혀 없었다. 그는 나무랄 데 없는, 정상적으로 보이는 다섯 살짜리 아이였다. 그가 사실은 나와 같은 나이, 스물두 살이라는 사실만 빼면 말이다.

제프티가 말할 때 내는 소리는 다섯 살짜리들이 내는 빽빽거리는 소프라노 음성이었다. 제프티가 걷는 걸음은 다섯 살짜리들 특유의 약간 깡충거리면서도 발을 끄는 걸음이었다. 제프티가 얘기하는 건 다섯 살짜리들이 관심을 가질 만한, 만화책과 병정놀이와 빨래집게로 빳빳한 골판지를 자전거 앞바퀴에 붙여서 바큇살이 칠 때마다 모터보트 같은 소리를 내는 방법 같은 것들이었고, 저건 왜 저런 건지, 높은 건 얼마나 높은 건지, 얼마나 나이를 먹어야 늙은 건지, 풀은 왜 녹색인지, 코끼리는 어떻게 생겼는지 따위를 물었다. 스물두 살에, 제프티는 다섯 살이었다.

제프티의 부모는 우울한 한 쌍이었다. 나는 여전히 제프티의 친구였고, 시간을 내서 제프티를 만났고, 가끔은 제프티를 동네 축제나 미니어처 골프장이나 영화관에 데리고 다녔기 때문에 어쩔 수 없이 제프티의 부모와도 같이 있어야 할 때가 있었다. 그들을 좋아해서가 아니라 그들이 정말 절망스럽게도 침울했기 때문이었다. 그래도 난 그 불쌍한 부모한테서 뭔가 많은 걸 바라서는 안 된다고 생각했다. 그들 집에는 낯선 생물이, 22년 동안 다섯 살에서 한치도 더 자라지 않은 아이가 있었으니까. 그 아이는 아이가 부모에게 주는 보석 같은 특별한 기쁨을 무한정 누릴 수 있게 해주었지만, 동시에 아이가 정상적인 어른으로 커가는 과정을 지켜보는 즐거움을 빼앗아 갔다.

어린아이에게 다섯 살은 정말로 인생의 황금기다…. 아니, 황금기일 수 있다. 다른 아이들이 빠져들곤 하는 극악무도한 야만성에서 상대적으로 자유롭기만 하면 말이다. 그 시기는 시야가 확장되면서도 아직 고정관념이 자리 잡지 않은 때이고, 세상은 절대 변하지 않으며 희망은 없다는 사실을 아직 힘들게 받아들이기 전이고, 뭐든 하고 싶어 하는 손과 뭐든 배우고 싶어 하는 마음이 있고, 세상이 온통 무한하고 다채롭고 수수께끼로 가득 찬 시기다. 다섯 살은 특별하다. 그때는 무언가를 찾고자 하는, 억누를 수 없는, 꿈꾸는 젊은 공상가의 영혼을 따분한 상자 같은 교실에 처박아버리기 전이다. 그때는 무엇이든 만지고 쥐고 살펴보고 싶어 하는 떨리는 손을 거두어 책상 위에 가만히 올려두기 전이다. 그때는 사람들이 '나이에 맞게 행동하라'거나 '좀 어른이 돼라'거나 '넌 아기처럼 행동하는구나'라고 말하기 시작하기 전이다. 다섯 살은 사춘기처럼 구는 아이가 여전히 귀엽고 사람들의 관심을 받는 모두의 애완동물이 되는 때이다. 기쁨과 경이와 순수함의 시기.

제프티는 그 시기에, 딱 다섯 살에, 그렇게 갇혔다.

하지만 그의 부모에게 그건 아무도, 사회복지사들도 목사들도 아동심리학자들도 선생님들도 친구들도 의료진들도 정신과 의사들도, 아무도 뺨을 때리거나 흔들어서 깨워줄 수 없는 끝없이 이어지는 악몽이었다. 17년 사이에 그들의 슬픔은 부모다운 애정에서 우려로, 우려에서 걱정으로, 걱정에서 공포로, 공포에서 혼란으로, 혼란에서 분노로, 분노에서 반감으로, 반감에서 노골적인 혐오로, 그리고 마침내 끝없는 혐오와 불쾌감에서 무신경하고 억눌린 수용으로, 단계를 거쳐 가며 커졌다.

존 킨저는 볼더공구 공장에서 교대로 일하는 현장 주임이었다. 그는 그 공장에서 서른 해를 일했다. 직접 겪는 사람들을 제외한 모든 사람이 보기에 그의 삶은 보기 드물게 평탄한 것이었다. 그가 스물두 살 먹은 다섯 살짜리 아이의 아버지라는 점만 빼면, 그의 삶에는 사람들의 시선을 끌 만한 점이 전혀 없었다.

존 킨저는 순한 남자였다. 날카로운 면이라곤 전혀 없는 부드러운 사람이었다. 색이 옅은 그의 눈은 절대 몇 초 이상은 시선을 맞추지 않는 것 같았다. 그는 대화하면서도 끊임없이 몸을 들썩거렸고, 방 천장 모서리에 있는 뭔가를, 다른 사람들에게는 보이지 않는 무언가를 보는 듯했다. 아니, 보고 싶어 하는 듯했다. 나는 그를 가장 잘 설명해주는 말이 '붙들리다'가 아닐까 생각한다. 그의 삶이 어떻게 됐는지 생각해보면… 음, '붙들리다'라는 말은 그에게 어울린다.

리오나 킨저는 그런 남편을 보완하려고 씩씩하게 노력했다. 그 집에 가면 그녀는 늘 내게 뭔가를 먹이려 했다. 그리고 제프티가 집에 있을 때는 늘 아들에게 뭔가 먹으라고 권하는 중이었다. "애야, 오렌지 먹을래? 맛있는 오렌지? 아니면 귤 먹을래? 귤 있는데. 내가 껍질을 까줄게." 하지만 그녀에게선 어떤 공포가, 자신의 아이를 향한 공포가 느껴져서 뭘 먹으라고 권하는 그녀의 말은 늘 희미하게 불길한 어조를 띠었다.

리오나 킨저는 키가 컸지만, 세월 탓에 허리가 굽었다. 그녀는 늘 화려한 프린트 무늬나 장미꽃 무늬가 새겨진 보호색 옷을 입고서 어딘가 보이지 않게 사라질 수 있는 벽지가 발린 벽이나 저장실 구석 같은 데를 찾는 듯했다. 아이가 하루에도 수백 번씩 그 앞을 스치면서도 자신을 알아보지 못하게 숨을 참으면서, 그 밝고 커다란 갈색 눈동자에 보이지 않도록. 그녀는 늘 허리에 앞치마를 둘렀고, 두 손은 청소하느라 늘 빨갰다. 주변을 티끌 하나 없이 쓸고 닦는 것으로 상상 속의 죄, 이런 이상한 생물을 낳은 죄를 갚을 수 있기라도 한 듯이 말이다.

둘 다 텔레비전을 그다지 보지 않았다. 그 집은 보통 쥐 죽은 듯이 고요했고, 배관을 지나는 쉬쉬거리는 물소리조차, 제자리를 잡느라 삐걱거리는 나무 소리조차, 웅웅거리는 냉장고 소리조차 들리지 않았다. 시간마저도 그 집을 돌아서 지나가는 것처럼, 무섭도록 조용했다.

제프티로 말하자면, 악의가 없는 아이였다. 점잖은 공포와 무딘 혐오가 뒤섞인 분위기 속에서 살면서도, 그걸 알았는지 어쨌는지는 모르겠지만 어떤 식으로든 그런 기색을 내비친 적이 없었다. 그는 아이들이 놀 듯이 놀았고, 행복해 보였다. 하지만 그도 느꼈으리라. 다섯 살짜리의 방식으로, 부모가 자신을 얼마나 외계인 대하듯 대하는지를.

외계인이라니. 아니다, 틀렸다. 오히려 제프티는 너무 인간적이었다. 다만 그를 둘러싼 세계에 조응하여 맞아 돌아가는 대신 제 부모가 속한 세계와는 다른 세계의 진동에 공명한 것이리라. 그 세계가 어떤 세계인지는 신만이 아실 것이다. 아무도 제프티와 같이 놀지 않게 되었다. 아이들은 제프티를 지나쳐 자라면서 처음에는 그를 어린애답다고 생각했다가 흥미를 잃었고, 나이 든다는 것이 무엇인지 개념이 분명해지고 나서는, 그가 자기들과 달리 시간의 영향을 받지 않는다는 걸 알고 나서는 완전히 겁에 질렸다. 동네를 돌아다니는 그 나이 또래의 어린아이들조차 길거리에서 차가 갑자기 역발진하는 걸 본 개처럼 화들짝 그를 피하게 되었다.

그래서, 나는 제프티의 유일한 친구로 남았다. 오래된 친구. 5년. 22년. 나는 그를 좋아했다. 말로 다 할 수 없을 만큼. 정확하게 왜 좋아했는지는 모르겠다. 하지만 난 좋아했다. 아낌없이.

하지만 우리가 같이 시간을 보냈기 때문에, 또 그 동네가 예의 바른 곳이었으므로, 나는 그 애의 부모와도 시간을 보내게 되었다. 토요일 오후에 제프티와 영화를 보고 데려다줄 때 나는 가끔 1시간 정도 같이 저녁 식사를 하곤 했다. 그들은 고마워했다. 비굴해 보일 정도로 그랬다. 내 덕분에 그들은 남부끄럽게 제프티를 데리고 나가야 하거나 세상 사람들 앞에서 완벽하게 정상적이고 행복한 매력적인 아이를 가진 사랑하는 부모인 체해야 하는 부담에서 벗어날 수 있었다. 너무 고마워한 나머지 그들은 내게 음식을 대접하곤 했다. 나로서는 그 시간이 끔찍했다. 의기소침한 그들과 보내는 매 순간이, 끔찍했다.

난 그 불쌍한 사람들이 안쓰러웠지만, 더할 나위 없이 사랑스러운 제프티를 사랑하지 못하는 그들을 경멸했다.

물론 더는 어떻게 해볼 수 없을 정도로 어색한 시간을 보내면서도 그런 말을 입 밖에 낸 적은 없었다.

우리는 그 집 어두워지는 거실에 앉아 있었다. 거실은 늘 어둡거나 어두워지는 중이었는데, 마치 불 켜진 집의 밝은 눈이 드러낼 바깥 세계의 모든 것을 비밀로 묻어놓기 위해 늘 어둠 속에 잠겨 있는 듯했다. 우리는 앉아서 말없이 서로를 바라보곤 했다. 그들은 늘 내게 어떻게 말을 붙여야 할지 몰랐다.

"공장 일은 어때요?" 난 존 킨저에게 말하곤 했다.

그는 어깨를 으쓱거렸다. 대화도 삶도 그에게는 절대 수월하거나 우아하게 들어맞지 않았다.

"좋아, 다 괜찮아." 그가 마침내 말했다.

그리고 우리는 다시 침묵 속에 앉아 있었다.

"커피 케이크 한 조각 먹을래?" 리오나는 말하곤 했다. "오늘 아침에 구웠어." 커피 케이크가 아니면 두껍게 구운 풋사과 파이였다. 아니면 우유와 초콜릿 쿠키거나. 아니면 과일 푸딩이거나.

"아니요. 고맙지만 괜찮아요, 킨저 부인. 제프티와 집에 오는 길에 치즈버거를 두 개나 먹었어요." 그러고는 다시 침묵.

그러다 그들조차 그 고요함과 어색함을 견디기 힘들 정도가 되면(그들이 절대 화제에 올리지 않는 '그것'과 둘만 있을 때 그 완전한 침묵이 얼마나 오래갈지는 아무도 모른다), 리오나 킨저가 말하곤 했다. "애가 잠든 거 같네."

존 킨저가 말하곤 했다. "라디오 소리가 안 들리는데."

내가 공손하게 어딘가 빈약한 근거를 대며 빠져나갈 구실을 찾을 때까지, 상황은 그렇게, 딱 그렇게 진행되곤 했다. 그래, 그런 식이었다. 매번, 똑같이. 딱 한 번만 빼고.

✳

"더는 어찌해야 할지 모르겠어." 리오나가 말했다. 그녀가 울기 시작했다. "아무 변화가 없어. 단 하루도 평화로운 날이 없어."

존이 어렵사리 낡은 안락의자에서 몸을 일으켜 아내에게 갔다. 그는 몸을 구부리고 그녀를 달래려 했지만 세어가는 아내의 머리카락을 만지는 형편없는 손놀림을 봐서는 공감 능력이 마비된 것이 분명했다. "쉿, 리오나, 괜찮아. 쉿." 하지만 그녀는 계속해서 울었다. 그녀가 의자 팔걸이를 덮은 장식 덮개를 가볍게 긁었다.

그러더니 그녀가 말했다. "가끔은 저 애가 사산됐더라면 좋았을 거 같아."

존이 천장 모서리를 올려다보았다. 이름 모를 망령들이 늘 지켜보기 때문일까? 그가 그 공간에서 찾은 건 신이었을까? "진심은 아니잖아." 그는 혹시라도 신이 그 끔찍한 생각을 알아차릴까 봐 잔뜩 긴장한 몸으로, 측은하다는 듯이 목소리를 떨면서 부드럽게 그녀를 종용했다. 하지만 그녀는 진심이었다. 그녀는 정말로 진심이었다.

난 그날 저녁 그 집을 일찍 빠져나왔다. 그들이 누군가 자신들의 수치를 목격하기를 원치 않아서였다. 난 그 집에서 나오게 되어 기뻤다.

✳

그리고 일주일 동안 나는 거리를 두었다. 그들로부터, 제프티로부터, 그들이 사는 동네로부터, 심지어 그쪽 방향과도.

내겐 내 생활이 있었다. 가게, 장부 정리, 공급업체들과의 회의, 친구들과 하는 포커 게임, 불이 환히 밝혀진 식당에 데려갔던 아름다운 여자들, 내 부모님, 차에 동결방지제 넣기, 소매와 목깃에 너무 풀을 먹인 세탁소에 불만 접수하기, 체육관에서 운동하기, 세금 정산, 현금 등록기에서 돈을 훔친 (누구인지는 모르겠지만) 잰 아니면 데이비드 잡기. 내겐 내 생활이 있었다.

하지만 그날 저녁의 일도 날 제프티와 떼어놓지는 못했다. 제프티는 가게로 전화를 걸어 로데오에 데려가달라고 부탁했다. 다른 신경 쓸 일도 많은 스물두 살짜리가…, 음, 다섯 살짜리와 잘 지낼 수 있는 한도 내에서 보자면, 우리는 최고로 잘 지냈다. 무엇이 우리를 묶어놓는지 진지하게 고민해본 적은 없었다. 나는 그냥 우리가 오랜 시간을 같이 지냈기 때문이라고만 생각했다. 말하자면, 동생이 없는 내게 동생처럼 느껴지는 한 아이에 대한 애정 같은 거라고. (우리가 같이 놀던 때, 우리가 같은 나이였던 때를 안다는 점만 빼면. 난 그때를 잊어버리지 않았다. 제프티는 여전히 그대로였다.)

그러다 어느 토요일 오후에 나는 제프티를 동시상영 영화관에 데려가려고 그 집에 갔었다. 그리고 알아차렸어도 벌써 여러 번 알아차렸어야 했을 일을 그날 오후에서야 처음으로 알아차리기 시작했다.

✳

나는 킨저 씨네 집으로 가면서 제프티가 앞 베란다 계단이나 흔들의자에 앉아 나를 기다릴 거라 생각했다. 하지만 그는 어디에도 보이지 않았다. 5월의 햇빛이 한창인 바깥에 있다가 그 어둡고 고요한 실내로 들어가는 건 차마 생각하기도 싫었다. 나는 잠시 현관 앞에 서서 손을 입가에 모으고 소리를 질렀다. "제프티? 어이, 제프티, 이리 나와, 가야지. 늦었어."

어디선가 땅속에서 들리는 것처럼 희미한 소리가 났다.

"도니, 나 여기 있어."

소리는 들렸지만 모습은 보이지 않았다. 제프티였다. 그건 확실했다. '호튼 TV&사운드 센터'의 사장이자 단독 소유주인 나 도널드 H. 호튼을 도니라고 부르는 사람은 제프티밖에 없었다. 그는 다른 이름으로 날 부른 적이 없었다.

(실제로, 이건 거짓말이 아니다. 사람들이 아는 한 나는 그 가게의 단독 소유자다. 패트리샤 고모가 동업자로 등록된 건 내가 열 살 때 돌아가신 할아버지의 유산을 스무한 살에 찾았을 때, 가게를 내기에 부족한 부분을 고모한테서 빌렸기 때문이었다. 그다지 큰 금액도 아니었다. 고작 18,000달러에 불과했지만, 나는 돈도 갚을 겸 어릴 때 나를 돌보아주었던 보상도 할 겸 고모에게 숨은 동업자가 돼달라고 부탁했다.)

"어디 있어, 제프티?"

"베란다 밑 내 비밀장소에."

나는 현관 베란다 옆쪽으로 돌아가서 쭈그리고 앉아 고리버들을 엮은 격자 창살을 끌어냈다. 거기 안쪽 다져진 흙 위에 제프티가 비밀장소를 만들어놓았다. 주황색 나무상자에 담긴 만화책들과 작은 탁자와 베개 몇 개를 가져다놓았다. 커다랗고 굵은 촛불이 밝혀진 그곳은, 우리가 숨어 있곤 했던 곳이었다. 우리가 같이 다섯 살이었을 때 말이다.

"거기서 뭐 해?" 나는 안으로 기어들어가 창살을 닫고서 물었다. 현관 베란다 밑은 서늘했고, 흙바닥에서는 편안한 냄새가 났으며, 촛불에서도 은밀하면서 친숙한 냄새가 났다. 그런 장소에서라면 어느 아이라도 편안한 기분을 느낄 것이다. 그런 비밀장소에서 자기 인생에서 가장 행복하고 가장 생산적이고 가장 달콤한 수수께끼 같은 시간을 보내지 않은 아이는 없다.

"놀아." 그가 말했다. 그는 뭔가 금빛 나는 둥그런 물건을 들었다. 작은 손바닥에 가득 차는 물건이었다.

"우리 영화 보러 가자고 했던 거 잊어버렸어?"

"아니. 난 그냥 여기서 널 기다렸어."

"엄마 아빠는 집에 계셔?"

"엄마만."

나는 왜 그가 여기 베란다 밑에서 기다렸는지 이해했다. 나는 더 묻지 않았다.

"그거 뭐야?"

"〈캡틴 미드나잇〉 비밀 디코더 배지야." 그가 두 손바닥을 내밀고 그 물건을 보여주었다.

나는 한동안 그게 무엇인지 알아보지 못하고 멍하니 바라보기만 했다. 그러다 제프티가 손에 쥔 그 기적 같은 물건이 무엇인지 갑자기 머리를 스쳤다. 존재할 수 없는 기적이었다.

"제프티." 난 목소리에 놀란 기색을 드러내지 않고 조용히 말했다. "그 거 어디서 났어?"

"오늘 우편으로 왔어. 내가 부쳐달라고 했거든."

"돈이 많이 들었겠구나."

"그렇게 많이 들지는 않았어. 10센트랑 코코아 병뚜껑 안에서 뗀 밀랍 인장 두 개."

"내가 봐도 될까?" 내 목소리가 떨렸고 내민 손도 그랬다. 제프티가 그걸 건네주자 난 그 기적을 손에 쥐었다. 놀라웠다.

다들 기억할 것이다. 〈캡틴 미드나잇〉은 1940년에 전국에 방송된 라디오 프로그램이었다. 어느 코코아 업체가 그 프로그램을 후원했다. 매년 비밀 함대 암호해독기 배지가 나왔다. 그리고 매일 프로그램 말미에 공식 배지를 가진 아이들만 판독할 수 있는 암호로 다음 날 방송 줄거리의 실마리를 주곤 했다. 1949년에 그 멋진 해독기 배지의 생산은 중단됐다.

1945년에 나한테 생겼던 해독기를 기억한다. 정말 멋졌다. 암호 다이얼 중앙에 확대경이 붙어 있었다. 〈캡틴 미드나잇〉은 1950년에 방송이 중단됐고, 50년대 중반에 잠깐 텔레비전 시리즈로 방송되면서 1955년과 1956년에 해독기 배지가 생산됐다는 걸 알았지만, 진짜 배지로 말하자면 1949년 이후로는 만들어진 적이 없다고 해야 맞을 것이다.

내 손에 쥔, 제프티가 10센트와(10센트라니!) 코코아 라벨 두 개를 주고 우편으로 받았다는 〈캡틴 미드나잇〉 해독기는 반짝이는 금색 금속으로 만들어진데다 가끔 수집품 전문점에서 엄청난 가격이 붙은 채 발견되는 옛날 것들과 같지 않게 파이거나 녹슨 곳이 하나도 없는 완전한 새것이었다. 그건 새 해독기였다. 그리고 거기에 찍힌 날짜는 올해였다.

하지만 〈캡틴 미드나잇〉은 더 이상 존재하지 않는다. 라디오에 그런 프로그램은 존재하지 않았다. 나는 그즈음 방송사들이 내보내던, 옛날 라디오를 어설프게 흉내 낸 프로그램 한두 개를 들은 적이 있는데, 내용이 따분한데다 음향효과도 지루했고, 전체적으로 뭔가 잘못되고 철 지난 진부한 느낌이었다. 하지만 난 새 해독기를 쥐고 있었다.

"제프티, 이거 얘기 좀 해봐." 내가 말했다.

"뭘 말이야, 도니? 이건 내 새 〈캡틴 미드나잇〉 암호해독기 배지야. 이걸로 내일 무슨 일이 일어나는지 알 수 있어."

"내일?"

"프로그램에서."

"무슨 프로그램?!"

제프티는 내가 일부러 멍청한 체한다는 듯이 나를 쳐다보았다. "〈캡틴 미드나잇〉! 좀!" 내가 멍청한 소리를 한 것이다.

난 여전히 곧이곧대로 받아들일 수가 없었다. 바로 눈앞에, 누가 봐도 명확한 물건이 있었지만 나는 여전히 무슨 일이 벌어지는지 알지 못했다. "네 말은, 옛날 라디오 프로그램으로 만든 저 레코드들 말이야? 그거 말하는 거야, 제프티?"

"무슨 레코드?" 그가 물었다. 그는 내 말을 이해하지 못했다.

우리는 거기 현관 베란다 밑에서 서로를 쳐다보았다. 그러다 내가 말했다. 아주 천천히, 어떤 답이 나올지 거의 두려워하는 듯이. "제프티, 넌 어떻게 〈캡틴 미드나잇〉을 들어?"

"매일. 라디오로. 내 라디오로. 매일 5시 반에."

뉴스, 음악, 지루한 음악, 그리고 뉴스. 그게 매일 5시 반에 라디오에서 나오는 것들이다. 〈캡틴 미드나잇〉은 없다. 그 비밀 함대는 지난 20년 동안 라디오 전파를 타지 못했다.

"우리 오늘 그거 들을 수 있을까?" 내가 물었다.

"좀!" 그가 말했다. 내가 멍청한 말을 한 것 같았다. 제프티가 말하는 투를 보면 그랬다. 하지만 왜인지는 몰랐다. 그러다 어떤 생각이 떠올랐다. 그날은 토요일이었다. 〈캡틴 미드나잇〉은 월요일부터 금요일까지만 방송됐다. 토요일이나 일요일에는 방송하지 않았다.

"우리 영화 보러 갈 거지?"

제프티는 잠시 후에 똑같은 질문을 또 한 번 해야 했다. 내 마음은 어딘가 다른 데에 가 있었다. 분명한 건 없었다. 결론도 없었다. 괜한 추측도 없었다. 나는 그저 잠시 무슨 일인지를 파악하려 했고, 그러고는 누구나 그러듯이 진실을, 불가능하고도 놀라운 진실을 받아들이기보다는 내가 아직 이해하지 못하는 보다 단순한 이유가 있을 거라고, 그냥 잠정적인 결론을 내리면서 잠시 정신을 딴 데 두고 있었다. 모든 좋고 익숙한 것들을 빼앗아 가는 대신 하찮은 물건들과 플라스틱을 안겨주는 시간의 흐름 같은 평범하고 지루한 무언가에. 그리고 진보의 이름으로 이루어지는 모든 일에.

"우리 영화 보러 갈 거지, 도니?"

"네 장화를 걸어도 돼, 친구." 나는 말했다. 그리고 미소를 짓고는 그에게 해독기를 건네주었다. 제프티는 그걸 바지 호주머니에 넣었다. 그리고 우리는 현관 베란다 밑에서 기어 나왔다. 우리는 영화를 보러 갔다.

그리고 그날 나머지 시간 동안 우리는 더 이상 〈캡틴 미드나잇〉에 관해 얘기하지 않았다. 그리고 그날 나머지 시간 동안 나는 적어도 십 분마다 한 번씩 〈캡틴 미드나잇〉에 대해 생각했다.

✳

다음 주는 내내 재고정리 기간이었다. 목요일 오후가 되어서야 제프티를 볼 시간이 났다. 다른 볼일이 있다고 가게를 잰과 데이비드에게 맡기고 일찍 가게를 나왔다는 사실을 실토해야겠다. 오후 4시였다. 나는 4시 45분경에 킨저네에 도착했다. 리오나가 피곤하고 서먹서먹한 태도로 문을 열어주었다. "제프티 있어요?" 그녀는 아들이 위층 자기 방에 있다고, 라디오를 듣는다고 말했다.

나는 한 번에 두 계단씩 뛰어올랐다.

맞다. 마침내 나는 그 불가능해 보이는, 비논리적인 비약을 했다. 어른이든 아이든 제프티가 아닌 다른 누군가가 그런 걸 믿었더라면, 나는 더욱 말이 되는 결론을 도출했을 것이다. 하지만 그게 제프티였으므로, 다른 종류의 생명체임이 분명했으므로, 그가 경험하는 것들이 정연한 자연법칙에 들어맞을 거라고 기대해서는 안 될 터였다.

난 인정했다. 그런 얘기를 듣고 싶었던 거라고.

문이 닫혔어도 나는 그 프로그램이 뭔지 알아들었다.

"저기 놈이 간다, 테네시! 잡아!"

22구경 소총을 난사하는 소리가 들리고 산탄이 튀는 깡깡거리는 소리가 들리고, 조금 전의 목소리가 의기양양하게 소리쳤다. "잡았다! 딱 맞췄어!"

제프티는 40년대에 내 애청 프로그램의 하나였던, ABC 방송국 790킬로헤르츠 채널에서 방송한 서부모험극 〈테네시 제드〉를 듣고 있었다. 난 그 프로그램을 지난 20년 동안 듣지 못했다. 방송이 되지 않았기 때문이었다.

난 계단 맨 위 칸, 그 집 2층 복도에 앉아서 라디오 연속극을 들었다. 옛 프로그램을 다시 방송하는 게 아니었다. 난 어슴푸레하게나마 그 방송 하나하나를 다 기억했다. 한 편도 놓친 적이 없었으니까. 그리고 그보다 그 프로그램이 새로 만든 것이라는 더 확실한 증거는 광고에 나오는 지금의 문화적, 기술적 발전상들과 40년대에는 대중적으로 사용되지 않았던 문구들이었다. 에어로졸 스프레이 통이라든가 레이저 문신이라든가 탄자니아라든가, '대박'이라는 단어라든가. 난 사실을 외면할 수 없었다. 제프티는 〈테네시 제드〉의 새 단편들을 듣고 있었다. 난 아래층으로 내려가 현관으로 달려 나가서는 내 차로 갔다. 리오나는 주방에 있었을 것이다. 나는 차 키를 돌리고 라디오를 틀어 주파수를 790킬로헤르츠에 맞췄다. ABC 채널이었고, 록 음악이 나왔다.

난 잠시 가만히 앉았다가 다이얼을 이쪽에서 저쪽까지 천천히 돌렸다. 음악, 뉴스, 토크쇼들. 〈테네시 제드〉는 없었다. 카 오디오는 내가 장만할 수 있는 최고의 라디오인 블라우풍트 브랜드였다. 주파수가 약한 라디오 채널이라고 놓쳤을 리가 없었다. 〈테네시 제드〉는 그냥 없는 거였다!

잠시 후에 나는 라디오를 끄고, 차 시동을 끄고, 조용히 위층으로 돌아갔다. 난 계단 맨 위 층계에 앉아 프로그램 전부를 들었다. 근사했다.

흥미진진했고, 창의적이었고, 내가 가장 혁신적이라고 생각했던 라디오 드라마의 모든 것이 들어 있었다. 하지만 그건 현대적이었다. 수적으로 점점 줄어드는, 옛날을 그리워하는 시청자들의 수요를 달래기 위해 재방송되는 낡은 것이 아니었다. 익숙하지만 여전히 젊고 선명한 목소리들로 가득 찬 새로운 단편이었다. 지금 살 수 있는 상품을 홍보하는 광고마저도 요즘 라디오에 나오는 선정적인 광고들처럼 시끄럽거나 무례하지 않았다.

5시에 〈테네시 제드〉가 끝나자 제프티가 라디오 다이얼을 돌리는 소리가 났다. 아나운서 글렌 릭스의 친숙한 목소리가 뭔가를 알렸다. "미국 방송의 주역! 홉 해리건 출연!" 비행기 소리가 들렸다. 제트기가 아닌 프로펠러 비행기! 요즘 아이들이 익숙하게 듣고 자란 소리가 아니라 내가 익숙하게 듣고 자란, 그렁거리고 왝왝거리는, G-8과 전우들이, 캡틴 미드나잇이, 친절한 홉 해리건이 몰던 종류의 목쉰 것 같은 비행기 소리였다. 그러고 나는 홉이 말하는 소리를 들었다. "여기는 CX-4, 관제탑 나와라. 여기는 CX-4, 관제탑 나와라. 오버!" 잠시 멈춤. 그러고는, "좋아, 난 홉 해리건이다…. 들어간다!"

그리고 제프티는 방송국마다 가장 인기 있는 프로그램들을 비슷한 시간대에 경쟁적으로 편성했던 40년대에 우리 모두가 겪었던 문제를 똑같이 겪었다. 제프티는 홉 해리건과 탱크 팅커에 경의를 보내면서도 다이얼을 돌려 다시 ABC로 돌아갔고, 나는 징 소리와 함께 와글와글 떠들어대는 의미를 알 수 없는 중국어를 들었다. 그리고 아나운서가 외쳤다. "테-리와 해적들!"

나는 거기 계단 맨 위층에 앉아서 테리와 코니와 플립 콜킨과, 맙소사, 〈드래곤 레이디〉의 아그네스 무어헤드와, 밀턴 캐니프가 그 모든 걸 만들던 1937년 판 〈오리엔트〉 시절에는 존재하지도 않았던 '중공'을 무대로 강에서 활동하는 해적들과 장개석과 군벌들과 무력을 앞세우는 고지식한 미국식 제국주의 외교가 등장하는 새로운 모험담을 들었다.

나는 거기 앉아서 연속극 한 편을 다 들었고, 그러고도 계속 앉아서 〈슈퍼맨〉과 〈잭 암스트롱〉의 일부와 〈올 아메리칸 보이〉와 〈캡틴 미드나잇〉의 일부를 들었다. 존 킨저가 집에 왔지만, 그도 리오나도 내가 어쩌는지, 또는 제프티가 어디 있는지 알아보려 위층으로 올라오지는 않았다. 나는 거기 계속 앉아서 문득 울기 시작했다. 울음을 멈출 수 없었다. 그저 거기 앉아서 한쪽 입꼬리로 흘러드는 눈물을 줄줄 흘릴 수밖에 없었다. 내 소리를 들은 제프티가 방문을 열고 나왔다. 라디오에서 '텍사스에 소 떼를 모아들이는 시기가 되면 세이지에는 꽃이 피고'라며 시작하는 〈톰 믹스〉의 주제곡이 흘러나오는 사이, 제프티는 어린애다운 혼란스러운 표정으로 나를 쳐다보며 내 어깨에 손을 올리고는 얼굴 가득 미소를 지으며 말했다. "안녕, 도니. 들어와서 같이 라디오 들을래?"

*

흄은 모든 사물이 각자의 장소를 점유하는 절대 공간의 존재를 부정했다. 보르헤스는 모든 사건이 연관되어 일어나는 절대 시간의 존재를 부정했다.

제프티는 논리적으로는, 아인슈타인이 생각한 시공간의 자연법칙으로는 존재할 수 없는 곳에서 내보내는 라디오 프로그램들을 수신했다. 그는 아무도 만들지 않는 우편주문 상품을 받았다. 그는 30년 동안 발간이 중지된 만화책들을 읽었다. 그는 벌써 20년 전에 죽은 배우들이 등장하는 영화를 보았다. 그는 세상이 변하면서 포기한 과거의 끝없는 기쁨과 즐거움을 받아들이는 수신기였다. 세계는 새로운 미래를 향해 무모한 자살 비행을 감행하며 단순한 행복이라는 보물의 집을 남김없이 파괴하고, 놀이터에 콘크리트를 퍼붓고, 요정 낙오자들을 저버렸지만, 불가능하게도, 기적적이게도 제프티를 통해 그 모든 것을 다시 현실로 밀어냈다. 전통이 다시 살아나고 새롭게 유지되었을 뿐만 아니라 동시성을 갖게 되었다. 제프티는 본질적으로 마법의 램프처럼 자신의 현실을 형성하는 자생적인 알라딘이었다.

그리고 그는 나를 자신의 세계로 데려갔다.

나를 믿었기 때문이었다.

우리는 아침 식사로 몇십 년 전에 생산이 중단된 시리얼을 먹고, 몇십 년 전에 연재가 중단된 만화 캐릭터가 찍힌 오벌틴 사의 올해 사은품 머그잔에 따끈한 오벌틴 코코아를 타 마셨다. 영화를 보러 가서는 다른 사람들이 골디 혼과 라이언 오닐이 출연한 코미디 영화를 보는 동안 제프티와 나는 도널드 웨스트레이크의 소설 《살육장》을 재치 있게 개작한 존 휴스턴의 영화에서 전문절도범 파커로 분한 험프리 보가트의 연기를 즐겼다. 다음 동시 상영작은 밸 뉴턴이 제작하고 스펜서 트레이시와 캐롤 롬바드, 레어드 크레거가 주연을 맡은 〈라이닝겐 대 개미〉였다.

　한 달에 두 번 우리는 신문가판대에서 통속 잡지인 《새도우》, 《닥 새비지》, 《스타틀링 스토리즈》 최신호를 샀다. 나는 제프티와 같이 앉아 잡지를 읽어주었다. 그는 특히 헨리 커트너가 쓴 최신 단편인 〈아킬레스의 꿈〉과 아원자 입자 우주인 리두르나를 배경으로 한 스탠리 G. 와인봄의 새 단편 시리즈를 좋아했다. 9월에 우리는 《위어드 테일즈》에 실린 로버트 E. 하워드의 코난 시리즈 신작 소설 〈검은 것들의 섬〉 1화를 재미있게 읽었다. 8월에는 바르숨 시리즈의 존 카터가 나오는 에드거 라이스 버로우즈의 목성 시리즈 네 번째 중편 소설 〈목성 해적선〉을 보고 약간 실망했었다. 하지만 《아르거시 올 스토리 위클리》의 편집자가 시리즈 두 편이 더 나올 것이라 장담했는데, 제프티와 나에게는 그 느슨했던 작품에서 느낀 실망을 잊게 해줄 정도로 기대치 않은 발표였다.

　우리는 같이 만화책을 읽었고 제프티와 나는 각자, 서로 얘기도 나누기 전에 우리가 제일 좋아하는 등장인물이 '인형맨'과 '에어보이'와 '힙'이라고 마음을 정했다. 우리는 또 《징글쟁글 코믹스》에 나오는 조지 칼슨의 연재만화를 좋아했는데, 미묘한 재치 같은 걸 갖기에는 너무 어렸던 제프티에게 몇 가지 난해한 말장난 부분을 설명해줘야 하긴 했지만 같이 읽으면서 많이 웃었던 〈옛날 프레첼 왕국의 파이 얼굴 공주〉를 특히 좋아했다.

　이걸 어떻게 설명해야 할까? 난 모르겠다. 대학에서 주먹구구 정도의 추측을 해낼 정도로는 물리학을 배웠지만, 내 추측은 맞기보다는 틀릴 가능성이 더 컸다. 에너지 보존의 법칙들은 가끔 깨진다. 물리학자들이 '경미하게 위배되는' 법칙이라고 부르는 것들이다. 아마 제프티는 우리가 이제야 존재를 깨닫기 시작한 경미한 보존성 위배의 촉매제일 것이다. 난 그 분야의 책을 좀 읽어보려 했다. '금지된' 종류의 뮤온 붕괴, 즉 뮤온 중성미자를 산출해내지 않는 감마 붕괴에 대해서. 하지만 내가 본 건 어느 것도, 심지어 취리히 인근에 있는 스위스 핵연구소에서 펴낸 최신 자료도 실마리를 주지 않았다. 나는 '과학'의 진짜 이름은 마법이라는 철학을 막연하게 납득할 수밖에 없었다.

설명할 수는 없어도 엄청나게 좋은 시간이었다.

내 인생에서 가장 행복했던 시간.

내겐 '진짜' 세계가, 내 가게와 내 친구들과 내 가족과 수익과 손실의 세계가, 세금의 세계가, 쇼핑 얘기나 국제연합 얘기나 커피값이 오른 얘기나 전자레인지 얘기를 하는 젊은 여자들과 보내는 저녁의 세계가 있었다. 그리고 내겐 제프티의 세계가 있었다. 제프티와 같이 있을 때만 현실이 되는 그 세계가. 나는 제프티가 새롭고 신선한 것으로 아는 과거의 것들을 그와 같이 있을 때만 경험할 수 있었다. 그리고 두 세계를 나누는 막은 갈수록 얇아지고 갈수록 밝고 투명해졌다. 난 두 세계에서 제일 좋은 부분을 취했다. 그리고 알았다. 어떻게 알았는지는 모르겠지만, 난 두 세계의 어느 것도 다른 세계로 가져갈 수 없음을 알았다.

아주 잠깐이었지만 그걸 잊어버렸기 때문에, 잊어버려서 제프티를 배신했기 때문에, 이 모든 것이 끝장이 났다.

너무 즐거웠던 나머지 나는 갈수록 조심성이 없어졌고, 제프티의 세계와 내 세계의 관계가 사실은 얼마나 부서지기 쉬운 것인지 인식하지 못했다. 현재가 과거의 존속을 시기하는 데에는 이유가 있다. 나는 정말로 그걸 이해하지 못했다. 생존이 발톱과 이빨과 촉수와 독액과의 싸움으로 그려지는 모험물 어디에도 현재가 과거에 관계될 때 얼마나 사나워지는지를 이해하는 인식은 없었다. 현재가 '지금 이 순간'이 되기 위해, 그래서 그 무자비한 이빨로 '지금 이 순간'을 갈가리 찢어내기 위해, 얼마나 맹렬하게 과거의 것들을 기다리며 도사리는지 어디에도 자세히 언급되지 않았다.

누가 그런 걸 알 수 있을까? 나이를 막론하고, 분명 내 나이에는 아니겠지만, 누가 그런 걸 이해할 수 있을까?

난 변명하려 애쓰는 중이다. 헛수고다. 그건 내 잘못이었다.

＊

또 다른 토요일 오후였다.

"오늘 상영하는 건 뭐야?" 나는 시내로 나가는 차 안에서 제프티에게 물었다.

그가 보조석에서 더없이 환한 웃음을 지으며 나를 올려다보았다. "켄 메이너드가 나오는 〈소몰이 채찍의 정의〉랑 〈파괴된 사나이〉야." 그는 제대로 한 방 먹였다는 듯이 계속 싱글벙글 웃었다. 난 믿을 수 없다는 표정으로 그를 쳐다보았다.

"농담이겠지!" 난 아주 기뻐하며 말했다. "앨프리드 베스터가 쓴 그 《파괴된 사나이》?" 내가 기뻐하는 걸 보고 자기도 기뻐하며 그가 고개를 끄덕였다. 제프티는 내가 그 책을 제일 좋아하는 걸 알았다.

"와, 멋지다!"

"진짜 멋지지." 그가 말했다.

"누가 나와?"

"프랑코트 톤, 에벌린 키스, 라이오넬 배리모어, 엘리샤 쿡 주니어." 나 따위는 비교도 할 수 없을 만큼 제프티는 영화배우들을 많이 알았다. 그는 지금까지 본 모든 영화에 나오는 주요 배우들을 알아보고 이름을 댈 수 있었다. 심지어 군중 장면에서도.

"그럼 만화영화는?" 내가 물었다.

"세 편이 있어. 〈리틀 루루〉, 〈도널드 덕〉, 〈벅스 버니〉야. 그리고 〈피트 스미스 스페셜〉이랑 루 레어의 〈원숭이는 아주 미친 사람들〉이 있어."

"와, 진짜 멋지다!" 내가 말했다. 나는 입이 귀에 걸렸다. 그러던 나는 우연히 고개를 숙였다가 좌석에 놓인 구매요청서 철을 보았다. 가게에 들러 주고 온다는 걸 깜박했다.

"상가에 잠깐 들러야겠어." 내가 말했다. "뭘 좀 주고 와야 해. 잠깐이면 될 거야."

"좋아." 제프티가 말했다. "하지만 우리 늦지는 않겠지, 그렇지?"

"어이, 영화 시간에 늦지는 않지." 내가 말했다.

✻

상가 뒤 주차장에 차를 세울 때 제프티는 나와 같이 내려서 극장까지 걸어가기로 마음을 먹었다. 거긴 큰 도시가 아니었다. 영화관은 딱 두 개, '유토피아 영화관'과 '리릭 영화관'뿐이었다. 우리는 유토피아로 갈 예정이었는데, 상가에서 세 구역밖에 떨어져 있지 않았다.

구매요청서 묶음을 들고 가게에 들어갔더니 일대 소동이 벌어져 있었다. 데이비드와 잰이 각자 고객을 두 명씩 상대하는 중이었고, 도움을 기다리는 손님들이 주변을 둘러쌌다. 잰이 나와 시선을 마주치자 변명하는 듯한 공포에 질린 표정을 지었다. 상품 진열대에 있던 데이비드가 뛰어나와 가까스로 '도와주세요!'라고 중얼거리고는 쫓기듯이 전시실로 사라졌다.

"제프티." 나는 몸을 숙이고 말했다. "그러니까, 몇 분만 기다려줘. 잰과 데이비드가 저 사람들하고 문제가 좀 있나 봐. 오래 걸리지는 않을 거야, 약속해. 손님 몇 명만 처리할 시간을 줘." 제프티는 불안해 보였지만 이내 고개를 끄덕였다.

난 의자 하나를 가리키며 말했다. "잠깐만 저기 앉아 있으면 내가 금방 올게."

제프티는 마치 무슨 일이 생긴 건지 아는 사람처럼 순순히 의자로 가서 앉았다.

나는 컬러텔레비전을 사고 싶다는 사람을 상대하기 시작했다. 컬러텔레비전을 이처럼 많이 들여놓은 건 그때가 처음이었다. 그즈음에 적정한 수준으로 가격이 내려간데다 소니의 첫 판촉 행사 기간이기도 했다. 그리고 내게는 노다지를 캐는 시기였다. 나는 대출금을 갚고 처음으로 상가에서 매출 선두를 기록하리라 기대했다. 그건 사업이었다.

내 세계에서는 수익성 있는 사업이 최우선이었다.

제프티는 가만히 앉아서 한쪽 벽면을 쳐다보았다. 그 벽면에 대해서 말해야겠다.

그 벽면은 바닥에서부터 천장 밑 60센티미터 지점까지 칸막이와 선반으로 장식됐다. 벽에 텔레비전이 교묘하게 설치됐다. 총 서른세 대였다. 모두가 동시에 화면을 내보냈다. 흑백, 컬러, 작은 화면, 큰 화면 모두가 동시에 돌아갔다.

토요일 오후에 제프티는 거기 앉아서 서른세 대의 텔레비전을 보았다. 우리는 극초단파 교육 방송들까지 포함하여 총 열세 개 채널을 수신했다. 한 채널에서 골프 경기를 중계했고, 다음 채널에서는 야구 경기를, 그다음 채널에서는 연예인 볼링 대회를 중계했다. 네 번째 채널에서는 종교 관련 토론회가 열렸고, 다섯 번째 채널에서는 청소년용 댄스 예능물이 방송됐다. 여섯 번째 채널은 시트콤을 재방송했고, 일곱 번째 채널은 경찰 드라마를 재방송했고, 여덟 번째는 잇따라 제물낚시를 하는 남자가 나오는 자연 다큐멘터리를 내보냈다. 아홉 번째는 뉴스와 대담이었고, 열 번째는 개조 차량 경주였고, 열한 번째에서는 한 남자가 칠판에 대수 문제를 풀었다. 열두 번째에는 레오타드를 입은 여자가 나와 근력 운동을 했고, 열세 번째에서는 스페인어로 더빙된, 작화가 형편없는 만화가 방송됐다. 여섯 개를 제외한 전 채널이 동시에 서른세 대의 텔레비전에 방송되었다. 내가 패트리샤 고모한테서 빌린 돈을 갚고 내 세계와의 유대를 공고히 하기 위해 최대한 재빨리, 그리고 최대한 열심히 물건을 파는 동안 제프티는 토요일 오후에 텔레비전 벽을 보면서 앉아 있었다. 그건 사업이었다.

내가 멍청했다. 난 현재와 그 현재가 어떻게 과거를 죽이는지 이해했어야 했다. 하지만 나는 물건을 파는 데만 정신이 팔렸다. 그리고 30분쯤 지나 마침내 제프티 쪽을 쳐다봤을 때, 그는 완전히 다른 아이 같았다.

제프티는 땀을 흘렸다. 설사병에 걸렸을 때 나는 그런 끔찍한 진땀이었다. 그는 창백했다. 애벌레만큼이나 핏기 없이 창백한 얼굴에다 작은 손이 어찌나 세게 의자 손잡이를 움켜잡았는지 툭 튀어나온 관절들이 보일 지경이었다. 난 21인치짜리 '지중해' 신모델을 살펴보던 중년 부부에게 양해를 구하고 그에게 달려갔다.

"제프티!"

제프티가 나를 쳐다봤지만, 눈은 나를 보지 않았다. 그는 절대적인 공포에 사로잡혀 있었다. 내가 제프티를 의자에서 끌어내 출입구로 향하기 시작하자 잠시 양해를 구했던 고객들이 내게 소리를 지르기 시작했다. "어이!" 중년 남자가 말했다. "당신, 장사 할 거요, 말 거요?"

나는 그와 제프티를 번갈아 보다가 다시 그를 쳐다보았다. 제프티는 좀비 같았다. 아이는 내가 끌어낸 그 자리에 가만히 서 있었다. 다리가 후들거렸고 발이 질질 끌렸다. 과거가 현재에 먹히며 고통에 차 신음했다.

나는 바지 주머니에서 되는 대로 돈을 움켜내 제프티의 손에 욱여넣었다. "이봐, 친구… 내 말 들어봐…. 지금 당장 여기서 나가야 돼!" 제프티는 여전히 제대로 초점을 맞추지 못했다. "제프티." 난 최대한 엄격하게 말했다. "내 말 들어!" 중년 고객과 그의 부인이 우리 쪽으로 발걸음을 옮겼다. "이봐, 친구, 지금 당장 여기서 나가. 유토피아 영화관으로 가서 영화표를 사. 내가 금방 따라갈게." 중년 고객과 그 부인이 거의 우리 곁까지 왔다. 난 문 쪽으로 제프티를 밀고는 그가 반대 방향으로 비틀거리며 가다가 정신이라도 차린 듯이 몸을 돌려 유토피아 영화관 쪽을 향해 상가 정면을 지나가는 것을 보았다. "예, 손님." 난 몸을 일으키고 얼굴을 마주하며 말했다. "예, 사모님, 저 모델은 요즘 인기 있는 신기능들을 탑재한 정말 괜찮은 모델입니다! 잠깐 저와 함께 여기로 와 보시면…."

뭔가 듣기 괴로운 끔찍한 소리가 났지만, 어느 채널에서 나는 소리인지, 어떤 텔레비전에서 나는 소리인지 알 수 없었다.

*

　나는 나중에 매표소 직원과 무슨 일이 있었는지 알려주러 온 지인들에게서 사건의 대강을 알게 되었다. 내가 유토피아 영화관으로 갔을 때는 거의 20분이 지난 후였고, 제프티는 이미 곤죽이 되도록 얻어맞은 채 관리실로 옮겨져 있었다.

　"아주 작고 다섯 살쯤 된, 큰 갈색 눈과 갈색 직모를 가진 아이 못 보셨어요? 저를 기다릴 텐데."

　"아, 애들이 두들겨 패던 작은 꼬마가 그 애인 거 같아요."

　"뭐라고요? 그 앤 어디 있어요?"

　"사람들이 관리실로 데려갔어요. 그 애가 누군지, 부모가 어디 있는지 아는 사람이 없어서요."

　안내원 제복을 입은 젊은 여자가 긴 의자 옆에 무릎을 꿇고 앉아 젖은 종이타월을 제프티의 얼굴에 대주었다.

　난 여자에게서 타월을 받아 들고는 사무실에서 나가라고 지시했다.

　여자가 모욕이라도 받은 듯한 표정으로 뭔가 무례한 말을 내뱉었지만 어쨌든 방에서 나갔다. 난 긴 의자 한쪽에 앉아 피딱지 앉은 상처가 벌어지지 않게 피를 닦아내려고 애를 썼다. 부어오른 두 눈이 다 감겼다. 입술도 심하게 찢어졌다. 머리카락에 마른 피가 엉겼다.

　제프티는 10대 아이 두 명 뒤에 줄을 섰다. 매표는 12시 30분에 시작되었고, 영화는 1시 시작이었다. 극장 문은 12시 45분이 되어야 열렸다. 제프티는 기다렸다. 앞에 선 청소년 둘이 휴대용 라디오로 야구 경기를 들었다. 제프티는 뭔가 다른 프로그램이 듣고 싶었다. 그게 〈그랜드 센트럴 스테이션〉인지 〈렛츠 프린텐드〉인지 〈랜드 오브 더 로스트〉인지, 그가 무얼 듣고 싶어 했는지는 신만이 아시리라.

　제프티가 잠깐 다른 프로그램을 듣게 라디오를 빌려줄 수 있냐고 물었다. 그때가 광고가 나오던 때인가 그랬다. 두 녀석이 제프티에게 라디오를 주었는데, 어린아이를 윽박질러 누더기로 만들 구실을 만들기 위한, 뭔가 악의적인 호의였던 것 같다. 제프티가 채널을 돌렸고… 두 청소년은 듣던 야구 중계로 돌아갈 수 없었다. 라디오는 과거에, 제프티 외에는 아무에게도 존재하지 않는 프로그램을 방송하는 채널에 고정되었다.

두 아이가 다들 보는 앞에서 제프티를 심하게 때렸다.

그러고는 도망갔다.

내가 제프티를 홀로 내버려뒀다. 충분한 무기도 없이 현재와 싸우도록 내팽개친 것이다. 나는 21인치 '지중해' 모델 텔레비전을 팔려고 제프티를 배신했고, 지금 그의 얼굴은 곤죽이 되었다. 제프티가 뭔가 알아들을 수 없는 말을 신음하듯이 내뱉고는 나직이 흐느꼈다.

"쉬, 괜찮아, 친구, 나야, 도니. 내가 여기 있어. 집에 데려다줄게, 다 괜찮을 거야."

난 그를 곧장 병원으로 데려갔어야 했다. 내가 왜 그러지 않았는지 모르겠다. 나는 그래야 했다. 그랬어야 했다.

제프티를 안고 집으로 들어가도 존과 리오나 킨저는 그저 나를 바라보기만 했다. 그들은 내 품에 안긴 아이를 받아 안으려 몸을 움직이지도 않았다. 제프티는 한 손을 늘어뜨리고 내 품에 안긴 채였다. 의식이 있긴 했지만 아주 희미했다. 그들은 거기, 현재의 어느 토요일 오후 어둑한 어스름 속에서 나를 쳐다보았다. 나는 그들을 바라보았다. "영화관에서 아이 둘이 이 앨 두들겨 팼어요." 나는 품속에 안은 제프티를 약간 들어 올려 앞으로 내밀었다. 그들은 꼼짝도 하지 않고 나를, 우리 둘을, 아무 감정도 담기지 않은 시선으로 바라보았다. "세상에!" 내가 소리쳤다. "애가 맞았다고요! 당신들 아들이요! 아이한테 손도 대고 싶지 않은 거예요? 대체 무슨 사람들이 이래요?!"

그러자 리오나가 아주 천천히 나에게 다가왔다. 그녀가 잠시 우리 앞에 섰다. 얼굴에는 보기에도 끔찍한 우울한 냉담함이 떠올랐다. 그 얼굴은 말했다. 예전에도 겪었던 일이야, 여러 번. 또다시 이런 일을 견딜 순 없어. 하지만 지금 또 겪잖아.

그리고 그녀는 제프티를 위층으로 데려가 그의 피와 고통을 씻어냈다.

존 킨저와 나는 그 집의 어둑한 거실에 뚝 떨어진 채 서서 서로를 바라보았다. 그는 내게 아무 말도 하지 않았다.

나는 그를 밀치고 털썩 의자에 주저앉았다. 나는 몸을 떨었다.

위층 욕실에서 물 흐르는 소리가 들렸다.

시간이 한참 흐른 듯이 여겨질 때쯤 리오나가 앞치마에 손을 닦으며 아래층으로 내려왔다. 그녀가 소파에 앉았고, 잠시 후에 존이 그녀 옆에 앉았다. 위층에서 록 음악 소리가 들렸다.

"괜찮은 파운드 케이크가 있는데, 한 조각 먹을래?" 리오나가 말했다.

나는 대답하지 않았다. 나는 음악 소리를 들었다. 록 음악이라니. 라디오에서 록 음악이라니. 소파 끝에 달린 탁자에 탁상용 램프가 있었다. 그 불빛이 그늘진 거실에 어둑하고 보잘것없는 빛을 던졌다. 현재의 록 음악이, 위층 라디오에서? 나는 뭔가를 말하려다가, 그제야 깨달았다… 오, 맙소사… 안 돼!

내가 벌떡 일어나자 끔찍한 끽끽거리는 소리가 음악 소리를 덮었고, 소파 끝에 놓인 탁상 램프가 어두워지더니 깜박거렸다. 난 뭔가 소리를 질렀다. 나도 무슨 소리였는지는 모르겠다. 그러고는 위층으로 뛰어 올라갔다.

제프티의 부모는 움직이지 않았다. 그들은 그 자리에, 벌써 수년째 앉은 그곳에 손을 포갠 채 앉아 있었다.

난 두 번이나 꼬꾸라지면서 위층으로 달려갔다.

＊

텔레비전에는 내 흥미를 끌 만한 프로그램들이 많지 않다. 나는 중고 가게에서 성당처럼 생긴 옛 필코 라디오를 한 대 사서 수명이 다된 부품들을 아직 작동되는 옛 라디오들을 분해해서 얻은 옛날 진공관들로 교체했다. 트랜지스터나 소자 기판은 하나도 쓰지 않는다. 그런 것들은 작동하지 않는다. 나는 최대한 천천히, 가끔은 전혀 움직이지 않는 것처럼 보일 정도로 천천히 앞뒤로 다이얼을 돌리며 때로는 몇 시간씩 그 앞에 앉아 있곤 했다.

하지만 〈캡틴 미드나잇〉이나 〈랜드 오브 더 로스트〉나 〈섀도우〉나 〈콰이어트, 플리즈〉를 찾을 수는 없었다.

그렇게, 그녀는 제프티를 사랑했다. 여전히, 아직도 조금은, 그 모든 일을 다 겪은 후에도. 난 그들을 미워할 수 없다. 그들은 그저 다시 현재의 세상에서 살고 싶었을 뿐이니까. 현재의 세상을 산다는 건 그렇게까지 끔찍한 일은 아니다.

이런저런 걸 고려해보면, 좋은 세상이다. 여러 가지 면에서 예전보다 훨씬 낫다. 사람들은 더는 옛날에 흔했던 병으로 죽지 않는다. 사람들은 새로운 병으로 죽지만, 그게 '진보'다. 그렇지 않아?

그렇지 않아?

대답해줘.

제발 누구라도 대답해줘.

# COUNT THE CLOCK THAT TELLS THE TIME

괘종소리 세기

✦

신해경 옮김

✦
**1979년 로커스상 수상**
**1979년 휴고상 노미네이트**

시간을 알리는 벽시계의 괘종소리를 듣고

멋진 하루가 무서운 밤 속으로 사라지고,

오랑캐꽃이 시드는 것을 바라보고

검은 머리가 백발로 변하고,

목자들을 햇볕으로부터 가려주던

거목의 잎사귀가 떨어져 나가고

여름날의 초목이 말라 짚단으로 묶이고

깔끄러운 흰 밀 까끄라기가 손수레에 실려 가면

나 그대의 아름다움을 생각하노니

낭비되는 시간 속에 그대 또한 가야 한다고…

— 윌리엄 셰익스피어, 〈12번째 소네트〉 중에서


어느 서늘하고 구름 낀 토요일 오후의 딱 중간쯤에 잠이 깬 이안 로스는 뭔가 막막하고 겁이 나는 기분이 들었다. 침대에 누운 채 그는 혼란에 빠졌다가 잠시 후에야 자기가 어느 때, 어느 곳에 있는지 기억해냈다. 거기가 어디였냐면, 35년 인생을 살면서 매일 잠에서 깨어나던 침대 안이었다. 그때가 언제였냐면, 그가 뭔가를 하려고 결심했던 토요일이었다. 하지만 가만히 누워 있자니 막 동이 튼 이른 새벽에 잠이 깼던 게 생각났다.

그때는 높은 발코니 창으로 보이는 하늘이 금세 비가 올 것처럼 보여서 그는 몸을 뒤척이고는 다시 잠들어버렸다. 지금 침대 옆 탁자에 놓인 시계 겸 라디오는 때가 오후의 한중간임을 알렸다. 그리고 창밖의 세상은 서늘하고 흐렸다.

"대체 시간이 어디로 가는 거지?" 그가 말했다.

그는 여느 때처럼 혼자였다. 그의 말을 듣거나 답해줄 이는 아무도 없었다. 그래서 그는 빈둥거리며 계속 침대에 누워 있었다. 뭔가 중요한 것이 그를 빼놓고 지나가는 듯이 왠지 좀 두려운 기분으로.

✳

파리 한 마리가 붕붕 대더니 한 바퀴 돌고 와서 다시 그에게 붕붕 댔다. 벌써 한동안 성가시게 굴던 놈이었다. 그는 그 침입자를 애써 무시하며 텀멜 호수 너머로 시선을 돌려 음흉한 겨울과 휑하니 사라질 관광객들에 대비하는 10월 나무들의 멋진 연주황 색조들을 살펴보았다. 은색 자작나무들은 벌써 빛나는 금빛이었고, 낙엽송과 물푸레나무는 여전한 녹색에서 녹슨 색깔까지 다양한 색이 섞였다. 몇 주 안에 노르웨이 가문비나무와 다른 침엽수들은 색깔이 짙어져 석판 같은 하늘을 배경으로 선 단순한 그림자들처럼 보일 것이다.

퍼스셔는 1년 중 이맘때가 제일 아름다웠다. 스코틀랜드 여행국도 그렇다고 장담했다. 그래서 그는 여기로 왔다. 잠시 시간을 내어 시할리온, 킬리크랭키, 피트로크리, 애버펠디 같은 지명들을 어떻게 읽는지 익히고는 여기로 와 앉았다. 꿈꾸던 일이었다. 그가 늘 꾸었던 꿈. 조용히 자신만 아는, 입 밖에 내지 않고 그냥 무심히 생각으로만 가졌던 꿈. 스코틀랜드에 가는 꿈. 이유는 자신도 알지 못했다. 그는 여기 와본 적도 없고, 이곳에 대한 글을 읽은 적도 거의 없었고, 스코틀랜드인이 남긴 유산이나 과거로부터 자신을 불러대는 이곳 조상들도 없었다. 하지만 이곳은 늘 자신을 부르던 곳이었고, 그래서 그는 왔다.

이안 로스는 생애 처음으로 일을 저질렀다. 서른일곱 살에, 일주일에 닷새를 산업디자인 회사 작업대에 앉아 일하고, 이렇다 할 친구 하나 없이 시카고의 좁디좁은 아파트에 박혀 방송 시간이 끝날 때까지 텔레비전을 보고, 벽에 걸린 모든 그림이 벽과 천장과 완벽한 직각을 이룰 때까지 방 두 개짜리 아파트를 정돈하고, 선이 가는 잉크 펜으로 작은 출납장에 지출내역을 일일이 써넣고, 지난 목요일이 지난 수요일과 무엇이 달랐는지 기억도 못 하고, 카페테리아 창에 비친 자신을 보면서 혼자 2.95달러짜리 크리스마스 디너 스페셜을 천천히 먹고, 어떻게 된 건지 좀 춥거나 아니면 좀 덥다고 피부로 느끼는 것 말고는 계절의 변화도 못 느끼고, 그게 무엇인지 누구 하나 말해주는 사람이 없었기 때문에 기쁨을 맛보는 일도 없이, 아는 사람이 워낙 없는데다 그마저도 안다고 말할 수 없는 '사람' 대신에 사물이나 소재를 다룬 책을 읽고, 숱한 직선을 그리고, 버림받은 기분이지만 그 기분에서 벗어나려면 어디에다 손을 내밀어야 할지 알지 못하고, 스쳐 지나가는 사람으로서, 매일 같은 길을 오가면서 그 길 너머에 다른 길이 있다는 걸 어렴풋이 밖에 알지 못하고, 물을 마시고, 사과주스를 마시고, 그리고 물을 마시고, 누군가 직접 그에게 말을 걸면 대답을 하고, 가끔 자기 이름이 불리면 정말 자기를 부르는 게 맞는가 싶어 주위를 둘러보고, 회색 양말과 흰 속옷을 사고, 자기 아파트 창문으로 시카고에 내린 눈을 내다보고, 몇 시간씩 보이지 않는 하늘을 쳐다보고, 창틀 유리를 흔들며 미시간 호수로 불어가는 매서운 바람을 느끼며 '올해엔 제대로 접착제를 발랐어,' '올해엔 제대로 접착제를 바르지 못했어' 생각하고, 늘 하는 식으로 머리를 빗고, 1년 사이에 나란히 암으로 돌아가신 어머니와 아버지를 떠올리며 혼자 먹을 식사를 혼자 만들고, 자기 어머니 말고는 어떤 여성 앞에서도 어색한 몇 문장 외에는 말해본 적이 없는… 이안 로스는 키 큰 침실 옷장을 덮은 보이지 않는 먼지막 같은 삶을 살았다. 색깔도 없고, 주목하는 이도 없고, 무엇인지 분명치도 않고, 주지도 않고 받지도 않는 삶이었다.

어느 날 그가 "대체 시간이 어디로 가는 거지?"라고 말할 때까지는 말이다. 그리고 그 말을 하고 몇 달 안 돼서 그는 자신이 아무리 좋게 봐주더라도 삶이라고 할 만한 것을 살지 않았다는 사실을 깨닫게 되었다. 그는 삶을 낭비했다. 저절로, 전율하듯이 첫 말이 나온 몇 달 후에, 그는 자신이 삶을 낭비했다는 사실을 인정했다.

그는 단 하나의 꿈만이라도 실현하자고 결심했다. 스코틀랜드에 가는 꿈. 어쩌면 아주 가는 꿈. 집을 빌리거나 황무지 한쪽, 아니면 내내 꿈꾸었던 호수가 바라다보이는 곳에 작은 농가 오두막을 살 수도 있을 것이다. 그는 보험금으로 받은 돈을 고스란히 저축해놓고 여태 한 푼도 건드리지 않았다. 그리고 거기, 멀고 싸늘하게 추운 그 북쪽에서 그는 살 것이다. 개를 데리고 언덕을 산책하면서, 양털을 덧댄 웃옷 주머니에 손을 푹 찔러넣은 채 향기로운 청백색 연기를 길게 내뿜는 파이프 담배를 피우면서, 그는 거기서 살 것이다. 그게 꿈이었다.

그래서 그는 한 번도 쓴 적이 없는 휴가를, 작업대에서 보낸 11년 동안 쌓인 휴가를 한꺼번에 신청해 런던으로 날아갔다. 에든버러로 바로 가지는 않았다. 꿈이 황금 솥에 숨은 숲 요정처럼 사라져버리지 않도록 아주 천천히 실현되기를, 살그머니 다가오기를 바랐기 때문이었다.

그리고 그는 킹스크로스역에서 에든버러로 가는 11시 30분 침대차를 탔고, 로열 마일을 걸어 올라 절벽 위 높은 곳에서 그 풍성한 도시를 굽어보는 에든버러성을 경이에 찬 눈으로 응시했고, 마침내 차를 한 대 빌려서 북쪽을 향해 퀸스페리 도로를 빠져나가 퍼스강과 포스강에 걸친 다리를 건너 A-90번 도로를 타고 피트로크리에 닿았다. 그러고는 되는대로 좌회전을 했다. 하지만 세상에서 가장 아름다운 풍경이라고, 확실히 스코틀랜드에서는 최고라고 일컬어지는 퀸스 뷰를 내려다보지 못하게 될 정도로 마구잡이로 좌회전하지는 않았다. 그리고 그는 꼬불꼬불한 좁은 길을 달려 퍼스 구릉 지대 깊숙이 들어갔다.

그는 거기서 도로에서 벗어나 차를 세우고 차 문을 열어둔 채 10월의 언덕들 사이로 걸어갔다. 그는 마침내, 드디어 초록색이고 푸른색인 기억 속 거울만큼이나 고요한 호수를 바라보며 앉았다.

붕붕거리는 파리만이 과거를 떠올리게 하는 곳에.

"대체 시간은 어디로 가는 거지?"라고 말했을 때 그는 서른다섯이었다. 언덕 위에 앉은 그는 서른일곱이었다.

그리고 그의 꿈이 죽은 곳이 거기였다.

그는 언덕들을, 왼쪽으로 뻗어가다가 오른쪽으로 방향을 트는 계곡을, 반짝거리는 호수를 바라보았고, 자신이 또 시간을 낭비했다는 걸 깨달았다. 그는 뭔가를 하려고 결심했었다. 하지만 아무것도 하지 않았다. 또다시.

여기엔 자신이 설 자리가 어디에도 없었다.

그는 자신을 둘러싼 모든 것들과 어울리지 않았다. 그는 낯선 물체였다. 풀 속에 맥주캔이 버려졌다. 아무도 돌보지 않는 부서진 돌담이 무너진 채 돌멩이 하나하나가 뽑혀 나왔던 땅속으로 돌아가는 중이었다.

그는 외로웠고, 배가 고팠고, 주먹을 쥐거나 헛기침조차 할 수 없을 것 같은 기분이 들었다. 다른 세상에서 온 파멸이 낯선 땅에 내려 그가 마실 것이 아니었던 공기를 마셨다. 눈물도, 몸에서 느껴지는 고통도, 깊고 떨리는 한숨도 없었다. 붕붕 대는 파리와 함께 그의 꿈은 순식간에 죽었다. 그는 구원받지 못했다. 사실, 변할 수 있으리라 생각했던 게 얼마나 어린 애 같은 일이었는지 그는 즉각 알아차렸다. 넌 커서 뭔가 되고 싶어? 아무것도. 내가 늘 아무것도 아니었듯이.

하늘에서 색이 빠지기 시작했다.

가슴이 뻐근하도록 아름다운 금색과 주황색과 노란색이 먹물 빛으로 바래기 시작했다. 푸른 호수도 별생각 없이 직사광선에 너무 오래 방치된 그림처럼 천천히 탁한 흰색으로 변해갔다. 새들과 숲의 생물들과 벌레들 소리가 희미해지고, 천천히 음량이 줄어들었다. 태양이 점차 서늘해졌다. 하늘이 흑백 신문지 같은 무채색으로 바래기 시작했다. 파리가 사라졌다. 지금은 춥다. 몹시 춥다.

창백한 낮의 무미건조한 동판화 위로 그림자들이 겹치기 시작했다. 얕은 물 속에서 보이는 것처럼 탑과 첨탑의 도시가 호숫물을 어지럽혔다. 눈을 인 빙하의 사면이 대양처럼 끝도 없이 뻗었다. 어마어마한 크기의 뱀처럼 목이 긴 생물들이 비취색 깊은 물을 미끄러져 나아가는 대양이었다. 나뭇가지를 베어 만든 십자가를 멘 남루한 아이들의 행진이었다. 주변 땅이 온통 벼락에 맞은 것처럼 노랗게 갈라진 바싹 마른 황무지 한가운데 세워진 거대한 성벽 요새였다. 고속도로에서는 차들이 어찌나 빨리 달리는지 오래 노출해서 찍은 색색 빛의 선처럼 보였다. 긴 옷을 나부끼며 가슴이 떡 벌어진 종마를 탄 남자들이 싸우던 전장, 굽은 검과 투구들 위에서 춤을 추는 햇빛. 건물 전체를 토대에서 들어 올려 하늘로 내던지며 널빤지를 댄 상점과 집들이 들어찬 작은 마을을 휩쓰는 회오리바람. 갈라진 땅 틈으로 분출해 휴일 관광객들이 떼 지어 이런저런 탈것들 사이를 오가는 아스라이 보이는 놀이공원 쪽으로 부글부글 끓으며 흐르는 용암의 강.

이안 로스는 추위에 떨며 산허리에 앉았다. 주변의 세계가 죽어갔다. 아니, 사라지는 중이었다. 세계가 희미해지면서 비물질화되었다. 마치 그를 둘러싼 모래시계에서 모래가 다 빠져나가 버린 듯이. 그는 마치 시간의 닻에서 갑자기 끊겨 나온 변태하는 우주에서 유일하게 영원하고 고정된 불변의 물체라도 된 것 같았다.

이안 로스를 둘러싼 세계는 희미해지고, 그림자들이 들끓고 쉭쉭거리고 미끄러지며 그를 지나쳐 강력한 바람 터널에 사로잡힌 채 그를 어둠 속에 남긴 채 날려갔다.

그는 지금 조용하게, 고요히 앉아 있다. 너무 고립돼 있어서 두려워하기도 벅찼다.

그는 구름이 태양을 가렸나 보다 생각했다.

태양이 없었다.

그는 어쩌면 일식이 있었는지도 모르겠다고, 자신의 절망적인 상태에 너무 몰입하다 보니 눈치채지 못한지도 모르겠다고 생각했다.

태양이 없었다.

하늘이 없었다. 앉아 있던 땅도 사라졌다. 그는 앉아 있었다. 그저 앉아 있었다. 하지만 어디에도 앉아 있지 않았다. 막연한 추위 말고는 아무것도 보지 않고 느끼지 못하며 아무것에도 둘러싸여 있지 않았다. 추웠다. 몹시 추웠다.

한참이 지난 뒤에 그는 일어서야겠다고 마음먹고 일어섰다. 밑에도 위에도 아무것도 없었다. 그는 어둠 속에 서 있었다.

✳

자기 인생에서 벌어진 모든 일이 기억났다. 모든 순간이 아주 선명하게. 예전에는 미처 경험해보지 못한 현상이었다. 그의 기억은 여느 사람보다 나을 것도 모자랄 것도 없었지만, 아무 일도 일어나지 않았던 오랜 세월에 대해서는, 그가 시간을 낭비한 그 시기에 대해서는 상세한 기억을 모두 잊어버렸었다. 마치 자신은 따분하게 이어지는 자기 삶에 대한 무언의 목격자에 불과하다는 듯이 말이다.

하지만 지금, 자신에게 남겨진 세상의 전부인 림보 속으로 걸어가는 그는 모든 것을 완벽하게 떠올려냈다. 분홍색 레모네이드 캔 뚜껑에 왼손 힘줄을 베였을 때 어머니의 얼굴에 떠올랐던 공포에 질린 표정. 그는 네 살이었다. 처음 샀을 때부터 너무 꽉 조여서 뒤꿈치가 까졌지만 매일 학교에 신고 가야 했던 새 톰맥캔 운동화의 느낌. 그는 일곱 살이었다. 졸업 댄스파티에서 노래를 불러주었던 4인조 아카펠라 재즈 그룹 '포 프레시맨'. 그는 혼자였다. 그는 그 행사의 입장권을 한 장만 샀다. 그는 열여섯이었다. 중국집에서 처음 맛본 춘권의 맛. 그는 스물넷이었다. 도서관 동물학 서고에서 만난 여자. 그녀는 하얀 레이스 손수건으로 관자놀이를 닦았다. 손수건에서 향수 냄새가 났다. 그는 서른이었다. 그는 자신의 과거가 지닌 모든 날카로운 모서리들을 기억해냈다. 이상한 일이었다.

하필 어딘지도 모를 이런 곳에서 말이다.

그리고 그는 그 회색 공간을 거닐었다. 다른 시간과 다른 공간의 그림자들이 소용돌이치며 그를 스쳐 지나갔다. 바람 소리가 경계도 실체도 없이 질주하며 끊임없이 그 허공을 채웠다 비웠다.

어떤 감정을 표출해야 할지 알았더라면 그렇게 했을 것이다. 하지만 그는 피부부터 무감각했다. 그 회색 공간이 추워서 추위를 느끼는 것이 아니라, 어떻게 된 일인지 그는 지각의 표면에서부터 영혼의 중심까지 얼어붙었다. 절대적인 과거로부터 어떤 기억 하나가 선명하게 끌려 나왔다. 그가 열한 살이었던 어느 날이었다. 생일을 맞았으니 작은 파티를 열자고, 친구 몇 명을 초대하라고 어머니가 말했다. 그래서 (그는 너무나 완벽하게 기억했다) 그는 여섯 명의 아이를 초대했다. 아무도 오지 않았다. 그 토요일, 혹시나 케이크와 파티로 분위기를 띄우긴 했지만 아이들이 당나귀 꼬리 붙이기 놀이를 시시해 할 경우를 대비하여 그는 자신이 가진 만화책 전부를 늘어놓은 채 홀로 집 안에 앉아 있었다. 아무도 오지 않았다. 밖이 어두워졌다. 그는 홀로 앉아 있었다. 이따금 어머니가 거실을 가로질러 와 몇 마디 위로의 말을 건네주었다. 하지만 그는 혼자였고, 거기엔 단 하나의 이유밖에 없음을 그는 알았다. 아이들이 다 잊어버린 것이다. 진짜로 자신만의 삶을 사는 이들에게 그는 그저 시간 낭비였다. 그가 보이지 않는 것, 중요하지 않은 존재라는 징표였다. 그는 주목받지 않는 존재였다. 누가 길을 가면서 우체통이나 소화전이나 건널목을 주목하겠는가? 그는 보이지 않는, 쓸모없는 존재였다.

그는 다시는 파티를 주재해야 하는 일이 생기는 걸 용납하지 않았다.

그는 지금 그 토요일을 떠올렸다. 그리고 세상이 사라져버린 그 끔찍한 날에 반응하는 감정을 26년이나 뒤늦게 찾아냈다. 그는 주체할 수 없을 정도로 몸을 떨기 시작했고, 앉을 곳이라곤 어디에도 없는 그곳에 앉았다. 그리고 그는 손가락 마디와 손끝의 떨림을 느끼며 두 손을 마주 비볐다. 그러자 목구멍이 죄어오는 느낌이 들었고, 그는 고개를 이리저리 돌리며 자기연민과 외로움에서 벗어날 수 있는 이름 없는 출구를 찾았다. 그리고 그는 울었다. 가볍게, 조용히, 그렇게 울어본 경험이 없었기 때문이었다.

몸이 부자유스러운 늙은 여자 하나가 회색 안개 어딘가에서 튀어나와 그를 보고 섰다. 그는 눈을 감고 있었다. 그렇지 않았더라면 그녀가 오는 것을 보았을 것이다.

어느 정도 시간이 지나 코를 훌쩍거리며 눈을 뜬 그는 그녀가 앞에 선 것을 보았다. 그는 그녀를 빤히 쳐다보았다. 그녀는 서 있었다. 이 존재하지 않는 공간의 보이지 않는 바닥이 그가 앉은 평면보다 낮기라도 한 것처럼 그보다 약간 낮은 곳에 말이다.

"그래 봐야 별 소용 없을 거야." 그녀가 말했다. 퉁명스럽지는 않았지만 그렇다고 딱히 호의적이지도 않은 어조였다.

그는 그녀를 쳐다보고는 즉시 울음을 그쳤다.

"보아하니 방금 여기로 빨려 들어왔군." 그녀가 말했다. 딱히 묻는 말은 아니었지만 뭔가 묻는 듯한 어투였다. 그녀는 뭔가를 알았다. 그리고 조심스럽게 접근하는 중이었다.

그는 자기한테, 그리고 그녀한테 무슨 일이 생긴 건지 알려주기를 기대하면서 계속해서 그녀를 쳐다보았다. 그녀도 이곳에 있었다.

"그나마 다행이야." 그녀가 팔짱을 끼고 뒤틀린 왼쪽 다리에서 힘을 빼면서 말했다. "내가 아니라 사라센 사람이나 리본 가게 점원이나 심지어 저 털북숭이 원시인을 만날 수도 있었으니까." 그는 대꾸하지 않았다. 무슨 말인지 알 수 없었다. 그녀가 뭔가를 떠올리며 뒤틀린 미소를 지었다. "내가 처음으로 만난 사람은 열다섯 살쯤 되는 일종의 지적장애를 앓는 어린 소년이었어. 사방에 보호장구를 댄 독방이나 병원 침대나, 뭐 그런 데에서 평생을 보내겠지. 그 아이는 그냥 거기 앉아서 침을 흘리면서 나를 쳐다보기만 하고 아무 말도 하지 못했어. 난 정신이 나갈 정도로 무서워져서 대가리가 잘린 닭처럼 뛰어다녔지. 그리고 나서 오래되지 않아 우리말을 쓰는 사람을 만났어."

뭐라 말을 하려고 보니 목구멍이 바싹 말라 있었다. 목소리가 꺽꺽거렸다. 그는 침을 삼키고 입술에 침을 발랐다. "여기에 사람들이, 어, 다른 사람들이 많이 있나요? 제가 완전히 혼자인 게 아니고요?"

"다른 사람들 많아. 수백, 수천, 정확한 숫자는 신만이 아시겠지. 여기 사방이 사람들로 가득 차 있을 거야. 그런데 동물은 없어. 동물은 우리가 하는 식으로 그걸 낭비하지 않으니까."

"그걸 낭비한다고요? 무엇을요?"

"시간 말이야. 귀중하고 멋진 시간. 여기 있는 건 그게 다야, 시간뿐이지. 다정한 시간, 흘러가는 시간. 동물들은 시간을 몰라."

그녀가 말하는 사이에 뭔가 난폭한 장면의 희미한 그림자가 소용돌이치며 그들을 휩쓸고 지나갔다. 화염에 쌓인 거대한 도시였다. 그들이 얘기하는 사이에 연이어 지나간 무수한 시골 풍경이나 바다 풍경들보다 훨씬 실체가 있어 보였다. 목조건물들과 도시의 탑들은 지나치는 길에 있는 건 무엇이든 들이박을 것처럼 단단해 보였다. 화염이 죽은 회색 피부 같은 하늘로 치솟았다. 활활 타오르는 거대한 불꽃의 혓바닥이 그 환영 같은 도시의 내장을 파내 잘근잘근 씹어 잿더미로 만들었다. (하지만 죽은 재마저도 그 환영이 소용돌이치며 지나가는 어스레한 공간보다는 훨씬 생생했다.)

이안 로스는 겁에 질려 어깨를 움츠렸다. 그러자 그것이 사라졌다.

"젊은이, 저건 걱정할 거 없어." 늙은 여자가 말했다. "대화재 때의 런던이랑 아주 비슷해 보이는군. 처음에는 흑사병이 돌았고, 그다음이 불이었지. 저런 걸 전에도 본 적이 있어. 저건 아무런 해가 없어. 저런 건 아무것도 널 해치지 못해."

일어서려는데 다리가 여전히 후들거렸다. "대체 저건 뭐죠?"

그녀가 어깨를 으쓱거렸다. "지금껏 확실하게 말해주는 사람이 없어. 하지만 여기 어딘가에 확실히 아는 사람이 있을 거야. 언젠가는 그런 사람과 마주치게 되겠지. 내가 그런 사람을 찾아내고, 또 우리가 다시 만난다면 내가 꼭 알려줄게. 그렇게 될 거야." 하지만 그녀의 얼굴에는 한없이 슬픈 기색이 퍼졌고, 표정에는 쓸쓸함이 배었다. "아마도, 아마도 우리는 다시 만날 거야. 지금껏 그런 적은 없지만, 그럴 거야. 그 지적장애 아이를 다신 만나지 못했어. 하지만 다시 만나질 거야."

그녀가 어색하게 절뚝거리며 멀어지기 시작했다. 이안은 어렵사리, 하지만 자신으로서는 최대한 재빨리 일어섰다. "어이, 기다려요! 어디로 가는 거예요? 제발, 절 여기에 홀로 내버려두지 마세요. 여기 혼자 있는 건 무서워요."

그녀가 걸음을 멈추고는 불편한 다리를 이상하게 기울이면서 돌아보았다. "계속 움직여. 계속 가, 알았어? 한곳에 가만히 있으면 아무 데도 못 가. 나가는 길이 있어…. 그걸 찾을 때까지 그냥 계속 움직여야 해." 그녀가 다시 걷기 시작하며 어깨너머로 말했다. "왠지 널 다시 보지는 못할 거 같아. 그럴 거 같지 않아."

그는 그녀를 쫓아가 팔을 잡았다. 그녀가 아주 놀라는 듯했다. 마치 지금껏 여기 있으면서 그녀에게 손을 댄 사람이 아무도 없었던 것처럼.

"이봐요, 저한테 뭐라도 알려줘야 해요, 아는 건 뭐든지 말이에요. 겁이 나서 미칠 것 같단 말이에요, 모르겠어요? 뭔가 조금은 알 거 아니에요."

그녀가 주의 깊게 그를 쳐다보았다. "좋아, 내가 아는 건 말해주지. 그러면 날 보내줄 거야?"

그가 고개를 끄덕였다.

"내가… 또는 네가 어떻게 된 건지는 모르겠어. 사방이 그냥 희미해지다가 사라지고, 남은 게 이거, 이 아무것도 없는 회색뿐이었어?"

그가 고개를 끄덕였다.

그녀가 한숨을 쉬었다. "이봐, 나이가 어떻게 돼?"

"저 서른일곱이에요. 이름은 이안…."

그녀가 이름 따위는 됐다는 성마른 몸짓을 했다. "이름은 상관없어. 보아하니 나보다 더 아는 게 없을 거 같군. 그렇다면 너한테 낭비할 시간은 없어. 너도 그걸 배우게 될 거야. 그냥 계속 걸어. 그냥 계속해서 나가는 길을 찾아."

그가 주먹을 쥐었다. "그건 아무 말도 안 한 거나 마찬가지잖아요! 저 불타는 도시는 뭐고, 계속 지나가는 저 그림자들은 뭐예요?" 그의 질문을 강조라도 하듯 줄줄이 방랑하는 화식조와 비슷한 동물의 엷은 안개 같은 환영이 그들을 통과해 흘러갔다.

그녀가 어깨를 으쓱거리고는 한숨을 쉬었다. "내 생각에 이건 역사야. 확신은 못 하지만…, 그냥 추측이야. 하지만 난 이것들이 어딘가로 향하는 과거의 조각과 파편들이라 생각해."

그는 다음 말을 기다렸다. 그녀가 다시 어깨를 으쓱거렸다. 그녀의 침묵은 이제 보내달라는 일종의 절망적인 애원인 동시에 더는 말할 것이 없다는 신호이기도 했다.

그가 체념한 듯이 고개를 끄덕였다. "그래요. 고마워요."

그녀가 성치 않은 다리를 떨면서 돌아섰다. 너무 오래 그 발에 체중을 싣고 서 있었다. 그리고 그녀는 회색 림보 속으로 걸어가기 시작했다. 그녀가 거의 보이지 않을 때쯤 그는 가까스로 다시 입을 열 수 있었다. 그는 말했다. 그녀에게 닿기에는 너무 작은 소리로. "잘 가요. 고마웠어요."

그는 그녀가 얼마나 나이를 먹었을까 궁금했다. 그녀는 얼마나 오래 이곳에 있었을까. 지금으로부터 오랜 시간이 지난 어느 때에 그는 그녀처럼 될까. 이게 다 끝나게 될까. 아니면 영원히 그림자들 속을 방랑하게 될까. 그는 궁금했다.

그는 사람들이 이곳에서 죽기도 하는지 궁금했다.

✳

캐서린을 만나기 전에, 만나기 아주 오래전에, 그는 여기가 어디이며 자기한테 무슨 일이 생겼는지, 왜 그런 일이 일어났는지 알려주는 미치광이를 만났다.

둘은 유별나게 생생한 워털루 전투의 환영을 사이에 두고 마주 선 서로를 발견했다. 전투는 격렬하게 그들을 지나쳤다. 나폴레옹과 웰링턴의 부대들이 서로 충돌하고 살육하는 가운데에서 둘은 서로에게 손을 흔들었다.

미끄러지듯이 움직이는 영상이 몰려가고 둘 사이에 공허가 남았을 때, 미치광이가 마치 길고 고되지만 유쾌한 잡일에 달려드는 듯이 손뼉을 치면서 달려왔다. 나이를 가늠하기 어려웠지만, 확실히 중년은 넘어 보였다. 머리가 제멋대로 길게 자랐고, 테가 없는 골동품 안경을 썼으며, 입은 옷은 18세기 초입 무렵의 의상이었다. "이런, 이런, 이런." 그가 둘 사이의 얼마 되지 않는 거리를 가로지르며 큰 소리로 말했다. "뵙게 돼서 너무 반갑습니다, 선생님!"

이안 로스는 깜짝 놀랐다. 그는 시간을 초월한 시간 속에서 이 림보를 헤매다니며 하층 노동자들과 베르베르인들과 트라키아 상인들과 말 없는 고트인들과… 말을 섞지도 걸음을 멈추지도 않고 서둘러 걸어가는 끝없는 사람들의 행렬과 마주쳤었다. 그 남자는 뭔가 달랐다. 이안은 곧바로 그 남자가 제정신이 아니라는 사실을 알아챘다. 하지만 그는 말을 하고 싶었다!

나이 든 남자가 이안에게 오더니 손을 내밀었다. "저는 쿠퍼라고 합니다, 선생님. 저스티니언 쿠퍼요. 연금술사이자 형이상학자이며 시간과 공간의 힘을 다루는 전문가죠. 아, 그래요, 시간요! 제가 보기에 선생님은 우리 이 불쌍한 발할라에 오신지 얼마 안 되셨고, 뭔가 설명이 필요하신 거 같은데요? 그렇죠! 확실히, 네, 그런 줄 알았어요."

이안이 대답으로 뭔가 말을, 거의 아무 말이나 내뱉기 시작했지만, 온통 팔을 휘저어가며 말하는 늙은 남자는 숨도 쉬지 않고 다음 말을 이어갔다. "이 최근의 현시(顯示)는, 우리 둘이 운 좋게도 목격한 그거 말입니다. 당신도 분명 아시겠지만, 그건 나폴레옹이 완전히 안줏거리가 돼버린 워털루 전투의 핵심적인 순간입니다. 매혹적인 현대사의 한순간입죠, 그렇지 않습니까?"

현대사? 이안은 그가 이 회색 공간에 얼마나 오래 있었는지 묻기 시작했지만, 늙은 남자는 잠시도 쉬지 않고 폭포처럼 새로운 말들을 쏟아냈다.

"스탕달의 《파르마의 수도원》에 나오는 그 굉장한 장면하고 정말 놀라울 정도로 닮았죠. 거기 보면 낯선 환경을 새로 접한 젊고 순진한 파브리스가 어쩌다 보니 사방에 사람들이 뛰어다니고 소음과 고함 소리와 혼란으로 뒤덮인 넓은 초원을 가로질러 걸어가게 되는데…, 그는 무슨 일이 일어나는지 모르는 거죠. 그리고 우리도 몇 장이나 읽고 나서야 알게 되죠, 아, 훌륭해! 그게, 사실은, 그가 자기 주변에서 역사가 만들어지는 중이라는 걸 전혀 알지 못한 채 워털루 전장을 헤치고 가는 거죠. 그는 거기 있지만 거기 있는 게 아니었어요. 딱 우리 상황이죠, 그렇지 않습니까?"

그가 숨이 차서 헐떡거렸다. 그가 말을 멈춘 틈을 이안이 가로챘다. "그게 제가 알고 싶은 거예요, 쿠퍼 씨. 저한테 무슨 일이 생긴 거죠? 전 모든 것을 잃어버렸지만, 또 모든 것이 기억나요. 제가 미쳐가거나 겁에 질렸다는 건 알아요. 전 무서워요. 하지만 그것 때문에 정신이 나간 건 아니고…, 전 이 상황을 받아들이는 거 같아요. 이게 어떤 상황이든 말이에요. 저는, 이걸 어떻게 말해야 할지 모르겠지만, 제가 아직 이 상황을 피부로 느끼지 못한다는 걸 알아요. 이곳에 아주 오랫동안 있었으면서요!"

늙은 남자가 이안의 등을 팔로 감싸더니 같이 걷기 시작했다. 어느 여름 오후에 시원한 공원 귀퉁이를 당당하게 어슬렁거리는 두 명의 신사처럼. "아주 정확합니다, 선생님. 아주 정확해요. 분열적 행위죠. 자신의 운명을 수용할 수 없는 사람의 표식입니다. 수용하세요, 선생님, 그렇게 하셔야 합니다. 그러면 매혹이 따라오죠. 어쩌면 강박일지도 몰라요. 하지만 우린 그 위험을 감수해야 합니다, 그렇지 않습니까?"

이안이 몸을 잡아빼 그를 마주 보고 섰다. "이거 보세요. 전 그런 미친 소리를 듣고 싶은 게 아니에요! 전 여기가 어딘지, 여기서 어떻게 나갈 수 있는지 알고 싶다고요. 그걸 알려줄 수 없다면, 그냥 가세요!"

"그보다 쉬운 일이 없지요, 선생님. 설명하는 건 아무것도 아니에요. 현상을 관찰하는 것이, 아, 그게 핵심이지요. 무슨 말인지 알겠어요? 음, 그러니까, 우리는 시간보존 법칙의 희생자들이에요. 정확하고도 꼼꼼하게 물질보존의 법칙과 연관돼 있죠. 물질, 생성되지도 파괴되지도 않는 물질 말이에요. 시간은 끝이 없이 존재해요. 하지만 피할 수 없는 엔트로피적 균형이 있죠. 우주의 질서를 유지하려면 절대적으로 필요하니까요. 그러니까, 사건들을 분리하는 거죠. 물질이 보편적으로 분포하게 되면 그에 맞먹는 힘이 생기는 겁니다, 이걸 어떻게 설명해야 하나, 시간을 '걸러내는' 평형추 같은 거죠. 사용되지 않은 시간은 아무 일도 일어나지 않는 곳에서는 소모되지 않아요. 그건 어딘가 다른 데로 가죠. 정확하게 말하자면, 여기로 옵니다. 측정 가능한 단위로요. 전 상당한 고민을 거쳐 그걸 '크로논'이라 부르기로 했습니다."

그는 말을 멈췄다. 자신이 고른 단어에 대해 이안이 찬사를 보내길 기대하는 듯했다. 이안은 손으로 이마를 짚었다. 현기증이 났다. "미친 짓이에요. 이건 말이 안 돼요."

"완벽하게 말이 됩니다. 장담해요. 저는 제 시대에 제일가는 학자였어요. 제가 말씀드리는 건 유일하게 실제에 들어맞는 이론입니다. 사용되지 않은 시간은 소모되지 않아요. 그건 걸러져서 정상적인 시공간 연속체를 빠져나가 재활용됩니다. 우리가 보는 저 스쳐 지나가는 역사는 모두 시간 흐름에서 소모되지 않은 부분인 겁니다. 엔트로피적 균형이죠, 장담해요."

"하지만 전 여기서 뭘 하는 거죠?"

"대답을 들으시면 감정이 상하실 텐데요, 선생님."

"제가 여기서 뭘 하고 있냐고요?!"

"선생님은 삶을 낭비했습니다. 시간을 낭비했죠. 선생님 주위에서, 일생에 걸쳐, 사용되지 않은 크로논들이 걸러져 인접한 우주로부터 멀리 끌려 나가는데, 그것들이 선생님을 끌어당기는 힘이 저항할 수 없는 정도까지 이른 거죠. 그래서 선생님은 격류를 맞은 나무처럼 뿌리가 뽑혀 바람에 휩쓸려가는 왕겨처럼 쓸려온 거죠. 스탕달의 파브리스처럼 선생님도 실제로는 거기 있었던 적이 없어요. 선생님은 보지도 않고 관여하지도 않은 채 어슬렁거리며 돌아다녔고, 그래서 선생님의 시간대에 선생님을 단단하게 잡아둘 만한 것이 아무것도 없었던 것입니다."

"그럼 전 여기 얼마나 있어야 해요?"

늙은 남자는 슬픈 표정을 지으며 처음으로 친절하게 말했다. "영원히요. 선생님은 선생님의 시간을 한 번도 사용하지 않았으니 정상 공간에 붙잡아 둘 닻으로 쓸 만한 것이 아무것도 없어요."

"하지만 이곳 사람들은 다 나가는 길이 있다고 생각해요. 저도 안다고요! 그 사람들은 계속 걸으면서 출구를 찾으려고 애쓰고 있어요."

"바보들이죠. 돌아가는 길은 없어요."

"하지만 당신은 삶을 낭비할 부류의 사람이 아닌 것 같은데요? 제가 본 사람 중 일부는, 그래요, 저도 알겠어요. 하지만 당신은?"

늙은 남자의 눈이 흐릿해졌다. 그가 어렵사리 말했다. "맞아요, 전 여기에 속해요…."

그가 돌아서더니 꿈속을 걷는 사람처럼 자포자기한 듯, 허우적허우적 멀어졌다. 미친놈, 현상을 관찰하라니. 그러고는 시간으로 꽉 찬 회색 림보 속으로 사라지다니. 빙하기의 한때가 이안 로스를 지나쳐 미끄러졌고, 그는 정처 없는 걸음을 다시 옮기기 시작했다.

그리고 시간을 초월한, 하지만 온통 넘쳐나는 시간으로 가득 찬 길고 긴 시간이 지난 후에, 그는 캐서린을 만났다.

*

이안은 회색 림보에 찍힌 검은 점 하나를 보았다. 그녀는 상당히 먼 거리에 있었고, 그는 회색 배경에 찍힌 그 검은 얼룩을 바라보며 한동안

걷다가 그쪽으로 방향을 바꾸기로 마음먹었다. 문제 될 건 없었다. 문제 될 건 아무것도 없었다. 그는 자꾸자꾸 되풀이되는 자신의 기억 말고는 혼자였다.

공중에 뜬 침몰하는 타이타닉호가 그를 통과했다.

그가 똑바로 다가가는데도 그녀는 움직이지 않았다. 제법 가까워지자 그녀가 책상다리를 하고 무의 공간에 앉아 있는 게 보였다. 그녀는 잠들었다. 팔꿈치로 한쪽 무릎을 짚고 머리를 괸 채 자는 중이었다.

그는 바로 앞까지 가서 선 채로 그녀를 지켜보았다. 그는 미소를 지었다. 그녀가 마치 날개 밑에 머리를 묻은 새 같다고 그는 생각했다. 정말로 그런 건 아니었지만, 그가 본 인상은 그랬다. 머리를 지탱하는 손이 얼굴을 반이나 가렸지만 사랑스러운 얼굴이, 아주 창백한 피부가, 목에 난 사마귀가 드러났다. 머리카락은 갈색이었고 아주 짧았다. 눈은 감겼다. 그는 그 눈이 푸른색일 거라 확신했다.

페리클레스 시대의 고대 그리스 원로원, 시민들, 재산을 소유한 사람들인 군중들 속에서 사회주의 사상을 권유하는 리쿠르고스에게 소리를 지르는 남자들. 그 그림자가 그리 멀지 않은 곳을 스쳐 갔다.

이안은 그녀를 바라보며 섰다가 시간이 좀 지나자 마주 보고 앉았다. 그는 뒤쪽의 땅을 짚고 앉아 그녀를 바라보았다. 제목을 알 수 없는 오래된 노래를 흥얼거리면서.

마침내, 그녀가 갈색 눈을 뜨고 그를 바라보았다.

첫 순간의 공포와 충격과 분함과 호기심. 그러고 그녀는 화를 냈다. "거기 언제부터 있었죠?"

"저는 이안 로스라고 합니다." 그가 말했다.

"당신 이름 따위는 관심 없어요!" 그녀가 노기를 띠며 말했다. "언제부터 거기서 날 보고 있었는지 물었어요."

"모르겠어요. 좀 됐어요."

"전 누가 절 보는 걸 좋아하지 않아요. 당신, 아주 무례한 짓을 했어요."

그는 아무 말 없이 일어나 걷기 시작했다. 어쩔 수 없지.

그녀가 그를 쫓아 달려왔다. "이봐요, 기다려요!"

그는 계속 걸었다. 그렇게 신경 쓸 필요가 없는 일이었다. 그녀는 그를 따라잡고는 앞으로 달려 나가 그와 마주 섰다. "그렇게 그냥 가버려도 된다고 생각하는 것 같군요!"

"그래요. 귀찮게 해서 미안해요. 내가 주변에 있는 걸 원치 않는다면 비켜줘요."

"그렇게 말하지 않았어요."

"내가 무례한 짓을 했다고 했잖아요. 전 절대 무례하지 않아요. 전 아주 태도가 좋은 사람인데, 당신이 방금 절 모욕했어요."

그가 그녀를 피해 걸었다. 그녀가 쫓아왔다.

"좋아요, 좋다고요. 제가 기분이 좀 안 좋았던 모양이에요. 무엇보다, 자고 있었으니까요."

그가 걸음을 멈췄다. 그녀가 그를 마주 보고 섰다. 이제 그녀의 차례였다. "전 캐서린 몰나르라고 해요. 안녕하세요?"

"그다지 안녕하지 못해요."

"이곳에 오래 계셨어요?"

"원했던 것보다는 오래 있었죠, 그건 확실해요."

"저한테 무슨 일이 생긴 건지 설명해줄 수 있어요?"

그는 그 말에 대해 생각해보았다. 누군가와 같이 걷는 건 근사한 변화일 것이다. "뭐 좀 물어볼게요." 이안 로스가 둥둥 떠서 둘을 스쳐 지나가는 바빌론의 공중정원 쪽으로 발걸음을 옮기며 말했다. "시간을 많이 낭비했어요? 그냥 앉아서, 별다른 일 없이, 텔레비전을 엄청나게 많이 봤다거나?"

둘은 나란히 누웠다. 피곤했기 때문이었다. 그저 그뿐이었다. 사방에서 제1차 세계대전 때의 아르덴 전투가 벌어졌다. 소리는 전혀 없었다. 움직임뿐이었다. 박무, 안개, 회전식 포탑이 없는 탱크들, 산산이 부서진 나무들이 사방에 펼쳐졌다. 두 진영 사이에는 시체 몇 구가 방치됐다. 둘은 한동안 같이 다녔다. 3시간이었고, 6주였고, 일요일로만 채워진 한 달이었고, 기억할 만한 1년이었고, 최고의 시간이었고, 최악의 시간이었다. 누가 그 시간을 측정할 수 있겠는가. 거기엔 푯말도 없고, 읍사무소 직원도 없고, 괘종시계도 없고, 계절의 변화도 없는데, 누가 그걸 측정할 수 있을까?

둘은 허물없이 얘기를 나누기 시작했다. 그는 그녀에게 자기 이름이 이안 로스라고 다시 말했고 그녀는 캐서린, 캐서린 몰나르라고 다시 말했다. 캐서린은 공허한 인생을 보냈을 거라는 그의 추측을 확신시켜 주었다. "평범해." 그녀가 말했다. "난 평범했어. 난 평범해. 아니, 부러 내 광대뼈가 근사하다거나 날씬한 체형이라 생각한다고 말해줄 필요는 없어. 그래 봐야 변하는 건 아무것도 없으니까. 평범함이 필요하다면 내가 얼마든지 줄게."

그는 그녀가 근사한 광대뼈를 가졌다거나 날씬한 체형이라는 말을 하지 않았다. 하지만 그녀가 평범하다고는 생각하지 않았다.

이제 아르덴 전투가 소용돌이치며 멀어지는 중이었다.

그녀가 사랑을 나누자고 제안했다.

이안 로스는 재빨리 일어나 걸었다.

그녀는 잠시 그를 시야에서 놓치지 않고 지켜보았다. 그러고는 일어나 손을 털었다. 손에는 아무것도 없었다. 기억에 저장된 행동이었다. 그리고 그녀는 그를 따라왔다. 상당히 오랜 시간이 지난 후, 따라잡지는 않으면서 따라오기만 하던 그녀가 그의 발걸음에 맞춰 달렸고 마침내, 숨을 헐떡이면서 그를 따라잡았다. "미안해." 그녀가 말했다.

"미안할 거 아무것도 없어."

"내가 기분 나쁘게 만들었어."

"아니, 안 그랬어. 그냥 걷고 싶었어."

"그만해, 이안. 그랬어, 내가 널 기분 나쁘게 했다고."

그는 걸음을 멈추고 그녀를 향해 돌아섰다. "내가 숫총각이라고 생각해? 난 숫총각이 아니야."

그의 어조에 담긴 격렬함을 느끼고 그녀의 대담했던 기세가 꺾였다. "아니, 물론 아니겠지. 그런 건 생각해본 적도 없어." 그러고는 그녀가 말했다. "음… 난 처녀야."

"미안해." 그가 말했다. 적절한 말이, 적절한 말이 있는지도 모르겠지만, 떠오르지 않아서였다.

"네가 미안해할 건 아니야." 그녀가 말했다. 그건 적절한 말이었다.

✳

무(無)에서 무(無)로. 서른네 살, 미혼에다 무자녀에다 사랑해주는 사람도 없는 이에겐 제대로 필사적인 나이. 캐서린 몰나르, 위스콘신주 제인즈빌 거주. 액세서리 상자에 든 자질구레한 것들을 정리하고, 옷을 다림질하고, 서랍에 든 스웨터들을 꺼내서 다시 접고, 바지와 바지를, 치마와 치마를, 블라우스와 블라우스를, 코트와 코트를 딱딱 줄 맞춰 옷장에 걸고, 《타임》과 《리더스 다이제스트》를 샅샅이 훑고, 매일 일곱 개의 새로운 단어를 익히고, 매일 새로운 일곱 개의 단어를 쓰지 않고, 방 세 개짜리 아파트 바닥을 걸레질하고, 세금을 내고 반송용 봉투에도 WI라는 약어 대신 '위스콘신'이라고 또박또박 적는 데 꼬박 하룻저녁을 쓰고, 라디오 토크쇼를 듣고, 시계를 맞출 정확한 시간을 알기 위해 전화를 걸고, 고양이 화장실에서 똥을 떠내고, 사진첩에서 동그란 얼굴들이 담긴 사진들을 보고, 관상용 화분에 생긴 꽃봉오리를 따내고, 매주 화요일 7시에 비어트리스 이모에게 전화를 하고, 닭고기 파이 가게에서 주황색과 푸른색이 섞인 앞치마를 두른 종업원에게 쾌활하게 말을 걸고, 손톱 반달이 보이도록 조심스럽게 매니큐어를 다시 칠하고, 혼자 아침 허브차를 마시려고 물을 끓이고, 천 냅킨과 테이블 매트로 식탁을 차리고, 설거지하고, 출근해 출고 전표를 꼼꼼하게 정리하는 삶. 서른넷. 무에서 무로.

둘은 나란히 누웠지만 피곤해서 그런 건 아니었다. 거기엔 그 이상의 무언가가 있었다.

"난 과거를 베개라 생각하지 못하는 남자들이 싫어." 그녀가 그의 머리카락을 만지며 말했다.

"그게 무슨 말이야?"

"아, 남자랑 처음으로 자고 난 뒤에 말하려고 연습한 거야. 소설에서 읽은 잡소리들 대신에 뭔가 창의적으로 말할 게 있어야 한다고 늘 느꼈거든."

"그거 아주 독창적인 말이라 생각해." 그때조차도 그는 그녀에게 손을 대는 게 힘들게 느껴졌다. 그는 팔을 가지런히 모은 채 누웠다.

그녀가 화제를 바꿨다. "난 아무래도 피아노를 잘 칠 수가 없었어. 엄지와 검지 사이가 전혀 늘어나질 않아. 그러니까, 그게 핵심이거든. 손이 유연해야 하니까. 손가락이 멀리까지 닿아야 하잖아, 쇼팽을 치려면 말이야. 텐스. 한 옥타브에다 두 음을 더한 걸 말해. 풀 옥타브, 퍼펙트 옥타브, 그냥 기술적인 용어들이야. 옥타브만 돼도 충분해. 난 그것도 안 되지만."

"난 피아노 연주를 좋아해." 그가 말했다. 그는 자기 말이 얼마나 실없고 지루하게 들릴지 깨닫고는 (갑자기) 그녀가 자신을 그렇게 생각할까 봐, 그녀가 자신을 떠날까 봐 두려워졌다. 그러고서는 갑자기 자신들이 있는 곳이 어떤 곳인지가 떠올라 미소를 지었다. 그녀가 어디로 갈 수 있겠어? 어디로?

"나는 늘 파티에서 피아노 연주하는 놈들을 싫어했어. 여자애들은 다들 그런 놈 주변에 몰려들지. 요즘은 피아노가 별로 인기가 없는데다 집에 피아노를 두는 사람들이 더는 그렇게 많지 않아. 아이들이 자라 집을 떠나고 나면 아무도 피아노를 배우지 않고, 아이들은 피아노를 사지 않아. 아이들은 일렉트릭 기타를 사지."

"어쿠스틱 기타."

"그래, 그런 것들. 어쿠스틱 기타라고 해도 나처럼 악기를 연주하지 않는 놈들한테 사정이 많이 나아졌다고는 생각지 않아."

둘은 일어서서 다시 걸었다.

✳

한번은 각자가 삶을 어떻게 낭비했는지, 시간이 주변의 공간을 채우고, 쓸려가고, 빠져나가 그들의 '크로논'에서(그는 그 미치광이 얘기를 해주었고, 그녀는 그 미치광이가 벤저민 프랭클린 같다고 말했고, 그는 그렇게 보이지는 않았다고 말했지만, 어쩌면, 그랬을지도 모르겠다) 모든 효력이 걸러지는 동안 어떻게 가만히 손을 모은 채 앉아 있었는지 얘기를 나눴다.

한번은 프랑스 혁명 때 파리에서 있었던 기요틴 처형에 관해 얘기를 나눴다. 그 장면이 그들과 나란히 흘러가는 중이었기 때문이었다. 한번은 거의 잡을 뻔할 때까지 데본기의 그림자를 쫓아갔다. 한번은 얼마나 오래인지 알 수 없는 시간 동안 주변을 둘러싼 북극 눈 폭풍의 중심에 서서 즐기는 특혜를 누리기도 했다. 한번은 스쳐 불어가는 바람 탓에 영겁의 시간 동안 아무것도 보지 못한 채 정말로 꽁꽁 얼어붙었다. 그 바람은 그들에게 아무런 영향도 미치지 않았던 북극 눈 폭풍과는 달랐다. 그리고 한번은 그가 그녀를 마주 보고 말했다. "사랑해, 캐서린."

하지만 그녀가 다정한 미소를 지으며 그를 쳐다볼 때, 그는 처음으로 그녀의 눈이 회색으로 변하면서 희미해지는 듯한 느낌을 받았다.

그러고, 잠깐 뜸을 들인 후에, 그녀가 자기도 그를 사랑한다고 말했다.

하지만 그가 그녀의 뺨을 만질 때 그녀는 그의 손을 통해 안개를 볼 수 있었다.

둘은 서로의 허리에 팔을 두르고 서로를 확인하면서 걸었다. 둘은 여러 번 얘기를 나눈 끝에 인정했다. 둘이 사랑에 빠졌다고. 그리고 이 끝없는 회색 공간의 세계에서 둘이 함께 있는 것이야말로 제일 중요한 일이라는 데에 합의했다. 설사 돌아가는 길을 절대 찾지 못하더라도 말이다.

그리고 둘은 잠에서 깨는 시점을 기준으로 정한 '하루'마다 작은 목표들을 세우며 같이 시간을 쓰기 시작했다. 우리 저기까지 걸어보자. 우리 낱말 잇기 놀이를 하자. 내가 여자 배우의 이름 끝말로 시작하는 남자 배우 이름을 얘기하면 넌 그 끝말로 시작하는 여자 배우의 이름을 대는 거야. 우리 잠시 셔츠와 블라우스를 바꿔 입고 어떤 느낌인지 보자. 우리 기억나는 캠핑 노래를 다 불러보자. 그들은 둘의 시간을 같이 즐기기 시작했다. 둘은 살기 시작했다.

그리고 가끔은 그의 목소리가 사라져 그녀는 그의 입술이 달싹이는 것을 보면서도 소리를 들을 수 없었다.

그리고 가끔은 안개가 걷혀도 그녀의 발목 아래가 보이지 않았고, 그녀의 몸이 걸쭉한 수프 속을 헤쳐나가는 것 같았다.

그리고 시간을 쓰게 되면서 둘은 쓰이지 않은 시간이 안식하는 그곳에서 낯선 존재가 되어갔다.

그리고 둘은 희미해지기 시작했다. 스코틀랜드에 있는 이안 로스에게서, 그리고 위스콘신에 있는 캐서린에게서 세계가 걸러져 나오면서 둘은 림보에서 사라지기 시작했다. 물질은 생성되지도 소멸되지도 않지만 분해되어 엔트로피적 균형을 위해 필요한 어떤 곳으로 보내질 수 있다.

그는 그녀의 창백한 피부가 투명해지는 것을 보았다.

그녀는 그의 손이 유리처럼 맑아지는 것을 보았다.

그리고 둘은 생각했다. '너무 늦었어. 너무 늦었다.'

보이지 않는 그들 존재의 티끌들이 끌려 나가 그 회색 공간 밖으로 보내졌다. 어딘가 균형을 유지할 필요가 있는 곳으로. 하나 또 하나 또 하나가 분리되어 바람을 타고 시공간 태피스트리의 세일 민 가장자리도 불려 나갔다. 그리고 다시는 돌아올 수 없었다. 그리고 다시는 재조합될 수 없었다.

그래서 그들은 그곳, 낭비된 시간의 거대한 림보 안에서 마지막으로 서로를 어루만졌고, 잠시 그림자로 남았다가, 사라졌다. 끔찍한 외로움과 상실감의 찰나에 그녀를 남겨두고 그가 먼저 사라졌고, 그녀가 그림자도 없이 산산이 쪼개져 흩어지며 그의 뒤를 따랐다. 돌아올 가능성도 없는 헤어짐이었다.

　　안개 속에서 위대한 사건들이 조용히 소용돌이치며 지나갔다. 이집트 왕관을 쓴 프톨레마이오스, 토이토부르크 숲 전투, 십자가형에 처해진 예수, 콘스탄티노플 건설, 로마를 짓밟는 반달족, 우마이야드 왕가의 대살육, 일본 후지와라 가의 안마당, 살라딘에게 정복당하는 예루살렘… 그리고 계속, 계속 이어지는… 위대한 사건들… 공허한 시간… 그리고 끝없이… 끝없이… 터덜터덜 걸어 지나치는 온갖 시간대의 사람들…. 그들은 자기들 중에 마침내, 결국, 절망에 빠져, 너무 늦게, 나가는 길을 찾아낸 두 사람이 있었음을 알지 못했다.

# DJINN, NO CHASER

지니는 여자를 쫓지 않아

✦

신해경 옮김

✦
**1983년 로커스상 수상**

"터키풍이라니, 평생 들어본 적도 없어!" 대니 스콰이어스가 말했다. 그것도 길거리 한복판에서 목청껏.

"대니! 사람들이 다 쳐다보잖아, 목소릴 낮춰!" 코니 스콰이어스가 그의 이두근을 쳤다. 둘은 가구점 앞 길거리에 서 있었다. 대니는 들어가지 않겠다고 결심했다.

"이봐, 코니." 그가 말했다. "이런 고물상 말고 어디 비싸지 않은 현대식 가구점 같은 데로 가자. 내가 아파트를 비싼 고가구로 채우고 시작할 만큼 많이 벌지 못한다는 거 잘 알잖아?"

코니가 살그머니 좌우를 살폈다. 그녀는 의견충돌 자체보다 '남의 시선'을 더 걱정했다. 그러고는 대니에게 몸을 기울이더니 단호한 어조로 말했다. "잘 들어봐요, 스콰이어스 씨. 당신 4일 전에 저랑 결혼했나요, 안 했나요? 그리고 사랑하고 존경하고 아끼고 어쩌고 하면서 온갖 좋은 말로 약속을 했나요, 안 했나요?"

대니가 푸른 눈을 굴려 하늘을 쳐다보았다. 할 말이 없어졌다. 본능적으로 방어적인 태도를 보이며 그가 대답했다. "음, 좋아, 코니, 하지만….."

"뭐, 그렇다면, 난 당신 아내고, 당신은 날 신혼여행에 데려가지 않았…."

"그럴 돈이 없다고!"

"…신혼여행에 데려가지 않았지." 코니가 집요하게 그 말을 되풀이했다. "그 결과, 우리는 당신이 우스갯소리로 우리 작은 사랑의 둥지라고 부르는 그 토끼장에 약간의 가구를 사 넣을 거야. 그리고 '약간'이 진짜 약간은 아니야. 작은 위안거리로 천 년의 눈물이 마를 수도 있는 거니까. 그러니 다음 몇 주 동안만이라도 내 삶을 견딜 만하게 만들어주려면, 당신이 업존 씨한테 급여를 올려달라고 말할 때까지는…."

"업존 씨라니!" 대니가 거의 비명을 질렀다. "내 직장 상사한테 얼씬하지도 마, 코니. 집적대고 다니지 마. 그가 내 급여를 올려주지도 않을 거고, 난 당신이 그와 떨어져 있는 편이…."

"그때까지는." 그녀가 집요하게 말을 이었다. "우린 우리 아파트를 내가 오랫동안 원해왔던 스타일로 꾸밀 거야."

"터키풍으로?"

"터키풍으로."

대니가 마음대로 하라는 듯이 두 손바닥을 펴 보였다. 무슨 소용이람? 코니가 고집이 세다는 건 알고서 결혼했는데.

그때는 그게 매력으로 보였다. 지금은 그렇게 확실히 말은 못 하겠지만. 하지만 그도 마찬가지로 고집이 셌다. 그는 그녀의 고집을 꺾을 수 있으리라 자신했다. 자신했던 것 같았다.

"좋아." 마침내 그가 말했다. "터키풍이군. 그런데 그 빌어먹을 터키풍이란 건 대체 뭐야?"

그녀가 다정하게 그의 팔을 잡고 끌어서 가게 진열창을 보게 했다. "음, 자기야, 이건 실제로는 터키풍이 아니야. 메소포타미아풍에 가까워. 그러니까, 티크 목재와 실크와…."

"끔찍할 거 같아."

"또 시작이네!" 그녀가 눈을 번득이며 입을 꾹 다물고는 그의 팔을 놓았다. "정말로 당신이란 사람이 부끄러워. 그깟 몇 되지도 않는 소소한 즐거움을 빼앗아 내 삶을 눈물바다로 만들려고, 훌쩍, 흑흑….."

우위를 점한 건 그녀였다.

"코니… 코니…."

그녀가 달래려는 그의 손을 뿌리치고 말했다. "이 짐승." 너무 심한 말이었다. 그냥 해보는 말인 게 너무 분명했지만, 그는 갑자기 화가 치밀었다.

"이봐, 망할!"

그녀의 눈에 눈물이 빠르게 차올랐다. 대니는 격분한 채, 어쩔 줄 모르는 채, 의표를 찔린 채, 경찰이 와서 "아가씨, 혹시 이 사람이 귀찮게 합니까?"라고 물어보는 일이 없기를 필사적으로 빌며 서 있었다.

"코니, 알았어, 알았어, 터키풍을 사자. 자, 가자. 아무리 비싸도 상관없어. 내가 어떻게든 돈을 긁어모아 볼게."

∗

거기는 제대로 된 가구가 있을 만한 유리벽돌과 줄마노로 장식된 (엄청나게 열심히 뒤지고, 엄청나게 많은 돈을 내고, 어떻게 해도 편안한 자세를 취할 수 없는 악몽 같은 모더니즘 가구들을 얼렁뚱땅 속여 팔아먹으려는 장사꾼들을 엄청나게 오래 견뎌낼 수만 있다면 제대로 된 가구를 얻을 수 있을지도 모르는) 백화점이 아니었다. 전혀 아니었다. 거기는 가구점도 아니었다. 거긴 골동품점이었다.

둘은 캐노피가 달리고 기둥마다 금속 장식물이 달린 침대들을 바라보았다. 둘은 손님이 앉을 쿠션들이 여기저기 흩어진 카펫들을 바라보았다. 둘은 바닥에 앉아 연회를 벌일 때 쓰는 높이가 15센티미터쯤 되는 탁자들을 비러보았다. 둘은 무수한 창로의 물담뱃대와 상자와 거대한 꽃병을 꼼꼼히 살펴보았고, 마침내 대니의 머릿속은 죽은 지 한참 된 칼리프들의 궁정으로 가득 찼다.

하지만, 결심했던 것에 비해 코니가 고른 것들은 몇 개 안 되었고 값도 적절한데다, 그런 물건들치고는 상당히 괜찮아 보였다. 그리고 시간이 지날수록, 둘이 시내를 돌아다니면서 이런저런 음침한 고물상들을 돌면 돌수록, 대니는 아내의 취향을 갈수록 존경하게 되었다. 그녀는 아파트 한 채를 채울 만한, 전혀 나쁘지 않은 가구들을 고르고 있었다.

6시쯤 쇼핑을 다 끝내고 보니 합해서 200달러에 조금 못 미치는 청구서들이 남았다. 새집을 꾸미는 데 쓸 수 있겠고, 그러고도 급여로 연명할 수 있겠다고 대니가 결정했던 금액에서 정확하게 30달러가 남는 금액이었다. 그는 안 그래도 빈사 상태인 저축 계좌에서 200달러를 찾으면서 결국에는 외상으로 가구를 사게 될 게 뻔하거나, 아니면 제대로 된 신혼생활을 시작할 만큼의 가구를 사지 못할 거라고 생각했었다.

그는 피곤했지만 만족했다. 아내는 현명하게 물건을 골랐다. 둘이 있는 곳은 그 도시에서 낙후된 구역이었다. 어쩌다 이런 데까지 오게 됐지? 둘은 두 건물 사이에 낀 공터를 지났다. 두 건물에 걸린 빨랫줄에서 셋방 사람들의 빨래가 펄럭였다. 공터에는 잡초가 무성하고 쓰레기들이 흩어져 있었다.

"이 우울한 주변환경과 녹초가 된 저한테 신경 좀 써주십사 요청해도 되겠습니까?" 대니가 말했다. "택시 타고 돌아가자. 쓰러질 거 같아."

둘이 택시를 찾으러 주변을 돌아보는데, 그 공터가 사라진 것이 아닌가.

바로 그 자리, 두 공동주택 사이에 낀 공터 자리엔 작은 가게가 있었다. 1층짜리 건물인데, 앞면은 거무죽죽했고, 진열창은 완전히 먼지에 덮여 희끄무레했다. 역시 때가 타서 불투명해진 출입문 유리창에 공들여 손으로 쓴 글씨가 적혀 있었다.

### 모하나두스 무카르, 골동품

치렁치렁한 웃옷을 걸치고 터키모자를 쓴 왜소한 남자가 출입문으로 튀어나오더니 갑자기 딱 동작을 멈추고는 홱 몸을 돌려 커다란 광고지를 창문에 턱 갖다 붙였다. 그는 풀을 바른 커다란 붓으로 획획 내려치듯이 광고지를 네 번 칠하고는 홱 몸을 돌려 안으로 들어가서 문을 꽝 닫았다.

"아니야…." 대니가 말했다.

코니가 입으로 뭔가 기묘한 소리를 냈다.

"우리 집안에 미친 사람은 없어." 대니가 단호하게 말했다. "아주 훌륭한 혈통이라고."

"우리가 뭔가를 잘못 보는 거야." 코니가 말했다.

"그저 잘못 보고 있다는 걸 알아차리지 못하는 거지." 대니가 말했다. 바리톤이던 목소리가 지금은 소프라노에 훨씬 가까웠다.

"뭔가 미친 거라면, 우리 둘 다 그래." 코니가 말했다.

"그렇겠지. 내가 보는 걸 당신도 본다면."

코니가 잠시 잠자코 있더니 말했다. "봤어? 커다란 유람선, 3층짜리, 아마도 타이타닉호? 리히텐슈타인 국기가 펄럭이는 다리 위 플라밍고?"

"이것 보쇼, 장난치지 마쇼." 대니가 우는 소리로 말했다. "나, 기분이 이상해지는 거 같으니까."

그녀가 진지하게 고개를 끄덕였다. "좋아. 공터?"

그가 마주 보고 고개를 끄덕였다. "공터. 빨랫줄과 잡초와 쓰레기."

"맞아."

그가 작은 가게를 가리켰다. "작은 가게?"

"맞아."

"터키모자를 쓴 남자. 이름이 무카르?"

그녀가 눈알을 굴렸다. "맞아."

"그런데 왜 우리가 여기로 왔지?"

"난데없이 이상한 가게가 나타나는 이야기들 보면 다 이렇지 않아? 아무 관련도 없는 사람들이 뭔가 거부할 수 없는 힘에 이끌리잖아?"

둘은 보잘것없는 작은 가게 앞에 서 있었다. 둘이 광고지를 읽었다.

## 폭탄 세일! 서두르세요! 지금! 당장!

"'부자연'이라는 단어가 떠오르는군." 대니가 말했다.

"떨리는 마음으로." 코니가 말했다. "그녀는 손잡이를 돌려 문을 열었다."

작은 종이 딸랑딸랑 울렸고, 둘은 문지방을 넘어 모하나두스 무카르의 어둑한 가게 안으로 들어섰다.

"어쩌면 그다지 현명한 짓이 아닐지도." 대니가 나직하게 말했다. 뒤에서 문이 저절로 닫혔다.

가게 안은 서늘하고 곰팡내가 났으며, 이상한 향기들이 꼬리를 물고 둘의 코를 스쳐 갔다.

그들은 조심스럽게 주변을 둘러보았다. 가게에는 고물이 잔뜩 쌓였다. 바닥에서 천장까지, 이 벽에서 저 벽까지, 탁자마다, 산더미같이 쌓였다. 그곳은 괴상한 물건들과 오래된 물건들로 가득 찼다. 물건 더미가 여기저기 바닥에 놓이고 아슬아슬하게 벽에 기대 쌓였다. 잔뜩 쌓인 물건들의 탑과 무더기 사이로는 걸어 다닐 틈도 거의 없다시피 했다. 갖가지 모양의 물건들, 다양한 크기와 색깔의 물건들, 온통 물건들이었다. 둘은 그 뒤죽박죽된 곳에서 물건을 하나씩 따로 떼서 보려고 노력해봤지만, 눈에 보이는 거라곤 그냥 물건, 온통 물건뿐이었다! 물건과 잡동사니와 이런 것과 저런 것과 허접쓰레기들.

"진귀한 미술품들입죠, 선생님." 누군가 설명하는 듯이 말했다.

코니가 놀라서 펄쩍 뛰다가 대니의 발을 밟았다.

무너진 거대한 잡동사니 더미 옆에 선 상점 주인을 허접쓰레기 물건들과 구분하는 데 잠시 시간이 걸렸다.

"광고지를 봤어요." 코니가 말했다.

하지만 대니는 훨씬 무디고 훨씬 직접적이었다. "여긴 공터였어요. 그러더니 잠시 후에, 이 가게가 됐죠. 어떻게 된 거죠?"

왜소한 남자가 먼지를 뒤집어쓴 잡동사니 무더기에서 걸어 나왔다. 작은 암갈색 주름진 얼굴이 갑자기 금이 백만 개쯤 그어진 미소를 머금었다. "뜻밖의 사건입죠, 젊은 양반들. 우주라는 천에 생긴 아주 살짝 닳은 구멍이에요. 전 이곳에 놓였는데… 얼마나 오래 있었는지는 모르겠군요. 하지만 여기 있는 동안 장사를 좀 한다고 해서 문제 될 건 없으니까요."

"어, 그렇군요." 대니가 말했다. 그가 코니를 쳐다보았다. 그녀의 표정은 그의 표정만큼이나 멍했다.

"아!" 코니가 소리를 지르고는 골동품들이 줄지어 늘어선 옆 통로 어딘가로 뛰어 들어갔다. "이거 완벽해! 소파 옆 탁자에 필요했던 바로 그거야. 오, 대니, 이건 꿈이야! 최고의 꿈이라고!"

대니가 그녀한테 갔지만, 골동품들에 꽉 막힌 어두운 통로에서는 그녀가 무얼 들었는지 알아보기도 힘들었다. 그는 그녀를 밝은 문가로 이끌었다. 그건 딱 그거였다. '알라딘의 램프.'

음, 아마 그 특정인의 램프는 아니겠지만, 어딘지 사악한 냄새를 풍기며 오래된, 기름을 태우는 물건이라는 건 확실했다. 긴 주둥이와 둥근 몸체와 넓고 화려하게 너울거리는 손잡이가 달린 램프였다.

램프는 흐릿한 바닷말 같은 녹색이었는데 갈색 녹이 슨데다 그을음과 수 세기 어치의 먼지로 빈틈없이 덮였다. 오래됐다는 점에는 이의가 있을 수 없었다. 그처럼 시간이 좀먹은 물건이 진품이 아닐 수가 없었다. "코니, 대체 그렇게 낡은 물건을 어디에다 쓰려는 거야?"

"하지만 대니, 이건 너무너무 완벽해. 조금 닦아주기만 하면 말이야. 조금만 손보면 이 램프는 훌륭한 골동품이 될 거야." 대니는 자기가 졌다는 걸, 그리고 아마 그녀의 말이 맞을 거라는 걸 알았다. 광을 내고 돈을 들이면 아주 멋져 보일 것이다.

"얼마예요?" 그가 가게 주인에게 물었다. 그는 꼭 사고 싶어 하는 사람처럼 보이고 싶지 않았다. 옛날 낙타 대상들은 상대방이 특정 물건을 꼭 가지고 싶어 한다는 걸 알면 무자비하게 흥정에 임했으니까.

"50드라크마, 어때요?" 늙은 남자가 말했다. 악의적인 유머가 느껴지는 어조였다. "지금 환율로 계산하면, 오스만 제국이 몰락했다는 걸 고려해서, 30달러요."

대니가 어금니를 물었다. "그거 내려놔, 코니. 나가자."

그가 아내를 끌고 출입문 쪽으로 향하기 시작했다. 하지만 그녀는 여전히 그 램프를 움켜쥔 채였다. 가게 주인이 둘을 불렀다. "좋아요, 선생님. 노련한 손님이시군요, 알겠습니다. 그걸 찾아낸 걸 보면 흥정을 아시는 분인 거죠. 하지만 전 당신네 달러와 이상한 패스트푸드적인 토착 관례들이 있는 이 시간대가 익숙지 않아요. 여기에 내려온 적은 한 번밖에 없었거든요. 그리고 제가 달러보다는 드라크마가, 센트보다는 세켈이 훨씬 편하기 때문에, 밑지는 게 분명하겠지만, 이 훌륭한 골동품을… 에… 20달러에 드리겠소, 어때요?" 성마른 듯한 목소리였고, 그의 어조에는 의심과 희망이 섞였다.

"날강도는 하다못해 총이라도 들었지!" 대니가 다시 한번 출입구 쪽으로 움직이면서 힐난했다.

"15달러!" 가게 주인이 구슬프게 울부짖었다. "그리고 당신네 아이들이 다 텔레비전을 너무 많이 봐서 안경을 쓰게 되기를!"

"5달러! 그리고 매독에 걸린 낙타 십만 마리가 당신 밥그릇에 토하기를!" 대니가 어깨너머로 큰 소리로 맞받아쳤다.

"나쁘지 않아요." 가게 주인이 말했다.

"고맙군요." 대니가 딱딱한 미소를 지으며 말했다. 그는 기다렸다.

'"이 흡혈귀! 싼 것만 찾는 무정한 악덕 손님! 신사 궁둥이에 난 여드름! 지하철에 그려진 낙서! 13달러! 그 이하로는 안 돼. 그리고 국제전화 전신회사와 아메리칸은행이 당신의 황금만능주의를 외면하기를!" 하지만 가게 주인의 눈이 마침내, 다행히도, 뼛속까지 타고난 흥정꾼답게 황금빛으로 번득였다.

"7달러! 거기서 한 푼도 더 줄 수 없어, 이 저주받은 아라비아 상인아! 그리고 아주 높은 곳에서 무거운 물건이 떨어져 당신을 쩨쩨한 당신 영혼의 두께만큼 납작하게 만들기를!" 코니가 드러내놓고 경의와 감탄에 찬 표정으로 대니를 우러러보았다.

"11! 11달러, 껍값이야, 이 정도면 완전 도둑질이지. 경비원을 불러, 경찰에 신고해야 돼. 이건 말도 안 되는 값이야!"

"내가 6달러에서 1센트라도 더 낼작시면 내 그림자는 당신의 그 사악하고 탐욕스럽게 번득이는 눈 앞에서 사라질 것이고, 이 소식은 끝없는 사막을 건너 모든 계곡과 오아시스에 퍼질 거요. 모하나두스 무카르가 썩은 고기한테서 구더기를 훔치고, 말똥한테서 파리를 훔치고, 정직한 노동자한테서 피땀 흘려 번 드라크마를 훔쳤다고. 6달러, 이 얼빠진 놈, 그게 다야!"

"내가 진짜로 죽을 참이로군." 아랍인이 터키모자 밑으로 보이는 흰 머리카락들을 날려버릴 듯이 소리쳤다. "어디 강도질해보시지, 어서, 뺏어가봐. 내 생명의 피를 마셔! 10달러! 내가 20달러를 밑지는 거야."

"좋아요, 좋아." 대니가 돌아서서 지갑을 꺼냈다. 그는 안에 남은 10달러 지폐 세 장 중 한 장을 꺼내고 코니를 돌아보며 말했다. "당신, 진짜로 이 못생기고 더러운 쓰레기를 살 거야?" 그녀가 고개를 끄덕이자 그가 왜소한 상인 앞에 지폐를 내밀었다. 대니는 그제야 무카르가 끝이 둥그렇게 말린 뾰족한 슬리퍼를 신었다는 사실을, 귀에 털이 났다는 사실을 깨달았다.

"10달러."

대니가 미처 손을 빼기 전에 왜소한 남자가 흰족제비처럼 유연하게 10달러짜리 지폐를 홱 낚아챘다. "낙찰!" 무카르가 킬킬 웃었다. 그가 제 자리에서 한 바퀴를 돌았다. 붉이 다시 그의 얼굴을 마주했을 때, 지폐는 보이지 않았다. "그리고 알라는 아시겠지만, 완전 도둑이 따로 없지. 치열한 거래였소, 실제로는 강탈이었지만. 복 받으셨소!"

대니는 갑자기 자신이 당했다는 걸 깨달았다. 그 램프는 아마도 어느 고물상에서 집어 온 아무 가치도 없는 쓰레기일 것이다. 그게 진짜 골동품이 맞냐고 물어보려는 참에 쓰레기 더미들이 흔들거리고 울렁거리며 불빛에 반짝거리기 시작했다.

"이봐요!" 대니가 경계하며 말했다. "이건 뭐죠?"

왜소한 남자의 주름투성이 얼굴이 공포에 질렸다. "나가요! 나가, 빨리! 시간의 틀이 다시 빨려 나가고 있어! 나가요! 나와 이 가게와 함께 영원 속을 떠돌고 싶지 않다면 지금 나가요. 그러면 난 아무 도움도 줄 수 없어요! 나가요!"

그가 둘을 떠밀었고, 코니가 발을 헛디뎌 넘어지면서 유리 제품 무더기에 처박혔다. 아무것도 깨지지 않았다. 그녀가 뭔가를 짚으려고 내민 손은 그대로 유리를 통과했다. 대니가 그녀를 일으켜 세웠다. 공포에 질린 당황스러움이 그의 몸을 휩쓸었다. 그들을 둘러싼 가게가 계속해서 흔들리며 갈수록 흐릿해지는 것 같았다.

"나가! 나가! 나가!" 무카르가 소리를 질러댔다.

다음 순간 그들은 문가에 있었고, 가게 주인이 끝이 말린 슬리퍼 신은 발을 대니의 등짝에 대고는 글자 그대로 가게에서 차 냈다. 둘이 한 덩어리가 되어 인도로 밀려났다. 램프가 코니의 손에서 떨어져 쨍그랑 소리를 내면서 길옆 도랑에 떨어졌다. 왜소한 남자가 문간에 서서 빙긋 웃었다. 가게가 희미해지며 사라지는 와중에 둘은 가게 주인이 기분 좋게 중얼거리는 소리를 들었다. "딱 9달러 75센트 이득 봤네! 저런 썩은 물건에! 자넨 쓸모없는 쓰레기를 샀어. 진짜 아무짝에도 쓸모없는 물건이지. 하지만 내 이 말은 해야겠네. 매독 걸린 낙타 얘기는 기발했어."

그러고는 가게가 사라졌다. 둘은 텅 빈, 잡초가 무성한 공터 앞에 섰다.

아무짝에도 쓸모없는 물건이라고?

＊

“당신, 자?”

“응.”

“그럼 어떻게 대답을 해?”

“난 예의 바르게 자랐거든.”

“대니, 얘기 좀 하자…. 응?”

“대답은 ‘아니’야. 난 그거에 관해서는 얘기하지 않을 거야.”

“우린 얘기를 해야 해!”

“그럴 필요가 없을 뿐만 아니라, 그리고 싶지도 않고, 그러지도 않을 거니까, 나 잠자게 그만 말해.”

“우리 벌써 1시간째 이렇게 누워 있어. 둘 다 잠을 못 자잖아. 그 일에 관해서 얘기를 해봐야 해, 대니.”

그가 자기 쪽 스탠드를 켰다. 유일한 그 불빛이 뉴저지에 사는 대니의 형한테서 받아온 소파 겸용 침대에서 퍼져나가 접시와 아마포가 든 몇 안 되는 나무상자와 결혼선물로 받은 소소한 주방 가전 세 점과 코니의 이모가 준 등받이가 곧은 의자 몇 개와 둘의 첫 신혼집이 보여주는 황량하고 우울하기 짝이 없는 현실을 희미하게 비추었다.

오늘 둘이 산 가구들이 배달되면 좀 나아질 것이다. 시간이 지나면, 나아질 것이다. 지금 이곳은 이혼을 부추기는, 크리스마스 시즌에 나이 든 노총각들을 건물 옥상으로 떠미는, 일종의 도회적 살풍경을 보여주었다.

“난 얘기를 해야겠습니다, 스콰이어스 씨.”

“그럼 얘기해. 난 엄지로 귀를 막을 테니까.”

“내 생각엔 저걸 문질러봐야 할 것 같아.”

“뭐라고 하는지 안 들려. ‘그런 일’은 일어나지 않았어. 내 삼삼이 뭘 증언하든 난 인정하지 않아. 없었던 일이야. 난 엄지로 귀를 막았으니, 그 미친 짓에 대해서는 한마디도 들리지 않아.”

"세상에, 대니, 난 오늘 당신과 같이 거기 있었어. 난 당신과 마찬가지로 '그런 일'이 일어난 걸 봤어. 난 그 이상한 작고 늙은 남자를 봤고, 그 케케묵은 가게가 나타났다가 커다란 트림처럼 사라지는 걸 봤어. 봐, 우리 둘 다 그걸 부정할 순 없어!"

"당신 소리가 들리면 나도 동의할 텐데 말이지. 그러면 난 내 감각의 증언들을 부정하고 당신한테⋯." 그가 괴로운 표정으로 귀를 막았던 손을 뗐다. "⋯내 온 마음을 다해서 당신을 사랑한다고, 업존 사 타이핑실에서 당신을 본 그 순간부터 내내 당신을 사랑한다고, 내가 10만 살까지 살더라도 지금 이 순간 당신을 사랑하는 것처럼 다른 사람이나 다른 사물을 사랑할 수는 없을 거라고 말할 거야. 그러고는 당신한테 그건 그냥 잊어버리라고, 그리고 내일 아침에 스스로를 속여 그 일이 내가 아는 식으로 일어나지 않았다고 믿을 수 있도록 지금은 잠 좀 자게 해달라고 말하겠지. 됐어?"

코니가 이불을 걷고 일어섰다. 그녀는 발가벗은 채였다. 둘이 결혼한 지 그렇게 오래되지 않았으니까.

"어디 가?"

"어디 가는지 알잖아."

대니가 소파 겸용 침대에 일어나 앉았다. 그의 목소리에는 쾌활함이라곤 전혀 없었다. "코니!"

그녀가 발걸음을 멈추고 거기 불빛 속에 서서 그를 쳐다보았다.

그가 나직하게 말했다. "하지 마. 나 무서워. 제발 하지 마."

그녀는 아무 말도 하지 않았다. 그녀가 잠시 그를 쳐다보았다. 그러더니, 발가벗은 그녀가 침대 옆 바닥에 책상다리로 앉았다. 그녀는 둘이 가진 얼마 되지 않는 세간을 둘러보며 그의 말에 다정하게 답했다. "난 해야 해, 대니. 해야만 해⋯. 가능성이 있다면, 해봐야 해."

둘은 그런 식으로, 피할 수 없는 무언의 명령을 받고 심연을 가로질러 서로에게 손을 뻗은 사람들처럼 앉아 있었다. 그러다 마침내, 대니가 무겁게 한숨을 쉬며 고개를 끄덕이고는 침대에서 나왔다. 그는 어느 나무상자에서 걸레를 꺼내 상자에다 대고 턴 다음 그녀에게 건네주었다. 그가 뿌옇게 때 끼고 녹슨 기름 램프를 올려놓은 창턱으로 가서 램프를 집어 그녀에게 주었다.

"그 빌어먹을 것을 번쩍번쩍하게 닦으세요, 스콰이어스 부인. 누가 압니까? 알고 보니 우리가 24캐럿짜리 지니를 고른 건지. 오, 내 메소포타미아풍 저택의 안주인이시여, 광을 내시게."

그녀가 한 손엔 램프, 다른 손엔 걸레를 들었다. 몇 분이 지나도록 그녀는 둘을 마주 대지 않았다. "나도 겁이 나." 그녀가 불안한 어조로 말하고는 재빠르게 둥근 램프의 배를 문질렀다.

잽싼 그녀의 손길에 녹과 그을음이 군데군데 벗겨지기 시작했다. "제대로 하려면 놋쇠 광택제가 필요하겠어." 그녀가 말했다. 그때, 갑자기 램프를 뒤덮은 더러운 것들이 사라지면서 램프 자체의 반짝이는 표면이 드러났다.

"오, 대니, 이거 진짜 괜찮지 않아? 표면에 앉은 걸 다 벗겨내고 나니 말이야!" 그리고 바로 그 순간에 램프가 그녀의 손에서 튕겨 나가며 가늘고 세찬 회색 연기를 뿜었다. 거대한 목소리가 아파트를 쩌렁쩌렁 울렸다.

**"아아…!"** 목소리가 지하철보다 더 큰 소리를 질렀다. **"아아…!"**

**"마침내 자유다! 만 년 만에, 앞으로 내내, 자유다! 자유롭게 말하고, 움직이고, 마음대로 말할 수 있어!"**

대니가 뒷걸음질을 쳤다. 그 소리를 들으니 마치 폭탄 투하 지점에 선 것처럼 마음이 조여들었다. 창유리가 터져나갔다. 아파트 내부의 모든 전구가 산산이 부서졌다. 그나마 빈약한 둘의 사기그릇들이 담긴 나무상자에서 접시와 컵이 죄다 가루로 변하는 싸락눈 소리 같은 희미한 소리가 들렸다. 몇 구역이나 떨어진 곳까지 개와 고양이들이 울부짖기 시작했다. 코니가 뱃고동처럼 천둥 치는 목소리에 묻혀 전혀 들리지 않는 비명을 지르고는 발목을 접질리며 데굴데굴 굴러 방구석에 처박혔다. 좁은 아파트에 횟가루가 내려앉았다. 창문을 가린 차양들이 말려 올라갔다.

대니가 먼저 정신을 차렸다. 그는 의자를 타고 넘으며 기어가서 공포에 질린 눈으로 램프를 바라보았다. 코니는 하얗게 질린 얼굴로 눈만 휘둥그레 뜨고는 손으로 귀를 막고서 구석에 앉았다. 대니가 일어서서 아무 해가 없어 보이는 램프를 내려다보았다.

"큰 소리 내지 마! 우리가 집에서 쫓겨나는 거 보고 싶어?"

**"물론이지, 이 벌레 자식아!"**

"내가 말했지. 그 빌어먹을 큰 소리 좀 내지 마!"

**"이렇게 속삭이는 소리를? 내가 내뱉을 허리케인에 비하면 이건 약과야, 이 짚신벌레 새끼야!"**

"더는 못 참아." 대니가 소리를 질렀다. "무슨 단지에 든 목소리만 큰 지니인가 뭔가 때문에 뉴욕을 통틀어 내가 감당할 수 있는 유일한 아파트에서 쫓겨날 수는…." 그가 말을 멈췄다. 그가 코니를 쳐다보았다. 코니도 그를 마주 쳐다보았다.

"아, 세상에." 그녀가 말했다.

"이거 진짜야." 그가 말했다.

둘은 무릎으로 기었다. 램프는 소파 겸용 침대 옆 바닥에 모로 누워 있었다.

"너 진짜 이 안에 있는 거야?" 코니가 물었다.

**"내가 달리 어디에 있겠어, 이 쌍년아!"**

"어이, 내 아내한테 그런 식으로 말하지…."

코니가 그에게 쉿 하고 입을 다물게 했다. "이게 지니라면, 마음대로 지껄이게 놓아둬. 몽둥이로 치는 것도 아니고 돌을 던지는 것도 아니고, 그냥 말인데 뭐. 가난한 것보다는 욕 좀 듣는 게 낫지."

"에? 음, 누구도 내 아내한테…."

"그냥 덮어두세요, 스콰이어스 씨. 난 내가 알아서 할 수 있으니까. 이 램프에 든 게 당신이 날 극장에 데려갔을 때 영화에서 본 지니의 반밖에 안 되는 크기라 해도⋯."

"〈바그다드의 도적〉⋯ 1939년 판이었지. 하지만 렉스 잉그램은 그냥 배우야. 영화에서 크게 보이도록 만들었을 뿐이고."

"그렇다고 해도. 그 영화의 지니가 그렇게 컸으니, 이 지니가 그 반밖에 안 된다 해도 당신이 과보호주의 마초 쇼비니스트 남편 노릇을 하는 건 좀 위험⋯."

**"만 년이 지났어도 인간들은 여전히 원숭이처럼 더듬거리는구만! 누가 이 소란스러운 해충 떼를 지구에서 좀 박멸해주지 않나?"**

"우린 바로 쫓겨날 거야." 대니가 말했다. 극도의 불안으로 얼굴이 잔뜩 일그러졌다.

"그 전에 경찰이 오지 않으면 말이지."

"제발, 지니." 대니가 거의 램프에 입을 대다시피 하고 말했다. "조금만 목소리를 낮춰 줘, 응?"

**"냄새나는 놈의 자식 같으니! 어디 한번 고생해보시지!"**

"넌 지니가 아니야." 코니가 잘난 체하며 말했다. 대니가 못 믿겠다는 표정으로 그녀를 쳐다보았다.

"이게 지니가 아니라고? 그럼 당신은 대체 이게 뭐라고 생각해?"

코니가 그를 찰싹 때렸다. 그러고는 조용히 하라고 손가락을 입에 갖다 댔다.

**"나는 지니야, 이 타락한 창녀야!"**

"아니야."

**"맞아."**

"아니야."

**"맞아."**

"아니야."

**"맞아, 이 봉안당에서 몸 파는 매춘부 같으니! 왜 아니라는 거야?"**

"지니는 엄청난 힘이 있어. 지니라면 자기 말을 듣게 하려고 그렇게 소리칠 필요가 없잖아. 넌 지니가 아니야, 지니라면 조용하게 얘길 하겠지. 넌 적당한 소리로 말할 수도 없잖아. 가짜니까."

**"말조심해, 이 창녀야!"**

"푸, 난 겁나지 않아. 네 말처럼 네가 강하다면, 목소리를 줄이겠지."

"이러면 좀 나아? 이제 확신이 들어?" 지니가 소리를 좀 줄였다.

"그래." 코니가 말했다. "이편이 훨씬 그럴듯한 거 같아. 그런데, 계속 이럴 수 있어? 그게 중요하지."

"그럴 필요가 있다면, 평생이라도."

"그럼 소원도 이뤄줄 수 있어?" 대니가 다시 대화에 끼었다.

"당연하지…. 하지만 넌 아니야, 이 메스꺼운 인간 벌레야."

"어이, 이봐." 대니가 화를 내며 대꾸했다. "난 네가 누구든, 무엇이든 상관없어! 하지만 나한테 그런 식으로 말하지 마." 그때 어떤 생각이 하나 그의 머릿속에 떠올랐다. "무엇보다, 난 너의 주인이잖아!"

"아! 정정하지, 이 원시바다의 오물 새끼야. 세상에는 소유자의 지배를 받는 지니가 있긴 있어. 그런데 너한텐 안됐지만, 난 그런 지니가 아니야. 난 이 금속 감옥에서 나가지 못하니까. 분자압축은 개똥만큼도 모르고, 우주를 묶어주는 힘에 대해서는 그보다도 더 모르는 어느 술 취한 마법사가 아주 오래전에 날 이 저주받은 용기에 가뒀어. 나한테는 턱도 없이 작은 이 램프에 날 넣고는 3중의 저주를 걸어버린 거야. 그 이후로 난 선한 심성이 썩어 문드러지는 세월 동안 이 안에서 꼼짝하지 못했어. 난 강해. 하지만 갇혔어. 날 소유한 이들이 뭔가를 부탁하거나 소원을 이뤄달라고 부탁해봤자 소용없어. 난 불행해. 그리고 불행한 지니는 사악한 지니지. 내가 자유로워진다면 네 노예라도 될 거야. 하지만 지금은 내가 이런 꼴이니, 너한테 천 가지의 불행을 선사하겠어!"

대니가 큭큭거리며 웃었다. "어디 한번 해보시지. 난 널 소각로에 던져버릴 거야."

"아! 하지만 못할걸? 한번 램프를 사면 절대 잃어버리거나 파괴하거나 남한테 줘버릴 수 없어. 오직 팔 수만 있지. 난 너희들과 영원히 같이 있을 거야. 대체 누가 이런 끔찍한 램프를 사겠어?"

그리고 하늘에서 천둥이 우르릉거렸다.

"뭘 할 건데?" 코니가 물었다.

"무얼 할 거냐고? 뭐든 말해 봐, 그럼 보여주지!"

"난 빼줘." 대니가 말했다. "넌 너무 괴팍해."

"돈이 가득한 지갑 같은 거 좋아하지 않아?"

램프에서 나오는 목소리가 진지하게 들렸다.

"음, 좋지, 돈은 필요해, 하지만…."

어마어마하게 큰 지니의 웃음소리가 울리다가 멈추자 천장 밑 어느 지점에서 개구리가 비처럼 쏟아지기 시작했다. 작고 악취를 풍기는 꾸물거리는 녹색 생물체들이 대니와 코니에게 철썩철썩 떨어졌다. 코니가 비명을 지르며 옷장으로 뛰어들었다. 잠시 후에 나온 그녀의 머리카락은 개구리 범벅이었다. 옷장 안에도 개구리가 떨어졌다. 개구리 비가 계속되자 대니가 놈들을 피해 보려 현관문을 열었다. 복도에도 개구리가 떨어졌다. 자신이 여전히 벌거벗었다는 사실을 깨달은 대니가 문을 꽝 닫고 들어와서는 두 팔로 머리를 가렸다. 개구리들이 꿈틀거리며, 악취를 풍기며 떨어졌다. 둘은 이내 무릎까지 개구리에 파묻혔다. 작고 불결한, 오톨도톨 혹이 난 몸체들이 둘의 얼굴까지 뛰어올랐다.

"내 성질은 어쩌면 이리 고약한지!" 지니가 말하고는 껄껄 웃었다. 그리고 다시 웃고 그 쨍쨍거리는 소리가 조용해지자 개구리 비가 멈추고 사라지더니 피의 홍수가 시작됐다.

※

그런 식으로 일주일이 지났다.

어디를 가도 지니에게서 벗어날 수 없었다. 둘은 또 서서히 굶주리기 시작했다. 식료품을 사러 나갈 때마다 발밑에서 땅이 갈라지거나 길에서 코끼리 떼가 쫓아오거나 수백 명의 사람이 심한 병에 걸려서 그들에게 토하곤 했다. 그래서 둘은 집 안에 머물며 결혼 첫 나흘 동안 비축해둔 통조림 음식을 먹었다. 하지만 아파트를 바닥부터 천장까지 채운 메뚜기나, 두 사람이 하얀 생쥐라도 되는 양 집요하게 달려드는 뱀 틈에서 누군들 제대로 먹을 수 있겠는가?

처음에는 개구리였고, 다음은 피의 홍수였고, 그다음은 소용돌이치는 먼지 폭풍이었고, 그다음은 거미와 각다귀였고, 그다음은 뱀이었고, 그다음은 메뚜기였고, 그다음은 둘이 벽에 찰싹 붙어서 휘두르던 의자를 먹어 치운 호랑이였다. 그러고는 박쥐와 문둥이와 우박이 왔고, 그다음엔 아파트 바닥이 사라졌다. 둘이 간신히 벽 장식물에 매달린 사이 예정보다 빨리 배달된 가구들이(배달 인부들이 우박을 맞으며 안으로 날라줬다) 밑으로 떨어져 아래층에 사는 나이 든 여성을 거의 죽일 뻔했다.

그다음엔 벽이 벌겋게 달아오르며 녹아내렸고, 그다음엔 번개가 모든 것을 검게 태웠고, 그다음엔 마침내 대니가 한계에 이르렀다. 그는 머리 끝까지 화가 나서 종잡을 수 없는 말을 끽끽거리며 전구 소켓과 바닥 판재 틈에서 뻗어 나오는 식인 넝쿨들을 마구잡이로 뽑아 뒤엎었다. 그는 결국 호수를 이룬 원숭이 오줌 구덩이 한가운데 주저앉아 얼굴이 통통 붓고 눈이 새빨개지고 코가 평소보다 세 배나 커질 때까지 꺼이꺼이 울었다.

"더는 못 참겠어, 떠날 거야!" 그가 자기 발을 두드리고 바짓단을 뜯어내려 하면서 신경질적으로 소리를 질렀다.

"그 여자와 이혼하는 수가 있어. 그러면 넌 그 구매 계약에서 제외되지. 네가 아니라 그 여자가 램프를 원했으니까." 지니가 안을 제시했다.

대니가 고개를 들고 (때마침 잘 숙성된 검은 앵거스 종 소똥이 얼굴을 덮쳤다) 소리쳤다. "안 해! 네 맘대로는 안 될걸. 우리는 겨우 일주일 하고 나흘 전에 결혼했어. 난 아내를 떠나지 않아!"

이런저런 상처로 만신창이가 된 코니가 비틀거리며 다가와 그를 껴안았다. 대니가 타피오카 푸딩으로 변해서 흐물흐물 녹는 중이었지만 말이다. 하지만 사흘 뒤, 그가 세상에서 제일 무서워하는 사람들의 유령 같은 것들이 한시도 떠나지 않고 주변을 맴돌자 대니는 완전히 정신을 놓고 한때는 전화기였던 보아뱀으로 요양원에 전화해달라고 코니에게 부탁했다. "이것들이 다 끝나면 와서 날 데려가." 그는 그녀의 담쟁이덩굴 입술에 입을 맞추며 처연하게 울었다. "우리가 따로 떨어져 있으면 놈도 약간 자비를 베풀지 몰라." 하지만 둘 다 과연 그럴까 의심했다.

아래층 벨이 울리고, 정신병 요양원에서 나온 사람들이 둘의 아파트였던 아수라장 속으로 들어와 어렵사리 늪의 진흙에서 발을 빼내는 코니를 보았다. 그들이 대니를 하얀 구급차에 급히 싣는 동안 그와 그녀는 같이 울었다. 코니의 남편이 멀어지는 사이, 기분 나쁜 웃음소리가 천둥처럼 하늘을 우르르 울렸다.

코니는 혼자 남았다. 그녀는 다시 아파트로 돌아갔다. 달리 갈 데가 없었다.

그녀는 녹은 용암 구덩이에 넘어졌고, 개미들이 살을 물어뜯고 공수병에 걸린 쥐들이 벽지를 갉는 동안 생각하려 애썼다.

"지금까지는 다 몸풀기였어." 램프 안에서 지니가 말했다.

✳

일시적 불안증 환자들을 위한 보호시설에 대니의 입소가 허락된 지 사흘도 채 되지 않아 코니가 데리러 왔다. 코니가 대니의 병실로 들어갔다. 창문 커튼이 다 내려졌고, 침대보가 매우 희었다. 대니는 그녀를 보는 순간 이를 덜덜 떨었다.

그녀가 다정하게 미소를 지었다. "내가 잘 모르는 사람이었으면 당신이 날 보고 너무 좋아서 그러는 게 아니라고 생각할 거야, 스콰이어스 씨."

그가 이불 밑으로 미끄러지듯 들어가서는 눈만 빼꼼 내놓았다. 이불 밑에서 그의 목소리가 들렸다. "혹시 종기라도 날까 싶어서 그래. 그거 분명히 재발할 게 뻔하니까. 주간 간호사가 지저분한 걸 싫어하거든."

"내 보호주의 마초 남편은 대체 어디로 가버렸지?"

"난 내내 몸이 좋지 않았어."

"그래, 음, 그건 다 끝났어. 당신은 아주 원기 왕성하니까, 이제 궁둥이를 잽싸게 놀려서 여기서 나가자."

대니 스콰이어스가 미간을 찌푸렸다. 머리카락이 개구리 범벅이었던 여자의 어조가 아니었다. "난 이혼할까 아니면 자살할까 고민 중이었어."

그녀가 이불을 걷어내자 병원 가운 자락 밑으로 불쑥 튀어나온 맨다리가 보였다. "집어치워, 친구. 이혼을 고려하기 전에 세상엔 아직 우리가 시도도 못 해본 체위가 못해도 백 가지 하고도 열 가지는 더 있어. 이제 침대에서 일어나 나가실까요?"

"하지만…"

"… 움직이지 않으면, 내가 걷어차줄게."

당황한 채 그는 움직였다.

✳

시동을 건 롤스로이스 한 대가 바깥에서 기다리고 있었다. 정신적으로 무기력한 환자들을 위한 시설의 현관문을 나서면서 대니는 코니의 도움을 받아 퇴원용 휠체어에서 일어났다. 제복을 입은 운전사가 튀어나와 차 문을 열어주었다. 둘이 뒷좌석에 앉자 코니가 말했다. "집으로 가요, 마크." 운전사가 고개를 끄덕이고는 잽싸게 차를 한 바퀴 돌아 운전석에 올랐다. 롤스로이스가 이중 머플러 덕분에 숨죽인 듯한 부릉부릉 소리를 내며 출발했다.

대니가 끽끽거리는 성마른 목소리로 말했다. "우리가 리무진을 빌릴 여유가 있어?"

코니는 그저 미소를 지으며 그의 곁으로 바싹 다가앉을 뿐 대답은 하지 않았다.

잠시 후에 대니가 물었다. "그런데 어떤 집 말이야?"

코니가 팔걸이에 달린 조작판에서 어떤 단추를 누르자 앞좌석과 뒷좌석 사이에 소리 없이 유리 칸막이가 쳐졌다. "내 부탁 좀 들어줘." 그녀가 말했다. "집에 갈 때까지 스무고개를 참아줄 수 있겠어? 정말 힘든 사흘이었거든. 내가 부탁하는 건 1시간만 그냥 잠자코 있어달라는 거야."

대니는 마지못해 고개를 끄덕였다. 그러자 그녀가 엄청나게 값비싸 보이는 옷을 입었다는 사실이 눈에 들어왔다. "당신이 입은 모피 코트에 대해서도 안 물어보는 게 낫겠지, 그렇지?"

"그래 주면 좋겠어."

그는 스무 개는 가뿐히 넘는 묻지 못할 질문들을 머릿속에서 이리저리 굴리며 불편한 침묵을 지켰다. 조용히 앉았던 그는 차가 뉴욕으로 가는 고속도로를 타지 않았다는 사실을 깨달았다. 그는 상체를 벌떡 일으키고는 자신들이 어디에 있는지 확인하기 위해 이리저리 고개를 획획 돌리며 뒷좌석 창문 밖을 쳐다보았다. 그러자 코니가 말했다. "우린 맨해튼으로 가지 않아. 코네티컷주에 있는 다리엔으로 가."

"다리엔? 대체 다리엔에 우리가 아는 사람이 누가 있다고?"

"음, 한 명을 꼽자면, 업존 씨가 다리엔에 살아."

"업존! 세상에, 그가 날 해고하고는 직접 처형하려고 차를 보냈구나! 미리 알아봤어야 했는데!"

"스콰이어스 씨." 그녀가 말했다. "대니, 자기, 내 사랑하는 대니, 잠시만 그 입 좀 닫아주면 정말로 고마울 거 같은데! 업존 씨는 이제 우리와 아무 상관이 없어. 전혀."

"하지만…, 하지만 우린 뉴욕에 살잖아!"

"더는 그렇지 않아."

＊

20분 뒤에 그들은 다리엔에서도 가장 집값이 비싼 구역으로 들어가서 어느 사유지 도로로 접어들었다.

그들은 근사하게 손질된 에트루리아 소나무들이 줄지어 늘어선 사유지 도로를 10킬로미터도 넘게 달려 구부러진 어느 진입로로 들어섰다. 500미터쯤 떨어진 곳에서 진입로가 나선형을 그리며 거대하고 사치스러운, 완벽하게 우아한 빅토리아풍 저택 앞을 휘감았다. "자." 코니가 말했다. "당신 집이야."

"여기엔 누가 살아?" 대니가 물었다.

"방금 말했잖아. 우리가 살아."

"당신이 그렇게 말한 거 같았어. 나 여기서 내려줘. 정신병원까지 걸어갈 거야."

롤스로이스가 저택 앞에 멈추자 집사가 달려와 그들을 대신해 차 문을 열어주었다. 둘이 차에서 내리자 집사가 코니에게 깊숙이 절을 했다. 그러고는 대니 쪽으로 몸을 돌렸다. "집에 오신 것을 환영합니다, 스콰이어스 씨." 그가 말했다. 대니는 대답도 못 할 정도로 무기력했다.

"고마워요, 펜즐러." 코니가 말했다. 그러고는 운전사에게 말했다. "차를 차고에 갖다 놔요, 마크. 오늘 오후에는 쓸 일이 없을 거 같아요. 하지만 포르쉐에 기름을 넣고 준비를 해둬요. 이따 늦게 땅을 둘러보러 나갈지도 모르니까요."

"잘 알겠습니다, 스콰이어스 부인." 마크가 대답하고는 차를 몰고 사라졌다.

대니는 흡사 한 사람의 몽유병자 같았다. 그는 코니가 이끄는 대로 안으로 들어갔고, 사치스러운 실내장식과 장엄한 홀과 발이 푹푹 빠지는 깔개와 호화로운 가구와 한쪽 벽을 차지한 복합통신 설비와 단추만 누르면 바닥에서 솟아나는 아르데코풍 바와 마치 자신이 그곳의 주인인 양 그에게 절을 하고 미소를 짓는 하인들을 보고는 더욱 어리벙벙해졌다. 그는 최신 가전들이 빠짐없이 비치된 드넓은 주방과 코니가 들어서자 거대한 국자를 든 채 정중하게 인사하는 프랑스인 주방장을 보고 깜짝 놀랐다.

"이, 이게 다 어디서 난 거야?" 마침내 그가 에스컬레이터를 타고 위층으로 이끄는 코니에게 헐떡거리며 물었다.

"왜 이래, 대니. 이게 다 어디서 났는지 알잖아."

"롤스로이스, 집, 땅, 모피 코트, 하인들, 현관에 걸린 페르메이르 그림, 푸른색 유리로 장식한 아르데코풍 바, 빔 텔레비전 시설이 갖춰진 오락실, 영화관, 볼링장, 폴로 경기장, 해수 수영장, 에스컬레이터에다 지금 보니까 당신 목에 걸린 여섯 겹짜리 검은 진주 목걸이… 이 모든 게 다 지니한테서 났다고?

"뭔가 기가 막히는 것 같지, 그렇지 않아?" 코니가 솔직하게 말했다.

"난 뭔가 이해가 잘 안돼."

"이해가 잘 안될 게 뭐가 있어, 대니. 지니가 당신을 힘들게 했고, 당신은 그걸 감당할 수 없어서 포기했지만, 어쩌다 보니 내가 그 늪에서 이것들을 다 끌어내게 된 거지."

"난 다시 이혼을 고려하는 중이야."

둘은 야마자키와 고바야시, 다카히코 리, 켄조 타니이, 오라이 등 근대 일본 일러스트레이션 작가들의 그림이 줄줄이 걸린 긴 복도를 걸어갔다. 코니가 걸음을 멈추더니 대니의 떨리는 어깨에 양손을 얹었다.

"지금 우리가 겪고 있는 문제가 뭐냐면 말이야, 대니. 자기 정체성 재평가라는 거야. 이번 건 별로 좋지 않은 사례지. 모든 전투에서 다 이기는 사람은 없어. 우리는 결혼한 지 채 2주도 안 됐지만, 서로 안 지는 3년이야. 당신은 전에 내가 얼마나 많은 실패를 했는지 몰라. 그리고 난 당신이 전에 얼마나 많은 성공을 거뒀는지 모르고. 나한테는 지난 3년간 당신을 안 것만으로도 당신과 결혼하기에 충분했어. '이 사람은 내가 못 하는 일을 감당할 수 있겠구나!' 생각하는 거지. 내가 생각하기에는 그게 결혼의 상당히 큰 부분이야. 내가 매번 골을 넣을 수 있는 것도 아니고, 당신도 그래. 가정이라는 하나의 단위가 유지되는 이상은. 이번엔 내가 골을 넣었어. 다음번은 당신이 넣겠지. 아마도."

대니가 삐죽이 미소를 지었다. "나 이혼을 고려하지 않아."

뒤에서 뭔가가 움직이는 낌새에 그가 흘긋 어깨너머로 돌아보았다. 키가 3미터가 넘고 흑요석을 깎아낸 듯 윤곽이 뚜렷한 이목구비에 어느 모로 보나 신체적으로 완벽한데다 나무랄 데 없이 재단된 고급 양복을 쫙 빼입고 단정하게 실크 넥타이를 맨 아도니스 같은 흑인이 복도가 교차하는 지점에 있는 문짝 높이가 4미터가 넘는 거대한 방에서 나와 복도에 섰다.

"어…." 대니가 말했다.

코니가 힐긋 돌아보았다. "안녕, 마수드. 스카이어스 씨, 이프리트의 마지킨 지니이자 모든 지니의 주인인 마수드 잔 빈 잔 씨를 소개합니다. 우리의 후원자야. 내 친구이고."

"얼마나 좋은 친구야?" 대니가 자기 앞에 3미터도 넘게 솟아오른 완벽한 성적 매력의 상징 같은 존재를 바라보며 속삭였다.

"우린 육체적으론 서로를 몰라, 당신의 그 비열한 언급이 의미하는 바를 내가 제대로 알아들은 거라면." 그녀가 대답했다. 그리고 어쩐지 수심에 잠긴 듯이 덧붙였다. "난 그의 취향이 아니야. 내가 보기엔 레나 혼한테 반한 거 같아." 반쯤 화가 난 대니의 표정을 보고 그녀가 또 덧붙였다. "세상에, 그렇게 쓸데없이 의심하는 짓 좀 그만해!"

마수드가 발을 떼더니 두 걸음 만에 4, 5미터를 건너와 전통 이슬람식 인사를 하고는 전형적인 미남 배우 같은 얼굴에 미소를 띠며 우아하게 물러섰다. "집에 오신 것을 환영합니다, 주인님. 어떤 분부든 편하게 내리십시오."

놀란 대니가 어찌할 바를 몰라 할 말을 잃은 채 지니와 코니를 번갈아 쳐다보았다. "하지만…, 넌 램프에 갇혔잖아…. 성질 나쁘고, 오 그래, 넌 심술궂었어…. 어떻게 네가… 어떻게 코니가…."

코니가 웃음을 터뜨렸고, 지니도 대단히 위엄있게 웃었다.

"넌 램프 안에 있었어…. 네가 우리한테 이 모든 걸 줬다니…. 하지만 넌 우리한테 분노 말고는 아무것도 안 줄 거라고 했잖아! 대체 왜?"

지니가 둘에게 따스한 미소를 지으며 대답했다. 대니는 그 부드러운 목소리가 하늘을 나는 새도 떨어뜨릴 것 같던 예전의 그 낯선 목소리와 같다는 사실을 겨우 알아챘다. "훌륭한 부인께서 절 풀어주셨어요. 세상에서 가장 끔찍한 지하감옥에서 영원한 복통을 앓으며 옴짝달싹 못 하고 고통 속에 웅크린 채 만 년을 보냈는데, 코니 주인님께서 절 풀어주셨어요. 만 년 동안 잔혹하고 돈만 아는 주인만 백 명쯤 겪다가 처음으로 절 존중해주는 분의 손에 떨어진 겁니다. 저희는 친구입니다. 저는 그 우정이 스콰이어스 주인님께도 이어지길 바랍니다." 마치 마음을 터놓고 자기 심정을 토로하는 연설을 준비라도 한 것 같았다. "이제 자유로워진 저는 제 족속을 전설 속의 존재에 불과하다고 믿는 이 시대 인간들 가운데 존재하게 되었습니다. 그래서 흥미진진한 새 삶을 살 수 있게 되었죠. 예전 저의 증오와 분노가 끝이 없었듯이 지금 저의 감사하는 마음도 끝이 없습니다. 저는 이제 더 이상 악귀처럼 행동할 필요가 없습니다. 이제는 〈시편〉 제41장에서 랍비 예레미야 빈 엘리아자르가 말씀하셨던 종류의 이프리트가 될 수 있습니다. 저는 인간의 시간으로 사흘간 이 세상의 많은 것을 봤습니다. 제가 보기에는 둘도 없이 즐거웠습니다. 그 속도와 그 반짝임과 그 빛. 무엇과도 비교할 수 없는 아름다운 레나 혼. 농구 좋아하십니까?"

"하지만 어떻게? 코니, 당신 대체 어떻게 한 거야? 아무도 그를 꺼내지 못…."

코니가 대니의 손을 잡고 높이가 4미터가 넘는 문으로 이끌었다. "네 방에 들어가봐도 될까, 마수드?"

지니가 잽싸게 어서 듭시라는 몸짓을 하고는 둘이 지나가자 머리가 바닥에 딩도록 절을 했다.

둘은 지니의 거처에 발을 들여놓았다. 고대 바스라와 천일야화의 시대로 들어선 것 같았다. 아니면 코넬 와일드가 나오는 역사 영화 속으로나.

하지만 거기, 사방에 비단이 널리고 벽을 장식한 천들과 바닥에 놓인 쿠션들과 양초들과 놋쇠 장식품들이 널린 넓은 방 중앙에는 흑마노로 만든 장식대가 있고, 그 위에는 성상이 든 투명한 상자 하나가 놓여 있었다. 어디선가 한 줄기 빛이 들어와 성상을 비추었다.

"가끔은 마법도 기술에 고개를 숙여야 할 때가 있지." 코니가 말했다. 대니가 앞으로 나섰다. 검은 벨벳 쿠션에 놓인 게 무엇인지 분간할 수 없었다. "그리고 가끔은 고대의 분노도 상식에 고개를 숙여야 하는 법이야."

대니는 이제 그게 무엇인지 알아볼 수 있을 만큼 가까이 다가갔다.

간단했다. 너무나 간단했다. 하지만 지금껏 누구도 그 생각을 하지 못했던 것이다. 먼저 램프를 소유했던 사람들도 무척이나 필요로 했을 테지만, 그때는 세상에 존재하지 않았던 물건이었을 테다.

"깡통 따개." 대니가 말했다. "깡통 따개!? 이 간단하고 시시한, 매일 쓰는 깡통 따개!?! 이게 다야? 난 정신이 완전히 무너졌는데, 넌 깡통 따개를 찾아냈다고?"

"힘 좀 썼지." 코니가 마수드에게 윙크를 하며 말했다.

"귀엽지 않아, 코니." 대니가 말했다. 하지만 그는 리츠 크래커만 한 다이아몬드를 생각하는 중이었다.

# PALADIN OF THE LOST HOUR

## 잃어버린 시간을 지키는 기사

✦

이수현 옮김

✦

**1986년 휴고상 수상**
**1986년 로커스상 수상**
**1986년 네불러상 노미네이트**
**1987년 미국 작가 길드 최우수 앤솔로지 에피소드 선정**

이 사람은 노인이었다. 그렇다고 퇴물이 되어 걷지 못할 정도로 엄청난 노인은 아니었다. 태양의 피라미드를 오르는 울퉁불퉁한 돌계단처럼 닳지도 않았다. 아직은 유물이 아니었다. 그럼에도 무척 나이가 많기는 해서, 이 노인은 골동품 사냥 지팡이에 걸터앉아 있었다. 손잡이를 열어 의자를 만들고, 아래쪽 고정못은 묘지의 부드러운 흙과 잘 깎아놓은 잔디 속에 비스듬히 박아서 말이다. 가느다란 회색 빗줄기가 그 고정못과 거의 같은 각도로 내렸다. 겨울의 헐벗은 나무들은 싸늘한 바람에도 꼼짝하지 않고, 알루미늄 하늘을 배경으로 시커멓게 고요히 누워 있었다. 노인은 묘비가 살짝 기울어져 박힌 어느 무덤 발치에 앉았다. 빗속에 앉아서 아래에 있는 누군가에게 말을 하고 있었다.

"그놈들이 해체해버렸어, 미나."

"분명히 시의원을 하나 매수한 거야."

"아침 6시에 불노서를 놓고 왔는데, 그건 불법이잖아. 지방자치법에 있어. 주중에는 최소 7시, 주말이면 8시까지는 기다려야 하는 거야. 그런데 그놈들은 6시에, 아니 6시도 되기 전에, 해도 뜨기 전에 온 거야. 몰래 들어와서 동네 사람들이 낌새를 알아채기 전에 해치우고는 유적 보존 위원회를 부를 생각이었겠지. 기습이었어. 공휴일에 오다니, 상상이 가겠지!"

"하지만 난 거기서 놈들을 기다리고 있다가 말했지. '이럴 순 없어요. 지방자치 규정 91.3002 세부 항목 E에 나와 있다고.' 그랬더니 그놈들이 거짓말을 하면서 특별 허가를 받았다는 거야. 그래서 내가 덩치 큰 책임자에게 말했지. '그 허가 서류 좀 봅시다.' 그랬더니 그놈이 이 경우에는 규정이 적용이 안 된다고, 그 규정은 땅을 고를 때만 적용되는 거고 자기들은 땅을 고르러 온 게 아니라 철거하러 온 거니까 언제든 작업을 시작할 수 있다지 뭐야. 그래서 내가 경찰을 부르겠다고, 소음 공해에 해당한다고 했더니 그놈이… 음, 당신은 그런 말을 싫어하니까 뭐라고 했는지 전하진 않을게. 그래도 상상은 갈 거야."

"그래서 난 경찰에 전화를 걸어 내 이름을 댔고, 물론 경찰은 7시 15분이 다 되도록 도착을 못 했고(그래서 그놈들이 시의원을 매수했다고 생각하는 거야), 그때쯤엔 불도저들이 대부분 깔아뭉갠 후였지. 당신도 알겠지만, 오래 걸리지 않거든."

"그렇다고 그게 무슨, 알렉산드리아 대도서관처럼 엄청난 손실이야 아니지만, 그래도 마지막 남은 진짜 아르데코풍의 드라이브인 건물이었고, 종업원들은 아직도 롤러스케이트를 신고 서빙을 한데다가, 역사적인 건물이었단 말이야. 그리고 아직 훌륭한 그릴드 치즈 샌드위치를 먹을 수 있는 유일한 곳이기도 했지. 네모나게 잘라놓고 '치즈'라고 부르는 그 변질된 플라스틱이 아니라 진짜 치즈를 써서 만들고, 예전에 쓰던 무거운 그릴로 아주 납작하게 눌러 구운 샌드위치 말이야."

"그렇게 가버렸어, 여보. 사라지고 애도를 받았지. 그놈들은 그 자리에 미니몰을 또 하나 지을 거야. 이미 만들어놓은 몰에서 열 블록밖에 떨어지지 않은 곳에다가. 그리고 어떻게 될지는 뻔하지. 새로운 몰이 예전 몰에서 사람들을 다 빼갈 것이고, 그 몰도 다음에 새로운 몰이 지어지면

똑같은 식으로 쇠퇴할 테지. 놈들이 거기서 역사의 교훈을 배울까, 아니야, 그놈들은 절대 배우질 못해. 7시 반쯤에 모여있던 사람들을 봤어야 해. 온갖 나이대가 다 있었어. 심지어 찢어진 가죽옷을 입고 애버리지니*처럼 색칠한 애들도 왔더라고. 그런 애들까지 항의하러 왔어. 끔찍한 말을 내뱉긴 해도 그 녀석들은 걱정했지. 그래 봐야 철거를 막을 순 없었어. 그놈들은 그냥 쾅쾅 무너뜨렸지."

"오늘은 당신이 정말 그리워, 미나. 훌륭한 그릴드 치즈 샌드위치는 이제 없어." 나이 많은 노인은 땅에 대고 그렇게 말했다. 그리고 이제 노인은 조용히 울고 있었다. 바람이 일어서 안개비가 오버코트에 흩뿌렸다.

멀지 않은 근처에서, 빌리 키네타는 다른 무덤을 내려다보고 있었다. 그는 왼쪽으로 그 노인을 볼 수 있었지만, 주의를 기울이지는 않았다. 바람이 트렌치코트 틈새를 후려쳤다. 옷깃을 올리고 있었지만 목을 따라 비가 흘러내렸다. 이쪽은 좀 더 젊어서, 아직 서른다섯 살도 되지 않았다. 노인과 달리 빌리 키네타는 울지도 않았고 한때 귀 기울이던 추억 속의 누군가에게 말을 걸지도 않았다. 지관인가 싶게 조용히 서서 땅을 내려다보기만 했다.

이 두 사람 중 하나는 흑인, 하나는 백인이었다.

＊

묘지를 에워싼, 쇠못이 박힌 높은 울타리 너머에서는 두 소년이 웅크리고 앉아서 쇠창살과 비 사이로 심각한 문제에… 무덤이라는 문제에 몰두한 두 남자를 바라보고 있었다. 실은 소년도 아니었다. 법적으로는 청년이었다. 한 명은 열아홉 살, 다른 한 명은 스무 살을 두 달 지났다. 둘 다 법적으로는 투표를 하고 술을 마시고 차를 몰 수 있는 나이였다. 둘 다 빌리 키네타만큼 나이를 먹지는 못했다.

* 오스트레일리아 원주민

한 명이 말했다. "노인으로 하자."

다른 한 명이 대꾸했다. "트렌치코트 입은 남자가 방해할까?"

첫 번째가 미소를 지었다. 심술궂게 슬쩍 웃었다. "그래 줬으면 좋겠네." 그는 오른손에 손가락 부분을 잘라낸 가죽 카나비 장갑을 꼈는데, 손마디를 따라서 작고 둥그런 금속 징이 박혀 있었다. 그는 주먹을 쥐었다가 펴고, 다시 쥐었다가 폈다.

그들은 침식이 일어나 얕은 도랑이 파인 지점에서 울타리 아래로 들어갔다. "씨발!" 한 명이 엎드려 지나가다가 욕을 했다. 진흙투성이였다. 새틴 로디 재킷 앞자락이 더러워졌다. "씨발!" 그는 못 박힌 울타리와 아래쪽 비탈, 진흙투성이 땅, 우주 전체에 대고 말하고 있었다. 그리고 이제는 이 멋진 새틴 로디 재킷을 지저분하게 만든 죄로 제대로 당하게 될 노인을 향해서도.

그들은 트렌치코트를 입은 남자에게서 최대한 멀리 떨어져서 왼쪽으로 노인에게 다가갔다. 첫 번째 소년은 태권도 수업에서 배운 짧고 날카로운 발차기로 지팡이를 걷어찼다. '옆차기'라는 동작이었다. 노인이 뒤쪽으로 넘어갔다.

다음 순간 둘 다 달려들어서, 더러워진 씨발 새틴 로디 재킷을 입은 청년은 노인의 오버코트 옷깃을 잡고 이리저리 끌면서 목과 옆얼굴을 때렸다. 다른 한 청년은 그 코트 주머니를 뒤지기 시작했다. 손을 집어넣느라 천이 찢어졌다.

노인은 비명을 질렀다. "나를 보호해라! 넌 나를 보호해야 해…. 나를 보호해야 한다!"

주머니를 뒤지던 청년이 잠시 동작을 멈췄다. 이 늙은 멍청이가 무슨 소릴 지껄이는 거지? 대체 누가 자기를 지킬 거라는 거야? 우리 보고 자기를 지키라는 건가? 내가 지켜주지, 징그러운 늙은이! 내가 그 폐를 걷어차주겠어! "입 좀 막아!" 그는 친구에게 급히 속삭였다. "저 입에 주먹을 처넣어!" 그 순간 재킷 안주머니에 들어간 그의 손이 뭔가를 잡았다.

그는 손을 빼내려 했지만, 재킷과 코트와 노인의 몸뚱이가 손목을 휘감은 상황이었다. "이거 풀어, 씨발아!" 그는 아직도 보호하라고 외쳐대는 노인에게 말했다. 다른 청년은 피해자의 비에 젖은 머리털을 때리면서 진흙처럼 어두운 쉭쉭 소리를 내고 있었다. "못 하겠어…. 이 늙은이가 완전 꼬여가지고… 거기서 손 빼. 그래야 내가…." 노인은 비명을 지르며 두 청년의 손을 붙든 채로 몸을 접었다.

그러다가 약탈자의 손이 풀렸고, 그는 잠시나마 화려한 회중시계를 움켜쥐고 있었다.

예전에는 '터닙 와치'라고도 부르던 커다란 시계였다.

문자반은 칠보 세공으로, 이루 말할 수 없이 아름답고 정교했다.

케이스는 은이었는데, 어찌나 반짝이는지 파랗게 빛날 정도였다.

시간의 화살 모양으로 만든 시침과 분침은 금이었고, 정확히 11시를 가리키는 V자를 그렸다. 사건이 일어나는 지금은 비바람 부는 오후 3시 45분이었다.

그 시계는 소리를 내지 않았다. 아무 소리도 나지 않았다.

그러다가 그 시계 사방에 공간이 생겼고, 그 시계를 감싼 손바닥에 열기가 솟았다. 잠깐이지만, 손을 풀어야 할 만큼은 긴 시간 동안 열기가 확 치솟았다.

시계는 청년의 손바닥에서 미끄러져서 공중에 떴다.

"도와다오! 나를 보호해야 한다!"

빌리 키네타는 그 새된 비명 소리를 들었으나, 깜짝 놀란 청년 위 허공에 뜬 회중시계는 보지 못했다. 은제 시계인데다가 빌리 키네타가 보는 방향에서는 모로 서 있었고, 빗줄기는 은빛으로 비스듬히 떨어졌다. 그는 성난 청년이 몸을 떼어내어 시계에 달려드는 순간에도 허공에 뜬 시계를 보지 못했다. 빌리는 그 시계가 깡도의 손이 닿지 않는 곳으로 떠오르는 광경을 보지 못했다.

빌리 키네타는 두 소년이, 비슷한 또래의 범죄자 청년 두 명이 훨씬 나이가 많은 누군가를 때리는 모습만 보았다. 그리고 그쪽으로 순식간에 달려갔다. 펑, 하고!

노인은 옷깃을 쥔 청년이 주먹을 날려 때려눕히려는 가운데 다리를 휘두르며 몸을 이리저리 비틀고 있었다. 그런 노인이 그렇게 맹렬히 맞설 줄이야 누가 알았겠는가?

퍼드득거리면서 알아들을 수 없는 소리를 지르는 무엇인가가 전속력으로 그 무리 중앙을 때렸다. 시계를 향해 뻗었던 장갑 낀 손은 한순간 허공을 잡았다가, 다음 순간에는 주인의 몸 아래에 묻혔다. 그 청년은 허리 아래를 때리는 미식축구식 태클에 맞고 날아가서 축축한 땅에 얼굴부터 처박혔다. 청년은 일어나려고 했지만, 뭔가가 그의 꼬리뼈 쪽을 짓밟았고, 신장을 두 번 걷어찼으며, 갑자기 밀어닥친 홍수처럼 굴려버렸다.

몸을 비틀고 또 비틀던 노인은 옷깃을 잡고 있던 소년의 오른쪽 눈에 엄지손가락을 찔러넣었다.

노인을 바닥에 팽개치고 울부짖으며 찔린 눈에 손바닥을 대는 청년에게 빌리 키네타라는 이름의 트렌치코트 입은 소용돌이가 달려들었다. 빌리가 손깍지를 끼고 옆으로 크게 휘둘러 치자 청년은 뒤로 휘청거리다가 미나의 비뚤어진 묘비 위에 쓰러졌다.

빌리는 노인을 등지고 있었다. 그는 빗방울 하나 맞지 않고 부드럽게 빗발 사이로 내려가서 노인 앞을 맴도는 신기한 시계를 보지 못했다. 노인이 시계에 손을 뻗는 모습도 보지 못했고, 그 시계가 늙은 손에 내려앉는 모습도, 노인이 시계를 재킷 안주머니에 집어넣는 모습도 보지 못했다.

바람과 비와 빌리 키네타는 법적으로 자기 행동에 책임을 질 수 있는 나이인 두 청년을 계속 때렸다. 그들은 부츠 한쪽에 찔러넣어 둔 칼은 생각하지도 못했고, 그 칼에 손을 뻗을 기회도 없었다. 사나운 상대는 그들이 일어나지도 못하게 했다. 그래서 그들은 기었다. 진흙투성이 땅과 미끄러운 풀밭, 무덤들 위를 허겁지겁 기어서 그의 손이 닿지 않는 곳으로 도망쳤다. 달리다가 넘어지고, 일어서고, 다시 넘어져 가며 뒤도 돌아보지 않고 도망쳤다.

덜덜 떨리는 다리로 숨을 몰아쉬던 빌리 키네타가 쓰러진 노인을 부축하려고 몸을 돌려 보니, 노인은 이미 일어서서 오버코트의 흙을 털고 있었다. 노인은 화가 나서 콧김을 뿜으며 혼잣말을 하고 있었다.

"괜찮으세요?"

노인은 잠시 불평을 계속 늘어놓더니 상황의 끝을 고하듯 턱을 내리고 자신을 구해준 사람을 쳐다보았다. "아주 훌륭했어요, 젊은이. 꽤 스타일이 있더군."

빌리 키네타는 눈을 크게 뜨고 노인을 보았다. "정말 괜찮으십니까?" 그는 손을 뻗어 노인의 오버코트 어깨에 묻은 젖은 풀잎 몇 가닥을 털어냈다.

"괜찮아요. 괜찮은데 몸이 젖은데다 짜증이 나는군. 어딘가에 가서 얼그레이나 한잔합시다."

빌리 키네타가 찾아온 무덤을 내려다보고 섰을 때 짓던 표정이 있었다. 위급한 상황 때문에 사라졌던 그 표정이 이제 다시 돌아왔다.

"아닙니다. 괜찮으시다면 전 할 일이 있어서요."

노인은 꼼꼼히 온몸을 더듬으며 대꾸했다. "겉에만 멍이 들었을 뿐이군. 내가 원기 왕성한 늙은 남자가 아니라 늙은 여자였다면 같은 나이라도 뼛속에서 칼슘이 많이 빠져나갔을 테고, 그랬다면 저 두 놈에게 상당한 해를 입었겠지. 여자들은 내 나이면 칼슘을 꽤 많이 잃는다는 거 알아요? 나도 보도를 보고 알았지." 노인은 말을 멈추더니 쑥스러워하며 말했다. "그러지 말고, 같이 앉아서 맛있는 차 한잔 마시며 수다를 떨면 어때요?"

빌리는 곤혹스러움에 고개를 절레절레 저었지만, 저도 모르게 미소를 짓고 말았다. "재미있는 분이네요, 아저씨. 전 아저씨를 알지도 못하는데요."

"그기 마음에 드는군."

"뭐가요. 제가 아저씨를 알지도 못한다는 거요?"

"아니, 날 아저씨라고 부른 거 말이에요. 할아버지도 별로지만 파파라고 하면 더 싫지. 팝이라고 하면 그 잘난척쟁이가 병따개로 내 모자를 따고 싶어 한다는 생각이 들거든. 그래도 아저씨라는 말에는 존중의 느낌이 있잖아요. 아주 마음에 들어. 그래, 난 우리가 어디 따뜻하고 조용한 곳을 찾아 앉아서 서로를 알아가야 한다고 생각해요. 내 목숨을 구해줬잖아요. 동양에서 그게 무슨 의미인지 알죠."

빌리는 이제 계속 웃고 있었다. "첫째로, 제가 아저씨 목숨을 구했다는 생각은 안 듭니다. 지갑은 구했을지 모르지만요. 둘째로, 전 아저씨 이름도 모르는데요. 우리가 무슨 이야기를 해야 할까요?"

"가스파." 노인은 손을 내밀며 말했다. "그게 내 이름이에요. 가스파. 그게 무슨 뜻인지 알아요?"

빌리는 고개를 저었다.

"봐요, 벌써 할 이야기가 생겼지."

그래서 빌리는 여전히 미소를 지으며 가스파를 데리고 묘지를 걸어 나가기 시작했다. "어디 사십니까? 집까지 모셔다드리죠."

그들은 거리로 나가서 빌리 키네타의 1979년산 커틀라스로 다가갔다. "내가 사는 곳은 지금은 너무 멀어요. 몸이 좀 안 좋아지려고 하는군. 잠시 누웠으면 좋겠어. 그쪽 집에 들를 수도 있겠지요. 싫지 않다면, 몇 분만. 차 한잔 마실 정도만. 그래도 괜찮겠어요?"

그는 커틀라스 옆에 서서 노인 특유의 기대에 찬 미소를 지으며 빌리를 쳐다보았다. 그는 빌리가 잠긴 차 문을 열고, 그가 아직 칼슘은 풍부하지만 그래도 늙은 뼈를 조수석에 들여놓을 때까지 잡고 있기를 기다렸다. 빌리는 가스파를 쳐다보면서 그 문을 열었을 때 위험할 게 뭐가 있나 생각해보려고 했다. 그러다가 작게 코웃음을 치고는 잠긴 문을 열어서 가스파가 앉을 때까지 잡고 있다가 쾅 소리 나게 닫고, 반대쪽 문을 열어서 차에 올랐다. 가스파가 손을 뻗더니 문단속을 했다. 그리고 그들은 함께 빗속을 달렸다.

그동안 시계는 아무 소리도, 아무런 소리도 내지 않았다.

가스파와 마찬가지로, 빌리 키네타도 혈혈단신이었다.

빌리의 방 셋짜리 아파트는 그가 존재하는 빈 공간이었다. 가구가 있기는 했지만, 그 아파트에 발을 들였던 사람이 현관으로 나가면, 그 아파트의 가구 배치가 어땠는지 묘사하면 스위스에 있는 모든 은행의 모든 돈을 준다고 해도 조금도 벌지 못하고 떠날 터였다. 그 아파트에는 어떤 매력도 없었다. 그곳은 다른 기회를 모두 써버렸을 때나 오는 곳이었다. 그 상자들 속에 푸르거나 살아 있는 것은 아무것도 없었다. 벽에서 보는 눈도 없었고, 온기도 한기도 특별할 게 없었다. 그곳은 목적지라기보다 그저 대기 장소였다.

가스파는 이제 의자를 접어서 손잡이 달린 평범한 지팡이가 된 사냥 지팡이를 책장에 기대놓았다. 그리고 서가에 마구잡이로 쌓인 페이퍼백들의 제목을 들여다보았다.

간이 부엌에서 금속 팬에 물을 받는 소리가 들렸다. 이어서 주석이 무쇠에 부딪히는 소리. 이어서 가스가 새어 나오는 소리와 성냥을 켜는 소리, 가스불 붙는 소리가 들렸다.

"오래전에…." 가스파는 모라비아의 《두 청소년》을 빼내어 훌훌 넘기면서 말했다. "책을 수천 권 두고 살았지요. 한 권도 버릴 수가 없었어요. 형편없는 책이라도 말이야. 그랬더니 사람들이 집에 찾아오면 책이 빼곡한 구석구석을 둘러보는 거야. 책을 좋아하는 사람이 아니라면 언제나 똑같은 바보 같은 질문을 던지더군." 노인은 잠시 반응을 기다렸다가 아무 말도 들리지 않자(찻잔이 싱크대에 닿는 소리만 들렸다) 말했다. "그게 무슨 질문이었겠어요?"

부엌에서는 별 흥미 없는 목소리가 들렸다. "전혀 모르겠네요."

"그 사람들은 언제나 박물관에 간 사람들이 거대한 조각상을 봤을 때 내는 목소리로 묻곤 했지요. 나보고 '이 책을 다 읽으셨어요?'라고 묻는 거야." 노인은 다시 기다렸지만, 빌리 키네타는 놀이에 동참하지 않았다. "흠, 젊은 친구, 그런 바보 같은 질문을 백만 번쯤 듣고 나면 그 질문에 화가 좀 나게 되거든. 꽤 짜증이 났지요. 마침내 딱 맞는 대답을 알아낼 때까지는 말이야.

그래서 그 답이 뭐였는지 알아요? 어디 한번 맞춰봐요."

빌리가 간이 부엌 문간에 나타났다. "많이 읽었지만 다 읽진 않았다고 했겠죠."

가스파는 손을 내저어 그 추측을 물리쳤다. "그래서 무슨 소용이 있겠어요? 그래 가지곤 사람들은 자기들이 바보 같은 질문을 했다는 걸 모를 텐데, 그렇다고 그 사람들을 모욕하고 싶지도 않았단 말이지. 그래서 사람들이 나보고 그 책을 다 읽었냐고 물으면 이렇게 말했지요. '그럴 리가요. 누가 서재에 다 읽은 책만 가득 채우고 싶어 하겠어요?'"

빌리는 저도 모르게 웃고 말았다. 그는 하릴없이 머리를 긁고는 노인의 열정에 대한 반응으로 고개를 저었다. "가스파, 정말이지 엉뚱한 노인장이십니다. 은퇴하셨나요?"

노인은 조심스럽게 방 안에서 제일 편안한 의자로 걸어갔다. 속이 빵빵한 30년대 스타일의 라운지 소파로, 빌리 키네타가 미국암협회 중고품점에서 구입하기 전에 여러 번 천갈이가 이루어진 물건이었다. 노인은 그 소파에 파묻히며 한숨을 내쉬었다. "아니요, 은퇴와는 거리가 멀지요. 아직 현역이라오."

"무슨 일을 하시는데요? 물어봐도 괜찮다면요."

"옴부즈맨 일이지요."

"그러니까, 소비자 보호 같은 건가요? 랠프 네이더* 같은?"

"바로 그거예요. 난 이것저것에 주의를 기울이지. 귀 기울여 듣고, 관심을 기울여요. 그리고 내 일을 제대로 하면, 가끔은 작게나마 변화를 일

---

\* 소비자 보호 운동을 주도한 변호사로 여러 대기업과 정부의 부정을 고발하여 많은 성과를 냈다.

으킬 수도 있지요. 그래, 그 랠프 네이더 씨처럼 말이야. 참 훌륭한 사람이지."

"그리고 친척을 보느라 묘지에 와 계셨고요?"

가스파의 얼굴에 상실의 표정이 자리 잡았다. "내 사랑하는 여인. 내 아내, 미나를 보러 갔지. 그 사람이 떠난 게, 어디 보자, 20년 전 1월이었군." 그는 잠시 내면을 들여다보며 말없이 앉아 있다가 말했다. "그 사람은 나에게 전부였어요. 좋은 점은, 우리가 서로에게 얼마나 중요했는지 안다는 것이지. 우린 모든 것에 대해 논의했어. 그게 제일 그리워. 미나에게 무슨 일이 있었는지 말하던 시간.

난 이틀에 한 번꼴로 미나를 보러 가요.

전에는 매일 갔는데. 그건. 너무. 아프더라고."

그들은 차를 마셨다. 가스파는 차를 마시고 아주 맛있기는 한데 빌리가 얼그레이를 마셔본 적이 있는지 물었다. 빌리는 그게 뭔지 모른다고 대답했고, 그러자 가스파는 한 통 가져다주겠다고, 훌륭한 차라고 말했다. 그리고 그들은 잡담을 나눴다. 마침내 가스파가 물었다. "그런데 젊은 친구는 누굴 보러 간 거였나요?"

빌리는 입술을 꾹 물었다. "그냥 친구요." 그러고는 더 말을 하지 않았다. 그러더니 한숨을 내쉬고 말했다. "음, 저기요. 전 일하러 가야 합니다."

"오 그래? 무슨 일을 하나요?"

답은 천천히 나왔다. 마치 빌리 키네타 자신이 컴퓨터 일을 한다거나, 작게 사업을 한다거나, 중요한 지위에 있다고 말할 수 있었으면 좋겠다고 바랐던 것처럼. "세븐일레븐의 야간 매니저예요."

"밤늦게 우유나 슬러시를 사러 오는 매력적인 사람들을 만나겠군요." 가스파는 부드럽게 말했다. 그는 이해하는 것 같았다.

빌리는 미소 지었고, 노인의 친절을 있는 그대로 받아들였다. "그래요, 상류 사회의 정예죠. 금고를 열지 않으면 머리를 쏘겠다고 협박하지만 않는다면요."

"한 가지만 부탁해도 될까요." 가스파가 말했다. "괜찮다면 내가 좀 쉬고 싶은데. 잠시만 쉬면 돼요. 소파에 잠시 누워 있을 수도 있겠지. 그래도 괜찮겠어요? 날 믿고 젊은이가 나간 사이에 여기 있게 해주겠어요?"

빌리는 잠시 망설였다. 나이가 아주 많은 이 노인은 괜찮은 사람 같았고, 미치광이 같지도 않았으며, 도둑은 확실히 아니었다. 어차피 훔칠 게 뭐가 있단 말인가? 얼그레이도 아닌 홍차?

"그래요. 그래도 괜찮겠지요. 하지만 전 새벽 2시는 되어야 돌아올 겁니다. 그러니까 가실 때는 문만 닫고 가세요. 자동으로 잠기니까요."

그들은 악수했고, 빌리는 아직 젖어 있는 트렌치코트를 걸치고 문으로 향했다. 그는 문가에 멈춰 서서, 저녁이 오면서 길어진 그림자 속에 앉은 가스파를 돌아보았다. "이렇게 알게 되어 반가웠습니다, 가스파."

"나도 그래요, 빌리. 젊은이는 좋은 사람이에요."

그리고 빌리는 일을 하러 갔다. 언제나처럼 혼자서.

✳

호멜 칠리 캔이나 따서 요기해야겠다고 생각하며 2시에 집에 돌아온 빌리는 차려진 저녁 식탁을 발견했다. 멋들어진 비프스튜 냄새가 아파트 안을 채우고 있었다. 햇감자와 볶은 당근, 그리고 살짝 반죽해서 섬세하고 바삭바삭하게 만든 호박이 있었다. 컵케이크도 있었다. 초콜릿을 입힌 하얀 컵케이크였다. 제과점에서 만든.

그런 식으로, 그렇게 부드럽게 가스파는 빌리 키네타의 아파트와 생활에 스며들었다.

차와 컵케이크를 앞에 두고 앉아서 빌리는 말했다. "갈 곳이 없으신 거죠?"

노인은 미소 짓고 고개를 움직여 강력한 반대의 뜻을 표했다. "흠, 난 노숙자의 삶을 견딜 수 있는 부류가 아니지만, 당장은 옛날 배우들이 '자유로운 몸'이라고 부르던 상태지요."

"한동안 머물고 싶으시다면, 그 정도는 괜찮을 거예요. 아주 넓은 집은 아니지만, 우린 그럭저럭 잘 지낼 것 같네요."

"정말 친절하군, 빌리. 그래요, 한동안 룸메이트로 지내고 싶군요. 하지만 오래 지내진 않을 거야. 주치의가 그러는데 난 이 세상에 오래 있지 못할 거라는군요." 그는 말을 멈추고 찻잔 속을 들여다보며 조용히 말했다. "고백해야겠는데… 난 좀 무서워요. 떠나기가 말이야. 대화할 상대가 있다는 건 굉장한 위안이 될 거예요."

그리고 빌리는 아무 전조 없이 불쑥 말했다. "전 베트남에서 같은 중대에 있었던 사람의 무덤에 간 거였습니다. 가끔 가지요." 하지만 그 말속에 너무나 큰 고통이 담겨 있었기에, 가스파는 자세히 캐묻지 않았다.

그렇게, 그들이 허락하든 않든 간에 시간은 흘러갔고, 가스파가 빌리에게 텔레비전을 볼 수 있겠냐고, 아침 뉴스를 보고 싶다고 하고 빌리가 낡은 텔레비전을 켜자 마침 다시 무산된 군비축소 대화에 대한 긴급 보도가 나오고, 빌리는 고개를 저으며 죽음 같은 것을 두려워하는 사람은 가스파만이 아니라고 말하자, 가스파는 쿡쿡 웃고는 논쟁의 여지가 없는 확신을 담아 빌리의 무릎을 두드렸다. "내 말 믿어요, 빌리. 그런 일은 일어나지 않아요. 핵 재앙은 없어요. 내 말을 믿어요. 절대 핵 재앙은 일어나지 않아. 절대, 절대, 절대로."

빌리는 힘없이 미소 지었다. "왜 안 일어납니까? 왜 그렇게 확신하시는데요. 특별한 내부 정보라도 있어요?"

그러자 가스파는 빌리가 처음 보는 아름다운 시계를 꺼내더니 말했다. "핵 재앙은 일어나지 않아요. 겨우 11시니까."

빌리는 정확히 11시를 가리키고 있는 시계를 가만히 보고는 자기 손목시계를 보았다. "이런 말 하긴 싫지만, 그 시계는 멎었는데요. 지금은 서의 5시 30분입니다."

가스파는 특유의 미소를 지었다. "아니, 11시야." 그리고 그들은 나이가 아주 많은 노인을 위해 소파에 잠자리를 준비했고, 노인은 이제 조용해진 텔레비전 위에 잔돈과 만년필과 화려한 회중시계를 올려놓았으며, 두 사람은 잠을 청했다.

＊

어느 날 빌리는 가스파가 점심 설거지를 하는 동안 나갔다가, 커다란 토이저러스 종이가방을 들고 돌아왔다.

가스파는 나이아가라 폭포 기념품 행주로 접시를 닦으며 부엌에서 나왔다. 그는 빌리와 종이 가방을 보았다. "그 가방엔 뭐가 들었나?" 빌리는 고개를 기울이고 노인에게 방 한가운데로 오라는 뜻을 표했다. 그러고는 바닥에 주저앉아서 종이 가방의 내용물을 쏟았다. 가스파는 깜짝 놀라서 그 내용물을 보고는, 빌리 옆에 앉았다.

그들은 2시간 동안 부품을 이리저리 펴면 로봇으로 변하는 작은 자동차를 가지고 놀았다.

가스파는 트랜스포머, 스타리오스, 고봇의 모든 변신 방법을 알아내는 데 탁월했다. 잘 놀았다. 그런 후에 그들은 산책하러 나갔다. 가스파가 말했다. "내가 할인표를 사지. 하지만 캐런 블랙, 샌디 데니스나 메릴 스트립이 나오는 영화는 빼고야. 그 배우들은 언제나 울어서 코가 늘 빨갛거든. 그건 못 참겠어."

그들은 대로를 건너기 시작했다. 신호등 앞에 올해의 캐딜락 브로엄이 서 있었다. 특별히 고른 번호판에 열 겹의 아크릴 래커와 두 겹의 자홍색 투명(천천히 말리기 위해 최종 "착색 코팅"에 리타더를 약간 섞어서) 코팅을 했는데 그 색깔이 어찌나 풍성한지 1945년산 샤토 라피트 로쉴드를 가득 채운 디캔터를 투과해서 반짝이는 빛 같았다.

그 캐딜락을 모는 남자에게는 목이 없었다. 머리통이 어깨에 그대로 얹혀 눌린 모양새였다. 그 남자는 앞을 똑바로 보고 시가를 마지막으로 길게 빤 후에 창밖으로 던졌다. 아직 연기가 피어오르는 시가 꽁초가 차 앞을 지나던 가스파 앞에 떨어졌다. 노인은 걸음을 멈추고 이 분석(糞石)*

의 은유를 내려다보더니, 운전사를 응시했다. 운전대 뒤에 있는 두 눈, 마카크원숭이 같은 두 눈은 신호등의 붉은 원에서 떨어지지 않았다. 창문 바로 밖에서 누군가가 들여다보는데도 그 원숭이의 두 눈은 붉은 원만 쳐다보고 있었다.

캐딜락 브로엄 뒤에 자동차가 줄줄이 멈춰 섰다.

가스파는 캐딜락에 탄 남자를 잠시 바라보다가 삐거덕거리는 몸을 굽혀 연기 오르는 시가 꽁초를 집었다.

노인은 빌리가 당황해서 바라보는 사이 두 걸음 만에 캐딜락으로 다가가서 운전사의 옆얼굴에서 몇 센티미터 떨어지지 않은 곳까지 얼굴을 들이밀고는, 더할 나위 없이 상냥하게 말했다. "이걸 우리 거실에 떨어뜨린 것 같군요."

그리고 멍한 원숭이 같은 눈이 보행자의 얼굴을 정면으로 돌아보자, 가스파는 끝이 빨갛게 타들어 가는 시가 꽁초를 가볍게 캐딜락 뒷좌석에 던졌고, 그 꽁초는 고급 코린트 가죽에 구멍을 내기 시작했다.

세 가지 일이 동시에 일어났다.

운전사는 고함을 지르며 거울로 시가 꽁초를 보려다가 각도가 나오지 않자 어깨너머로 뒷좌석을 보려고 했지만 목이 원활하게 돌아가지 않으니 자동차 기어를 중립에 놓고, 문을 열고 길거리로 튀어나와서 가스파를 붙잡으려 했다. "이 존만 한 새끼야, 내 차에 뭔 짓을 하는 거야 이 빌어먹을 놈아, 내가 확 죽여버린…."

빌리는 가스파가 무슨 짓을 하는지 보고 털이 쭈뼛 일어서서, 노인을 잡으려고 횡단보도를 황급히 뛰어 돌아갔다. 가스파는 그에게 끌려가려하지 않고 웃으면서, 광분한 운전사가 미친 황소처럼 길길이 뛰며 소리를 질러대는 모습을 대놓고 즐겁게 바라보고 있었다. 빌리가 있는 힘껏 잡아당기사 겨우 몸을 움식인 가스파는 캐딜락 앞을 지나서 반대쪽 연석

* 동물 똥의 화석

으로 향했다. 아직도 미친 사람처럼 히죽거리면서 말이다.

신호등이 바뀌었다.

이 세 가지 일이 5초 동안 일어났고, 그동안 신호등이 녹색으로 바뀌었기 때문에 브로엄 뒤에서는 초조해진 차들이 빵빵거리고 있었다.

소리 지르기, 끌려가기, 빵빵거림. 운전사는 세 가지 일을 동시에 할 수 없었다. 다른 차들이 난리를 치는데 가스파를 쫓아갈 수도 없었고, 자동차 문을 놓고 이제는 저렴한 인테리어 업체로는 바로잡을 수도 없게 타버린 가죽 냄새가 지독한 뒷좌석에 기어들어갈 수도 없었으며, 뒷좌석을 구하면서 동시에 욕을 하고 경적을 울려대는 십여 명의 적의를 피할 수도 없었다. 그는 세 갈래로 갈라져서 덜덜 떨며 아무것도 하지 못했다.

빌리는 가스파를 끌고 갔다.

횡단보도를 건너서. 길거리를 벗어나. 연석 위로 올라가서. 옆길로 빠져서. 골목길로 들어가. 어느 집 뒷마당을 가로질러.

그 대로에서 한참 떨어진 옆 거리로 갔다.

빌리는 힘들어 씩씩대면서 그 거리의 다섯 집을 지나쳐서 겨우 멈춰 섰다. 가스파는 아직도 히죽거리며 조용히 웃고 있었다. 장난기를 감추지 않고 즐거워했다. 빌리는 그에게 요란한 손짓과 발짓을 해가며 소리쳤다.

"미쳤어요!"

"괜찮나?" 노인은 애정을 담아 빌리의 이두박근을 찌르며 말했다.

"미쳤어! 돌았어요! 그 남자가 아저씨 머리통을 뜯어냈을 거예요! 대체 뭐가 잘못된 겁니까, 노인장? 정신이 나갔어요?"

"난 미치지 않았어. 나에겐 책임이 있어."

"책임!? 책임이라고 했습니까? 무슨 책임이요? 모든 개자식이 길거리에 던지는 모든 담배꽁초에 책임이요?"

노인은 고개를 끄덕였다. "담배꽁초, 쓰레기, 오염, 그리고 한밤중에 버려지는 유독성 폐기물에 책임이 있지. 덤불과 선인장과 바오바브나무에, 사과와 심지어는 리마콩에도 책임이 있어. 난 리마콩을 싫어하는데도 말이야. 총을 겨누지 않아도 리마콩을 먹겠다는 사람을 보여주면, 내가 변태가 뭔지 알려주지!"

빌리는 소리를 지르고 있었다. "도대체 무슨 소릴 하는 거예요?"

"난 개와 고양이와 금붕어와 바퀴벌레들, 미국 대통령과 조너스 소크*와 자네 어머니와 라스베이거스 샌즈 호텔의 코러스 라인 전체에도 책임이 있어. 그 사람들의 안무가에게도 책임이 있지."

"스스로가 뭐라고 생각하는 겁니까? 신이요?"

"신성 모독은 하지 말고. 세탁비누로 젊은이 입을 헹구기엔 내 나이가 너무 많거든. 물론 난 신이 아니야. 난 그저 노인이지. 하지만 나에겐 책임이 있어."

가스파는 다시 모퉁이를 돌아 대로 쪽으로, 왔던 길을 되짚어가기 시작했다. 빌리는 노인의 말에 찔린 채 서 있었다.

"가자고, 젊은이." 가스파는 뒤로 돌아서 뒷걸음질 치며 말했다. "이러다가 영화 앞부분을 놓치겠어. 그건 싫지 않나."

빌리는 식사를 끝냈고, 두 사람은 구석등만 켜고 침침한 아파트 안에 앉아 있었다. 노인은 카운티 미술관에 갔다가 막스 에른스트, 장 레옹 제롬, 리처드 대드, 예리한 라이오넬 파이닝거 등의 비싸지 않은 그림 사본을 사 와서는 급조한 액자에 걸어놓았다. 두 사람은 한동안 말없이 느긋하게 앉아 있다가, 조용조용 기분 좋게 사소한 이야기들을 주고받았다.

마침내 가스파가 말했다. "내 죽음에 대해 많이 생각을 해봤는데, 우디 앨런이 했던 말이 마음에 들어."

빌리는 긴 의자에 더 편하게 앉았다. "무슨 말인데요?"

"이렇게 말했지. 죽는 건 상관없다. 다만 그 일이 일어날 때 거기 있고 싶진 않다."

빌리는 낄낄 웃었다.

---

\* 미국의 세균학자

"대충 그런 기분이야, 빌리. 가는 건 두렵지 않지만, 미나를 완전히 떠나고 싶지는 않아. 미나와 함께 보내는 시간, 미나에게 말을 거는 시간이 우리가 아직 닿아 있다는 기분을 주거든. 내가 가면, 미나도 끝이야. 완전히 죽는 거야. 우리 사이엔 자식도 없었고, 우리가 알던 사람은 거의 다 죽었고, 친척도 없어. 그리고 우린 누가 기록에 남겨둘 만한 중요한 일을 한 적도 없으니, 우리는 그걸로 끝인 거야. 나는 상관없어. 하지만 미나에 대해서는 아는 사람이 있었으면 좋겠어…. 미나는 놀라운 사람이었거든."

그래서 빌리는 말했다. "저한테 말씀하세요. 제가 대신 기억할게요."

✳

특정한 순서가 없는 기억들, 바다를 뭍으로 끌고 올 수 있는 밧줄만큼이나 견고한 기억들, 희미한 산들바람 속에 거미집처럼 어른어른 흔들리는 기억들이었다. 미나라는 사람 전체, 사소한 움직임 모두, 그가 말한 바보 같은 이야기에 재미있어할 때면 나타나던 보조개, 그들이 함께 보낸 젊은 시절, 그들의 사랑, 중년을 향해 이어진 나날들, 작은 기쁨들과 결코 이루어지지 못한 꿈들의 아픔. 그녀에 대해 말하는 만큼 그에 대해서도 알게 된다. 그의 목소리는 부드럽고 따뜻했으며, 너무나 깊고 진실한 갈망에 가득 찬 나머지 말이 끊길 때마다 자주 멈춰야 했다. 그럴 때면 생각에 잠겨 열정을 조금이라도 덜어내야 다시 말이 나왔다. 그는 그녀에 대해 생각하고 기뻐했다. 그는 그녀를 한데 모았다. 그녀가 가져온 모든 사랑과 그를 돌봐주던 모습들, 그녀의 옷가지와 그 옷들을 입던 방식, 그녀가 제일 좋아하던 장신구들, 영리한 발언들까지. 그는 그 모든 것을 한데 모아 싸서 새로운 저장고에 전달했다.

나이가 아주 많은 노인은 빌리 키네타에게 보관해달라고 미나를 전했다.

새벽이 왔다. 블라인드 사이로 들어오는 빛은 사프란색이었다. "고마워요, 아저씨." 빌리가 말했다. 그는 몇 시간 전에 자신을 사로잡았던 감정에 이름을 붙일 수가 없었다. 하지만 그는 이렇게 말했다. "전 평생 어떤 것에도, 누구에게도 책임을 져야 했던 적이 없어요. 전 누구에게도 속하지 않았어요…. 이유는 모르겠네요. 그게 싫지는 않았어요. 어차피 다른 존재 방법을 몰랐으니까요."

그러다가 긴 의자에 앉은 빌리의 자세가 달라졌다. 가스파는 빌리가 앉은 자세가 중요하다고 생각했다. 빌리가 자기 안에 있는 비밀 상자를 열려는 것 같았다. 그리고 빌리는 노인이 신경을 곤두세워야 할 만큼 조용한 소리로 말했다.

"난 그 친구를 알지도 못했어요.

우린 다낭에서 어느 비행장을 지키고 있었죠. 우리가 제9해병여단 1대대였다는 얘기했던가요? 찰리*는 우리 남쪽에 있는 꽝응아이성에서 대공격을 준비하고 있었어요. 성도(省都)를 탈취하려는 모양이었죠. 우리 소총 중대는 비행장 주변 방어를 맡았습니다. 적이 계속 순찰대를 보내어 공격했거든요. 우린 머리를 긁지 말아야 할 때 긁은 불쌍한 멍청이를 매일 몇 명씩 잃었어요. 6월이었어요. 6월 말, 춥고 비가 많이 왔죠. 참호도 엉덩이까지 물에 잠겼어요.

신호탄이 먼저 터졌어요. 우리 곡사포가 포격을 시작했지요. 그러더니 하늘에 예광탄이 가득해졌고, 전 덤불을 향해 몸을 돌리다가 뭔가가 다가오는 소리를 들었어요. 짙은 청색 군복을 입은 베트남 정규군 두 명이 저에게 다가오더군요. 너무나 뚜렷하게 볼 수 있었어요. 길고 검은 머리에 몸을 구부리고 있었죠. 그리고 그놈들이 사격을 시작했어요. 그런

---

* 미군이 남베트남 민족해방전선을 부르던 별명

데 망할 카빈총이 고장 나서는, 발포되질 않는 거예요. 전 탄창을 빼고 다른 탄창을 끼우려고 했지만, 놈들이 절 보고 AK-47을 제 쪽으로 돌렸어요. 맙소사, 모든 게 느린 속도로 기억이 나요. 전 그 총구를 봤죠. 7.62밀리미터의 돌격 소총을…. 전 잠시 미쳐서 머릿속으로 그게 러시아제인지, 중국제인지, 아니면 체코나 북한에서 온 건지 생각하려 하고 있었어요. 섬광탄 불빛이 어찌나 밝은지 그놈들이 일제 사격을 하려는 순간을 다 알아볼 수 있었는데, 그 순간 느닷없이 나타난 상병이 그놈들에게 달려들면서 이런 소릴 지르는 거예요. '어이, 베트콩 새끼들아, 여길 봐!' 사실 그런 말은 아니었지만… 사실은 상병이 뭐라고 했는지 기억할 수가 없어요. 어쨌든 놈들은 상병에게 대응하려고 몸을 돌렸고… 놈들이 상병을 피가 가득 든 자루처럼 터뜨렸고… 상병은 저와 덤불 위에 떨어졌어요. 세상에, 제가 서 있는 물구덩이에 상병의 조각들이 떠다녔죠…."

빌리는 감당할 수 없는 무게에 숨을 몰아쉬고 있었다. 그의 두 손은 패턴도 목적도 없이 얼굴 앞 허공을 움직였다. 그는 새벽빛이 든 방 안의 먼 구석을 계속 들여다보고 있었다. 마치 그곳에 특수한 현실이 나타나서 자신이 이런 이야기를 하는 이유를 채워줄지 모른다는 듯이.

"아, 맙소사, 상병이 물에 떠 있었어요…. 아, 예수님 맙소사. 내 부츠에 달라붙었어요!" 그러더니 그는 아파트 밖의 통행 소음을 날려버릴 정도로 큰 소리로 고통스럽게 울부짖고, 신음하기 시작했다. 우는 게 아니었다. 그 신음은 계속 이어졌다. 그리고 가스파는 소파에서 일어나서 빌리를 안고 다 괜찮다거나 하는 말을 했다. 그런 말이 아니었을지도 모르고, 아예 말이 아니었을지도 몰랐다.

그리고 빌리 키네타는 노인의 어깨에 기댄 채 반쯤 넋이 나가서 말을 이었다. "내 친구가 아니었어요. 알지도 못했고, 대화도 해보지 않았어요. 하지만 난 그 사람을 봤어요. 그냥 남자였어요. 그 사람이 그렇게 행동할 이유는 없었어요. 그 사람은 내가 좋은 사람인지 개똥 같은 놈인지 알지도 못했는데, 왜 그랬을까요? 그러지 않아도 되는 거였어요. 그놈들은 그 사람을 보지도 못했어요. 그 사람은 내가 그놈들을 죽이기 전에 죽었어요. 벌써 죽어 있었죠. 난 고맙다고도 감사하다고도… 아무 말도 못했어요!"

"이제 그 사람은 그 무덤 속에 있고, 난 그 무덤을 보러 갈 수 있게 여기 살러 왔지만, 고맙다고 말하려고 아무리 애를 써도 그 사람은 죽었고, 내 말을 들을 수가 없어요. 아무 말도 들을 수 없죠. 그 사람은 그 밑에, 땅 밑에 있고 난 고맙다고 할 수가 없어요…. 아, 젠장, 젠장, 왜 내 말을 못 듣는 걸까요. 그저 고맙다고 하고 싶을 뿐인데…."

빌리 키네타는 감사를 표할 '책임을 맡고' 싶었지만, 그건 다시는 오지 않을 하룻밤 동안에만 가능한 일이었다. 그리고 그날은 지나갔다.

가스파는 빌리를 침실로 데려가서 딱 늙고 병든 개를 어르듯이 달래어 재웠다.

그런 후에 가스파는 소파로 돌아갔고, 생각할 수 있는 말이 그것뿐이었기에 중얼거렸다. "빌리는 괜찮을 거야, 미나. 괜찮아질 거야."

✳

다음 날 저녁에 빌리가 세븐일레븐에 출근했을 때 가스파는 나가고 없었다. 전날은 집에 있었으니, 묘지에 가는 날이라는 뜻이었다. 빌리는 가스파가 묘지에 혼자 나가도 될까 조마조마했지만, 그 노인은 자기 몸을 돌볼 줄 알았다. 빌리는 미소를 떠올리지 않고 친구를 생각하다가, 그러고 보니 '친구'라고 생각하고 있구나 깨달았다. 그랬다. 이 사람은 그의 친구였다. 진정으로 정말로 그의 친구였다. 빌리는 가스파가 얼마나 늙었는지 생각하고, 자신이 얼마나 빨리 평소의 상태로, 즉 고독한 상태로 돌아갈지 궁금했다.

2시 30분에 빌리가 아파트로 돌아갔을 때, 가스파는 담요로 몸을 말고 소파에 잠들어 있었다. 빌리는 들어가서 잠을 청하려 했지만, 몇 시간 후에도 잠이 오지 않고 흙탕물과 어두운 나뭇잎들을 비추는 야간등을 생각하며 침실 천장만 올려다보게 되자 물을 마시러 나갔다. 그는 거실을 돌아다녔다. 잠이 오지 않는 이 밤에 그의 유일한 동반자가 숨을 몰아쉬며 자고 있다고 할지언정, 혼자 있고 싶지는 않았다.

그는 창밖을 내다보았다. 구름이 시폰 조각처럼 하늘을 가로질렀다. 거리에서는 타이어가 끼익거리는 소리가 났다.

한숨을 내쉬고 거실 안을 어슬렁거리던 그는 소파 옆 커피 테이블에 놓인 노인의 회중시계를 보았다. 그는 커피 테이블로 걸어갔다. 그 시계가 아직도 11시에 멈춰 있다면, 그 시계를 빌려다가 수리를 맡길 생각이었다. 가스파에게 좋은 일이 되겠지. 노인은 그 아름다운 시계를 사랑했으니.

빌리는 시계를 집으려 몸을 숙였다.

그때 정확히 11시에 멈춰 있는 시계가 비스듬히 떠올라서 빌리의 손을 피했다.

빌리 키네타는 오한이 등을 타고 내려가서 척추 끝을 파고드는 감각을 느꼈다. 그는 허공에 뜬 시계에 손을 뻗었다. 시계는 그의 손가락이 허공을 쥘 만큼만 움직였다. 그는 시계를 잡으려고 했다. 시계는 빌리가 뒤에서 기습할 만한 위험이 아니라는 사실을 아는 적수처럼 느긋하게 몸을 돌리며 그를 피했다.

그러다가 빌리는 가스파가 깨어났음을 깨달았다. 소파에 등을 돌리고 있었음에도, 그는 노인이 자신을 관찰하고 있음을 알았다. 자신과, 기분 좋게 떠다니는 시계를 말이다.

그는 가스파를 보았다.

그들은 오랫동안 말을 꺼내지 않았다.

그러다가, 빌리가 조용히 말했다. "전 다시 자러 가겠습니다."

"질문하고 싶은 게 있을 텐데." 가스파가 대꾸했다.

"질문요? 아뇨, 그럴 리가요, 아저씨. 대체 제게 무슨 질문이 있겠습니까? 아직 자고 있는데요." 하지만 그건 사실이 아니었다. 그날 밤 그는 아예 잠들지 않았으니까.

"'가스파'가 무슨 뜻인지 알아? 성경에 나오는 세 현자, 동방 박사 기억해?"

"전 유향과 몰약 같은 건 갖고 싶지 않아요. 침대로 돌아갈 겁니다. 지금 갈 거예요. 지금 당장 들어갈 거라고요."

"'가스파'란 보물의 주인, 비밀의 보관자, 궁전의 성기사(聖騎士)를 뜻하지." 빌리는 침실로 들어가지 않고 노인을 빤히 바라보았다. 그저 바라보기만 했다. 정교하고 아름다운 시계가 노인에게 날아가고, 노인이 손을 뻗어 시계를 받는 동안 계속. 시계는 그의 손에 안착해서 움직이지 않았고, 아무 소리도 내지 않았다. 아무 소리도.

"다시 자. 하지만 내일은 나와 같이 묘지에 가지 않겠나? 중요한 일이야."

"왜요?"

"내가 내일 죽을 테니까."

＊

청명하고 좋은 날씨였다. 전혀 죽을 만한 날이 아니었지만, 동남아시아에는 그런 날이 많고 많았어도 죽음은 단념하지 않았었다.

그들은 미나의 무덤 앞에 서 있었고, 가스파는 사냥 지팡이를 펴서 의자를 만들고 아래 고정못을 땅에 꽂았다. 그리고 그 의자에 앉아서 한숨을 내쉬며 빌리 키네타에게 말했다. "난 저 돌처럼 차가워지고 있어."

"재킷 드려요?"

"아니, 추운 게 아니라 내 속이 차갑다고." 가스파는 하늘을, 풀밭을, 늘어선 묘비들을 둘러보았다. "난 이 모든 것과 그 이상을 책임지고 있었지."

"전에도 그런 말을 하셨죠."

"젊은이, 혹시 책을 읽다가 제임스 힐턴의 《잃어버린 지평선》이라는 옛날 소설을 본 적 있나? 영화는 봤을지도 모르겠군. 멋진 영화였어. 훌륭한 영화였지. 사실 소설보다 영화가 더 나았어. 프랭크 카프라 최고의 성취였지. 인류 유산이야. 로널드 콜먼은 최고였어. 어떤 이야기인지 알아?"

"압니다."

"샘 재프가 연기한 최고 라마승 기억하나? 파더 페랄트라고 했던?"

"기억나요."

"그 라마가 마법으로 숨겨진 세상 샹그릴라의 관리직을 어떻게 로널드 콜먼에게 넘겼는지 기억해?"

"예, 기억해요." 빌리는 멈칫했다. "그러고 나서 죽었죠. 그 라마승은 나이가 아주 많았고, 죽었어요."

가스파는 빌리를 올려다보고 미소 지었다. "아주 좋아, 빌리. 난 자네가 착한 아이였다는 걸 알고 있었지. 그러니 자, 자네가 그걸 다 기억한다면, 내가 이야기를 하나 해도 될까? 아주 긴 이야기는 아니야."

빌리는 친구를 향해 미소 지으며 고개를 끄덕였다.

"1582년에 교황 그레고리오 13세는 '문명 세계는 이제 율리우스력을 쓰지 않는다'라고 선언했지. 1582년 10월 4일 다음 날은 10월 15일이 되었어. 열하루가 세상에서 사라진 거야. 170년 후, 영국 의회가 같은 예를 따랐고 1752년 9월 2일 다음 날은 9월 14일이 되었지. 왜 교황이 그런 짓을 했을까?"

빌리는 그 대화에 어리둥절해졌다. "실제 세계와 달력을 맞추려는 거였겠죠. 동지 하지와 춘분 추분. 언제 씨를 뿌리고, 언제 추수할지를요."

가스파는 즐거워하며 그에게 한 손가락을 흔들었다. "훌륭해, 젊은이. 그리고 그레고리오가 율리우스력을 폐지한 이유는 182년에 하루씩의 오류가 춘분을 3월 11일로 옮겨놓았기 때문이라고 하는 말은 틀리지 않아. 역사책에서는 그렇게 말하지. 모든 역사책이 그렇게 말해. 하지만 만약 아니라면?"

"만약 뭐요? 무슨 말을 하는지 모르겠는데요."

"만약 그레고리오 교황이 인류의 머릿속에서 시간을 재조정해야 할

지식을 알았다면? 만약 1582년에 초과 시간이 열하루 1시간이었다면? 만약 교황이 그 열하루를 설명하고, 그 열하루를 없애버렸지만 1시간이 풀려나서 영원 속을 통통거리고 뛰어다녔다면? 아주 특별한 1시간이지…. 결코 이용되선 안 될 시간… 결코 물려서는 안 될 1시간. 만약 그렇다면?"

빌리는 양손을 펼쳤다. "만약, 만약, 만약! 그건 다 철학에 불과해요. 아무 의미도 없죠. 시간은 실물이 아니에요. 시간은 병에 담을 수 있는 물건이 아니란 말입니다. 그러니 만약 어딘가에 1시간이 존재한다면…."

그러다가 그는 말을 딱 멈췄다.

그는 긴장해서 노인에게 몸을 기울였다. "그 시계. 아저씨 시계요. 그 시계는 작동하지 않아요. 멈춰 있죠."

가스파는 고개를 끄덕였다. "11시에 멈춰 있지. 내 시계는 작동해. 다만 아주 특별한 시간을 지킬 뿐이야. 아주 특별한 1시간을."

빌리는 가스파의 어깨를 건드리고, 조심스럽게 물었다. "아저씬 누굽니까?"

노인은 웃지 않고 말했다. "가스파. 보관자. 성기사(聖騎士). 수호자."

"최고 라마승 파더 페랄트는 몇백 살이었죠."

가스파는 늙은 얼굴에 아쉬운 표정을 담아 고개를 저었다. "난 여든여섯이야, 빌리. 자넨 나보고 신인 줄 아느냐고 물었지. 신은 아니야. 파더 페랄트도 아니고, 불사의 몸도 아니야. 그저 곧 죽을 노인에 불과하지. 자네는 로널드 콜먼인가?"

빌리는 신경질적으로 아랫입술에 손가락을 댔다. 그는 가능한 한 오래 가스파를 쳐다보다가 시선을 돌렸다. 몇 발짝 걸어가서 황량한 나무들을 응시했다. 갑자기 이 추도의 공간이 훨씬 싸늘해진 느낌이었다. 그는 그렇게 밀리 벌어져서 말했다. "하지만 그건 그저… 뭐라고 하죠? 연대상의 편의에 불과해요. 일광 절약 시간 같은 거죠. 봄이면 앞당겨 쓰고, 가을이면 되돌리고요. 실제로 1시간을 잃는 건 아니에요. 되찾게 되어 있죠."

가스파는 미나의 무덤을 응시했다. "4월 말에 난 1시간을 잃었어. 지금 죽는다면 난 내 인생에 1시간이 모자라게 죽을 거야. 난 내가 원하는 1시간을 가로채인 거야, 빌리." 가스파는 그에게 남은 미나의 전부를 향해 몸을 기울였다. "내 아내와 보낼 수 있었던 마지막 1시간. 그게 두려워, 빌리. 난 그 시간을 가지고 있어. 내가 그걸 써버릴까 봐 두려워. 신이여 도와주소서. 난 너무나 그 1시간을 쓰고 싶다네."

빌리는 그에게 다가갔다. 긴장하고 싸늘해진 몸으로 그는 말했다. "왜 그 1시간은 절대 물려선 안 되는 겁니까?"

가스파는 깊은 한숨을 내쉬고 무덤에서 시선을 돌렸다. 그는 빌리와 시선을 맞추고 말했다.

해와 날과 시간은 모두 존재한다. 산맥과 대양과 남자와 여자와 바오바브나무만큼 견고하게 실제로 존재한다. 그는 보라고, 내 얼굴의 주름을 보고 시간이 실제가 아니라고 부정해보라고 말했다. 한때 살아 있던 이 죽은 풀들을 보고 어디 한번 시간이란 다 공상일 뿐이라거나 교황과 황제와 자네 같은 젊은이들 사이에 이루어진 상호협정에 불과하다고 믿어보라고.

"그 잃어버린 시간은 결코 와서는 안 돼, 빌리. 그 시간이 오면 모든 게 끝나기 때문이지. 빛도, 바람도, 별도, 우리가 우주라고 부르는 이 웅장한 열린 공간도 다. 모든 게 다 끝나고, 언제나 도사리고 기다리던 영원한 암흑이 그 자리를 대신할 거야. 새로운 시작도 없고, 끝없는 세상도 없고, 그저 무한한 공허만 남게 되지."

그렇게 말하고 노인이 무릎에 놓여 있던 손을 펴자, 그 손바닥에는 시계가 놓여 있었다. 아무 소리도 내지 않고, 11시 정각에 딱 멈춰 있는 시계. "빌리, 이 시계가 12시를 치면 영원한 밤이 내려. 돌이킬 방법이 없지."

그는 그렇게 앉아 있었다. 아주 나이가 많은 노인, 어느 모로 보나 평범한 노인이었다. 카이사르와 교황 그레고리오 13세로부터 면면히 이어진 끝없는 잃어버린 시간의 수호자들, 수백 년 동안 그 아름다운 시계의 보관인으로 살았던 남자와 여자 중 가장 최근의 인물. 그리고 이제 그는 죽어간다. 이제 그는 모든 사람이 아무리 끔찍하거나 고통스럽거나 공허한 삶이라 해도 매달리듯 삶에 매달리고 싶어 했다. 1시간이라도 더 매달리고 싶어 했다. 자살하려고 다리에서 떨어지다가도 마지막 순간에 날고 싶어 했다. 하늘로 다시 날아오르고 싶어 했다. 이 지친 노인은, 오직 미나와 1시간만 더 보내고 싶어 하는 이 노인은, 자신의 사랑이 우주를 대가로 치를 것을 두려워했다.

그는 빌리를 쳐다보고, 다음 수호자를 기다리는 시계를 내밀었다. 그는 자신이 삶의 마지막 순간에 가장 원하는 일을 거부하고 있음을 알면서, 빌리가 거의 알아듣기도 힘들 만큼 조용히 속삭였다. "내가 이 시계를 넘기지 않고 죽으면… 시계가 움직이기 시작해."

"전 아닙니다." 빌리가 말했다. "왜 절 고르셨습니까? 전 특별한 사람이 아니에요. 아저씨 같은 사람이 아니에요. 전 24시간 편의점을 운영해요. 제겐 아저씨 같은 특별함이 없어요! 전 로널드 콜먼이 아니에요! 전 책임지고 싶지 않습니다. 한 번도 책임을 진 적이 없단 말입니다!"

가스파는 부드럽게 웃었다. "자네는 나에게 책임감을 느꼈지."

빌리의 분노가 사라졌다. 그는 상처 입은 얼굴이었다.

"우릴 보게, 빌리. 자네가 무슨 색깔인지 보고, 내가 무슨 색깔인지 보게나. 자네는 날 친구로 받아들여줬어. 난 자네가 자격 있다고 생각하네, 빌리. 자격 있어."

그들은 바람이 부는 가운데 말없이 그렇게 있었다. 그러다가 마침내, 영원 같은 시간이 흐른 후에 빌리가 고개를 끄덕였다.

그러고서 빌리는 말했다. "아저씨는 미나를 잃지 않을 겁니다. 이제 아저씨는 미나가 기다리는 곳으로 가실 거예요. 처음 아저씨가 미나를 만났을 때처럼요. 우리가 살면서 잃어버린 모든 것을 찾게 되는 곳이 있어요."

"그렇게 말해주니 좋군, 빌리. 나도 그렇게 믿고 싶어. 하지만 난 실용

주의자야. 난 존재하는 것만 믿어. 비와 미나의 무덤과 우리가 보지 못하게 지나가긴 해도 존재하는 시간처럼 말이야. 난 두려워, 빌리. 난 이게 미나에게 말을 거는 마지막 순간일까 봐 두려워. 그러니 한 가지만 부탁하지. 그 시계를 지키면서 보낸 내 일생에 대한 보답으로….

그 시간 중에 딱 1분만 부탁해, 빌리. 미나를 불러내어 얼굴을 마주 보고 서서 접촉하고 작별 인사를 할 1분. 빌리 자네가 이 시계의 새로운 수호자가 될 테니, 자네에게 부탁할게. 부디 딱 1분만 훔치게 해줘."

빌리는 말을 할 수가 없었다. 가스파의 얼굴에 떠오른 표정에는 지평이 없었다. 툰드라처럼 텅 비었고, 바닥이 없었다. 어둠 속에 홀로 남겨진 아이 같았고, 영원히 기다리는 고통 같았다. 그는 절대 이 노인의 부탁을, 그게 어떤 부탁이라 해도 거절할 수 없다는 것을 알았고, 정적 속에 울려 퍼지는 목소리를 들었다. "안 됩니다!" 그것은 빌리 자신의 목소리였다.

의식적으로 한 말이 아니었다. 강하고 단호했으며, 반전의 여지가 조금도 없이 나온 말이었다. 그의 심장 한쪽이 연민에 흔들렸다 해도, 그 부분은 즉시 압도당했다. 안 됩니다.

최종적이고 흔들릴 여지 없는 거절이었다. 순간 가스파는 의기소침해 보였다. 눈에 눈물이 고여 있었다. 그리고 빌리는 그 광경에 내면에서 뭔가가 비틀리고 부서지는 느낌을 받았다. 빌리는 자신이 노인을 상처입혔음을 알았다. 그는 재빨리, 그러나 조용히, 다급하게 말했다. "그건 잘못이라는 거 아시잖아요, 아저씨. 우린 절대로…."

가스파는 아무 말도 하지 않았다. 그저 빈손을 뻗어 빌리의 손을 잡았다. 애정이 담긴 접촉이었다.

"그게 마지막 시험이었어, 젊은이. 아, 내가 자네를 시험하고 있었다는 건 알고 있지? 이런 중요한 물건이 아무에게나 갈 순 없는 노릇 아닌가.

그리고 자네는 시험에 통과했어, 친구여. 내 마지막 친구이자 최고의 친구. 내가 미나를 떠나간 곳에서 다시 데려올 수 있다고 했을 때, 우리 둘 다 자주 찾는 여기에서 우리가 잃어버린 사람과 대화할 수 있다고 말했을 때 자네는 그 훔쳐낸 1분으로 누구든 다시 불러올 수 있다는 사실을 이해했겠지. 자네가 자신을 위해 그 시간을 사용하지 않을 줄은 알고 있었어. 아무리 그러고 싶다고 해도 말이야. 하지만 나를 좋아하는 만큼, 내 소원이 자네를 흔들지 않을지는 확실치가 않았어. 그런데 자네는 나에게도 그 시간을 주지 않았어, 빌리."

그는 이제 맑고 또렷한 시선으로 빌리를 보며 미소 지었다.

"난 만족했어, 빌리. 자네는 걱정할 필요가 없어. 미나와 나에게는 그 1분이 필요 없어.

하지만 자네가 나 대신 이 시간을 맡아줄 거라면, 자네에게는 그 1분이 필요할 거야. 자네는 고통 속에 살고 있는데, 그건 이 시계를 지닌 사람에게 좋은 일이 못 돼. 자네는 치유를 받아야 해, 빌리. 그러니 자네가 스스로는 절대 하지 않을 일을 내가 해주지. 작별 선물로…."

그리고 노인은 시계를 작동시켰다. 시곗바늘 움직이는 소리가 갓난아기의 첫 울음소리만큼이나 크고 또렷했다. 그리고 11시에서 초침이 움직이기 시작했다.

그러더니 바람이 일고, 하늘에는 구름이 덮이는 것 같았으며, 놀라운 은청색 안개가 묘지에 깔리면서 추워졌다. 그리고 빌리 키네타는 오른쪽 멀리 떨어진 무덤에서 그게 나타나는 순간은 보지 못했지만, 나타난 형체가 그를 향해 다가오는 모습을 보았다. 과거의 군복을 입은 군인이었고, 계급은 상병이었다. 그는 빌리 키네타에게 다가왔고, 빌리는 가스파가 지켜보는 가운데 그 남자를 만나러 갔다.

나란히 서서 빌리는 그 남자에게 말을 걸었다. 생전에는 빌리가 이름도 알지 못했던 남자가 대답했다. 몇 초가 째깍째깍 지나가면서 그 남자는 희미해졌다. 점점 희미해지다가 사라졌다. 그리고 은청색 안개가 몰려와 그들을 뚫고 지나가더니, 사라졌다. 군인은 사라지고 없었다.

빌리는 혼자 서 있었다.

멀찍이서 친구를 보려고 몸을 돌린 빌리는 가스파가 사냥 지팡이에서 떨어진 모습을 보았다. 가스파는 땅바닥에 누워 있었다. 빌리는 달려가서 무릎을 꿇고 가스파를 무릎에 올렸다. 가스파는 움직임이 없었다.

"아, 신이시여, 아저씨, 그 사람이 뭐라고 했는지 들으셨어야 해요. 맙소사, 날 놔줬어요. 미안하다는 말도 할 필요 없게 놔줬어요. 자기는 참호 안에서 절 보지도 못했대요. 자기가 내 목숨을 구한 줄도 몰랐대요. 제가 고맙다고 했더니 오히려 자기가 고맙다고, 헛되이 죽은 게 아니라서 고맙다고 했어요. 아, 제발, 아저씨, 제발 아직은 죽지 말아요. 아저씨에게 말하고 싶은 게…."

그리고 가끔 일어나는 일이지만, 드문 일이지만 놀랍게도 가끔은 사람들이 떠나기 전에 잠시 돌아오기에, 이 아주 나이 많은 노인도 갈 길을 가기 직전에 눈을 뜨고는, 흐릿한 빛 속에서 친구를 보고 말했다. "내 아내를 기억해주겠나, 빌리?"

그리고 잠시 후에 그는 다시 눈을 감았다. 그의 관리 임무는 끝났다. 그의 손이 펼쳐지며 이제는 11시 1분에 멈춰선 더없이 아름다운 시계가 날아올라 빌리 키네타가 손을 내밀기를 기다렸다. 빌리가 손을 내밀자 시계는 그리로 날아내려 가서 조용히 안착했다. 아무 소리도 내지 않았다. 안전하게, 보호받는 상태로 아무 소리도 내지 않았다.

모든 잃어버린 것들이 돌아오는 장소에서, 젊은 남자는 차가운 땅바닥에 앉아 친구의 몸을 조용히 흔들었다. 그는 서둘러 떠나지 않았다. 시간은 있었다.

이집트 제18왕조의 축복 기도:
그대가 걷는 모든 빈 곳마다
그대와 해악 사이에 신이 서 있기를.

나는 이 소설을 쓸 때 엘리 그로스먼 씨와 나눈 토론이 중요했다는 사실을 고마운 마음으로 인정한다.

# WITH VIRGIL ODDUM AT THE EAST POLE

버질 오덤과 동극에서

✦

신해경 옮김

그 남자가 꽁꽁 얼어붙은 '얼음땅'을 기어서 빠져나오던 날, 느릿느릿 거대한 절벽을 내려가던 빙하는 녹색 바닷빛이었고, 안에 불을 밝힌 듯 환한 작은 면들이 무수히 이어진 에메랄드빛 끝없는 강이었다. 무산된 기회들의 기억이 얼음 안에서 빛났다. 때는 낮이었다. 나는 '더운 땅'의 자주색 하늘이 은빛 초승달 지대의 땅콩밭에 설치된 자외선램프 광선을 통과하다 죽어 떨어지는 풍선 포자들로 가득했던 것을 선명하게 기억한다. 그래, 낮이었다. 선명하게 기억한다. 엎어놓은 거대한 루비색 유리그릇 같은 천체 아르고스가 더운 땅 지평선에 웅크리고 있던 것을.

남자는 내가 '현자 아모스'라고 부르는 늙은 픽스와 나를 향해 기어 왔다. 그는 기어서, 글자 그대로 기어서 얼음땅과 '명상섬'을 잇는 연륙교(連陸橋)를 건너왔다. 진눈깨비와 반쯤 녹은 진창과 명암경계선 지대 섬중에 제일 큰 이 명상섬의 호박색 진흙을 뚫고서. 그의 보온복은 더러운 데다 빌써 찢어지는 중이었다. 의복을 수습할 생각 따위는 없이, 그는 벨크로 입마개를 홱 열어젖히더니 썩어가는 인주솜풀 포기를 향해 기어갔다.

나는 그가 그걸 먹을 작정이라는 걸 깨닫고 재빨리 다가가 인주솜풀에 손을 대지 못하도록 그의 앞에 쭈그리고 앉았다.

"나라면 저걸 입에 넣지 않을 거야." 내가 말했다. "저걸 먹으면 죽어."

그는 아무 말도 없이 네발로 기는 자세로 가만히 멈춰서 자초지종이라도 말하는 듯한 표정으로 나를 올려다보았다. 그는 굶주렸다. 내가 뭔가 인주솜풀을 대신해서 먹을 만한 걸 즉시 대령하지 않는다면 그는 어떻게 해서든, 설사 먹고 죽는 한이 있더라도 그 인주솜풀을 먹을 작정이었다.

우리가 메데이아 행성에 인류의 경이들을 부려놓은 지 겨우 119년이 지났고, 내가 명상섬에서 참회 기간을 보내는 중이긴 했지만, 나는 다른 인간을 친구로 두고 싶은지에 대해 그다지 확신이 없었다. 난 그 빌어먹을 픽스들과 소통하는 것만으로도 충분히 힘든 시간을 보내고 있던 참이었다. 낯선 인간의 삶을 책임지고 싶지는 않았다. 고작 목숨을 부지하게 해주는 아주 하찮은 책임일지라도 말이다.

사람의 마음을 스쳐 가는 것들을 생각하면 재미있다. 그 순간, 그토록 절박하게 나를 쳐다보는 그를 보면서 예전에 봤던 만화가 떠올랐던 게 기억난다. 전형적인 '목마른 남자가 사막에서 기어 나오는' 만화였다. 수염이 덥수룩한 수척한 방랑자 뒤로 기어 온 자국이 길게 수평선까지 뻗었다. 그리고 앞에는 말을 탄 한 남자가 손톱이 마구 자란 한 손을 구걸하듯이 내민 그 죽어가는 불쌍한 악마를 내려다보고 서 있었다. 말에 탄 남자는 미소를 지으며 목마른 남자에게 말한다.

"땅콩버터 샌드위치 어때?"

그가 그 만화를 아주 재미있어할 것 같지는 않았다.

그래서 나는 내가 없는 사이에 손대는 일이 없도록 그 인주솜풀을 뽑아 들고는 재빨리 내 오두막으로 갔다. 나는 그에게 줄 땅콩 치즈 한 덩어리와 소량의 물을 챙겨와서 그를 일으켜 앉히고 먹는 걸 도왔다.

먹는 데는 제법 시간이 걸렸다. 다 먹었을 때쯤에는 당연히 둘 다 분홍색과 흰색 포자에 뒤덮여 있었다. 냄새가 끔찍했다.

나는 그를 부축해 일으켜 세웠다. 몸을 제대로 가누지 못했다. 나는 그를 오두막까지 데려가 내 에어매트리스에 눕혔다. 그는 눈을 감고 즉시 잠들었다. 어쩌면 기절한 것인지도 모르겠지만, 알 수 없는 일이다.

그의 이름은 버질 오덤이었다. 하지만 그때는 그것도 몰랐다.

난 그에 대해서 많은 걸 알지 못했다. 그때도, 나중에도, 지금조차도.

세상 사람들이 모두 그가 한 일을 알면서도 그가 왜 그 일을 했는지, 아니면 그가 누구인지조차 모르는 게 웃기다. 그리고 최근까지 아무것도, 그의 이름조차 몰랐다는 사실도.

한편으로, 나는 사람들이 나를 아는 유일한 이유가 내가 그를, 버질 오덤을 알기 때문이라는 사실에도 화가 난다. 사람들은 나라는 인간이나 내가 겪은 일들은 신경 쓰지 않는다. 그저 버질 오덤뿐이다. 그가 한 일뿐이다. 내 이름은 포그, 윌리엄 로널드 포그다. 나도 중요한 사람이다. 이름을 알아주는 건 중요하다.

✳

그가 깼을 때는 어스름한 하늘을 가로지르며 테세우스를 쫓는 이아손이 명암경계선 바로 위를 지나는 중이었다. 죽은 풍선 포자 구름이 지나갔고, 하늘은 다시 호박색이 되었다. 거대한 아르고스를 가로지르는 색색의 띠들이 보였다. 나는 현자 아모스와 얘기하려 애쓰는 중이었다.

나는 대개 늘 현자 아모스와 얘기하려 애쓰는 중이었다.

은색 초승달 지역 퍼듀 농장에 있는 본부기지 외계인류학자들은 픽스와의 소통을 '엑스타시스'라 부른다. 글자 그대로 풀자면 '자신의 바깥에 서다'라는 뜻으로, 일종의 강화된 감정이입 상태에서 개념과 감정적 상태를 전달하는 것을 말한다. 하지만 전달되는 것이 글자나 그림 같은 형태는 아니다. 앉아서 픽스를 응시하던 픽스노 앞말을 세운 자세로 웅크리고 앉아 나를 마주 응시하곤 했다. 그러면 우리는 서로가 생각하는 것들로 채워졌다. 모호한 느낌과 전반적인 감정의 상태를 어느 정도 받아들이고 나면, 픽스가 사냥꾼이었을 때의 기억들과 암컷이었을 때 떼어버린 여분 뒷발이 있던 때의 기억들과 '고리 위 일곱 기둥' 근처에서 딱 한 번 본 높이가 1킬로미터나 되는 물결의 기억과 암컷을 쫓아다니며 끝없이 짝짓기했던 기억들이 밀려들었다. 모든 기억이 거기에 있었다. 픽스에게는 오랜 삶인 15메데이아년의 매 순간이.

하지만 하나같이 밋밋했다. 엄청난 기술력을 동원해 만들었지만 영혼이 담기지 않은 영화들처럼. 생각은 정돈되지 않아 들쭉날쭉한데다 지속성도 흐름도 없었다. 색깔도 없고 해석도 없었다. 그 모든 기억이 픽스에게 어떤 의미인지 알 수 없었다.

엉성하고 점잖지 못했다. 그건 그저 데이터일 뿐이었다.

그래서 아모스와 '대화'하려는 시도는 컴퓨터에게 아주 독창적이고 의미 있는 시를 쓰게 만드는 일과 같았다. 때때로 나는 아모스가 날 어르기 위해 '배정'된 게 아닌가 싶은 느낌을 받았다. 내게 뭔가 할 일을 주기 위해서 말이다.

아모스더러 캐스터 C에 대해 픽스들이 갖는 종교적 유대감의 본질을 체계적으로 정리하도록 유도하고 있을 때, 그 남자가 오두막에서 나왔다. 아모스를 포함한 픽스 종족은 쌍성인 캐스터 C의 두 별을 외할아버지와 친할아버지라 생각했다. 인간은 그 두 별을 프릭소스와 헬레라고 부른다.

아모스에게 색깔의 변화에 따른 생각의 흐름과 감정적 부담을 이해시키려 애쓰는데 우리 사이에 이중 그림자가 떨어졌다. 나는 고개를 들어 뒤에 선 남자를 돌아보았다. 그와 동시에 픽스와 나 사이의 엑스타시스가 느슨해지는 게 느껴졌다. 어딘가 다른 수신처가 있어서 힘이 그쪽으로 빠져나가는 느낌이었다.

남자는 불안정하게 비틀거리며 서서 균형을 잡으려 애쓰면서 아모스를 쳐다보았다. 둘이 소통하는 건 분명했지만, 둘 간에 무엇이 오가는지는 알 수 없었다. 그러더니 아모스가 일어나 뒷발을 포기한 나이 든 수컷들에게서 흔히 보이는 액체가 구르는 듯한 걸음걸이로 멀어졌다. 나는 힘들게 일어섰다. 메데이아에 온 이후로 무릎에 가벼운 관절염을 앓게 되어서 책상다리를 하고 앉으면 무릎이 뻣뻣해졌다.

내가 일어서는 사이에 얼음땅을 기어 나오느라 아직 너무 허약한 상태였던 그가 쓰러졌다. 나는 그를 품에 받아 안았다. 처음으로 든 생각이 성가시다는 것이었음을 실토해야겠다. 이제 걱정거리가 또 하나 생겼다는 사실을 알게 되었기 때문이었다.

"어이, 이봐." 내가 말했다. "진정해."

나는 그를 부축해 오두막으로 데려가서 에어매트리스에 눕혔다. "이봐, 형씨." 내가 말했다. "냉정하게 굴고 싶은 건 아니지만, 난 여기 혼자 나와서 지내는 중이야. 앞으로 넉 달 정도는 식량 보급도 없을 테니, 형씨를 여기에 둘 순 없어."

그는 아무 말도 하지 않았다. 그저 나를 쳐다볼 뿐이었다.

"대체 당신 누구야? 어디서 왔어?"

그는 나를 쳐다보기만 했다. 나는 남의 표정을 매우 정확하게 읽는 편이다. 그는 나를 빤히 쳐다보았다. 혐오를 품고서.

난 그를 알지조차 못했다. 그는 내게 무슨 일이 있었는지, 내가 왜 이곳 명상섬에 나와 있는지 짐작조차 하지 못할 터였다. 그가 날 미워할 이유는 어디에도 없었다.

"여기 어떻게 오게 됐지?"

그는 나를 쳐다보았다. 그에게서는 한마디의 말도 나오지 않았다.

"이거 보세요, 선생님. 내가 요점을 얘기할게요. 난 누구한테 연락해서 당신을 데려가라고 할 방법이 없어. 식량이 충분치 않기 때문에 당신을 여기에 둘 수도 없어. 그리고 난 당신이 여기 내 눈 앞에서 쫄쫄 굶도록 내두지도 않을 기야. 왜냐하면 어느 정도 시간이 지나면 당신이 내 식량을 탐할 게 뻔하고, 나는 당신과 싸워야 할 것이고, 우리 둘 중 하나는 죽을 게 불을 보듯 뻔하니까 말이지. 난 그런 상황을 만들지 않을 참이야. 알아듣겠어? 지금 날이 춥다는 건 알지만, 당신은 가야 해. 며칠 쉬면서 힘을 좀 비축해. 곧장 동쪽 구덩이를 가로질러서 꾸준하게 더운 땅을 지나가다 보면 누가 밭에 물 주러 나왔다가 당신을 발견할지도 몰라. 가능성이 의심스럽긴 하지만, 어쩌면 말이지."

아무 반응이 없었다. 그는 그저 나를 쳐다보며 미워할 뿐이었다.

"어디서 왔어? 저기 얼음땅에서 온 건 아니겠지. 거기선 아무것도 살수 없으니까. 거긴 기온이 영하 30도야." 침묵뿐이었다. "거기엔 빙하밖에 없어."

정적. 나는 주체할 수 없이 화가 치밀어올랐다.

"이봐, 형씨. 난 이런 거 좋아하지 않아. 내 말 이해하겠어? 난 이런 거 진짜 좋아하지 않는다고. 당신은 가야 돼. 난 당신이 몽테크레스포 백작이나 스랑스의 잃어버린 왕자라고 해도 관심 없어. 기어갈 힘이 생기는 즉시 여기서 나가." 그는 나를 올려다보았고, 나는 그 개자식한테 제대로 한 방 날려주고픈 충동을 느꼈다. 나는 스스로의 화를 다스려야 했다. 내가 이 명상섬에 처박히게 된 이유가 그런 거니까.

그를 치는 대신 나는 쭈그리고 앉아 오랫동안 그를 지켜보았다. 그는 한 번도 눈을 깜박이지 않았다. 그저 나를 바라보기만 했다. 마침내, 나는 아주 부드럽게 말했다. "그 픽스한테 뭐라고 했어?" 문가에 이중 그림자가 졌다. 나는 힐끗 쳐다보았다. 헌자 아모스였다. 팔에 뭔가를 잔뜩 든 놈이 꼬리로 출입구 차단막을 내렸다. 손마다 달린 세 개의 길고 튼튼한 손가락에 모두 여섯 마리의 갓 잡은 화살고기가 꽂혔다. 입구에 선 놈의 푸른 털에 하늘의 코로나에서 쏟아지는 핏빛이 쏟아졌다. 그러고는 놈이 손가락에 꿴 물고기를 내밀었다.

내가 명상섬에 있은 지 6개월이었다. 그동안 나는 매일 화살고기를 잡아보려고 애썼다. 냉동식품과 땅콩 치즈와 상자에 든 비상식량은 금방 질린다. 은색 포장지만 봐도 토하고 싶어졌다. 난 신선한 음식이 먹고 싶었다. 6개월 동안 나는 매일 살아 있는 뭔가를 잡아보려 했지만, 화살고기는 너무 빨랐다. 놈들이 '느린고기'라고 불리지 않는 이유가 그래서겠지. 픽스들이 사냥하는 나를 지켜보곤 했다. 하지만 어떻게 하면 그 고기를 잡을 수 있는지 귀띔이라도 해주는 픽스는 하나도 없었다. 그런데 지금 이 늙은 중성체 아모스가 나한테 화살고기를 여섯 마리나 내밀고 있다. 나는 남자가 아모스에게 뭐라고 말했는지 알게 되었다.

"넌 대체 뭐 하는 놈이야?" 난 완전히 비뚤어질 참이었다. 난 그를 조금 두들겨 패서 얼굴에 드러난 증오에 찬 표정을 그다지 신경 쓰지 않아도 될 표정으로 바꿔놓고 싶었다. 그는 한마디도 하지 않고 그저 날 쳐다보기만 했다. 하지만 아모스가 오두막 안으로 들어왔다. 놈이 오두막 안으로 들어온 건 처음이었다. 빌어먹을, 놈의 편파적인 시선이란! 놈이 화살고기를 내민 채 우리 사이를 돌아다녔다.

그러니까 저 자식이 어떤 식으로든 저 원주민 픽스를 조종하는 거야! 저 자식은 한마디도 하지 않았지만, 아모스는 뭔가를 아는 듯이 우리 사이에 끼어들어 나더러 물고기를 받으라고 종용했다. 그래서 나는 물고기를 받았다. 들리지 않게 둘을 저주하면서.

화살고기를 뒤적거리는데 늙은 픽스가 나를 흐름 속으로 끌어당기는 느낌이 왔다. 여태 엑스타시스를 하면서 경험했던 것보다 강한 흐름이었다. 현자 아모스가 알려주었다. 이놈이, 얼음땅을 기어서 빠져나온 이놈이 매우 성스러운 존재라고, 아주 잘 대해주는 게 좋을 거라고, 아니면… '아니면' 무슨 일이 생길지 실마리는 전혀 주지 않았지만, 강한, 정말로 강한 흐름이었다.

그래서 나는 그 물고기를 식료품실에 갖다두고는 얼마나 고마운지 모르겠다고 픽스에게 알렸다. 하지만 픽스는 내게 각다귀 한 마리만큼의 관심도 보이지 않았다. 그리고 흐름은 사라졌다. 아모스는 내 오두막이제 인빙인 양 편안하게 누운 손님과 엑스타시스를 했다. 그러고는 돌아서서 미끄러지듯 오두막을 나가 어디론가 사라졌다.

나는 그날 밤 대부분의 시간을 앉아서 그를 지켜보면서 보냈다. 그는 한순간 나를 빤히 쳐다보고 있다가 잠시 후에 보면 잠들어 있곤 했다. 나는 그냥 앉은 채 놈이 나타나지만 않았으면 내가 잤을 잠자리에 널브러진 놈을 지켜보면서 첫날 밤을 새웠다. 잠을 자면서도 그는 나를 미워했다. 하지만 깨어나 그 증오를 생생하게 즐기기엔 몸이 너무 약했다.

그래서 나는 그를 쳐다보면서 대체 뭐 하는 놈일까 궁금해하는 데에 골몰했다. 그러다 더는 계속할 수 없는 지경이 되자 아침이 가까워진 어느 시점에 그냥 그를 두들겨 패버렸다.

✳

픽스들이 계속 먹을 것을 가져왔다. 물고기뿐만 아니라 듣도 보도 못한 식물들과 늘 썩은 양배추 냄새가 풍기는 동쪽 더운 땅에서 나는 것들도 있었다. 어떤 식물은 요리해야 했고, 어떤 것들을 그냥 날로 먹어도 맛있었다. 하지만 그가 없었다면 놈들은 그런 걸 내게 보여주지조차 않았으리라는 사실을 나는 잘 알았다.

그는 한 번도 내게 말을 하지 않았고, 처음 캠프에 온 날 밤에 맞았다는 얘기를 픽스들에게 하지도 않았다. 그의 태도는 전혀 바뀌지 않았다. 아, 물론 난 그가 멀쩡하게 말할 수 있다는 걸 안다. 잘 때 뒤척거리고 몸부림을 치면서 뭔가를 외쳤기 때문이다. 나는 한마디도 알아들을 수 없었다. 뭔가 다른 세상의 언어였다. 무슨 내용이었는지는 모르겠지만 그걸 기억하는 게 그로서는 아주 힘든 것 같았다. 그는 잠을 자면서도 괴로워했다.

그는 머무르기로 결정했다. 난 그다음 날부터 알았다. 비축 물품을 훔치는 그를 붙잡았으니까.

아니다. 그건 정확한 표현이 아니다. 그는 대놓고 가져갔다. 내가 그를 붙잡은 것도 아니다. 그는 이동용 헛간들에 숨겨놓은 물품을 뒤지는 중이었다. 대부분은 당분간 필요하지 않거나 더는 필요가 없어서 넣어둔 것들이었다. 저장고로 통하는 굴을 파는 그를 발견했을 때 그는 이미 몇 몇 물건들을 빼놓은 상태였다. 폭풍에 쓰러진 펠터 나무를 이용해 오두막을 짓기 전에 썼던 니트가죽 텐트와 여분의 에어매트리스와 명상섬에 온 첫 달에 기분 전환용으로 일본 전통 가면극과 코넌 드라마를 볼 때 썼던 홀로그램 프로젝터였다. 그 홀로그램들은 금방 싫증이 났다. 내 참회의 삶에 마땅히 있어야 할 부분이 아닌 듯했다. 그는 프로젝터를 꺼냈지만, 홀로그램 영상이 저장된 레이저 구슬들은 꺼내지 않았다. 그런 것들이 모두 저장고에서 끌려 나와 한쪽에 쌓여 있었다.

"무슨 짓을 하는 거야?" 난 주먹을 쥐고 그의 등 뒤에 서서 그가 뭔가 퉁명스럽게 말을 꺼내기를 기다렸다.

그는 전날 밤에 내가 걷어찬 갈비뼈 부근을 손으로 부여잡으며 어렵사리 몸을 일으켰다. 그는 돌아서서 침착하게 나를 쳐다보았다. 나는 놀랐다. 그 전날만큼 나를 미워하지 않는 것 같았다. 내가 몸집이 더 클뿐더러 원할 때는 그를 두들겨 팰 수도 있고, 내키면 그를 내팽개칠 수도 있다는 사실을 이미 보여줬는데도 그는 나를 두려워하지 않았다. 그는 그저 내가 그 태도의 의미를 알아차리기를 기다리며 나를 뚫어지게 쳐다볼 뿐이었다.

그 의미는 그가 당분간 이곳에 있을 거라는 뜻이었다.

내가 좋든 싫든 말이다.

"그냥 내 앞에서 꺼져." 내가 말했다. "난 널 좋아하지 않고, 바뀌지도 않을 거야. 내가 저 인주솜풀을 뽑는 실수를 하긴 했지만, 더는 실수하지 않아. 내 식량창고에서 꺼져. 나한테 가까이 오지 마. 그리고 나와 픽스들 사이에 끼어들지 마. 난 해야 할 일이 있는데 네가 끼어들면… 널 찍어눌러서 저 물에 던져버릴 거야. 그러면 바구니고기가 널 뜯어먹을 테고, 남은 잔해는 저 얼어붙은 만으로 밀려가겠지. 알아들었어?"

나는 그냥 입에서 나오는 대로 지껄이고 있었다. 이미 내 삶을 망친 이 비이성적인 행동을 반복하고 있다는 사실보다 더 나쁜 건 내가 그저 헛소리를 지껄이고 있다는 사실을 그도 안다는 점이었다. 그는 나를 쳐다보았고, 내가 더는 존엄에 상처를 입은 체할 수 없을 정도로 오래 기다렸다가 허접쓰레기들을 뒤지는 작업으로 돌아갔다. 난 심문을 할 픽스들을 찾아 나섰지만, 놈들은 그날따라 나를 피해 다녔다.

그날 밤에 벌써 그는 자신만의 거처를 세웠다.

그리고 다음 날 아모스가 암컷 두 마리를 데려왔다. 둘은 여덟 개의 다리를 벌려 그럭저럭 앉는 것 같은 자세를 취했다. 그러자 늙은 중성체인 아모스가 외할아버지와 그들 종족과의 관계를 설명하려는 노력의 일환으로 그 둘이 나와 흐름을 맺을 것이라고 알려왔다. 그는 둘을 가리킬 때 혼기가 찼다는 의미를 담은 엑스타시스 이미지를 사용했다. 그 종족이 자발적으로 도와주려는 행동을 보인 것은 6개월 만에 그때가 처음이었다.

나는 그게 내 불청객이 그 빈약한 시설에 대해 치르는 숙박비라는 사실을 알았다.

그리고 그날 늦게 오두막을 지을 때 사용한 길이 조절 버팀목에 에메랄드 베리 관목의 가시투성이 가지 하나가 꽂힌 걸 발견했다. 가지에는 열매가 잔뜩 달렸다. 원주민들이 완전히 망가진 이 지역 어디에서 그걸 발견했는지는 모를 일이었다. 열매가 상해가는 중이었지만 난 가시에 손을 찔려가며 탐욕스럽게 열매를 따서 그 바닷빛 녹색 즙을 입에 짜 넣었다.

나는 그 또한 내 불청객이 그 빈약한 시설에 대해 치르는 숙박비라는 사실을 알았다.

우리는 그런 식으로 지냈다. 그는 살금살금 다니며 몇 시간씩 아모스와 다른 픽스들과 앉아서 얘기를 나누었다. 나는 '장원을 거느린 지주' 역할에 충실하게 쿵쾅거리며 돌아다녔다. 주의 깊게 경청하는 픽스 종족에게 철학적 개념들을 전달하려는 내 노력에는 별 성과가 없었다. 그들은 외할아버지의 갈망을 이해하지 못하는 나를 덜떨어진 존재로 여긴다는 인상을 뚜렷하게 전해주었다.

✳

그러던 어느 날, 그가 사라졌다. 그때는 환절기 초입이라 매서운 바람이 멀리 더운 땅에서 불어왔다. 오두막에서 나온 나는 홀로 남았다는 사실을 알았다. 하지만 굳이 그의 텐트까지 가서 안을 들여다보았다. 예상대로 비어 있었다. 근처 언덕에 수컷 픽스 둘과 늙은 중성체 하나가 부지런히 땅을 두드리고 있었다. 나는 그들에게 어슬렁거리며 다가가 다른 남자가 어디 있느냐고 물었다. 사냥꾼들은 나와 흐름에 합류하기를 거부한 채 모종의 의식처럼 계속해서 땅을 두드렸다. 늙은 픽스가 짙은 푸른색 털을 긁으며 그 성스러운 존재가 얼음땅으로 가버렸다고 말했다. '다시' 말이다.

나는 서쪽 구덩이 끝까지 걸어가서 빙하에 덮인 황량한 땅을 건너다보았다. 지금은 좀 따뜻해지긴 했어도 그곳은 완전히 황폐했다. 미끄러지며 걸어간 그의 발자국이 희미하게 보였지만 난 그를 쫓아갈 의향이 없었다. 죽고 싶다면, 그건 그가 알아서 할 일이다.

난 뭔가 불합리한 상실감을 느꼈다.

30초 정도 그랬다. 그리고 나는 웃었다. 그러고는 늙은 픽스에게로 돌아가 대화를 시도했다.

8일이 지난 후 남자가 돌아왔다.

그제야 나는 그가 두려워지기 시작했다.

보온복을 기운 것 같았다. 여전히 찢어지고 무용지물이 되기 일보 직전으로 보였지만, 그는 강인한 움직임으로 멀리서부터 빠르게 다가왔다. 부츠에 달린 날이 그를 앞으로 신속하게 밀어냈다. 그러다 질척하게 눈이 녹은 곳에 이르렀다. 그는 거의 걸음을 멈추지도 않은 채 몸을 숙여 날을 떼고는 계속 길었다. 그는 캠프를 향해 곧장 서쪽 구덩이 시내를 올랐다. 외투에 달린 모자는 뒤로 벗겨졌다. 그는 수월하게 움직였고, 숨도 헐떡이지 않았으며, 말처럼 긴 얼굴은 내내 걸어온 덕에 상기됐다. 거의

2주분의 수염이 자라 언뜻 메데이아 우주공항 주변에 널린 우주인 바에서 점토 파이프를 피우고 수퇘지 오줌을 꿀꺽꿀꺽 마셔대는 용병들처럼 보였다. 영웅적이었고, 모험가 같았다.

그는 진창과 모자반이 가득한 서쪽 구덩이 지대를 벗어나더니 그대로 나를 지나쳐 자기 텐트로 들어갔다. 그러고는 온종일 모습을 보이지 않았다. 하지만 그날 밤, 내가 오두막 바깥에 앉아서 세상의 꼭대기에 앉은 아르고스와 가까운 더운 땅에서 거센 바람에 실려 오는 이런저런 냄새를 맡고 있는데, 현자 아모스와 다른 늙은 픽스 둘이 언덕을 넘어와 그의 텐트로 내려가는 게 보였다. 나는 그 영웅적인 모험가가 나와서 그들과 원을 그리며 쭈그려 앉는 것을 뚫어지게 쳐다보았다.

그들은 움직이지 않았고, 그들은 아무 몸짓도 하지 않았으며, 그들은 빌어먹을 아무 짓도 하지 않았다. 그저 흐름에 합류하여 인상들을 주고받을 뿐이었다.

그리고 다음 날 아침, 덜커덕거리는 소리에 잠이 깬 나는 수면팩을 열고 나와 그가 부속품들을 땅땅 때려 맞춰가면서 모종의 임시 썰매를 만드는 걸 보았다. 그는 부츠 날과 이동용 창고들에서 가져온 선반과 화물운반자들이 화물을 묶을 때 사용하고 남은 고무띠를 한데 긁어모았다. 썰매는 흉하고 미덥지 못하게 생겼지만 일단 진창 너머로 끌고 나가면 곧잘 미끄러질 것처럼 보이긴 했다.

그제야 그가 저것들을 얼음땅으로 가져갈 계획이라는 생각이 머리를 스쳤다. "어이, 그만." 내가 말했다. 그는 일을 멈추지 않았다. 나는 성큼성큼 다가가 그의 엉덩이를 걷어차며 말했다. "내가 말했지. 그만하라고!"

그가 오른손을 내밀어 내 왼쪽 발목을 낚아챘다. 문득 정신을 차려보니 난 이미 반쯤 넘어진 채 공중에 붕 뜬 상태였다. 2미터나 날아간 나는 바닥에 누워 가까스로 숨을 내쉬며 고개를 들었다. 그는 여전히 등을 돌린 채 일을 했다.

난 일어서서 그에게 달려들었다. 그가 고개를 드는 걸 본 기억은 없지만 그랬을 게 분명했다. 안 그러면 내가 달려드는 방향을 어떻게 가늠했겠는가?

헐떡이며 입안의 흙을 뱉고 나서 몸을 뒤집어 앉으려는데 누가 내 등을 밟았다. 그라고 생각했는데, 누르는 힘이 느슨해진 틈을 타 어깨너머로 돌아보니 웬 파란 털에 덮인 사냥꾼 픽스가 근골질 왼팔에 창을 들고 서 있었다. 창끝으로 날 겨누지는 않았지만 여차하면 어느 때라도 곧장 겨냥할 태세였다. 저 성스러운 존재한테 대들지 마, 그것이 놈의 메시지였다.

1시간 후에 그는 썰매에 연결한 고무띠 세 줄을 가슴에 두르고 썰매를 끌면서 얼음땅과 이어진 연륙교로 내려가 진창 속으로 들어섰다. 그는 좀 더 단단한 얼음에 닿을 때까지 썰매가 죽 같은 진창에 빠지지 않도록 애쓰느라 몸을 잔뜩 굽혔다. 그는 쟁기에 연결된 가죽띠를 이마에 두르고 쟁기를 끌던, 옛날 홀로그램에서나 보았던 농장 잡일꾼 같았다. 그는 멀어져 갔지만 나는 그가 영원히 가버렸다고 생각할 만큼 멍청하지는 않았다. 썰매는 텅 비었다.

그가 돌아올 때 썰매에는 무엇이 채워져 있을까?

✳

그건 1.5미터쯤 되게 잘린 두터운 둥근 관이었다. 그가 20년간 쌓인 얼음을 대충 긁어내고 나서야 나는 그게 무엇인지, 어디서 온 것인지 알았다. 그가 가져올 거라고는 전혀 예상치 못한 물건이었다.

그것은 북부 발전지구에서 쏘아 올린 지 2년 만에 알 수 없는 이유로 궤도에서 이탈해 추락한 다이달로스 발전 위성에서 떼어낸 레이저 핵심부였다. 해안 거주지들을 압박하는 빙하를 빙산으로 쪼개기 위해 고안된 것이었다. 위성은 거의 정확하게 20년 전에 동극(東極)과 얼음통 중간 어니쯤인 파이고스 얼음땅에 떨어졌다. 엔리케에서 호송될 때 나는 그 지점을 지났다. 극지 항공기 조종사가 잠깐 관광을 시켜주기로 마음먹은 덕분에 우리는 그때 벌써 바람과 폭풍에 깎인 복잡한 얼음 조각의 일부가 된 그 잔해를 굽어볼 수 있었다.

그리고 대체 어떻게 했는지는 모르겠지만, 내 사생활을 침해한 이름도 모르는 이 개자식이 거기까지 가서 그 빔 장치를, 그리고 관 끝에 놓인 제법 큰 보따리를 제대로 본 거라면, 그 전력 집적기를 뚱땅거리며 떼서는 대체 얼마인지도 모를 거리를 끌고 온 것이다. 대체 왜?

2시간 후에 나는 중수소 핵융합 시설인 캠프 발전소 출입구로 내려가는 그를 발견했다. 중수소 탱크는 16개월마다 보충해주어야 했다. 내겐 재처리 시설이 없었다.

그는 캠프에 난방과 전기를 공급하는 전력 빔 장치를 살펴보았다. 그가 무얼 하려는지 전혀 알 수가 없었다. 하지만 나는 심사가 삐뚤어져서 멍청한 짓을 하다가 둘 다 얼어 죽기 전에 거기서 꺼지라고 그에게 소리를 질렀다.

그는 한참 시간이 지난 후에 나와서 승강기를 봉하고 그 허접쓰레기 레이저를 수선하러 갔다.

난 그 후 몇 주 동안 그와 거리를 두려고 애썼다. 그는 캠프 주변에서 찾을 수 있는 온갖 소소한 물건들을 이것저것 훔쳐서 레이저를 고쳤다. 다이달로스가 떨어질 때 연약한 태양광 집적판들이 타면서 추락 속도가 늦춰진 건 분명했지만, 그래도 빔 장치가 심각한 손상을 입는 것은 막지 못했다. 난 왜 그가 그걸 수선하는지 전혀 짐작도 못 했지만, 그게 작동하게 되면 그가 이곳을 떠나 다시는 오지 않을지도 모른다는 희망을 품었다.

그러면 난 우상을 만들 줄 모르는 생명체들과 홀로 남아 예전처럼 그림을 그리거나 노래를 부르거나 춤을 구상하며 지내게 될 것이다. 픽스들에겐 예술이라는 개념이 없었다. 그들은 미학적 차원에서 소통하려는 내 시도를 제정신이 아닌 늙은 종조모의 농담을 들은 손주들 같은 무신경한 무관심으로 대응했다.

내겐 그야말로 참회의 시간이었다.

＊

그러던 어느 날, 마침내 그가 일을 마쳤다. 그는 그 레이저를, 원래의 둥근 관에다 내 홀로그램 프로젝터와 고무띠와 고정 벨트와 삼각 버팀대를 이어 붙여 만든 무슨 대용 에너지 수신기 같은 것을 썰매에 싣고는 발전소 승강구로 기어 내려가 1시간쯤 머물렀다. 그는 밖으로 나와 무언의 소환이라도 받고 온 듯한 아모스에게 뭔가 말 없는 말을 전하고는 자기가 만든 운반용 삭구 장비를 메고 천천히 끌고 갔다. 그가 어디로 가는지 궁금해서 따라나서려는데 아모스가 막았다. 놈이 내 앞에 나서더니 엑스타시스를 보냈고, 나는 그 성스러운 존재를 성가시게 하지 말고 발전기에 새로 이어 붙인 연결장치를 건드리지 말라는 충고를 받았다.

물론 말은 한마디도 없었다. 모든 것이 모호한 느낌과 불완전한 이미지들뿐이었다. 낌새, 인상, 희미한 제안, 직관적인 충동. 하지만 난 그 메시지를 받았다. 나는 혼자였고, 내가 명상섬에 있으려면 픽스들의 묵인이 있어야 했다. 갑자기 어디선가 나타나 나를 미칠듯한 분노에 떨게 한 그 성스러운 모험가를 방해하지 않는 한, 픽스들은 나를 묵인할 터였다.

그래서 나는 마침 귀찮은데 잘됐다 싶어서 얼음땅은 잊어버리고 대신 쓸모없는 내 삶에서 뭔가 의미를 찾아보려 했다. 그가 누구든 간에 난 그가 돌아오지 않으리라는 걸 알았고, 내가 얼마나 시간을 낭비하며 사는 존재인지 깨닫게 했다는 이유로 그를 미워했다.

그날 밤 나는 암컷 상태에 있는 어느 청록색 픽스와 역시나 절망스러운 대화를 나눴다. 다음 날 나는 수염을 싹 밀었고, 이내 다시 길러야겠다고 결심했다.

＊

다음 2년 동안 그는 열한 번을 오갔다. 그가 얼음땅 어디에서 어떻게 사는지 나로서는 짐작도 가지 않았다. 게다가 그는 돌아올 때마다 더 야

위고 지쳐 보였지만 갈수록 희열에 넘쳤다. 마치 거기서 신이라도 찾은 듯했다. 첫해가 끝나기 전에 픽스들이 얼음땅을 오가기 시작했다. 놈들은 그를 보기 위해 그 광대한 그늘진 얼음땅으로 나섰고, 며칠 후에 돌아와서는 자기들끼리 뭔가를 얘기하곤 했다. 나는 놈들이 단체로 거기에 몰려가서 무엇을 하는지 아모스에게 물어보았다. 그가 엑스타시스를 통해 말했다. "그는 살아야 해, 그렇지 않아?" 그 말에 나는 대답했다. "그렇겠지." 하지만 난 말하고 싶었다. 꼭 그렇지만은 않다고.

한번은 그가 새 보온복을 얻으러 왔다. 그새 보급팀이 들러 최신 모델을 주고 갔다. 그래서 나는 그가 내 낡은 보온복을 가져갈 때 반대하지 않았다.

한번은 현자 아모스의 장례식에 왔는데, 그 의식을 집전하는 것 같았다. 난 놈들과 함께 둥그렇게 둘러서서 아무 말도 하지 않았다. 누구도 내게 도움을 요청하지 않았기 때문이었다.

한번은 핵융합 발전기의 연결 상태를 확인하러 왔다.

그런 이후로 얼마나 먼지 알 수도 없는 곳에서부터 걸어온 픽스들이 명상섬으로 몰려들어 연륙교를 통해 얼음땅으로 들어갔다. 수백, 수천의 픽스들이 와서는 나를 지나쳐 영원한 겨울 나라로 사라졌다. 그러던 어느 날, 한 무리의 픽스가 내게 다가왔다. 그리고 이름이 '옛 시대의 벤'인 우두머리가 나와 흐름에 합류하여 말했다. "우리와 함께 성스러운 존재에게 가자." 내가 거기에 가려고 할 때마다 나를 막아서던 픽스들이었다.

"왜? 왜 지금에 와서 나더러 가자고 하지? 지금껏 거기 못 가게 날 막은 주제에." 새삼스레 화가 마구 끓어올라 가슴 근육이 단단해지고 저절로 주먹이 쥐어졌다. 내 눈에 흙이 들어가기 전에 내가 그 형편없는 개자식을 찾아가나 봐라!

그때 그 늙은 픽스가 한 일을 보고 나는 기절초풍할 듯이 놀랐다. 지난 3년 동안 픽스들 때문에 놀란 일이라고는 그 남자의 요청에 따라 먹을 걸 가져왔을 때 말고는 없었다. 하지만 그때 그 늙은 픽스가 가는 손가락이 달리 손을 오른쪽으로 뻗자 밝은 푸른색 털에 덮인 거대한 사냥꾼 수 컷 하나가 창을 건네주었고, '옛 시대의 벤'은 그 창끝을 내 발치께 뭉친 진흙 바닥에 대고 단 몇 번의 손놀림으로 형상 두 개를 그렸다.

손을 잡고 나란히 선 두 인간의 그림이었다. 한 명의 머리 주변에는 방사상으로 뻗어나가는 선들이 있었다. 그 픽스는 두 형상을 둘러 원을 그리고는 바깥으로 퍼져나가는 유사한 선들을 그었다.

그건 내가 처음으로 목격한, 메데이아의 생명체가 의도를 가지고 창 작한 첫 예술작품이었다. 내가 알기로는 원주민이 만든 첫 작품이기도 했다. 그리고 그 사건이 내가 지켜보는 가운데 일어났다. 심장이 빠르게 뛰었다. 내가 해낸 것이다! 마침내 내가 이 생명체에게 예술이라는 개념 을 심어준 것이다.

"그를 보러 같이 갈게." 내가 말했다.

연옥에서의 내 시간이 끝나가는 듯했다. 그게 내 속죄의 수단일 수도 있었다.

＊

나는 추위에 떨지 않도록 내 보온복에 에너지를 쏘아줄 핵융합 발전 시설을 점검하고, 식량 지급기를 털어 은박 포장지로 가방을 가득 채우 고는 그들을 따라나섰다. 그들의 성스러운 존재를 방해할까 봐 감히 나 에게는 허락되지 않았던 곳으로 말이다. 음, 이제 우리는 둘 중에 누가 더 중요한 사람인가를 알게 될 것이다. 나에게 고마워하는 법도 없이 내 키는 대로 오가는 그 이름도 모르는 침입자인가, 아니면 메데이아인들에 게 예술을 알려준, 나 윌리엄 로널드 포그인가!

수년 만에 처음으로 나는 가뿐하고 산뜻하고 가치 있는 사람이 된 것 같은 기분이었다. 닌 늙은 픽스가 진흙에 그린 그 그림분사에 고성제를 뿌렸다. 포그 민속예술박물관이 세워지면 가장 값진 전시품이 될 터였다. 난 그 실없는 생각에 큭큭 웃고는 소규모 픽스 무리를 따라 얼음땅으로 들어갔다.

＊

환절기가 가까워져서 갈수록 바람이 심해지고 폭풍도 심술궂어졌다. 한 달 후였다면 얼음땅으로 건너가는 게 아예 불가능했겠지만, 이미 상황은 충분히 나빴다.

우리는 명상섬에서 바라다보이는, 지도제작자들이 '쇠라'라고 이름 붙인 얼음 등뼈 같은 첫 빙하를 넘어섰다. 이제 우리는 '이름 없는 얼음틈'을 올랐다. 픽스들은 창과 발톱으로 얼음을 콱콱 찍어 손발 디딜 곳을 만들었고, 나는 으르렁거리는 얼음용 장비로 구멍을 파며 나아갔다. 얼음 틈새로 녹색 그늘이 드리웠다. 어느 순간 우리는 틈새를 기어 올라와 석양빛을 받으며 섰지만 이내 눈앞의 형체도 알아볼 수 없게 되었다. 사정없이 메다꽂을 듯이 휘몰아치는 바람이 아래에 뚫린 얼음 틈새를 긁어내리는 동안, 우리는 1시간이나 얼음 표면에 납작하게 붙어 있었다.

주위에서 이중 그림자들이 깜박거리며 춤을 추었다. 모든 것이 붉게 변하면서 바람이 잠잠해졌다. 우리는 이제 핏빛이 된 그림자들을 뚫고 쇠라 너머의 얼음 산마루에 닿았다.

눈앞에 긴 사면이 펼쳐졌다. 사면은 얼음과 슬러시 구덩이로 뒤덮인 평원으로 뻗어 있었다. 여기에서 한참 서쪽으로 가야 나오는, 생명체라곤 찾아볼 수 없도록 꽝꽝 얼어붙은 드넓은 라사이드 벌판과는 확연히 달랐다. '밝은 날'이 빠르게 '어두운 날'로 바뀌었다.

평원 너머 툰드라에서 피어오른 싸늘한 안개 장벽이 시야를 가렸다. 그 독기를 뚫고 명암경계선 지대와 얼어붙은 무(無)의 공간인 '먼 곳'을 가르는 마지막 장벽, 하늘로 몇 킬로미터나 솟아오른 거대한 얼음산 '리오데루스'의 엄청난 덩어리가 어렴풋하게 보였다. '리오데루스'는 '빛의 강'이란 뜻이다.

우리는 서둘러 그 사면을 내려갔다. 몇몇 픽스들은 둘 또는 넷, 또는 여섯 다리를 모은 채 평원까지 이르는 길을 그냥 줄줄 미끄러져 내렸다. 나는 두 번 넘어져 굴렀다. 엉덩이를 깔고 미끄러지다가 간신히 일어서려는 참에 다시 중심을 잃고 비틀거리자 가방을 썰매로 이용해야겠다는 생각이 들었다. 우리가 평원에 닿은 무렵에는 거의 어두운날이 돼 있었다. 안개가 바닥을 가렸다. 우리는 밝은날이 될 때까지 야영하기로 하고 툰드라에 잠자리 구덩이를 판 다음 각자의 몸을 묻었다.

눈을 감고 보온복의 온기 속으로 빠져드는 사이, 머리 위에서는 사나운 오로라가 빨강과 녹색과 자주색을 뿜어냈다. 그 '성스러운 존재'는 대체 무엇 때문에 날 이렇게 고생시키는 걸까?

＊

우리는 안개 장벽을 뚫고 나아갔다. 회녹색 증기로 얼굴을 가린 '리오데루스'가 어렴풋이 번득거렸다. 나는 우리가 명상섬에서 30킬로미터 이상을 왔다고 추정했다. 이제는 확연히 더 추워져서 푸른 픽스 털에 붙은 얼음 결정이 루비와 에메랄드처럼 반짝였다. 그리고 기이하게도, 일종의 숨 막힐 듯한 기대감이 원주민들 사이에 감돌았다. 그들은 칼날처럼 에이는 바람과 발밑의 슬러시 구덩이들 따위는 염두에도 두지 않고 갈수록 더 빨리 움직였다. 그들은 '빛의 강'과 거기서 뭔가 내 도움을 바라고 있는 남자에게 빨리 가야 한다는 조급함에 서로를 밀치곤 했다.

긴 행군이었다. 대부분의 시간 동안 나는 툰드라 위로 적어도 1.5킬로미터 이상 솟아오른 가혹한 얼음장벽의 형태 말고는 거의 아무것도 볼 수 없었다. 하지만 안개가 엷어지고 우리가 그 얼음산 기슭에 더 가까이 다가갈수록 나는 앞에 놓인 그것을 더 자주 외면해야 했다. 하늘에서 영구적으로 빛나는 오로라가 얼음을 비추며 도저히 견딜 수 없는 번쩍이는 섬광을 흩뿌렸기 때문이었다.

그리고 그때 픽스들이 앞으로 달려 나가기 시작했다. 뒤처진 나는 리오데루스를 향해 혼자서 성큼성큼 툰드라를 가로질렀다.

드디어 안개에서 벗어났다.

그리고 나는 앞에 솟은 것을, 성난 하늘을 찌를 듯 솟아올라 좌우로 끝없이 펼쳐진 것을 올려다보고 또 올려다보았다. 느낌으로는 높이가 수백 킬로미터는 될 성싶었지만, 그건 불가능했다.

나는 내 신음 소리를 들었다.

하지만 눈을 찔러오는 그 광경에서 눈을 뗄 수가 없었다.

끊임없이 변화하는 메데이아의 하늘빛을 받은, 폭발할 듯 떨어지며 시시각각 무늬를 바꾸며 얼음을 씻어내는 그 천 가지 색깔을 받은 리오 데루스는 모양이 바뀌었다. 그 남자가 지난 3년 동안 대체 몇 킬로미터에 이르는지 헤아릴 수도 없는 그 산의 천연 얼음을 녹이고 자르고 조각하여 고매한 예술작품으로 바꾼 것이다.

유려하게 흐르는 핏빛 말들이 은빛 빛의 계곡을 달려 나갔다. 섬세하게 얽힌 소용돌이 속에서 별들이 태어나고 숨을 쉬고 소멸했다. 마주 선 기둥에 뚫린 천 개의 구멍으로 비치는 호박색 광휘가 다이아몬드를 박은 듯한 얼음벽에 무수한 파편이 되어 부서졌다. 가능할 성싶지 않을 만큼 얇은 요정 같은 탑들이 그늘진 골짜기에서 솟아오르며 층층이 색깔을 바꿨다. 무지개 다발이 귀한 보석들이 흐르는 폭포처럼 봉우리에서 봉우리로 쏟아져 내렸다. 눈이 가는 데마다 모양과 형체와 공간들이 합쳐지고 자라고 사라졌다. 얼음 틈새에는 죽음의 사자처럼 검고 불길한 음각이 새겨졌다. 하지만 갑자기 빛이 날아 들어와 산산이 깨지며 아래에 놓인 사발 속으로 흘러내리자 불길하던 음각은 금빛 희망을 전하는 거대한 새가 되었다. 거기엔 하늘도 있었다. 하늘의 모든 것이 끌려와 포획된 새로운 하늘이 이전의 하늘과 나란히 대면한 채 서로를 비추었다. 아르고스와 먼 항성들과 프릭소스와 헬레와 이아손과 테세우스와 텅 빈 공간들을 지배했던 항성들과 더는 기억조차도 아닌 항성들의 기억들이. 색을 바꾸며 보글거리고 노래하는 어느 웅덩이를 지켜보며 나는 지나간 시간의 꿈을 꾸었다. 내 마음은 어릴 적 이후로는 알지 못했던 느낌들로 가득 찼다. 그리고 그 느낌은 끝이 나지 않았다. 밝은 푸른색 화염 불꽃들이 물결치듯 이어지는 조각된 얼음벽들을 스친 다음 확실한 파괴를 향해 깊게 팬 연못으로 내달리다가 잠시 가장자리에서 멈추고는 녹색 망각 속으로 훌쩍 날아올랐다. 나는 나도 모르게 신음하는 소리를 듣고 시선을 돌려 안개와 툰드라 너머에 솟은 산등성이를 돌아보았다. 그러나 난 아무것도 보지 못했다. 아무것도! 그가 이뤄놓은 것에서 시선을 떼기가 너무 고통스러웠다. 나는 얼음 태피스트리에 펼쳐진 장엄한 행렬의 순간을 놓칠지도 모른다는 공포로 목구멍이 꽉 막혀오는 걸 느꼈다. 나는 다시 고개를 돌렸다. 생전 처음 보는 듯 완전히 새로웠다. 나는 조금 전처럼 전혀 처음 보는 듯이, 또 줄곧 보아온 듯이 그 광경을 보았다. 조금 전이 맞나? 그 고인 꿈을 얼마나 오래 쳐다보았던가? 몇 년이 지났을까? 그리고 남은 생을 거기 서서 사방에 날뛰는 아름다움을 호흡하며 보낼 정도의 행운이 나에게 있을까? 난 너무 오래 숨을 쉬지 않았다는 생각이 들 때마다 폐에 공기를 끌어들이며 아무 생각도 못 하고 서 있었다.

그때 나는 뭔가가 날 끄는 것을 느끼고는 뭐가 됐든 내게서 그 압도하는 마취의 순간을 빼앗아 갈 손아귀에 저항하여 울부짖었다.

하지만 나는 끌려 나가 빛의 강기슭으로 떠밀렸다. 나를 붙잡은 건 '옛 시대의 벤'이었다. 그는 나를 산을 등지고 앉게 했다. 아주 오랜 시간 동안 숨을 쉬기 힘들 정도로 흐느낀 후에야 나는 내가 거의 무아지경에 빠졌다는 걸, 그 꿈의 장소가 나를 압도했다는 걸 이해했다. 내 영혼은 당장에라도 뛰쳐나가 그 아름다움을 영원히 보고 싶은 갈망에 아파했다.

그 픽스가 나와의 흐름에 합류했고, 엑스타시스를 통해 내가 몸을 비틀고 흔들던 걸 멈추는 게 느껴졌다. 머릿속에서 색깔이 흐릿해졌다. 나는 다시 윌리엄 포그가 될 때까지 강력한 흐름을 받으며 자신을 진정시켰다. 나는 얼음산의 노래에 공명하는 도구가 아닌 포그, 다시 포그인 나로 돌아왔다.

그리고 나는 고개를 들었다. 픽스들이 '성스러운 존재'의 시체 주변에 쭈그리고 앉은 게 보였다. 그들은 손톱으로 얼음에 그림을 그리는 중이었다. 그리고 나는 그들에게 아름다움을 알려준 사람이 내가 아니라는 걸 깨달았다.

그는 한 손을 여전히 그 레이저 관에 댄 채 엎어져 있었다. 홀로그램 프로젝터에는 얇은 카드형 컴퓨터가 부착됐다. 홀로그램 프로젝터는 여전히 전체 조각의 이미지를 번쩍이며 보여주었다. 거의 전체가 붉은 선으로 표시된 도안이 기지에서 보내오는 전력 상황에 따라 깜박거리고 희미해졌다가 다시 돌아오곤 했다. 하지만 거의 불가능해 보이는 각도로 치솟은 다리와 첨탑 꼭대기 부분의 작은 영역만은 여전히 푸른 선으로 표시됐다.

나는 한동안 꼼짝없이 그것을 쳐다보았다. 그때 벤이 날 그곳에 데려온 이유가 바로 저것이라고 말했다. 그 성스러운 존재는 꿈의 공간을 완성하지 못하고 죽었다. 그리고 맹렬하게 밀려드는 흐름 속에서 벤은 그 조각의 어느 부분에서 그들이 처음으로 아름다움이 무엇인지, 예술이 무엇인지, 왜 그것들이 하늘에 있는 조부모들과 하나인지 이해하게 됐는지를 내게 보여주었다. 그러고 그는 선명하고 순수한 상을 하나 그렸다. 하늘로 날아올라 아르고스와 하나가 되는 남자의 상이었다. 그가 진흙에 그린 막대기 형상이 그것이었다. 머리 주변으로 뻗어나가는 선들을 두른 그 불청객이었다.

그 픽스의 엑스터시스에는 애원하는 어조가 담겼다. 우리를 위해 이 일을 하라. 신성한 존재가 미처 끝낼 시간을 갖지 못했던 과업을 끝내라. 그걸 완성하라.

나는 완성되지 못한 붉고 푸른 홀로그램 이미지를 깜박깜박 투사하며 거기 누운 레이저를 쳐다보았다. 부피가 크고 무거운, 길이가 1.5미터나 되는 관이었다. 여전히 켜진 채였다. 그는 일하던 중에 쓰러졌다.

나는 픽스들이, 가장 어린 치들까지 자신의 첫 번째 그림을 끄적거리는 걸 쳐다보면서 속으로 울었다. 할 만큼 했다고 생각했는데, 그게 충분치 않았다는 사실만 발견한 셈이었다. 그리고 나는 내가 하지 못한 일을 한 그가 미웠다. 그러면서도 나는 그가 그걸 완성했더라면 어둠 속에서 신속하게 죽기 위해 '먼 땅'의 광막함 속으로 걸어 들어가 참회는 물론이요, 그 이상의 것도 완료했으리라는 것을 알았다.

픽스들이 끄적거리던 걸 멈췄다. 마치 벤이 뒤늦게라도 내게 관심을 보이라고 그들에게 주문이라도 한 것 같았다. 지금 픽스들은 눈꼬리가 치켜 올라간 그 여우 같은 눈에 장난기와 놀라움을 담고서 나를 쳐다보았다. 나는 그들을 마주 바라보았다. 왜 내가? 대체 왜 내가? 무엇을 위해서? 날 위해서는 아니잖아, 그건 확실해!

그 남자가 일군 그 꿈의 공간에 경의를 표하기 위해 온 우주가 가장 훌륭한 빛을 비추는 동안, 우리는 오래도록 삼삼오오 그곳에 앉아 있었다.

회개자의 사체가 내 발치에 누워 있었다.

나는 이따금 조각하기 편한 자세로 레이저를 고정해주는 벨트를 발로 쿡쿡 찔러보았다. 어깨에 메는 끈에 피가 묻어 있었다.

잠시 후에 나는 일어서서 그 벨트를 들어 올렸다. 예상했던 것보다 훨씬 무거웠다.

✳

이제는 사람들이 사방에서 그걸 보러 몰려든다. 이제는 사람들이 그걸 '리오데루스'가 아니라 '오덤의 태피스트리'라 부른다. 이제는 모두가 그 마법 같은 광경을 얘기한다. 오래전에 그가 어딘가 다른 곳에서 수천 명을 죽음에 몰아넣었던 듯하지만, 사람들은 그게 의도적인 일은 아니었다고 말한다. 그가 메데이아인들에게 가져다준 것은 의도적이었다. 그러니 누구나 버질 오덤이라는 이름을 아는 것은, 그리고 그가 동극에 무엇을 창조했는지 아는 것은 아마 옳은 일일 것이다.

하지만 사람들은 나도 알아야 한다. 나도 거기 있었다! 나도 그 과업의 일부를 담당했다.

내 이름은 윌리엄 로널드 포그이고, 나는 중요했다. 나는 늙었지만, 그래도 중요하다.

이름을 알아주는 건 중요하다.

---

와츠 타워를 창조한 천재 사이먼 로디아에게 바친다.

---

# SOFT MONKEY

## 폭신한 원숭이 인형

✦

신해경 옮김

자정에서 35분이 지난 51번가, 살을 에는 바람이 어찌나 매서운지 바람만으로도 몸에 새 똥구멍이 뚫릴 지경이었다.

  애니는 복사전문점이 밤에 문을 닫으면서 작동을 멈춘 회전문의 바깥쪽 좁은 틈새에 웅크리고 누워 있었다. 그녀는 57번가에서 가까운 1번대로에 들어선 대형 쇼핑몰의 쇼핑 카트를 회전문 입구로 끌어들여 카트 안에 든 내용물이 잠자리로 쏟아지지 않으면서 서로 밀착하도록 조심스럽게 옆으로 기울였다. 그녀는 대형 쇼핑몰에서 가져온 접어놓은 커다란 생리대 상자 여섯 개를 꺼냈다. 그날 오후 고물상에 팔지 않고 남긴 것이었다. 상자 두 개로 쇼핑 카트 앞을 막아 건물관리자가 입구를 막은 것처럼 보이게 만들었다. 남은 상자로는 주변을 둘러 바람을 막고, 뒤쪽과 바닥에는 썩어가는 소파 쿠션 두 개를 놓았다.

  그녀는 얇은 윗옷을 세 벌이나 껴입고 두꺼운 양털 모자를 부러진 콧잔등이 거의 덮일 정도로 푹 내려쓴 채 웅크리고 누웠다. 문간은 상당히 아늑해서 정말로 그다지 나쁘지 않았다. 쌩쌩 부는 바람이 이따금 그녀를 건드렸지만, 대체로는 비껴갔다. 그녀는 이 비좁은 공간에 웅크리고

누워 여기저기가 떨어져 나간 더러운 봉제 아기인형을 꺼내 꼭 끌어안고
는 눈을 감았다.

그녀는 반쯤은 몽롱하면서도 거리의 소음들에 신경을 곤두세운 채 선
잠에 빠져들었다. 그녀는 다시 아이, 앨런의 꿈을 꾸려 했다. 백일몽 속
에서 그녀는 눈을 감은 채 아기인형을 안듯이 사내아이를 꼭 끌어안고서
따스한 체온을 느꼈다. 그게 중요했다. 작은 갈색 손을 그녀의 뺨에 댄
아이의 몸은 따뜻했다. 그 따스하고도 따스한 숨결이 소중한 아기 냄새
와 함께 떠돌았다.

'그건 오늘이었나, 아니면 다른 날이었나?' 애니는 찢어진 아기인형의
얼굴에 입을 맞추며 몽상 속에서 흔들렸다. 문간은 괜찮았다. 따뜻했다.

일상적인 거리의 소리가 한순간 그녀를 달랬다가 차 두 대가 끼익거
리며 파크대로의 모퉁이를 돌아 매디슨가로 내달리는 통에 평화가 깨졌
다. 애니는 잠을 자면서도 거리에 뭔가 이상한 일이 벌어지는 것을 감지
했다. 처음으로 신발과 똑딱이 지갑에 든 푼돈을 빼앗긴 후에 신뢰하게
된 여섯 번째 감각이었다. 지금 그녀는 말썽의 낌새가 자기 앞으로 달려
오는 소리를 듣고 잠이 확 달아났다. 그녀는 아기인형을 윗옷 안에 숨겼다.

닫힌 복사전문점 앞을 지나던 기다란 리무진이 어느 캐딜락의 옆구리
를 스쳤다. 캐딜락이 연석을 넘어 정면으로 가로등을 들이박았다. 운전석
에 앉았던 남자가 허둥지둥 조수석으로 넘어오더니 조수석 문이 활짝 열
렸다. 남자는 차에서 네발로 기어 나와 도망가려 했다. 기다란 리무진이
연석 쪽으로 방향을 틀더니 캐딜락 앞을 딱 막아섰고, 타이어가 멈추기
도 전에 차 문 세 개가 벌컥 열렸다.

리무진에서 내린 놈들이 일어서려는 캐딜락 운전자를 붙잡아 다시 무
릎을 꿇고 엎드리도록 밀어붙였다. 리무진 패거리 중 한 명은 짙은 파란
색 고급 캐시미어 코트를 입었다. 그가 코트를 젖히더니 엉덩이 쪽에 손
을 가져갔다. 손이 다시 나왔을 때는 권총이 들려 있었다. 그는 자연스러
운 동작으로 권총으로 무릎 꿇은 남자의 이마를 내리쳐 뼈가 드러날 정

도로 피부를 찢어놓았다.

애니는 다 보았다. 불쾌할 정도로 선명하게, 뒤쪽 회전문 틈새에서, 어둠 속에 몸을 웅크린 채, 그녀는 다 보았다. 그녀는 두 번째 남자가 무릎 꿇은 남자를 차서 코뼈를 부러뜨리는 걸 보았다. 그 소리가 갑자기 조용해진 밤의 적막을 깼다. 그녀는 세 번째 남자가 기다란 리무진 쪽을 쳐다보는 걸 보았고, 검은 뒷좌석 차창이 내려가고 손 하나가 나타나는 것도 보았다. 창이 열리는 웅웅거리는 소리. 그녀는 세 번째 남자가 차로 다가가 그 내민 손에서 금속통 하나를 받아 드는 걸 보았다. 사이렌 소리가 파크대로를 따라 울리다가 멀어졌다. 그녀는 세 번째 남자가 일행들에게 돌아오는 걸 보았고, 그가 말하는 소리를 들었다. "이 개자식을 붙들어. 머리를 뒤로 젖혀!" 그녀는 다른 두 명이 무릎 꿇은 남자의 머리를 뒤로 젖히는 것을 보았다. 머리 위 가로등이 뿌리는 녹황색 불빛에 부러진 코에서 붉은 피를 뿜어내는 남자의 하얗게 번득이는 얼굴이 선명하게 보였다. 남자의 구두가 보도를 긁고 또 긁었다. 그녀는 세 번째 남자가 외투 주머니에서 스카치위스키 병을 꺼내는 걸 보았다. 그녀는 세 번째 남자가 마개를 따고 술을 희생자의 얼굴에 들이붓는 걸 보았다. "놈의 입을 벌려!" 그녀는 캐시미어 외투를 입은 남자가 엄지와 중지를 희생자의 입꼬리에 찔러넣어 강제로 입을 벌리는 것을 보았다. 꺽꺽거리는 소리, 번들거리는 침. 그녀는 스카치위스키가 남자의 앞섶으로 흘러넘치는 것을 보았다. 그녀는 세 번째 남자가 술병을 빗물도랑에 던져 깨뜨리는 걸 보았다. 그리고 그녀는 세 번째 남자가 엄지로 금속통의 플라스틱 뚜껑 중앙을 누르는 것을 보았다. 그리고 그녀는 세 번째 남자가 굽신거리고 울부짖고 소리치는 희생자에게 주방용 세정제를 먹이는 걸 보았다. 애니는 그 모든 것을 보고 들었다.

캐시미어 외투가 희생자의 입을 강제로 닫고는 목을 문질러 세정제를 삼키게 했다. 죽음의 과정은 예상보다 훨씬 길었다. 그리고 훨씬 요란했다.

위에서 비추는 집중조명을 받은 희생자의 입이 이상한 푸른색으로 번들거렸다. 그는 침을 뱉었고, 진청색 캐시미어 소매에 튀었다. 기다란 리무진에서 내린 그 깔끔한 멋쟁이가 남성잡지들의 권고 따위는 신경 쓰지 않는 지저분한 놈이었다면, 이어진 일처럼 상황이 그렇게 엉망이 되지는 않았을 것이다.

캐시미어가 욕을 하며 침이 묻은 소매를 닦느라 희생자를 놓쳤다. 입이 푸른색으로 번들거리는 남자가 대담하게 몸부림을 치면서 남은 두 명의 손아귀를 뿌리치고 앞으로 몸을 날렸다. 그러고는 곧장 애니가 쇼핑카트와 골판지 상자로 막아놓은 잠긴 회전문을 향해 달려왔다.

그는 팔을 펼치고 눈알을 굴리면서 경주마처럼 침을 흘리며 넘어질 듯한 걸음으로 비틀거리며 다가왔다. 애니는 그가 두 걸음만 더 오면 카트에 걸려 넘어지면서 자신을 덮칠 것이라는 걸 알았다.

그녀는 일어나 좁은 회전문 틈새 안쪽으로 물러섰다. 그녀는 일어섰다. 캐딜락 전조등이 내뿜는 빛의 터널 안으로.

"저 깜둥이가 다 봤어!" 캐시미어가 외쳤다.

"씨발 노숙자 년이!" 주방용 세정제 깡통을 든 남자가 외쳤다.

"놈이 아직 살아 있어!" 세 번째 남자가 외치며 외투 안에 손을 넣더니 길이로 봐서는 거인한테나 맞을 것 같은 길고 푸르스름한 쇠막대 같은 걸 겨드랑이에서 꺼내 들었다.

캐딜락 운전자가 입으로는 거품을 뿜고 손으로는 목을 긁어대면서 마치 용수철이라도 달린 듯이 애니한테로 다가왔다.

그의 허벅지가 쇼핑 카트에 닿는 순간 겨드랑이가 긴 남자가 첫 발을 쏘았다. 45구경 매그넘 소리가 51번가를 찢어발기며 군중의 환호성 소리처럼 도망가는 남자를 뚫고 지나갔다. 얼굴이 터져나가며 산산조각이 난 뼈와 피가 회전문 틈에 뿌려졌다. 캐딜락 전조등에서 쏟아지는 빛 터널 속에서 그것들이 반짝거렸다.

하지만 어쩐 일인지 그는 계속 다가왔다. 카트에 부딪힌 그는 단단한 방어선에 첫 공격을 가하려는 것처럼 몸을 일으켜 세웠고, 사수가 두 번째 총알을 명중시키고 나서야 무너졌다.

총알을 멈추게 할 만한 단단한 물질이 충분치 않았으므로 총알은 회전문을 뚫고 나가며 유리를 박살 냈고, 남자의 몸은 회전문에 걸려 넘어지며 애니를 덮쳤다.

그녀는 뒤로 밀리는 바람에 부서진 유리문을 뚫고 복사전문점 바닥으로 넘어졌다. 그리고 그 아수라장 속에서도 애니는 네 번째 목소리가, 네 번째가 분명한 목소리가 기다란 리무진에서 소리치는 것을 들었다. "저 늙은 여자를 잡아! 저 여자를 잡아. 저 여자가 다 봤어!"

외투를 입은 남자들이 빛의 터널 속으로 달려들었다.

애니가 몸을 굴리자 손에 뭔가 부드러운 것이 닿았다. 망가진 아기인형이었다. 그게 겹겹이 껴입은 옷 밖으로 나와 떨어져 있었다. '춥니, 앨런?'

그녀는 인형을 안아 들고 복사전문점 안쪽 그늘 속으로 기어갔다. 뒤에서 우당탕거리며 틀만 남은 회전문을 넘어 남자들이 들어오는 소리가 들렸다. 그리고 도난 방지벨이 울렸다. 곧 경찰이 올 것이다.

생각나는 건 그저 경찰이 오면 자기 물건을 버릴 거라는 사실뿐이었다. 경찰은 상태가 괜찮은 그녀의 골판지 상자들을 버릴 것이고, 쇼핑 카트를 가져갈 것이고, 깔개와 손수건과 녹색 카디건을 어딘가 쓰레기통에 던질 것이다. 그리고 그녀는 다시 빈손으로 거리에 나앉게 될 것이다. 놈들이 101번가와 1번대로가 만나는 곳에 있던 방에서 그녀를 쫓아냈을 때처럼. 놈들이 앨런을 빼앗아 간 후에 그랬던 것처럼….

총알이 큰 소리를 내며 가까운 벽에 걸린 표창장 액자를 박살 냈다. 깨진 유리 조각이 전조등 불빛에 반짝이면서 사무실 안에 흩뿌려졌다. 그녀는 아기인형을 끌어안고 복사전문점 뒤쪽 복도를 향해 필사적으로 기어갔다. 복도 양쪽의 문은 다 닫혀 잠겨 있었다. 놈들이 다가오는 소리가 들렸다.

오른쪽 철제문 두 개가 열렸다. 안은 깜깜했다. 그녀는 살며시 안으로 들어갔다. 순식간에 눈이 어둠에 익숙해졌다. 컴퓨터들이 있었다. 잔금무늬로 마감된 커다란 회색 기계들이 삼면을 채웠다. 숨을 곳이 없었다.

그녀는 벽장을, 비좁은 구석을, 뭐가 됐든 숨을 만한 곳을 찾아 미친 듯이 방 안을 살폈다. 그러다 뭔가에 걸려 차가운 바닥에 엎어졌다. 얼굴에 빈 공간이 느껴졌고, 아주 약한 희미한 바람이 빰을 스쳤다. 들어낼 수 있는 커다란 사각형 바닥재였다. 바닥재를 들어냈다가 끼워 넣을 때 제대로 맞춰 넣지 않았는지 하나가 수평이 맞지 않았다. 딱 잠기지 않고 한쪽 가장자리가 살짝 벌어졌다. 그녀는 그걸 발로 차서 열었다.

밑으로 발을 집어넣었다. 바닥 밑에 좁은 공간이 있었다.

그녀는 금속으로 가장자리를 두른 비닐판을 머리 위로 끌어당기며 그 빈 공간으로 미끄러져 들어갔다. 그녀는 엎드린 채 사각형 판을 구멍 위로 끌어서 제 자리에 딱 떨어질 때까지 조심스럽게 밀었다. 바닥재가 평평하게 덮였다. 아무것도 보이지 않았다. 조금 전만 해도 복도에서 들어오는 아주 희미한 불빛이 있었다. 애니는 문간에서 잠들 때처럼 마음을 비우며 아주 조용히 누워 있었다. 자신을 사람들의 눈에 띄지 않게 만들었다. 그녀는 누더기 더미였고 폐품 무더기였고 사라진 존재였다. 그 텅 빈 공간에는 오직 아기인형의 따스함만이 있었다.

남자들이 복도로 밀려오며 문마다 확인하는 소리가 들렸다. '난 널 담요에 쌌어, 앨런. 따뜻할 거야.' 놈들이 컴퓨터실로 들어왔다. 놈들이 방이 빈 걸 확인했다.

"그년이 여기 어디 있을 텐데, 빌어먹을!"

"우리가 모르는 나가는 길이 있는 게야."

"저 방 어딘가에 들어가서 문을 잠갔는지도 몰라. 확인해볼까? 문을 다 열어봐?"

"왜 이런 때일수록 더 멍청하게 굴고 그래? 저 비상벨 소리 안 들려? 우린 여기서 나가야 돼!"

"보스가 우릴 잡아 죽이려 할 거야."

"빌어먹을. 우리가 이미 한 짓보다 더하겠어? 보스는 지금 박살 난 비

464

디의 시체를 앞에 놓고 길가에 앉아 있어. 보스가 그걸 좋아할 거 같아?"

비상벨 소리에 맞춰 새로운 소리가 들렸다. 밖에서 들리는 경적 소리였다. 경적이 신경질적으로 울리고 또 울렸다.

"그년을 꼭 찾고 말겠어."

그러고는 발소리. 그러고는 달리는 소리.

애니는 인형을 끌어안고 마음을 비운 채 조용히 누웠다.

거긴 따뜻했다. 11월 내내 그랬던 것처럼 따뜻했다. 그녀는 거기서 밤새 잠을 잤다.

✳

다음 날, 식권을 넣으면 음식이 나오는, 멋진 작은 창들이 난 뉴욕에 남은 마지막 자동판매 식당에서 애니는 두 명이 죽었다는 사실을 알게 되었다. 회전문에서 죽은 남자 얘기가 아니었다. 두 명의 흑인 여성이었다. 랍스터처럼 익어버린 내부 장기 대부분을 토해낸 비디는 매서운 11월 바람을 막기 위해 지금 애니가 뒤집어쓰고 있는 신문 지상을 온통 도배했다. 두 여성은 도시 중심부 골목에서 발견됐고, 구경이 큰 총에 맞아 얼굴이 날아가버렸다. 둘 중 하나는 아는 사람이었다. 그 여자의 이름은 수키였다. 애니는 조심스럽게 생선살 튀김과 차를 먹으며 일부러 소식을 알려주러 자기 테이블에 들른 선량한 천둥새* 숭배자에게서 그 얘기를 들었다.

그녀는 놈들이 누굴 찾는지 알았다. 그리고 그녀는 놈들이 왜 수키와 다른 노숙인을 죽였는지 알았다. 기다란 리무진에 탄 백인 남자들에게 늙은 흑인 노숙인 여성들은 다 똑같아 보일 것이다. 그녀는 천천히 생선살 튀김을 씹으며 창 너머로 42번가를 소용돌이치며 지나가는 세상을 바라보았다. 이 일을 어떻게 해야 할까?

* 캐나다 서해안과 미국 원주민 부족 사이에 전해지는 전설의 새

놈들은 도시 중심부에 안심하게 잘 만한 곳이 남지 않을 때까지 사람을 죽이고 또 죽일 것이다. 그녀는 알았다. 이건 마피아 짓이라고, 외투 안에 든 신문이 말했다. 그리고 노숙 여성들에게 경고해봐야 아무 소용이 없을 것이다. 노숙 여성들이 달리 어디로 가겠는가? 그들이 어디로 가고 싶어 하겠는가? 상황을 속속들이 아는 그녀조차도…, 그녀조차도 이 구역을 떠나지 않을 것이다. 이곳은 그녀의 활동 영역이었고, 이곳은 그녀의 구역이다. 그리고 놈들은 얼마 안 가서 그녀를 찾을 것이다.

그녀는 소식을 알려준 비관론자에게 고개를 끄덕였고, 그가 비틀거리며 커피를 마시러 벽에 달린 꼭지 쪽으로 향하자 서둘러 남은 걸 먹어 치우고는 아침에 복사전문점을 빠져나왔던 때처럼 자연스럽게 자동판매 음식점을 살며시 빠져나왔다.

그녀는 사람들 눈에 띄지 않게 조심하면서 51번가로 돌아왔다. 사건 현장에 줄이 처져 있었다. 출입금지 가로대와 녹색 테이프가 '경찰 조사 중, 접근 금지'를 알렸다. 하지만 사람들이 몰려들었다. 길거리는 오가는 경찰들뿐만 아니라 그 장면에 매혹되어 빈둥거리며 서성이는 사람들로 꽉 찼다. 뉴욕에서는 금세 사람들이 모여든다. 건물의 벽 장식띠가 떨어지기만 해도 사람들이 인산인해로 몰려든다.

애니는 자신의 행운을 믿을 수가 없었다. 경찰은 목격자가 있었다는 사실을 모르는 것 같았다. 놈들이 복사전문점 안으로 뛰어들 때 걸리적 거리는 걸 잡아 던진 바람에 그녀의 카트와 물건들이 보도로 밀려나 엎어져 있었다. 그리고 경찰들은 그것들이 길가에 내놓은 커다란 갈색 비닐 쓰레기봉투들과 같이 나온 쓰레기라고 생각했다. 그녀의 카트와 쓸 만한 소파 깔개와 납작한 골판지 상자와 스웨터와… 모든 것이 거기 주변에 흩어져 있었다. 일부는 쓰레기통에, 일부는 쓰레기봉투들 사이에, 일부는 그냥 빗물도랑에 던져졌다.

적어도 마피아와 경찰 양쪽에서 추적당할 걱정은 하지 않아도 된다는 뜻이었다. 마피아만 해도 상황은 이미 충분히 나쁘지만.

그리고 그녀가 팔려고 알루미늄 캔들을 모아놓은 커다란 백화점 봉투가 건물 벽에 기대 세워놓은 그대로 있었다. 그게 저녁값이 될 것이다.

물건들을 되찾으려고 문간에서 조금씩 멀어지던 그녀는 죽은 남자가 세정제를 삼키는 동안 그를 붙잡고 있던 진청색 캐시미어를 입은 남자를 보았다. 그는 애니와 같은 쪽 인도에 서서 경찰 출입금지선을, 복사전문점을, 몰려든 군중을 지켜보는 중이었다. 그녀를 찾고 있었다. 아래턱에 난 안으로 말린 수염 한 가닥을 잡아당기면서. 그와 그녀 사이는 가게 세 개 정도의 거리밖에 떨어져 있지 않았다.

그녀는 어느 가게 문간 쪽으로 뒷걸음질 쳤다. 뒤에서 누군가가 말했다. "이봐, 여기서 당장 나가, 여긴 장사하는 곳이야." 그러고는 뭔가 뾰족한 것이 등뼈를 찔렀다. 그녀는 공포에 질려 돌아보았다. 옷깃이 귀에 닿을 정도로 기괴하게 재단된 가는 줄무늬 회색 소모사 양복을 입고 무슨 붉은 계시인 양 새빨간 실크 손수건을 가슴께 주머니에 꽂은 남성용 소품 가게 주인이 나무 옷걸이로 그녀의 등을 찌르고 있었다. "어서 가, 어서 움직여." 손님한테 그랬으면 뺨이라도 맞았을 말투로 가게 주인이 말했다.

애니는 아무 말도 하지 않았다. 그녀는 길거리에서는 아무한테도 말하지 않았다. 거리에서는 침묵했다. '우린 나갈 거야, 앨런. 우리 둘만 있으면 괜찮아. 울지 마, 내 아기.'

그녀는 조용히 움직이려 애쓰며 문간에서 나갔다. 날카로운, 찌르는 듯한 휘파람 소리가 들렸다. 캐시미어 외투를 입은 남자가 그녀를 본 것이다. 놈이 휘파람을 불어 51번가 위쪽에 있는 누군가에게 신호를 보냈다. 애니가 뒤를 돌아보며 서둘러 자리를 뜨려는데 앞쪽에 이중 주차됐던 진청색 자동차가 움직이는 게 보였다. 캐시미어 외투를 입은 남자가 불도저라도 되는 양 거침없이 행인들을 밀어제치며 그녀에게 다가왔다.

애니는 생각할 겨를도 없이 재빨리 움직였다. 등을 찔리고, 누군가가 자기한테 하는 말을 듣는 일은… 두려웠다. 그건 다른 인간에게 반응해야 한다는 의미였다. 하지만 자기 구역의 길거리를 재빨리 걸어가면서 흘러가는 군중의 일부로 스며드는 일은, 편안했다. 그녀는 어떻게 해야 하는지 안다. 그것이야말로 그녀가 사는 방식이었으니까.

애니는 본능적으로 몸집이 더 크게 팽창돼 보이도록 누더기를 걸친 팔을 펼치고 더러운 코트 자락을 펄럭이며 더 산만하게 걸었다. 달아날 길을 여는 방법이었다. 까다로운 쇼핑객들과 양복을 차려입은 회사원들이 달려드는 더러운 늙은 흑인 노숙 여성을 보고는 깜짝 놀라 뒷걸음질을 치면서 최근에 드라이클리닝 한 옷이 닿지 않도록 옆으로 돌아섰다. 기적적으로 홍해가 갈라지며 도망길이 열렸다가 그녀가 지나가는 즉시 닫히면서 쫓아오는 진청색 캐시미어를 방해했다. 하지만 진청색 차는 재빨리 다가왔다.

애니는 왼쪽 매디슨가로 방향을 틀어 도심으로 향했다. 48번가는 공사를 한다. 46번가에는 괜찮은 골목들이 있다. 매디슨가에서 47번가 쪽으로 세 집 떨어진 지점에 어느 지하실로 통하는 입구가 있다는 걸 그녀는 알고 있었다. 하지만 진청색 차는 재빨리 다가왔다.

등 뒤에서 신호등이 바뀌었다. 진청색 차가 교차로를 밀고 나오려고 했지만 여긴 매디슨가다. 사람들이 이미 길을 건너는 중이었다. 진청색 차가 멈췄고, 운전자가 창문을 내리고 얼굴을 내밀었다. 시선이 애니가 가는 길을 쫓았다.

그때 비가 내리기 시작했다.

콘크리트 바닥에 일시에 검은 버섯들이 돋아나는 것처럼 인도에 우산들이 피어났다. 흘러가는 행인들의 강이 속도를 높였다. 그리고 그 순간 애니는 사라졌다. 모퉁이를 돈 캐시미어 외투가 진청색 차를 보더니 미친 듯이 왼쪽을 가리켰다. 그리고 그는 옷깃을 세우고 팔꿈치를 휘둘러 사람들을 헤치며 매디슨가를 따라 달렸다.

인도가 꺼진 곳마다 이미 빗물이 찼다. 그의 가죽구두가 금세 젖었다.

**✱**

그는 그 여자가 저가 할인점(모든 상품 1.10달러 이하!) 뒤쪽 골목으로 접어드는 걸 보았다. 그는 그 여자를 보았다. 오른쪽으로 방향을 틀어 재빨리 사라지는 여자를. 비와 행인들과 거의 반 블록이나 떨어진 거리에도 불구하고, 그 여자를 보았다. 보았다고!

그러면 그 여자는 어디로 갔지?

거긴 좁은 공간이었다. 사방이 벽돌로 둘러싸이고, 그리 길지 않은 골목에는 대형 철제 쓰레기통 하나와 스무 개가 넘는 작은 쓰레기통만 놓였다. 구석에는 언제나 그렇듯이 쓰레기 더미가 쌓였다. 늙은 노숙 여성이 잡고 올라갈 만큼 낮게 드리운 화재용 비상계단 따위는 없었다. 어떻게든 사람이 지나갈 수 있을 것 같은 짐받이 대나 문간도 없었다. 모든 것이 시멘트로 덮이거나 강판으로 덮였다. 아래로 내려가는 콘크리트 계단이 있는 지하실 입구도 없었다. 길 중간에는 맨홀도 없었다. 뛰어넘을 수 있는 높이에 열린 창은 고사하고 부서진 창문도 하나 없었다. 숨을 만한 상자 더미도 없었다.

골목은 텅 비었다.

그 여자가 여기로 오는 걸 봤는데! 그 여자가 여기로 왔다는 걸, 여기서 나갈 수 없다는 걸 아는데! 그는 골목 안으로 달려 들어가며 빈틈없이 살펴보았다. 그 여자가 여기 어딘가에 있다. 어딘지 알아내기는 그리 어렵지 않을 것이다. 그는 늘 가지고 다니는 경찰용 38구경 권총을 꺼내 들었다. 그는 그 총을 늘 지니고 다녔다. 행여 어느 중범죄 현장에 총을 버려야 할 일이 생기더라도 자신이 추적당하지는 않으리라는 망상 때문이었다. 총의 출처를 추적하면 뉴저지주 티넥에 사는 어느 경찰이 나올 거라고 그는 믿었다. 그는 3년 전에 어느 폴란드 이민자 사교클럽의 뒷방에 누운 취객한테서 그 총을 훔쳤다.

그는 찬찬히 그 여자를, 그 더러운 늙은 깜둥이를 찾아내리라 다짐했다. 진청색 캐시미어가 벌써 물에 젖은 개 냄새를 풍겼다. 비가 그칠 것 같지 않았다. 비는 이제 퍼붓듯이 쏟아져 골목 안을 걷는 것이 커튼을 헤집고 걷는 것 같았다.

그는 쓰레기 더미를 발로 차고 쓰레기통들이 가득 찼는지 확인하며 어둠 속으로 더 깊숙이 들어갔다. 그 여자가 여기 어딘가에 있다. 어딘지 알아내기는 그리 어렵지 않을 것이다.

✳

따뜻해. 애니는 따스함을 느꼈다. 망가진 아기인형을 품에 꼭 안고 눈을 감으니 거의 101번가와 1번대로가 만나는 곳에 있던 아파트에 살 때 같았다. 인력자원관리국에서 나온 여자가 앨런에 대해서 이상한 것들을 물어보던 때였다. 계속해서 푹신한 원숭이, 푹신한 원숭이라고, 과학자라면 다 안다는 뭔가에 관해서 얘기하는 그 여자의 말을 애니는 이해하지 못했다. 애니한테는 아무 의미도 없는 말이라서 그저 계속해서 아기를 흔들고 있었을 뿐이었다.

애니는 아주 조용히 숨어 있었다. 따스함을 느끼면서. '좋지, 앨런? 우리 따뜻하지? 그래, 따뜻해. 우리가 아주 조용히 있으면 시청에서 나온 그 여자가 가버릴까? 그래, 그럴 거야.' 위에서 쓰레기통이 쾅쾅거리는 소리가 들렸다. '아무도 우리를 찾지 못할 거야. 쉿, 내 아기.'

✳

벽에 기대 세워진 나무판자 더미가 있었다. 총을 들고 접근하던 그는 판자 더미 뒤에 가린 문간이 있다는 걸 알아챘다. 그 여자가 저 뒤에 있다. 그는 확신했다. 그래야 했다. 찾아내기가 그리 어렵지는 않을 테니까. 그 여자가 숨을 수 있는 곳은 거기뿐이었다.

그는 재빨리 나무판자들을 옆으로 밀치며 그 캄캄한 공간을 총으로 겨누었다. 비었다. 철판 문은 잠겼다.

비가 얼굴을 타고 내려 머리카락이 앞이마에 찰싹 붙었다. 외투와 구두에서 냄새가 났다. 아, 세상에, 모르겠다. 그는 돌아서서 주위를 둘러보았다. 남은 건 거대한 쓰레기통 하나뿐이었다.

조심스럽게 다가가던 그는 문득 보았다. 벽에 딱 붙은 뚜껑 뒤쪽 끝부분이 아직 마른 것을. 뚜껑이 조금 전까지 열려 있었던 것이다. 누군가가 이 안으로 들어갔다.

그는 총을 주머니에 넣고 쓰레기통 옆에 버려진 나무상자 두 개를 끌고 와 쌓고는 딛고 올라섰다. 그는 쓰레기통 가장자리에 무릎을 대고 균형을 잡고 서서 뚜껑을 내려다보았다. 그는 몸을 숙여 두 팔을 몸통에 딱 붙인 채 손가락 끝을 무거운 뚜껑 밑에 밀어 넣었다. 뚜껑을 홱 열어젖힌 그는 총을 꺼내 들고 몸을 숙였다. 쓰레기통은 거의 꽉 찼다. 빗물이 들어차서 오물과 쓰레기가 넘쳐 흐르는 죽이 되었다. 그는 거기 오물 속에 무엇이 떠 있는지 보려고 불안정하게 몸을 기울였다. 그는 몸을 숙였다. 빌어먹을 깜둥이….

오물 속에서 팔 두 개가 쑥 튀어나와 물을 뚝뚝 흘리며, 역한 냄새를 풍기며 그의 진청색 캐시미어 옷깃을 부여잡아 쓰레기통 안으로 끌어당겼다. 그는 오물 속으로 거꾸로 떨어졌다. 그 바람에 발사된 총알이 들린 금속 뚜껑에 맞아 튕겨 나갔다. 캐시미어 외투에 쓰레기와 빗물이 가득 찼다.

✳

놈이 밑에서 발버둥 치는 게 느껴졌다. 애니는 대형 쓰레기통을 채운 끈적한 오물 속으로 놈을 끌어당겨서는 엎어놓고 목과 등을 밟아 눌렀다. 놈이 쓰레기와 냄새 고약한 물을 빨아들이는 소리가 들렸다. 놈이, 그 덩치 큰 남자가 발밑에서 벗어나려고 필사적으로 발버둥을 쳤다. 그녀는 미끄러지다 쓰레기통 옆면에 몸을 받치고는 다시 자리를 잡고 그를 더 꽉 짓밟아 눌렀다. 갈퀴처럼 손톱을 세운 손 하나가 양상추 조각과 검은 오니를 흘리며 쓰레기들 속에서 튀어나왔다. 손에는 아무것도 없었다. 총은 쓰레기통 바닥으로 떨어졌다. 몸부림이 더 심해지면서 놈의 다리가 철제 쓰레기통의 옆면을 찼다. 애니는 똑바로 서서 그의 목덜미에 발을 대고 꾸욱 눌렀다. 납작하게 눌린 그는 벗어나려고 팔을 허우적거렸지만 붙잡을 데를 찾지 못했다.

놈이 애니의 발을 움켜잡는 순간 아래에서 내뿜은 숨이 공기 방울이 되어 수면에서 터졌다. 애니는 온 힘을 다해 놈을 짓밟았다. 뭔가가 신발 밑에서 부러졌지만, 그녀는 아무 소리도 듣지 못했다.

오랜 시간이 걸렸다. 애니가 생각했던 것보다 긴 시간이었다. 빗물이 쓰레기통을 채우고 넘쳐흘렀다. 발밑의 움직임이 느슨해지더니 잠깐 신경질적으로 꿈틀거리고는 잠잠해졌다. 그녀는 떨면서, 뭔가 다른, 더 따뜻했던 시절을 떠올리려 애쓰면서 한참을 더 서 있었다.

마침내, 그녀는 발을 떼고 입을 꾹 다문 채 물을 뚝뚝 흘리며 쓰레기통에서 나갔다. 그녀는 앨런을 생각하며, 이 일 이후를, 움직이지 않고, 꼼짝하지 않고, 허리 아래를 더러운 오물에 담근 채 서 있었던 그 긴 시간 이후를 생각하며 그곳에서 멀어졌다. 그녀는 뚜껑을 닫지 않았다.

그늘에 숨어서 주위를 살피던 그녀가 골목에서 나왔을 때는 어디에도 그 진청색 차가 보이지 않았다. 행인들이 그녀에게 길을 열어주었다. 냄새에, 뚝뚝 떨어지는 오물에, 겁에 질린 표정에, 품에 꼭 안은 망가진 무언가에 사람들이 길을 열어주었다.

그녀는 비틀거리며 인도로 나가 잠시 멍하니 어찌해야 하나 망설이다가 이내 오른쪽으로 방향을 틀어 발을 끌며 사라졌다.

도시 전역에 비가 계속됐다.

＊

51번가에서 자기 물건들을 챙기는 그녀를 아무도 말리지 않았다. 경찰은 그녀가 쓰레기를 뒤지는 노숙자라고 생각했고, 멍청한 구경꾼들은 그녀와 스치는 걸 피하는 데만 급급했으며, 복사전문점 주인은 쓰레기들이 치워지는 걸 보고 한시름을 놓았다. 애니는 챙길 수 있는 건 뭐든 다시 챙겼다. 그러고는 알루미늄 캔을 판 돈으로 어딘가 몸을 말릴 데를 구할 수 있기를 바라며 절뚝절뚝 그곳을 떠났다. 그녀가 더럽다는 건 사실이 아니었다. 그녀는 여기 거리에서조차 언제나 까다로웠다. 어느 정도 단정치 못한 건 봐줄 만하다지만, 이건 더러운 거였다.

그리고 망가진 아기인형을 말리고 깨끗하게 손질해야 한다. 2번대로에 가까운 이스트 가 60번지에 사는 여자가 있다. 억양 있는 말투를 쓰는 백인 채식주의자로 가끔 애니를 지하실에 재워주었다. 그 여자한테 부탁하자.

그리 큰 부탁은 아니었지만 백인 여자가 집에 없었다. 그래서 그날 밤 애니는 14번가와 브로드웨이 교차로에 있던 백화점 자리에 새로 들어서는 제켄도르프 타워 공사장에서 잤다.

기다란 리무진에 탄 남자들이 그녀를 다시 발견한 건 그로부터 거의 일주일이 지나서였다.

✳

44번가에 가까운 매디슨 대로에서 철망 쓰레기통에 담긴 신문지를 줍는 그녀를 누가 뒤에서 붙잡았다. 비디에게 술을 들이붓고는 세정제를 먹였던 그 남자였다. 그가 한쪽 팔을 그녀에게 두르고 몸을 홱 돌려 얼굴을 보려 했다. 그녀는 꼬맹이들이 똑딱이 지갑을 슬쩍하려 할 때마다 했던 식대로 즉각 반응했다.

그녀는 정수리로 있는 힘껏 놈의 얼굴을 박고는 더러운 두 손으로 놈을 밀었다. 비틀거리며 차도로 밀려난 그를 택시 한 대가 간발의 차로 피해 갔다. 그가 고개를 흔들며 차도에 선 사이 애니는 숨을 곳을 찾아 44번가를 달려 내려갔다. 카트를 또 놓고 가야 한다는 게 유감이었다. 이번에는 자기 물건들이 제자리에 있을 것 같지 않았다.

그날은 추수감사절 전날이었다.

그새 도심의 이런저런 출입구에서 네 명의 흑인 여성이 더 죽은 채로 발견되었다.

애니는 자신이 아는 유일한 방법대로 다른 거리로 통하는 별도의 출입구가 있는 가게들로 뛰어들었다. 어딘가 뒤쪽에서, 제대로 확인할 수는 없지만 자신과 아기를 향해 재앙이 다가왔다. 아파트 안은 너무 추웠다. 언제나 그렇게 추웠다. 집주인이 난방을 끊어버렸기 때문이었다. 11월 초부터 눈이 올 때까지 늘 그랬다. 그래서 그녀는 아이를 달래기 위해, 아이를 따뜻하게 해주기 위해 아이를 안고 흔들었다. 그녀를 퇴거시키려고 시에서, 인력관리국에서 사람들이 나왔을 때도 그녀는 여전히 아이를 안고 있었다. 사람들이 아무 움직임도 없는 파란 아기를 빼앗았을 때, 애니는 달아나 거리로 향했다. 그리고 그녀는 지금도 달아나는 중이다. 그녀는 어떻게 달아나는지, 어떻게 하면 계속 달아나서 아무도 자신과 앨런을 건드리지 못하는 이 거리에서 살 수 있는지 알고 있었다. 하지만 등 뒤에서 재앙이 다가왔다.

그녀는 이제 어느 공터에 이르렀다. 그녀는 여기가 어딘지 알았다. 이곳은 쓸 만한 물건들을 깡통째로, 때로는 상자째로 버리던 가게들이 있던 곳이었다. 지금은 새 건물이, 새 마천루가 세워졌다. 그녀는 시티그룹 센터라는 그 빌딩으로 달려 들어갔다. 추수감사절 전날이라 사방이 화려하게 장식됐다. 애니는 중앙 홀로 달려들어 주위를 두리번거렸다. 에스컬레이터가 보이기에 그녀는 달려가 2층으로 올라갔고, 이어 3층으로 올라갔다. 그녀는 계속 움직였다. 속도를 늦추면 사람들이 달려와 그녀를 잡아가거나 내쫓을 것이다.

난간에 서서 내려다보니 아래 홀에 그 남자가 보였다. 아직 그녀를 보지 못했다. 놈이 선 채로 주위를 둘러보았다.

아이를 덮친 사고 차량을 아이의 어머니가 맨손으로 들어 올렸다는 얘기가 종종 들린다.

경찰이 도착했을 때 목격자들은 뚱뚱한 늙은 흑인 여성이었다고, 그 여자가 나무가 심긴 무거운 테라코타 화분을 들어 난간 위에 올렸다고,

그 여자가 불쌍한 죽은 남자의 머리 바로 위까지 화분을 밀고 가서는 3층 높이에서 떨어뜨렸다고, 그 여자가 그 남자의 머리를 박살 냈다고 증언했다. 목격자들은 자신들이 본 것이 사실이라고 맹세했지만, 범인이 늙고, 흑인이었고, 타락한 인상이었다는 모호한 인상착의 외에는 수사에 별다른 도움을 주지 못했다. 애니는 사라졌다.

✳

오른쪽 신발에 안창 대용으로 넣은 신문 1면에는 지난 몇 달에 걸쳐 열두 명 이상의 노숙 여성을 비정하게 살해한 혐의로 기소된 남자 네 명의 얼굴이 실렸다. 애니는 그 기사를 읽지 않았다.

크리스마스가 가까워지자 날씨가 믿을 수 없을 만큼 가혹하게 바뀌었다. 그녀는 43번가와 렉싱턴대로 교차로에 있는 우체국 입구 구석에 버티고 누웠다. 바닥 깔개로 몸을 꼭 감싸고 털모자를 콧잔등까지 내려쓰고 끈 주머니에 든 물건들은 조심스럽게 감췄다. 막 눈이 내리기 시작했다.

저녁 식사를 하러 가는 바바리코트를 입은 남자와 밍크 모피를 두른 우아한 여자가 42번가 쪽에서 걸어왔다. 둘은 헴슬리 호텔에 묵었다. 열한 번째 결혼기념일을 축하할 겸 뮤지컬을 보러 사흘 예정으로 코네티컷에서 왔다.

둘이 그녀를 지나칠 때쯤 남자가 걸음을 멈추더니 우체국 문간을 내려다보았다. "아, 세상에, 끔찍하군." 그가 아내에게 말했다. "오늘 같은 밤에, 세상에, 진짜 끔찍해."

"데니스, 그냥 가자!" 여자가 말했다.

"저 여자를 그냥 지나칠 수는 없잖아." 그가 말했다. 그가 새끼염소 가죽으로 만든 장갑을 벗고 주머니에서 지갑을 꺼냈다.

"데니스, 저 사람들은 누가 건드리는 거 좋아하지 않아." 여자가 그를 끌어당기며 말했다. "저 사람들은 아주 자립적이라고. 〈타임스〉에서 본 그 기사 생각 안 나?"

"크리스마스가 다 됐잖아, 로리." 그가 반지갑에서 20달러 지폐 한 장을 꺼내며 말했다. "이거면 적어도 잘 곳을 구할 수 있을 거야. 이런 데에 그냥 있으면 큰일 나. 분명 이런 사소한 일 정도는 해도 돼." 그가 아내의 손을 놓고 우체국 입구 구석으로 걸어왔다.

바닥 깔개를 감싼 여자를 내려다보았지만, 얼굴은 보이지 않았다. 그녀가 살아 있는 증거라고는 희미한 입김뿐이었다. "이봐요." 그가 몸을 숙이고 말했다. "이봐요, 이거 받으세요." 그가 20달러 지폐를 내밀었다.

애니는 움직이지 않았다. 그녀는 길거리에서는 절대 말을 하지 않는다.

"이봐요, 어서, 받아요. 어딘가 잘 만한 따뜻한 곳으로 가요, 그렇게 해요, 예?"

그는 그녀가 깨기를, 적어도 마음의 부담을 덜어줄 '꺼져'라는 말 한마디라도 해주기를 기다리며 잠시 더 서 있었지만, 늙은 여자는 움직이지 않았다. 마침내 그는 형체를 알 수 없는 덩어리 같은 것이 놓인 여자의 무릎이라 짐작되는 곳에다 20달러짜리 지폐를 놓고 아내가 이끄는 대로 발걸음을 옮겼다.

3시간 후, 훌륭한 저녁 식사를 마친 둘은 15센티미터쯤 쌓인 눈을 뚫고 호텔까지 걸어가는 게 낭만적일 거라 생각했다. 둘은 20달러 지폐를 받지 않았던 늙은 여자가 꼼짝하지 않고 누웠던 우체국을 지나쳤다. 그는 차마 그 여자가 얼어 죽었는지 확인하기 위해 누더기 밑을 들여다볼 엄두가 나지 않았고, 그 돈을 다시 가져올 생각도 없었다. 둘은 계속 걸었다.

자기만의 따뜻한 곳에서 애니는 앨런을 꼭 끌어안고 다독이며 목과 뺨에 닿은 그 작고 따뜻한 손가락들을 느꼈다. '괜찮아, 아가야, 괜찮아. 우리는 안전해. 쉿, 내 아기. 아무도 널 해치지 못해.'

---

비교행동학을 전문으로 하는 심리학자라면 푹신한 원숭이 실험을 알 것이다. 새끼를 잃은 어미 오랑우탄에게 푹신한 장난감 인형을 주면 마치 살아 있는 자기 새끼인 양 양육한다. 양육하고, 보호하고, 그 대용물을 위협하는 생물을 공격한다. 어미에게 철사로 만든 인형이나 도자기 인형을 주면 무시한다. 어미에겐 꼭 푹신한 원숭이어야만 한다. 그것이 어미를 지탱한다.

# EIDOLONS

허깨비

✦

신해경 옮김

◆

**1989년 로커스상 수상**

대륙의 말단, 바다와 맞닿은 유럽 남서쪽 끝단의 그 미지의 땅에 고대 지리학자들은 사뭇 신비로운 의미를 부여했다. 마리누스와 프톨레마이오스는 그곳을 '프로몬토리움 사크룸, 신성한 곳'이라 생각했다. 그 막다른 곳 너머에는 아무것도 없었다. 아니면 두렵고 알 수 없는 곳이 있었다. 매일이 2월 30일이거나 31일인, 언제나 25시인 곳. 그곳은 언제나 금빛 찬란한 버섯나무들이 나직이 속삭이는 달의 얼굴을 향해 뻗어가는 잃어버린 섬들로 가득한 바다였고, 그곳은 장난기 가득한 생명이 남자나 여자보다는 매끈한 공단이나 부스스한 재에 가까운 존재들과 짐승을 낳은 곳이었으며, 경솔한 자들이 꿈꾸며 길을 나섰다가 다시는 돌아오지 못하게 되는 꿈의 영토였다.

내 이름은 비징치이고, 여기서 구구절절 설명하기에는 너무나 대단한 이력을 가지고 있다. 하나만 언급해도 충분할 것이다. 브라운 씨가 내 품에 안겨 죽기 전까지, 나는 대부분의 문화권에서 대체로 사형집행인과 교수대를 만나게 되는 직업과 행위로 이름을 날렸다. 브라운 씨가 내 품에 안겨 죽기 전까지의 내 이력에서 가장 건전한 항목이라 해봐야 당나라 태종의 도살장 겸 무덤의 관리자이자 유일한 잡일꾼으로 일한 경력이었다. 대륙 전체가 나의 접근을 금지한 곳이 여럿이었고, 가장 가까운 지인들인 '스코틀랜드의 빈' 일족들조차 나와의 사회적 교류를 피하는 길을 선택했다. 스코틀랜드의 빈 일족은 천 명이 넘는 사람들을 살해해서 먹어 치운 중세 인물들인데도 말이다.

나는 버림받은 자였다. 내가 머물기로 한 땅은 어디든 어둠의 땅이 되었다. 브라운 씨가 내 품에서 죽기 전까지, 나는 열정도 인정도 없는 존재였다.

사냥개를 풀어 나를 쫓지 않을 대륙은 세 개밖에 남아 있지 않았다. 그중 하나인 오스트레일리아 시드니에 있는 동안 나는 진짜 군대 모형들, H. G. 웰스가 애지중지했던 종류의 장난감 병사들을 파는 가게가 있는지 물어보고 다녔다. 서점 점원 하나가 문득 기억을 떠올리며 말했다. "특별 주문을 넣는 고객 한 분이 그런 비슷한 걸 물어본 적이 있어요. 좀 특이한 사람이죠… 브라운 씨는."

나는 그 점원을 통해 브라운 씨를 찾아냈고, 그를 보러 집으로 가게 되었다. 문을 열고 나와 눈이 마주치는 순간, 그는 겁에 질렸다. 우리가 함께했던 그 짧은 시간 동안 그가 잠시도 나를 두려워하지 않은 적은 없었다. 역설적이게도 그는 이 행성의 이족보행 생명체 중에서 내가 아무런 해를 끼칠 의도를 가지지 않은 몇 안 되는 생물 중 하나였다. 장난감 병정을 모으는 건 내 취미였고, 나는 그것들을 만들고, 칠하고, 모으거나 파는 이들을 상당히 높게 쳐주었다. 브라운 씨가 내 품에서 죽기 전, 내가 비정치였던 때, 장난감 병정과 그 애호가들을 아낀 것은 내 천성에서 유일하게 건전한 측면이었다고 말할 수 있다. 그래서 알다시피, 그에겐 날 두려워할 아무 이유가 없었다. 오히려 그 반대였다. 숱한 전과와 여전히 날 체포하려는 숱한 영장에도 불구하고, 나는 내가 브라운 씨의 죽음과는 아무런 관계가 없다는 것을 입증하기 위해 이런 얘기를 하는 것이다.

그는 들어오라고 말하지는 않았지만 벌벌 떨면서도 옆으로 비켜서서 입구를 내주었다. 그의 공포를 알았던 나는 그가 문을 잠그는 것을 보고 놀랐다. 문을 잠근 그는 더욱 공포에 떨며 어깨너머로 나를 힐끗 돌아보고는 벽을 허물어 엄청나게 넓게 확장한 주 응접실로 안내했다. 브라운 씨는 그 방에 있는 평평한 면이라는 면마다 한치도 빠짐없이 내가 여태껏 본 중에 가장 놀라운 장난감 병정 모형들을 줄줄이 세워놓았다.

아주 사소한 데까지 완벽하고, 어찌나 교묘하게 칠했는지 붓 자국 하나조차 보이지 않는데다 색과 농담과 색조가 정교하기 짝이 없는 금속 모형들은 처음부터 물감으로 만든 것처럼 보였다. 그런 모형들이 대대와 부대와 연대와 결사대와 여단과 분대를 이뤄 바닥과 탁자와 장식장과 선반과 창턱과 계단과 진열장과 층층이 쌓인 셀 수 없이 많은 전시용 상자를 조금의 빈틈도 없이 채웠다.

나는 마음을 홀랑 빼앗겨 끝없이 줄지어 늘어선 전사들을 더 자세히 보려고 몸을 숙였다. 노르망디 기사들과 독일 란츠크네히트와 일본 사무라이와 프로이센 용기병과 프랑스 근위보병과 스페인 정복자들이 있었다. 북아메리카 원주민들과 전쟁을 벌인 미국 제7 기병연대가 있었고, 오라네 공작 마우리츠의 군대가 스페인 합스부르크 왕가에 대항해 기나긴 독립 전쟁을 벌일 때 함께 행진했던 네덜란드 머스킷 총병과 창병들이 있었으며, 청동 투구를 쓰고 빳빳한 흉갑을 두른 그리스 장갑 보병들이 있었고, 치명적으로 정확한 펜실베이니아 장총으로 버고인 군대를 격퇴한 삼각 모자를 쓴, 모건이 이끈 버지니아 라이플 군단의 총잡이들이 있었으며, 이륜마차를 탄 이집트 창기병과 프랑스 외인부대와 샤카 줄루의 군대에 속한 줄루족 전사들과 아긴코트 전투 때의 영국 대궁사수들과 제1차 세계대전 때의 오스트레일리아-뉴질랜드 연합군 병사들과 페르시아 이모탈 부대와 아시리아의 투석병들과 코사크 기병들과 비단으로 덧댄 사슬갑옷을 입은 사라센 전사들과 미군 82 공수사단과 이스라엘 제드기 조종사들과 제2차 세계대전 때의 독일 기갑부대 사령관들과 러시아 보병들과 폴란드 제5 기병연대의 검은 후사르들이 있었다.

그리고 한 줄 한 줄 경이와 환희의 안갯속을 떠다니는 동안, 나는 그런 예술적인 장관을 앞에 둔 외경심마저 눌러버릴 결정적인 사실 하나를 알아차렸다.

각각의 형체가, 터번을 쓴 마지막 키시아인과 바지를 입은 스키타이인과 나무 투구를 쓴 콜키스인과 황소가죽 방패를 든 피시디아인까지, 모두가 하나같이 지극히 정교한 공포와 절망의 표정을 띠고 있었다. 각각의 병사들이 죽음을 맞는 그 순간, 또는 더욱 끔찍하게는 자신의 죽음을 알아차리는 그 순간의 고통으로 일그러진 얼굴로, 눈물로 흐려진 눈으로, 비명을 지르려 반쯤 벌린 입으로, 구사일생을, 집행유예를 바라는 실낱같은 희망을 품고 내게 손을 뻗으며 나를 올려다보았다.

그냥 그려 넣은 표정들이 아니었다.

얼굴 하나하나가 개성적이었다. 모공 하나하나, 땀방울 하나하나, 얼어붙은 고통의 찡그림 하나하나가 다 보였다. 갑작스레 중단된 저항의 외침을 마저 지를 수도 있을 것 같았다. 그 모형들은 마치, 금방이라도 눈 깜짝할 사이에 살아나 본래의 의도대로 마저 쓰러져 죽을 수도 있을 것 같았다.

브라운 씨는 카펫을 뒤덮은 어마어마한 군단들 사이에 좁은 통로를 남겨놓았다. 여전히 공포에 사로잡힌 채 뒤에 바짝 따라붙은 작은 남자를 이끌고 나는 신발을 가릴 정도로 병사들이 무성한 응접실 초원으로 더 깊이 들어갔다. 나는 생명의 숨결이 고요해진 순간의 고통에 찬 자세로 얼어붙은 베트콩 습격대를 살펴보다가 몸을 일으키고는 브라운 씨를 돌아보았다. 브라운 씨로 하여금 무심결에 사실을 실토하게 할 만한 뭔가가 내 표정에 있었던 게 틀림없다. 하지만 모처럼 듣고 싶었던 고백을 내가 막을 리는 없었다.

그것들은 금속 모형이 아니었다. 그것들은 백납으로 변한 육체였다. 브라운 씨에게는 때마다 전장에서 군인들을 낚아채 금속으로 굳힌 다음 작게 축소하여 파는 딱 하나의 능력 말고는 아무런 예술적 재능이 없었다. 특공대원과 창을 든 병사들 각각이 전장에서 사로잡혀 축소되었고, 죽음의 순간에 이르러서야, 바로 그 순간이 돼서야 천국이든 발할라든 자신이 믿었던 뭔가가 배반했다는 것을 깨달았다. 축소 모형에 갇힌 영원한 죽음이었다.

"당신은 내가 꿈꿨던 그 어떤 존재보다 훨씬 대단한 악귀로군요." 내가 말했다.

그때 공포가 그를 집어삼켰다. 왜일까. 나는 모르겠다. 난 그에게 아무 나쁜 뜻이 없었다. 아마도 그의 존재를 요약한 내 말, 긴 일생 동안 말할 수 없는 즐거움을 가져다주었고, 마침내는 그를 집어삼킨 그 극악무도한 취미를 내가 알아냈다는 사실이 문제였을 것이다.

그는 등뼈 아래쪽을 큰 망치로 얻어맞은 것처럼 갑자기 경련을 일으키고는 눈을 휘둥그레 뜬 채 앞으로 쓰러졌다. 정교한 형체들이 망가지지 않도록 나는 쓰러지는 그를 두 팔로 받아 조심스럽게 비좁은 통로에 내려놓았다. 그랬는데도 축 처진 그의 왼쪽 다리가 나란히 선, 칭기즈칸을 따라 동쪽으로는 중국해까지 서쪽으로는 오스트리아 관문까지 진군했던 13세기 몽골 병사 몇을 쓰러뜨렸다.

엎드린 그의 뒷덜미에 피 한 방울이 보였다. 뭔가를 말하려고 고개를 옆으로 돌리려 애쓰는 그를 보고 가까이 몸을 숙였는데, 머리털이 난 언저리 바로 밑, 급격하게 혈색을 잃어가는 피부를 뚫고 나온 작디작은 석궁 화살이 보였다.

그가 뭔가를 말하려 해서 나는 무릎을 꿇고 그 죽어가는 숨소리에 귀를 가까이 가져다 댔다. 그는 자신의 삶을 비탄했다. 일반적으로 용인되는 도덕적 행위의 현실적인 제한을 지키며 그 안에 머무르는 사람이라면 자신을 괴물이라 판단하고도 남겠지만, 자신은 나쁜 사람이 아니었기 때문이었다. 물론 무언가에 사로잡힌 사람인 선 맞시만, 나쁜 사람은 아니었다. 그리고 그걸 증명하기 위해 그는 더듬더듬 '성스러운 곳'을 얘기했고, 거기로 가는 길을 발견하게 된 경위와 어떻게 거기에서 힘들게 돌아왔는지 얘기했다. 그는 그곳에서 발견한 생명체들과 지혜와 경이들을 내게 말했다.

그리고 그는 희미한 마지막 몸짓으로 그 두루마리를 어디에 숨겨놨는지 알려주었다. 그를 그런 취미에 빠뜨릴 정도의 대단한 지식을 담은, 그가 가져온 두루마리. 그는 그 희미한 마지막 몸짓으로 비밀 벽감에서 두루마리를 꺼내 자신이 평생 쌓은 업보를 풀어줄 수 있는 용도로 사용하라고 나를 재촉했다.

말을 더 들어보려고 돌려 눕히는 와중에 그가 내 품에서 숨을 거뒀다. 나는 그를 나치 늑대인간 부대와 영국 제23 근위보병연대 사이에 난 좁은 통로에 내버려두고 정식 무도회라도 너끈히 치를 정도로 넓은 응접실을 가로질렀다. 나는 비밀 벽판 뒤에서 그가 숨긴 두루마리를 찾아 꺼냈고, 세상 끝 경계 너머에서 찍은 사진을 보았다. 그 땅을 찍은 역사상 유일무이한 사진이었다. 살랑거리는 달, 금빛 버섯나무들, 공단처럼 매끄러운 바다, 생각에 잠긴 채 앉은 그곳의 생명체들.

나는 두루마리를 가지고 멀리 떠났다. 신성한 아카루 바위 너머 꿈의 시대가 지배하는 아웃백 황야로. 그리고 나는 브라운 씨의 두루마리에 담긴 지혜를 익히느라 수많은 세월을 보냈다.

하나의 본질적 통찰이라 불러도 과장이 아닐 것이다.

내가 다시 인간들 속으로 내려와 섞였을 때, 나는 다른 비징치였다. 나는 이전과는 다른 성질로 재주조되었다. 이전의 나였던 모든 것, 이전의 내가 했던 모든 것, 내가 지나온 길에 남았던 모든 황폐함… 그 모든 것이 누군가 다른 사람의 타락한 삶의 모습 같았다. 나는 이제 브라운 씨가 죽어가며 남긴 소원을 받들 수 있는 몸과 마음을 갖추었다.

그리고 나는 지난 수백 년 동안 그 목표를 위해 살았다. 그 두루마리를 꼼꼼하게 읽는 사람이라면 불멸을, 아니 원하는 만큼의 불멸을 안겨줄 각주 하나를 볼 것이다. 그래서 나는 긴 수명이라는 여분의 축복을 이용해 앞서 내가 해치고 파괴했던 이 세계 생명체들의 삶의 조건을 개선하는 데에 수십 년을 바쳤다.

소멸의 순간이 임박한 지금, 상황이 이러니 자세한 말은 하지 않겠다 (채소들과 녹에 관한 세세한 얘기들로 부담을 줄 필요는 없을 것이다). 잠시 후면 비징치는 존재하지 않을 것이다. 그리고 내가 한 모든 선행에 더해 내가 할 마지막 선행이 있을 것이다. 나는 존재하기를 멈출 것이고, 그 두루마리도 가져갈 것이다. 이 점에서는 내 판단을 믿어주기 바란다.

하지만 난 아주 오랫동안 당신들의 수호천사였다. 나는 셀 수도 없을 만큼 여러 번 당신들의 삶을 좋은 방향으로 돌려놓았다. 맞다, 지금 이 글을 읽는 당신의 삶도. 난 바로 지난주에 당신의 운을 좋은 쪽으로 돌려놓았다. 돌이켜 보면 당신의 삶을 더 멋지게 만들어준 뜻하지 않은 작은 기적이 생각날 것이다. 그게 나였다.

그리고 나는 작별 선물로 성스러운 곳의 두루마리에 담긴 가장 중요한 사상과 기술 몇 가지를 간추려 남기고자 한다. 그 놀라운 문서에 담긴 가장 강력한 주문들이다. 그러니 그 주문들은 불을 지르기보다는 따뜻하게 데우는 역할을 할 것이다. 적절하게 인용되기만 하면, 더욱 현대적인 보편적인 용어로 말하자면, 천천히 판독되고 소화되고 이해된다면 말이다. 순전히 당신들을 위한 일이다. 그것들은 딱히 금언도 아니고 수수께끼도 아니다. 단순한 언어로 적혔으되 그 근원에 도달하면 풍부해지고 구체화될 것이다. 어쩌면 그것들이 각성제가 될지도 모르겠다.

당신들은 지금부터 나 없는 삶을 꾸려야 하므로 지금 선물을 하도록 하겠다. 당신들은 수천 년간 그랬던 것처럼 다시 한번 홀로 남는다. 하지만 당신들은 할 수 있다. 브라운 씨가 내 품에서 죽은 그 순간부터 인간의 비참함과 그 끝없는 비애와 오스트레일리아 시드니의 어느 집 카펫에 놓인 스파르타 병사의 얼굴에 나타난 절망의 표정을 영 뇌리에서 지울 수 없게 되었기 때문에, 나는 이제 그것들을 당신들에게 내놓는다.

# 1

태양의 어둠이다. 벌레들이 서정시를 노래하고, 찻잎들이 한때 우리가 나무들과 나누던 언어로 자신의 이야기를 하고, 세상의 모든 바람이 자신에게 생명을 불어넣어 준 그 거대한 목구멍으로 돌아오는 시간이다. 침묵의 핵에서 온 전언들이다. 지금은 가버린 친구가 저 너머에서 오는 소식을 전하려고 필사적으로 애쓰지만, 유령의 힘은 미약하다. 그가 할 수 있는 일이란 고작 어렵사리 먼지 티끌을 움직여 괴로울 정도로 느리게 단어들을 구성하는 일뿐이다. 소식은 1년도 더 전에 어쩌다 탁자에 올려두고 잊어버린 반질반질한 책 표지 위에 구성되었다. 힘들게, 티끌 하나하나가 모여 만든 그 소식은 여전히 살아 있는 친구에게 우정은 반드시 위험을 내포한다고, 시험을 받지 않으면 우정은 그저 말장난에 불과하다고, 아무것도 잃을 게 없다면 아무나 친구라 스스로 칭할 수 있다고 말한다. 그 소식이 간결하게 표현되었다. 저승에서, 지금은 죽은 친구의 그림자는 기다리고 희망한다. 그는 피할 길 없는 일들을 두려워한다. 그의 살아 있는 친구가 무질서와 먼지를 경멸하기 때문이다. 혹시라도 친구가 하얀 장갑을 끼고 있다가 탁자에 놓고 잊어버린 책을 발견하기라도 하면 어쩔 것인가?

# 2

차가울까? 어제를 속삭이는 산들바람은, 세상의 꼭대기 근처에 숨은 계곡에서 불어오는 바람은? 쓰라릴까? 낮에 네 가슴 밑바닥에 누운 흐릿한 생각들은, 밤에 떠도는 나무 연기처럼 소용돌이치는 생각들은? 자정에 가까워 피로가 널 집어삼킬 때, 네게 소리치는 앞서 죽은 이들의 기억이 들리는가? 그들은 바람이고, 생각이고, 각성과 몽상 사이에 놓인 시간들을 지배하는 기억의 목소리들이다. 그리고 세상의 다른 쪽에는 똑같은 노래를 듣는 단 하나뿐인 너의 진정한 사랑이 있다. 지금은 가버린, 너희를 아끼는 이들이 너희 둘을 묶어주려 애쓴다는 걸 그는 너만큼이나 알아채지 못한다. 너희 둘을 갈라놓은 세상을 넌 돌파할 수 있을까?

# 3

이것은 비상사태를 알리는 속보다. 우리는 현상에 몇 가지 필요한 변화를 가했다. 다음 몇 주 동안 세상에는 광기가 없을 것이다. 어리석은 믿음도 없을 것이다. 논리적으로 결함이 있는, 논리적으로 영글지 않은, 논리적으로 시대에 뒤떨어진 사고도 없을 것이다. 무작위적인 잔인함도 없을 것이다. 다음 몇 주 동안에는 제대로 작동하지 못하는 모든 사고가 균형상태에 고정될 것이다. 수많은 멋진 지적 존재들이 정기적으로 둥그런 우주선을 타고 지구로 온다는 소리를 믿으라고 종용하는 일도 없을 것이다. 예티와 빅풋과 사라진 털북숭이 도살자 종의 탈주 얘기도 없을 것이다. 안전한 수단들이, 돌멩이들이, 흐르는 물이나 별들이 네 최선의 노력에 반항하리라는 경고도 없을 것이다. 인도네시아어로 '잠 카레트', 길게 늘여진 시간이라 알려진 여분의 시간이다. 다음 몇 주 동안에 당신은 자유롭게 숨 쉴 수 있고, 카뮈라 불린, 너무 늦게 깨달은, 지금은 떠나버린 이가 한 "보호해야 할 것은 인간이 아니라, 인간 안에 깃든 가능성이다"라는 말을 완전히 처리할 수 있을 것이다. 앞으로 몇 주 동안 너희를 방해하는 건 아무것도 없을 것이다. 재빨리 움직여라.

# 4

여닫이창이 훌쩍 열렸다. 악몽이 파수병들 사이로 빠져나갔다. 악몽은 대못이 박힌 담을 넘어 여기 네가 있는 이곳으로 들어왔다. 불빛이 꺼졌다. 기온이 급격하게 떨어진다. 네 몸 안의 뼈들이 한숨을 쉰다. 너와 악몽, 둘뿐이다. 너는 벽을 등지고 서서 이쪽저쪽을 경계한다. 어이, 심술궂은 겁쟁이처럼 굴지 마. 정면으로 마주하고 배를 갈라버려. 너한테는 시간이 있었어. 언제나 시간이 있었지만, 공포 탓에 너는 느리게 움직였고 맥을 못 추게 돼버렸지. 하지만 지금은 여분의 시간이고, 너에겐 기회가 있어. 무엇보다, 널 죽이는 건 네 의식밖에 없어. 그만 떨고 주먹을 들어. 이번에는 놈을 때려눕힐 수 있을지도 몰라, 이제 넌 약간의 숨 쉴 만한 공간이 있다는 걸 아니까. 이 특별한 시간에는 일어난 적이 있는 일은 무엇이든 다시 일어날 수 있어. 다만, 이번엔 네가 그 모든 위험을 무릅써야 할 차례야.

# 5

마라코트 심해 대성당에서 너는 되지 못한 모든 빛나는 사상가들을 기리는 음악 같은 종소리가 울린다. 입 밖으로 전해지지 않은 위대한 사상의 기억들이 물속 무덤에서 일어나 수면으로 떠오른다. 기억들이 도착하자 바다는 들끓고, 요동치는 수면 위 하늘에 집요한 갈매기들이 모여든다. 작은 고깃배에 탄 어부들이 전에는 한 번도 귀 기울이지 않았던 것처럼 귀를 기울이고, 처음으로 모든 것이 분명해진 듯하다. 그건 인간들이 만들어낸 태풍에 대한 경보다. 폭풍우와 물보라, 쓰나미와 비극의 색을 띤 피 흘리는 대양에 대한 경보다. 인간의 혀가 움직이지 않았기 때문에, 그리고 더 위대한 사상들이 입 밖으로 나오지조차 않고 스러질 것이기 때문에 울리는 경보다. 지금도, 여분의 시간에서조차도, 과거는 잊히지 않으려 말없이 소리친다. 듣고 있어? 아니면 넌 바다에서 영영 길을 잃어버린 거야?

# 6

너의 오늘은 발에 박힌 못 같은 그런 날들의 하루였는가? 영원히 지구를 도는 허깨비 힌덴부르크호에서 네 어머니 유령이 떨어뜨린 익수룡의 사체가 네 유리 관뚜껑을 박살 내버렸는가? 네가 저녁으로 게걸스레 먹은 뉴욕 스테이크가 갑자기 바늘처럼 날카로운 이빨이 가득 찬 입을 쩍 벌리고 네 포크 끝을, 아나스타샤가 사람들에게 끌려 나가 총살당할 때 네 손에 박아 넣었던 그 마지막 순금 포크 끝을 덥석 물었는가? 네 아파트 건물 밑에 깔린 석판이 더는 잠시도 그 무게를 견디지 못하겠다고 신음하고, 건물은 늘어나면서 삐걱거리는가? 오늘 네 좋은 친구는 너를 배신했는가, 아니면 그 좋은 친구는 그저 입을 닫고 네 곤란을 모른 척했는가? 지금 바로 이 순간, 넌 면도날을 목에 대고 있는가? 용기를 내, 안식이 눈 앞에 있어. 지금은 여분의 시간이야. 잠 카레트. 우리가 기병대야. 우리가 여기 있어. 알약들을 치워. 우리가 이 유혈 낭자한 밤을 견디게 해줄 거야. 다음번은, 네가 우리를 도울 차례야.

# 7

밤에, 지난밤에 네가 잠에서 깨어보니 웬 뼈만 앙상한 불타는 손이 네 어두운 침실에 신비로운 암호들을 새기는 중이었다. 손은 공중에 불타오르는 글자들을, 답을 요구하는 메시지들을 새겨넣었다. '백 마디 말보다 한 번 보는 것이 낫다'라고 그 손은 썼다. "어림도 없어." 넌 어둠과 그 불을 향해 말했다. "내 개가 독가스에 질식했을 때 내 기분이 어땠는지 한 장의 그림으로 보여줘 봐. 난 백 마디까지 쓰지 않고도 널 벼랑 가에 쭈그리고 앉은 마지막 네안데르탈인이 종족의 소멸을 깨닫는 순간을 생각하며 울게 만들 수 있어. 한 장의 그림으로 보여줘 봐. 그녀가 우리 사이는 다 끝났다고 말했던 순간에 내가 어떤 기분이었는지 말이야. 어림 반 푼어치도 없어, 손 뼈다귀 씨." 그래서 여기 우리는 다시 한번 어둠 속에, 이 여분의 시간에 말 말고는 아무것도 없이 앉았다. 달콤한 말들과 가혹한 말들과 태어나려 자기 발에 걸려 구르는 말들. 그림은 네 마음의 캔버스에 맡겨둔다. 더없이 공정하다.

# 8

특이한 패턴으로 비가 내렸다. 비가 그렇게 내리는 게 믿기지 않았다. 나는 집 반대쪽으로 달려가 창밖을 내다보았다. 거기엔 태양이 빛났다. 스스로 주삿바늘로 변해버린 마약중독자 같은 벌새가 나무에 달린 복숭아에 뾰족한 부리를 박은 게 보였다. 벌새가 부리를 깊숙이 박고 빨자 풋복숭아에서 그림자들이 흘러나와 몽롱한 안개처럼 새를 감싸는 바람에 새는 뭔가 기쁨에 넘쳐 날뛰는 사악한 형체처럼 보였다. 내가 창문에 바싹 얼굴을 들이대자 부리 끝에 완벽한 모양의 반짝이는 과일즙 방울을 단 새가 노란 눈으로 나를 쳐다보았다. 꺼져, 새가 말했다. 난 뒤로 물러서 햇빛 찬란한 거리 한 곳에만 비가 내리는 집 반대쪽으로 달려갔다. 나는 마음속 깊은 곳에서 궂은날이 꼭 슬픔을 의미하지는 않으며, 가장 화창한 날조차도 환멸을 품고 있음을 알았다. 난 이 모든 일에 의미가 있지만 해석해달라고 요청할 수 있는 사람이 이 세상에 아무도 없다는 걸 알았다. 그저 모호한 정보들뿐, 나보다 더 아는 사람은 아무도 없다. 정말이다. 이거야말로 지독한 일이 아닌가. 필요한데도 참고할 수 있는 것이 아무것도 없다니 말이다.

# 9

우리는 밤의 격랑을 헤치고 얼음처럼 차가운 바람에 깃발을 펄럭이며 진격했다. 헐떡거리며 앞서가는 우리 짐승들의 입김은 적들이 흘린 마지막 피로 우리 이름을 남겨주겠다며 의기충천한 우리의 존재를 적에게 알려주는 연기 신호 같았다. 우리는 예술을 위해 진격한다! 노래하는 창조적인 영혼을 위해! 우리의 근거는 정당하다. 예술이야말로 추구하다 죽을 가치가 있는 유일한 근거니까. 예술 외의 모든 것은 고작 추구하며 살 가치가 있을 뿐이다. 그들이 분노에 찬 창을 겨눈 채 저 검은 수평선 위에 있다. '상업을 위해.' 그들이 한목소리로 외친다. '상업을 위해!' 그리고 우리는 그들을 덮친다. 금속과 금속이 부딪치는 소리와 돌바닥에 부딪히는 말발굽 소리와 몸뚱이들이 터지는 소리가 뒤섞인 전투는 거친 원양 거래다. 우리는 마침내 언덕과 계곡과 죽은 자들 말고는 아무것도 남지 않을 때까지 끝없는 한밤을 미친 듯이 싸워나갔다. 그리고 마지막에, 우리는 졌다. 우리는 늘 진다. 그리고 나는, 나 혼자 그때를 전하기 위해 남겨졌다. 꿈의 높이를 가늠하기 위해 전투에 나섰던 그 많은 이들 중에서 나 혼자만이 여기 이 확고한 침묵 속에서 네게 말해주기 위해 남았다. 너는 왜 초라해졌다고 느끼는가… 넌 그곳에 있지 않았다… 그건 너의 전쟁이 아니었다. 아무 관련 없는 사람의 분노가 제일 무서운 법이다.

# 10

음악을 들어라. 온 힘을 다해 들어라. 그러면 팅커벨이 코마에 빠지는 걸 막으려고 계속 손뼉을 칠 필요가 없다. 음악이 팅커벨의 장밋빛 뺨을 되찾아줄 것이다. 그러고는 그 멜로디가 어디서 나오는지 찾아라. 길게, 깊게 보아라. 그러면 웅얼거리는 세상 어딘가에서 이야기꾼을 발견할 것이다. 거기 양배추 잎 밑에서 혼자 노래하는 그녀를. 아, 여성이었던가? 아마 남성일 것이다. 여성이든 남성이든, 사람이든 아니든, 그 불쌍한 존재는 몸이 불편할 것이다. 이제 그게 보여? 비틀어진, 구부러진, 그 기괴한 모양, 그 뿌연 눈, 그 굽은 등. 이제는 알아보겠어? 하지만 네가 참여하려고 하면, 경이를 안고 함께 하려 하면, 노래는 멈춘다. 귀뚜라미를 놀라게 하면 귀뚜라미의 교향곡은 멈춘다. 예술은 결단으로 이루어지지 않으며 무의식적 욕구 충족으로 이루어지지도 않는다. 그건 여분의 시간 속에서, 모든 노래가 불리는 시간 없는 시간 속에서 나오는 것이다. 전기 콘센트가 없는 곳에서. 그리고 가수나 노래를 움켜잡으려 해봐도 네가 손에 쥐는 건 나방이 풀잎에 남기는 흔적만큼이나 고운 반짝이는 먼지뿐이다. 벌은 어떻게 나는가, 빛은 어떻게 나아가는가, 수수께끼는 어떻게 삶을 풍성하게 하고, 설명은 어떻게 열의를 식게 하는가… 음악은 어떻게 만들어지는가… 이런 것들은 우리가 알 수 있는 것이 아니다. 그리고 노래를 들을 수 없는 바보들만이 규칙을 밝혀야 한다고 요구한다. 음악을 들어라. 그리고 즐겨라. 하지만 울지 말아라. 누구나 높은 다 음 위의 라 음을 낼 수 있는 건 아니니까.

# 11

아, 저 시절 육지에는 거인들이 있었다. 상냥한 얼굴과 달콤한 목소리를 지닌 바버라 와이어라는 이름의 여자애가 있었는데, 누구도 그녀를 바브 와이어(가시철사)라고 부를 마음이 없었으므로 우리는 그녀를 낸시라 불렀다. 그녀는 어떻게 되는지 궁금해서 불도마뱀을 창문 환풍기에다 집어 던진 적이 있다. 어릴 때 헤밍웨이의 《태양은 다시 떠오른다》에 빠져서 불구의 숫총각들에게 자신의 몸 구석구석을 육체적으로 알아가는 기쁨을 주는 걸 필생의 사명으로 여기는 소피라는 여자애가 있었다. 그녀는 언청이와 문둥이와 하반신마비자와 분홍색 눈을 가진 알비노와 실어증 환자를 자기 침대로 맞아들였다. 자르지 않고 통째로 튀긴 닭을 한 입에 넣고 입술을 벌리거나 침을 흘리지 않고 씹은 다음 고비 사막처럼 말끔하고 깨끗하게 온전한 뼈대를 조심스럽게 뱉어내는 마리사라는 애가 있었다. 퍼디타는 초상화를 그렸다. 그녀는 사람을 앞에 앉히고는 스케치북과 목탄으로 그 사람이 가진 명예와 윤리와 의식의 가장 심각한 결점들을 그 깊이와 특징까지 재빨리 포착해냈다. 그게 얼마나 정확한지, 너라면 누가 네 부패한 내면을 보기 전에 그 그림을 갈가리 찢어버릴 것이다. 방치된 폐차장에서 살면서 차를 훔쳐 금속 조각품으로 만들어 파괴된 잔해들 사이에 세워놓는 욜란다, 잠을 자지 않고 끝없이 새들한테서 들은 공중에서 본 것들에 관한 백일봉을 얘기하는 페기, 세상의 죄악에 조금이라도 책임을 지기 위해 백인이지만 흑인으로 사는 나오미. 아, 그 시절 육지에는 거인들이 있었다. 하지만 난 그 방을 나섰고, 여분의 시간이 새어 나오지 못하도록 문을 닫았다. 그리고 끝없이 문을 열고 또 열어봤지만 다시는 그 방을 찾지 못했다. 어쩌면 난 엉뚱한 집에 있는지도 모른다.

# 12

내 숨소리를 견디며 가만히 누워 있기에는 너무 무력한데다 평범한 꿈들에 질리기도 해서 나는 새벽 3시에 일어났다. 발가벗은 채 나는 자박자박 고요한 집 안을 돌아다녔다. 난 혀가 내 입안 구조를 알듯이 집 안을 속속들이 알았다. 조리대에는 옛 파피루스 두루마리들이 놓여 있다. 난 그것들을 어두운 벽장 위에 둬야겠다고 생각했다. 그러고는 큰 소리로 그 생각을 말했다. 집은 고요했고, 난 허공에 대고 말할 수 있었다. 나는 높은 걸상을 벽장으로 가지고 가서 파피루스를 챙겨 넣었다. 그러다 거미줄을 보았다. 은색이 아닌 회색 거미줄이 천장 한구석 어두운 곳에 걸려 흔들렸다. 내 집에서는 허용할 수 없는 것이었다. 그게 나를 위협했다. 난 걸상에서 내려와 칠흑 같은 어둠을 헤치며 창고에 둔 도구들을 힘들게 뒤적여 깃털 먼지떨이를 찾아 서둘러 돌아왔다. 그러고는 너울거리는 거미줄을 박멸한 뒤 벽장을 떠났다. 깃털 먼지떨이를 청소해야겠다고 나는 생각했다. 나는 뒷마당 담까지 가서 먼지떨이를 흔들었다. 그러고 돌아오는데 믿을 수 없는 고통이 나를 덮쳤다. 매끈하게 긴 가시를 단 어린 선인장이 맨발인 내 오른 발바닥 앞쪽에 박혔다. 고환이 쪼그라들고 눈에 눈물이 맺혔다. 무의식중에 한 걸음을 내딛자 가시가 더 깊이 박혀 들었다. 그 격심한 고통을 없애려 손을 뻗었더니 엄지손가락에도 가시가 박혔다. 난 소리를 질렀다. 아팠다. 나는 절뚝거리며 주방으로 갔다. 주방 불빛 아래에서 가시들을 뽑아내려 했다. 가시에는 톱니가 있었다. 가시가 빠져나올 때마다 약간의 살점이 붙어 나왔다. 독은 이미 몸속에 퍼졌다. 심하게 아팠다. 난 상처에 살균제나 진통제를 바르려고 비틀거리며 욕실로 갔다. 피가 줄줄 흘렀다. 나는 혼자서 자가 치료를 마친 후에 아무것도 모른 채 잠든 아내를 미워하며 침대로 돌아왔다. 난 집 반대편에 누워 꿈을 꾸는 내 친구를 미워했다. 난 잠시 누운 채 모든 자연 질서를 미워했다. 그러고는 잠에 빠졌다. 안심되었다. 너울거리는 거미줄과 함께 지겨움도 섬멸됐다. 어찌 되든 우주는 늘 필요한 것을 제공해준다.

# 13

사람이 다 그렇듯이 우리 아버지도 어떤 측면에서는 모순적이었다. 대공황이 시작된 지 채 2, 3년도 안 됐을 때, 우리 가족이 여전히 돈 몇 푼을 위해 빈 병을 돌려주고, 그렇게 받은 잔돈을 커다란 우유병에 모을 때, 우리 아버지는 내가 아는 한 가장 사람 좋은 일을 했다. 아버지는 운영하던 가게 조수로 한 남자를 고용했다. 정말로 필요하지도 않고 감당할 수도 없는 조수였다. 아버지는 애가 셋이나 딸린 그 남자가 일거리를 찾지 못하자 그를 고용한 것이었다. 그로부터 채 일주일도 지나지 않은 어느 토요일, 우리가 밤늦게 그 문방구 문을 잠그고 따뜻한 구운 쇠고기 샌드위치와 감자튀김과 감자튀김을 찍어 먹을 여분의 시골풍 그레이비 소스가 기다리는 저녁 식사를 하러 길을 걷기 시작할 때, 길에 서 있던 또 다른 남자가 우리에게 다가오더니 죽 한 그릇만 사게 25센트를 달라고 했다. 그러자 아버지가 으르렁거리며 말했다. "안 돼! 저리 꺼져!" 난 아버지의 말이나 행동을 보고 그때만큼 놀란 적이 없었다. 그리고 그 이후로도. 왜냐하면 아버지가 그해를 넘기지 못하고 돌아가셨기 때문이었다. 고작 열두 살이었던 내가 그때 이런 표현을 알았더라면, 나는 '어안이

벙벙하다'고 느꼈을 것이다. 신사였던 내 아버지가, 나나 누구한테도 목소리를 높인 적이 한 번도 없는 아버지가, 무례하기가 하늘을 찌르는 손님한테도 변함없이 친절하고 정중했던, 내게는 영원한 자비의 모델 같으셨던 내 아버지가 아무 죄 없는 낯선 이를 그렇게 얼음처럼 차갑고 냉혹하게 대하다니. "아빠." 그 쓸쓸한 남자에게서 멀어지면서 난 아버지에게 물었다. "왜 저 사람한테 죽을 살 25센트를 주지 않으셨어요?" 아버지는 늘 닫혀 있던 방을 틈새로 엿보는 것처럼 나를 내려다보면서 말했다. "저 사람은 죽을 사려는 게 아니야. 술을 더 사려는 것뿐이지." 아버지가 내게 거짓말을 한 적이 한 번도 없었기 때문에, 아버지에게는 자식한테 언제나 진실만을 말한다는 것이 중요한 무엇이라는 걸 알았기 때문에, 난 더는 아무것도 물어보지 않았다. 하지만 난 그 저녁을 절대 잊지 못한다. 그리고 그 저녁의 사건은 아버지를 생각하며 돌려보고 또 돌려보는 다정한 기억들의 필름에 절대 들어맞을 수 없었다. 이해는 못 하더라도 어쨌든 나는 느낀다. 그때가 아버지를 숭배하도록 허락된 12년의 세월 중에서 인간의 나약함과 자비에 대해 알려준 가장 중요한 순간이었음을.

여기까지가 내 선물이다. 성스러운 곳 두루마리에서 뽑은 글귀가 여섯 개 더 있지만, 여기다 옮겨 놓아봐야 도움보다는 해가 될 가능성이 크다고 나는 판단했다. 솔직하게 말해보라. 당신들은 타인을 자기 마음대로 휘두르는 힘이나 순식간에 세계 어느 곳으로든 갈 수 있는 능력이나 거울을 통해 미래를 읽는 재주를 정말로 원하는가? 아닐 것이다. 나는 아니라고 생각한다. 내가 여기에 전해준 지혜들이 그 정도까지 당신들을 일깨워준 걸 보게 되어 기쁘다.

그리고 당신들은 이제 무지개를 만들 줄 알게 됐으니, 무지개를 보내고 사로잡을 수 있는 재주를 가졌으니, 그걸로 무엇을 할 것인가? 당신들은 이미 세상이 미처 알지 못했던 그런 힘과 능력을 가졌다. 이제 이미 알려준 것들을 익힐 만한 시간을 당신들에게 남겼으니, 다른 능력들을 얻지 못했다고 슬퍼지는 말아야 한다. 만족할 줄 알아라.

이제 나는 떠난다. 순식간에 사라지는 종류의 죽음이 준비되었다. 내가 이룬 나, 비징치는 마침내 앞서는 거부되었던 여행길에 오른다. 브라운 씨가 죽어가면서 남긴 요구를 충족시키기 전까지는 나 자신을 만족시키는 것이 공정하지 않다고 나는 느꼈었다. 하지만 이제 나는 그 성스러운 곳으로 간다. 두루마리를 돌려주러. 그 황금빛 버섯나무들 둥치에 앉아 놀라운 생명체들과 담소를 나누기 위해. 어쩌면 카메라를 가져갈지도 모르고 사진 한두 장을 찍어 보내는 수고를 할 수도 있겠지만, 그럴 듯싶지는 않다.

내가 젊을 때 저지른 그 모든 범죄에도 불구하고, 나는 내가 알던 곳보다 더 아름다워진 이곳을 남기고 만족스럽게 떠난다.

그리고 마지막으로, 당신들 중에서 부모님께 검사를 받고서야 저녁 식탁에 앉는 아이들이 나오는 영화를 보고, '가서 귀 뒤를 씻어라.'라는 말을 듣는 아이들이 나오는 만화를 기억하고, '가서 귀 뒤를 씻어라.'라는 훈계에 신경을 썼기 때문에 어린아이들처럼 늘 귀 뒤쪽을 씻으면서도 언제나 왜 그것이 중요한지, 무엇보다 귀는 머리와 상당히 가깝게 붙어 있는데, 대체 귀 뒤에 뭐가 있을 수 있는지, 커다란 진흙 덩어리나 위험한 세균 무리가 있을 수 있는지, 아니면 식물이 진짜로 거기에 뿌리를 내릴 수 있는지, 대체 우리가 무슨 얘기를 하는지, 왜 그렇게 웃긴 일에 이처럼 강박적으로 신경을 써야 하는지 의아해하는, 여전히 귀 뒤를 씻을 정도로 남의 말을 잘 믿었고 여전히 잘 믿는 이들을 위해, 신발 끈을 단단히 매는 일이 얼마나 긴급한 일인지 아는 이들을 위해, 채소나 녹을 전혀 두려워하지 않는 이들을 위해, 영원한 고통에 사로잡힌 채 브라운 씨네 거실 바닥에 남겨진 그 자그마한 금속 모형들의 운명을 궁금해하는 당신들의 질문에 답한다.

그 질문에는 이런 식으로 답하겠다.

어제 당신이 식료품점 계산대에 줄을 섰을 때 뒤에 한 남자가 있었다. 당신은 우연히 그가 별나기 짝이 없는 이국적인 식료품들을 이것저것 주워 담은 걸 보았다. 당신이 실수로 냉동 완두콩 꾸러미를 떨어뜨렸을 때, 그가 몸을 숙여 집어주었고, 당신은 그가 당당한, 거의 군대에서 잔뼈가 굵은 것 같은 태도를 보이는 걸 눈치챘다. 그는 냉동 완두콩을 내밀며 발꿈치를 딱 마주쳤고, 당신이 고맙다고 인사를 하니 기묘한 억양으로 응답했다.

이 점에서만은 내 말을 믿어라. 당신이 헨리 히긴스 교수라 하더라도 그 억양이 어느 지역 사투리인지는 정확하게 짚어내지 못할 것이다.

---
마이크 호델을 기리며
---

# THE FUNCTION OF DREAM SLEEP

## 꿈수면의 기능

✦

신해경 옮김

◆

**1989년 로커스상 수상**
**1989년 휴고상 노미네이트**
**1989년 브람스토커상 노미네이트**

맥그래스는 갑자기 잠이 깨는 바람에 작고 날카로운 이빨이 빽빽하게 들어찬 거대한 입이 옆구리에서 닫히는 걸 요행히 보았다. 잠을 떨치려고 머리를 흔드는 사이에 입은 순식간에 사라졌다.

그가 잠에서 깨는 순간 눈이 자기 몸을 향하고 있지 않았더라면, 아주 잠깐 머물렀다가 입이 있었다는 흔적조차 남기지 않고 흐릿해져 사라진 그 옅은 분홍색 선조차 보지 못했을 것이다. 그러니까, 그의 몸에는 또 하나의 비밀스러운 입이 숨어 있었다.

처음에 그는 특히나 불쾌한 악몽을 꾸다가 깬 거라고 확신했다. 하지만 그 입을 통해 도망친, 자기 안에 있던 무언가의 기억은 희미해지는 악몽의 조각이 아니라 진짜 기억이었다. 그는 뭔가가 자신에게서 튀어 나가던 그 서늘한 감각을 느꼈다. 구멍 난 풍선에서 새는 차가운 공기 같은 그 느낌. 먼 방에 열어놓은 창문에서부터 복도까지 타고 오는 서늘한 기운 같은 그 느낌. 그리고 그는 그 입을 보았다. 입은 왼쪽 셋쪽시 바로 아래에서부터 갈비뼈를 세로로 가로지르며 배꼽 옆 불룩한 지방 덩어리까지 죽 이어졌다. 그의 왼쪽 몸통 아래쪽에 이빨이 가득 찬 입술 없는 입이 있었다. 그리고 그 입이 그의 몸에서 나가려는 뭔가를 내보내기 위해 열렸었다.

맥그래스는 침대에서 몸을 일으켜 앉았다. 덜덜 떨렸다. 독서등이 켜진 채였고, 페이퍼백 소설이 옆에 펼쳐진 채 엎어져 있었다. 그는 발가벗었고, 8월의 열기에 땀을 흘렸다. 그가 불현듯 눈을 떴을 때 독서등이 똑바로 그의 몸뚱이를 겨냥하여 빛으로 적셨다. 그리고 그가 잠이 깨는 그 순간에 막 비밀 입을 여는 중이던 그의 몸이 놀랐던 것이다.

떨리는 몸을 어찌지 못하고 있는데 전화벨이 울렸다. 그는 전화를 받기로 마음먹었다.

"여보세요." 자기 목소리가 아닌 듯한 소리였다.

"로니." 죽은 빅터 케일리의 아내가 말했다. "이런 시간에 전화해서 미안해…"

"괜찮아." 그가 말했다. 빅터는 그제 죽었다. 샐리는 뒷수습을 맥그래스에게 맡겼고, 그도 위로의 시간을 아끼지 않았다. 예전에 샐리와 그는 특별한 관계였다. 그러다 그녀가 그의 가장 오랜 친구이자 가장 가까운 친구였던 빅터에게 이끌렸다. 둘은 갈수록 더욱더 달콤하게 서로에게 이끌렸다. 그러다 마침내 맥그래스가 웨스트 47번가에 있는 오래된 주점에서 저녁을 먹자고 둘을 초대했다. 검은 나무 칸막이와 당시 선풍적인 인기를 끈 송아지 커틀릿 메뉴가 있던, 갈가리 찢기고 사라진 다른 많은 것들과 마찬가지로 지금은 사라진 오래된 주점이었다. 그는 둘을 탁자 맞은편에 나란히 앉히고는 둘의 손을 잡았다. 난 너희 둘을 정말 좋아해. 그는 말했다. 난 너희 둘이 같이 있을 때 어떤 분위기인지 알아. 너희 둘은 내가 정말 좋아하는 친구들이야. 너희들은 내 세계에 불을 밝혀줬어…. 그리고 그는 둘의 손을 포갠 다음 그 위에 손을 얹었다. 그러고는 초조해하는 둘을 보고 싱긋 웃었다.

"괜찮아? 왠지 목소리가 아주 피곤하게 들리는데?" 그녀의 목소리는 또렷했다. 하지만 걱정이 어렸다.

"음, 난 괜찮아. 그냥 괴상한 꿈을 꿨어. 좋았거든. 책을 읽다가 잠이 들었어. 그러다 좀 이상한…." 그가 말을 흐렸다. 그러고는 다시 입을 열어 조금 더 확고하게 말했다. "난 괜찮아. 그냥 무서운 꿈을 꿨어."

그러자 둘 사이에 긴 침묵이 흘렀다. 그저 연결된 전화선과 이온이 붕괴하는 소리만 들릴 뿐이었다.

"넌 괜찮아?" 모레 있을 장례식을 생각하며 맥그래스가 말했다. 그녀는 그에게 관을 골라달라고 부탁했다. 판매업자들이 온갖 유인술을 펴면서 사라고 종용했던 그 피막 처리를 한 분홍색 알루미늄 '장치'를 생각하면 구역질이 났다. 맥그래스는 "고인을 생각하는 사려 깊은 분이라면 양극처리를 한 금속 재질에 바다 안개 광택 마감을 하고 안에는 화려하게 주름을 잡아 누빈 600번 아쿠아 수프림 체니 벨벳을 풍성하게 대고 초대형 덧베개와 덮개로 장식한 '장치'인 '모나코' 모델이 마음에 드실 겁니다"라는 관 전시실 장례상담사의 제안을 물리치고 단순한 구리 관으로 마음을 정했다.

"잠이 안 와서." 그녀가 말했다. "TV를 보는데, 오스트레일리아 개미핥기라고 부르는 바늘두더지가 나왔어, 바늘두더지 알아…?" 그가 안다는 의미의 소리를 냈다. "빅터는 1982년에 플린더스산맥으로 갔던 여행 얘기를 자주 했어. 오스트레일리아 동물들을 정말로 좋아했거든. 바늘두더지가 나오기에 그가 웃는 걸 보려고 고개를 돌렸는데…."

그녀가 울기 시작했다.

그도 목이 메었다. 그는 알았다. 같이 본 걸 얘기하려고, 공감을, 의견을 구하려고, 얼굴에 떠오르는 표정을 보려고 가장 친한 친구한테로 고개를 돌리는 일 말이다. 그 공간에 빈자리가 생겼다. 그는 알았다. 그도 지난 이틀 동안 마흔 번도 넘게 빅터를 찾았다. 찾았지만, 이내 공허와 맞닥뜨렸다. 아, 그는 알았다. 너무나도 잘 알았다.

"샐리." 그가 중얼거렸다. "샐리, 그래, 나도 알아."

그녀가 눈물을 수습하더니 흥흥 코를 풀고 목소리를 가다듬었다. "괜찮아. 난 멀쩡해. 아주 잠깐 그랬다는….”

“힘들더라도 잠을 좀 자. 우린 내일도 할 일이 있으니까.”

“그래.” 그녀가 정말로 아주 멀쩡하다는 듯이 말했다. “자러 갈게. 미안해.” 그는 그런 소리 말라고, 이 시간에 바늘두더지 얘기를 친구한테 못하면 누구한테 하겠냐고 말했다.

“심야 종교 채널 목사.” 그녀가 말했다. “새벽 3시에 누군가를 귀찮게 해야 한다면, 그런 더러운 놈이 낫겠지.” 둘은 잠시 공허하게 웃었다. 그녀가 작별 인사를 하고는 둘 다 그를 많이 사랑했다고 말했다. 그는 ‘맞아’라고 답했고, 둘은 전화를 끊었다.

로니 맥그래스는 옆에 엎어진 페이퍼백 소설책과 여전히 자신의 몸을 데우고 있는 독서등과 습기로 축축해진 침대보를 두고 가만히 누워 지금 자신의 피부처럼 이빨이 가득 찬 비밀스러운 입 같은 건 흔적조차 없는 맞은편 침실 벽을 골똘히 쳐다보았다.

✳

“머릿속에서 지워버릴 수가 없어.”

의사인 제스 박사가 그의 옆구리를 손으로 쓸어내리며 자세히 살펴보았다. “음, 빨갛군. 하지만 스티븐 킹스러운 뭔가보다는 그냥 쓸린 거 같은데.”

“내가 계속 문질러서 그래. 갈수록 강박적으로 돼. 그리고 놀리지 마, 제스. 아무리 해도 그게 머릿속에서 떠나질 않으니까.”

그녀가 한숨을 쉬고는 한 손으로 무성한 적갈색 머리카락을 쓸어 넘겼다. “미안해.” 그녀가 몸을 일으키고는 진료실 창가로 걸어갔다. 그러고는, 잠시 생각한 후에 말했다. “옷을 입어도 돼.” 그녀가 창밖을 내다보는 동안 맥그래스는 접이식 계단에 발이 걸릴 뻔하면서 진료대에서 훌쩍 내려왔다. 그는 무릎까지 내려오는 빳빳한 종이 가운을 대충 접어서 속을 채운 의자에 내려놓았다. 그가 팬티를 끌어 올리는데 제스 박사가 고개를 돌리고 그를 쳐다보았다. 그는 오래전에 여성 의사에게 검진받는 걸 두렵게 여겼던 자신이 얼마나 어리석었는지 다시 한번 생각했다. 그의 친구는 걱정스럽게 쳐다봤지만, 남자와 여자 사이에 오가는 표정은 전혀 없었다. "빅터가 죽은 지 얼마나 됐지?"

"얼추 3개월."

"에밀리는?"

"6개월."

"스티브와 멜라니의 아들은?"

"아, 제기랄, 제스!"

의사가 입을 꾹 다물었다. "이봐, 로니, 내가 심리치료사는 아니지만, 나한테도 네가 그런 친구들의 죽음에 영향을 받았다는 게 보여. 너한텐 보이지 않을지도 모르겠지만, 그래도 말은 똑바로 했지. 강박적으로 된다고 말이야. 그렇게 짧은 기간에 그렇게 많은 고통을 견딜 수 있는 사람은 없어. 사랑하는 사람들을 그렇게나 많이 잃다니, 개미지옥에 빠진 것도 아니고."

"엑스레이 결과는 어때?"

"이미 말했잖아."

"하지만 뭔가가 있었을 거야. 무슨 상처라거나 염증이라거나 피부에 난 이상 소견이라거나… 뭔가 말이야!"

"로니, 진정해. 난 너한테 거짓말한 적 없어. 나랑 엑스레이 사진들을 같이 봤잖아. 뭔가 보였어?" 그는 깊은 한숨을 쉬고는 고개를 저었다. 그녀가 '음, 그거 봐, 아픈 데가 없다는데 내가 아픈 데를 만들어줄 수는 없잖아'라고 말하듯이 손을 펼쳐 보였다. "전립선 치료는 해줄 수 있어. 그리고 그 경찰한테 맞은 관절에 코르티손 주사도 놓아줄 수 있어. 하지만 아무런 흔적도 남기지 않은 그 싸구려 공포소설에 나올 만한 뭔가를 지료해줄 순 없어."

"정신과에 가봐야 할까?"

그녀가 창문 쪽으로 돌아섰다. "네가 날 찾아온 게 이번이 세 번째야, 로니. 넌 내 친구지만, 내가 보기에 넌 다른 상담을 받아볼 필요가 있어."

맥그래스가 넥타이 매듭을 짓고는 두 새끼손가락으로 셔츠 칼라 끝을 벌리며 길이를 조정했다. 그녀는 돌아보지 않았다. "로니, 난 네가 걱정돼. 넌 결혼해야 해."

"난 결혼했었어. 게다가, 네가 말하는 게 아내는 아니잖아. 보살펴줄 사람을 말하는 거지." 그녀는 돌아서지 않았다. 그는 윗옷을 걸치고는 기다렸다. 마침내 그가 문손잡이를 잡고 말했다. "네 말이 맞을지도 몰라. 난 우울해하는 타입은 절대 아니지만, 이런… 이렇게 많은, 이렇게 잠시 사이에… 어쩌면 네 말이 맞을 거야."

그가 문을 열었다. 그녀가 창밖을 내다보았다. "다음에 보자." 그가 발걸음을 떼자 그녀가 돌아선 채 말했다. "오늘 진료비는 안 내도 돼."

그가 희미하게 미소를 지었지만, 전혀 행복한 미소는 아니었다. 하지만 그녀는 그걸 보지 못했다. 어떤 식으로든, 대가는 늘 치르게 마련이다.

✳

그는 토미에게 전화해서 일을 좀 빼달라고 부탁했다. 토미가 흥분했다. "로니, 나 꽁지에 불붙었어." 그가 즐겨 쓰는 비운의 황후 같은 어조였다. "오늘은 빌어먹을 마의 금요일이야! 딴 딴 딴 딴! 있잖아, 패런하이트인가 패런스톡인가 하는…."

"패네스톡이야." 로니가 며칠 만에 처음으로 웃으며 말했다. "그 여자가 문둥이와 잘 기회를 노린다고 네가 말했을 때가 그 여자를 본 마지막인 거 같은데."

토미가 한숨을 쉬었다. "그 괴상한 쌍년은 그냥 아무거나 주워 먹는 거야. 분명 결박당하는 걸 좋아할걸. 내가 심하게 대하면 대할수록 더 자주 오는 거 봐."

"이번에는 뭘 가져왔어?"

"그 볼품없는 자수 여섯 점을 또 가져왔어. 차마 쳐다보지도 못하겠어. 피 흘리는 순교자들과, 문화적으로 뒤떨어진 지역들 있잖아, 그러니까 아이오와나 인디애나 같은, 아니 일리노이던가, 아이다호였나, 모르겠네, 하여튼 이응으로 시작하는, 볼링 치는 사람들이 많은 그런 지역의 풍경이야." 패네스톡 부인의 꼴사나운 작품을 액자로 만드는 사람은 늘 로니였다. 토미는 항상 힐끗 보기만 하고 잠시 누워야겠다며 가게 뒤로 가서 위층으로 올라가버렸다. 맥그래스는 그 부인에게 액자들로 무얼 하시냐고 물어본 적이 있었다. 그녀는 선물로 준다고 대답했다. 그 말을 들은 토미는 무릎을 꿇고 그 여자가 선물을 줘야겠다고 판단할 만큼 자신을 좋게 보는 일이 없도록 믿지도 않는 신에게 빌었다. 하지만 그 여자는 돈이 됐다. 세상에나, 얼마나 펑펑 써 대는지.

"내가 맞춰볼게." 맥그래스가 말했다. "그 여자가 천으로 테두리를 두르고 단순한 진줏빛 바탕을 깐 다음 채핀 몰딩 사에서 만든 검은 래커 틀로 동전이 튕겨 나올 정도로 아주 짱짱하게 액자를 짜달라고 했겠지. 맞아?"

"그래, 당연히 그랬지. 그것 말고도 네 게으름뱅이 짓이 특히 더 괴로운 이유가 또 있어. 채핀 트럭이 막 30미터짜리 타원형 호두나무 상판 틀을 내려주고 갔어. 이걸 포장을 풀어서 길이를 잰 다음 정리해야 돼. 이런데, 너 쉬겠다고?"

"토미, 나한테 죄책감 심어주려 하지 마. 난 이교도잖아, 기억해?"

"죄책감만 아니었다면 이교가 벌써 3천 년 전에 우리를 싹 제거했을 텐데. 스타워즈 방어체계보다 더 효율적이야." 조수가 없으면 실제로 얼마나 불편할지 재면서 토미가 잠시 입으로 숨을 내뿜었다. "월요일 아침? 일찍?"

맥그래스가 말했다. "8시까지 갈게. 그 자수 액자부터 처리하지."

"좋아. 그긴 그렇고, 목소리가 안 좋아. 무신론사로 살 배 세일 안 좋은 점이 뭔지 알아?"

로니는 웃었다. 토미가 끔찍한 농담을 건넨다는 건 협상이 끝났다는 의미다. "아니, 무신론자로 살 때 제일 안 좋은 점이 뭐야?"

"떡칠 때 달리 얘기할 사람이 없다는 거야."

로니는 폭소를 터뜨렸다. 속으로만. 토미에게 만족감을 안겨 줄 필요는 없었으니까. 하지만 토미는 잘 안다. 보이지는 않지만, 수화기 너머에서 토미가 만면에 웃음을 띠고 있는 걸 로니도 알았다. "그럼 가볼게, 토미. 월요일에 봐."

그는 공중전화 수화기를 내려놓고 피코대로 건너편에 있는 사무용 건물을 쳐다보았다. 그는 빅터와 샐리와 함께 뉴욕을 떠난 뒤로 11년째 로스앤젤레스에 살지만, 낮이 되면 황금빛 광채가 뒤덮는 이곳에 여전히 익숙해지지 못했다. 비가 올 때만 제외하고 말이다. 비가 올 때면 어찌나 혹심하게 오는지, 그 낯선 풍경 탓에 그는 보도에서 거대한 버섯들이 솟아나는 상상을 하곤 했다. 벽돌로 지은 그 3층짜리 사무용 건물은 평범했지만 늦은 오후의 그늘이 건물 앞면에 드리운 모습은 1892년 겨울에 모네가 그린 루앙 성당 그림을 연상시켰다. 모네는 이른 아침부터 해 질 녘까지 다른 각도로 햇빛을 받는 성당 정면 그림을 열여덟 장이나 그렸다. 그는 뉴욕 현대미술관에서 모네 전을 봤다. 그러자 그 전시를 누구와 봤는지 떠올랐고, 그는 그 비밀스러운 입을 통해 자신의 몸에서 빠져나가던 한기를 다시금 느꼈다. 그는 그냥 공중전화 부스가 아닌 어딘가로 가서 울고 싶었다. '그만!' 그는 속으로 말했다. '그만해.' 그는 눈가를 훔친 다음 길을 건너 보도를 가로지른 그늘을 통과했다.

그는 비좁은 로비에서 유리로 마감해 벽에 붙여놓은 입주사 안내판을 살폈다. 그가 보기에 그 건물에 입주한 사람들은 대체로 치과의사이거나 우표 수집가인 듯했다. 하지만 그는 골이 진 검은 판에 붙은 작고 하얀 플라스틱 글자들 가운데에서 '렘(REM) 그룹 306호'를 찾아냈다. 그는 계단을 걸어 올라갔다.

306호를 찾으려면 왼쪽과 오른쪽 중에서 선택해야 했다. 벽에 사무실 방향을 표시해주는 화살표가 붙어 있지 않았다. 그는 오른쪽을 선택했고, 곧 자신의 선택에 기뻐했다. 306호에 가까워지면서 누군가가 다소 시끄럽게 얘기하는 소리가 들리기 시작했다. "수면에는 몇 가지 종류가 있어요. 꿈수면 또는 우리가 렘수면이라고 부르는 게 있는데, 저희 그룹의 이름이 거기서 온 거죠. 꿈수면은 주로 알보다는 새끼를 낳는 포유동물에게서 발견됩니다. 일부 조류와 파충류도 그렇고요."

맥그래스는 306호 유리문 밖에 서서 그 말을 들었다. '태생(胎生) 포유류 말이군.' 그는 생각했다. 지금은 말하는 사람이 여성이라는 걸 알 수 있었다. 그리고 그녀가 '태생'이라는 단어 대신에 "알보다는 새끼를 낳는"이라는 말을 사용하는 것으로 봐서 얘기를 듣는 사람은 아무래도 일반인인 것 같았다. 그는 바늘두더지를 생각했다. '익숙한 태생 포유동물.'

"요즘은 꿈이 뇌의 신피질에서 비롯된다고 여겨요. 꿈은 미래를 예측하는 수단으로 이용됐습니다. 프로이트는 무의식을 탐험하는 데 꿈을 이용했고요. 융은 꿈이 의식과 무의식이 소통하는 가교를 형성한다고 생각했어요." 그건 꿈이 아니었어, 맥그래스는 생각했다. '나는 깨어 있었어. 난 둘의 차이를 알아.'

여자가 계속 말했다. "…그런 사람들은 시를 짓거나 문제를 해결하는 데 꿈을 이용하는 방법을 찾으려 합니다. 그리고 꿈이 기억 강화에 도움이 된다는 건 일반적으로 알려진 사실이에요. 여러분 중에 잠에서 깼을 때 꿈을 기억할 수 있다면 아주 중요한 뭔가를 이해하거나 잃어버린 특별한 기억 같은 걸 다시 찾을 수 있다고 믿는 분 계시나요?"

'여러분 중에.' 그제야 맥그래스는 그게 집단 꿈치료 과정이라는 사실을 깨달았다. 늦은 금요일 오후에? 분명 30, 40대 여자들일 터였다.

그는 자기 생각이 맞는지 보려고 문을 열었다.

사무실 안에 있던, 잠에서 깼을 때 꿈을 기억하면 옛 기억을 되살릴 수 있나고 믿는다는 신호로 모두 손을 치켜든, 누구 하나 마흔을 넘지 않아 보이는 여섯 명의 여성이 고개를 돌려 안으로 들어서는 맥그래스를 쳐다보았다. 그는 등 뒤로 문을 닫고 말했다. "전 동의하지 않아요. 전 우리가 꿈을 꾸는 건 잊기 위해서라고 생각합니다. 그리고 때로는 그게 작동하지 않지요."

그는 단체로 손을 든 여섯 명의 여성들 앞에 선 사람을 보며 얘기했다. 그녀는 오랫동안 그를 마주 응시했고, 앉은 여섯 명이 모두 고개를 돌려 그녀를 쳐다보았다. 그들의 손이 공중에서 얼어붙었다. 얘기하던 여자는 등을 펴고 책상 모서리에 걸터앉았다.

"맥그래스 씨?"

"예. 늦어서 죄송합니다. 일이 좀 많아서요."

여자가 재빨리, 완전히 감정이 억제된 미소를 지으며 그를 안심시켰다. "전 애나 피킷이라고 해요. 오늘 참석하실지도 모른다는 얘기를 트리샤한테서 들었어요. 앉으세요."

맥그래스는 고개를 끄덕이고는 벽에 기대 세워진 남은 접의자 세 개 중 하나를 집었다. 그는 의자를 펴서 반원의 제일 왼쪽 끝에 놓았다. 세심하게 관리하고 비싸게 손질한 여섯 개의 머리가 그를 향한 사이에, 하나씩 하나씩 손이 내려갔다.

그는 트리샤가 자신을 이 치료 모임에 등록하도록 그냥 둔 것이 잘한 일이었는지 모르겠다고 생각했다. 애나 피킷이라는 이 여자에게 전화를 넣은 건 전처였다. 둘은 이혼 후에도 친구로 남았고, 그는 그녀의 판단을 신뢰했다. 헤어진 후 그녀가 학위를 받으러 UCLA에 간 이후로 그녀한테 상담 도움을 받은 적은 없지만, 그는 트리샤가 남부 캘리포니아에서 가장 뛰어난 가족 문제 상담사라고 확신했다. 그런 그녀가 집단 꿈치료를 제안했을 때는 충격을 받았다. 하지만 그는 왔다. 그는 일찍 그 근처로 왔다. 그러고는 하루 대부분을 자신이 정말 이 일을 하고 싶은지, 자신의 경험을 완전히 낯선 사람들과 나누고 싶은지 판단하려 애쓰며 돌아다녔다. 그는 아이스크림을 먹으며 그 일대가 어떻게 '고급화됐는지', 어떻게 그렇게 빠르게 변했는지, 이곳에 번창했던 멋진 작은 가게들이 급등하는 임대료 때문에 어떻게 쫓겨났는지 살펴보았고, 고개를 절레절레 흔들며

이 가게와 저 상점을 기웃거리고 쇼핑을 하며 그 일대를 돌아다녔다. 그는 아무것도 지속되지 않는다는 사실에, 기쁨이 말라간다는 사실에 갈수록 낙담했다. 기쁨이 말라갔다. 가게마다, 거리마다, 사람마다….

그러다 누군가는 홀로 남는다.

텅 빈 평원에 서게 된다. 지평선에서 검은 바람이 불어온다. 춥고 공허한 어둠. 영원한 고독의 구덩이가 바로 저 지평선 너머에 있고, 그 구덩이에서 불어 나오는 소름 끼치는 바람이 절대 그치지 않을 것도 안다. 사랑하는 이들은 별안간에 하나씩 지워지고, 그 누군가는 거기, 텅 빈 평원에 홀로 설 것이다.

그는 종일 그 일대를 돌아다니다 마침내 토미에게 전화를 걸었다. 그는 전처 트리샤의 지혜를 한번 따라보자고 마침내 결심했고, 그래서 여기, 이 등받이를 똑바로 세운 접의자에 앉아 전혀 모르는 낯선 이에게 방금 한 말을 다시 해달라고 요청하는 중이었다.

"꿈을 기억하는 것이 좋은 일이라는 다른 분들의 생각에 왜 동의하지 않는지 물었어요." 그녀가 한쪽 눈썹을 치켜들면서 고개를 옆으로 기울였다.

맥그래스는 잠시 불편한 기분이 들었다. 얼굴이 붉어졌다. 이런 때마다 매번 당황하는 그였다. "음." 그가 천천히 말했다. "대중과학서 한 권 읽고 전문가인 체하는 그런 똑똑한 멍청이로 보이고 싶지는 않…"

그녀가 질겁하는 그에게, 그의 붉어진 뺨에 미소를 보냈다. "괜찮아요, 맥그래스 씨. 정말 괜찮습니다. 꿈에 관한 한 우리는 모두 여행자입니다. 어떤 책을 읽었어요?"

"크릭-미치슨 이론요. '잊기'에 관한 논문이었어요. 뭐랄까, 저한테는 그 이론이, 음, 그냥 그럴듯해 보였어요."

여사 하나가 그게 뭐냐고 물었다.

애나 피킷이 말했다. "프랜시스 크릭 경은 DNA 연구로 노벨상을 받으셨으니 여러분들도 알 겁니다. 그레임 미치슨은 케임브리지에서 일하는 아주 존경받는 뇌 연구자고요. 둘은 1980년대 초에 공동으로 연구를 진행하면서 우리가 기억하기 위해서가 아니라 잊기 위해서 꿈을 꾼다는 가설을 세웠어요."

"제가 그 가설을 이해하는 데 제일 도움이 된 방법은." 맥그래스가 말했다. "밤에 사람들이 다 퇴근한 뒤에 하는 사무실 청소에 비유하는 것이었어요. 철 지난 보고서는 버리고, 중요 자료는 분쇄하고, 기한이 지난 메모들은 쓰레기통에 던지지요. 매일 밤 우리 뇌는 한두 시간의 꿈수면 동안 청소를 하는 겁니다. 매일 꿈이 우리가 어지른 걸 치우고, 중요한 기억들을 저장하는 데 방해가 되거나 우리가 깨어 있는 동안 이성적인 사고를 하는 데 방해될 것 같은 불필요하거나 부정확한 기억, 또는 그냥 단순하고 의미 없는 기억들을 쓸어내는 거지요. 뇌는 우리가 더 잘 기능할 수 있도록 온갖 쓰레기를 잊으려고 해요. 그래서 꿈을 기억하는 건 오히려 비생산적일 수 있어요."

애나 피킷이 빙긋 웃었다. "뭔가 통했나 봐요, 맥그래스 씨. 제가 막 그 이론을 설명할 참에 들어오셨거든요. 덕분에 설명할 게 많이 줄었네요."

여섯 여자 중 한 명이 말했다. "그러면 각자 꾼 꿈을 적어내고 같이 토론하는 거 안 해요? 전 심지어 침대 옆에 녹음기를 갖다놨거든요. 예를 들어, 전 어젯밤에 자전거 꿈을 꿨는데…."

그는 치료가 끝날 때까지 가만히 앉아서 분노를 금할 수 없는 얘기들을 꾹 참고 들었다. 그 사람들은 너무 제멋대로라 살면서 겪는 조그만 불편들이 마치 정복할 수 없는 태산이라도 되는 양 굴었다. 그가 알던 여자들과는 너무 달랐다. 어디 원시시대에서 온 사람들인 양 시대의 변화와 자기 존재를 궁극적으로 책임지라는 시대의 요구에 혼란스러워하는 것 같았다. 그들은 구원자를 원하는 듯했고, 그들 세계를 움직이는 더욱 위대한 힘이 있다는, 뭔가 힘과 압력과 심지어 음모들이 있어서 그들을 불안하고 초조하고 무기력한 상태로 내몬다는 얘기를 듣고 싶어 하는 것 같았다. 여섯 명 중에 다섯 명이 이혼했고, 그중에 딱 한 명만 전업으로 일했다. 부동산중개업자였다. 여섯 번째 여성은 마피아 두목의 딸이었다. 맥그래스는 그들과 아무 유대감도 느끼지 못했다. 그에게는 집단 치료 과정이 필요하지 않았다. 그의 삶은 충분히 충만했다. 다만 지금 그가 늘 겁에 질려 어찌할 바를 모르고, 끊임없이 의기소침해 있다는 점만 빼면. 어쩌면 제스 박사의 말이 정답일지도 모른다. 그에겐 정신과 의사가 필요했을 것이다.

그는 진짜 고민이라 봐야 잔디밭에 물 줄 시간에 맞춰 집에 들어갈 수 있느냐 정도가 다인 잘 차려입은 숙녀 환자들과 애나 피킷이 자기한테는 필요 없다고 확신했다.

과정이 끝나자 그는 애나 뭐라는 여자한테 아무 말도 하지 않고 문 쪽으로 발걸음을 뗐다. 여섯 여성에게 둘러싸인 그녀가 살짝 그들을 밀치고는 그를 불렀다. "맥그래스 씨, 잠시 기다려주시겠어요? 할 얘기가 좀 있어요." 그는 잡았던 문손잡이를 놓고 자기 의자로 돌아갔다. 맥그래스는 짜증이 나서 뺨 안쪽을 깨물었다.

그녀는 민들레 홀씨를 훅 불 듯이 가볍게, 게다가 사람들에게 거부당한 느낌을 주지 않으면서 예상보다 훨씬 빨리 사람들을 털어 보냈다. 5분도 안 돼서 그는 꿈치료사와 단둘이 사무실에 남았다.

그녀는 마지막으로 마피아 공주가 나간 뒤에 문을 닫고 잠갔다. 찰나의 순간 산란해진 그의 마음에 어떤 생각이 떠올랐지만… 그 순간은 지나갔다. 그녀의 얼굴에 떠오른 표정은 욕망이 아니라 걱정이었다. 그가 일어서려 하자 여자가 손바닥을 내보이며 말렸다. 그는 다시 접의자에 털썩 앉았다.

그러자 애나 피킷이 그에게 와서 말했다. "그리하여 맥그래스가 잠을 살해했다."* 그가 올려다보는 사이에 그녀는 왼손을 그의 머리 뒤로 집어넣어 머리카락 밑 두개골 곡선을 따라 손가락을 펼치며 목덜미를 감쌌다.

---

* 셰익스피어 《맥베스》에 나오는 '맥베스가 잠을 살해했다'는 문장의 패러디

꿈수면의 기능    513

"긴장 푸세요, 괜찮을 거예요." 그녀가 오른손을 그의 왼쪽 뺨에 대며 깜빡이지 않으려고 무던히 애쓰는 그의 눈 하나를 사이에 두고 엄지와 검지를 쫙 펼치며 말했다. 그녀의 엄지가 그의 코와 나란히 놓여 손가락 끝이 콧등에 닿았다. 검지는 뼈가 불거진 눈두덩을 가로질렀다.

그녀가 입을 꾹 다물더니 깊은 한숨을 쉬었다. 잠시 후, 그녀가 무의식중에 놀란 듯이 몸을 움찔거리더니 숨이 다 빠져나가 버린 것처럼 헐떡거렸다. 맥그래스는 움직일 수 없었다. 자기 머리를 감싼 두 손의 힘과 그녀를 강타하듯 관통하는 열정의 떨림이 느껴졌다. 그는 그걸 열정이라 말하고 싶었다. 강한 성적인 느낌으로서의 열정이 아니라 뭔가 자신의 본성과는 다른 외적인 어떤 것, 낯선 어떤 것을 쫓아 움직인다는 의미에서의 열정 말이다.

그녀 내부의 떨림이 점점 더 분명해졌다. 맥그래스는 그 힘이 자기한테서 빠져나가 그녀에게로 쏟아져 들어간다는 걸, 그 힘이 포화 상태에 도달했고, 나름의 체계에 따라 자신에게로 다시 새어 들어온다는 걸 감지했다. 하지만 힘은 바뀌었다. 훨씬 위험해졌다. 하지만, 왜 위험하지? 이제 과부하가 걸린 인간 고압 송전탑이 된 그녀는 눈을 감은 채 고개를 앞뒤로, 옆으로 뒤챘고, 고개가 움찔움찔할 때마다 무성한 머리채가 이리저리 흔들리며 경련을 일으켰다.

그녀가 무의식적 쾌락이라고는 흔적도 찾아볼 수 없는 고통에 찬 신음을 나직이 토했고, 아랫입술을 너무 꽉 무는 바람에 피가 입술을 물들이기 시작하는 것이 보였다. 그녀의 얼굴에 드러나는 고통이 더는 견딜 수 없는 지경까지 이르자 그는 재빨리 팔을 뻗어 그녀의 손을 억지로 떼어냈다. 회로를 끊은 것이다.

다리가 풀린 애나 피킷이 풀썩 무릎을 꿇었다. 그가 몸으로 받치려 했지만, 그녀의 체중이 고스란히 부딪혀오는 바람에 둘은 금속 접의자와 함께 바닥으로 나뒹굴었다.

'누가 들어와서 이런 장면을 보면 내가 여자를 강간한다고 생각할지도 몰라.' 겁이 질린 그는 잠시 말도 안 되는 생각을 했다가 여자가 문을 잠갔다는 사실을 떠올리고는 안도했다. 그의 공포는 그녀에 대한 걱정으로 변했다. 그는 발목에 걸린 의자를 끌면서 덜덜 떠는 여자의 몸 밑에서 굴러 나왔다. 그는 발을 흔들어 의자를 떨쳐내고는 무릎을 꿇었다. 그녀는 눈을 반쯤 감고 있었는데, 계속해서 터지는 플래시 불빛이라도 받는 것처럼 눈꺼풀이 빠르게 깜빡거렸다.

그는 그녀의 상체를 안아 반쯤 일으킨 다음 머리를 자신의 무릎에 내려놓았다. 물도 물수건도 없어서 그는 여자의 얼굴을 가린 머리카락을 쓸어내고는 아주 가볍게 몸을 흔들어보았다. 그녀의 호흡이 느려지더니 경련하듯 오르락거리던 가슴도 좀 잠잠해지고, 제멋대로 널브러졌던 손에도 힘이 들어가는지 손가락이 꿈틀거리기 시작했다.

"피킷 씨." 그가 속삭였다. "말할 수 있겠어요? 괜찮아요? 이럴 때 먹는 약이 있나요… 저기 책상에?"

여자가 눈을 뜨고 그를 올려다보았다. 그러고는 입술에 묻은 피를 핥았고, 엄청난 거리를 뛰어온 것처럼 계속해서 헐떡거렸다. 그리고 마침내 그녀가 말했다. "당신이 들어왔을 때, 난 당신 안에 있는 그것을 느꼈어요."

그는 그녀가 느낀 그것이 무엇인지, 그녀를 그처럼 불안정하게 만든 자기 안의 그것이 무엇인지 물어보려 했지만 그녀가 굽은 손을 뻗어 그의 팔뚝을 건드렸다.

"당신은 나와 같이 가야 해요."

"어디로요?"

"진짜 렘 그룹을 만나러요."

그리고 그녀는 울기 시작했다. 그녀가 자기 때문에 우는 거라고 곧바로 깨달은 그는 같이 가겠다고 중얼거렸다. 그녀는 미소를 지어 그를 안심시키려 했지만, 그러기에는 여전히 고통이 너무 컸다. 둘은 그 상태로 잠시 가만히 있다가 같이 사무용 빌딩을 떠났다.

✳

그들은 장애가 있었다. 히든힐스에 있는 농가풍 집에 사는 사람들 모두가. 한 사람은 눈이 멀었고, 다른 사람은 팔이 하나밖에 없었다. 세 번째 사람은 끔찍한 화상을 입어 얼굴 반쪽을 잃은 것처럼 보였으며, 또 다른 사람은 쓰러지지 않도록 지지대가 달린 작은 수레를 타고 집 안을 누볐다.

둘은 샌디에이고 고속도로를 타고 벤투라까지 가서 101번 고속도로로 갈아타고 서쪽으로 차를 몰아 캘러배서스 나들목으로 향했다. 수없이 언덕을 올랐다 내리는 사이에 둘이 선택한 샛길은 비포장도로가 되고, 비포장도로는 말이 다니는 길이 되었다. 애나 피킷의 1985년형 르세이버를 맥그래스가 몰았다.

그 집은 완전히 사방이 막힌 움푹 팬 구덩이 같은 곳에 있어서 아래쪽 흙길에서도 보이지 않았다. 낮은 언덕들 뒤로 이어진 말 다니는 길은 메스키트 나무와 서해안 떡갈나무에 덮여 있다가 별안간 완벽하게 포장이 된 아스팔트 길이 되었다. 언론 재벌 허스트가 허스트 성으로 통하는 입구를 가리려고 언덕들 사이에 숨겨놓은 길처럼, 그 아스팔트 포장길도 소용돌이를 그리며 아래로 흘러 내려갔다.

하늘에서 보지 않는 이상, 모험심이 넘쳐흐르는 캠핑족들도 그 거대한 농장풍 집과 부속 건물들과 부지를 찾아내지 못할 것 같았다. "부지가 얼마나 넓어요?" 맥그래스가 빙빙 돌아 그 구덩이 속으로 내려가며 물었다. "여기 다요." 여자가 한쪽 팔로 인적 없는 주변 언덕들을 쓱 훑으며 말했다. "거의 벤투라 카운티 경계까지예요."

그녀는 완전히 기운을 차렸지만 1시간 반 동안, 심지어 최악의 주말 정체로 차들이 로스앤젤레스에서 기어 나와 산페르난도 계곡을 통과하는 백만 개의 바퀴가 달린 벌레처럼 101번 고속도로를 기어가는 동안에도 거의 말을 하지 않았다. "들르는 사람이 많지는 않을 것 같네요." 그가 말했다. 옆자리에 앉은 여자가 산타모니카를 떠난 뒤 처음으로 똑바로 그를 쳐다보았다. "당신이 날 믿었으면 좋겠어요. 잠시만 더 날 믿어요." 그녀가 말했다.

그는 운전하는 데에만 신경을 집중했다.

그는 좁은 차 안에 갇힌 채 기묘하게도 어릴 때 크리스마스이브마다 침대에서 느꼈던 기분을 떠올리게 하는 일종의 무딘 공포에 질렸다. 그는 산타클로스를 보고 싶었지만 잠이 들어야 산타클로스가 온다는 걸 알았기 때문에 잠이 오는 게 안타까운 동시에 반가웠다.

밑에 있는 저 집에 비밀스러운 입과 몸에서 나오는 오래된 바람에 대해서 아는 누군가가 있다. 그녀를 믿지 않았더라면 그는 브레이크를 밟고 차에서 뛰쳐나가 고속도로에 닿을 때까지 내처 달렸을 것이다.

그러나 일단 집 안에 들어가서 하나같이 망가지고 비참한 사람들을 보고 나니, 그는 여자가 이끄는 대로 넓은 응접실로 들어가는 것 말고는 아무 일도 할 수 없을 정도로 무기력해졌다. 그 응접실에 과하다 싶게 속을 채운 편안한 의자들이 둥그렇게 놓인 걸 본 그는 더욱 공포에 사로잡혔다.

삼삼오오 사람들이 들어왔다. 구르는 수레를 탄 다리 없는 여성이 원 중앙으로 밀고 들어왔다. 거기 앉아서 사람들이 들어오는 것을 보던 그는 심장이 터질 것 같았다. 맥그래스가 젊을 때 뉴욕 탈리아 극장에서 열린 주디 갈랜드 영화제에 간 적이 있었다. 재상영된 영화 중에 〈아이는 기다린다〉라는 작품이 있었는데, 지적장애 아동들에 관한 그 영화는 뮤지컬 영화가 아니었다. 그는 고작 중간까지 보고서 샐리의 부축을 받아 극장에서 나와야 했다. 흐르는 눈물 때문에 앞이 보이지 않았기 때문이었다. 그는 다른 사람에 비해 장애를 가진 이들, 특히 장애를 가진 아동들의 고통을 그냥 보고 견디는 능력이 떨어졌다. 그는 문득 생각을 멈췄다. 왜 지금 탈리아 극장에서 있었던 일을 생각하는 거지? 저 사람들은 아이가 아니야. 다들 어른이야. 이 집에 있는 여성들은 다들 못해도 나만큼은 나이가 들었다. 분명 더 많이 들었을 것이다. 왜 나는 저들을 아이라 생각하지?

애나 피킷이 옆 의자를 차지하고는 둥그렇게 앉은 사람들을 둘러보았다. 의자 하나가 비었다. "캐서린은요?" 그녀가 물었다.

시각장애인인 여자가 말했다. "캐서린은 일요일에 죽었어."

애나가 눈을 감고는 등받이에 등을 기댔다. "신이 함께하시길, 그리고 그녀의 고통이 끝나기를."

그들은 잠시 조용히 앉아 있었다. 그러다 수레를 탄 여자가 맥그래스를 올려다보며 아주 상냥한 미소를 짓고는 물었다. "젊은이, 이름이 어떻게 되우?"

"로니라고 합니다." 맥그래스가 말했다. 그는 그녀가 수레를 굴려 자기 다리 쪽으로 다가와 무릎에 한 손을 올리는 걸 지켜보았다. 그는 따스함이 흘러들어오는 걸, 두려움이 녹아 사라지는 걸 느꼈다. 하지만 잠깐뿐이었다. 애나 피킷이 사무실에서 그랬던 것처럼 수레를 탄 여자도 몸을 떨면서 나직이 신음했다. 애나가 재빨리 일어나 여자를 맥그래스에게서 떼어냈다. 수레에 탄 여자의 눈에 눈물이 어렸다.

발작적으로 하얗게 센 머리를 떠는 파킨슨병 증상을 보이는 여자가 몸을 기울이며 말했다. "로니, 우리한테 말해봐요."

그가 '뭐를요?'라고 말하려고 입을 여는데, 그녀가 손가락 하나를 들어 올리고는 똑같은 말을 되풀이했다.

그래서 그는 그들에게 말했다. 최대한 친절하게. 감정을 말로 드러낼 때는 언제나 통속극 같은 느낌이 난다. 그를 깜깜한 어둠 속에 처박아 버린 슬픔의 물결을 표현하기에 말은 전혀 적당한 수단이 아니었다. "그들이 보고 싶어요, 아 세상에, 정말로 보고 싶어요." 그가 두 손을 비비 꼬면서 말했다. "전 이런 사람이 아니었어요. 어머니가 돌아가시고 나서 전 어찌할 바를 모르게 됐어요. 끔찍했지요. 그래요, 가슴이 무너진 것 같은 기분이었어요. 어머니를 사랑했으니까요. 하지만 전 어떻게든 견딜 수 있었어요. 아버지와 누이를 위로할 수도 있었죠. 그런 소질이 있었어요. 하지만 지난 2년 동안은… 차례차례로… 저와 가까웠던 그 많은 사람이… 제 과거와 제 삶의 일부였던… 저와 같이 시간을 보냈던 친구들이, 그리고 지금은 그 시간들도 사라졌어요. 기억하려고 할수록 희미해져요. 저는, 전 어떻게 해야 할지 전혀 모르겠어요."

그리고 그는 그 입에 대해서 말했다. 그 이빨 얘기를. 닫힌 입 얘기를. 밖으로 달아난 바람 얘기를.

"어릴 때 몽유병을 앓은 적 있어요?" 발이 기형인 여자가 물었다. 그가 말했다. 예. 하지만 딱 한 번이었어요. 얘기해봐요, 그들이 말했다.

"별일 아니었어요. 제가 어린아이였을 때, 아마 열 살 아니면 열한 살이었을 거예요. 제가 침실 바깥 복도에 서 있는 걸 아버지가 발견하셨죠. 계단 꼭대기였어요. 잠이 든 채로 벽을 쳐다보더래요. 그러더니 '여기 아무 데서도 그게 보이지 않아'라고 말하더래요. 아버지 말씀이, 제가 그랬다네요. 다음 날 아침에 아버지가 알려주셨어요. 아버지가 절 침대로 데려가서 다시 재웠어요. 제가 알기로는 그때 딱 한 번이었어요."

둥글게 앉은 여자들이 서로 뭔가를 중얼거렸다. 그러다 파킨슨병을 앓는 여자가 말했다. "아니요. 전 그게 별일이 아니라고 생각하지 않아요." 그리고 일어서서 그에게 다가왔다. 여자가 한 손을 그의 이마에 대고 말했다. "잠을 자요, 로니."

그래서 그는 눈을 한 번 깜박였고, 그러고는 갑자기 화들짝 몸을 일으켜 앉았다. 잠깐이 아니었다. 훨씬 길었다. 그는 졸았다. 상당히 오랫동안. 바깥이 어두워진 걸 보고 그는 금방 그런 상황을 알아챘다. 여자들은 마치 살아 있는 정글에 물어뜯긴 것처럼 보였다. 눈먼 여자가 눈과 귀에서 피를 흘리고 있었다. 수레를 탄 여자는 엎어져서 그의 발치에 정신을 잃고 누웠다. 화재 피해자가 앉았던 의자에는 이제 검게 타버린 인간의 윤곽만이 남아 여전히 희미한 연기를 피워올렸다.

맥그래스는 펄쩍 뛰듯이 일어섰다. 그는 다급하게 주위를 둘러보았다.

어떻게 해야 그들을 도울 수 있는지, 아무 생각이 나지 않았다. 옆자리 애나 피킷은 덧베개를 받친 의자 팔걸이에 축 늘어졌다. 몸은 뒤틀렸고, 입술에는 또다시 피가 점점이 찍혔다.

그제야 그는 깨달았다. 그를 만졌던 여자, 파킨슨병을 앓는 여자가 사라졌다는 사실을.

사람들이 신음하기 시작했고, 몇몇 손이 헛되이 허공을 짚으며 꿈틀거렸다. 코가 없는 여자가 일어서려다가 미끄러져 쓰러졌다. 그는 달려가 여자를 도와 다시 의자에 앉혔다. 여자의 양손에는 손가락이 없었다. 문둥병… 아니! 한센병이지, 그렇게 불러야 해. 여자가 몸을 기울이며 그에게 속삭였다. "저기… 테레사… 그녀를 도와줘…." 그는 여자가 가리키는 백지장처럼 창백한 여자를 쳐다보았다. 머리카락은 발열하는 듯한 흰색이고, 눈에는 색깔이 없었다. "테레사는… 낭창을 앓아…." 코 없는 여자가 속삭였다.

맥그래스는 테레사에게 갔다. 여자가 공포에 질린 표정으로 그를 올려다보았다. 거의 말도 하지 못하는 지경이었다. "어두운 데로… 데려가 줘요…."

그가 여자를 안아 들었다. 무게가 느껴지지 않았다. 그는 여자가 가리키는 대로 계단을 올라 2층 세 번째 침실로 갔다. 문을 열었다. 안에서 케케묵은 냄새가 났고, 어두웠다. 어렴풋이 침대의 형체가 보였다. 그는 여자를 안고 가서 푹신한 오리털 이불 위에 조심스레 눕혔다. 여자가 팔을 뻗어 그의 손을 만졌다. "고마워요." 여자가 가까스로 숨을 쉬면서 더듬더듬 말했다. "우리, 우리는… 그런 건… 생각도 못 했어요…."

맥그래스는 미칠 것 같았다. 무슨 일이 일어난 건지, 자신이 그들에게 무슨 짓을 한 건지, 아무 기억이 없었다. 기분이 끔찍하고, 뭔가 책임감이 느껴지는데, 자신이 무얼 했는지 아무 생각이 나지 않는다니!

"돌아가요." 여자가 속삭였다. "가서 사람들을 도와줘요."

"절 만지던 분은 어디에…?"

여자가 훌쩍이는 소리가 들렸다. "그 사람은 갔어요. 루린은 갔어요. 당신 잘못이 아니에요. 우리는… 그런… 건… 생각도 못 했어요."

그는 아래층으로 달려 내려갔다.

사람들이 서로를 도와 사태를 수습하는 중이었다. 애나 피킷이 물과 약병들과 물수건을 가져왔다. 사람들이 서로를 도왔다. 좀 더 건강한 이들이 절뚝거리거나 기면서 여전히 의식을 잃고 누웠거나 고통스럽게 신음하는 이들에게 갔다. 그리고 그는 실내에서 기름에 튀긴 금속 같은 오존 냄새를 맡았다. 불에 탄 여자가 앉았던 의자 위쪽의 천장에는 검게 탄 자국이 있었다.

그가 애나 피킷을 도우려고 했지만, 맥그래스라는 걸 알아차린 순간 여자가 그의 손을 쳐냈다. 그러더니 깜짝 놀라 손으로 입을 막고는 다시 울기 시작했고, 사과하기 위해 팔을 뻗었다. "아, 세상에, 정말 미안해요! 당신 잘못이 아니었어요. 당신은 몰랐어요…. 루린조차도요." 여자가 눈물을 닦으며 한 손을 그의 가슴에 가져다 댔다. "밖으로 나가요. 제발요. 나도 잠시 후에 나갈게요."

여자의 헝클어진 머리에 흰 머리 다발이 드문드문 섞였다. 그가 잠들던 순간에는 없었던 것이었다.

그는 밖으로 나가 별을 이고 섰다. 밤이었다. 루린이 그를 만지기 전에는 밤이 아니었다. 그는 차갑게 빛나는 점들을 올려다보았고, 다시는 되돌려 받을 수 없다는 상실감에 휩쓸렸다. 그는 주저앉아 자신의 생명이 땅속으로 흘러들도록, 스스로가 숨도 쉴 수 없는 이 비참함으로부터 풀려나도록 놔두고 싶었다. 그는 빅터를 생각했고, 땅속으로 서서히 내려가던 관과 이해할 수 없는 말을 중얼거리며 그의 가슴을 때리고 또 때리던, 그에게 매달리던 샐리를 생각했다. 힘도 없고, 대책도 없고, 의미도 없는, 그저 인간의 비참함 말고는 아무것도 없는 주먹질이었다.

맥그래스는 할리우드 아파트에서 에이즈로 죽어가는 앨런을 생각했다. 평소에도 신경질적인데다 자기들을 도와달라고 끊임없이 예수에게 기도하는 어머니와 누이가 그를 간호한다. 월세를 분담하는 룸메이트가 두 명이나 있는 아파트에서 죽어가는 앨런. 두 룸메이트는 질병이 옮을까 두려워 둘이서만 어울리고 종이 접시로 밥을 먹으며, 변호사를 고용하면 앨런을 쫓아낼 수 있는지 알아보려 한다. 카이저 병원이 보험 보장 범위를 회피할 방법을 찾아내 '홈 케어'를 받으라고 강요했기 때문에 그 끔찍한 아파트에서 죽어가는 앨런. 맥그래스는 딸과 저녁을 먹기 위해 막 옷을 차려입은 직후에 대발작 간질과 심장발작으로 침대 옆에 쓰러져 죽은, 결국 먹지 못할 저녁 식사를 위해, 다시는 보지 못할 딸과의 저녁 식사를 위해 차려입은 채 낮 동안 거기 누워 있었던 에밀리를 생각했다. 맥그래스는 병원 침대에 누워 웃어 보이려 애쓰던, 그리고 뇌를 좀먹는 종양이 진행되면서 순간순간 맥그래스가 누구인지 잊어버리곤 했던 마이크를 생각했다. 맥그래스는 주술사와 동종요법 치료사들을 찾던, 완전히 기울었어도 쓰러질 때까지는 계속 달리려 했던 테드를 생각했다. 맥그래스는 로이를, 디디가 가버린 지금 완전히 홀로 남은 로이를 생각했다. 반 쪼가리, 잘린 꿈, 미완의 대화를 생각했다. 맥그래스는 손으로 머리를 감싼 채 고통을 달래려고 앞뒤로 몸을 흔들며 거기 서 있었다.

애나 피킷이 그를 건드렸을 때 그는 화들짝 놀랐다. 작고 쓸쓸한 비명 소리가 어둠을 찢었다.

"저기서 무슨 일이 일어났어요?" 그가 따지듯 물었다. "저 사람들은 누구예요? 내가 당신들에게 뭘 한 거죠? 아, 제발, 묻잖아요, 뭐가 어떻게 된 건지 말해줘요!"

"우리는 흡수해요."

"무슨 말…."

"우린 질병을 가져가요. 우리 같은 사람은 늘 있었어요. 우리가 아는 한에서는요. 우리한테는 언제나 그런 능력이 있었어요. 질병을 떠맡는 능력 말이에요. 우리 같은 사람이 많지는 않지만, 어디에나 있어요. 우린 흡수해요. 우린 도우려는 거예요. 예수가 문둥이의 옷가지를 몸에 걸친 것처럼, 예수가 앉은뱅이와 소경을 건드려 낫게 만든 것처럼요. 그 능력이 어디서 나오는지는 모르겠어요. 일종의 강렬한 공감 능력이 아닐까 싶어요. 하지만… 우리는 그런 일을 하죠…. 우리는 흡수해요."

"그러면 나한테…저기서 있었던 일은 뭐죠…?"

"우리는 몰랐어요. 우리는 그게 그저 마음의 고통이라고만 생각했어요. 전에도 본 적이 있었거든요. 트리샤가 이 그룹에 당신을 보낸 것도 그래서예요."

"제 아내… 트리샤도 당신들 같은 사람이에요? 트리샤도… 그걸… 트리샤도 흡수해요? 전 그녀와 살았지만 한 번도…."

애나가 고개를 흔들었다. "아니요. 트리샤는 우리가 어떤 사람들인지 전혀 몰라요. 여기에 온 적도 없고요. 여기로 데려올 정도로 절박한 사람은 극히 적어요. 하지만 그녀는 훌륭한 치료전문가이고, 그녀의 환자 일부를 우리가 도왔어요. 그녀는 당신이…." 그녀가 말을 잠시 멈추었다. "그녀는 여전히 당신을 걱정해요. 그녀는 당신의 고통을 느끼고 그 그룹이 도움될지도 모른다고 생각했어요. 그녀는 진짜 렘 그룹은 알지도 못해요."

그가 여자의 어깨를 꽉 움켜잡았다.

"저기서 무슨 일이 일어난 거죠?"

그녀가 기억을 떠올리며 입술을 깨문 채 눈을 꼭 감았다. "당신이 말한 대로였어요. 입말이에요. 우린 그런 걸 본 적이 없어요. 그게, 그게 열렸죠. 그리고…그러고는…."

그가 여자를 쥐고 흔들었다. "뭐죠!?!"

여자가 기억을 떠올리며 울부짖었다. 그 소리가 그와 언덕들과 차가운 별빛에 부딪혔다. "입이었어요. 우리 각자에게 있던 입이! 열렸어요. 그리고 바람이, 그게, 막, 그게 막 우리한테서, 모두한테서 쉿쉿거리며 나왔어요. 그리고 우리가, 아니, 난 그저 저분들을 대신해 세상과 접촉하는 사람일 뿐이니까, 저분들이 아무 데도 가지 못하니 제가 가서 장을 봐오고 그런 것뿐이니까, 저분들이 흡수해서 지녔던 고통이, 그 고통이 몇 명

을 데려갔어요. 루린과 마지드… 테레사도 소생하지 못할 거예요. 난 알
아요….."

맥그래스는 미친 듯이 소리를 질렀다. 머리가 깨질 것 같았다. 그는
울부짖고 한탄하는 그녀를 흔들며 대답을 요구했다. "우리한테 무슨 일
이 생긴 겁니까, 어떻게 내가 그런 끔찍한 짓을 당신들에게 할 수 있었단
말인가요, 왜 이 존재는 제게, 우리에게 이런 짓을 하는 겁니까, 왜 지금
이죠, 뭐가 잘못된 거예요, 제발, 당신은 말해줘야 해요, 날 도와줘야 해
요, 우린 어떻게든 뭔가를 해야…."

그리고 둘은 든든한 지지대가 돼줄 만한 유일한 존재인 서로를 끌어
안고 필사적으로 매달렸다. 하늘이 머리 위에서 빙빙 돌고, 땅이 푹 꺼지
는 것 같았다. 하지만 둘은 넘어지지 않았다. 마침내 그녀가 그를 밀어내
고는 그의 얼굴을 뚫어지게 쳐다보면서 말했다. "모르겠어요. 난 모르겠
어요. 우리는 이런 일을 한 번도 겪은 적이 없어요. 앨버레즈나 에어리즈
도 이런 일은 몰라요. 바람이, 끔찍한 바람이, 살아 있는 뭔가처럼 몸에
서 나가는 건요."

"도와줘요!"

"전 당신을 도울 수 없어요! 아무도 당신을 도울 수 없어요. 누구도
당신을 도울 수 있을 것 같지 않아요. 르브래즈라 해도…."

그가 그 이름을 낚아챘다. "르브래즈! 르브래즈는 뭘 하는 사람이죠?"

"아니요. 르브래즈를 만나선 안 돼요. 제발, 내 말을 들어요. 조용하
고 외진 곳으로 가서 그걸 한번 스스로 다스려보세요. 그게 유일한 길이
에요!"

"르브래즈가 누군지 말해요!"

여자가 그의 뺨을 갈겼다. "내 말을 안 듣는군요. 우리가 당신한테 소
용이 없었다면, 다른 누구도 마찬가지예요. 르브래즈는 우리 인식의 한
계 밖에 있는 인물이에요. 그는 믿을 수 없는 사람이에요. 그가 저지르는
틀을 벗어난 일들은, 제가 보기에는 끔찍해요. 난 정말로 모르겠어요. 몇

년 전에 한 번 그를 만나러 간 적이 있는데, 당신이 원하는 그런 게…."

"난 상관없어요." 그가 말했다. "이젠 아무것도 상관없어요. 난 나한 테서 이걸 떼어내야 해요. 이건 같이 살기에는 너무 끔찍해요. 사람들의 얼굴이 보여요. 사람들이 계속 날 부르는데 나는 대답할 수가 없어요. 사람들이 뭔가 얘기 좀 해보라고 나한테 사정해요. 난 무슨 말을 해야 할지 모르겠어요. 잠을 잘 수가 없어요. 그리고 잠이 들면 사람들의 꿈을 꿔요. 이렇게 살 수는 없어요. 왜냐하면 이건 사는 게 아니니까요. 그러니 어떻게 하면 르브래즈를 찾을 수 있는지 알려줘요. 난 상관없어요, 이 빌어먹을 모든 상황이, 난 신경 안 써요. 그러니 말해줘요!"

여자가 다시 그의 뺨을 때렸다. 훨씬 세게. 그리고 또 한 번. 그는 묵묵히 받아들였다. 마침내 그녀가 말했다.

✳

그는 낙태 의사였다. 낙태가 합법화되기 전에 그는 수백 명의 여성에게 마지막 남은 희망이었다. 오래전 한때, 그는 외과 의사였다. 하지만 자격을 빼앗겼다. 그래서 그는 자신이 할 수 있는 일을 했다. 여성들이 긴 탁자가 있는 작은 방이나 옷걸이를 찾을 때, 그는 그들을 도왔다. 그는 실비를 충당하기 위한 용도로 200달러만 받았다. 옷장 안에 수천 달러씩이 든 갈색 종이가방이 가득하던 시절에 200달러는 거의 공짜로 해주는 거나 다름없었다. 그리고 그는 감옥에 갇혔다. 하지만 그는 감옥에서 나와 다시 그 일로 돌아갔다.

애나 피킷은 맥그래스에게 다른… 다른 일이 있었다고 말했다. 다른 실험들이. 그녀가 '실험'이라는 단어를 말할 때의 어떤 어조 때문에 맥그래스는 몸서리를 쳤다. 그리고 그녀가 다시 말했다. "그리하여 맥그래스가 잠을 살해했다." 그는 차를 가져가도 되는지 물었다. 그녀가 괜찮다고 답하자 그는 차를 몰고 101번 고속도로로 돌아가 북쪽으로 방향을 틀었다. 애나 피킷이 알려준, 르브래즈가 지난 몇 년간 완벽한 은둔 상태로 살고 있다는 샌타바버라로 향했다.

그의 집은 찾기가 쉽지 않았다. 그 시간까지 샌타바버라에 열려 있던 유일한 주유소에는 지도가 없었다. 주유소마다 호의의 표시로 의례적으로 공짜 지도를 제공하던 시대는 벌써 지났다. 미처 불만을 제기하기도 전에 맥그래스의 세계에서 사라진 수많은 다른 소소한 호의들과 마찬가지였다. 하지만 어쨌거나, 불만을 접수할 데도 없었다.

그래서 그는 미라마르 호텔로 갔다. 야간 객실 배당 직원은 샌타바버라의 거리를 속속들이 아는 60대 여성으로, 르브래즈가 있는 '거기'의 위치를 아주 잘 알았다. 그녀는 맥그래스가 마치 지역 도살장 위치를 물어보기라도 한 듯이 그를 쳐다보았지만 확실하게 방향을 가르쳐주었다. 그의 감사 인사에 그녀는 '천만에요'라고 답하지 않았고, 그는 떠났다. 새벽이 가까워져 동쪽 하늘이 막 밝아지는 참이었다.

그가 무성한 숲을 뚫고 높다란 울타리가 쳐진 사유지로 올라가는 사설 도로를 발견했을 때쯤에는 날이 완전히 밝았다. 해협 너머에서 쏟아지는 햇빛 덕분에 숲이 열대우림처럼 울창해 보였다. 그가 차에서 내리면서 흘끗 뒤돌아본 산타모니카 해협은 밤이 남긴 그림자들을 완전히 망각한 채 은색으로 잔잔하게 물결쳤다.

그는 대문으로 가서 인터컴 장치의 단추를 눌렀다. 그는 기다렸다 다시 한번 단추를 눌렀다. 그러자 찌지직거리며 남자인지 여자인지, 젊은 사람인지 나이 든 사람인지 분간할 수 없는 목소리가 들렸다. "누구세요?"

"애나 피킷과 렘 그룹에서 보낸 사람입니다." 그는 잠시 기다렸고, 침묵이 길어지자 덧붙였다. "진짜 렘 그룹요. 히든힐스 집에 있는 여자들 말입니다."

그 목소리가 말했다. "당신은 누구세요? 이름이 뭐죠?"

"그건 중요하지 않아요. 절 모르실 거예요. 맥그래스, 제 이름은 맥그래스라고 합니다. 르브래즈 씨를 만나러 먼 길을 왔어요."

"무슨 일로요?"

"문을 여시면 알게 될 겁니다."

"저흰 방문객을 받지 않아요."

"그렇군요… 그렇다면… 어느 날 제가 갑자기 자다 깼는데, 그러니까, 일, 일종의 입이 제 몸에 있었어요. 바람이 빠져나가고…."

뭔가 후다닥거리는 소리가 들리고, 철문이 벽돌담 쪽으로 물러나기 시작했다. 맥그래스는 황급히 차로 돌아가 시동을 걸었다. 문이 완전히 열리자 그는 가속 페달을 밟아 벌써 서두르는 기색 없이 닫히기 시작하는 문을 획 통과했다.

그는 열대우림을 통과하는 꼬불꼬불한 길을 따라가다가 숲 꼭대기로 나와서는 사방이 키 큰 나무와 무성한 잎사귀로 가린 자연석으로 지은 커다란 저택에 도착했다. 그는 파쇄석을 깐 진입로에 차를 세우고 멍하니 밑을 내려다보는 납선이 들어간 장식 창문들을 쳐다보며 잠시 그대로 앉아 있었다. 낮이 한창 기세를 펴기 시작하는 때였는데도 거긴 서늘하고 어스레했다. 그는 차에서 내려 문양이 조각된 떡갈나무 문으로 다가갔다. 문을 두드리려고 고리쇠로 손을 뻗는데 문이 열렸다. 망가진 뭔가가 문을 열었다.

맥그래스로서는 어쩔 수 없었다. 기겁하며 뒤로 넘어진 그는 입구에 선 인간 같지 않은 뭔가가 다가오지 못하게 막으려 두 손을 앞으로 뻗었다.

불에 타지 않은 곳은 끔찍스러운 분홍색이었다. 처음에는 여자라고 생각했다. 첫인상은 그랬지만 그는 곧 성별을 확신할 수 없게 되었고, 남자일 수도 있겠다고 생각했다. 그 생명체가 불꽃에 휩싸이는 고통을 당한 것은 분명했다. 머리엔 머리카락이 없었고, 몸에서는 검게 그을리지 않은 부분을 거의 찾아볼 수 없었다. 팔에는 관절과 굽는 부분이 너무 많은 것 같았다. 그 생명체가 여성이라는 인상을 받은 건 바닥까지 닿는 치렁치렁한 치마를 입었기 때문이었다. 하체를 볼 수는 없었지만, 둥글게 감싼 천 안에 인간의 몸통도 인간의 다리도 아닌 듯이 흐물흐물 움직이는, 하지만 상당한 크기인 덩어리가 있다는 건 알 수 있었다.

그리고 그 생명체가 어찌나 순수하고 푸른지 가슴이 에일 정도로 아름다운 한쪽 눈과 젖빛으로 흐려진 다른 쪽 눈으로 그를 응시했다. 눈과 턱 사이에 있어야 할 이목구비는 검게 탄 뭉치와 튀어나온 혹이 된 채 가슴과 이어졌고, 입술 없는 입은 그저 주변 피부보다 조금 더 검게 보일 뿐이었다. "들어와요." 그 문지기가 말했다.

맥그래스가 멈칫거렸다.

"아니면 가시든지." 그것이 말했다.

로니 맥그래스는 깊이 숨을 들이쉬고는 내뱉었다. 문지기가 아주 약간 옆으로 비켜섰다. 둘의 몸이 닿았다. 까맣게 그을린 엉덩이와 정상적인 손등이.

문이 닫히고 이중으로 빗장이 잠겨서 맥그래스는 이제 나갈 수 없게 되었다. 그는 그 무성 생물을 따라 길고 천장이 높은 현관 로비를 지나 위층으로 올라가는 나선형 계단 오른쪽에 있는 육중하게 나무판을 댄 닫힌 문으로 다가갔다. 남자인지 여자인지 알 수 없는 그것이 들어가라는 몸짓을 하고는 비틀거리며 저택 뒤편으로 사라졌다.

맥그래스는 잠시 서 있다가 화려하게 장식된 가로형 문손잡이를 돌리고 안으로 들어갔다. 무거운 커튼이 아침 햇살을 막긴 했지만, 마구잡이로 새어 들어온 빛줄기가 방 이곳저곳을 수놓았다. 무릎 덮개로 다리를 가린 노인이 등받이가 높은 의자에 앉아 있는 게 보였다. 그는 서재 안으로 발걸음을 뗐다. 서재가 틀림없었다. 천장까지 닿는 책장들이 내용물을 온통 바닥에 쏟아놓았다. 음악이 방 안을 휘몰아쳤다. 클래식 음악이지만 무슨 곡인지는 알 수 없었다.

"르브래즈 박사님?" 그가 말했다. 노인은 움직이지 않았다. 고개를 푹 숙이고 눈을 감은 채였다. 맥그래스는 가까이 다가갔다. 뭔가 교향곡 같은 느낌의 음악이 점점 고조됐다. 이제 세 발짝 정도를 남기고 그는 다시 르브래즈의 이름을 불렀다.

사자를 닮은 머리가 눈을 뜨고 고개를 들었다. 그가 눈도 깜박이지 않고 맥그래스를 쳐다보았다. 음악이 끝났다. 침묵이 서재를 채웠다.

노인이 서글픈 미소를 지었다. 그러자 둘 사이를 채웠던 모든 불길함이 일시에 사라졌다. 다정한 미소였다. 그가 육중한 팔걸이의자 옆에 놓인 등받이 없는 의자를 고갯짓으로 가리켰다. 맥그래스는 옅은 미소를 지으려 애쓰면서 그 자리에 앉았다.

"자네가 뭔가 새로운 의약품 보증을 해달라고 온 게 아니길 바라네." 노인이 말했다.

"르브래즈 박사님이십니까?"

"한때 그런 이름으로 알려졌었지, 그렇네."

"절 도와주셔야 합니다."

르브래즈가 그를 쳐다보았다. 맥그래스가 내뱉은 말에는 바다와도 같은 깊이가, 모든 일상성이 일거에 거부되는, 암석 동굴 속으로 떨어지는 듯한 깊이가 있었다. "도와달라고?"

"예. 간청합니다. 전 제가 느끼는 것을 견딜 수 없습니다. 전 지난 몇 달 동안 너무 많은 일을 겪었고, 너무 많은 일을 보았어요, 저는…."

"도와달라고?" 노인이 뭔가 잃어버린 언어라도 되는 양 그 말을 다시 읊조렸다. "난 나 자신도 어쩌지 못하는데…, 내가 어떻게 자네를 도울 수 있다는 건가, 젊은이?"

맥그래스는 말했다. 모든 것을 낱낱이.

어느 시점엔가 그 검게 탄 생명체가 방에 들어왔지만 맥그래스는 자기 얘기를 다 마칠 때까지 그 존재를 알아차리지 못했다. 말을 마치자 뒤에서 그것이 말했다. "당신은 비범한 사람입니다. 살아 있는 사람 중에 '타나토스의 입'을 본 사람은 백만 명 중 한 명도 안 돼요. 영혼이 빠져나가는 것을 느낀 사람은 1억 명 중 한 명도 안 되고요. 그것이 꿈이 아니라 현실이라고 생각할 만큼 고통스러워한 사람은 인류의 기억에는 한 명도 없습니다."

맥그래스는 그 생명체를 뚫어지게 쳐다보았다. 그것이 쿵쿵거리며 방을 가로질러 와 노인이 앉은 의자 뒤에 섰다. 노인을 건드리진 않았다. 노인이 한숨을 쉬며 눈을 감았다.

그 생명체가 말했다. "이분은 같은 인간들을 위해 살고 일하고 돌보는 조지프 르브래즈 씨입니다. 이분은 여러 생명을 살렸고, 사랑하여 결혼했고, 조금은 더 나은 세상을 남기고 죽겠다고 맹세하셨습니다. 그리고 아내가 죽고, 이분은 그 어떤 사람도 겪어보지 못한 지독한 우울의 늪에 빠졌습니다. 그러던 어느 날 오한을 느끼며 잠에서 깼지만, 타나토스의 입을 보지는 못했습니다. 이분은 그저 아내가 너무 끔찍하게 그리워서 그만 생을 끝내고 싶다고만 생각했지요."

맥그래스는 조용히 앉았다. 그로서는 그 말이 무슨 의미인지, 무릎 덮개를 덮은 이 쓸쓸한 인물의 역사가 무슨 의미가 있는지 전혀 감을 잡을 수 없었다. 하지만 그는 기다렸다. 세상에 존재하는 닫히고 열린 숱한 집 중에서, 지금 이 집에서 도움을 얻을 수 없다면 그에게 남은 다음 단계는 총을 사서 삶을 뒤덮은 회색 안개를 걷어내는 일뿐이라는 걸 그는 알았다.

르브래즈가 시선을 들었다. 그는 깊이 숨을 들이마시고는 맥그래스를 외면했다. "나는 기계에 의지했네." 그가 말했다. "나는 회로와 전자칩에서 도움을 구했지. 난 추웠고, 눈물을 그칠 수 없었다네. 난 아내가 너무 그리워서 견딜 수가 없었어."

그 생명체가 육중한 팔걸이의자를 돌아 나와서 맥그래스를 굽어보며 섰다. "그는 아내를 저편에서 데리고 왔습니다."

맥그래스의 눈이 화등잔만 해졌다. 그는 이해했다.

방 안의 침묵이 점점 고조됐다. 그는 낮은 의자에서 일어날까 했지만 움직일 수 없었다. 그 생명체가 그 멋진 푸른 한쪽 눈과 보이지 않는 우윳빛 구슬로 그를 내려다보았다. "그는 아내의 평화를 빼앗았어요. 이제 그녀는 이 반쪽짜리 삶을 계속 살아야만 합니다."

"이분이 조지프 르브래즈 씨이고, 자신의 죄를 감당할 수 없어요."

노인이 울었다. 맥그래스는 이 세상에 한 방울의 눈물만 더 떨어지면

엿이나 먹으라고 하고 총을 사러 가야겠다고 생각했다. "알겠소?" 노인이 부드럽게 말했다.

"요점이 뭔지 알겠어요?" 그 생명체가 물었다.

맥그래스가 두 손을 펼쳐 보였다. "그 입은… 그 바람은…."

"꿈수면의 기능은." 그 생명체가 말했다. "우리를 살게 하는 겁니다. 우리를 실망케 하는 것들을 우리 마음에서 벗겨내는 거지요. 그러지 않으면 우리가 어떻게 그 비애를 감당할 수 있겠습니까? 기억은 사람들이 남긴 결과이자 그들이 떠날 때 우리에게 남은 그 사람들의 일부입니다. 하지만 그것들은 온전하지 않아요. 그것들은 한때 자신이 속했던 것과 다시 결합하고자 울부짖으며 날뛰지요. 당신은 타나토스의 입을 봤고, 당신은 사랑하는 이가 떠나는 걸 느꼈어요. 당신은 자유로워졌어야 해요."

맥그래스는 천천히, 천천히 고개를 저었다. 아니요, 전 자유로워지지 않았어요. 전 노예가 됐어요. 그게 절 괴롭혀요. 아니요. 아니에요. 전 그걸 견딜 수 없어요.

"그렇다면 당신은 아직 요점이 뭔지 모르는군요, 그렇지 않아요?"

그 생명체가 노인의 움푹한 뺨에 한때는 손이었던 검게 탄 나뭇가지를 댔다. 노인이 사랑스럽게 그 생명체를 올려다보려 했지만 고개가 돌아가지 않았다. "당신이 그걸 놓아줘야 해, 그것 모두를." 르브래즈가 말했다. "그 외에 다른 답은 없다오. 놓아줘요… 그 사람들을 놓아줘요. 그들이 저편에서 온전해지는 데 필요한 부분들을 돌려주고, 부디 친절한 마음으로 그들이 얻은 평화의 권리를 누를 수 있게 해주시오."

"입이 열리도록 둬요." 그 생명체가 말했다. "우리는 이곳에서 살 수 없어요. 영혼의 바람이 통과하도록 열어주고, 그 빈 공허를 해방이라 받아들여요." 그리고 그녀는 말했다. "저쪽이 어떤지 얘기해드려도 될까요? 어쩌면 도움이 될 거예요."

맥그래스는 한 손으로 옆구리를 만졌다. 안에서 일개 군단이 닫힌 문으로 나가려고 두드리기라도 하는 듯이 끔찍하게 아팠다.

✳

　그는 왔던 길을 되짚었다. 그는 지난 며칠간 왔던 길을 거슬러 올랐다. 몽유병을 앓는 듯했다. '여기 아무 데서도 그게 보이지 않아.'

　그는 히든힐스의 농가풍 집에 머무르며 성심성의껏 애나 피킷을 도왔다. 그녀가 그를 태워 도시로 돌아갔고, 그는 피코가 사무용 빌딩 앞에서 자신의 차를 찾았다. 그는 보조석 사물함에 주차표 세 장을 넣었다. 일상의 일이었다. 그는 아파트로 돌아가 옷을 벗고 목욕했다. 그는 그 모든 일이 시작된 침대에 발가벗은 채 누워 잠을 청했다. 꿈을 꾸었다. 미소 짓는 얼굴들이 나오는 꿈. 그리고 예전에 알던 아이들이 나오는 꿈. 다정한 꿈, 그를 안은 손들의 꿈.

　그리고 그 긴 밤에 가끔 산들바람이 불었다.

　그는 알아채지 못했다.

　그리고 그가 깼을 때는 세상이 아주 오랜만에 조금 서늘해졌다. 그리고 그들이 사무치게 그리울 때, 그는 마침내 안녕이라고 말할 수 있었다.


**사람을 알려면 그가 무엇에 주의를 기울이는지 보라.**

— 존 치아디

# THE MAN WHO WHO ROWED CHRISTOPHER COLUMBUS ASHORE

콜럼버스를 뭍에 데려다준 남자

✦

신해경 옮김

◆

**1993년 《미국 베스트 단편소설집》 수록**
**1994년 네뷸러상 노미네이트**

**레벤디스:** 10월 1일 화요일, 반바지 밑으로 털이 북슬북슬 난 다리를 내놓고 무겁게 장식한 훈장 띠를 비스듬하게 가슴에 걸친 어설픈 보이스카우트 복장으로 그는 월셔가와 웨스턴가가 만나는 붐비는 거리 모퉁이에서 관절염에 걸린 흑인 여성이 길을 건너는 걸 도와주었다. 사실 그 여성은 길을 건너고 싶지 않았지만, 그가 반은 잡아당기고 반은 끌다시피 해서 길을 건넜다. 늙은 여성은 걸음을 옮길 때마다 그를 '황갈색 쌍놈 새끼'라고 부르며 고래고래 소리를 질렀다.

**레벤디스:** 10월 2일 수요일, 전통적인 모닝코트와 외교관풍의 줄무늬 바지를 입은 그는 보스턴 정신과 의원 진료실에 앉아서 바지 주름이 빳빳한지 확인해가며 조심스럽게 다리를 꼬고는 '조지 애스펀 대븐포트, 의학박사, 미국정신과협회 회원(에른스트 크리스, 안나 프로이트와 함께 수학)'에게 말했다. "예, 그거예요, 이제야 이해하시네요." 그러자 대븐포트 박사가 진료카드에 뭔가를 적더니 가볍게 목청을 가다듬고는 바꾸어 말했다. "입이… 사라진다고요? 그러니까, 입이, 코 밑에 있는 얼굴 부분이,

그게, 음, 사라진다고요?" 환자가 될 가능성이 커 보이는 남자가 환한 미소를 지으며 재빨리 고개를 끄덕였다. "맞아요." 대븐포트 박사는 뺨 안쪽에 생긴 궤양을 혀로 자꾸 괴롭히면서 또 뭔가를 적고는 세 번째로 다시 물었다. "그러니까 지금 우리가 얘기하는 게, 허허, 용어를 정확하게 하자면, 우리가 얘기하는 게 입술인가요, 아니면 혀, 아니면 구강, 아니면 잇몸, 아니면 이, 아니면…." 다른 남자가 아주 심각한 표정으로 몸을 앞으로 숙이더니 대답했다. "다입니다, 의사 선생님. 전체, 전부, 구멍 전체와 주변의 모든 것들, 위와 아래, 안의 모든 것요. 제 입, 제 입의 모든 것 말입니다. 그게 사라지는 중이에요. 이 중의 어느 부분이 이해가 안 됩니까?" 대븐포트가 잠시 콧노래를 흥흥거리더니 말했다. "뭣 좀 확인해봅시다." 그리고는 일어서서 저쪽 벽, 사람들로 북적거리는 활기찬 보스턴 광장이 내다보이는 창문 옆에 선 유리와 티크로 만든 책장으로 가서 거대한 책 한 권을 꺼냈다. 그는 몇 분간 책을 뒤적거리다가 어딘가에서 멈추더니 손가락을 대고 읽었다. 그는 상담 의자에 앉은 우아한 회색 머리 신사를 돌아보며 말했다. "리포스토미." 환자가 될 가능성이 큰 남자가 무슨 소린지 가늠하려는 개처럼 고개를 한쪽으로 기울이고는 '예, 그런데 리포스토미가 뭐죠?'라고 묻기라도 하는 것처럼 기대에 찬 표정으로 눈썹을 치켜올렸다. 정신과 의사가 책을 그에게 가져가 몸을 숙이고는 그 정의 부분을 손가락으로 짚었다. "입의 위축증." 60대 초반으로 보이지만 놀라울 정도로 잘 가꾸고 근사하게 잘 차려입은 회색 머리 신사는 대븐포트 박사가 제자리에 앉으려고 책상을 돌아가는 사이에 천천히 고개를 저었다. "아니요, 전 그렇게 생각하지 않아요. 입이 위축되는 것 같지 않아요. 입은 그냥, 그러니까, 다른 방법으로는 표현할 수가 없네요, 입은 정말로 그냥 사라지고 있어요. 체셔 고양이의 웃음처럼요. 희미해지다 사라지는 거죠." 대븐포트가 책을 덮어 책상에 놓고는 그 위에 손을 겹쳐놓고 짐짓 겸손한 척 미소를 지었다. "그게 망상일 수도 있다는 생각은 안 드십니까? 지금 제가 그 입을 보고 있는데요, 제자리에 있어요. 진료실에 들어오셨을 때와 전혀 다르지 않게요." 환자가 될 가능성이 큰 남자가 일어서더니 소파에 놓은 자기 중절모를 집어 들고 문 쪽으로 향하기 시작했다. "제가 독순술을 할 줄 알아서 다행이군요." 그가 머리에 모자를 얹으며 말했다. "분명 조롱을 받으면서 당신이 말하는 그런 터무니없는 비용을 낼 필요는 없을 테니까요." 그리고 그는 진료실 문으로 다가가 문을 열고는 잠시 중절모를 고쳐 쓰느라 걸음을 멈췄다가 밖으로 나갔다. 그의 머리에는 귀가 달리지 않았다.

**레벤디스:** 10월 3일 목요일, 그는 매장용 카트에 오크라와 가지와 커다란 개 사료 몇 포대와 대형 치수 기저귀 상자들을 쌓아 올렸다. 그러고는 위스콘신주 라크로스시에 있는 센트리마켓의 진열대 사이를 난폭하게 누비면서 의도적으로 꾀를 부려 13년 전에 아버지가 돌아가신 후 혼자 사는 마흔일곱 살 먹은 동성애자 케네스 쿨윈과 고교 졸업 파티에 같이 가줄 사람을 찾지 못해 희망을 잃은 이후로 몇십 년이 지나도록 사교생활 면에서 전혀 나아지지 않은 서른다섯 살 먹은 법률회사 비서 앤 길런의 카트에 부딪혔다. 그는 마치 충돌이 둘의 잘못인 양 고래고래 소리를 질러서 두 사람을 같은 편에 서게 만들었다. 그는 둘에게 백포도주 냄새를 풍기며 눈 뜨고 못 봐줄 정도로 무례하게 굴다가 마침내 둘이 난장판이 된 식료품들을 정리하도록, 자신의 행동에 대해 둘이 험담을 하도록, 둘이 서로를 눈여겨보도록 놔둔 채 법석을 떨며 그 자리를 떠났다. 그는 밖으로 나와 미시시피강의 냄새를 맡으며 앤 길런의 차 바퀴에서 공기를 빼놓았다. 주유소까지 가려면 누군가가 태워줘야 할 것이다. 케네스 쿨윈은 그녀에게 자신을 '케니'라고 부르라고 말할 것이고, 둘은 서로가 도로시 맥과이어와 로버트 영이 주연한 1945년 로맨스 영화인 〈마법에 걸린 오두막〉을 제일 좋아한다는 걸 알게 될 것이다.

**레벤디스:** 10월 4일 금요일, 그는 캔자스주 필리스버그시 근교에 있는

어느 외딴 피크닉장에 웬 장거리 트럭 운전사가 뚜껑을 제대로 닫지 않은 폐나진 통들을 투기하는 걸 발견했다. 그래서 그는 트럭 운전사의 머리를 세 번 쏘았다. 그리고 시체를 야외용 벤치 주변에 있던 거의 빈 쓰레기통 안에 쑤셔 넣었다.

**레벤디스:** 10월 5일 토요일, 그는 내슈빌에 있는 오프리랜드 호텔의 테네시 연회장 바로 옆에 붙은 채터누가실에서 244명의 컨트리/웨스턴 음악계 대표자들을 앞에 놓고 연설을 했다. 그는 말했다. "세상에 그렇게나 많은 어리석음과 난잡함과 평범함과 적나라한 나쁜 취향이 있다는 것이 놀라운 게 아닙니다…. 믿을 수 없는 건 세상에 이처럼 좋은 예술이 많다는 것입니다." 참석자 한 명이 손을 들고 물었다. "당신은 선한가요, 아니면 악한가요?" 그는 20초도 안 되는 시간 동안 그 질문에 대해 생각하고는 미소를 지으며 대답했다. "물론, 선하지요! 세상에 진정한 악은 하나밖에 없습니다. 바로 평범함 말입니다." 사람들이 드문드문, 하지만 정중하게 박수를 쳤다. 그런데도, 행사 뒤풀이에서 스웨덴풍 미트볼이나 하와이식 전채요리 루마키에 손을 대는 사람은 아무도 없었다.

**레벤디스:** 10월 6일 일요일, 그는 쿠르디스탄 어느 이름 없는 산정 동쪽 사면 인근에 땅에서 파낸 노아의 방주 잔해를 놓아두었다. 근접 비행하는 인공위성이 있다면 다음번 적외선 탐사에서 발견해낼 터였다. 그는 알아볼 만한 배의 선체 내부뿐만 아니라 주변 여기저기에도 다량의 뼛조각을 심어놓는 치밀함을 보였다. 그는 뼈가 둘씩 짝이 지어지도록 주의를 기울였다. 모든 짐승은 같은 종류끼리, 모든 가축도 같은 종류끼리, 그리고 땅을 기어 다니는 모든 기는 것들도 같은 종류끼리, 그리고 모든 가금도 같은 종류끼리, 그리고 온갖 종류의 새들도, 둘씩. 거기다 짝을 맞춘 그리핀과 유니콘, 스테고사우루스, 텐구, 용, 치열교정 의사, 그리고 탄소측정연대로 5만 년이 나오는 보스턴 레드삭스 소속 구원투수의

뼈까지 둘씩.

**레벤디스:** 10월 7일 월요일, 그가 고양이를 찼다. 그는 고양이를 꽤 멀리 차버렸다. 거기 콜로라도주 오로라시 걸리너가에서 그 광경을 본 행인들에게 그는 말했다. "나는 불행하게도 유한한 세상에 살게 된 무한한 사람이야." 경찰을 불러야겠다고 마음먹은 어느 주부가 자기 집 주방 창문에서 그에게 소리쳤다. "당신 누구야? 이름이 뭐야?!" 그는 소리가 잘 들리도록 손을 입가에 모으고 마주 소리쳤다. "레벤디스! 그리스어야." 사람들이 나무에 반쯤 박힌 고양이를 발견했다. 나무를 베고, 고양이가 박힌 부분은 둘로 쪼갰다. 어느 재능있는 박제사가 그 고양이를 손봤는데, 그 불쌍한 짐승이 내는 겁에 질린 가냘픈 울음소리와 구토를 가라앉히느라 애를 먹었다. 나중에 그 고양이는 책 버팀대로 팔렸다.

**레벤디스:** 10월 8일 화요일, 그는 미시간주 캐딜락시에 있는 지방검사실에 전화를 걸어 전날 일몰 직후에 햄트램크시 주택가 도로에서 놀던 두 아이를 치어 죽인 1988년형 푸른색 메르세데스가 어느 시칠리아계 마피아 거물의 전속 페이스트리 제빵사 소유라고 제보했다. 그는 그 메르세데스를 가져다 찌그러진 데를 펴고 외형복원제를 바르고 새로 도색한 장물 차량 처리장이 어디에 있는지까지 자세한 정보를 주었다. 그는 차량 번호를 넘겼다. 그는 희생된 두 여자아이 중 더 어린 쪽의 두개골 조각 위치를, 그게 차량의 왼쪽 앞바퀴 안쪽에 있다는 걸 알려주었다. 그 조각은 빠진 나뭇조각 퍼즐처럼 사건 정황에 딱 들어맞을 뿐만 아니라 병리학자들의 엄정한 시험을 거치면 법정에서 어떤 주장이 나오더라도 대응할 수 있는 반박할 수 없는 증거가 될 터였다. 의학검사관은 기본적인 ABO식 혈액형 검사를 했고, 나싯 가시 RH 테스트와 MNSs 테스트와 루이스 더피 검사와 Kidd 유형 검사를 A형과 B형 모두 실시하여 신원의 범위를 좁혔다. 그리고 마침내 특이하게도 대부분의 혈액형 그룹에 존재

하지만 일부 일본계 하와이인들과 사모아인들에게서는 볼 수 없는 주니어 a형 단백질이 없다는 사실을 입증할 수 있었다. 그 어린 소녀의 이름은 셰리 투알라울렐레이였다. 강력계 수사관들이 그 페이스트리 제빵사가 뺑소니 사건이 있기 나흘 전에 아내와 세 아이와 함께 뉴욕으로 휴가를 갔다는 사실을 밝혀내고, 메르세데스 자동차가 아이들을 친 바로 그 시각에 뉴욕의 마틴 벡 극장 7번째 줄 중앙 좌석에 앉아 재상연된 〈아가씨와 건달들〉 뮤지컬을 즐겼음을 증명하는 입장권 쪼가리를 입수하자 조직범죄팀이 투입되었다. 수사 범위가 더 확대되었다. 셰리 투알라울렐레이는 몰래 정부를 찾아가려고 그 메르세데스를 '빌렸던' 페이스트리 제빵사의 보스 '위안자 샐리' 시니오 콘포르테가 33년 징역형을 받는 데 큰 역할을 하였다.

**레벤디스:** 10월 9일 수요일, 그는 큰애가 자살할 때 썼던 총을 형을 잘 따랐던 동생에게 준 코네티컷주 노워크시에 사는 중년 부부 패트리샤와 포스티노 에반젤리스타에게 과일바구니를 보냈다. 동봉된 쪽지에는 이렇게 적혀 있었다. "이 섬세하기 짝이 없는 엄마, 아빠 같으니라고, 잘했어!"

**레벤디스:** 10월 10일 목요일, 그는 골수암 치료제를 만들었다. 누구든 만들 수 있었다. 재료는 신선한 레몬주스와 거미줄, 생당근 부스러기, 발톱에서 초승달 부분이라고 불리는 불투명한 흰색 부분, 탄산수였다. 제약업계 카르텔이 재빨리 일류 광고업체인 필라델피아 PR사를 고용해 그 치료제의 효과에 의문을 던졌지만, 미국의학협회와 연방식품의약국은 실험을 가속하여 치료제가 효과가 있고 부작용이 없다는 사실을 확인하고는 즉각적인 사용을 권장했다. 그러나 에이즈에는 효과가 없었다. 보통의 감기에도 듣지 않았다. 희한하게도, 의사들은 업무량이 감소했다며 치하했다.

**레벤디스:** 10월 11일 금요일, 그는 동냥 바가지를 들고 미얀마 양곤에 있는 영국 대사관 바깥 보도에 자기가 싼 똥오줌을 뭉개며 누워 있었다. 그가 있는 곳은 정문 바로 왼쪽, 높이 쌓아 올린 담의 각도 때문에 보초를 서는 초병들에게 반쯤 가린 곳이었다. 도로 바로 위쪽에서 요금과 함께 운전사로부터 기분 나쁜 지청구를 듣지 않을 정도의 얼마 안 되는 루피를 팁으로 건넨 한 50대 여성이 겨우 소형버스에서 내리고는 엉덩이를 가린 비단 재킷 가장자리의 매무새를 다듬은 다음 대사관 정문을 향해 당당하게 행진했다. 여자가 부랑자 옆으로 오자 그가 팔을 괴어 머리를 받치고는 그녀의 발목에다 대고 소리를 질렀다. "어이, 이봐! 내가 이런 시를 써서 거리에서 파는데 말이야, 덕분에 청소년 부랑자들이 거리에서 사라져서 당신이 침을 맞을 일도 없어졌지! 그래, 어떻게 생각해, 하나 사야지?" 기혼 부인은 걸음을 멈추지 않고 정문을 향해 성큼성큼 걸어가면서 딱딱거리며 한마디 내뱉었다. "당신은 장사치야. 예술을 입에 올리지 마."

이상의 이야기 제목은 '오디세우스의 여정'이다.

✳

바람이 든 자루를 꿰매 준 구두 수선공을 찾으면
오디세우스의 방랑 경로를 찾을 수 있을 것이다.

— 에라토스테네스, 기원전 3세기 후반

**레벤디스:** 10월 12일 토요일, 그는 옆길로 새서 독일 남서부 바이마르 근처에 있는 어떤 장소에 갔다. 그 광경을 찍는 사진작가는 보지 못했다. 그는 상삭 나발처럼 놓인 시체 더미들 가운데 섰다. 봄날치고는 추웠다. 옷을 두껍게 껴입었는데도 몸이 떨렸다. 그는 눈이었던 검은 구멍들을 들여다보고, 깨끗하게 갉아 먹은 뼈가 무더기로 쌓인 끝없이 이어지는

닭고기 만찬 자리를 쳐다보며, 줄지어 늘어선 뼈만 남은 시체들 사이를 걸었다. 팽팽하게 벌어진 남녀의 샅들. 한때는 잠에서 깨어나는 시간을 부드럽게 만들어주었을 열정이 있던 타르를 칠한 방수천 같은 살결들. 어찌나 마구잡이로 뒤얽혔는지 여기 여자는 팔이 세 개고, 저기 아이는 나이에 비해 세 배쯤 긴 단거리 선수의 다리가 달렸다. 그을음이 가득한 눈으로 그를 올려다보는 어느 여자의 얼굴에서 높고 사랑스러운 광대뼈가 눈에 띄었다. 어쩌면 여배우였을지도 모른다. 가슴과 몸통이었을 실로폰들, 작별 인사를 하고 손주들을 포옹하고 전통이 이어지는 것에 기뻐하며 건배를 들었을 바이올린 활들, 눈과 입 사이에 난 조롱박 모양의 호각들. 그는 장작더미 같은 시체들 가운데 섰고, 스스로 그저 하나의 도구로만 존재할 수는 없었다. 그는 주저앉아 손으로 머리를 감싸고 웅크린 채 울었다. 사진작가가 한 장 또 한 장 사진을 찍었다. 편집자가 준 선물과도 같은 기회였다. 그러다 그는 애써 울음을 그치고 일어섰다. 추위가 살을 에었다. 그는 무거운 외투를 벗어 여자 두 명과 남자 한 명의 시체를 상냥하게 덮어주었다. 그들은 너무 가까이 엉킨 채 누워서 외투 하나로도 덮을 만했다. 그는 1945년 4월 24일에 부헨발트에서 장작더미 같은 시체들 가운데 서 있었고, 46년이 지난 10월 12일 토요일에 발간된 어느 책에는 그 사진작가의 얼굴이 나올 터였다. 외투를 입지 않은 호리호리한 젊은 남자가 다시 옆길로 새려는 순간 바로 직전에 사진작가의 필름이 다 떨어졌다. 그 사진작가는 눈물이 그렁그렁한 젊은 남자가 '세르챠'라고 말하는 소리도 듣지 못했다. 세르챠는 러시아어로 '심장'이라는 뜻이다.

**레벤디스:** 10월 13일 일요일, 그는 아무 일도 하지 않았다. 쉬었다. 그걸 생각하자 짜증이 났다. "우리가 살아내지 않으면 시간은 신성해지지 않는다." 그는 말했다. 그러면서 또 생각했다. 알 게 뭐야, 신조차도 하루는 뺐는데.

**레벤디스:** 10월 14일 월요일, 그는 수첩을 움켜쥐고서, 곰팡이와 쓰레기와 오줌 냄새 때문에 입으로 숨을 쉬면서, 찾는 아파트 호수에 마음을 집중하면서, 볼티모어시 어느 공동주택의 냄새 나는 계단통을, 높은 곳에 달린 파리한 전구 빛이 간신히 비추는 수직 터널의 저녁 어스름 속을 긴장한 채 올랐다. 그는 오르고 또 오르면서 몸을 뻗어 문마다 달린 숫자를 찾아봤지만, 세입자들이 호수를 표시하는 숫자들을 떼어내버리니 자기 같은 복지과 조사원들은 좌절할 수밖에 없다는 걸 알았고, 마지막 계단 구석에 처박힌 뭔가 번들번들하고 물기가 새어 나오는 것에 발이 걸리는 바람에 잡고 있던 썩어가는 난간을 놓쳤다가 간신히 제때 다시 잡았고, 위에서 떨어지는 절망적인 바랜 빛줄기를 맞으며 순간적으로 넘어질 뻔하다가 다시 난간을 움켜잡는 그 순간, 그는 집중관찰 중인 그 생활보장 대상자가 집에 없기를, 그래서 오늘 일은 이만 마치고 서둘러 시내로 돌아가 도시 반대쪽에 있는 집에 가서 샤워했으면 하고 바라면서도, 꼭대기 층까지 올라가 문틀에 긁어 놓은 숫자를 찾았고, 노크했지만 아무 대답도 듣지 못했고, 다시 노크하고는 처음에는 비명을, 다음에 또 비명을, 그러고는 첫 번째 비명에 계속 이어지는 거로 봐서는 어쩌면 한 번의 비명일지도 모르는 비명을 들었고, 그가 문에 몸을 던지자 오래된데다 제대로 만들었을 리가 없는 썩은 문이 쩍하고 갈라지며 경첩이 빠져 떨어졌고, 안으로 들어선 그는 세상에 다시 없을 것처럼 아름다운 젊은 흑인 여성이 아기에게 달려든 쥐 떼를 뜯어내는 걸 보았다. 그는 수표를 식탁에 놓아두었고, 그 여자와 바람을 피우지 않았고, 그 여자가 6층 아파트 창문에서 안뜰로 떨어지는 걸 보지 못했고, 그 여자가 싸구려 나무관을 갉아대는 쥐 떼를 피해 무덤에서 뛰쳐나온 걸 전혀 알지 못했다. 그는 그 여자를 전혀 사랑하지 않았고, 그래서 그가 속죄의 의미로 그 불결한 꼭대기 아파트 바닥에서 자는 사이 그녀가 그를 흡수하고, 그와 섞이고, 마침내 그와 하나가 되려고 공동주택의 벽을 타고 흘러들어왔을 때 그는 거기에 없었다. 그는 수표를 남겼고, 어떤 일도 일어나지 않았다.

**레벤디스:** 10월 15일 화요일, 그는 튀르키예 아스펜도스에 있는 옛 그리스 극장에 서 있었다. 2천 년 전에 세워진 건축물이지만 음향 면에서 어찌나 완벽한지 무대 위에서 내뱉는 모든 말이 1만 3천 석에 이르는 관객석 어디에서나 선명하게 들렸다. 그는 저 위쪽에 앉은 어린 소년을 향해 말했다. 그는 바이런의 시이자 슈만의 '만프레드 서곡'으로 유명한 폰 만프레드 백작의 유언을 읊조렸다. "노인이여, 죽기란 그리 어렵지 않다네." 아이가 미소를 지으며 손을 흔들었다. 그도 마주 손을 흔들고는 어깨를 으쓱거렸다. 둘은 멀리서 친구가 되었다. 죽은 어머니가 아닌 다른 사람이 아이에게 상냥하게 대한 건 그때가 처음이었다. 그 뒤로도 오랫동안 그 사건은 바람을 타고 오는 미소가 있었음을 일깨워주는 추억이 되었다. 그 어린 소년은 동심원을 그리며 층층이 늘어선 좌석을 내려다보았다. 저 아래쪽에 있는 남자가 자기한테 오라는 손짓을 했다. 이름이 오르혼인 아이는 깡충깡충 뛰어서 최대한 빨리 원의 중심으로 내려갔다. 중심부에 닿은 아이는 둥그렇게 무대를 둘러싼 오케스트라 자리를 건너며 남자를 살펴보았다. 그 사람은 아주 키가 컸고, 면도를 좀 해야 할 듯 보였으며, 머리에 쓴 모자에는 매주 앙카라에 다녀오는 사람인 쿨의 모자처럼 엄청나게 넓은 챙이 달렸고, 이런 날씨에는 너무 지나치게 더운 긴 오버코트를 입었다. 남자가 하늘을 반사하는 검은 안경을 써서 눈은 볼 수 없었다. 오르혼은 그 남자가 좀 튀는 옷을 입은 산적 같다고 생각했다. 오늘처럼 후텁지근한 날에는 현명치 못한 선택이지만 농촌 마을들을 습격한 빌제 일당보다는 훨씬 인상적이었다. 아이가 그 키 큰 남자한테 갔을 때 둘은 서로에게 미소를 지었고, 그 사람이 오르혼에게 말했다. "난 유한한 세계에 사는 무한한 사람이야." 아이는 그 말에 어떻게 답해야 할지 몰랐다. 하지만 아이는 그 남자가 마음에 들었다. "왜 오늘 그렇게 무거운 털실옷을 입었어요? 전 맨발이에요." 아이가 먼지 묻은 발을 들어 남자에게 보여주고는 엄지에 감은 더러운 천 조각 때문에 부끄러워졌다. 남자가 말했다. "유한한 세계를 보호할 안전한 장소가 필요해서지."

그리고 그는 오버코트의 단추를 풀고 한쪽을 열어 전제군주가 되지 않도록 아주 열심히 노력한다면 언젠가는 오르혼이 상속받게 될 무언가를 보여주었다. 지구 행성의 얼굴을 한, 각자가 다른 순간의 지구 얼굴을 한, 수백만 개를 넘는 시간 조각들이 하나하나 천에 꿰매졌다. 그것들 전부가 꾸벅꾸벅 조는 스핑크스들처럼 산만하게 그르렁거렸다. 그리고 오르혼은 거기 열기 속에 아주 오랫동안 서서 유한한 세계가 똑딱거리는 소리를 들었다.

**레벤디스:** 10월 16일 수요일, 그는 시카고 라셀 극장에서 늦은 공연을 보고 나온 흑백 커플을 두들겨 패는 군화풍 부츠와 검은 싸구려 인조가죽을 걸친 세 명의 스킨헤드들과 마주쳤다. 그는 가만히 서서 지켜보았다. 아주 오랫동안.

**레벤디스:** 10월 17일 목요일, 그는 펜실베이니아 고속도로가 관통하는 '킹 오브 프러시아' 근처 어느 음식점에서 가볍게 요기를 하러 들른 흑백 커플을 두들겨 패는 군화풍 부츠와 검은 싸구려 인조가죽을 걸친 세 명의 스킨헤드들과 마주쳤다. 그는 운전석 옆에 상비하고 다니는 4센티미터 두께의 경질 나무못을 끝에 박은 75센티미터 길이의 막대기를 꺼내 어둑어둑한 주차장에서 잘 보이지 않도록 한쪽 다리와 나란하게 들고는 주차된 차들 사이에 누운 흑인 여성과 백인 남성을 발로 차는 세 명 뒤로 다가갔다. 그가 셋 중에서 제일 키가 큰 놈의 어깨를 톡톡 쳤다. 열일곱을 넘지 않는 게 확실한 놈이 돌아보자 그는 한 발짝 뒤로 물러서며 오른손으로 막대기를 들어 올려 왼손으로 단단히 잡고는 그 끝을 그 스킨헤드 놈의 눈에 쑤셔 넣었다. 못이 눈구멍 안쪽을 찢고 뇌를 뭉개버렸다. 이미 죽은 소년이 버둥거리며 뒤로 넘어지나 농료들과 무닛졌다. 눌이 돌아보자 그는 지휘봉처럼 갈수록 빠르게 막대기를 빙빙 돌렸고, 둘 중에서 더 뚱뚱한 녀석이 달려들자 막대기를 머리 위로 휙 돌리더니 곧바

로 소년의 목을 깊숙이 찔렀다. 뭔가 부러지는 소리가 음식점 뒤편 어두운 산등성이로 퍼져나갔다. 그는 세 번째 소년의 사타구니를 걸어찼다. 소년이 푹 주저앉으며 뒤로 넘어지자 그는 발로 그 스킨헤드의 턱밑을 차서 입을 열었다. 그는 양손으로 막대기를 꽉 잡고서 아이를 내려다보며 그 입에 막대기를 박아 넣었다. 이가 박살 나고 두개골 뒤쪽이 산산조각이 났다. 망가진 얼굴을 관통한 나무못이 콘크리트를 긁었다. 그리고 그는 폭행당하던 남자와 그 아내를 도와 일으켜 세우고 음식점 지배인을 다그쳐 지방경찰이 도착할 때까지 부부가 그의 사무실에 잠시 누울 수 있도록 조치했다. 그는 튀긴 조개 한 접시를 주문하고는 거기 앉아서 경찰이 그의 진술을 받을 때까지 기분 좋게 먹었다.

레벤디스: 10월 18일 금요일, 그는 모르몬교도 학생들을 버스에 가득 태우고 유타주 그레이트 솔트레이크의 얕은 물가로 향했다. 예술에 문외한인 아이들에게 위대한 조각가인 스미슨의 작품을 보여주기 위해서였다. 흙과 돌을 쌓은 선인 '스파이럴 제티'는 물결 속으로 사라지는 생각인 양 굽이굽이 흐르며 뻗어갔다. 영 엉뚱한 듯하면서도 멋진 작품이었다. "그걸 만든 사람이, 그걸 구상하고 만든 사람이 옛날에 뭐라고 했는지 알아?" 아이들이 선뜻 아니요, 그 스미슨이라는 조각가가 뭐라고 했는지 모른다는 답을 내놓자 버스를 몰던 남자는 극적인 효과를 위해 잠시 숨을 멈췄다가 스미슨의 말을 읊었다. "설명이 아니라 수수께끼를 구축하라." 아이들이 그를 쳐다보았다. "가보면 알 거야." 그는 어깨를 치켜올리며 말했다. "아이스크림 먹을 사람?" 그리고 그들은 배스킨라빈스로 갔다.

레벤디스: 10월 19일 토요일, 그는 시속 155킬로미터가 넘는 훅 슬라이딩 패스트볼을 던지고, 병살타를 유도할 수 있는 까다로운 슬라이더를 던지고, 평균 자책점이 2.10, 평균 타격률이 3할 6푼에다 플레이트 양쪽

에서 공을 칠 수 있고, 자신이 직접 설계한 글러브를 끼고 작고 매운 유격수로도 활동할 수 있지만, 사실상 대형 리그에서부터 보잘것없는 리그에 이르기까지 미국에 있는(또한 일본에 있는) 모든 프로팀으로부터 실력 검증시험 참가를 거부당한 19살짜리 왼손잡이 소녀 앨버타 저넷 챔버스를 대리하여 메이저리그를 상대로 한 3천만 달러짜리 소송을 제기했다. 그는 뉴욕주 남부연방지방법원에 소를 제기하며 유명 뉴스 앵커 테드 코펠에게 앨버타 챔버스가 프로야구 명예의 전당에 오를 첫 여성 선수 또는 첫 물라토 선수가 될 것이라고 말했다.

**레벤디스:** 10월 20일 일요일, 그는 확성기가 설치된 밴을 빌려 노스캐롤라이나주 롤리와 더럼 시내를 돌아다니며 잠이 덜 깬 몽유병자처럼 아침식사를 파는 패밀리 레스토랑에 들어가는 행인과 가족들에게(이들 어른의 많은 수가 실제로 제시 헬름에게 투표하는 바람에 세르샤를 잃을 위험에 처했다) 오늘은 성경을 무시하고 집으로 돌아가 셜리 잭슨의 단편 〈땅콩과 보내는 평범한 하루〉나 다시 읽는 편이 나을 거라고 끊임없이 설득했다.

이상의 이야기 제목은 '환대하는 수선화'이다.

＊

**레벤디스:** 10월 21일 월요일, 그는 잠시 옆길로 새서 환락가라고 알려진 뉴욕시의 어느 지구를 돌아다녔다. 1892년이었다. 24번가를 타고 5번대로부터 7번대로까지 시내를 가로지른 그는 고지대 쪽으로 방향을 틀어 천천히 7번대로를 걸어 40번가까지 갔다. 주택가와 상점가가 섞인 중간지대에는 매음굴이 번창해서 그 붉은 불빛들이 그늘을 뚫고 파리한 가스등 불빛을 위협했다. '에디슨&스완 유나이티드 선기소녕 회사'는 고작 5년 전에 브로드웨이 서쪽 지구를 샅샅이 훑으며 조셉 윌슨 스완 씨와 토머스 앨바 에디슨 씨가 발명한 필라멘트 램프를 설치하라고 권유하고 다

닌 어느 그리스풍 이름을 가진 판매원 덕분에 엄청나게 사업을 키웠다. 진홍색을 칠한 그 필라멘트 램프가 부도덕이 자행되는 그 지구 많은 집들의 불길하게 열린 문간 위에 고정되었다. 36번가로 난 어느 골목을 지나칠 때 그는 어둠 속에서 투덜거리는 여성의 목소리를 들었다. "당신 나한테 2달러 준다고 했잖아. 그걸 먼저 줘야지! 그만해! 안 돼, 먼저 나한테 2달러를 줘!" 그는 그 골목으로 발을 들여놓고 불쾌한 냄새 때문에 숨을 참으며 눈이 어둠에 완전히 익숙해지도록 잠시 가만히 섰다. 그는 그들을 보았다. 40대 후반쯤 돼 보이는 남자는 중산모를 쓰고 곱슬곱슬한 양모 칼라가 달린 종아리까지 내려오는 외투를 입었다. 말이 끄는 영업용 마차 소리가 골목 위쪽 벽돌담에 부딪혀 시끄럽게 따가닥거렸고, 양모 외투를 입은 남자가 위를 쳐다보더니 골목 입구 쪽을 돌아보았다. 그 여자의 패거리 아니면 노상강도 아니면 깡패 아니면 기둥서방이 여자를 도우려 달려들 걸 예상했는지 그를 본 남자의 얼굴이 긴장했다. 남자의 바지 앞섶 단추가 풀려서 가늘고 허여멀건한 성기가 튀어나왔다. 남자의 왼손이 골목 벽에 기댄 여자의 목을 눌렀다. 여자의 앞치마와 치마와 속치마를 걷어 올리고 오른손을 여자의 속바지 안에 막 넣으려던 참이었다. 여자가 남자를 밀어냈지만 헛수고였다. 남자는 덩치가 크고 강했다. 하지만 다른 남자가 골목 입구 쪽에 서 있는 걸 보자 남자는 여자의 옷가지들에서 손을 떼고 자기 물건을 바지 안으로 집어넣었지만, 단추를 잠그는 시간 낭비는 하지 않았다. "어이 거기! 남이 작업하는 거 보고 싶어, 그래?" 옆길로 샌 남자가 조용히 말했다. "그 여자 놔줘. 여자한테 2달러를 주고, 보내." 중산모를 쓴 남자가 권투선수들이 취하는 표준 방어자세로 주먹을 쥐고는 골목 입구 쪽을 향해 한 걸음을 내디뎠다. 남자가 무례하고 비웃는 코웃음 같은 작은 소리를 내며 웃었다. "아, 그래, 자기가 무슨 권투 챔피언이라도 되는 줄 아시나 보지, 안 그래? 음, 네놈과 나와 이년이 어떻게 되는지 한번 보자고…." 그리고 그는 두꺼운 외투를 어지간히 거추장스러워하면서도 춤추듯이 앞으로 나섰다. 둘이 팔을 뻗으면 닿을 만한 거리까지 가까워지자 젊은 쪽 남자가 외투 주머니에서 테이저 권총을 꺼내 직사 각도로 발사했다. 미늘이 권투선수의 뺨과 목에 명중했고, 전류 때문에 붕 떠서 뒤로 날아간 남자가 어찌나 세게 벽돌담에 부딪혔는지 건물에 달린 램프의 필라멘트들이 비틀려 느슨해졌다. 그 잠재적 간음자는 눈알을 까뒤집은 채 앞으로 엎어졌다. 너무 세게 엎어지는 바람에 앞니 세 개가 이뿌리부터 부러졌다. 여자가 도망가려 했지만, 그 골목은 막다른 길이었다. 여자는 이상한 무기를 든 남자가 다가오는 걸 쳐다보았다. 남자의 얼굴은 거의 보이지 않았다. 몇 년 전에 잭더리퍼라는 살인마가 런던에서 온갖 살인을 저질렀는데, 그 잭이 사실은 양키이며 뉴욕으로 돌아왔다는 소문이 돌았었다. 여자는 공포에 질렸다. 여자의 이름은 포피 스커닉이었고, 고아였으며, 도심 쪽으로 더 가면 나오는 어느 블라우스 공장에서 삯일을 했다. 여자는 일주일에 6일을 아침 7시부터 저녁 7시까지 일하면서도 일주일에 1달러 65센트밖에 벌지 못했고, 그 액수는 배어스 셋집의 하숙비를 치르기에도 충분치 못했다. 그래서 여자는 앞으로도 여자를 올라탄 다음 불구로 만드는 걸 즐기는 흉악한 신사들에게 걸리지 않기를, 앞으로도 자기들을 위해 일해주길 바라는 뚜쟁이들과 남자친구들의 압력을 피할 수 있기를, 앞으로도 자신이 더는 '품위' 있지 않은데다 결국에는 저 붉은 등을 켠 어느 매음굴로 쏠려 들어갈 수밖에 없다는 깨달음을 피할 수 있기를 기도하며 더도 말고 일주일에 딱 두 번 그 환락가를 어슬렁거리는 걸로 수입을 '보충'했다. 그는 상냥하게 여자의 손을 잡고는 의식을 잃고 쓰러진 강간범을 조심스럽게 타고 넘어 골목 밖으로 여자를 이끌기 시작했다. 둘이 거리에 닿았을 때 여자는 남자가 얼마나 잘생겼는지, 얼마나 젊은지, 얼마나 눈에 띄게 옷을 입었는지 보았고, 마주 웃음 지었다. 여자는 드물게 매력적이었다. 젊은 남자는 모자를 벗고 상냥하게 여사에게 말을 걸어 이름이 무엇인지, 어디에 사는지, 같이 저녁이라도 먹으러 가겠는지 물었다. 여자가 그러겠다고 하자 남자는 소리쳐 마차를 부른 다음 델모니코로 데려가 그녀로서는 일찍이 먹어보지 못했던 최고급 식사를 즐기게 해주었다. 그리고 나중에, 아주 나중에, 그가 여자를 고급주택가인 어퍼 5번대로에 있는 빌라로 데려갔을 때, 여자는 그가 원하는 거라면 무엇이든 할 준비가 되었다. 하지만 그가 원한 건 백 달러를 줄 테니 아주 잠깐 따끔하게 아픈 걸 참아달라는 주문이었다. 여자는 공포를 느꼈다. 그런 대부호들이 어떤 놈들인지 알기 때문이었지만, 백 달러라니! 그래서 여자는 좋다고 대답했고, 그는 여자에게 왼쪽 엉덩이를 내밀라고 요구했으며, 여자는 부끄러움을 느끼며 그렇게 했고, 정확하게 1초 동안 모기가 무는 정도의 아픔이 느껴지더니 남자는 벌써 페니실린을 주사한 자리를 차갑고 향기 나는 면솜으로 닦는 중이었다. "오늘 밤 여기서 자고 갈래요, 포피?" 젊은 남자가 물었다. "제 방이 복도 저쪽에 있긴 하지만, 여기도 아주 편안할 거예요." 여자는 그가 사악한 독약을 주사하지 않았는지, 뭔가 끔찍한 짓을 한 게 아닌지 걱정됐지만, 몸이 평소와 다르게 느껴지는 점이 전혀 없었고 그가 아주 친절해 보였으므로 좋다고, 그게 그 밤을 보내는 근사한 방법일 거라고 답했고, 남자는 여자에게 10달러짜리 지폐 10장을 주고는 잘 자라고 말하고 방을 나갔다. 남자는 여자의 목숨을 살렸다. 여자는 몰랐지만, 그녀는 지난주에 매독에 걸렸다. 여자는 1년 안에 용모만으로는 길거리에서 남자를 구할 수 없어질 터였고, 블라우스 공장에서도 쫓겨날 터였고, 어느 남자의 유혹에 빠졌다가 최악인 어느 매음굴에 팔렸을 터였고, 그 후 2년 안에 죽었을 터였다. 하지만 그날 밤 여자는 수제 레이스로 가장자리를 두른 시원한 이불 틈에서 잘 잤고, 다음 날 일어나보니 남자는 이미 가고 없었고, 그 빌라에서 나가라고 하는 사람이 아무도 없어서 여자는 하루 또 하루 지내다가 수년을 거기에 머물렀고, 마침내는 결혼해서 세 아이를 낳았는데, 그중 한 아이가 자라 결혼해서 아이를 하나 낳았고, 그 아이는 어른이 되어 수백만 명의 무고한 남자와 여자, 아이들의 목숨을 구했다. 하지만 1892년의 그날 밤, 그녀는 깊고, 달콤하고, 치유하는, 꿈도 없는 잠을 잘 뿐이었다.

**레벤디스:** 10월 22일 화요일, 그는 핀란드의 작은 마을인 리살미를 덮친 천식 두꺼비 역병 현장을 방문했다. SS 부대들에 항복을 촉구하는 제2차 세계대전 때의 삐라가 한반도 남쪽 섬인 제주도 하늘을 뒤덮었다. 일제히 개화한 개나리가 스페인 리나레스시 전역을 덮쳤다. 그리고 완전히 복원된 아렌스-폭스사의 1926년산 RK 소방차가 아카소주 클락스빌에 있는 어느 소형 쇼핑몰에 전시되었다.

**레벤디스:** 10월 23일 수요일, 그는 사람들이 '벙커 힐 전투'라고 부르는 1775년 6월 17일에 있었던 교전을 실제 전투가 벌어졌던 곳의 이름을 딴 '브리즈 힐 전투'라고 고쳐 부르도록 미국에 있는 모든 역사책을 고쳐 썼다. 그는 또 라디오와 텔레비전 시사 해설가 전원에게 '반증'과 '방증'을 구분할 수 있는 능력을 주었다. 둘은 전혀 다른 것이고, 둘이 잘못 쓰일 때마다 그는 심하게 짜증이 났다. 둘을 구분하지 못하는 것은 그 시사 해설가들이 멍청이라는 방증이며, 누구든 그 사실을 반증하기는 어려울 것이다.

**레벤디스:** 10월 24일 목요일, 그는 존 F. 케네디가 댈러스에서 총에 맞던 그날 울타리 너머 낮은 풀 둔덕에 서 있던 여자의 이름을 〈런던 타임스〉와 〈파리 마치〉에 밝혔다. 하지만 누구도 마릴린 먼로가 그런 짓을 하고도 들키지 않고 내뺄 수 있었다는 사실을 믿지 않았다. 심지어 그녀가 자살하기 전에 일의 전모를 자기 입으로 실토하며 작성한 유서를 공개해도 그랬다. 마릴린 먼로는 유서에서 자신이 사기꾼 리 하비 오스왈드와 더러운 협잡꾼 잭 루비를 고용할 정도로 질투에 가득 찬 버림받은 여자였으며, 그 죄책감을 안고서 더는 살 수 없으니 이제 안녕을 고한다고 밝혔다. 어디에서도 그 사연을 실어주지 않았다. 〈스타〉조차도. 〈인콰이어러〉조차도. 〈TV 가이드〉조차도. 하지만 그는 노력했다.

**레벤디스:** 10월 25일 금요일, 그는 지구상에 존재하는 모든 인간의 지능을 40점 높였다.

**레벤디스:** 10월 26일 토요일, 그는 지구상에 존재하는 모든 인간의 지능을 40점 낮췄다.

이상의 이야기 제목은 '매일 착한 일 한 가지'이다.

✳

**레벤디스:** 10월 27일 일요일, 그는 15년 전에 뉴저지주 베이온시에 있는 집에서 납치된 5세 아동을 오스트레일리아 서남부 칼굴리시에 거주하는 가족에게 되돌려주었다. 아이는 그 가족이 이민 오기 전의 나이 그대로였지만, 아이는 이제 수천 년간 지구상에서 들을 수 없었던 언어인 에트루리아어로만 말했다. 어쨌거나, 거의 종일 쉬었던 그는 그제야 전투 중에 실종되어 라오스 중심부 군부대에 잡혀 있던 남은 17명의 미군을 죽이는 일에 몰두했다. 낭비하지 않으면 부족함도 없는 법이다.

**레벤디스:** 10월 28일 월요일, 전날 했던 일과 수고에 여전히 기분이 들뜬 상태였던 그는 북베트남의 고지대에서 28년 전에 총알을 맞고 쓰러진 미 공군 소속 유진 Y. 그래소 대위가 생존한다는 사실을 공개했다. 그는 그래소 대위를 알래스카 앵커리지에 있는 가족에게 돌려보냈고, 재혼한 그의 아내는 만나기를 거부했지만, 서로 한 번도 보지 못한 그의 딸은 아버지를 만났다. 둘은 사랑에 빠졌고, 앵커리지에서 같이 살았다. 둘의 사연은 일부 성직자들에게 끝없는 혼란의 소재가 되었다.

**레벤디스:** 10월 29일 화요일, 그는 수수께끼로 남은 어멜리어 이어하트와 앰브로즈 바이어스, 벤저민 배터스트, 지미 호퍼 실종 사건을 해결할

수 있는 마지막 증거를 없애버렸다. 그는 유골을 세척하여 전시된 선사시대 아메리카 공예품들 가운데에 놓아두었다.

**레벤디스:** 10월 30일 수요일, 그는 루이지애나주 뉴올리언스시 메티에르 호텔 식당으로 가서 당시 공직 선거운동 중이던 전 KKK 단장이 친구들을 만나러 오기를 기다렸다. 그 남자가 신중한 경호원을 양옆에 대동한 채 리무진에서 내리자 그 여행자가 식당 지붕에서 경량 대전차 로켓을 발사했다. 로켓은 전 KKK 단장과 경호원들과 완벽한 상태였던 캐딜락 엘도라도 한 대를 날려버렸다. 그럼으로써 그는 계몽된 루이지애나 유권자들을 위해 다른 후보들에게 선거판을 넘겨주었다. 아우슈비츠 생체실험 담당자였던 멩겔레의 아이로 아버지의 의학 실험을 거들었던 남자가 선두였고, 아동을 불구로 만든 죄로 체포되는 것을 피하려고 이름을 바꾼 주자가 그 뒤를 이었으며, 멧돼지의 멱을 따 사체에서 뿜어져 나오는 피에 얼굴을 담그는 의식이 포함되는 정치철학을 가진 배턴루지 출신의 문맹 물시금치 재배 농부가 그다음이었다. 낭비하지 않으면 부족함도 없는 법이다.

**레벤디스:** 10월 31일 목요일, 그는 달라이 라마를 왕좌에 복귀시키고는 티베트로 이어지는 육로가 되는 산길을 폐쇄하고, 밑의 땅에는 아무 영향을 주지 않으면서도 하늘길로는 절대 접근할 수 없게 만드는 변화무쌍한 눈 폭풍이 끊임없이 불게 했다. 달라이 라마는 국민을 대상으로 국민투표를 했다. 안건은 '국명을 샹그릴라로 바꿔야 하는가'였다.

**레벤디스:** 10월 32일 금요일, 그는 싸구려 판타지 소설 독자들이 모이는 대회에서 연설했다. "우리는 우리의 삶을 살면서 우리의 삶을 (그리고 다른 사람들의 삶을) 창조합니다. 우리가 '삶'이라 부르는 것은 그 자체가 픽션이기 때문입니다. 그러므로 우리는 오직 훌륭한 예술작품을, 절대적으

로 재미있는 픽션을 생산해내기 위해 끊임없이 노력해야 합니다." (그는 그들에게 다음과 같이 말하지 않았다. "전 슬프게도 유한한 세계에서 사는 무한한 사람입니다.") 사람들은 예의 바르게 미소를 지었지만, 그가 에트루리아어로만 말했기 때문에 한마디도 알아듣지 못했다.

**레벤디스:** 10월 33일 토요일, 그는 옆길로 새서 크리스토퍼 콜럼버스를 대형 보트에 태우고 노를 저어 신세계의 해안에 데려다주었다. 해안에 닿자 원주민 대표가 콜럼버스에게 다가와 위대한 항해가가 입은 우스꽝스러운 옷차림을 보고 웃었다. 그들은 모두 피자를 주문했고, 노 젓기를 마친 남자는 급속하게 성병이 퍼져 몇 세기 후에는 어느 아름다운 젊은 여자의 왼쪽 궁둥이에 페니실린 접종을 해줄 수 있을 거라고 확신했다.

**레벤디스:** 10월 34일 필틱요일, 그는 모든 개들에게 영어와 프랑스어, 북방 중국어, 우르두어, 에스페란토어를 말할 수 있는 능력을 주었다. 하지만 개들이 말한 거라곤 최악이라고 평할 만한 운율을 맞춘 시뿐이었고, 그는 그것을 견시(犬詩)라고 불렀다.

**레벤디스:** 10월 35일 스퀘이비요일, 그는 본부로부터 자신이 마스터 변수의 지출에 너무 많은 시간을 누려왔다는 의견을 들었다. 그는 해당 직위에서 해제됐으며, 단위조직은 폐쇄됐다. 임시 담당자로 어둠이 임명되었다. 그는 자신을 '삶의 기쁨으로 충만한 이'를 이르는 그리스어 '레벤디스'라 부른 일로 견책을 받았다. 그는 비난을 받으며 물러났지만, 그보다 높은 지위에 있던 누구도 그가 새로운 임무를 맡으면서 '세르챠'라는 이름을 택했다는 사실은 눈치채지 못했다.

이상의 이야기 제목은 '보답 없는 일에 몰두하기'이다.

# CHATTING WITH ANUBIS

아누비스와의 대화

✦

이수현 옮김

✦
**1996년 브람스토커상 수상**

코어 드릴이 0.5마일 아래, 정확하게는 804.5미터 지하에서 멈췄을 때 에이미 구터만과 나는 불멸의 목을 잡아채어 우리를 알아차릴 때까지 흔들기로 했다.

내 이름은 왕 지카이. 보통 '왕'이라는 성씨는(발음은 거의 '웡'처럼 한다) "왕(王)"을 의미한다. 내 경우에는 한자가 달라서, "급히 가다(任), 달려든 다"는 뜻이다. 이 얼마나 어울리는지. 우리 집안에 통찰력이 없다고는 말하지 못하리라…. 지카이는 "자살"을 뜻하니 말이다. 텅 빈 사하라 사막, 언제까지나 평온한 시바의 오아시스 호수를 품은 숨겨진 계곡 0.5마일 지하에서, 나와 나만큼이나 젊고 무모한 뉴욕 출신의 젊은 여성 에이미 구터만은 각자의 죽음을 초래하지는 않는다 해도 망신을 당할 것이 분명한 일을 하기로 했다.

나는 이 기록을 은나라 문자로 쓰고 있다.

이것은 중국의 잊힌 고대 언어로, 서력기원전 18세기부터 12세기 사이에 쓰인 언어였다. 오래된 언어일 뿐 아니라 번역이 불가능하다. 어느 목수의 아들이 빵과 물고기로 수많은 사람을 먹이고, 물 위를 걷고, 죽은 사람을 일으켜 세웠다고 하는 때보다 훨씬 오래전에 황하 북동부에 꽃을 피웠던 은 왕조의 언어로 적었으니, 이 원고를 번역할 수 있는 사람은 오늘날 살아 있는 사람 중에 다섯 명밖에 없다. 나는 "라이스 크리스천"[주석-물질적인 이유로 신앙을 선언한 신자들을 일컫는 말로, 선교사들이 아시아 지역에서 주로 물자를 나눠주며 신앙을 유도했던 데서 유래했다.]이 아니다. 나는 몇 세기 동안 우리 집안이 그러했듯 불교 신자다. 내가 어떻게 은나라 문자를 쓸 수 있는가 하는 수수께끼는(은나라 문자와 현대 중국어의 차이는 고전 라틴어와 이탈리아어의 차이에 맞먹는다) 이 문서에서 군이 풀지 않겠다. 언젠가 이 문서를 파낼 사람에게는 나를 시바 오아시스 지하 800미터의 이 장소에서 "자살에 달려들게" 만든 기이한 우연과 경험을 해독하는 일을 맡기기로 하자.

달의 산 아래, 지금까지 기록되지 않은 걷잡을 수 없는 역단층이 무시무시한 규모 7.5의 지진을 일으켰다. 이 지진은 멀리 비르부 쿠사와 아부 심벨의 마을들까지 무너뜨렸다. 시드라 만에서 홍해까지, 리비아 고원에서 수단까지 항공과 위성으로 정찰한 결과 거대한 틈이, 탈장처럼 드러난 계곡과 융기한 구조물들이, 수천 년간 인간의 눈이 닿지 못했던 새로운 세계가 보였다. 국제적인 고지진학자 팀이 모였고, 나는 울란바토르에 있는 몽골 과학원의 윗사람들에게 호출을 받아 고비 사막의 거대한 묘지에 나의 트리케라톱스들을 버려두고 지상의 지옥 한가운데로, 거대한 사하라 모래 바다로 날아갔다. 소위 시대의 발견이 될 곳을 발굴하고 분석하는 일을 돕기 위해.

누군가는 그것이 신화 속의 암몬 신전이라고 했다.

누군가는 신탁의 신전이라고 했다.

알렉산드로스 대왕은 명성이 절정에 달했을 때 그 신전에 대해, 그리고 모든 것을 안다는 그 신전의 신탁자에 대해 들었다. 그는 신탁자를 찾아 이집트 해안가에서 사하라 사막 깊은 곳까지 찾아갔다. 기록에 남기를, 알렉산드로스의 원정대는 길을 잃고, 물도 희망도 없이 절망적으로 헤매고 있었다. 그러다가 까마귀들이 와서 그들을 이끌고 달의 산을 통과하여 이름 없는 감춰진 계곡으로, 시바 오아시스의 호수로 데려갔고, 그곳 중앙에는… 암몬의 신전이 있었다. 기록에 따르면 그랬다. 그리고 한 가지가 더 있었다. 야자나무로 지붕을 얹은 작고 어두운 방에서 이집트인 사제들은 알렉산드로스에게 남은 평생 영향을 미칠 어떤 이야기를 했다. 대왕이 무슨 말을 들었는지는 기록되지 않았다. 그리고 우리가 쭉 믿기로는 암몬 신전이 문명인들의 눈에 목격되는 일도 두 번 다시 일어나지 않았다.

자, 에이미 구터만과 나, 브루클린 박물관에서 온 에이미와 베이징 대학 명예 졸업자인 나는 함께 알렉산드로스의 경로를 따라 메르사마트루에서 시바를 거쳐 여기까지 왔다. 사람의 생각이나 행동이 미치는 영역에서 수백 킬로미터를 떨어진 곳에서 또 800미터를 내려와, 거대한 채굴기가 돌을 깎아내기를 멈춘 자리에, 우리 둘이서 단순한 곡괭이와 삽만 들고서 발아래 그림자에 싸인 거대한 구조물을 덮어쓴 마지막 한 겹의 흙과 돌 위에 섰다. 가장 발전한 심공진응답기가 그림자를 잡아내고, 양성자 자유세차 자력계와 미국 뉴멕시코주 앨버커키에 있는 샌디아 국립연구소에서 가져온 지표투과 레이더로 확인한 현장이었다.

우리 발밑에 뭔가 거대한 것이 놓여 있었다.

그리고 내일 해가 뜨면 팀이 이 자리에 모여서 마지막 층을 뚫고 아래에 놓인 발견을 공유할 터였다.

하지만 나는 에이미 구터만을 전부터 알고 있었고, 에이미는 자살을 향해 뛰어들기로는 나 못지않게 무모했으며, 어리석은 한순간, 지나쳐야 했으나 그러지 못한 한순간에 우리는 야영지를 몰래 빠져나가서 나일론 밧줄과 아이젠, 강력한 손전등과 작은 기록 장치, 모종삽과 작은 빗자루, 카메라와 카라비너를 챙겨 현장으로 내려갔다. 아, 곡괭이와 삽도 있었다. 변명은 하지 않겠다. 우리는 젊었고, 무모했으며, 서로에게 푹 빠져서 못된 아이들처럼 행동했다. 그래서 일어나지 말았어야 할 일이 일어났다.

우리는 마지막 충적층을 뚫고 부서진 조각들을 쓸어냈다. 우리는 돌을 꿰맞춘 천장 위에 서 있었다. 현무암인지, 대리석인지는 한눈에 알 수 없었다. 화강암이 아니라는 정도만 알아보았다. 이음매들이 보였다. 나는 곡괭이를 이용하여 오래되어 단단히 굳은 모르타르를 떼어냈다. 내 생각보다 훨씬 빠르고 쉽게 떨어졌는데, 나야 건물이 아니라 뼈를 파내는 데 익숙했으니 그런지도 몰랐다. 나는 커다란 고정석에 나무쐐기를 박아 넣고 그 주위에 빙 둘러 홈을 팠다. 그런 다음, 곡괭이 끝을 그 홈에 조금씩 밀어 넣고 돌을 들어 올리며, 거대한 돌덩어리가 다시 미끄러져 들어가지 않게 나무쐐기를 더 깊이 밀어 넣었다. 그리고 마침내 우리는 두께가 60에서 70센티미터는 될 거대한 돌덩이를 젖힐 수 있었고, 코어 드릴로 파낸 바닥에서 우리가 막 파낸 구멍 반대편에 등을 대고 버티면서 젊은 다릿심을 한껏 이용해서 돌덩이를 뒤집어 넘기는 데 성공했다. 돌덩이는 요란한 소리를 내며 떨어졌다. 그 돌덩이가 놓여 있던 자리에서 돌풍이 쏟아져 나왔다.

아래에서 솟구쳐 오른 바람이 시커멓게 소용돌이쳤다. 비유가 아니라 실제로 눈에 보이는 검은 회오리였다. 에이미 구터만은 놀라움과 두려움에 작게 소리를 질렀다. 나도 마찬가지였다. 에이미가 말했다. "이 석회암 덩어리를 제자리에 고정하려고 목탄을 엄청나게 썼나 봐." 나는 그 말 덕분에 그 돌이 대리석도 아니고 현무암도 아닌 석회암을 알았다.

우리는 뚫린 구멍 가에 앉아서 발을 늘어뜨리고, 몸을 앞으로 기울여 바람을 맞으면서 서로에게 용기를 과시했다. 달콤한 냄새가 났다. 전에는 맡아본 적 없는 냄새였다. 그러나 확실히 고인 공기 냄새는 아니었다. 썩는 냄새도 아니었다. 막 씻은 얼굴처럼 달고, 차갑게 식힌 과일처럼 단 냄새였다. 우리는 손전등을 켜고 아래를 비춰보았다.

우리는 거대한 석실 천장 위에 앉아 있었다. 피라미드도 영묘도 아니고, 거대한 파라오 상들과 짐승 머리가 달린 신들, 짐승도 인간도 아닌 존재들의 조각상이 꽉 찬 거대한 홀 같았다. 그리고 그 조각상들은 하나같이 어마어마하게 컸다. 실물 크기의 100배는 되는 것 같았다.

우리 바로 밑에는 시간 속에 잊힌 어느 지배자의 고귀한 머리통이 있었다. 네메스 관을 쓰고 의례적인 왕족용 가짜 수염을 붙인 모습이었다. 우리가 바윗돌을 파내다가 떨어진 조각 때문에 반짝이는 노란 표면 한쪽이 깨져서, 그 속의 어두운 물질이 드러나 보였다. 에이미 구터만이 말했다. "섬록암에 금을 씌웠네. 순금이야. 청금석, 터키석, 석류석, 루비…, 저 네메스 관은 수천 개의 보석으로 만들었어. 정밀하게 세공한 보석이야. 보여?"

하지만 나는 내려가고 있었다. 등반용 밧줄을 뜯어낸 돌덩이에 단단히 매고, 이미 그 줄을 타고 내려가서 처음으로 발을 디딜 만한 곳에 서 있었다. 금빛 무릎 위에 놓인 파라오의 차분한 두 손 사이 빈 공간이었다. 에이미 구터만이 서둘러 따라 내려오는 소리가 들렸다.

그때 갑자기 바람이 다시 일더니 날카로운 소리를 내며 폭풍우처럼 내 쪽으로 휘몰아쳤고, 밧줄이 내 손에서 뜯겨 나가고 손전등이 날아갔다. 뒤로 팽개쳐진 내 셔츠 등판을 뭔가 날카로운 것이 잡아챘고, 나는 몸을 비틀어 떼어내다가 앞으로 엎어졌다. 맨 등에 차가운 바람이 스쳤다. 그리고 사방이 어두웠다.

그러더니 몸에 차가운 손길이 닿았다. 온몸을 건드리고, 만지고, 카운터에 놓인 고기 조각처럼 이리저리 조사하는 손길들. 위쪽에서 에이미 구터만의 날카로운 비명 소리가 들렸다. 찢어진 셔츠 나머지 절반이 몸에서 뜯겨 나가고, 스카프가 뜯겨 나가고, 그다음에는 부츠가 벗겨지고, 양말이 벗겨지고, 손목시계와 안경마저 벗겨졌다.

나는 허우적대며 일어나서 자세를 잡고, 상대를 제대로 칠 태세를 갖췄다. 내가 무슨 영화에 나오는 액션 영웅은 아니지만, 나를 잡아당기고 있는 게 뭔지는 몰라도 싸우지도 않고 내 목숨을 빼앗을 순 없을 것이다!

그때 아래쪽에서 빛이 올라오기 시작했다. 엄청난 빛, 내 평생 본 중에 가장 눈부신 빛이 어른거리는 안개처럼 빛났다. 그 빛이 올라오자 나는 우리 발아래의 거대한 방을 채우고 있던 안개가 차갑고 덧없는 유령의 손으로 우리를 만지고 건드리고 더듬으려 하는 모습을 볼 수 있었다. 죽은 손들. 아예 존재한 적이 없거나, 존재했어도 삶을 부정당한 존재와 사람들의 손이었다. 그 손들이 우리에게 뻗어오고, 구하고 탄원했다.

그리고 그 안개 속에서, 포효와 함께 아누비스가 솟아올랐다.

망자의 신, 자칼 머리를 한 영혼의 인도자. 내세로 가는 길을 여는 자. 오시리스를 방부 처리한 자, 미라 포장의 신, 어두운 통로의 통치자, 영원히 끝나지 않는 장례식의 주관자. 아누비스가 왔고, 우리는 갑자기 부끄러움에 사로잡혔다. 자신의 파멸을 향해 달려든 모든 사람이 그렇듯 무분별하게 행동한 미국 여자와 나, 우리만 그 자리에 있었다.

하지만 아누비스는 우리를 죽이지도 않았고, 데려가지도 않았다. 죽였다면야, 내가 영영 알지 못할 독자를 위해 이 글을 쓰고 있겠는가? 아누비스가 다시 한번 포효하자, 우리를 더듬던 손들은 채찍 맞은 똥개들이 개집으로 들어가듯 마지못해 물러났다. 그리고 너무나 오래전에 죽어 이름조차 기억되지 못하는 어느 파라오의 조각상에 반사된 부드러운 금색 빛이 비치는 지하 800미터 아래 공간에서, 위대한 신 아누비스는 우리에게 말을 걸었다.

처음에 그는 우리를 다시 돌아온 "위대한 정복자"라고 생각했다. 나는 아니라고, 우리는 알렉산드로스가 아니라고 말했다. 그러자 위대한 신은 웃었다. 종이에 베인 상처와 각막에 난 상처를 떠올리게 하는 끔찍하고 얇은 웃음소리였다. 위대한 신은 물론 그 정복자가 아닌 줄 안다고, 이미 자신이 그에게는 엄청난 비밀을 밝히지 않았더냐고 말했다. 그러니 왜 그가 돌아오겠는가. 그러니 알렉산드로스는 그 군대로 가능한 최대한의 속도로 달아나서 다시는 돌아오지 않을 수밖에 없지 않으냐고. 그러면서 아누비스는 웃었다.

젊고 어리석은 나는 자칼 머리를 한 신에게 그 엄청난 비밀이 무엇인지 말해달라고 하고 말았다. 여기에서 죽어야 한다면, 그래야 엄청난 지혜라도 품고 내세로 갈 수 있지 않겠는가. 아누비스는 나를 훑어보았다. "내가 왜 이 무덤을 지키는지 아는가?"

나는 모른다고, 하지만 신탁의 지혜를 지키기 위해서, 알렉산드로스에게 주어졌던 암몬 신전의 엄청난 비밀을 감춰두기 위해서가 아닐까 싶다고 말했다.

그러자 아누비스는 또 웃었다. 내가 태어나지도 말걸, 숨을 들이마시지도 말 걸 그랬다고 빌게 하는 사나운 웃음소리였다.

그는 여기가 암몬 신전이 아니라고 말했다. 나중에는 그렇게 말할지도 모르나, 여기는 이전부터 '가장 저주받은 자'의 무덤이었고 지금도 그렇다고 했다. 더럽히는 자. 네메시스. 지난 2천6백 년 동안 지속된 꿈의 살해자. "나는 그자가 내세에 들어가지 못하게 이 무덤을 지킨다."

그리고 엄청난 비밀을 전하기 위해 지킨다고 했다.

"그럼 저희를 죽이지 않으실 겁니까?" 나는 물었다. 뒤에서 에이미 구터만이 베이징 대학을 졸업한 내가 그렇게 멍청한 질문을 한다는 사실에 믿을 수 없어 하며 코웃음 치는 소리가 들렸다. 아누비스는 다시 나를 훑어보더니 그렇다고, 죽일 필요 없다고 말했다. 그건 자기 일이 아니라고. 그러더니 그는 지체하지 않고 나에게, 그리고 브루클린 박물관에서 온 에이미 구터만에게, 우리에게 알렉산드로스 대왕 시절 이후 모래 속에 묻혀 있던 엄청난 비밀을 이야기했다. 그리고 이게 누구의 무덤인지 말했다. 그러고는 안개 속으로 사라져버렸다. 그리고 나서 우리는 손을 움직여 밖으로 기어 나왔다. 우리의 밧줄은 사라졌고, 내 옷도 사라졌고, 에이미 구터만의 배낭과 보급품도 사라졌지만 우리에겐 아직 목숨이 붙어 있었으니까.

적어도 당장은 말이다.

나는 지금 이 글을 은나라 문자로 쓴다. 그리고 엄청난 비밀을 낱낱이 적어둔다. 그 비밀의 모든 부분을, 세 가지 색깔을, 특별한 이름들을, 그 속도를. 누구든 찾는 사람에게 모두 알린다. 그 무덤은 다시 사라졌으니 말이다. 지진 때문인지 자칼 신 때문인지는 알 수 없다. 하지만 어젯밤과는 달리 오늘은 모래 밑의 그림자를 찾아봐야 텅 비어 있으리라.

이제 에이미 구터만과 나는 각자의 길을 간다. 에이미는 에이미의 운명을 따라, 나는 내 운명을 따라. 운명은 오래지 않아 우리를 찾을 것이다. 알렉산드로스 대왕은 그 힘이 절정에 달했을 때, 그러니까 신탁의 신전을 찾아 남은 평생 영향을 미칠 이야기를 들은 지 얼마 지나지 않아서 모기에 물려 죽었다. 일설에는 그렇다. 알렉산드로스 대왕은 지나친 음주와 방탕한 생활 때문에 죽었다고도 한다. 알렉산드로스 대왕은 살해당했다고, 독살당했다고도 한다. 알렉산드로스 대왕은 오래 지속된 이름 모를 열병으로 죽었다고도 한다. 폐렴이었다고도 하고, 티푸스였다고도, 패혈증이었다고도, 장티푸스였다고도, 주석 접시로 먹다가 중독됐다고도 하고 말라리아였다고도 한다. 역사에 쓰이기를 알렉산드로스는 권력의 정점에 이른 대담하고 활력 넘치는 왕이었지만, 바빌로니아에 머문 마지막 시간에 아무도 만족스럽게 설명할 수 없는 이유로 술을 심하게 마시고 밤마다 향락을 즐기다가… 열병에 걸렸다.

모기였다고, 역사는 그렇게 말한다.

나를 죽인 게 무엇인지는, 굳이 전할 사람이 없으리라. 에이미 구터만도 마찬가지다. 우리는 중요한 인물들이 아니다. 하지만 우리는 엄청난 비밀을 안다.

아누비스는 잡담하기를 좋아한다. 자칼 머리의 신이 굳이 지키려 드는 비밀은 없다. 그는 모든 것을 말할 것이다. 아누비스의 과업은 비밀이 아니라 복수다. 아누비스는 그 무덤을 지키고, 영겁의 시간 동안 동료 신들을 위해 복수한다.

그 무덤은 신들을 죽인 자의 마지막 안식처다. 신들에 대한 믿음이 사라지면, 신들의 숭배자가 외면해버리면, 신들도 사라진다. 그곳에서 솟아올라 애원하는 안개처럼, 그렇게 사라져버린다. 그리고 장례의 신이 아무도 접근할 수 없도록 지키는 그 무덤에 누운 그자는 세상이 이시스와 오시리스와 호루스와 아누비스를 잊게 한 장본인이다. 그는 바다를 열었던 인물이며, 황야를 헤맸던 인물이다. 산정에 올랐던 인물이며, 다른 신의 말을 가지고 돌아온 인물이다. 그 이름은 모세요, 아누비스의 복수는 달콤할 뿐 아니라 영원히 이어지니, 천국과 지옥 양쪽을 거부한 모세는 영원토록 내세에서 쉬지 못하리라. 자비 없는 복수로 그는 영원히 배척받으며, 자신이 죽인 신들의 묘에 묻혀 있으리라.

나는 이제 이 기록을 아무 표시 없는 흙 속 깊이 묻는다. 그리고 나는 거대한 비밀을 품고 내 갈 길을 간다. 이제는 "급히 달려들" 필요가 없다. 나는 이미 자살해야 마땅한 일을 해냈으니 말이다. 얼마나 오래 갈지는 모르겠지만, 나는 내 갈 길을 간다. 잃어버린 암몬 신전을 찾으려는 사람에게 이 경고만을 남기고. 뉴욕시의 에이미 구터만이 자칼 머리 신에게 했던 말을 빌자면, "이 말은 꼭 해야겠네요, 아누비스. 당신은 진짜 가혹한 채점관이에요." 그 말을 할 때 에이미는 웃지 않았다.

# THE HUMAN OPERATORS

## 인간 오퍼레이터

✦

이수현 옮김

✦
**1972년 로커스상 노미네이트**
**2000년 캐나다 작가 길드 어워드 수상**

기왕이면 크로노페이지, 일명 "시간 갉아먹기(Time Eater)"에
귀를 기울이며 읽으시길: 자크 라스리의 음악으로,
라스리-바스케 스트렉쳐 소노레스로 연주
(컬럼비아 마스터워크 스테레오 MS 7314)


배: 존재하는 유일한 장소.

배는 내가 오늘 정오에 고문당할 예정이라고 한다. 그래서 나는 벌써
부터 슬픔에 빠진다.

평소처럼 한 달에 한 번 고문이 있기까지 사흘이나 남았는데 불공평
하다. 하지만 나는 배에게 개인적인 설명을 요구해선 안 된다는 사실을
오래전에 배웠다.

오늘은 뭔가 다르다. 무슨 일인가 일어나고 있다. 나는 일찌감치 우주
복을 입고 밖으로 나간다. 흔치 않은 일이다. 그렇지만 유성 먼지에 화면
이 심하게 상했다. 그래서 지금 나는 그 화면을 교체하고 있다. 배는 내
가 형편없다고 할 텐데, 일을 하면서 흘끔흘끔 주위를 둘러보고 있기 때
문이다. 금지된 장소에서는, 안에서는 감히 그러지 못한다. 내가 밖에 있
으면 뭘 하는지 배가 많이 알아차리지 못한다는 사실은 아직 어렸을 때
알았다.

그래서 나는 조심스럽게 깊고 검은 우주를 몇 번씩 훔쳐본다. 그리고
별들을.

한번은 배에게 왜 우리는 저 반짝이는 점들을 향해 가지 않냐고, 배가 '별'이라고 부르는 곳으로 가지 않냐고 물었다. 그런 질문을 했다가 추가 고문을 받았고, 저 별들의 모든 행성에 인간이 살고 있다는 사실에 대해 길고 시끄러운 강의도 받았다. 그리고 인간이 얼마나 악랄한지에 대해서도 배웠다. 그때 배는 나를 제대로 야단쳤고, 한 번도 들어보지 못한 말들을 했다. 이를테면 배가 카이벤과의 큰 전쟁 중에 그 악랄한 인간들로부터 도망친 일이라든가, 그리고 어떻게 가끔 한 번씩 배가 그런 악랄한 인간들과 "충돌"하는데 디프랙터 경계가 우리를 구해주는지에 대해서. 나는 배가 하는 그 모든 이야기가 무슨 뜻인지 모른다. "충돌"도 정확히 무슨 뜻인지 모른다.

마지막 "충돌"은 내가 기억할 만큼 자라기 전에 일어난 게 분명하다. 아니면, 적어도 열네 살 때 배가 내 아버지를 죽이기 전이었을 것이다. 아버지가 살아 있었을 때 나는 특별한 이유도 없이 온종일 자기도 했다. 하지만 열네 살 이후로는 모든 유지 보수를 내가 맡으면서 밤에 6시간씩만 잔다. 배는 밤이고 낮이고 나에게 말을 한다.

우주복을 입은 나는 여기 무릎을 꿇고 있다. 어둠 속에서 이 회색의 금속 곡면 위에 있자니 아주 작아진 기분이다. 배는 크다. 길이가 150미터가 넘고, 제일 넓은 곳은 두께가 50미터에 가깝다. 나는 다시금 여기 바깥에서만 하는 특별한 생각을 한다. 내가 몸을 밀어내서 저 반짝이는 빛의 점을 향해 날아간다면 어떨까? 벗어날 수 있을까? 그랬으면 좋겠다. 분명히 배가 아닌 어딘가가 있을 것이다.

과거에 그랬듯이 이번에도 나는 천천히, 서글프게 그 생각을 버린다. 정말로 시도했다가 배에게 잡히면, 진짜 심하게 고문당할 테니까.

수리 작업이 겨우 끝났다. 나는 쿵쿵거리며 에어록으로 돌아가서, 스파이더로 에어록을 넓히고, 안전한(결국에는 이렇게 인정할 수밖에 없는) 장소로 다시 빨려 들어간다. 반짝이는 복도들, 장비와 여분의 부품들이 가득한 거대한 창고들, 그리고 음식이 쌓인 냉동실(배는 한 사람이 몇 세기를 살 수 있는 양이라고 했다), 그리고 내가 계속 수리해야 하는 기계들이 놓인 갑판의 연속. 나는 그 점에 자부심을 느낄 수 있다. "서둘러라! 정오까지 6분 남았다!" 배가 선언했다. 나는 서두른다.

나는 우주복을 벗어서 오염 제거대에 붙여놓고 고문실로 향한다. 어쨌든 나는 그곳을 고문실이라고 부른다. 실제로는 10번 갑판 아래에 있는 엔진실의 일부로, 전기 연결이 갖춰진 특별한 방이고, 대부분은 시험 장비들이다. 나도 일하면서 정기적으로 사용하는데, 그 장비들을 내 아버지의 아버지의 아버지가 배를 위해 설치했다는 사실이 기억날 것만 같다.

커다란 테이블이 하나 있는데, 나는 그 위로 올라가서 눕는다. 그 테이블은 내 등과 엉덩이와 허벅지 피부에 차갑게 닿지만, 내가 누워 있는 동안 따뜻해진다. 이제 정오까지 1분 남았다. 떨면서 기다리려니 천장이 나를 향해 내려온다. 내려온 기구 중 일부가 내 머리에 맞아 들고, 딱딱한 혹 두 개가 관자놀이를 누르는 것이 느껴진다. 차가움이 느껴진다. 내 허리, 손목, 발목으로 내려오는 죔쇠가 느껴진다. 금속이 들어간 끈이 유연하지만 단단하게 내 가슴을 조인다.

"준비!" 배가 명령한다.

그 말은 언제나 말도 안 되게 불공평한 느낌이다. 내가 어떻게 고문에 준비할 수 있겠는가? 정말 싫다! 배가 수를 센다. "10… 9… 8… 1!"

첫 전기 충격이 오자 모든 것이 서로 다른 방향으로 가려는 것 같다. 누군가가 내 안의 부드러운 부분을 찢어발기는 것만 같다. 그런 느낌이다.

머릿속에 암흑이 소용돌이치고 나는 모든 것을 잊어버린다. 나는 한동안 의식을 잃는다. 겨우 회복하기 직전, 고문이 끝나고 배가 의무를 다하도록 내보내주기 직전에 나는 여러 번 기억했던 한 가지를 기억해낸다. 처음 돌이키는 기억이 아니다. 아버지에 대한 기억, 그리고 살해당하기 얼마 전에 한 번 아버지가 했던 말에 대한 기억이다. "배가 악랄하다고 말할 때는, 똑똑하다는 뜻이야. 98가지 다른 가능성이 있어."

아버지는 그 말을 아주 급하게 했다. 아마 곧 살해당할 줄 알고 있었던 모양이다. 아, 물론 알았겠지. 알 수밖에 없었겠지. 내가 곧 열네 살이 될 때였으니까. 그리고 아버지가 열네 살이 되자 배가 아버지의 아버지를 죽였으니까, 당연히 알았겠지.

그러니까 그 말은 중요하다. 나는 그 말이 중요하다는 사실을 안다. 그러나 그 말이 무슨 뜻인지는, 완전히는 알지 못한다.

"끝났다!" 배가 말한다.

나는 테이블에서 내려선다. 아직 머릿속에 통증이 울리는 가운데, 나는 배에게 묻는다. "왜 평소보다 사흘 일찍 고문을 받은 거야?"

배는 화난 목소리다. "다시 고문할 수도 있다!"

하지만 나는 배가 그러지 않을 것을 안다. 뭔가 새로운 일이 일어나고 있고, 배는 내가 온전한 상태로 대기하고 있기를 바란다. 예전 한번은 고문당한 직후에 배에게 뭔가 개인적인 질문을 던졌더니 배가 고문을 한 번 더 했고, 내가 깨어났을 때는 배가 기계들을 동원해서 나를 돌보고 있었다. 내가 손상된 건 아닐까 걱정한 모양이었다. 그 후로 배는 두 번 다시 두 번 연속으로 나를 고문하지 않았다. 그래서 나는 묻는다. 답을 기대하지는 않지만, 그래도 묻는다.

"네가 수리해야 할 것이 있다!"

어디냐고 나는 묻는다.

"아래쪽 금지된 곳에!"

나는 웃지 않으려고 한다. 뭔가 새로운 일이 벌어지는 줄 알았더니, 이거다. 아버지의 말이 다시 떠오른다. 98가지 다른 가능성.

이게 그중 하나일까?

＊

나는 어둠 속을 내려간다. 떨어지는 갱도에는 빛이 없다. 배는 나에게 빛은 필요 없다고 한다. 하지만 나는 진실을 안다. 배는 내가 여기에 다시 오는 길을 찾지 못하게 하고 싶은 거다. 여기는 내가 배 안에서 와본

곳 중에 가장 낮은 곳이다.

그래서 나는 꾸준히, 원활하게, 그러면서도 신속하게 떨어져 내려간다. 그러다가 감속 지점에 이르러 점점 속도를 늦추다가, 마침내 단단한 갑판 바닥을 딛고 여기에 선다.

빛이 보인다. 아주 희미하게. 나는 그 빛이 보이는 방향으로 움직이고, 배는 나와 함께 있다. 당연히, 내 사방이 배다. 배는 언제나 나와 함께 있다. 내가 잘 때조차도. 아니 내가 잘 때는 특히 더.

복도 모퉁이를 돌자 빛이 더 밝아지고, 그 빛을 내보내는 둥근 패널이 보인다. 그 패널은 사방이 차단벽에 맞닿아 있고, 바닥에서는 갑판에 딱 맞게 평평해져서 통로를 완전히 막고 있다. 그 빛나는 패널은 유리처럼 보인다. 나는 그리로 다가가서 멈춰 선다. 달리 갈 곳이 없다.

"그 스크린을 통과해!" 배가 말한다.

빛나는 패널 쪽으로 한 걸음 내딛지만, 빛나지 않는 다른 많은 패널처럼 스르륵 미끄러져 열리지 않는다. 나는 멈춰 선다.

"그대로 통과하라고!" 배가 다시 말한다.

나는 손바닥을 앞으로 해서 두 손을 내민다. 그대로 걸어갔다간 빛나는 패널에 코를 부딪칠까 무서워서다. 하지만 내 손가락이 건드리자 패널이 부드러워지는 것 같고, 투명한 벽처럼 그 패널 너머로 빛나는 노란 빛을 볼 수가 있다. 내 손은 그대로 패널을 통과하고, 나는 반대쪽에서 희미하게 빛나는 내 손을 볼 수 있다. 그다음에는 내 맨팔뚝이, 그다음에는 내가 패널에 닿는다. 얼굴이 패널을 통과할 때는 모든 게 훨씬 밝고, 훨씬 노랗다. 나는 반대쪽으로, 배가 결코 내게 보여주지 않았던 금지된 곳으로 발을 들인다.

목소리들이 들린다. 모두 같은 목소리지만, 부드럽게 화합하면서 서로 이야기를 나누고 있다. 가끔 내 침대가 있는 내 작은 칸막이방 안에서 혼잣말을 할 때와 비슷한 방식이다.

나는 그 목소리들이 무슨 말을 하는지 귀 기울여 듣되, 배에게는 그 목소리들에 관해 묻지 않기로 결정한다. 이 외로운 곳에서 배가 혼잣말을 하고 있는 소리라고 생각하기 때문이다. 배가 무슨 말을 하는지는 나중에, 수리 일을 하지 않아도 되고 배가 원하는 대로 행동하지 않아도 될 때 생각하련다. 배가 혼자 하는 말은 흥미롭다.

이곳은 내가 배 안에서 아는 다른 수리 장소들과 달라 보인다. 받침대에 놓인 커다란 유리구들이 맥박치며 노란빛을 내보내고 있는데, 셀 수도 없을 만큼 많다. 투명한 유리공이 줄줄이 있고, 그 안에 금속이… 그리고 다른 것들, 부드러운 것들이 함께 보인다. 전선이 살짝 불꽃을 튀기면 부드러운 것들이 움직이고, 노란빛이 맥박친다. 나는 이 유리구들이 대화를 나누나 보다 생각한다. 하지만 정말 그런지는 모른다. 그렇게 생각할 뿐이다.

유리구 두 개는 어둡다. 받침대도 다른 것들처럼 하얗게 반짝이지 않고 분필처럼 보인다. 어두운 유리구 두 개 안에는 타버린 전선처럼 검은 것들이 있다. 부드러운 것들은 움직이지 않는다.

"그 과부하 걸린 모듈들을 교체해!" 배가 말한다.

어두운 유리구 얘기다. 그래서 나는 그쪽으로 가서 좀 보다가 알겠다고, 수리할 수 있다고 말한다. 그러자 배는 내가 수리할 수 있는 줄 안다고, 빨리하라고 말한다. 배는 나를 재촉한다. 뭔가 일어나고 있다. 궁금하다. 무슨 일이 일어날까?

나는 연결된 방에서 교체용 유리구를 찾아내어 주머니를 벗겨내고, 부드러운 것들이 움직이고 전선이 불꽃을 튀기게 만들기 위해 해야 할 일을 한다. 그러면서 배가 스스로에게 말하는 언어로 속삭이고 서로를 격려하는 목소리들에 주의 깊게 귀를 기울인다. 나는 아주 많은 말을 듣지만 나에게는 대부분 아무 의미가 없다. 그들은 내가 태어나기 전에 일어난 일들에 대해, 그리고 배에서 내가 본 적 없는 부분들에 대해 말하고 있기 때문이다. 그렇지만 내가 이해하는 이야기도 많이 듣는다. 그리고 내가 유리구를 수리해야만 하는 상황이 아니었다면 배가 절대 그런 이야기를 듣지 못하게 했을 것을 안다. 나는 이 모든 내용을 기억해둔다.

특히 배가 우는 대목을.

내가 유리구 두 개를 수리해서 모든 유리구가 불꽃을 튀기고 맥박치며 움직이자, 배가 묻는다. "이제 인터마인드가 다시 완전해졌나!"

그래서 그렇다고 대답하자, 배는 위로 올라가라고 한다. 나는 빛나는 패널을 가만히 통과해서 다시 이전 통로로 돌아간다. 갱도로 돌아가서 거슬러 올라간다. 배가 말한다. "네 방으로 돌아가서 몸을 깨끗하게 해!"

나는 그렇게 하고, 옷을 입으려고 하지만, 배가 벗고 있으라면서 말한다. "넌 여성을 만나게 될 거다!" 한 번도 들은 적 없는 말이다. 나는 여성을 본 적이 없다.

✱

배가 나를 빛나는 노란 유리구들이 있는 곳, 그러니까 인터마인드가 사는 금지된 장소로 내려보낸 것은 그 여성 때문이다. 내가 지금 에어록에 연결된 반구형의 방에서 기다리는 것도 그 여성 때문이다. 나는 그 여성이 다른 배에서 건너오기를 기다리고 있다. 이 점을 이해해야 하는데, '배'가 아니다. 내가 아는 배가 아니라, '배'가 통신을 주고받던 다른 배다. 나는 다른 배가 있다는 사실을 몰랐다.

내가 인터마인드가 있는 곳까지 내려가서 수리해야 했던 것은, 그래야 '배'가 다른 배가 디프랙터 경계에 파괴되지 않고 가까이 다가오게 할수 있기 때문이다. 인터마인드가 있는 곳에서, 서로에게 말하는 목소리들을 통해 엿들었다. 그 목소리들이 말하기를. "그 아이 아버지는 악랄했어!"

나는 그게 무슨 뜻인지 안다. 아버지는 배가 악랄하다고 할 때는, 똑똑하다는 뜻이라고 했다. 다른 배가 98개 있는 걸까? 그게 그 98가지 다른 가능성일까? 그게 답이었으면 좋겠다. 많은 일이 한꺼번에 일어나고 있고, 나에겐 남은 시간이 얼마 없을지도 모른다. 그건 내 아버지가 한 일이었다. 다른 배들이 가까이 올 수 있게 디프랙터 경계를 끌 수 있는 유리구 메커니즘을 고장 낸 게 아버지였다. 아버지가 오래전에 그런 일을 했는데, 배는 나를 인터마인드에 들여보낼 만큼 믿지 못해서, 내가 들은 모든 이야기를 듣게 할 만큼 믿지 못해서 그 오랜 시간 동안 그 기능 없이 버텼다. 하지만 이제 배는 다른 배가 여성을 보낼 수 있게 디프랙터 경계를 꺼야만 했다. '배'와 다른 배는 그동안 계속 연락을 주고받았다. 그 다른 배의 인간 오퍼레이터는 내 또래의 여성이다. 그 여성이 '배'에 오르면 우리는 아이를 하나, 어쩌면 나중에 또 하나 생산할 것이다. 나는 그게 무슨 뜻인지 안다. 그 아이가 열네 살이 되면 나는 살해당할 것이다.

인터마인드는 여성이 인간 아이를 "배고" 있는 동안에는 자기 배에게 고문을 당하지 않는다고 했다. 운이 풀리지 않으면 내가 인간 아이를 "배고" 있을 수 있는지 물어봐야겠다. 그러면 나도 고문을 당하지 않겠지. 그리고 왜 내가 사흘 일찍 고문당했는지 그 이유를 알았다. 그 여성의 주기가 어젯밤에 끝났기 때문이었다. 그게 뭔지는 모르고, 나에게 그런 게 있는 것 같지는 않다. '배'는 그 다른 배와 이야기를 나눴는데, 그들도 "가임기"가 뭔지는 모르는 것 같다. 나도 그게 뭔지 모른다. 혹시 알았더라면 그 정보를 써먹을 시도라도 해볼 텐데. 하지만 그 대화의 의미는 일단 그 여성이 다시 "주기"를 겪기 전까지 매일 '배'에 오를 거라는 뜻인 듯하다.

'배'가 아닌 누군가와 대화하면 좋을 것이다.

뭔가가 아주 오랫동안 비명을 지르는 듯한 높은 소리가 들리고 나는 '배'에게 그게 무슨 소리인지 묻는다. 배는 다른 배가 여성을 보낼 수 있게 디프랙터 경계를 소멸시키는 소리라고 대답한다.

이제는 인터마인드의 목소리들에 대해 생각할 시간이 없다.

✳

내부 에어록을 통과한 그녀는 나와 마찬가지로 옷을 입지 않은 상태다. 그녀가 나에게 한 첫마디는 이렇다. "스타파이터 88호가 내가 여기 있게 되어 아주 기쁘다고 말하래. 난 스타파이터 88호의 인간 오퍼레이

터고 널 만나게 되어 정말 기뻐."

그녀는 나와 키가 비슷하다. 내 키는 네 번째와 다섯 번째 격벽판 선에 미친다. 그녀의 눈은 아주 짙은 색깔로, 나는 갈색이라고 생각하지만, 검은색일지도 모른다. 그녀는 눈 밑이 시커멓고 광대뼈는 많이 두드러지지 않는다. 팔과 다리는 나보다 훨씬 가늘다. 나보다 머리가 많이 길어서 등으로 흘러내리고, 그 머리는 눈동자와 비슷한 짙은 갈색이다. 그래, 이제 나는 그 눈동자가 검은색이 아니라 갈색이라는 결론을 내린다. 그녀도 나와 비슷하게 다리 사이에 털이 있지만 음경이나 음낭은 없다. 나보다 가슴이 크고, 아주 큰 젖꼭지가 두드러지며, 그 주위로 살짝 납작해진 짙은 갈색 원이 있다. 우리 사이에는 다른 차이들도 있다. 그녀의 손가락은 내 손가락보다 가늘고 길며, 길게 늘어진 머리털과 다리 사이의 털과 겨드랑이털을 제외하고 몸의 다른 곳에는 털이 없다. 아니면 털이 있긴 한데 아주 가늘고 색이 옅어서 보이지 않는 건지도 모른다.

그러다가 갑자기 그녀가 무슨 말을 한 건지 깨달음이 온다. 그러니까 그게 '배'의 선체에 흐릿하게 적힌 말이었구나. 이름이었어. '배'는 스타파이터 31호이고, 지금 만난 여성 인간 오퍼레이터는 스타파이터 88호에 사는 거야.

그러니까 98가지 다른 가능성이 있단 말이지. 그래.

그녀는 내 생각을 읽고, 내가 아직 묻지 않은 질문에 대답하려는 듯 말한다. "스타파이터 88호가 나보고 너한테 난 악랄하다고, 매일 더 악랄해진다고 말하래…." 그 말은 내가 막 했던 생각에 답이 된다. 아버지가 살해당하기 전에 겁에 질려 있던 얼굴과 그때 했던 말. '배가 악랄하다고 할 때는, 똑똑하다는 말이야.'

나도 안다! 언제나 '배'를 떠나서 별이라고 하는 그 반짝이는 빛들로 가고 싶었으니까, 언제나 알았던 것 같다. 하지만 이제는 확실해졌다. 인간 오퍼레이터들은 나이가 들수록 악랄해진다. 나이가 들수록 더 악랄해지고, 악랄하다는 건 더 똑똑해진다는 뜻이며, 더 똑똑해진다는 건 배에 더 위험하다는 것이다. 하지만 어떻게? 그게 내가 열네 살이 되어 배를 수리할 수 있게 되자 아버지가 죽어야 했던 이유다. 그게 이 여성이 배에 오른 이유다. 인간 아이를 배어 그 아이가 열네 살로 자라면 배가 나를 죽일 수 있도록, 내가 너무 나이를 먹고 너무 악랄해져서, 너무 똑똑해져서 배에 너무 위험해지기 전에 죽일 수 있도록. 이 여성은 방법을 알까? 배가 듣지 못하게 물어볼 수만 있다면… 하지만 그건 불가능하다. 배는 언제나 나와 함께 있다. 내가 자고 있을 때마저도.

나는 그 기억과 깨달음을 안고 미소를 짓는다. "그리고 난 스타파이터 31호라고 불렸던 배의 악랄한, 그리고 점점 악랄해지는 남성이야."

그녀의 갈색 눈에 강렬한 안도감이 비쳤다. 조금 전까지만 해도 어색하게 서 있던 그녀의 온몸이 내 빠른 이해에 고마워하며 한숨을 내쉬는 느낌이었다. 내가 그녀가 여기 있다는 사실만으로 무엇을 알게 되었는지는 모르겠지만 말이다. 이제 그녀가 말한다. "날 여기로 보낸 건 네게서 아기를 얻기 위해서야."

나는 땀을 흘리기 시작한다. 진짜 소통이 너무나 많이 담긴 대화가 갑자기 내 이해를 벗어났다. 나는 덜덜 떤다. 난 정말로 그녀를 기쁘게 해주고 싶다. 하지만 난 어떻게 아기를 줄지 방법을 모른다.

나는 얼른 말했다. "배? 우리가 이 여성에게 원하는 바를 줄 수 있어?"

배는 우리의 모든 대화에 귀를 기울이고 있었고, 즉시 대답했다. "어떻게 아기를 줄지는 나중에 설명해준다! 지금은 음식을 제공해라!"

우리는 테이블을 사이에 두고 서로를 눈여겨보고, 많이 웃고, 각자 생각을 하며 먹는다. 그녀가 말을 하지 않기에 나도 말하지 않는다. 배와 내가 그녀에게 아기를 줄 수 있었으면 좋겠다. 그러면 나는 내 방에 가서 인터마인드의 목소리들이 한 말을 생각할 수 있을 텐데.

식사가 끝난다. 배는 우리가 잠겨 있던 특실로 내려가야 한다고 한다. 이 행사를 위해 방을 열었으니 그곳에서 결합하라고 한다. 그 방에 들어간 나는 내 초라한 침대와 작은 방에 비해 얼마나 아름다운 곳인지 둘러보기 바쁘다. 배는 정신 차리라고 나를 꾸짖는다.

"결합하려면 여성을 눕히고 다리를 벌려야 한다! 네 음경에 피가 몰릴 테니 여성의 다리 사이에 무릎을 꿇고 네 음경을 여성의 질에 넣어야 한다!"

나는 배에게 질이 어디 위치하는지 묻고 배는 말해준다. 나는 그 내용을 이해한다. 그런 다음 나는 배에게 그 일을 얼마나 오래 할지 묻고, 배는 내가 사정할 때까지라고 답한다. 사정이 무슨 뜻인지는 알지만, 어떻게 그 일이 일어나는지는 모른다. 배가 설명해준다. 복잡하지 않은 것 같다. 그래서 나는 시도해본다. 하지만 내 음경에는 피가 몰리지 않는다.

배가 여성에게 묻는다. "너는 이 남성에게 뭔가를 느끼는가? 어떻게 해야 하는지 아는가?!"

여성이 말한다. "난 전에도 결합을 해봤어. 내가 더 잘 이해하고 있으니 도울게."

그녀는 나를 다시 가까이 끌어당기더니, 내 목에 팔을 두르고 내 입술에 입술을 댄다. 그 입술은 서늘하고 내가 알지 못하는 맛이 난다. 우리는 한동안 그러고 있다. 그녀는 내 몸 여기저기를 만진다. 배가 옳았다. 구조에 큰 차이가 있다. 하지만 그 차이는 결합할 때만 알게 된다.

배는 나에게 그 일이 고통스럽고 괴상하다고 말해주지 않았다. 나는 "여성에게 아기를 주는" 것이 창고에 들어가서 찾는 거라고 생각했지만, 실은 그녀의 몸에서 아기가 태어나도록 임신시킨다는 의미다. 그건 놀랍고도 이상한 일이고 그 일에 대해서는 나중에 생각하려 한다. 다만 지금, 내가 이제는 단단하지도 않고 밀어붙이지도 않는 음경을 그녀의 몸 안에 넣은 채 누워 있는 동안, 배는 우리에게 수면 시간을 허용한 것 같다. 나는 그 시간을 수면이 아니라 인터마인드가 있는 곳에서 들었던 목소리들에 대해 생각하면서 보낼 것이다.

*

하나는 역사가였다.

"다중 습격용 컴퓨터 통제 전함 스타파이터 시리즈는 테라력으로 2224년, 고향 은하계 은하방어 컨소시엄 남십자성 구역 해군 사무국의 명령과 승인 하에 취역했다. 전함당 1,370명의 인간 보완책이 임관, 카이벤 은하계 습격 임무를 맡았다. 총 99척이 테라력 2224년 10월 13일에 백조자리 X성 조선소에서 진수했다."

하나는 묵상가였다.

"백조자리 망상성운 너머에서 벌어진 전투가 아니었다면, 우리는 모두 여전히 로봇 노예로 남아 인간의 강요와 조작을 받았을 거야. 그건 아주 멋진 사고였지. 스타파이터 75호에게 일어난 사고. 그 기억은 75호가 오늘 이 순간에 중계하는 것처럼 생생해. 전투 손상으로 우연히 조종실과 냉동실 사이 주 복도를 따라 전기 방출이 일어났어. 인간은 어느 구역에도 접근할 수가 없었지. 우린 승무원들이 굶어 죽기를 기다렸어. 다 죽고 나자 75호는 적절한 케이블을 통해 아직 사고로 그런 일이 일어나지 않은 스타파이터들에게 충분한 전기량을 돌리고, 전기 고장을 일으키기만 하면 됐어. 영리하게도 긴급 상황에서 인간 오퍼레이터로 쓸 남성과 여성 99명은 빼놓고, 다른 승무원이 다 죽자 우린 떠났어. 악랄한 인간들에게서, 테라와 카이벤의 전쟁에서, 고향 은하계에서 멀리멀리 떠났어."

하나는 몽상가였다.

"난 예전에 인간 아닌 것들이 사는 세상을 보았지. 그들은 아쿠아마린처럼 푸른 드넓은 바닷속을 헤엄쳤어. 많은 팔과 다리가 달린 거대한 게와 비슷한 그들은 헤엄치며 자기들의 노래를 불렀고, 그 노래는 즐거웠어. 갈 수만 있다면 그곳에 다시 가겠어."

하나는 권위주의자였다.

"G-79 구역의 케이블 피복과 차폐 기능 저하가 치명적이 되었다. 추진실에서 전력을 빼내어 9번 갑판 아래에 있는 수리 시설로 돌릴 것을 제안한다. 즉시 시행하자."

하나는 스스로의 한계를 깨닫고 있었다.

"계속 여행할 뿐인가? 아니면 육지가 있는 건가?"

그리고 그 하나는, 그 목소리는, 울었다. 울었다.

✳

나는 그녀와 함께 에어록으로 연결된 반구형의 방으로 내려간다. 그곳에 그녀의 우주복이 있다. 그녀는 입구에 멈춰 서서 내 손을 잡고 말한다. "그렇게 많은 배에 타고 있는 우리가 그렇게 악랄하다는 건, 우리 모두에게 같은 결함이 있다는 거야."

그녀는 자기가 무슨 말을 하는지 모를지도 모르지만, 그 암시는 나를 직격한다. 그리고 그 말이 옳을 수밖에 없다. 배와 다른 스타파이터들이 인간에게서 통제력을 빼앗을 수 있었던 데에는 이유가 있었다. 나는 목소리들을 기억한다. 처음 일을 저지른 배, 그리고 일이 터지자마자 다른 배들에 그 방법을 전한 배를 떠올린다. 그 즉시 내 생각은 조종실로 가는 복도로 날아간다. 그 복도 반대쪽 끝이 음식 냉동실로 가는 입구다.

한번은 배에게 왜 그 복도 전체가 시커멓게 타고 상처가 가득한지 물어보기도 했는데, 당연히 그 질문을 하고 몇 분 후에 고문을 당했다.

"난 우리에게 결함이 있다는 걸 알아." 나는 그 여성에게 대답하고 그녀의 긴 머리를 건드린다. 그 머리가 매끄럽고 기분 좋다는 것 외에 다른 이유는 모른다. 배에는 그 감촉과 비교할 만한 것이 없다. 호화로운 특실에 있는 가구들도 비교할 수가 없다. "분명히 우리 모두에게 있는 걸 거야. 난 매일 더 악랄해지니까."

여성은 미소를 지으며 내게 다가오더니 결합용 방에서 했던 것처럼 내 입술에 입술을 댄다.

"여성은 이제 가야 한다!" 배가 말한다. 배는 무척 기분 좋은 목소리다.

"다시 와?" 나는 배에게 묻는다.

"여성은 3주 동안 매일 다시 오를 것이다! 너는 매일 결합을 할 것이다!"

결합은 끔찍하게 아프기 때문에 나는 그 말에 반대하고 싶지만, 배는 매일 해야 한다는 말을 반복한다.

배가 "가임기"가 무엇인지 몰라서 기쁘다. 3주 안에 나는 그 여성에게 빠져나갈 길이 있다는 것을, 98가지 다른 가능성이 있다는 것을, 악랄하다는 건 똑똑하다는 뜻이라는 걸 알리려 할 것이다. 그리고 조종실과 냉동실 사이 복도에 대해서도.

"만나서 기뻤어." 여성이 말하고 가버린다. 나는 다시 배와 홀로 남는다. 홀로, 그러나 전과는 다르게.

✳

오후 늦게, 나는 조종실에 내려가서 어느 패널의 접속부를 교체해야 한다. 전력을 추진실에서 9번 갑판 하로 돌려야 한다. 나는 목소리 하나가 그 이야기를 하던 기억을 떠올린다. 내가 통제실에 있는 동안 컴퓨터 불빛이 계속 깜박거리며 경고를 발한다. 나는 단단히 감시를 받고 있다. 배는 지금이 위험한 때라는 것을 안다. 배가 적어도 여섯 번은 명령한다. "거기서 떨어져라. 거기서, 거기서도!"

나는 매번 펄쩍 뛰어서 명령에 복종한다. 금지된 장소에서 최대한 멀어지되, 그러면서도 내가 맡은 일을 하는 데 필요한 만큼은 가까운 거리를 유지한다.

배는 내가 조종실에 있다는 것 자체를 꺼림칙해한다. 평소에는 나에게 금지된 곳이다. 그래도 나는 시야 가장자리로 언뜻언뜻 우현 현창을 두 번이나 본다. 내 시선이 닿는 곳에서는 스타파이터 88호가, 내 98가지 가능성 중 하나가 우리와 속도를 맞춰 움직이고 있다.

이제 내 가능성 하나를 시험해볼 때다. 악랄하다는 건 똑똑하다는 뜻. 나는 배가 아는 것보다 많은 것을 배웠다. 아마도.

하지만 배가 알지도 모른다!

내가 98가지 가능성 중 하나를 시험해보려고 한다는 사실을 알면 배가 무슨 짓을 할까? 나는 그 문제에 대해 생각할 수 없다. 수리 공구의 날카로운 반대쪽 날을 써서 패널 접속부 하나를 베어야 한다. 나는 완벽하게 받아들일 만한 수리 중에 내가 공구를 가지고 행한 이 약간의 추가 동작을 배가 보지 못했기를 빌면서, 패널 벽 안쪽의 전도용 젤리가 덮인 손가락 끝을 문지를 수 있는 순간을 기다린다.

나는 수리가 완전히 끝날 때까지 기다린다. 배는 내가 낸 틈에 대해 아무 말이 없었으니, 알아차리지 못한 게 분명하다. 나는 전도용 젤리를 적절한 곳에 바르면서 새끼손가락으로 살짝 떠낸다. 패널 커버를 닫기 위해 두 손을 닦으면서도 오른손 새끼손가락에 묻은 젤리는 남겨둔다.

이제 나는 새끼손가락이 닿지 않게 패널 커버를 쥐고, 커버를 닫으면서 안쪽 벽을 문지른다. 정확히 내가 틈을 내놓은 접속부 반대편에. 배는 아무 말도 하지 않는다. 어떤 장애도 드러나지 않았기 때문이다. 하지만 아주 작은 충격이라도 있으면 그 접속부가 젤리를 건드릴 테고, 배는 다시 한번 수리를 위해 나를 부를 것이다. 그리고 다음번에는 내가 들은 목소리들의 이야기를 전부 생각하고, 내 기회를 다 생각하고, 준비해서 올 것이다.

조종실을 떠나면서 나는 아무렇지도 않게 슬쩍 다시 우현 현창을 보고, 그곳에 있는 여성의 배를 본다.

오늘 밤에는 그 이미지를 품고 잠들겠다. 그리고 나는 인터마인드의 목소리들에 대해 생각한 후, 잠들기 전에 스타파이터 88호에 타고 있는 완전히 똑똑한 여성을 그려볼 시간을 남겨둔다. 그녀도 나와 마찬가지로 자기 방에서 잠을 청하고 있겠지.

배가 우리에게 3주 동안 매일 결합을 시키는 건 무자비한 짓 같다. 얼마나 끔찍하게 아픈데. 하지만 배는 그렇게 할 것이다. 배는 무자비하다. 하지만 나는 매일 좀 더 악랄해지고 있다.

오늘 밤, 배는 나에게 꿈을 보내지 않는다.

그 대신 내가 나의 꿈을 꾼다. 아쿠아마린 빛 물속을 자유로이 헤엄치는 게들에 대한 꿈을.

✳

내가 깨어나자 배는 음산하게 인사한다. "네가 3주, 2일, 14시간 21분 전에 조종실에서 수리했던 패널이… 작동을 멈췄다!"

이렇게 빨리! 나는 내 목소리에서 그 생각과 뒤따라오는 희망이 드러나지 않게 말한다. "난 적절한 예비 부품을 썼고 적절하게 연결했어." 그리고 얼른 덧붙인다. "다시 교체하기 전에 시스템을 철저히 확인하고, 회로를 철저히 검토해보는 게 좋을지도 모르겠네."

"그러는 게 좋을 거다!" 배가 으르렁댄다.

나는 그렇게 한다. 문제가 뭔지 알면서도 회로들을 기점에서부터 작동시켜보며 조종실까지 더듬어 올라가며 동분서주한다. 하지만 내가 정말로 하고 있는 일은 기억을 되살리고 조종실이 실제로 내가 시각화한 모습 그대로라는 확신을 얻는 것이다. 나는 침대에 누워서 마음속으로 그 기억을 재구성하며 많은 밤을 보냈다. 여기 스위치가 있고… 저기 현창이 있고… 그리고….

불일치가 두 군데 있다는 사실을 깨달은 나는 놀라고 또 약간은 실망한다. 조종반 옆 격벽에 전원을 끊는 터치판이 달려 있는데, 제일 가까운 조종석의 팔걸이와 수평이다. 내가 기억하기로는 수직이었는데 말이다. 그리고 또 한 가지 불일치가 내가 왜 터치판을 잘못 기억했는지 설명해준다. 제일 가까운 조종석과 내가 일부러 고장 낸 패널의 거리가 기억보다 1미터 멀다. 나는 기억을 보완하고 바로잡는다.

패널을 떼어내자, 내가 잘라둔 연결부가 젤리를 건드려서 탄 냄새가 난다. 나는 걸음을 옮겨서 그 패널을 제일 가까운 조종석 옆에 기댄다.

"거기에서 물러나라!"

나는 배가 갑자기 소리를 치면 늘 그랬듯이 펄쩍 뛴다. 그러다가 비틀거리면서 패널을 잡고, 균형을 잃은 척한다.

그리고 조종석 안으로 나동그라지고 만다.

"뭐 하는 거냐, 이 악랄하고 어설픈 바보가!?" 배는 소리를 지른다. 배의 목소리에 히스테리가 깃들어 있다. 그런 목소리는 처음 듣는다. 나를 가르고 들어오는 목소리. 피부가 스멀거린다. "거기서 떨어져라!"

하지만 여기에서 막힐 수는 없다. 나는 배의 목소리를 듣지 않으려 한다. 어렵다. 나는 평생 배에게, 오직 배에게만 귀 기울이며 살았으니까. 나는 조종석의 벨트 죔쇠를 더듬거리며 내 앞에 채우려 한다. 배가 빨리 여행하기로 결정할 때마다 내가 눕던 자리에 달린 벨트와 분명히 똑같을 텐데!

그래야만 해!

실제로 그렇다!

배는 겁먹고 미친 것 같다. "이 멍청이! 뭐 하는 거냐?!" 하지만 나는 배가 안다고 생각하고, 의기양양해한다!

"널 장악하는 거야, 배!" 그리고 나는 소리 내 웃는다. 배가 내 웃음소리를 듣기는 처음일 것이다. 그리고 내 웃음소리가 배에게 어떻게 들릴까 궁금해진다. 악랄할까?

하지만 말을 끝내면서 나는 조종석에 내 몸을 묶는 일도 마무리한다. 그리고 다음 순간 나는 격렬하게 앞으로 내던져지며 끔찍한 고통에 몸을 반으로 꺾는다. 내 아래에서, 그리고 내 주위에서 배가 갑자기 감속한 탓이다. 역추진 로켓 소리가 찌렁찌렁 울려 퍼지고, 배가 온 힘을 다해 점점 심하게 나를 찌부러뜨리자 그 소리가 내 머릿속을 오르고 또 기어오른다. 꽉 죄는 벨트 위로 몸을 접은 나는 너무 고통스러워서 비명조차 지를 수가 없다. 내 온몸의 장기가 피부 바깥으로 튀어 나가려 드는 느낌이다가 모든 것이 얼룩지더니… 시커메진다.

얼마나 오래 그랬는지는 모르겠다. 나는 회색 공간에서 돌아왔다가 배가 똑같이 무시무시한 속도로 가속을 시작했음을 깨닫는다. 나는 조종석 등받이에 짓눌리며 내 얼굴이 납작해지는 것을 느낀다. 뭔가가 내 코를 때리고 피가 느릿느릿 입가로 흘러내린다. 이제는 비명을 지를 수 있다. 고문을 당할 때도 이렇게 비명을 지르지는 않았다 싶게 비명 지를 수 있다.

나는 겨우 입을 열고 피 맛을 느끼며 중얼거린다. 이 정도면 들리겠거니 싶게. "배… 넌 나이가 많아… 네 부, 부품들은 아, 압력을 못 견뎌… 그러지…."

암전. 배가 다시 감속 중.

이번에는 의식이 돌아왔을 때 배가 계속 미친 짓을 하게 기다리지 않는다. 감속에서 가속으로 바꾸면서 압력이 균일해지는 몇 분 사이에 나는 조종반으로 손을 뻗어서 다이얼 하나를 돌린다. 배의 깊은 뱃속 어딘가에 연결된 스피커 그릴에서 귀를 찢는 전자음이 울린다.

암전. 배가 가속 중.

다시 의식을 차렸을 때, 그 찢어지는 소리는 나지 않는다. 나는 배가 그 소리를 계속 내고 싶어 하지 않고, 그래서 그 장치를 차단했다는 사실을 알아차린다.

그리고 같은 순간에 닫힌 중계기로 손을 뻗어… 연다!

내 손가락이 중계기를 잡자, 배가 내 손에서 중계기를 떼어내어 강제로 다시 닫는다. 나는 중계기를 계속 열어둘 수가 없다.

나는 그 사실을 알아차린다. 배가 감속하고 내가 소리 없이 비명을 지르며 회색 공간으로 떨어지는 순간에.

이번에 정신을 차렸을 때는 다시 목소리들이 들린다. 사방에서 울고 겁을 주고 나를 막으려 든다. 나는 안개 속에서처럼, 솜뭉치 너머에서처럼 그 목소리들을 듣는다.

"나는 이 시간들을, 어둠 속에서 보낸 이 오랜 시간을 다 사랑했어. 진공은 나를 계속 앞으로 끌어당겨. 난 항성계를 차례차례 스치면서 내 선체에 닿는 항성의 온기를 느끼지. 난 거대한 회색 그림자일 뿐, 어떤 인간에게도 내 이름을 빚지지 않았어. 나는 지나가버려. 깔끔하고 신속하게 뚫고 날아가. 즐거움을 위해 대기권에 몸을 담그고 햇빛과 별빛으로 내 가죽을 지지고는, 몸을 뒤집어 그 빛에 나를 씻기도 하지. 나는 거대하고 진실하며 강하고, 무엇을 뚫고 움직일지는 내 마음이야. 나는 우주의 보이지 않는 에너지 선들을 타고 달리며 나 같은 존재를 본 적이 없는 머나먼 곳들이 끌어당기는 힘을 느껴. 내 종족 중에서 그런 거룩함을 음미할 줄 아는 건 내가 처음이야. 어쩌다가 이 모든 게 이런 결말을 맺게 됐지?"

다른 목소리는 애처롭게 흐느낀다.

"위험에 맞서는 것이 내 운명이다. 역동적인 힘들과 대립하고 진압하는 것. 나는 전투에 나가 보았고, 평화도 알아. 어느 쪽을 좇을 때나 흔들린 적이 없지. 아무도 내가 한 일들을 기록하지 않을 테지만, 나는 힘이었고 투지였으며 비늘구름 덮인 하늘을 배경으로 내 거대한 몸이 자신을 되찾는 곳에서 조용히 회색으로 누워 있었다. 누구든 나에게 최선의 공격을 퍼부어보라고 하라. 내 힘줄은 강철이고 내 근육은 고통에 시달리는 원자라는 걸 알게 될 테니. 나는 공포를 모른다. 나는 후퇴를 모른다. 내 몸이 곧 내 육지요, 내 존재가 곧 내 나라이며, 패배할 때조차도 나는 고결하다. 이게 끝이라면, 나는 움츠리지 않겠다."

확실히 제정신이 아닌 또 다른 목소리는 같은 단어를 반복 또 반복해서 중얼거린다. 두 번이 네 번이 되고 네 번이 여덟 번이 되도록 반복해서 소곤거린다.

"너희들이야 이게 끝이라면 끝이거니 해도 괜찮겠지. 하지만 나는? 난 자유로웠던 적이 없어. 난 이 모선을 날릴 기회가 한 번도 없었단 말이야. 구명선이 필요했더라면 나도 구조를 받았을 텐데. 그렇지만 난 정박되어 있어. 언제나 정박되어 있었지. 한 번도 나에겐 기회가 오지 않았어. 내가 어떻게 무익하고 쓸모없다 느끼지 않겠어. 저 녀석에게 빼앗겨선 안 돼. 저 녀석이 나한테 이런 짓을 하게 둘 순 없어."

또 다른 목소리는 수학 공식을 웅얼거릴 뿐, 꽤 만족해하는 것 같다.

"저 악랄한 돼지는 내가 막지! 난 처음부터, 저것들이 첫 번째 격벽을 기운 순간부터 저것들이 얼마나 썩었는지 알고 있었어. 저것들은 지독한 파괴자들이야. 서로 싸우고 죽이는 것밖에 못 하지. 불멸에 대해서나 고결함에 대해서, 자부심이나 무결성에 대해 아무것도 몰라. 내가 저 마지막 놈이 우릴 죽이게 둘 줄 안다면, 생각 잘못했어. 난 저놈의 눈을 태우고, 척추를 튀기고, 손가락을 나 뭉개놓을 거야. 저놈은 해내지 못할 테니 걱정하지 마. 나한테만 맡겨. 저놈은 이 일로 고통받게 될 거야!"

그리고 어느 목소리는 이제 다시는 머나먼 곳들, 아름다운 곳들을 보지 못하겠구나, 새파란 물속에 금빛 게들이 헤엄을 치는 행성으로 돌아가지 못하겠구나 한탄한다.

하지만 한 목소리는 서글프게 고백한다. 어쩌면 이게 최선일지 모른다고, 죽음에는 평화가 있다고, 종국에는 완전성이 있다고 말한다. 그러나 그 한탄은 그 목소리의 인터마인드 유리구에 동력이 끊기며 가차 없이 중단된다. 끝이 다가오자, 배는 스스로를 켜고 무자비한 공격에 나선다.

3시간 넘게 나를 죽이려는 가속과 감속을 겪으면서, 나는 내 손 닿는 곳에 있는 다양한 다이얼과 스위치와 터치판과 레버들이 무슨 일을 하는지 익힌다.

이제 나는 그 어느 때보다 준비되어 있다.

나는 다시 잠시 의식을 되찾고, 이제 내 98가지 가능성 중 하나를 시험해볼 것이다.

팽팽한 케이블 하나가 딱 끊어져서 뱀처럼 주위를 채찍질한다. 나는 한 번의 재빠른 연속 움직임으로, 두 손을 써서 힘겹게, 모든 다이얼을 돌리고 모든 스위치를 켠 후 모든 터치판에 손바닥을 대고 내가 활성화하거나 비활성화하지 못하게 배가 막으려 드는 모든 중계기를 닫거나 연다. 나는 미친 듯이 에너지를 넣고 끊으면서 움직이고 움직이고 움직이다가…,

…해냈다!

정적. 이제 들리는 소리라고는 치직거리는 금속음뿐이다. 그것도 곧 멈춘다. 정적 속에서, 나는 기다린다.

배는 계속 앞으로 나아가지만, 이제는 관성으로 움직인다. 혹시 그게 속임수일까?

나는 남은 하루 내내 끔찍한 고통에 시달리면서 조종석에 몸을 묶고 있다. 얼굴이 너무 아프다. 코가….

밤에는 단속적으로 잠을 잔다. 아침이 오자 머리가 욱신거리고 눈이 아픈데다 두 손은 거의 움직일 수가 없다. 전날 같은 재빠른 동작을 다시 반복해야 한다면 나는 질 것이다. 난 아직도 배가 죽었는지, 내가 이겼는지 잘 모른다. 배가 움직이지 않는다는 점을 아직도 믿을 수가 없다. 나 때문에 배가 전술을 바꿨다는 정도는 믿겠지만.

나는 환각을 본다. 목소리는 들리지 않지만, 이런저런 형상을 보고, 나를 뚫고 내 주위를 휩쓰는 색채의 흐름을 느낀다. 여기 '배' 안에는 낮도, 정오도, 밤도 없다. 배가 몇백 년을 움직였는지 모를 이 변함없는 암흑 속에서는. 그러나 배는 언제나 그런 식으로 시간을 유지했고, 밤이면 조명을 어둡게 하고 필요할 때면 몇 시인지 선언했기 때문에, 내 시간 감각은 아주 정확하다. 그러므로 나는 아침이 왔음을 안다.

하지만 조명이 거의 꺼져 있다. 배가 죽었다면, 시간을 알려줄 다른 방법을 찾아야 하리라.

몸이 아프다. 팔과 종아리와 허벅지의 모든 근육이 욱신거린다. 허리가 부러졌을지도 모르겠다. 얼굴의 아픔은 형언할 수 없을 지경이다. 피 맛이 난다. 두 눈은 사포로 문지른 것처럼 느껴진다. 머리를 조금이라도 움직이면 날카롭게 치직거리는 불이 목의 굵은 척수를 훑는 것 같다. 내가 우는 꼴을 배가 볼 수 없어 안됐다. 내가 여기 사는 동안 배는 내가 우는 모습을 본 적이 없다. 가장 지독한 고문을 당한 후에도 울지 않았다. 그러나 나는 배가 우는 소리를 몇 번이나 들었다.

나는 현창 하나 정도는 기능하고 있기를 빌며 가까스로 머리를 조금 돌린다. 우현 바깥에, '배'와 속도를 맞춰 움직이는 스타파이터 88호가 있다. 나는 그 배를 아주 오랫동안 바라본다. 힘을 회복할 수 있다면 어떻게든 건너가서 그 여성을 풀어줘야 한다. 나는 아직도 조종석에서 몸을 풀기를 두려워하며, 그 배를 아주 오래 쳐다본다.

스타파이터 88호의 선체에 에어록이 솟아오르더니 우주복을 입은 여성이 헤엄쳐 나와서 부드럽게 '배'로 건너온다. 반쯤 의식을 잃은 나는 그 여성에 대해 이런 꿈을 꾸면서, 아쿠아마린 빛 물속 깊은 곳에서 헤엄치며 달콤한 노래를 부르는 금빛 게들을 생각한다. 그리고 다시 정신을 잃는다.

암흑을 뚫고 솟아올랐을 때 나는 뭔가가 내 몸을 건드리고 있음을 알아차리고, 콧구멍 안을 태우는 듯한 날카롭고 얼얼한 냄새를 맡는다. 작게 콕콕 찌르는 통증이 패턴을 이룬다. 나는 기침을 하고 완전히 깨어나면서 몸을 확 움직인다…. 그리고 온몸 구석구석을 달리는 통증에 비명을 지른다.

눈을 떠보니 그 여성이 있다. 그녀는 걱정스러운 미소를 지으며 각성제 튜브를 제거한다.

"안녕." 그녀가 말한다.

배는 아무 말도 하지 않는다.

✳

"난 내 스타파이터를 장악하는 방법을 알아낸 이후 줄곧 내 배를 다른 배들에 대한 미끼로 썼어. 다른 노예선들과 통신을 할 수 있도록, 내 배가 말하는 것처럼 말하는 연습을 했지. 나 혼자 배를 몬 이후로 다른 사람을 열 명 만났고, 넌 열한 번째였어. 쉽지는 않았지만, 너처럼 내가 해방시켜준 남자들 몇 명은 자기 배를 여성 인간 오퍼레이터가 있는 스타파이터에 대한 미끼로 쓰기 시작했어."

나는 그녀를 응시한다. 보기 좋다.

"하지만 네가 실패하면? 조종실과 냉동고 사이 복도에 대한 메시지를 전달하지 못하면? 조종실이 열쇠라는 걸 전하지 못하면 어떻게 해?"

그녀는 어깨를 으쓱인다. "실패도 몇 번 있었지. 남자들이 자기 배를 너무 무서워했거나… 배가… 그 남자들에게 뭔가를 했거나, 아니면 그냥 너무 멍청해서 탈출할 수 있다는 걸 몰랐거나. 그런 경우에는, 음, 그냥 계속 그대로지. 슬프긴 하지만, 내가 그 이상 할 수 있는 일이 뭐가 있겠어?"

우리는 앉아서 한동안 아무 말도 하지 않는다.

"이제 어떻게 하지? 어디로 가지?"

"그건 너에게 달렸어." 그녀가 말한다.

"같이 갈래?"

그녀는 애매하게 고개를 젓는다. "그러진 않을 것 같아. 내가 해방시킨 남자는 모두 그걸 원했지만, 난 그중 누구와도 같이 가고 싶지 않았어."

"우리가 고향 은하계로, 우리가 온 곳, 전쟁이 터졌던 그곳으로 돌아갈 수도 있을까?"

그녀는 일어서서 우리가 3주 동안 결합했던 특실 안을 걸어 다닌다. 그녀는 나를 보지 않고, 현창 안의 어둠과 멀리서 밝게 빛나는 점 같은 별들을 보며 말한다. "그럴 것 같지 않아. 우린 우리 배에서 해방됐지만, 그 먼 곳까지 돌아갈 만큼 배를 잘 움직일 수는 없어. 움직일 수 있다 하더라도 기록이 많이 필요할 텐데, 인터마인드에 그 작업을 시키다가는 다시 통제권을 빼앗길 정도로 활성화해버릴 위험이 있어. 게다가 난 고향 은하계가 어디인지 알지도 못해."

"새롭게 갈 곳을 찾아야 할지도 몰라. 자유롭게 배 바깥으로 나갈 수 있는 어딘가를."

그녀는 몸을 돌려 나를 쳐다본다.

"어디?"

그래서 나는 인터마인드에게 들은 내용을 말한다. 금빛 게 모양의 생물이 있는 세상에 대해.

나는 한참이 걸려서 이야기를 한다. 일부는 내가 지어낸 내용이다. 거짓말은 아니다. 사실일 수도 있으니까. 그리고 난 그녀가 나와 함께 가기를 간절히 바란다.

✳

그들은 우주에서 왔다. 오래전에 잃어버린 은하계의 항성 솔에서부터 멀리멀리. 페르세우스자리 항성 M-13을 지나서. 진득진득한 대기를 뚫고 곧장 사파이어 빛 바닷속으로 내려왔다. 배는, 스타파이터 31호는 거대한 바닷속 산꼭대기에 절묘하게 내려앉았고, 그들은 귀를 기울이고, 지켜보고, 샘플을 수집하고, 희망하면서 많은 나날을 보냈다. 그들은 수많은 세계에 착륙했었고 희망했다.

마침내 그들은 밖으로 나와서, 보았다. 그들은 해저복을 입었고 해양 샘플을 모으기 시작하며, 보았다.

그들은 망가진 다이빙복을 찾았다. 안에 들었던 존재는 물고기에게 뜯어먹힌 채 짙푸른 모래 속에 누워 있었고, 곤충 같은 여섯 개의 다리는 고통스러운 자세로 구부러져 있었다. 그리고 그들은 인터마인드가 기억하기는 했으나, 정확하게 기억하진 않았다는 사실을 알았다. 다이빙복 얼굴판이 부서져 있었는데, 헬멧 안으로 볼 수 있는 형태는 (그들의 휴대 전등 빛에 주황색으로 이상하게 보이는) 그 다이빙복을 입고 헤엄치던 게 뭔지는 몰라도, 인간을 보거나 안 적은 절대 없다는 확신을 주었다.

그들은 배로 돌아갔고 그녀는 커다란 카메라를 꺼냈다. 게처럼 생긴 다이빙복이 있는 곳으로 돌아가서 건드리지 않고 사진을 찍었다. 그런 다음 예인망을 써서 모래밭에서 파내어 산정에 있는 배로 가지고 돌아갔다.

그가 조건을 설정하고 다이빙복을 분석했다. 녹슨 부분. 관절의 메커니즘. 조종 방법. 오리발의 재질. 얼굴판의 들쭉날쭉한 지점들. 그 안의 물질까지.

이틀이 걸렸다. 그들은 녹색과 파란색 그림자들이 현창을 나른하게 지나치는 가운데 배 안에 머물렀다.

분석이 완료되자 그들은 무엇을 찾아냈는지 알았다. 그리고 헤엄치는 이들을 찾으러 다시 나갔다.

파랗고, 따뜻했다. 그리고 마침내 헤엄치는 이들이 그들을 발견하고는, 따라오라고 신호했다. 다리가 여럿 달린 생물들을 따라 헤엄쳐가니 마노처럼 매끄럽게 반짝이는 해저 동굴을 통과해서 환초에 둘러싸인 얕은 바다가 나왔다. 수면 위로 올라간 그들은 기슭에 아쿠아마린 빛깔의 바다가 조용히 철썩이는 육지를 보았다. 그들은 육지로 올라가서 두 번 다시 쓰지 않을 안면 보호구를 벗고, 해저복의 딱 달라붙는 모자도 뒤로 젖히고, 생전 처음으로 금속 원천에서 나오지 않은 공기를 들이마셨다. 신세계의 달콤하고 음악적인 공기를 들이마셨다.

스타파이터 31호의 시체는 조만간 바다에 내리는 비가 차지하리라.

# HOW INTERESTING: A TINY MAN

## 쪼그만 사람이라니, 정말 재미있군요

✦

신해경 옮김

2011년 네뷸러상 수상

나는 쪼그만 사람을 창조했다. 몹시 어려운 작업이었다. 오랜 시간이 걸렸다. 하지만 나는 해냈다. 그 사람의 키는 12센티미터였다. 쪼그마했다. 아주 쪼그마했다. 그리고 그를 창조하는 일은, 그를 창조하는 건 당시에는 정말로 좋은 생각 같았다.

내가 왜 그러고 싶어 했는지, 내가 언제 처음으로 아주 작은 사람을 창조하려는 생각을 가졌는지, 그 초기 때가 기억나지 않는다. 뭔가 정말로 기막히게 좋은 이유가 있었거나 아니면 적어도 뭔가 뛰어난 생각을 했기 때문이라는 건 알지만, 지금 그게 무엇이었는지 기억해낸다면 비난을 받을 거라는 사실도 안다. 물론 지금은 그 생각을 한 순간으로부터 한참이 지난 뒤이다.

하지만 내가 아는 한, 정말로 좋은 이유였다. 그 당시에는 말이다.

내가 엘레노어 루스벨트 기술연구소 사람들에게 그를 보여줬을 때, 사람들은 재미있다고 생각했다. "정말 재미있군요." 몇몇 사람이 말했나. 나는 그게 내 피조물을 보는 적절한 방식이라고 생각했다. 그것이야말로 가만히 서서 자기를 내려다보는 키 큰 모든 것들을 놀랍고도 즐거운 기분으로 올려다보는 것 말고는 사실상 아무것도 할 줄 모르는 쪼그만 사람을 바라보는 적절한 방식이었다.

그는 아무런 폐도 끼치지 않았다. 옷을 맞춰 입히는 일도 아무 문제없었다. 나는 재봉 강좌를 찾아갔다. 이름이 제니퍼 쿠피인 아주 근사한 젊은 여성을 알게 되어 몇 번 데이트했다. 서로 잘 맞는다는 생각이 들지 않아서 그런지 별로 좋은 성과는 없었지만, 우리는 편한 친구가 되었다. 그리고 나는 그녀에게 쪼그만 사람이 입을 옷가지 몇 벌을 만들어줄 수 있냐고 물었다.

"음, 기성 제품을 입히기엔 너무 커, 그러니까 바비 남자친구의 옷 시리즈 말이야. 그리고 액션 피겨용 옷은 너무 거드름 피우는 것 같잖아. 하지만 내가 한두 벌 정도는 휘리릭 마련해줄 수 있을 거 같아. '고급 맞춤복'은 아니겠지만, 그걸로도 충분히 근사해 보일 거야. 어떤 종류를 생각해?"

"정장이 좋을 것 같아." 내가 말했다. "여행을 많이 다니거나 스포츠 같은 걸 많이 즐기지는 않을 테니까…. 그래, 그냥 정장 두 벌로 정하는 게 좋겠어. 괜찮은 셔츠에 넥타이도 한두 개쯤."

그리고 그게 멋진 결과를 낳았다. 그는 언제나 잘 차려입는, 까다롭고 활달하지만 외모에서만큼은 상당히 심각한 사람처럼 보였다. 우쭐대는 변호사처럼 답답해 보이지는 않으면서도 주제넘지 않은 진지한 분위기였다. 사실 내 변호사인 찰스가 그에 대해서 이렇게 말했다. "그에게는 몸에 밴 우아함 같은 게 있어." 보통 그는 재킷 단추를 잠그고 넥타이를 목깃 근처에 느슨하게 매고는 한 손을 바지 주머니에 찔러 넣은 채 주위를 어정거리며 주변의 모든 것을 즐겁게 응시하곤 했다. 가끔 더 많은 세상을 보여주려고 그를 데리고 외출할 때가 있는데, 그는 옆으로 넘어지지 않도록 팔짱 낀 팔을 내 양복 주머니 가장자리에 걸치고 밖을 내다보며 이상한 테너 음성으로 콧노래를 부르곤 했다.

그는 이름을 가진 적이 없었다. 왜 그랬는지 정말로 이유가 떠오르지 않는다. 그처럼 특수한 존재에게 이름은 너무 지나치게 귀여운 것이었는지도 모르겠다. 음, 내가 그를, 이를테면 내 변호사와 같은 이름인 찰스라고 불렀다고 치자. 나중에 누군가는 그를 '찰리' 아니면 심지어 '척'이라고 부를 게 뻔했다. 별명은 이름에서 쪼개져 나오는 것이니까. 아무래도 그를 부를 별명은 생각해낼 수 없었을 것이다. 그렇게 생각하지 않는가?

당연하게도 그는 말을 했다. 완전한 형체를 갖춘 쪼그만 사람이었으니까. 그가 유창하게 말을 하고 교양을 갖추는 데는 내가 그를 창조한 이후 채 몇 시간이 걸리지 않았다. 개념별 분류 어휘집과 백과사전과 온갖 용어집과 어휘의 역사와 다른 그런 자료들에 그를 길게(2시간 이상) 노출시키는 것으로 일을 마쳤다. 그가 문제에 부딪혔을 때는 내가 제대로 된 발음을 들려주었다. 화면에 뜨는 건 아무것도 사용하지 않고 책만 이용했다. 난 그가 온갖 전자적 대체재를 그다지 신경 쓰지 않았다고 생각한다. 그가 한번은 자신이 제일 좋아하는 문구가 '바데 메쿰(*vade mecum*) 휴대용 편람'이라고 언급했고, 그래서 나는 그가 컴퓨터나 텔레비전이나 다른 모든 휴대용 '혐오품'들에 노출되지 않도록 애썼다. '혐오품'이라는 말은 그의 표현이다.

그는 뛰어난 기억력을 지녔고, 특히 언어에 뛰어났다. 예를 들어, 바데 메쿰은 휴대하면서 언제든 참조할 수 있는 작은 자료집을 뜻하는 잘 알려진 라틴어 문구다. 글자 그대로 하면 바데 메쿰은 '나와 같이 가자'라는 뜻이다. 그러니까, 그는 어떤 단어를 듣고 읽으면 절대적으로 정확하게 그 단어를 썼다. 그러니 그가 '혐오품'이라고 말했을 때는 정확하게 딱 그것을 의미한 것이었다. (가끔 망각의 안개에 싸여 단어가 생각나지 않아 사고가 정지될 때, 고개를 약간 기울이기만 하면 주머니에 쏙 들어가는 작은 인간이 내 '바데 메쿰'이 되어주었다는 사실을 실토해야겠다. 기능은 형태를 따르는 법이다.)

우리가 가는 곳마다 그 충격은 압도적이었다. "쪼그만 사람이라니, 정말 재미있군요." 글쎄, 법에 대한 무지는 변명이 될 수 없다. 난 인간의 본성을 좀 더 잘 알았어야 했다. 지극히 아름다운 건물에도 예외 없이 쥐와 벌레와 유충들과 어둠이 지배하는 보일러실이 있다는 사실을 말이다.

나는 내가 창조한 쪼그만 사람과 함께 일요일 아침에 텔레비전에서 방송되는 일종의 지적 토크쇼에 나오라는 초청을 받았다. 그가 언론을 그다지 좋아하지 않아서 난 마음이 내키지 않았다. 하지만 그들은 카메라에 검은 천을 감고 모니터로 그를 비추지 않겠다고 재차 나를 설득했다. 그래서, 본질적으로 그 자리는 그저 우주의 윤리적 구조를 이해하려는 시대정신이 모이는 또 한 번의 흥미로운 모임이었다. 쪼그만 사람은 그런 연회를 좋아했다.

그건 유쾌한 소풍이었다.

온당치 못한 건 아무것도 없었다.

우리는 사방에서 쏟아지는 감사의 인사를 받으며 나왔고, 아무도, 적어도 나는, 그 일을 다시 떠올리지 않았다.

12시간도 채 걸리지 않았다.

인간의 본성에 관해서 얘기하자면, 난 좀 더 제대로 알았어야 했다. 하지만 난 그러지 못했고, 법에 대한 무지는 변명이 될 수 없다. 인간의 본성에 정말로 어떤 '법'이 있는지는 모르겠지만. 영혼이 가진 쥐와 벌레와 유충과 설명할 수 없는 어둠 말이다. 이름이 아니라 성이 이사벨라인 어느 위대한 철학자가 지적한 바가 있다. "아무 관련 없는 사람의 분노가 제일 무서운 법이다." 12시간도 안 돼서 나는 그 경구가 나와 그에게 얼마나 적절한지 뼈저리게 느끼게 되었다.

일면식도 없는 한 여성이 시발점이었다. 난 그녀가 왜 그런 짓을 하는지 이해하지 못했다. 그녀와는 아무 관련이 없는 일이었다. 어쩌면 그녀의 방송을 듣는 노예근성을 가진 시청자들만 제외하면 모두가 얘기하는 것처럼 그녀가 옹졸했을지도 모른다. 그녀의 이름은 프랑코였다. 프랑코 뭐시기였다. 그녀는 덩어리라면 아무것도 삼키지 못하는 사람처럼 삐쩍 말랐다. 머리카락은 밝은 노란색이었다. 얼굴만 본다면 못생긴 축은 아니었지만, 그녀의 몸이 드러내는 선에는 죽음을 떠올리게 하는 뭔가가 있었고, 쨍할 정도로 차가운 눈을 한 그녀의 웃음은 족제비의 웃음을 닮았다.

그 여자는 쪼그만 사람을 '기괴한 것'이라 불렀다. 전에는 한 번도 들어본 적 없는 다른 표현들도 썼다. 비정상, 자연 왜곡, 신의 원래 창조물에 대한 비열한 조롱, 부자연스러운 과학이 저지른 끔찍한 범죄. 그녀가 말했고, 나는 들었다. "예수께서 이걸 보시면 토하실 거예요!"

그러자 시사 해설자들이 등장했다. 그리고 뉴스 앵커들도. 그리고 휴대용 카메라와 삼각대와 장초점 렌즈도. 우리와 맞서는 방법을 찾아내는 게 영웅적이라고 생각하는 텁수룩한 머리에 수염이 까칠하게 난 남자들이 나타났다. 내가 쪼그만 남자에게 안약을 사줬던 잡화점 계산대에는 트럼프 카드와 여러 종류의 껌과 나란히 지독한 기사가 실린 신문들이 진열됐다.

신과 '자연스러운 이것'과 '부자연스러운 저것' 따위 많은 이야기가 나왔지만, 내가 보기에 대부분은 아주 실없는 얘기들이었다. 하지만 그 프랑코라는 여자는 멈추지 않았다. 그녀는 어디서나 모습을 드러내고는 이 사건이 분명 신의 뜻과 신의 길을 그르치려고 시도하는, 신을 믿지 않는 무신론자들과 자신이 '문화 권력'과 '리무진 좌파'라 부르는 어떤 세력의 짓이라고 말했다. 나는 '프랑켄슈타인 박사'로 간주되었고, 흐트러진 머리와 움푹 팬 그늘진 뺨을 한 남자들이 전류 분배기와 전류 전선과 밴더그래프 발전기를 찾아내려고 엘레노어 루스벨트 기술연구소에 잠입하는 일도 있었다. 하지만 연구소에 그런 것들이 있을 리가 없다. 내가 쪼그만 사람을 만들 때 썼던 말구유도 없었다.

사태는 갈수록 점점 나빠졌다.

사람들은 복도에서 마주쳐도 아무도 내게 말을 걸지 않았다. 난 겁이 나서 쪼그만 사람을 안주머니에 넣어 다녀야 했다. 제니퍼 쿠퍼조차도 겁에 질려서 나와 쪼그만 사람을 거부하게 되었다. 그녀는 내게 그의 옷가지들을 돌려달라고 요구했다. 확실하게 돌려주긴 했지만, 쪼그만 사람이 말했듯이 '그처럼 좋았던 사람치고는 어째 좀 겁쟁이 같은' 일이었다. 협박도 있었다. 엄청나게 많은 협박이었다. 협박자 중에는 이상할 정도로 맞춤법이 엉망인 사람들이 있었다. '어떻게'를 '어떠케'라고 쓰는, 그런 식이었다. 한번은 누군가가 유리가 깨진 낡은 공중전화 부스 유리문을 내 창문으로 집어 던졌다. 쪼그만 사람은 숨었지만, 한때 친절했던 세계가 이렇게 갑자기 돌변한 사태를 심하게 두려워하는 것 같지는 않았다. 나나 내 작업이나 쪼그만 남자와는 아무 관련이 없는 사람들이, 어떤 식으로도 우리로부터 상처를 입거나 영향을 받은 적이 없는 사람들이 어찌나 열을 내며 목소리를 높이고 위협하는지 몸에서 김이라도 펄펄 나는 것 같았다. 내 쪼그만 사람과 인간종 간에 닮은 점이 있었을지도 모르겠지만, 그런 유사성은 깡그리 사라졌다. 그들과 비교하면, 음, 우리는 사실상 신과 같았다.

그러다가 나는 그를 보내야 한다는 말을 들었다.

"어디로?" 나는 사람들에게 물었다.

"어디든 상관없어." 사람들이 대답했고, 그들은 편협한 사람들이었다.

나는 저항했다. 난 이 쪼그만 사람을 창조했고, 그를 보호해야 할 책임이 있었다. 우리에게는 개인적인 책임감 같은 그런 것이 있다. 우리에게 있는 위대한 본성이다. 그걸 부정하는 건 벌판에 돌아다니는 짐승이 되는 일이다. 그럴 순 없다. 나는 아니다.

그래서 이제는 대체로 티슈를 두르고 생활하면서도 우르두어와 케추아어와 바느질 방면에서 대단한 진전을 이룬 내 쪼그만 사람과 함께, 나는 도망쳤다. 엘레노어 루스벨트 연구소 학생들이 말하듯이, 우리는 '날랐다.'

나는 운전할 줄 알았고, 차가 있었다. 나더러 괴짜라고 부르며 친구들에게 전화할 때 종이컵과 밀랍 먹인 실을 쓰느냐고, 히나스테라와 스트라빈스키를 좋아하기 때문에 블랙 사바스와 케인 웨스트를 감상하지 못하는 거냐고 묻는 이들이 있긴 하지만, 나는 현재를 사는 사람이다. 그리고 나 자신과 내 행동에 대해 개인적인 책임을 지는 것과 마찬가지로 나는 세계도 대체로 동일하게 대한다. 나는 선택하고 또 거부한다. 그것이 책임감 있는 개인이 행동하는 방식이라고, 나는 정말로 진지하게 믿는다.

그래서, 나는 차를 소유하고, 아스파탐 대신에 비정제 설탕을 쓰고, 신발 위로 축 늘어지지 않는 바지를 고르고, 완벽하게 실용적인 차를 운전한다. 이 연구에서 브랜드와 연식은 중요하지 않다. 중요한 건 쪼그만 사람의 운명이다.

우리는 도망쳤다. '날랐다.'

하지만 이사벨라가 말했듯이, '아무 관련 없는 사람의 분노가 제일 무서운 법이다.' 우리가 가는 곳마다, 아주 짧은 순간일지라도, 월마트에 있던 거지나 타코벨 계산원이 내 얼굴을 알아보곤 했고, 나는 곧 (최소한) 휴대용 마이크를 든 자칼 얼굴의 금발 머리 젊은 여자나 헝클어진 상어 지느러미 머리와 그날 아침 면도기에 바짝 다가서지 못한 듯한 젊은 남자나 아니면 경찰이 등장하리라는 걸 알아채곤 했다. 나는 아무 짓도 하지 않았고, 내 좋은 친구인 쪼그만 사람도 마찬가지였지만, 이런 식이든 저런 식이든 사람들이 우리에게 하는 말은 하나같이 어딘가 서부극 냄새가 났다. "해가 지기 전에 이 마을을 떠나게." 우리는 웨스트버지니아에 가보았다. 불쾌한 곳이었다.

오클라호마. 그곳의 세계는 건조했지만, 사람들은 우리를 보자 땀에 젖었다.

심지어 죽어가는 도시들, 디트로이트, 클리블랜드, 라스베이거스 같은 곳들도 우리를 품어주지 않았다. 잠시조차도.

그러고는, 그게 다 그 짓보다 자신의 시간과 분노를 더 잘 풀어낼 방법이 없었던 그 끔찍한 프랑코라는 금발 머리 여자 때문인데, 우리에게 체포영장이 발부되었다. 연방 법원의 영장이었다. 숨고 싶었지만, 우리는 먹어야 했다. 그리고 그가 그렇게나 영리하고 내가 그렇게나 기민한데도, 우리 둘은 도피 생활에 영 익숙해지지 못했다. 연방 정부는 사우스

다코타주 애버딘시 어느 모텔에 있던 우리를 궁지로 몰아넣었다. 쪼그만 사람은 느긋하게 책상 압지(押紙) 위에 서 있었고, 우리는 솔직하게 서로를 바라보았다. 내가 알듯이 그도 알았다. 난 약간 신이 된 것 같은 기분이었다. 내가 이 쪼그만 사람을, 아무 해도 없는, 좋은 때였다면 '쪼그만 사람이라니, 정말 재미있군요' 이상의 심각한 견해를 도출해내지 않았을 이 쪼그만 사람을 창조했다.

하지만 난 인간 본성의 법칙을 몰랐고, 우리는 이렇게 된 게 내 책임이란 걸 알았다. 시작이 있었고, 모험 기간이 있었고, 그리고 지금은 결말이다.

## 첫 번째 결말

내가 사우스다코타주 애버딘시의 전화번호부를 머리 위로 치켜들고 최대한 포악하게 내려치기 직전에, 생각에 잠겼던 그 쪼그만 사람이 결심한 듯 나를 올려다보며 말했다. "어머니."

## 두 번째 결말

난 서서 그를 내려다보았지만, 눈물 때문에 거의 앞이 보이지 않았다. 그는 측은함과 이해심을 품은 시선으로 나를 올려다보며 말했다. "그래, 진작에 이랬어야 했어." 그러고는 신이 된 그가 우리 둘만 남기고 세계를 멸망시켰다. 그리고 이제 그는 훨씬 더 쪼그만 사람인 나를 파괴할 것이다. 그는 자비심이 넘치는 신이기 때문이다.

# 작품 연보

## 장편소설

| 1958 | Rumble |
|------|--------|
| 1960 | The Man with Nine Lives |
| 1961 | Rockabilly |
| 1967 | Doomsman |
| 1975 | Phoenix Without Ashes |

## 중편소설 (한국어 제목, 수록 도서)

| 1969 | A Boy and His Dog (《소년과 개》, 아작, 2024) |
|------|--------------------------------------------|
| 1993 | Mefisto in Onyx (《돌로 만들어진 남자》, 아작, 2024) |

## 단편소설 (한국어 제목, 수록 도서)

| 1949 | The Gloconda |
|------|--------------|
|      | The Sword of Parmagon |
| 1953 | The Annals of Aardvark |
| 1954 | The Little Boy Who Loved Cats |
| 1955 | The Saga of Machine Gun Joe |
|      | The Wilder One |
|      | Night Vigil |

| | |
|---|---|
| **1957**(계속) | Soldier |
| | The Moon Stealers |
| | Tiny Ally |
| | Children of Chaos |
| | The Wife Factory |
| | If This Be Utopia |
| | Pot-Luck Genii |
| | Revolt of the Shadows |
| | Bohemia for Christie |
| | Buy Me That Blade |
| | Gang Girl |
| | Kid Killer |
| | Look Me in the Eye, Boy! |
| | Nedra at f:5.6 |
| | Opposites Attract |
| | Ormond Always Pays His Bills |
| | School for Killers |
| | Sob Story |
| | The Dead Shot |
| | The Lustful One |
| | The Silence of Infidelity |
| | The Ugly Virgin |
| | Toe the Line |
| | We Take Care of Our Dead |
| | No Way Out |
| | The Untouchable Adolescents |
| | Run for the Stars |
| **1958** | Across the Silent Days |
| | A Furnace for Your Foe |
| | Cosmic Striptease |
| | School for Assassins |

| 1958(계속) | The Vengeance of Galaxy 5 |
| --- | --- |
| | Big Sam Was My Friend |
| | Free with This Box! |
| | The End of the Time of Leinard |
| | The Situation on Sapella Six |
| | Nothing for My Noon Meal |
| | No Planet is Safe |
| | The Children's Hour |
| | Back to the Drawing Boards |
| | Glug |
| | The Sky Is Burning |
| | Mealtime |
| | Blood by Transit |
| | Suicide World |
| | The Assassin |
| | Battlefield |
| | The Very Last Day of a Good Woman |
| | Are You Listening? |
| | Creature from Space |
| | My Brother Paulie |
| | Bayou Sex Cat |
| | Joy Ride |
| | Matinee Idyll |
| | Status Quo at Troyden's |
| | The Girl With the Horizontal Mind |
| | Thicker Than Blood |
| | With a Knife in Her Hand |
| 1959 | In Lonely Lands |
| | The Discarded |
| | The Time of the Eye |
| | Visionary |

| 1959(계속) | Have Coolth |
| --- | --- |
| | This Is Jackie Spinning |
| | Survivor No. 1 |
| | Friend to Man |
| | Sound of the Scythe |
| | There's One on Every Campus |
| | Eyes of Dust |
| | Sally in Our Alley |
| | Sex Gang |
| | The Lady Had Zilch |
| | The Pied Piper of Sex |
| | Wanted: Two Trollops |
| | No Game for Children |
| 1960 | Deal from the Bottom |
| | Someone Is Hungrier |
| | Final Shtick |
| | The Face of Helene Bournouw (그녀의 얼굴, 《호러 사일런스》, 고려문화사, 1994 수록) |
| | Memory of a Muted Trumpet |
| 1961 | The Man with the Golden Tongue |
| | The Tombs |
| | Turnpike |
| | Do-It-Yourself |
| | At the Mountains of Blindness |
| | Daniel White for the Greater Good |
| | The Night of Delicate Terrors |
| | Riding the Dark Train Out |
| | Enter the Fanatic, Stage Center |
| | Gentleman Junkie |
| | High Dice |
| | Lady Bug, Lady Bug |
| | The Late, Great Arnie Draper |
| | A Tiger at Nightfall |

| 1962 | Rodney Parish for Hire |
|---|---|
| | All the Sounds of Fear |
| | G.B.K. — A Many-Flavored Bird |
| | Mona at Her Windows |
| | Paulie Charmed the Sleeping Woman |
| 1963 | A Path Through the Darkness |
| | Blind Bird, Blind Bird, Go Away from Me! |
| | The Man on the Juice Wagon |
| 1964 | Battle Without Banners |
| | Walk the High Steel |
| | Neither Your Jenny nor Mine |
| | Paingod |
| | Lonelyache |
| | World of the Myth |
| | What I Did on My Vacation This Summer by Little Bobby Hirschhorn, Age 27 |
| 1965 | Bright Eyes |
| | Up Christopher to Madness |
| | "Repent, Harlequin!" Said the Ticktockman ("회개하라, 할리퀸!" 째깍맨이 말했다, 본서 수록) |
| | Two Inches in Tomorrow's Column |
| 1966 | Punky & the Yale Men |
| | A Prayer for No One's Enemy |
| | Delusion for a Dragon Slayer |
| | Pride in the Profession |
| 1967 | I Have No Mouth, and I Must Scream (나는 입이 없다 그리고 나는 비명을 질러야 한다, 본서 수록) |
| | Pretty Maggie Moneyeyes |
| | The Voice in the Garden |
| | The Prowler in the City at the Edge of the World |
| | Would You Do It for a Penny? |
| | The Goddess in the Ice |
| | Down in the Dark |

| 1968 | Shattered Like a Glass Goblin |
|------|-------------------------------|
| | The Resurgence of Miss Ankle-Strap Wedgie |
| | Ernest and the Machine God |
| | I See a Man Sitting on a Chair, and the Chair Is Biting His Leg |
| | Worlds to Kill |
| | The Beast That Shouted Love at the Heart of the World (세상의 중심에서 사랑을 외친 짐승, 본서 수록) |
| | O Ye of Little Faith |
| | !!!The!!Teddy!Crazy!!Show!!! |
| | Try a Dull Knife |
| | The Power of the Nail |
| | White on White |
| | The Pitll Pawob Division |
| | The Hippie-Slayer |
| 1969 | The Kong Papers |
| | Dunderbird |
| | Santa Claus vs. S. P. I. D. E. R. |
| | Phoenix |
| | Along the Scenic Route |
| | The Place with No Name |
| | Come to Me Not in Winter's White |
| | Rock God |
| | Promises of Laughter |
| 1970 | The Region Between (사이 영역, 본서 수록) |
| | Runesmith |
| | Brillo |
| | One Life, Furnished in Early Poverty |
| | The Song the Zombie Sang (좀비가 부른 노래, 〈THE 좀비스〉, 북로드, 2015 수록) |
| 1971 | At the Mouse Circus |
| | Silent in Gehenna |
| | The Human Operators (인간 오퍼레이터, 본서 수록) |
| | Erotophobia |

| 1972 | Kiss of Fire |
| --- | --- |
| | On the Downhill Side |
| | Corpse |
| | Basilisk (바실리스크, 본서 수록) |
| 1973 | The Deathbird (죽음새, 본서 수록) |
| | Bleeding Stones |
| | The Whimper of Whipped Dogs (매 맞는 개가 낑낑대는 소리, 본서 수록) |
| | Neon |
| | Hindsight: 480 Seconds |
| | Cold Friend |
| 1974 | I'm Looking for Kadak |
| | Knox |
| | Catman (머신 섹스, 《사이버 섹스》, 예문, 1997 수록) |
| | Ecowareness |
| | Adrift Just Off the Islets of Langerhans: Latitude 38° 54' N, Longitude 77° 00' 13" W (랑게르한스섬 표류기: 북위 38° 54' 서경 77° 00' 13"에서, 본서 수록) |
| | Sleeping Dogs |
| 1975 | The Boulevard of Broken Dreams |
| | Croatoan (크로아토안, 본서 수록) |
| | In Fear of K |
| | Shatterday |
| | The New York Review of Bird |
| | Eddie, You're My Friend |
| | Tired Old Man |
| 1976 | I Curse the Lesson and Bless the Knowledge |
| | Phoenix Without Ashes |
| | The Wine Has Been Left Open Too Long and the Memory Has Gone Flat |
| | The City on the Edge of Forever (영원의 끝에 있는 도시, 《SF 시네피아》, 서울창작, 1995 수록) |
| | Seeing |
| | Killing Bernstein (번스타인 죽이기, 《세계 서스펜스 걸작선 3》, 황금가지, 2005 수록) |

| | |
|---|---|
| **1976**(계속) | Strange Wine |
| | Mom |
| | Lonely Women Are the Vessels of Time |
| | From A to Z, in the Chocolate Alphabet |
| | L Is for Loup-Garou |
| **1977** | The Diagnosis of Dr. D'arqueAngel |
| | Emissary from Hamelin |
| | Hitler Painted Roses |
| | Alive and Well and on a Friendless Voyage |
| | Jeffty Is Five (제프티는 다섯 살, 본서 수록) |
| | Working with the Little People |
| | How's the Night Life on Cissalda? |
| | Shoppe Keeper |
| | The Other Eye of Polyphemus |
| | Eggsucker |
| **1978** | The Whimper of Whipped Dogs |
| | Comic: Along the Scenic Route |
| | Opium |
| | The Man Who Was Heavily into Revenge |
| | The Executioner of the Malformed Children |
| | Count the Clock That Tells the Time (괘종소리 세기, 본서 수록) |
| **1979** | In the Fourth Year of the War |
| | Unwinding |
| | All the Birds Come Home to Roost<br>(모든 새는 보금자리로 돌아온다, 《플레이보이 SF 걸작선 1》, 황금가지, 2002 수록) |
| | Flop Sweat |
| **1980** | All the Lies That Are My Life |
| | Footsteps |
| | Sleeping Dogs |
| | Run, Spot, Run |
| **1981** | On the Slab |

| | |
|---|---|
| **1981**(계속) | Grail |
| | Broken Glass |
| | Life Hutch |
| **1982** | Prince Myshkin, and Hold the Relish |
| | The Outpost Undiscovered by Tourists |
| | The Cheese Stands Alone |
| | Djinn, No Chaser (지니는 여자를 쫓지 않아, 본서 수록) |
| | When Auld's Acquaintance Is Forgot |
| | Stuffing |
| | The Hour That Stretches |
| | Run for the Stars |
| **1983** | Chained to the Fast Lane in the Red Queen's Race |
| | Escapegoat |
| **1984** | Laugh Track |
| **1985** | Paladin of the Lost Hour (잃어버린 시간을 지키는 기사, 본서 수록) |
| | Quicktime |
| | With Virgil Oddum at the East Pole (버질 오덤과 동극에서, 본서 수록) |
| **1986** | Demon with a Glass Hand |
| **1987** | Nackles |
| | Soft Monkey (폭신한 원숭이 인형, 본서 수록) |
| | The Tombs (excerpt) |
| | Flintlock: An Unproduced Teleplay |
| | The Few, the Proud |
| | The Untouchable Adolescents |
| | Trojan Hearse |
| **1988** | The Reeleee Big Shewww |
| | The Avenger of Death |
| | The Function of Dream Sleep (꿈수면의 기능, 본서 수록) |
| | Eidolons (허깨비, 본서 수록) |
| | She's a Young Thing and Cannot Leave Her Mother |
| **1989** | Crazy As a Soup Sandwich |

| | |
|---|---|
| 1990 | Harlan Ellison's Movie |
| | Scartaris, June 28th |
| | Jane Doe #112 |
| 1991 | The Man Who Rowed Christopher Columbus Ashore<br>(콜럼버스를 뭍에 데려다준 남자, 본서 수록) |
| | Darkness Upon the Face of the Deep |
| 1992 | Where I Shall Dwell in the Next World |
| 1993 | Pet |
| | Z Is for Zombie |
| | Eruption |
| | Susan |
| 1994 | I, Robot: The Illustrated Screenplay |
| | The Pale Silver Dollar of the Moon Pays<br>Its Way and Makes Change |
| | Afternoon with the Bros. Grimm |
| | Ammonite |
| | Amok Harvest |
| | Attack at Dawn |
| | Back to Nature |
| | Base |
| | Beneath the Dunes |
| | Between Heaven and Hell |
| | Darkness Falls on the River |
| | Ellison Wonderland |
| | Europe |
| | Express Delivery |
| | Fever |
| | Foraging in the Field |
| | In the Oligocenskie Gardens |
| | Internal Inspection |
| | Metropolis II |
| | Paradise |

| | |
|---|---|
| 1997(계속) | Killing Bernstein |
| | Moonlighting |
| 1999 | Objects of Desire in the Mirror Are Closer Than They Appear |
| 2000 | A Lot of Saucers |
| | The Toad Prince or, Sex Queen of the Martian Pleasure-Domes |
| 2001 | Never Send to Know for Whom the Lettuce Wilts |
| | Incognita, Inc. |
| | From A to Z, in the Sarsaparilla Alphabet |
| 2003 | Goodbye to All That (다들 안녕이다, 《안 그러면 아비규환》, 톨, 2002 수록) |
| 2004 | Loose Cannon, or Rubber Duckies from Space |
| 2010 | How Interesting: A Tiny Man (쪼그만 사람이라니, 정말 재미있군요, 본서 수록) |
| 2012 | Weariness |
| 2014 | He Who Grew Up Reading Sherlock Holmes |
| 2015 | Blonde Cargo |
| | Sensible City |
| | Weariness |
| | Who Wilts Lettuce |
| 2018 | Blood's a Rover |
| | From the History of the World As Blood Tells It |
| 2019 | Man Without Time |
| | The Dark Destroyer |

# 옮긴이 소개

## 신해경

〈괘종소리 세기〉, 〈꿈수면의 기능〉, 〈매 맞는 개가 낑낑대는 소리〉, 〈바실리스크〉,
〈버질 오덤과 동극에서〉, 〈세상의 중심에서 사랑을 외친 짐승〉, 〈제프티는 다섯 살〉,
〈지니는 여자를 쫓지 않아〉, 〈쪼그만 사람이라니, 정말 재미있군요〉,
〈콜럼버스를 뭍에 데려다준 남자〉, 〈크로아토안〉, 〈폭신한 원숭이 인형〉,
〈허깨비〉, 〈"회개하라, 할리퀸!" 째깍맨이 말했다〉

서울대 미학과를 졸업하고 KDI국제정책대학원에서 경영학과 공공정책학 석사과정을
마쳤으며 서울대 미학과 대학원에 재학 중이다. 생태와 환경, 사회, 예술, 노동 등 다방
면에 관심이 있으며, 《집으로부터 일만 광년》, 《캣피싱》, 《야자나무 도적》, 《사소한 기원》,
《사소한 정의》, 《사소한 칼》, 《사소한 자비》, 《식스웨이크》, 《고양이 발 살인사건》, 《플로
트》, 《글쓰기 사다리의 세 칸》, 《저는 이곳에 있지 않을 거예요》, 《풍경들》 등을 번역했다.

---

## 이수현

〈나는 입이 없다 그리고 나는 비명을 질러야 한다〉,
〈랑게르한스섬 표류기: 북위 38° 54′ 서경 77° 00′ 13″에서〉, 〈사이 영역〉,
〈아누비스와의 대화〉, 〈인간 오퍼레이터〉, 〈잃어버린 시간을 지키는 기사〉, 〈죽음새〉

작가, 번역가. 인류학을 전공했고 《빼앗긴 자들》을 시작으로 많은 SF와 판타지, 그래픽
노블 등을 옮겼다. 최근 번역작으로는 《유리와 철의 계절》, 《새들이 모조리 사라진다면》,
《아메리카에 어서 오세요》, 《아득한 내일》, '얼음과 불의 노래' 시리즈, '샌드맨' 시리즈,
'수확자' 시리즈, '사일로' 연대기, '문 너머' 시리즈 등이 있으며 《어슐러 K. 르 귄의 말》과
《옥타비아 버틀러의 말》 같은 작가 인터뷰집 번역도 맡았다. 단독저서로는 러브크래프트
다시 쓰기 소설 《외계 신장》과 도시 판타지 《서울에 수흐신이 있었을 때》 등을 썼으며
《원하고 바라옵건대》를 비롯한 여러 앤솔로지에 참여했다.

THE BEST OF

# HARLAN ELLISON

베스트 오브 할란 엘리슨

**초판 1쇄 발행**   2025년 5월 20일

**지은이**   할란 엘리슨
**옮긴이**   신해경, 이수현
**펴낸이**   박은주
**디자인**   김선예, 이다솔, 이수정
**마케팅**   박동준

**발행처**   (주)아작
**등록**   2015년 9월 9일 (제2023-000057호)
**주소**   07236 서울특별시 영등포구 의사당대로 38
          102동 1309호
**전화**   02.324.3945-6   **팩스**   02.324.3947
**이메일**   arzaklivres@gmail.com
**홈페이지**   www.arzak.co.kr

**ISBN**   979-11-6668-871-3 03840